献给中国原生文明的光荣与梦想

点评本

大秦帝国

第四部　阳谋春秋

上卷

孙皓晖　著

谢有顺　胡传吉　点评

河南文艺出版社

目 录

楔子

秦昭王五十一年，白露一场森森霜雾，天气顿时冷了。

霜降八月初，时令乖戾，天下失序也。寻常庶民虽不谙此等天人玄机，却对年景冷暖看得一清二楚。十几年间大战连绵，天下疲软失形，天道时令岂能不乱？先是燕齐六年苦战，两国同时衰败。紧跟着秦赵两强大鏖兵，长平血战赵国奄奄一息。战后秦国两次攻赵兵败，也是垂垂无力。倏忽之间，战国中期号称天下四强的秦赵齐燕一齐衰落，天下顿时没了光彩。大军对垒的广袤战场沉寂了，使节纵横的宽阔官道冷清了，逃穷避战的难民潮消失了，商旅交错人马喧嚣的关隘也萧疏了。人斗累了，天看累了，连大河南北莽莽丛林中的大象都蛰伏到山坳里去了。大国小国强国弱国，都像卸套老牛一般粗重地喘息着，连向宿敌嘶吼一声的力气都没有了。

天地翻覆的战国之世，第一次进入了令人战栗的寂然峡谷。

却说这个寒冷的秋日，燕赵边境人迹寥落，从北方群山银线般抽出的燕赵官道一进易水河谷便埋进了茫茫轻霾，清晨的太阳也变得红蒙蒙混沌起来。突然，一阵清脆激烈的马蹄声如急雨而来，倏忽从北方官道掠进了河谷山口。堪堪两个转弯，一阵大笑声在高处突兀荡开，茫茫霜雾中恍若天外之音。骤然之间骏马一声长嘶，急雨般的马蹄声骤然收敛，骑士高声喝问："何方高士？现身说话！"

"蔡泽离燕，欲投何处？"霾中声音浑厚悠远。

"阁下何人？知我蔡泽之名！"

"落拓不遇，燕山蔡泽也。唐举①岂能不知？"

骑士顿时一阵大笑："易学大家中途截道，却是为何？"

"足下匆匆南下，未免操之过急也。"话音落点，一个身影已经站在了骑士对面的大石上，依稀可见一领青袍一顶斗笠一支竹杖，分明一个世外隐者。

"足下何意？蔡泽不明。"红衣骑士一脸不屑的微笑。

"弱冠离家，游说诸侯十五年不遇，足下不思因由何在？"

"天下昏昏，不识我长策大谋也！岂有他哉？"

青袍者哈哈大笑："怨天尤人，唯不责己，孔孟之迂阔也！"

"唐举！"骑士马鞭直指，"我计然②家与孔孟一辙么？"

"计然之学重货殖，轻法制，与秦国南辕北辙也。"

骑士脸色倏忽一变，跳下马来一拱手道："先生教我。"

青袍者笃笃一点竹杖："秦以法治立国，治秦得以固法为本，法固而后行计然长策，固法与富国并举，咸阳方可立足矣。"

> "蔡泽，燕人也。游学干诸侯小大甚众，不遇。"（《史记·范睢蔡泽列传》）

> 唐举，著名相士，魏国人，曾为李兑、蔡泽看相。"古者有姑布子卿，今之世，梁有唐举，相人之形状颜色而知其吉凶妖祥，世俗称之。古之人无有也，学者不道也。"（《荀子·非相》）荀子虽不赞同相面术，且称学者不议论此术，但也承认其存在。

---

① 唐举，一作唐莒，战国时的相士。

② 计然，春秋战国之际葵丘濮上人。曾南游越国，范蠡师事之。一说"计然"是范蠡所著书篇名。

骑士脸色倏忽又是一变："先生莫非为范雎预谋退路？"

"才大心小，蔡泽也。"青袍老者悠然一笑欲转身而去。

"且慢！"骑士深深一躬，"蔡泽尚有一请。"

"老夫知无不言。"老者悠然一笑。

骑士语态昂昂："闻先生易学精深，相人如神，曾相李兑百日之内必任赵国丞相，此后应验无差！蔡泽敢请先生一相。"

"大丈夫当为则为。预断吉凶，非名士之道也。"

"先生差矣！"骑士骄傲地笑着，"蔡泽不忧功业不成，何求预断吉凶。吾所忧者，人生苦短也！唯请先生明示者，蔡泽人寿几何？"

"既然如此，老夫做一回相师也罢。"目光从骑士身上扫过，青袍者淡淡一笑，"足下身形五官特异不群：鼻粗仰天，脖颈奇短，肩宽高耸，膝挛罗圈，眉眼拥挤，面色焦黑透红。此相谓之'魋颜蹙齃'，为异人异相，可享高寿也。"骑士两手漫不经心地绞着马鞭不以为然地摇摇头："高寿之说模糊无定，不当出自大师之口。料事能测百日之期，相寿岂一个'高'字了得？"青袍者微微一笑道："足下既要诘难相学之深浅，老夫便直言不讳了：自今而后，足下尚有四十三年生期，当在七十八岁时寿终正寝。"骑士片刻愣怔却又立即一阵哈哈大笑："佩相印，结紫绶，膏粱齿肥，四十三年足矣！"

青袍老者一点竹杖："然则，老夫尚有一言……"

"功业之事，无须先生指点。"骑士一拱手打断，说声告辞飞身上马。那匹雪白的骏马一声长嘶，风驰电掣般去了。青袍者看得一阵，摇头叹息着消失在了云雾山中。

旬日之后，蔡泽进了咸阳，在尚商坊的燕山社寓住了下来。社寓者，商社寓所也。这燕山社寓，便是燕国商社的公

据《史记·范雎蔡泽列传》，蔡泽问唐举相李兑之事，"唐举孰视而笑曰：'先生曷鼻，巨肩，魋颜，蹙齃，膝挛。吾闻圣人不相，殆先生乎？'蔡泽知唐举戏之，乃曰：'富贵吾所自有，吾所不知者寿也，愿闻之。'唐举曰：'先生之寿，从今以往者四十三岁。'蔡泽笑谢而去，谓其御者曰：'吾持粱刺齿肥，跃马疾驱，怀黄金之印，结紫绶于腰，揖让人主之前，食肉富贵，四十三年足矣。'"据裴骃《史记·范雎蔡泽列传·集解》，徐广曰："曷，一作'偈'。偈，一作'仰'。巨，一作'渠'。"另据司马贞《史记·范雎蔡泽列传·索隐》，"曷鼻谓鼻如蝎虫也；巨肩谓肩巨于项者：盖项低而肩竖"。按相面术，男子有异相，必大富大贵，细描述起来，此异相之人基本上都是状如 ET（外星人）了，如两耳垂肩、双手过膝之刘备，不状若 ET 么？蔡泽项短而肩高，还是个仰鼻，可能样子奇丑无比，此为异相。

寓。此时燕国商旅大见萎缩，咸阳燕商已经远远没有了燕昭
王时的声势，皇皇一片燕式庭院，空荡荡日见萧瑟。不意有
故国名士入住，燕商们不禁大喜过望，捐金大宴，将赫赫有名
的六国大商与旅居咸阳的山东名士们一拨拨请来，川流不息
地与蔡泽做风雅盘桓。蔡泽卓尔不群，第一次宴席高谈阔
论："即墨大战，燕齐两衰。长平大战，秦赵两衰。若无变身
新法，秦国不能再起也！"有士子问先生志向，蔡泽更是语惊
四座："秦相范雎，可取而代之也！"

一时席间哗然。不消几日，蔡泽公然谋求秦国丞相的勃
勃雄心，在咸阳巷间流传开来，成了轰动秦人的一则奇闻。
消息传到丞相府，范雎笑了："狂狷之士多奇才，此人倒是值
得一见。"于是，家老奉命驾着六尺伞盖的青铜轺车，请来了
这位燕国名士。

蔡泽洒脱不羁，下得轺车不待通报，站在门厅一阵大笑
道："应侯何在？ 燕山蔡泽来也！"径自摇着奇特的罗圈步悠
悠然进了两厢灯火之中。方入第三进大庭院，一阵笑声从迎
面风灯摇曳处飘了过来："未飞先振翼，声闻三千里，必是燕
山鸿鹄来也！"随着笑声，一人布衣散发大步走到面前。蔡
泽一拱手高声道："其翼若垂天之云，不振焉得高飞？"范雎
不禁大笑："惊世大言，天下无出其右也！"蔡泽呵呵笑了：
"岂敢岂敢，原是在下心虚，大言壮胆而已。"范雎揶揄笑道：
"老夫赞为鸿鹄，足下竟自认北溟鲲鹏，一惊一乍，果是游说
有术也。"蔡泽这才肃然一躬："不敢班门弄斧，在下原是为
进言丞相而来。"范雎虚手一扶笑道："既是有备而来，厅中
说话。"

进得厅中，范雎吩咐女仆煮茶。蔡泽一耸鼻头笑道：

激将法。动静这么大，范
雎没理由不知道。

"秦有太一山①，这茶香算得纯正。"范雎道："饮得太一茶，差强秦人了。"蔡泽大摇其头："未必未必，在下纵是咥得肥羊炖，也还是燕人一个。"范雎笑道："做得秦国事，自是秦国人，何在乎咥羊吃茶？"蔡泽又是大摇其头："未必未必。应侯为秦做事十余年，莫非秦人了？"说话间女仆将热腾腾茶水捧了上来，范雎扬手一个虚请，悠然笑道："先生左右遮挡，看来是有话在心不吐不快也。有何说辞，老夫洗耳恭听。"

蔡泽对着大陶杯冒出的腾腾茶气深深地做了一个吐纳，方才悠然笑道："应侯天下大器，何以见事如此迟缓？"见范雎只似笑非笑地盯着自己，又是一笑，"天有四时，人有代谢。功成者退，后来者进，君以为然否？"

范雎鼻头哼了一声，还是没有说话。

"心境高远，方得名士人生也！应侯以为然否？"

"……"

"功业千秋传颂，天年善终无灾，可是人生善事？"

"……"

蔡泽大是尴尬，终于不甘这种有问无答的自说自话，细长的手指叩着座案一泻直下："五百年来，天下强国之功臣莫过于越之文仲、楚之吴起、秦之商鞅也！然三人皆功成惨死，余恨悠悠。细究三人政行，皆是建功之才有余，立身之道不足也！虽有功业刻于史书，却终无大德流传后世，诚为憾事哉！"

范雎笑了："足下鲲鹏高远，敢问何为传世大德？"

"功成而能身全，名士之大德也！"蔡泽词锋大展，"功成身死，是为小德。无功身全，是为无德。恶行遗臭，等而下之。大丈夫建功立业，当以全身而终为上。功成身死，人生至境之泰半，与贤哲极致相去甚远，不足效法也！"

"以鲲鹏高见，五百年来何人当可效法？"

"陶朱公范蠡，武信君张仪，全功全德也。"

"啪！"的一声，范雎拍案而起："蔡泽大谬也！大丈夫不以天下兴亡为己任，唯以个人安危为至高，谈何大德传世？文仲治越安民，宁自杀于相位而不随范蠡隐退。吴起变楚，明知与贵族为敌而不避凶杀。商君变秦，宁取杀身之祸而止息秦国内乱。此三人

---

① 太一山，即终南山，秦岭山峰之一。在陕西西安市南。

者，极身无二虑，尽公不顾私，宁负重屈己而不荒政误民，宁做牺牲而不乱政误国，堪称大德之最高风范，忠节之千古楷模也！至于范蠡张仪者流，知难而退，见祸而走，狗苟蝇营于山野林泉，竟有尔等视为全功全德，当真令范雎汗颜也！足下自诩展翼鲲鹏，说辞却如蓬间雀，如此欲取范雎而代之，未免小瞧这颗秦国相印了！"

"应侯之见，何为名士大德？"面色通红的蔡泽勉力支应着。

"以义死难，死而全国！"范雎齿缝间掷出八个字，大袖一挥，说声家老送客，径自去了。蔡泽难堪愣怔，一时茫然不知所措，及至家老道一声先生请，才惶惶然跟着家老摇了出去。

是夜月明星稀，范雎被蔡泽搅得心绪不宁，在后园池边漫步遐思。正在转悠，却闻婆娑竹林中一阵笑声："望水者，心在山野林泉也。"范雎闻声不禁大喜："原是唐举兄到了，无怪风清月明也！"随着笑声，竹林中走出了一个青袍老者，竹杖搭手一拱道："惯做不速之客，有扰范叔雅兴了。"范雎哈哈笑道："正在忧思难解，哪里来的雅兴？走，书房清静，痛饮一番。"唐举笑道："与人相约游历，酒却免了。顺道前来，只是送一卷奇书，供你这书痴消遣罢了。"范雎一声叹息："纵有奇书，何消胸中块垒也！"唐举从背上解下一个青布包袱递了过来："只读此书，保范叔心神通泰。"范雎双手接过青布卷笑道："也好！唐兄素来神龙见首不见尾，酒，日后再补也罢。"

唐举哈哈大笑，一声告辞，倏忽消失在竹林之中。

范雎也不过问，悠悠然回了书房。灯下打开青布包袱，却见粗粗一卷竹简，用麻线捆扎得分外仔细，解开绳结抖开

极身无二虑，尽公不顾私，才是大德、大道。

二人皆天下罕见辩士，蔡泽很难一举说服范叔。直到蔡泽论及功成身退之法，范叔才称一个"善"字。

竹简,刚一铺开,题头赫然五个大字——评点计然书!范雎大是惊讶,仔细一看,这卷书简非同寻常:韦编连缀极是精致讲究,搭手摸去,竹简背后竟没有一个皮线绳结;紫色竹简刻正文大字,绿色竹简刻评点小字,紫绿相间,文评有别,分外的简明清爽;竹简天地打磨得极为光滑,还分别涂出一道蓝色(天)与黄色(地),蓝黄天地偶有眉批,朱砂书写,悬于石粉过白的中间刀刻文字之上,似白璧之上镶进了颗颗红色珠玉,上手入眼爽心悦目。范雎书吏出身,娴熟书房事务,一看便知此书是高人名士凝聚心血之孤本杰作,否则断不会如此讲究。按此书制作之精,外面当还有或铜或木之书函,目下没有,定然是唐举背负不便,将函去掉了,殊为可惜。然则,真正令范雎惊讶的,还不是这诸般考究的书式制作,而是这失传数百年的奇书再现,且有人如此精心评点。

计然者,春秋末期晋国之智谋奇士也。此人游历吴越,收了个叫作范蠡的布衣之士做学生。范蠡后来成了越国上大夫,辅助越王勾践复仇灭吴,成就了一代霸业,后来飘然隐退泛舟湖海,于陶地以"朱公"名号染指商旅,不到十年富甲天下,于是被呼为陶朱公[①]。这《计然书》,是范蠡隐退后辑录老师计然之言论,并参以自己见解所成,全书七策八千余言,说的是邦国致富术。富国富人,字字精到,天下商旅呼之为"绝世富经",名士则称之为"计然七策"。

如此一部奇书,两百年来只听人说不闻人学。纵是名士大家云集的稷下学宫,也没有教习《计然书》的名士大家。这部口碑相传的奇书,亦如计然、范蠡一般,湮没在变幻莫测的人世沉浮中去了。此等奇书突兀面世,范雎如何不惊讶非常?

《史记·货殖列传》:"范蠡既雪会稽之耻,乃喟然而叹曰:'计然之策七,越用其五而得意。既已施于国,吾欲用之家。'乃乘扁舟浮于江湖,变名易姓,适齐为鸱夷子皮,之陶,为朱公。"为官则至高官,经商则至巨富,范蠡自称为"布衣之极",内心不安。

---

① 陶,春秋小诸侯国,在今山东定陶。《括地志》记载:曹州济阳县东南三里有陶朱公冢。

顾不得细细揣摩，范雎一目十行地浏览起来。几节读过，他发现这《计然书》的评点比本文更是奇特。本文曰："知战则修备，时用则知物，二者形，则万货之情可得而观已。"评点云："今世多战，修备更在战后。大战国乏，唯知养息致富而后起，国可长盛。四强皆衰者何？不谙战后修备之道也！"随着本文主旨，评点者又将计然的"修备知物"细化为养息富国之六策：通货物、振百工、平物价、轻税赋、重水利、兴农桑。每策之后又有细化，林林总总精当齐备。范雎虽非经济之才，然毕竟为相秉政多年，对国计民生之要害关节还是清楚的，一看此等见解，便知评点者决然一个经国致富之行家里手，不禁连连赞叹，一口气看了下去。

五更鸡鸣，范雎犹在捧着书卷揣摩，品咂端详之间，突然放声大笑起来。

却说蔡泽回到燕山社寓，大商们纷纷聚来聆听高论，以为这鲲鹏名士的相府之行必是一鸣惊人，都想请这"未冠丞相"先行指点秦国商机。存了这个想头，商人们分外慷慨热络，蔡泽未回时，社寓正厅已是大宴齐备锦衣如云，纷纷议论如何酬谢这个看重商旅的名士丞相。燕国商人们更觉光彩过人，兴奋呼喝应酬不已。

不想，蔡泽进得大门，一脸愤激之色，尚未就座便对着众人一个长躬："范雎不识时务，蔡泽愧对诸位，告辞！"一甩红衣大袖径自走了。燕商们大是难堪，一阵愣怔连忙追出来劝阻，却不想蔡泽出门便飞马而去，一时踪迹皆无。山东商人们大觉无趣，顿时纷纷散去，只留下几个燕商对着满厅酒宴兀自发呆。

飞马疾驰，暮色时分蔡泽到了蓝田塬下的松林坡。正欲跃马出林，蔡泽却骤然勒住马缰愣在了当道——前方树下的

引计倪子之书及范蠡之事，是为秦国下一步发展定下基调。长平之祸后，秦国急需富起来。

一方大青石上，一个青袍斗笠的老者正对着他悠然发笑。蔡泽顿觉难堪，走马上前黑着脸道："先生笑我么？"

"足下不当笑么？"

"蔡泽固当笑，先生更当一笑！"

"噢？"

"唐举易相大家，料运南辕北辙，岂非可笑！"

"此时尚有如此说辞，无可救药也！"唐举一点竹杖站了起来，"守不当志，言不当行，纵有天命，亦当流于无形。足下好自为之，老夫就此别过。"

"且慢！"蔡泽跳下马一拱手，"蔡泽究竟何错？"

唐举无可奈何地一笑："赵良说商鞅故事，足下可知？"

"何消问得！"

"足下见范叔说辞，不觉与赵良同出一辙么？"

"敢请明示。"蔡泽依旧一副较真口吻。

"赵良之错，足下之误，皆在唯以全身之道劝人急流勇退。殊不知历来国士入政，最是崇尚忠贞节义之牺牲，最是蔑视明哲保身之中庸。范雎两次举荐无节之人，误国害己，原本已对全身无节者深恶痛绝。足下操流俗猥琐说辞，却自以为是，岂能不大大碰壁？就实而论，足下本经济谋国之士，本当直面阐发治秦主张，宣示富国谋略。明察如范雎者，量君之才，自会一力举荐。范雎虽计较恩怨，然终不失天下胸怀也。否则，孤傲范叔如何能延请足下入府聚谈？老夫言尽于此，足下却自思量。"

蔡泽脸色阵红阵白，乖戾桀骜之气倏忽一扫而去，不禁深深一躬："大师之论，为我十五年游说拨云见日。蔡泽明于事而暗于人，离秦后定当惕厉锤炼，不负大师指点。"

唐举笑了："蔡泽命在咸阳，谈何离秦而去？"

"大师是说，重返咸阳依然有望？"

"行事守正，自有天助。"

"好！"蔡泽精神一振，"得大师指点，蔡泽绝不会再次铸错。告辞！"一拱手翻身上马绝尘西去了。

林中一阵大笑声传来："唐兄费劲也！善举已罢，上路了。"唐举转身对着林中笑道："此事若成，全赖那卷奇书之功。只是老夫无法赔你了。"林中人笑道："只派得用场方算

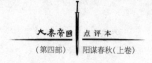

珍奇,我又不想做丞相,要那物事何用?"唐举边走边笑道:
"此等事终是尽心也,日后靠蔡泽自己了。走,随你到南国
消闲去也。"入得松林片刻,马蹄沓沓车声辚辚,一直从蓝田
塬向东南去了。

　　蔡泽重回咸阳,做派大变了。

　　头一桩,蔡泽住进了咸阳国人区的秦人客栈,而后早出
晚归,细心踏勘秦国官市民市百工作坊。看了三日,蔡泽只
觉大有裨益,深感自己下车伊始哇啦哇啦实在是狂躁浅薄。
从此蔡泽日每入市,将咸阳民生与官府治理摸了个一清二
楚。半月之后,蔡泽又西出咸阳到郿县访查踏勘。郿县本是
老秦人聚居的第一大县,关中第一富庶之地。全县二十八
里,里里都有勤耕得爵的官身农夫。秦人将村叫作"里",二
十八里也就是二十八村。蔡泽一里一里访去,之后又在县城
踏勘三日,一月下来,对秦国耕战之法有了扎实明晰的见解。
第一场大雪降临时,蔡泽回到了咸阳,埋头三日,拟就一卷
《富秦六法》,要重新拜访丞相府,与范雎做一番长策较量。

　　正在第四日清晨,雪花轻柔如柳絮般飞扬,一辆青铜轺
车辚辚驶到客栈大门。店主匆忙迎出,却又立即飞也似的跑
进了店中,及至拉着蔡泽出房,一名黑袍官员已经恭敬地站
在了庭院中:"在下行人张固,奉王书请先生入宫。"说着将
一卷竹简双手递了过来。

　　"阁下奉王书召我?"蔡泽冲口一问。

　　"秦王沉疴在身,礼数不周处尚请先生见谅。"

　　行人恭敬,蔡泽却是一阵不安,倏忽之间有些茫然。这
"行人"本是秦国执掌邦交事务的官员,隶属丞相府,除了涉
及邦交,行人不会直奉国君书令办理具体事务。今日行人前
来,莫非此事与范雎相关?果真如此,只怕大坏。素闻范雎

献书相当于献策,此举很
高明。

一种套路,下"基层",摸
清秦国现状,然后献计献策。
商鞅、张仪等,莫不如此。

睚眦必报,最是计较恩怨,岂能说自己好话?定然是范雎故伎重施,要借秦王之手除掉自己!范雎啊范雎,身为天下第一相国,如此胸襟安得立足?蔡泽一介布衣,死则死矣,却偏是要在秦王面前撕破你的伪君子面具!心念及此,蔡泽再不犹疑,回房揣起书卷随行人登车去了。

片刻之间,轺车进了王城。蔡泽随行人进了西偏殿,却见白发白须的一个老人面色困倦地半躺在一张极大的榻上,想来是赫赫声威的老秦王了。蔡泽赳赳大步摇上前去,气昂昂一拱手:"燕山蔡泽,参见秦王!""先生入座。"苍老疲惫的秦昭王抬手一指右手大案,待蔡泽入座,淡然一笑,"人言先生有经纬之才,有访秦之苦。我大秦正在艰危之时,先生何以教我?"蔡泽极是机敏,一看秦昭王气色,心知此王已耐不得长篇大论,一拱手开门见山道:"蔡泽师计然富国之学,访秦又拟《富秦六法》,今呈秦王闲来一观,便知秦国经济之弊,亦知秦国致富之道也!"蔡泽只寻思尽速撂过这个话题,便要相机揭露范雎之险恶。

"先生不妨大要言之。"秦昭王显然有延续话题之意。

"大要而言:秦国经济弊端在于富源闭塞,六年大战已国库空虚民力疲弱。秦国重新崛起之道,只在法、富、强、清四字并重,犹如驷马铁车之稳固飞驰也!"蔡泽两句话说完停顿下来,只等老秦王口吻扭转话题。

秦昭王老眼骤然生光:"何谓富源闭塞?"

蔡泽心无所求,说得分外洒脱利落:"秦之财富,在于近百年积累所成。积累之缓慢,远不及大战耗费之所需。其所以如此,在于富源闭塞未开,出入渠道不畅。但遇连绵大战,支出远大于岁入,一旦不能速胜,或不能从战败国掠财补充,元气便会大衰!何谓富源闭塞?其一,依赖外商周流财货,限制国人商市,自断商旅税源;其二,田虽私有而水利未开,民众耕耘之力不能生发,赋税不能扩大;其三,唯知奖励耕战,不知奖励生育,人口来源不丰。此大要也,细目数来,皆在《富秦六法》之中,秦王自看可也。"

"驷马铁车,却是何说?"秦昭王分明意犹未尽。

"秦以法治立国,然唯法不能成天下。固法之外,尚须富、强、清并重,方可长盛不衰。富在开源,强在众民,清在官吏。法制巩固,富源大开,人口众多,吏治清明,此谓驷马也!有此驷马驾驭邦国战车,何惧一战两战之败哉?"

"好!应侯这次终是没有走眼。"一拍坐榻,秦昭王霍然站了起来,"委屈先生暂做客卿,辅助丞相处置国政如何?"

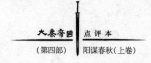

骤然之间蔡泽心中一亮，立即深深一躬："蔡泽受命！"

出得王宫，蔡泽根本没心思去办理印信府邸等诸般事务，立即来到丞相府拜访范雎，要做一次坦诚的负荆请罪。谁知相府掌书却说丞相巡查郡县去了，走前留得一书，叮嘱蔡泽若来便得开启。蔡泽当即展开，寥寥两行大字：

> 蔡泽已受王命，掌书着即安置其代行丞相署理国政。

良久默然，蔡泽对着书简深深一躬，说声请掌书稍待，匆匆走了。来到王城，蔡泽请见秦王。守在秦王书房的王室长史却捧出了一卷竹简，说是秦王教他看罢定夺。蔡泽觉得蹊跷，忐忑不安地打开竹简，一时愣怔了：

辞 相 书

范雎顿首：臣任丞相十数年，虽于邦交有尺寸之功，然亦有错荐两人之罪。长平大战后老臣才思枯竭，无良策重振秦国，忝居相位，实为误国也！今有蔡泽，治国之论特异深刻，察秦之细，过臣多矣！若得其人为相，定有良策兴国。老臣请卸任丞相之职，请以蔡泽为相治秦。范雎有先荐之错，所荐当否，唯王明察决断。

蔡泽助范雎全身而退。

蔡泽一阵唏嘘感慨，对着长史一拱手道："敢请转禀秦王：蔡泽虽可暂署丞相府，然愿请回应侯领相职，蔡泽辅之可也！"长史笑道："原是秦王要大人定夺，无须禀报。"一番思忖，蔡泽明白定然是秦王无法挽留范雎，却教自己相机行事了。

日色过午，蔡泽不再多说，出王城快马一鞭，自咸阳东门直向蓝田塬而来。

第一章　暮政维艰

一　落拓奇士隐秘出山

秘访。

"胖大苍白",可见身体不好。秦昭襄王之后,秦孝文王、秦庄襄王在位时间皆短促。储君为国家大事,接下来,小说要重点写王权之交接。

日落时分,一辆遮盖严实的黑篷车驶到了丞相府后门。

篷车停稳,驭手利落下车轻声两句,厚厚的布帘掀开,一个胖大苍白的黑衣人扶着驭手的肩膀走了下来,头无高冠,身无佩玉,散发长须,简约得看不出任何身份。黑衣人低声吩咐一句,驭手将篷车圈赶到了对面一片柳树林中。一眼瞄去府门紧闭,黑衣人从容走了过去轻轻叩门。方过三声,吭当吱扭两响,厚重的木门落闩开启,一颗雪白的头颅从门缝伸了出来:"先生何人? 家主不见后门来客。"黑衣人不说话,只将手掌对门一亮,雪白的头颅倏地缩了回去。黑衣人一步跨过了门槛,方过影壁,白头老仆匆匆赶来:"大人且缓行几步,容老朽禀报家主。"

"不用。"黑衣人大袖一甩,径自绕过影壁向里去了。

　　穿过一片竹林一片水面，一道草木葱茏的土石假山横亘眼前。山麓一座茅亭，亭下一人红衣高冠，正在暮色中悠悠然自斟自饮。黑衣人遥遥拱手："燕士齐风，信哉斯然！"亭下红衣高冠者哈哈大笑："孟春之月，万物章章，安国君也活泛了？"黑衣人笑道："新相秉政，理当恭贺。"红衣高冠者离座起身，罗圈步摇到茅亭廊下一拱手："新政未彰，蔡泽愧不敢当。"说罢一招手，"垫毡。"已经碎步赶到亭外的白头老仆一声答应，将一方厚厚的毛毡片垫在了茅亭下的石碣上。黑衣人道："丞相关照入微，多谢了。"在对面石碣上坐了下来。"燕人粗筛孔，何有入微之能？"红衣高冠者呵呵笑着，"若非应侯多方交代，蔡泽何知安国君畏寒忌热也。"黑衣人一声感喟："应侯离秦，未能相送，诚为憾事矣！"

　　"逢得此等人物，安国君却是拘泥俗礼了。"蔡泽悠然一笑，"名士特立独行者，无如范雎也。君恩未衰，力请隐退。两袖清风，不辞而去。何等洒脱！当年穰侯罢黜出秦，十里车马财货满载铜臭熏天，两厢比照，何异霄壤之别？而今想来，范雎在相曾遭秦人詈骂，范雎离国，秦人却是万千惋惜，直是天下一奇也。此人此行，送与不送都是一般，安国君无须自责。"

　　"理虽如此，心下终是不安也。"安国君叹息一句转了话头，"应侯辞官之际，唯丞相与之盘桓三日，不知何以教我？"一副殷殷期待教诲的神色浓浓地堆在了脸上。蔡泽不禁笑道："交接国事，一板一眼，实在是寡淡不当聒噪，岂敢言教？"安国君一声长嘘："非是嬴柱强人所难，实是丞相有所不知也。父王年迈无断，丞相新入无威，我虽储君，游离于国事之外，如此等等，嬴柱寝食难安。原指望应侯指点歧路，不想他却径自去了。"蔡泽哈哈大笑："安国君所虑者，子虚乌有也！秦王沧海胸襟，大事孰能无断？蔡泽纵是新入无威，

強調嬴柱的身体状况。
权力交接，可能生变。

和盘托出，为君之大忌。

亦有国家法度在后,安国君稳住自己便是,无须杞人忧天。"

"敢问丞相方略何在?"嬴柱不觉嘲讽,立即跟上一问。

蔡泽目光一闪:"安国君心下有虚?"

一阵默然,安国君不知如何说了。立储废储素为邦国头等机密,莫说蔡泽不知情,纵是知情又如何能公然说明?更有一层,蔡泽乃新任丞相,自己是王子封君,此等隐秘造访虽说不上有违法度,却也大大的不合时宜,私相谈论立储机密,更是不妥。范雎虽则离秦,也还有"去职不泄国"的天下通例。蔡泽若将范雎作为国事交代的立储之见泄露出去,岂非种恶于人?想得明白,安国君起身笑道:"叨扰丞相,告辞了。"

"且慢。"蔡泽突兀一问,"安国君子女中可有能者?"

"我嫡妻华阳夫人向未生育,二十三子十三女,尽皆庶出也。"已经走到廊下的安国君叹息了一声,忧心忡忡道,"其中两子尚算有能:一个行六名傒,勤奋好学,文武皆可;一个行十名异人,自幼聪慧,只可惜一直在赵国做人质。"

"两子师从何人?"

"秦法有定:庶出王子皆由太子傅派员教习。"

蔡泽笑道:"我举荐一人,做公子傒老师如何?"

"好事!"安国君精神陡然一振,"不知丞相所荐何人?"

"士仓。"

"河西名士,智囊士仓?"

"士仓之学,法墨兼顾,正合秦国。"

安国君苍白的脸上大起红潮,深深一躬道:"子嗣若得有成,丞相便是恩公也。"蔡泽一阵哈哈大笑:"荐师之举,原本与蔡泽无涉。"从大袖中摸出一支铜管递给安国君,说声收好,摇着罗圈步湮没到晚霞竹林去了。安国君恍然一笑,将铜管揣进贴身皮袋,大步出门对驭手低声吩咐一句,黑篷

异人即子楚,秦孝文王之子,在位三年,即秦庄襄王。《史记》称之为子楚。《战国策》称之为异人或子楚,王后(即华阳太后)收其为子之后,异人投其好,更名为子楚。《战国策·秦策五》:"濮阳人吕不韦贾于邯郸,见秦质子异人,归而谓父曰:'耕田之利几倍?'曰:'十倍。''珠玉之赢几倍?'曰:'百倍。''立国家之赢几倍?'曰:'无数。'曰:'今力田疾作,不得暖衣余食;今建国立君,泽可遗世。愿往事之。'"此时秦子异人在赵国聊城,充当质子。吕不韦因异人而后显于天下,吕不韦非常有远见。

士仓,一说为杜仓,曾为秦国相。据《战国策·秦策五》,吕不韦说阳泉君,称"王年高矣,王后无子,子傒有承国之业,士仓又辅之。王一日山陵崩,子傒立,士仓用事,王后之门,必生蓬蒿。子异人贤材也,弃在于赵,无母于内,引领西望,而愿一得归。王后诚请而立之,是子异人无国而有国,王后无子而有子也"。又,《韩非子·存韩》载,"杜仓相秦,起兵发将以报天下之怨,而先攻荆……天下共割韩上地十城以谢秦,解其兵"。士仓具体事迹,不详。不知何许人,亦不知所终。"士仓"当是"杜仓"之误,杜仓之名更可靠。

车便向王城辚辚而来。

春寒犹在，暮色中的咸阳城大是萧瑟。清风过街，车马稀疏，连往日入夜灯火汪洋的尚商坊也变得灯光寥落，国人区更是湮没在暮霭的灰黑里。间或有店铺官署的灯光闪烁，如点点萤火飞动，更显这座关西大都的幽暗深邃。若非王城的一片灿烂灯光，任谁不会相信这是往昔车水马龙热气蒸腾的大咸阳。

黑篷车一路驶过空旷的长街，一辆官车也没有遇上。进入王城，车马场空荡荡一片，灯火煌煌之下，幽静得仿佛进入了一道世外峡谷。黑篷车木闸咣当落下，回声响彻王城，慌得场边石屋中的中车府①吏惶惶然小跑过来，老远一声喝问："非官车不得擅入王城！不知道法令么？"安国君悠然一笑："自己没长眼还怨人不知法令，倒是好执事。"已经跑到面前的中车府吏连忙一躬："小吏没想到此刻有车，慌得没认出安国君，大人毋罪小吏。"安国君一点头："不消说得，你去验车。"转身匆匆踏上了宫前三十六级天步阶。

除了冷清寂寥，王宫一切如常。每个转角都立着两座六尺高的铜人风灯，每道大门都笔挺地站着四名带剑甲士，每间殿口都守着一名面无表情的老内侍。几个转弯，安国君到了通向王室书房的长廊，远远见肃立在廊下的老内侍一闪身进了书房，及至他从容来到门前，老内侍恰好迎出，拱手低声道："我王正在暮寝，请安国君稍候片刻。"

嬴柱轻轻地叹息了一声，在廊下漫步转悠起来。往昔臣子晋见，只要进入书房长廊，老内侍远远一声报名传呼，只要事先没有特殊禁令，只这一声传呼，臣子便可径直入内议事。这原本是父王在长平大战期间立下的规矩，宗旨只是六个字："废冗礼，兴时效"，为的是尽量快捷地处置紧急国务。倏忽六年，这讲求实效的快捷规矩不知何时没有了。细细想来，父王确实老了。一个六十余岁年近古稀的老人，纵然心雄天下，也是难以撑持了。白起死，范雎辞，王龁、王陵两次攻赵兵败，再加郑安平败军降赵之大耻，六国合纵复起，秦国重陷孤立。短短六年，风云突变，秦国出人意料地从顶峰跌到了低谷。在接踵而来的危机面前，父王能够苦撑不倒已经是不易了，还能要他如何？近年来，父王日暮便犯迷糊，迷糊得一阵醒来，则是彻夜难眠。于是，有了这"朝暮不做"与"宵衣旰食"同时并存的新规矩：日暮初夜，王宫中最是幽静；一过初更，有急务的臣工方

----

① 中车府，秦国掌管王城车马的官署，主管官吏为中车府令。

才纷纷进宫,直到四更尾五更头,王宫书房一直都是灯火通明;次日清晨,父王又是酣然大睡,直过卓午。如此一来,要见父王办事只有两段时间:午后一个多时辰,中夜三个多时辰。安国君事有隐秘,这次只想单独与父王诉说,日暮时来撞撞运气,但愿父王没有暮寝,不想依然如斯,只有耐心等候了。

"灯亮了。安国君可入也。"老内侍轻步走过来低声一句。

秦昭王蓦然醒来,侍女已经点亮了四座铜灯,捧来了一大铜盆清水。用冰凉的布面巾擦拭一阵,秦昭王顿时清醒,在厚厚的地毡上转悠起来。这是他暮寝之后的例行规矩,或长或短转得片刻,惺忪之态一去,便要伏身书案彻夜忙碌了。

"儿臣嬴柱,见过父王。"安国君毕恭毕敬地深深一躬。

"呵,柱儿,进来。"秦昭王转悠着一指座案,"有事说。"

嬴柱清楚父王厌恶虚冗的禀性,只肃然站着恭谨率直地开了口:"嬴柱庶出子异人,在赵国做人质已经十三年,日前托商贾捎回羽书一件,说在邯郸备受赵国冷落,生计艰辛,请王命召他回国;若不能召回,则求千金以资宽裕。嬴柱无奈,特来禀告父王,呈上异人书简。"

"异人是你的儿子?"秦昭王沙哑的声音透着一丝惊讶。

苍白的嘴唇猛然一个抽搐,嬴柱迅速平静下来,依旧一副平静率直的国事口吻:"异人乃儿臣之妾夏姬所生。十三年前,异人奉宣太后之命为质于赵,今年已是二十余岁。"

"商贾传书?异人没有侍从?"秦昭王突兀一问。

嬴柱没有说话,只默默地低着头。父王与祖母一起做过十几年人质,人质之艰难何须他说?不说,才是对父王最好的提醒。果然,在这片刻之间,秦昭王摇头低声含混嘟哝了一句,回过头来长嘘一声:"人质难为也!异人书简

铺垫之法。异人要回秦国,必有波折。

交行人署,着其与少内署商议处置。① 千金之数,只怕难为也。"咳嗽一声,苍老的声音显然滞涩了。嬴柱心中一酸,不禁慨然一句秦人老誓:"赳赳老秦,共赴国难! 生计维艰,对王子也是历练,父王无须伤感。"两道白眉下目光一闪,秦昭王脸上倏忽绽出了一丝笑容:"王族子弟多奢靡。子能体恤邦国困境,难得也。你却说,异人能召回么?"

"不能。"

"为何?"

"秦赵两困,寒铁僵持,彼不为敌,我不破面。"

"好!"秦昭王难得地赞叹了儿子一句,轻松地坐到了宽大的书案前,"舍身赴难,义士之行。王者大道,要洞察全局而决行止。你能窥透秦赵奥秘,以大局决断异人去留,比赴难之心高了一筹。实在说话,为父没有想到呵。"

"父王激励,儿臣不敢懈怠!"嬴柱顿时精神抖擞。

"哪日闲暇,我去看看孙子们。"秦昭王慈和地笑了。骤然之间,嬴柱心下一热,正要拜谢诉说,听见书房外脚步轻响,两名内侍已经将一大案公文书简抬了进来,嬴柱按捺下心头冲动,只深深一躬便要告辞,却见父王忽然一招手,便大步走到书案前俯下了身子。

"你的病体见轻了?"秦昭王轻声问了一句。

"禀报父王,儿臣本无大病,只是阴虚畏寒。一年来经扁鹊弟子奇药治疗,已经大为好转,几近痊愈。"嬴柱声音虽低,却是满面红光。

"好,你去吧。"秦昭王说话间已经将铜管大笔提到了手中。

匆匆回到府邸,嬴柱兴奋得心头怦怦乱跳,连晚汤也无

异人回国,首先得过嬴柱这一关。吕不韦要大费周章。

储君健康,关系国家安危,不是小事。

① 少内署,秦国掌管钱财的官署。行人署、少内署均属开府丞相管辖。

心进了,走进池边柳林漫无目的地转悠了小半个时辰,方才渐渐平静下来,吩咐卫士将公子俍找来说话。盏茶工夫,一盏风灯远远向石亭飘悠过来,随着快捷脚步声,一个英挺的身影已经到了亭外廊柱之下。

"守在路口,任何人不要过来。"嬴柱对卫士轻声吩咐了一句,对灯下身影一招手,"灭了风灯,进来说话。"英挺身影"嗨"的一声,将风灯一口吹熄,咔咔两大步进了石亭。暗夜之中,唔唔低语湮没在了弥漫天地的春风之中。

次日清晨,一队骑士簇拥着一辆黑篷车出了咸阳北门,翻上北阪直向北方山塬而去。这片山塬位于关中平川之北,河西高原之南,虽无险峻高峰,却是土塬连绵林木荒莽越向北越高,直抵北方的云中大河。时当初春,草木将发未发,沟壑苍黄萧瑟,这荒莽山塬又无官道,车马只有在间不方轨的商旅猎户小道上艰难跋涉。如此三日,前方突兀一片青山,黑篷车后的骑士们顿时噢嗬嗬欢呼起来。

"君父,桥山到了!"紧随车侧的英挺骑士翻身下马,掀开了车帘。

"好。下车。"

篷车中话音落点,一名健壮的少年仆人先行跳下车来,回身将一个胖大的黑衣人背了下来。英挺骑士已经将一方厚厚的毛毡安放到了一棵大松树下,少年仆人将黑衣人靠着松树轻轻放下,转身快步从篷车上拿下一个皮囊,向骑士手中的铜碗注了一碗清水。骑士喂水,少仆捶背,一阵忙碌,黑衣人苍白虚胀的脸才泛起了一片红晕,睁开眼睛长嘘一声:"俍,这便是桥山?"英挺骑士笑道:"没错!我等兄弟行猎,来过桥山多次。"黑衣人沉下脸道:"黄帝陵寝,是行猎之地么?"骑士连忙道:"君父误会,我等兄弟历来只在桥山外围狩猎,从来不进桥山松柏林。"黑衣人点头道:"秦人护黄陵。越人护禹陵。这是天下大规矩,坏不得。"说着话扶着少年仆人站了起来,从怀中摸出一方折叠的羊皮纸抖开:"看看这张图,能找到么?"骑士接过羊皮纸图端详片刻道:"看图上地势,这个所在是黄陵之后,沮水河谷。孩儿虽没去过,却也大略知道。"黑衣人道:"如此便好。吩咐车马人等在此扎营,只你随我进山。"骑士急迫道:"君父体虚,不宜跋涉,还是车马进山好。"黑衣人脸色一沉:"俍呵,你已到加冠之年,不知访贤求师规矩么?"骑士红着脸一躬:"是!孩儿知错。"转身马鞭一扬,"车马人等在此安营造饭,巡查等候!"众人一声领命,开始了忙碌扎营。骑士一回身,见父亲已经大步走了,连忙快步赶上,抢前开路进山。

"君父，士仓敢居桥山，忒是怪异。"骑士边走边说。

"好在没犯法。"黑衣人一挥手，"先找见人再说。"

"也是。君父随我来。"骑士用长剑拨打着枯黄的茅草，沿着山麓绕了过去。

这桥山乃是天下一奇。奇之根源，在于华夏上帝——黄帝陵寝在此。自从黄帝葬于桥山，桥山成了桥陵，秦人呼为黄陵。原本，桥山只是沟壑纵横的河西高原的一座寻常土山，与周围山塬一样，只生杂木野草，每到秋天枯萎萧瑟茫茫苍黄。可自从有了黄帝陵寝，这桥山便生出了四季常青的万千松柏，郁郁葱葱地覆盖了方圆十余里的山头，加之沮水环山，桥山竟成了四季苍翠的一座神山。逾千余年来，遍山松柏株株参天合抱，枝干虬结纠缠，整个桥山被苍松翠柏遮盖得严严实实。但有山风掠过，遍山松涛如怒潮鼓荡，声闻百里之外，那浓郁的松香随着浩浩长风弥漫了整个河西高原。

自秦人成为东周开国诸侯入主关中，桥山黄陵便成为秦人顶礼膜拜的圣地。在华夏传说中，黄帝生于上邽轩辕谷。[①] 轩辕者，天龟也，玄武之神也，西方上帝也，四灵之根也。[②] 这上邽之地位于华夏西部，恰恰是老秦部族立国之前生存的根基。这轩辕谷，这玄武天龟，这西方上帝，则都是老秦人在西方游牧部族的包围中艰难自立时的佑护神灵。黄帝虽非秦人直接先祖，秦人却是在黄帝根基之地生存壮大而起的。唯其如此，秦人对黄帝的景仰膜拜，与对自己直接先祖的景仰膜拜有过之而无不及。除了祭祀者的足迹与香火，秦法禁止农人猎户靠近桥山十里居住。秦人尚黑，其源多出，根源之一，甚或第一个根源，是对黄帝玄武之神的崇拜，后来才是阴阳家的水德论证。

如此一座神山圣陵，却有人在此隐居，如何不令造访者忐忑不安？

"君父，你看！"

胖大黑衣人顺骑士指向看去，遥遥一帘瀑布从对面高山挂下河谷，苍黄草木中一缕炊烟袅袅直上，其下一座茅屋隐隐可见。端详有顷，黑衣人笑道："前有满山松柏，后有天河飞瀑，脚下滔滔清流，左右修竹成林，好个所在也！"除下皮靴布袜，卷起长袍裤脚，说声走，大踏步走进河中。骑士高喊一声："君父且慢，我背你涉水！"连忙赶上，却见父

---

① 上邽，今甘肃天水地带。轩辕谷，传说为上邽古城堡以东七十里的河谷。

② 远古以龟龙凤麟为"四灵"，春秋战国演变为"五灵"（增加了白虎），与五行相配。依据此说，龟为水位，居北面南，是为四灵之本。

亲头也不回,也不再说话,只抢到前方趟水去了。

春日河枯,水流清浅,不消片刻二人涉水到了对岸。瀑布茅屋炊烟已经不见,唯闻水声如隐隐沉雷,面前竹林遍山摇曳,与对岸桥山的万千松柏恰成遥遥呼应。黑衣人也不整衣衫,赤脚向竹林山坡爬了上来。将到半山,骑士忽然停下:"君父你听!"

山上传来悠长的吟诵,在隐隐沉雷中若断若续:"……古之大化者,乃与无形俱生。反以观往,复以验来。反以知古,复以知今。反以知彼,复以知己。动静虚实之理,不合来今,反古而求之。事有反而得复者,以人之意也,不可不察……言有不合者,反而求之,其应必出。言有象,事有比……象者象其事,比者比其辞也。以无形求有声,其的语合事,得人实也……"

"咿咿呀呀念叨个甚?"骑士一脸茫然。

默默沉思的黑衣人突然道:"傒儿,还记得为父那篇《天吟》么?"

"记得。"

"好!为父气力不足,你与他一唱。"

骑士一清嗓子,放喉唱了起来,粗犷的秦音顿时贯满山川——

天有长风　我无帆篷

天生惊雷　我做困龙

天为广宇　我思鲲鹏

翼若垂云　何上苍穹

歌声方落之际,山腰传来一阵哈哈大笑:"好!其志可嘉也!"

黑衣人再不说话,猫腰大步向山坡爬上。精壮骑士连忙飞步抢前,拨草寻路,拉着父亲上山。爬得一阵,眼前一片平地,茅屋炊烟隐在竹林深处,那道飞珠溅玉的大瀑布却挂在茅屋北侧的山腰。茅草中一条小道直入竹林,隐隐可见茅屋前发黑的竹篱与幽静的小庭院。黑衣人喘息打量一阵,深深一躬:"秦,安国君嬴柱,拜会先生。"

"大火不燎燎,王德不尧尧。"

随着长声吟诵,瀑布旁的山崖上突兀现出一人,须发散乱虬结,精悍黑瘦得直是一个山民猎户。骑士看得一眼,大皱眉头道:"君父,回去算了。"黑衣人凌厉的目光向骑士一扫，回身遥遥拱手："敢问先生，何以称谓？"山崖之人朗声笑道："河西士仓，等候安国君多日矣！"黑衣人肃然一躬："请先生回庄，嬴柱父子登堂拜谒。"山崖人朗朗一笑："士仓茅舍，向不待客。安国君稍待，我片刻来也。"笑声落点，倏忽不见了山崖人身影。

客不当道。嬴柱父子刚刚走上竹林旁山坡，一束松枝火把高高抛向林中茅舍屋顶，山坳处一团烟火骤然升腾。伴着扑鼻松香，一阵大笑传来，茅舍庭院顿时被大火吞没。

"洒脱不羁，真名士也！"嬴柱不禁高声赞叹。

"君父，忒煞怪也！"骑士惊讶地嚷嚷起来，"这烟火不向四山蔓延，烧到竹林松柏火便住了！"

嬴柱板着脸："这是桥山，黄帝陵寝，不知道么？"

骑士不说话了，只皱起眉头盯着渐渐飞散的烟火。此时，山坡竹林婆娑，精悍黑瘦的身影已经站在了小道中间，一身布衣粗针大线地钉满了各色补丁，肩头一只包袱脏污得没了本色，手中一口短剑也是锈蚀斑斑，加上长发长须赤脚草鞋，活生生一个落荒难民。骑士想笑不敢笑，硬生生憋出一个响亮喷嚏。安国君顾不得呵斥连忙迎了过来："山路崎岖，先生顷刻而至，嬴柱佩服。"来者哈哈大笑："士仓常居山野，与鸟兽争食，身轻体健而已，安国君谬奖了。"嬴柱笑道："敢问先生贵庚几何？"士仓道："老夫已过耳顺之年，六十有三也。""六十有三？"嬴柱惊讶地打量着劲健轻捷的士仓，无论如何不敢相信自己的眼睛，不禁长长一躬："先生真世外仙人也！"士仓一摆手道："范叔扯出老夫，要给哪位王子点拨？"

嬴柱对山坡骑士一招手，回身拱手道："久闻先生大才，我父子同为先生门下，回到咸阳行拜师大礼。"一指骑士，"此儿乃我六子嬴偊。偊儿，拜见老师。"

高人必隐身于深山。惯用手法。

赢柱亲访杜仓,求杜仓辅佐赢傒,对赢傒寄予厚望。

赢傒有赤子之心,但城府不深,能否继承大统,是个疑问。但能访得名士,实为自己加分。很多时候,君王诸侯挑选接班人,不仅看接班人本身的能力,还要看接班人身边的人。

赢傒板着脸走过来浅浅一躬:"赢傒拜见老师。"

士仓目光飞快地向赢傒一扫,淡淡一笑:"公子不喜好读书深思,只是醉心剑戈骑射,何以称文武俱佳?"

赢傒顿时面色涨红,昂昂高声道:"刀兵天下,剑戈骑射有何不好?"

"竖子无礼!"赢柱呵斥一声,回身颇为难堪地一拱手,"国事幽微,不得已出此考语,尚请先生见谅。若得补上此子学问见识,赢柱一门永不负先生之恩。"

士仓哈哈大笑道:"此儿不学无术,却不失本色,老夫姑且一试也!"

赢柱心中大石顿时落地,当即吩咐赢傒背老师下山。士仓一摆手,说声老夫自在山下等候,已从草木间掠下山坡去了。赢柱板着脸看一眼儿子道:"你既好武,追上先生是本事。"赢傒顿时精神抖擞,口中好字未落,人已飞身下了山坡。山腰到河谷大约二里许,路程不长,却是荆棘丛生草木纠缠,要想快步下山谈何容易。赢傒自恃精壮,顺着来路蹚开的毛道,连跳带滚地来追那个落拓老士。说也奇怪,分明看见前方身影悠悠然如履平地,连跳带滚的赢傒却总是无法望其项背。眼看再过一道山坎荆棘便是河谷草地,老士身影还是遥不可及。情急之下,赢傒一个大跳和身滚过荆棘山坎,要在大下坡的河谷草地追上老士。不想刚滚下山坎荆棘丛,便被一名武士扶起道:"公子莫慌,我正在候你。"

"我慌个甚!"赢傒一脸汗污一身泥土,又气又笑,"你说在这里候我?"

"正是!"武士趄趄挺身,遥遥向河对岸一指,"那个老药农说的。已经有两人去接安国君了,公子莫慌。"

"你才慌!"赢傒没好气吼得一声,大踏步蹚水过河去了。上得岸边,却见士仓大开两腿骑坐在一方滚圆的大石

上,悠悠然兀自吟诵着嬴傒全然不懂的古奥句子。嬴傒赤脚
走过去冷冷一笑:"先生腿脚好利落。"士仓头也没回道:"老
夫利落,何止腿脚? 你小子却没得一件利落。"嬴傒红了脸
道:"滚山爬坡算个甚? 剑戈骑射才是真功夫!"士仓回身哈
哈大笑:"滚山爬坡尚不利落,却有真功夫? 小子当真可人
也。"嬴傒愤愤然道:"我是黑鹰剑士! 先生知道么?"士仓呵
呵笑道:"纵是鲲鹏名号,你小子也是蠢猪一头。"嬴傒大急,
正要冲上来理论,却听身后哗哗水响,回头一看,父亲正沉着
脸站在河边,连忙低下头走到旁边预备车马去了。

嬴柱赤脚走过来一拱手道:"先生之意,歇息一日再走,
还是即刻便行?"

"但凭安国君。"士仓晃荡着枯树枝般的大脚,"老夫只
一样,毋得张扬。"

"如此甚好。"安国君笑道,"我不如先生健旺,歇息两日
启程了。"回身正要吩咐军士造饭,山道上一马飞来,片刻便
到面前。骑士跳下马顾不得擦拭淋漓汗水,对迎上来的安国
君一阵急促低语。安国君听罢,回身一声吩咐:"即刻拔营
启程! 嬴傒前骑开路,我与先生同车。"一阵忙碌,骑士小队
护着那辆大黑篷车轰隆隆出了桥山。

各人性格跃然纸上。嬴傒尤其生动。

二　天地不昭昭　谋国有大道

次日落黑,嬴柱车马匆匆过了泾水,再向南翻过北阪便
是咸阳了。

嬴柱刚刚松得一口气,篷车外马蹄声疾,嬴傒在车外低
声急促道:"君父,北阪扎了军营! 是绕道还是停车请令?"
嬴柱略一思忖掀开车帘道:"你上车护住先生,无论何事,不

许出来！"说话间已经跳下篷车上了嬴侯战马，待嬴侯在车中说声好了，又吩咐二十多名骑士前后护持篷车，便策马飞驰直向北阪而来。

北阪，原本是咸阳北面一道孤立的土塬，南北宽十余里，东西横亘近百里，南面大下坡是咸阳，北面大下坡是泾水河谷。这道土塬地势高峻林木葱茏，历来是咸阳北面天然的要塞屏障。虽则如此，北阪却极少驻军。尤其是秦惠王之后，北方的河西高原已经被秦国牢牢控制，除了阴山匈奴，来自北方的威胁基本已经消除，北阪只成了"金城汤池"的标志而已。如今这座军营突兀驻扎北阪，封锁了北面进入咸阳的道口，实在令嬴柱莫名其妙。眼看军营连绵在前，嬴柱丝毫没有减速，领着身后车马自顾隆隆冲来。

"车马停队！验令通行！"道中鹿寨后一声大喝。

"安国君驾到——"一名骑士高举火把遥遥喝道，车马队风一般卷到了鹿寨之前。嬴柱一勒马，手中一面黑玉牌飞了出去。

"封君令牌，不能放行！"鹿寨后一声粗喝，黑玉牌又嗖地飞了回来。

"请王陵老将军出营说话。"嬴柱一瞄那面大纛旗，知道是五大夫王陵大军。

"大人稍待。"鹿寨后一声应答，一支响箭带着哨音直飞军营深处。顷刻之间马蹄如雨，一员大将风驰电掣般卷到营门，勒马间哈哈大笑："啊呀呀，安国君如何到了这里？"

"我奉王命，旬日前北山治药，没有即时令牌。"

"篷车中是药材？"

"药材另车在后，篷车中是为父王诊病之神医。"

"好！打开鹿寨，百人队送安国君回咸阳！"王陵一挥手，一个百人骑队从灯影里飞出鹿寨，两列夹护住嬴柱车马。王陵笑着一拱手道："老夫固与安国君相熟，却也得按上将军令行事，尚请见谅。"嬴柱笑道："何消说得，闲暇时再与老将军盘桓。"说罢一挥手策马去了。

一路出营进城，王城区外军士林立，国人区长街也是甲士游弋森严定街。嬴柱本欲先到丞相府见蔡泽，问清究竟何事召他紧急还都，然一想身边有王陵的百骑队"护送"，只有悻悻作罢，回到府中顾不得细想，先忙着亲自安顿士仓的衣食居所。

这士仓却是奇特，坚执不住嬴柱原先预备好的华贵庭院，只要住一间茅屋，说辞只一句话："老夫土性，沾得茅草便踏实。"嬴柱不能勉强，与家老一阵密商，立即腾出了仆役居住的一座小院落，打扫干净收拾整齐，请士仓去看。进得小院也没有影壁，迎面一株合抱粗的大柳树,柳芽初发,嫩绿清新;柳树后一座土丘,荒草荆棘交错,活似一座荒冢;土丘后又是三五株细柳,细柳后一排三间茅屋,屋旁一口青石井台的老井。

士仓看得呵呵直笑:"好好好,只是太得干净也。"旁边的嬴傒忍不住嗤地一笑。嬴柱瞪了儿子一眼,回身肃然拱手道:"此地原本是修建府邸时的工役棚,土丘是挖池泥土堆积。除了幽静,实在简陋得一无是处,先生坚执要沾土,嬴柱却是惭愧了。"士仓哈哈大笑:"安国君尽管惭愧可也,老夫只管舒坦便是。"一言落点,嬴柱也不禁笑了起来:"先生如此简约,嬴柱无由效力,心下老大不安。"士仓呵呵笑道:"这吃喝老夫却是讲究,不知安国君何以安顿?"嬴柱郑重道:"天下珍馐美味,但凭先生指点名目。"士仓连连摆手:"错错错,你说的那些物事不叫珍馐美味,叫烂肠之食。老夫要咥的,是桥山野果。要喝的,是飞瀑山泉。没得这两样,老夫浑身毛病。"嬴柱慨然道:"先生但说个名目数量。"士仓掰着指头道:"松子、榛子、酸枣、山杏、野梨、羊屎枣、麦李子、山柿子、山栗子、山核桃,等等等等,只要是桥山采摘,老夫都咥得,每日六七斤可也。"嬴柱思忖道:"山水,是否先生庄侧之瀑布?""然也!"士仓得意点头,"水就省事些个,每月三坛,老夫只做水引子用。"嬴柱惊讶道:"先生不食五谷么?"士仓皱起了眉头:"没奈何时也得咥,只是生咥罢了,熟了咥不得。"旁边嬴傒憋不住大笑了起来,嬴柱正要发作,士仓却摆摆手笑道:"不打紧不打紧,此子不笑,非此子也。天性使然,呵斥无用。"嬴柱深深一躬:"先生山川胸襟,此子却是无状。"士仓哈哈大笑:"安国君苦心,老夫知道了。"

说话间家老已经将诸般琐务料理妥当,过来一禀报,嬴柱将士仓送进茅屋,自己带着嬴傒与家老告辞去了。回到正院已是三更,嬴柱将家老唤到书房,仔细询问蔡泽密书急召

隐者常寿。小说顺带写养生术,以示高人神秘。

秦昭襄王在位时间长,已死一位太子。嬴柱立时,年岁已老。嬴柱身体不好,权力的交接班随时有变。在这里,嬴煇的威胁最大。嬴煇疑为嬴悝之事改编而成,下毒之事雷同。嬴悝为秦惠王之子,而非小说中所说的嬴柱之弟,小说把二人辈分都改了。据《华阳国志·蜀志》,秦惠王七年,"封子悝为蜀侯,司马错率巴蜀众十万,大舶船万艘,米六百万斛,浮江伐楚,取商于之地,为黔中郡。……报王十四年,蜀侯悝祭山川,献馈于秦孝王。悝后母害其宠,加毒以进王,王将尝之,后母曰:'馈从二千里来,当试之。'王与近臣,近臣即毙。文王大怒,遣司马错赐悝剑使自裁,悝惧,夫妇自杀,秦诛其臣郎中令婴等二十七人,蜀人葬悝郭外。十五年,王封其子绾为蜀侯。十七年,闻悝无罪冤死,使使迎丧入,葬之郭内。初仅炎旱三月,后又霖雨,七月车溺不得行,丧车至城北门,忽陷入地中,蜀人因名北门曰咸阳门,为蜀侯悝立祠,其神有灵,能兴云致雨,水旱祷之。三十年,疑蜀侯绾反,王复诛之,但置蜀守,张若因取笮及其江南地焉。周灭后,秦孝文王以李冰为蜀守,冰能知天文地理,谓汶山为天彭门"。悝为其后母陷害,自杀身死。其后母究竟是谁,不可考,一说为宣太后,显然是误说,秦孝文王时,宣太后已薨。

的缘由。家老却只说了经过:三日前,丞相府文吏夜半送来蔡泽手札一件,叮嘱连夜急送安国君,便匆匆离去了。这几日咸阳大是异常,家老派人四处探听,莫衷一是,甚也不知。

嬴柱心下郁闷,不能安寝,一时莫名其妙地恐惧起来。他从来不涉国事,蔡泽秘密手札要他即刻还都,想必是国中发生了与自己有关的大事。此种大事,除了立储,还能有甚?莫非父王忽生决断,要废黜自己这个太子而另立储君了?极有可能!除了废立大典自己这个原太子封君当事者必得到场外,其余国事,自己在不在咸阳有谁过问?蔡泽不明说,便是不好说,若是委任国事,又何须蔡泽密书,早有王命车马隆重迎接了。

三年前,范雎查勘十一位王子时,曾在嬴柱的太子府多有走动。最后一次临走时,嬴柱谦恭求教,范雎只说了一句话:"明君在前,谋正道,去虚势,储君之本也。"从那以后,嬴柱幡然醒悟,除了潜心读书,便是着意侍弄自己病体,对外则从来不用太子名号,为的是韬光养晦,以免在父王对自己尚存疑虑之心的情势下无端召来王子们的猜忌合围。年前范雎悄然去职,给蔡泽留下了举荐士仓做自己儿子老师的密简。那日进宫,父王对自己的身体似乎也流露了满意神色。如此等等,一切似乎都是顺利征兆,如何突兀便有如此巨大的转折?果真如此,只有两个原因:一则是父王对自己病体彻底失望,二则是有了十分中意的储君人选。仔细揣摩,这两点恰恰都是顺理成章。自己多病虚弱,已经是朝野皆知的事实。也正是因了这个缘故,自己从小与军旅弓马无缘,纯粹是一个文太子。如此一个"孱弱"缺陷,在战国之世是很难为朝野接受的。父王对自己淡淡疏离而不加国事重任,显然是一直在犹疑不决。嬴柱不止一次地确信,只要父王有了中意人选,会毫不犹豫地废黜自己而另立储君。那么,这个新太子会是谁？一阵思忖，嬴柱恍然醒悟了，对，嬴煇，非他莫属。心念及此，嬴柱不禁一阵悲伤，此人为君，我门休矣……

"君父，该练剑了。"嬴傒一阵风似的撞了进来。

"蠢猪！"嬴柱骤然暴怒，劈面一掌，"练剑练剑，顶个鸟用！"

挨了一掌的嬴傒摸摸脸却呵呵笑了："君父，还是出粗解气，我没说错也。"

嬴柱不禁又气又笑："出粗出粗，你倒粗出个主张来！"

"请来个老土包闲着不用，我能有个甚主意？"嬴傒低着头小声嘟哝。

"住口！"嬴柱一声呵斥，点着儿子额头痛心疾首道，"嬴傒啊嬴傒，你已加冠成人，立身之道何在？你想过么！顽劣无行，不敬先生，自甘沉沦，毋宁去死！"

"君父息怒。"嬴傒垂手低头，"儿子原本景仰名士高人，可此人土俗粗鄙，他若真有才学见识，儿子自然敬他。"

嬴柱板着脸瞪了嬴傒一眼："走，去见先生。"

父子两人匆匆来到小庭院，却见大门敞开茅屋无灯，院落空荡荡一片幽静。嬴柱低声道："先生劳累，定是歇息了，明日再来不迟。"正要反身出去，却听土丘顶一个声音突兀道："既来何须走？明日却迟了。"话方落点，松柴般枯瘦的士仓已经站在院中，"安国君，进屋说话。"嬴柱笑道："先生喜好天地本色，正有明月当头，院中也好。"士仓一摆手："春风送远，话不当院。进屋。"径自进了茅屋。嬴柱蓦然醒悟，默默跟进了茅屋。士仓也不点灯，只一指脚底大草席："安国君，坐了说话。"径自先在大草席东首坐了下来，将嬴柱之位自然留在了对面西首。屋中虽是幽暗不明，嬴柱却心知此中道理：士仓与他非"官交"，故而不行官礼坐南北位，而将西

嬴傒头大无脑，嬴柱烦上加烦。

首尊位让他,是士仓在这座茅屋以主人自居以待宾客。仅此随便一礼,这个落拓不羁的老名士的铮铮傲骨可见一斑。嬴柱非但不以为忤,反倒生出了一份敬意,席地而坐,肃然拱手道:"深夜叨扰先生,嬴柱先行致歉。"士仓笑道:"受托尽责,原是要为人决疑解惑,安国君但说不妨。"

"丞相私简召我紧急还都,嬴柱不明就里,又无从探听,不知国中何变?"

"此情此景,必是肘腋之变。"

"何以见得?"

"北阪驻军,咸阳定街,查官不查私,此三者足证非敌国之患。"

"果真如此,肘腋之患是何等事体?"

"若非王族内乱,则是权臣生变。目下秦无强权重臣,安国君当明白也。"

"先生之见,与废储立储无关涉?"

士仓恍然一笑:"原来安国君心病在此,多虑也。"

"何以见得?"

"安国君身为储君,不明国政大道,却如庸常官吏学子,心思尽从权术之道求解政事变化。此非不可也,却非大道也。适逢明君英主,尤非常道也。"

太子私结权臣,非良策。

"先生……能否详加拆解?"嬴柱面红过耳,一时嗫嚅起来。

士仓悠然笑道:"空言大道,人难上心。待事体明白,老夫再行拆解不迟。"

"好,我明日见蔡泽。"

"错也错也。"士仓揶揄笑道,"安国君果然善走权术小道。身为储君,国生大变不立即朝王协力,却先做小道试风,此乃自毁其身也。"嬴柱心下一惊,却觉得士仓未免小题大做，一拱手道："先生之见，嬴柱在心。"一声告辞，转身出屋，一直侍立屋门的嬴傒也跟着父亲腾腾腾大步去了。

次日清晨，安国君府中门大开，一辆六尺伞盖的青铜轺车辚辚驶出，直向王城而来。一路留心，嬴柱已经从旗号兵器甲胄看出，定街甲士只是咸阳守军，并没有蓝田大营的主力大军。所谓定街，军士也只对往来官车盘查，市井国人照常忙碌生计，街市并未骤然冷清。进入王城石坊，多年都是清晨空旷的王宫广场已经是车马云集，仅六尺伞盖的青铜轺车便密匝匝排了一大片。一眼望去，重臣贵胄们悉数进宫。嬴柱原本以为自己来得够早，打算在宫门"巧遇"蔡泽，先行探询一番再觐见父王。此情此景，嬴柱不敢怠慢了，轺车尚未停稳便一跳落地匆匆进宫了。

偌大王城确实忙碌起来了，正殿前东西两厢百余间官署全部就位署理职事，吏员出入如梭，时有羽书斥候飞骑直入，恍然如长平大战时的国事气象。走过两厢官署，上得长长高台便是正殿。正殿前的两座大铜鼎青烟袅袅，一头白发的给事中^①肃然站在鼎间殿口。嬴柱心知父王正在与大臣们朝会无疑，便快步登阶而来。方过大鼎，老给事中迎了过来轻声道："太子请随我来，我王不在朝会。"嬴柱心下一怔，不及细想跟着老给事中绕过正殿走了。

过了东西两座偏殿，是总理王室事务的长史官署，穿过长史署的长长甬道，便是国君的书房重地。从秦孝公开始，这里已经是四代国君书房了，从来没有变过。一进甬道，嬴柱便知要在书房觐见父王，心下不禁一阵宽慰——父王不与大臣朝会，却在书房召见自己，这是何等荣宠也。热流弥漫心田之际，却见老给事中分明已经走过了书房道口，却还是匆匆前行。嬴柱心头蓦然一跳，脱口要喊住给事中，却咳嗽两声生生憋了回去。老给事中回头一望，依旧脚不停步地走了。大事不好！嬴柱顿时一身冰凉，却只有稳住心神跟了上来，双腿灌铅般沉重。

书房之后只有一座官署，一座唯一设于王宫书房之后的特异官署，这便是驷车庶长署。

商鞅变法之前，秦国有四种庶长：大庶长、右庶长、左庶长、驷车庶长。四种庶长都是职爵一体，既是爵位，又是官职。大庶长襄赞国君，大体相当于早期丞相；右庶长

---

① 给事中，战国时秦国执掌王宫内事的官员，通常由宦官担任，大体相当于内侍总管。

为王族大臣领政，左庶长为非王族大臣领政，驷车庶长则是专门执掌王族事务。四种庶长之中，除了左庶长可由非王族大臣担任，其余全部是王族专职。商鞅变法之后，秦国官制仿效中原变革，行开府丞相总摄政务，各庶长虚化为军功爵位，不再有实职权力。唯独这庶长之末的驷车庶长，却因了职掌特殊，既不能取缔，又无法虚化，成为唯一保留下来的职爵一体的祖制庶长，且都是王族老资格大臣担任。但凡王子王孙与王族贵胄，最敬畏的便是这个地方。此署职司大体有四：其一，登录王族功爵封赏与罪错处罚；其二，登录并调理王族脉系之盈缩变化，处置王族血统纠纷；其三，执掌王族族库财货；其四，考校王族子弟节操才具，纠劾王族成员不轨之行。凡此等等，但让你来，十有八九都是查证纠劾之类的颇烦事体。嬴柱太子之身，被领到如此一个地方，能是好事么？

"庶长在署等候，太子请，老朽去了。"一句交代，老给事中匆匆走了。

嬴柱黑着脸走进官署，偌大厅中却没有一个人影。憋闷沮丧的嬴柱不想在此等地方主动开口问事，正要径自坐进一张大案等候，大木屏后脚步声响，一个白发苍苍的老人扶着一支竹杖摇了出来道："老夫将闲人都支开了，你是太子嬴柱？还记得老夫么？"

嬴柱一拱手道："王叔别来无恙。"

老人笃笃点着手杖目光骤然一亮："噢，果真记得？老夫却是何系何支呵？"全然一副考校王族宗谱的神色。

嬴柱心下又气又笑，脸却板得硬邦邦道："王叔姓嬴名贲，乃父王族弟，排行十三，嫡系庶支。"

老人顿时沉下脸气哼哼道："跟我治气算甚本事！王族嫡系出事，不该问你么？"说着颤巍巍走到中央大案后的特设坐榻上落座，竹杖一点大案，"过来，看看这宗物事。"

一听王族嫡系出事，嬴柱一阵心跳，再不敢怠慢，走过去一打量，案上一只锦绣包裹的方匣——蜀锦！嬴柱顾不得细想，伸手一摁匣前凸起的铜铆，叮的一声振音，方匣弹开，一大块四四方方的棕红色干肉赫然现在眼前！

"王叔何意？敢请明示。"骤然之间，嬴柱一头冷汗。

"这是蜀侯贡品，胙肉①。当真不识？"

"既有胙肉贡品，当是煇弟孝敬父王了。"

"孝敬？你敢咥么？"

"若得父王赏赐，自是嬴柱之福，安有不咥之理？"

"胆色倒是正。你来闻闻。"

嬴柱上前一步捧起锦匣，一股浓烈的烟熏盐腌味儿夹杂着一丝隐隐的腥臭扑鼻而来，眉头一皱道："巴蜀地原有熏腌治肉之法，数千里之遥贡胙肉，熏腌之后可保不坏，且咥来另有风味。嬴柱以为无涉礼法。"

"你没有闻出异味儿？"

"没有。"嬴柱摇摇头。

老人板着脸不说话，从案头铜盘中拿过一支白亮亮银锥，猛然插进匣中胙肉，倏忽一线暗黑宛如蛇舞蹿起，顷刻蔓延银锥！老人拔出银锥"当啷"丢进铜盘，冷冷一笑："东海方士认定：此毒乃钩吻草也，蜀山多有。你却何说？"

嬴柱大惊失色："父王咥胙肉了？！"

老人不置可否："你只说，蜀侯嬴煇给太子府进礼为何物？"

嬴柱长嘘一声，咬紧牙关生生压住了翻翻滚滚的思绪，一拱手道："驷车庶长明察：煇弟为蜀侯以来，三次祭祀，向太子府的进礼都是蜀山玉佩一套、蜀锦十匹。胙肉为贡品至尊，只能进贡父王。蜀侯此举合乎法度，嬴柱以为无差。"

"蜀侯与太子府，可有书简来往？"

"蜀侯军政繁忙，无有来书，只嬴柱每年一书抚慰煇弟。"

---

① 胙肉，祭祀天地宗庙时的牺牲（猪牛羊）肉。古礼：牺牲正肉祭祀后分食，可得天地祖先庇护。

此处用胙肉，不妥。所谓胙肉，通常乃王室由上而下赐胙，或称致胙，可作为祭祀之贡品，儿子献给老子，不合礼。再则，所谓祭天，周室未灭，秦王实则只能祭山川，秦王祭天祭地，仍属僭越。这"胙肉"之用，有规矩，不能乱"贡"。

"好，你且自省一时，老夫片刻回来发落。"老人说罢点着竹杖笃笃去了。

说是片刻，嬴柱却焦躁难熬若漫漫长夜一般。士仓所料不差，果然是肘腋之患。若父王无事，一切还有得收拾，若父王中了胙肉之毒，一病不起或一命呜呼，大局就难以收拾了。寻常看父王暮年疏懒，对国事有一搭没一搭，便想何如没有这个不理事的老王。如今乍临危局，顿时便见父王的砥柱基石之力，如果没有父王，自己这个虚名太子立即大险。今日之事便大为蹊跷，莫非父王弥留，有人要秘密拘禁自己？心念及此，嬴柱一身冷汗。

竹杖笃笃，老王叔摇进来喘息着一摆手："去，大书房。"

嬴柱苍白的脸涨红了，骤然站起，一个趔趄几乎跌倒。老庶长嘿嘿冷笑，沉着脸色走过来将竹杖塞到嬴柱手中："如此定力，成得甚事？"嬴柱勉力稳住心神，推开竹杖道："我只担心父王。"说得一句，突兀振作，大步匆匆去了。

大书房的长长甬道依旧是那般幽静，踩着厚厚的地毡，嬴柱有些眩晕。眼看到了书房大门，嬴柱突然一个马步蹲扎，闭目长呼吸几次，方觉心神平静下来。从容走进书房，却见父王陷在坐榻大靠枕中，耸动着两道雪白的长眉，似睡非睡地半睁着老眼，周围没有一个侍女内侍。

"儿臣嬴柱，参见父王。"

一阵默然，陷在靠枕中的秦昭王淡淡道："事已发作，由他去了，莫管。你只给我谋划一件事：日后如何治蜀？蜀不大治，秦不得安也。"

嬴柱等待有顷，见父王依旧默然，恭敬答道："儿臣谨记。"

"旬日之期……"一句话未完，坐榻靠枕中传来断断续续的鼾声。

用这胙肉下毒，计太儿戏，不合逻辑，显然是有人暗中做手脚。阴谋论对作者有吸引力。

蜀乱天下乱，蜀定天下定。此乃中国历史之常道。

　　嬴柱深深一躬，出了书房，略一思忖又来到驷车庶长署，与老王叔说得半个时辰，方才出宫去了。依嬴柱本意，此时最想见蔡泽，请他指点治蜀之策。然蔡泽是开府丞相，要见得去丞相府。想得一阵，似乎不妥，嬴柱径直回了府邸。

　　嬴傒已经在府门等候得焦躁不安，见父亲轺车驶回，急不可耐地跟在车后一直跑到书房廊下，又抢步上前将父亲扶了下来。嬴柱看着一头大汗毛手毛脚的儿子，一声叹息进了书房。嬴傒跟进来急匆匆道："君父，我早间练剑，在池边柳林遇见士仓先生了。"见父亲只唔了一声不问所以，嬴傒又急匆匆道："我见他昨夜说得还算有学问，向他说了君父今日进宫，问他有何高见。这老头儿只点点头又摇摇头，转身走了，怪也！"嬴柱一阵默然，猛然转身一挥手："走，去见先生。"

　　进得小跨院，老井台上一张草席，旁边一炉明火幽幽包着吊在铁支架上的陶罐，院中弥漫出一片清新的异香。一双黑瘦长腿大叉着半卧半坐在草席旁的井台石上，却不见人头。嬴傒噫的一声，正要冲上去看个究竟，嬴柱却摆摆手笑道："先生，煮茶么？"话音落点，一颗散披长发的头颅悠然从井口探出，转身坐正一个深深的吐纳，落气之后方才笑道："桥山药茶，须接地气饮之。这口老井深通渭水，老夫没有想到。"嬴柱眉头一皱："先生之法，颇具方士术气，不敢苟同。"士仓呵呵笑道："惠王之后，秦国对方士深恶痛绝，原是不错。然则以养生论之，方士之术亦非全无可取。老夫聊做消遣，比画一二，却与正道无关，安国君毋得忌惮也。"嬴柱见落拓不羁的士仓说得认真，连忙拱手笑道："原是嬴柱浅陋无知，先生见谅。"士仓一指井台草席道："安国君坐了说话。只怕你这难题老夫不好解也。"

　　"先生洞若观火，肘腋之患果然无差。"席地而坐，嬴柱将今日进宫情形说了一遍，末了忧心忡忡道，"不瞒先生，嬴柱虽侥幸躲得一劫，前路却是无以应对也。"士仓一直静静地听着，黑脸枯树皮一般板着，此时却突兀一问："君与蜀侯之纠结，能否实情见告？"嬴柱叹息一声道："此事龌龊也！不敢相瞒先生。"想着说着，断断续续地说出了一段宫廷秘事——

　　太子嬴柱与蜀侯嬴辉的恩怨纠葛，可谓纷杂交错。秦昭王先后有九女，名位分别是：王后（正妻）、夫人、美人、良人、八子、七子、长使、少使、女御。按照天下传统，王女比爵食禄，除王后至尊之外，所有"王女"都比照官制爵位享受禄米：夫人比爵大良造，年三千石；美人比爵少上造，年两千石；良人比爵右更，年千五百石；八子比爵中更，千石；八子之下，一律六百石。战国之世，大国君主动辄"畜女"数千，墨子孟子无不痛斥有加。

相比之下,秦孝公之后的秦国君主实在是简约了许多,"畜女"大体只在十人上下,大体遵循了"天子十二女,诸侯九女"的古老传统。

周礼有定制:男子三十而娶,女子二十而嫁,天子与庶民同礼。然自春秋以降,周礼已经在各诸侯国大大松动。为了增加人口,各邦国纷纷降低嫁娶年龄以奖励生育。越王勾践以民少为患,严令国中男子必于二十岁之前娶妻,女子十七岁出嫁,否则治父母以重罪。在这数百年的松动中,诸多新的早婚礼法逐渐形成,其中最显眼的一则,是国君可十五岁大婚,以利多子。秦昭王从燕国回来即位时,恰恰是十五岁,宣太后为他娶了一个楚国王族的十四岁少女。宣太后本是楚国王族女子,这位十四岁少女理所当然地成了秦王正妻,宫中称为芈后。两年后,这位芈后生下了秦昭王的第一个王子,自己却因大血崩而死了。二十岁时,秦昭王加冠大礼,宣太后一次为秦昭王册封了四个嫔妃,品级却都在"八子"之下。十年之中,四个王妃生下了两子四女。一个儿子是嬴柱,另一个儿子便是嬴煇。嬴柱的生母是唐国后裔,品级是八子,被宫中称为唐八子。嬴煇的生母是故蜀王后裔,品级是少使,被宫中称为王少使。由于没有王后,三个王子由品级最高的唐八子执抚养职责,都在唐八子的泾苑吃住读书,嬉戏习武,相处得很是快乐。

倏忽十余年,秦昭王又先后增立了四个王妃,陆续生下了十个王子、六个公主。此时宣太后已死,秦昭王亲政,重行排定嫔妃品级:王后空位,以示对宣太后主婚的敬意;原先的四位老王妃依次递进,嬴柱生母做了夫人,其余三女分别做了美人、良人、八子。不料,那位王少使刚刚做了半年八子,却莫名其妙地死了。

王少使的突然故去,开始了嬴柱与嬴煇之间的龃龉纠葛。

王位之争,也是后宫之争。秦昭襄王之后,秦经历短暂的疲软时期,后宫也多变故。

在三个年长王子中，原本各有心病，越是长大，心病越重。长子嬴悝与次子嬴柱都是体弱身虚，从小经不起摔打，连秦国王子人人必需的练武都不堪重负，军旅磨炼更谈不上了。三子嬴煇精壮敏捷，醉心剑戈搏击，十三岁入蒙骜军中历练，十分得秦昭王钟爱。然则嬴煇却生性恶学，见读书便喊头疼。管教严厉的唐八子多次责打嬴煇，有次竟连竹尺也打劈了。两手鲜血的嬴煇逃出泾苑，对生母王少使大哭大号。王少使大是痛惜，立即领着儿子到秦昭王面前哭诉。秦昭王无可奈何，破例允准王少使执嬴煇教习职责。虽说两家由此生疏冷漠，毕竟无甚深仇大恨，还算相安无事。

王少使突然身亡，正在河内战场的嬴煇连夜回到咸阳晋见父王，一口咬定生母是唐八子谋害致死，理由是，为生母诊病的太医是唐八子族叔。秦昭王顿生疑惑，立即下令密查。查来查去一个月，始终都是子虚乌有。可嬴煇依然咬定唐八子不松口，竟私下扬言要为生母手刃仇人。隐忍一月的嬴柱母子闻讯大怒。唐八子不见秦昭王，径直闯进廷尉府状告王子诬陷养母，忤逆难容，罪在不赦。嬴柱请见国尉，举发嬴煇因私逃军，请以军法治其罪。

如此一来，王室家丑举朝皆知，自然也演变成了一桩国事。秦昭王恼则恼矣，对这诉诸国法军法的嬴柱母子却也实在无奈，只有下令廷尉府秉公彻查。三月之后，廷尉府会同太医令联名具奏：王八子（死后追认品级）为寒热瘟病致死，诊治太医药方药物煎药器皿，均查证无疑，当依法处嬴煇流刑千里。秦昭王半晌默然，突兀厉声下令："嬴煇流蜀！三年不得返国！"

在老秦人眼中，蜀地山高水险蛮荒僻远甚于陇西，流放蜀地，显然是最严厉的处罚了。嬴柱母子非但无话可说，反倒是隐隐生出了一丝悔意。毕竟，唐八子一手将嬴煇抚养到十岁，眼见自己亲生儿子虚弱，心下存了好生抚养嬴煇以使儿子将来有个得力帮衬的念想；如今画虎不成反类犬，自己也落了个绝情寡恩的恶名，如何不心痛追悔？

就在嬴煇放逐一月之后，秦昭王突然册立长子嬴悝为太子，册封嬴柱为安国君。一时之间，三位年长王子都有了自己的结局，事情似乎也就平息了。

然则，三年之后，秦昭王又突然册封嬴煇为蜀侯，就地赴任，不须来朝。这一重大变故，嬴柱母子事先毫不知情。若不是嬴柱与赴蜀特使有交谊，还真不知道父王会在何时告知他们。唐八子满腹狐疑，借着太子探视养母的时机询问太子，太子也是事先不知。如此一来，嬴柱母子与太子一起突生疑惧：莫非老秦王准备教嬴煇做储君？果真如此，

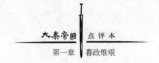

以嬴煇的顽韧刚猛，一旦君临秦国，嬴柱母子必是永无宁日了。太子原也不满，却因体弱性柔，只吭吭哧哧埋头叹息，半晌没有一句话。

"只要太子安心，我倒是乐得你等兄弟一心帮衬。"嬴柱记得很清楚，母亲淡淡说完这句话，丢下他和太子径自走了。从此以后，母亲在任何人面前都只夸赞嬴煇，即或太子有几次探视欲言又止，母亲也照样夸赞不休，说完便走，再没有与太子作过母子谈。

嬴煇做蜀侯一年之后，太子嬴倬出使魏国，突然死在了大梁。太子孱弱萎缩，秦国上下原不看好，今番猝死，朝野波澜不惊。秦昭王一番伤痛，为太子举行了隆重的葬礼，下书白起范雎等一班股肱大臣举荐太子人选。正在此时，回咸阳奔太子丧的嬴煇却突然秘密上书，指太子使魏前曾入宫拜辞养母，安国君嬴柱也曾为太子饯行，请彻查太子死因。正在嬴柱母子惊恐不安之时，王室书房吏密报消息：秦昭王怒斥嬴煇"不识时务不读书"，下令其即刻回蜀，无王书不得返国。

唐八子大感困惑，多方秘密探听，终于弄明白了一个天大的秘密：秦昭王对嬴倬嬴柱两个儿子的孱弱一直耿耿于怀，始终对强悍精明的嬴煇寄予厚望；当初将嬴煇放逐巴蜀，实际上是要保护嬴煇不受宫廷争斗的伤害；这次重臣议举太子，秦昭王密令驷车庶长着意查核嬴煇在蜀之言行政绩，并即时通报范雎白起；不想正在此时，嬴煇却急不可耐地跳了出来上书纠劾嬴柱母子，反而使自己落了个"觊觎储君"的朝议。秦昭王大为光火，将嬴煇赶回了蜀地，立太子的事自然也就搁置了。

嬴柱母子渡过了险关，从此更加小心翼翼，非但不和嬴煇疏远，反倒是借着礼数关节一力修补与嬴煇的亲情，在公开场合更是时时留心维护手足之情。久而久之，国中大臣们渐渐淡忘了王子们之间的龃龉，安国君的贤名也渐渐在朝野流传开来。

三年后，秦国与赵国大争上党，战云密布，长平大战已是箭在弦上。白起范雎联袂上书请立太子，以安定大局凝聚国人战心。秦昭王当机立断，没有丝毫犹豫，将安国君嬴柱立为太子，并当即书告朝野。做了太子的嬴柱，第一桩大事是在父王秘密开赴河内后镇守咸阳。那时候，嬴柱全力以赴，多方督察关中军政，得到了父王与朝臣的一致褒扬。可是，在长平大战后与赵国拉锯三年，秦国三次大败，嬴柱终于支撑不住，又一次病倒了。从此以后，嬴柱再没有参与过任何一件国事，连太子身份似乎也被父王遗忘了。直到这次朝局突变，关中严密布防，嬴柱一直都是局外之人。若非今日进宫，嬴柱还是不知道嬴煇之变的真相。

原来，在长平大战后的三四年里，嬴煇一直与父王有着紧密的信使往来。络绎不绝的各种消息给了秦昭王一个强烈印象：蜀地大富，人口大增，可做秦国征战中原的雄厚根基。有此政绩，嬴煇在父王的心头重新活泛起来。去年，父王特派最忠实的王族大将嬴摎为秘密特使，前往蜀地查核。嬴煇闻得密报，却找不见特使在蜀地何处查核，情急之下，以来春举行祭天大礼为由，在蜀地遍索特使摎。遍索两月，嬴摎却依旧没有现身。无奈之下，嬴煇只有孟春祭天，之后依照规矩给父王进贡了祭天的胙肉。

驷车庶长告诉嬴柱：胙肉贡来之时，特使嬴摎尚未回到咸阳。秦昭王接到嬴煇贡品很是高兴，邀了几位王室元老共享这难得的祭天胙肉。当侍女捧来两只热气蒸腾肉香扑鼻的大鼎，老给事中依例插入银针检验，秦昭王呵呵笑道："验个甚？祭天正肉，亲子之贡，还能有毒不成？"元老们一阵大笑喧哗："多余多余！蛇足也！"谁想便在这君臣笑语之时，那支六寸银针骤然通体变黑，宛如一支焦炭，举座无不大惊失色。

"岂有此理！"父王脸色一沉，"银针定然有误，牵只狗来。"

一只高大的阴山牧羊犬刚刚吞下一块红亮的大肉，便怪叫着夹着尾巴打旋，没转两圈倒在厅中一命呜呼了。元老们目瞪口呆，一时无一人说话。秦昭王脸色铁青地站了起来，大袖一拂径自去了。当晚，王族老将嬴豹率领一个铁骑百人队兼程出大散岭，直下蜀地去了。然后，有了关中腹地的大军布防……

"除此而外，我甚也不知道了。"喋喋说完，嬴柱一声粗长的叹息。

故事说完，已是暮色将至。士仓卸下早已熄火的铁架上的陶罐，向井边两只陶碗中斟满了红亮的汁液，一指陶碗道："亦茶亦药，安国君来一碗如何？"嬴柱道："先生茶果有定数，安敢掠美，但请自便。"士仓道："怕药味儿么？"嬴柱摆手道："哪里话来，我吃的药，只怕比先生吃的桥山野果还多。"士仓呵呵笑道："你药我药，非一药也。你喝下这碗，只日后别向老夫讨要便是。"嬴柱一笑："如此承情。"端过靠近自己的一碗咕咚咚喝了下去，喝罢咳嗽一声大皱眉头，"苦涩酸甜，还有些许腐草气息，先生喝得下去？"士仓哈哈大笑道："安国君硬口一个也，这便好！"一抹嘴岔了话题，"说说，安国君如何应对老王？"

沉吟片刻，嬴柱终是摇了摇头："我已心乱如麻，如何拿得出治蜀之策？"

士仓不屑地一撇嘴："阴沟已过，太子已经平安，乱个甚？"

"先生说甚来！"嬴柱眼睛骤然瞪起，"嬴煇必要返国纠缠，到时还不是诬陷我母子害他！此等事谁又说得清楚？还不是父王一念决断？如此险境，我能平安么？"

"噗"的一声响,士仓喷出了一口药茶哈哈大笑道:"真道事中迷也。嬴煇已经死了,事情已经完了,老王已经在想如何治蜀了。偏你安国君还兀自神道道将心悬在半空,好笑也!"

"嬴煇死了? 你你你如何知晓?"极是整洁的嬴柱顾不得喷洒一身的药茶,急得有些口吃起来。士仓枯树皮般的黑脸倏忽板平了:"特使匿踪,必是蜀地政绩有假;祭天胙肉有毒,关中大军布防,必是嬴煇要谋逆反国;嬴豹铁骑南下,必是奉密书调兵定蜀。老夫料定,不多日必有嬴煇死讯。老王急求治蜀之策,必是蜀地民不聊生。如此这般而已,安国君信也不信?"寥寥数语,嬴柱顿时醒悟过来,伏身草席纳头一拜:"先生之言,醍醐灌顶。如何应对老王,敢请先生教我!"

对这番大礼士仓却视若不见,只悠然一笑道:"安国君,可知老夫师何家学问?"嬴柱坐正了身子答道:"人言先生法墨兼通,想必两家学问了。"士仓笑道:"法家之士,施政为本,岂能隐居深山?"嬴柱道:"既然如此,先生自是墨家大师了。""大师?"士仓嘴角撇出一丝揶揄,"秦人熟知后墨,你可曾听说过老夫这个墨家大师名号?"嬴柱摇摇头道:"我对诸子百家原是无知,敢请先生指点。"士仓道:"老夫原本无师无派,后读墨子大作,生出景仰之心,士人们便认老夫做了墨家,如此而已。"嬴柱恍然大悟:"如此说来,先生原是自成一家!"士仓哈哈大笑着连连摇头:"不不不,老夫还是墨家便了。方才安国君之难题,老夫便请老墨子教你,听好也!"咳嗽一声笑容收敛,厚重平直的河西秦音在庭院中激荡开来:

"虽有贤君,不爱无功之臣。虽有慈父,不爱无益之子。是故,不胜其任而处其位,非此位之人也;不胜其爵而处其禄,非此禄之主也。良弓难张,然可以及高入深;良马难乘,然可以任重致远;良才难令,然可以致君见尊。是故,江河不恶小谷之满己也,故能大。圣人者,事无辞也,物无违也,故能为天下器。天地不昭昭,大水不潦潦,大火不燎燎,王德不尧尧者。若乃千人之长者,其直如矢,其平如砥,不足以覆万物。是故,溪狭者速涸,流浅者速竭,硗确者其地不育。王者淳泽,不出宫中,则不能流国矣!"

尾音长长一甩,士仓目光盯住了嬴柱。嬴柱听得一头雾水,茫然摇头道:"似懂非懂,还请先生详加拆解。"

"不学若此,难为哉!"士仓叹息一声,枯树般的指节将井台石叩得梆梆响,"这是《墨子》开宗明义第一篇,名曰《亲士》,说的是正才大道。老夫方才所念,大要三层:其一,为

臣为子者,当以功业正道自立,而不能希图明君慈父垂怜自己,若是依靠垂怜赏赐而得高位,最终也将一无所得。其二,要成正道,便得寻觅依靠有锋芒的国士人才,虽然难以驾驭,然却是功业根基。其三最为要紧,说的是天地万物皆有瑕疵,并非总是昭昭荡荡,大水有阴沟,大火有烟瘴,王道有阴谋。身为冲要人物,既不能因诸般瑕疵而陷入宵小之道,唯以权术对国事;又不能如箭矢般笔直,磨刀石般平板。只有正道谋事,才能博大宏阔伸展自如,才能亲士成事。最后是一句警语:但为王者,其才能若不能施展于王城之外的治国大道,功业威望便不能覆盖邦国,立身立国便是空谈!"

良久默然,满面通红的嬴柱喟然一声长叹:"先生之言,再造之恩,嬴柱没齿不忘也!"士仓狡黠地呵呵一笑:"安国君,可知范雎对君之考语?"见嬴柱愕然摇头,士仓一字一板念出:"精明无道,愚钝有明,学而能知,可教也。今夜一谈,可知范叔之明矣!"嬴柱既惭愧又高兴,嘿嘿笑道:"若非应侯这考语,只怕先生不肯出山了。"

"然也!"士仓得意地笑了,"竖子可教,老夫便值了。"

"只是,"嬴柱嗫嚅着,"这治蜀之策……"

"大道既立,对策何难?"士仓枯树般的大手一挥,"走,老夫教你看样物事!"说罢霍然离席,大步噔噔进了茅屋。嬴傒连忙扶起父亲跟了进去,自己石桩一般守在了茅屋门口。直到月落星稀雄鸡高唱,嬴柱父子方才离开了茅屋庭院。

三　布衣水工震撼了咸阳君臣

秦昭王终于缓过了劲来,可以批阅文书了。

展卷一看大题,他便没了兴致,一卷卷撂将过去。目下最使他焦灼的,是治蜀无策。自惠王九年司马错出奇兵定巴蜀,至今已经六十年,秦国对巴蜀两地一直都采取类似于封地的王侯自治——派出两名王族大臣分别为蜀王巴王,再派出两名强干大臣分别为蜀相巴相,除了不许成军,民政全部自治,基本上不向国府上缴赋税。后来,丞相甘茂担心巴蜀尾大不掉,奏请秦武王将巴蜀两君降格为侯爵,领地自治却没有任何改变。也就是说,秦国的郡县制一直没有推行于巴蜀。仅仅如此还则罢了,要紧的是,原指望这方富庶之地与关中一起成为秦国的金城天府,如今却成了民不聊生频繁生乱的危地。而这一切，又恰恰都是在嬴煇骗局破解之后才真相大白的。贡肉有毒，秦昭王还只是大生疑惑，派出嬴豹为特使彻查而已。及至查勘蜀地的嬴摎秘密返回咸阳，带来大量翔实证据，证实了蜀地十余年来穷乱不堪的危局，秦昭王才真正地勃然大怒了。嬴煇不堪！竖子该杀也！盛怒之下，他当即密令驻守汉水的大将桓龁率军一万直下蜀中，"请回"嬴煇明正典刑。谁料兵马方入蜀地，蜀人大起风声，说蜀侯贡品被养母下毒，蜀侯只有起兵杀回咸阳，肃清宫廷大患。桓龁率军兼程疾进，抵达蜀中，乌合之众的叛军一哄而散，嬴煇也畏罪自裁了。当那颗淤血的人头摆在案头时，秦昭王天旋地转，顿时昏厥了过去。

半月卧榻，秦昭王愈发坚定了彻底治蜀的主张。

仔细想来，嬴煇固然有罪，可要说蜀地穷困是嬴煇一人之失也未免牵强。六十年一直如此，嬴煇并未改弦更张，纵然浮躁添乱，穷乱根基却远非自他酿成。若不彻底治蜀，这方山水将永远成为秦国的巨大乱源，不说饥民流窜，仅是长驻一支大军，便是不堪重负，如此下去，秦国何安？要在中原逐鹿，更是白日做梦也。

噫，这是何人上书？秦昭王白眉突然一耸，哗啦一声摊开竹简，题头大字赫然入目——治蜀方略书！愣怔有顷，秦昭王迫不及待地一眼扫到书简卷末，却是"儿臣嬴柱顿首"几个字。揉揉老眼再看一遍，还是嬴柱，没错。秦昭王的惊喜之情顿时烟消云散：嬴柱虽有长进，然素来不学无术，唯求明哲保身，能有甚个治蜀长策？还不是被自己逼得急了，来虚应故事。然则，嬴柱毕竟还是太子，且看看他如何说法再做道理。

看得两行，秦昭王精神一振，说得不错！再看下去，竟被书简深深吸引了：

煇自杀。《史记·秦本纪》，"（秦昭襄王）六年，侯煇反，司马错定蜀"。《史记·六国年表》，秦昭襄王六年，"蜀反，司马错往诛蜀守煇，定蜀。日蚀，昼晦。伐楚"。另据司马贞《史记·秦本纪·索隐》，"煇音晖。华阳国志曰：'秦封王子煇为蜀侯。蜀侯祭，归胙于王，后母疾之，加毒以进，王大怒，使司马错赐煇剑。'此煇不同也"。《华阳国志》的蜀嬴悼与《史记》所载的蜀侯煇，时间上有差异。小说含混处理，取嬴悼之事写嬴煇。

秦昭王在位时间长，储君大概有无所事事之感。

治蜀方略书

臣奉王命应对蜀策：蜀地原本富庶山川，然入秦六十年而贫瘠生乱，非蜀人之过也，皆国府之失也！国府治蜀之失者三：其一，王族领蜀自治，几与封地无异，国府法令无以直达民治，反酿王族祸乱之源；其二，蜀道艰难僻远，关山重重，消息闭锁，财货难通，几同海外之邦，无以一体流通；其三，蜀地平川沃野，号为绿海，然水患频仍，庶民无积年衣食，常陷饥馑荒年，但有变故，不乱奈何？更兼封君唯求坐镇之权，无视庶民忧患，不思为国开源，蜀地便成累赘重负矣！臣尝闻昔年司马错取蜀功成，惠文王曾言：得蜀易，治蜀难。我得蜀地六十年而未大治，不亦明哉？惟其如此，臣斗胆直陈治蜀方略：力行郡县，大开蜀道，根治水患。此三策若行，蜀地必得大治也！王若纳臣之言，臣当举一人入蜀治水，以解庶民倒悬。儿臣嬴柱顿首。

"来人！"秦昭王啪地一拍书案，"宣安国君即刻进宫。"

给事中匆匆出去传令。秦昭王又埋首书案了，再三咀嚼，竟觉得嬴柱这治蜀书洞若观火，道理说得彻里彻外地明白，方略又能扎扎实实地推行，无大言虚文，无掩饰造作，分明一个医国名士。怪矣哉，这是嬴柱么？这是那个只知唯唯保身而对国事退避三舍的王子安国君么？这是那个孱弱多病深居简出始终不被自己看好的太子么？莫非此子大器晚成，这几年修习得道？又莫非此子遇到了高人，竟至点石成金？一时间思绪纷繁，秦昭王罕见地在书房大厅转悠起来。

耳目一新。

"父王离榻举步，儿臣欣慰之至。"

秦昭王转身笑道:"二子呵,快,进来说话。"

赢柱一答谢礼,进了书房,步态轻捷精神抖擞,连苍白虚胀的大脸也透出了结实的黑红色,恍然换了个人一般。秦昭王老眼一亮,点点头喟然一叹:"非天意也,孰能为之哉!"接着一指书案上摊开的竹简,"这是谁人主见?"赢柱望着老王的炯炯目光,一拱手坦然道:"父王明察:儿臣原本为病体所困,忧戚在心而不学无术。然自兄长病故、长平战后三败于赵国以来,儿臣痛感父王心力交瘁,遂生发奋雪耻之心,一面求医强身,一面读书体察国情。近年来,儿臣对《商君书》、《法经》、《鬼谷子》、《墨子》并秦国法典反复揣摩,多有心得。当初,父王以三弟赢煇为蜀侯,儿臣深感不安。然三弟与儿臣母子龃龉,儿臣劝谏,父王未必听之。无奈之下,儿臣多方搜罗巴蜀图书,处处留心蜀地民治,方对治蜀有所主张。然儿臣多年疏离国事,不敢贸然进言,若非父王限期上书,儿臣依旧不敢言事。此次上书,乃儿臣留心蜀治之多年心得,无敢欺瞒。"

大书房静如幽谷。默然良久,秦昭王疲惫地倚上坐榻一声长嘘:"二子呵,数年之间有此鱼龙变化,不易也!儿抱病谋国,精进如斯,为父却熟视无睹,实在抱愧了。"

"父王……"赢柱一声哽咽,不禁拜倒在地。

"起来了,坐。"秦昭王轻松地笑了,"说说,你举荐何人入蜀治水?"

"水家名士李冰。"

"水家?"秦昭王惊讶了,"我只闻许由之农家,如何还有个水家?"

"水家详情儿臣不甚清楚,只知李冰有《治水三经》,士人呼为水家。"

"立经成家,谅是不差。说说此人来由,你如何识得

李冰要大展拳脚,变穷山恶水为天府之国。作者选择蜀地为富国之本。

了？"

赢柱坐直了身子，对父王说起了一则往事：十年前，他南下楚国湘山求医采药，在洞庭泽北岸遇见一片修浚河沟的民伕营。其时阴雨连绵，赢柱一行三人随带军食已经耗尽，想在这里买一些干肉。指路老人说："找官没用，只有找水神。前方那院石屋是县令，旁边那间干栏是水神，看好了，别拜错了庙门。"依老人指点，赢柱来到那间楚人称为"干栏"的吊脚竹楼前，高声询问，里边却空无一人。正在等候之际，大雨滂沱而至。两名卫士将虚弱的赢柱扶进了干栏避雨，然后守在了干栏下继续等候。

滂沱大雨直下了一天一夜，呐喊呼喝声在遍野闪烁无定的火把中遥遥传来，干栏的主人却始终没有回来。第三日雨过天晴，清晨便闻干栏外人声大起，一群泥猴似的民伕惊慌哭喊着："水神升天！小龙归位！"拥向干栏而来。赢柱闻声出来，漫山遍野的泥人哭喊着潮水般围了过来，片刻之间将干栏前一片平地塞得水泄不通，咒骂官府与哭喊水神的叫嚷汹汹动地。

赢柱正在干栏廊下，俯瞰人群中间的两具尸体分外清楚，稍一端详，不禁一声高喊："此人有救！莫要动他，我来！"回身冲进干栏，提着药包跑了下来。赢柱原是久病成医，孜孜不倦地寻药问医，几十年下来，对医道倒是比寻常太医还来得精熟。此番南下，非但随身携带救急奇效药，沿途所采名贵药石也有些许。此刻一声高喊惊动众人，灰蒙蒙的泥人群中便听一个老人声音大喊："天意也！快闪开！"众人闪开一条通道，赢柱呼呼大喘着冲了进来，打开药包，先将三根闪亮的银针捻进了长胡须男子的肾俞、大肠俞、膀胱俞三处大穴；接着来看黝黑细瘦的少年，右手四指立即掐住了少年左手的四缝穴。片刻之间，少年睁开了眼睛，叫一声"我父！"猛然翻身坐起。赢柱连忙摁住道："小哥莫急，老者是脏腑绞痛，稍待片刻便当苏醒。"少年瞪着眼睛打量着赢柱，突然翻身扑地大拜："先生神医！我父得救，二郎永世感恩也！"遍野泥人立即由近及远哗啦啦跪倒，一片乱纷纷哭喊："先生救活水神，洞庭郡恩公！"

赢柱起身团团一拱，顾不得多说，来看那长胡须男子。捻动银针之间，男子已经悠悠醒转，睁开眼睛不胜惊讶："噫，我去见了东海龙王，如何便回来了？"周围灰蒙蒙泥人立即欢呼雀跃起来，"水神回来了！""水神万岁！"的呼喊隆隆荡开在大泽高山。赢柱见长须男子神秘兮兮的模样，皱着眉头摆摆手道："这位兄台莫得心急，你经年劳累，食水太差，肾肠胃皆有痼疾，若不好生调治，只怕撑持不了许久。"男子目光一闪低声道："先

生莫得声张，到干栏再说。"突然坐起一挥手高声大喊，"海龙王召我，密授洞庭水道！旬日之间，毋近干栏！"灰蒙蒙泥人群齐齐地吼了一声"谨遵水神"！轰隆隆片刻散去了。

进得干栏，嬴柱告诫男子卧榻禁言，立即开始了治药配药煎药的一番忙碌。三日之间三换药方，男子终于有了起色。少年也变得生龙活虎，里里外外地浆洗起炊，将一干人的衣食弄得分外妥帖。嬴柱又精心配制了一剂补养元神的草药，教给少年煎药服药之法。这少年大有天赋，一说便会，做得极是到家，完全不用嬴柱插手劳累。

到得第九日，长须男子精神大见好转，少年治了一席洞庭鳜炖莲藕，又打来了六桶楚国兰陵酒，满当当摆满了一张大草席，恭恭敬敬地请嬴柱三人入席。嬴柱方得席地落座，沐浴之后的男子已经脱去了一身脏污的短打，身着一领黑色麻布长袍，步履稳健神色庄重地从内间走了出来，领着少年对着嬴柱扑地拜倒，连连叩头："恩公再造生身，我父子粉身碎骨无以回报也！"

嬴柱连忙扶住男子道："医家救人，原是本分，水神言重了。"

男子起身肃然一躬："在下李冰，一水工而已，不敢当恩公如此称呼。"

嬴柱见男子气度敦厚，全然没有了那日的神秘兮兮，不禁笑了："原是随众人景仰呼之，必是足下治水若神，却何须过谦？"

"先生有所不知也！"男子席地而坐一声感叹，"大凡治水，皆是犯难赴险，多有生死关头，须舍身赴死方可为之。当年大禹治水，多杀方国头领，以至最后诛杀共工。非大禹好杀戮也，诚为立威也。在下庶民水工，无令行禁止之权，若不能使众人慑服，这水家之学便做永世虚幻了……"言犹未尽，却又打住不说了。

嬴柱恍然大悟，却又惊讶莫名："足下如何是庶民之身？这治水大事，官府不管么？"

"来！"男子捧起了大陶碗，"恩公举酒，三爵之后，我再细说。"

"好！三碗为限，祝足下康复如初！"

喝着兰陵酒，哐着洞庭鳜，男子断断续续地说起了自己的往事。男子姓李名冰，祖上原是蜀地之民。因不堪蜀地经年水患，祖父辈打造了十几艘小船，举族三百余人顺江东下逃奔楚国。不想在船行大江峡谷险滩时，骤遇横贯江面的漩涡激流，十几艘小船全数被卷入江底，举族三百余人顷刻沉没。在那次大劫难中，只有一个新婚三个月的少妇神奇地被漩涡激出了水面，漂到了岸边。这个少妇，便是李冰的母亲岷灌女。出蜀之时，岷灌女已经知道自己有了身孕，在江边埋下了一块白色大石，割破手掌在白石上摁

下了一个血手印。做好族人牺牲的印记，少妇岷灉女爬上了南岸的高山，千辛万苦地跋涉到了夷陵，在蜀地难民的狩猎村庄住了下来，第二年生下了一个儿子。岷灉女给儿子取名一个冰字，自此有了李冰。

李冰一生下来，跟着立誓不嫁的母亲开始了颠沛流离。婚俗极为开化的蜀人猎户们，容不下这莫名其妙的守身少妇。岷灉女带着三岁的李冰，跋涉到了人烟稀少的沅水谷地，在一个渔民村寨住了下来。母亲为渔民织网洗衣，日每只挣得三尾鱼两碗米，艰难地抚养着举族唯一的根苗。艰难之中，李冰渐渐长大，后来母子竟成了洞庭郡的名人。

这李冰水性奇佳，入水摸鱼一个时辰，比渔网捕捞半日还多。更有一样，李冰悟性极高，但教一字，过目不忘。到八岁时，已经将方圆数十里内识得一半个字的老人的"学问"全数吞没，成了识得六十三个字的布衣小先生。风声渐渐传开，李冰在十五岁那年被官府征发去，破例做了洞庭郡治水民伕营的抱账官仆，以官府仆人之身署理民伕们的炊事账目。按照常例，李冰熬得几年，便可入官身做最低级的小吏了。

然则便在此时，李冰却突然失踪了，一去十三年音信皆无。在岷灉女奄奄一息的时候，一个黝黑精瘦的后生回到了沅水谷地，寻到了破旧茅屋。茅屋的灯火整整亮了一夜。次日清晨，白发苍苍的岷灉女带着满足的笑容永远地去了。安葬了母亲，黝黑精瘦的李冰又匆匆去了。

这一年秋天，百年不遇的大洪水从洞庭泽倒扑出来，三湘千里汪洋，六畜尽成鱼鳖，万千渔民山民皆做了背井离乡的流浪群落。这天，一个布衣士子走进了洞庭郡官府，自请为总水工，要官府征发十万民伕交自己统领，五年之内根治洞庭湖水患。其时楚国刚刚丢失郢都北迁寿春，楚怀王得报勃然大怒："十万精壮民伕，五年统领，竖子要反叛啦！岂有此理！民乱大于水患，晓得啦？不行！"就这样，治水不成，布衣士子反倒被郡守急惶惶"送"出了官府，责令其永不得擅自"统领治水"。

眼看遍地汪洋治水无望，流浪庶民围着布衣士子嚷嚷起来，不让他离开洞庭泽。突然，布衣士子飞身跳入洞庭湖的万丈狂涛。一个时辰后，士子竟骑着一条小船般的巨鱼，飞出波涛直抵岸边高山！在围观百姓惊愕不已之时，布衣士子突然高喊自己是水神下界，民众只要服从水神号令，便能根治水患恢复家园。山塬之间立即响彻狂热的欢呼，族长们络绎不绝地前来拜见水神，立誓跟定水神治水。

三年之后，几条通往洞庭湖的大水服服帖帖地归了原本水道，只要每水再引出一两条大渠，洞庭郡盆地便成可四季灌溉的沃野良田了。然则数万民伕全靠各族自己谋粮，与当年大禹治水如出一辙。此法初时尚可，时日一长便捉襟见肘了。眼见水患大体消失，民伕们不耐饥馑，渐渐散去了。从此，李冰的水神名声传遍湘楚，各地但有沟洫之谋，便来请李冰出任水工统摄水利。虽则如此，楚国官府却始终不敢起用李冰。李冰始终只是一个布衣水工。这次疏浚沅水，县令虽密请李冰，却不敢上报楚王。李冰依旧是以布衣之身，行官府之事。一番话说完，李冰泪光莹然，嬴柱也是一时沉默。

"倘得统领一方水事，足下志向若何？"嬴柱突然问了一句。

"但能统水十年，其地一座陆海粮仓！"慷慨一句，李冰回头一挥手，"二郎，拿我的《治水三经》来。"少年飞步入内，捧来一方木匣打开，李冰捡出一卷卷展开递过，"先生但看，这是治河卷，这是治湖卷，这是沟洫卷……"突然一阵哽咽，李冰一拳捶地，揪心的一声叹息，"天生我才，何其无用也！"

嬴柱心头一颤："他年若有相求，我却何处寻找足下？"

少年一拍掌笑道："最好找也！普天之下，哪里有水患，哪里有水神！"

那日，李冰醉了。二郎说，水工生涯酒做伴，父亲这是生平第一次醉在了水事之外。

……

故事说完了，秦昭王喘息着没有说话。

良久默然，秦昭王轻声问了一句："这个李冰，现在何处？"嬴柱道："去年济水河道淤塞，泛滥淹没齐赵两国数十万亩良田。李冰正在那里修浚河道，还是庶民水工。"秦昭王一双白眉猛然一耸："你没有请他到咸阳？"嬴柱低声道："用人事大，儿臣不敢擅自做主。"秦昭王凌厉的目光一闪，

有此奇遇，遇此奇才，嬴柱的继承权可保，秦国匡天下有望。

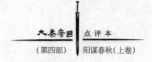
却又平静了下来淡淡道："说说，你既举荐李冰，欲任他何职？"嬴柱道："蜀郡水工。民伕可由郡守统领，李冰只司治水，以防万一。"

"谁来做郡守？"

"郡守事关重大，儿臣尚未有举荐之人。"

"嬴柱啊嬴柱，"秦昭王一声叹息，"你长了谋国之见识，却是没长担待国事之胆魄也。法令既定，用人任事便是国君第一难题。一个好国君，见识不高有能臣可补。用人无识无断，虽上天无法补也！"

嬴柱肃然一躬："儿臣谨受教。"

"记住了，"秦昭王叩着坐榻扶手，"旬日之内请回李冰。如何任用，应对之后再定。"

"是！"嬴柱慨然挺胸，"儿臣当即亲赴济水。"

四月初旬，一支商旅车马队匆匆进了咸阳，直抵幽静的驿馆。秦昭王夜半得报，当即拍案下令：即时就寝，清晨卯时在正殿举行应对朝会。多年来，秦昭王天亮就寝午后方起，已经成了咸阳宫不成文的办事规矩。清晨时分百事停摆，禁止任何响动，金红的朝霞穿破层层宫殿峡谷，弥漫出一片辉煌的幽静与落寞。

今日却是不同，寅时首刻宫中内侍全体出动，洒扫庭除预备朝会。封闭多年的正殿门隆隆打开，宽大厚重的红毡可着三十六级白玉阶直铺到车马广场，殿外平台上的两只大铜鼎又变得煌煌锃亮，粗大的香柱升起了袅袅青烟，神圣的庙堂气息顿时随着袅袅青烟弥漫开来。寅时末刻，宫门车马辚辚，应召大臣已经陆续进宫，鱼贯进入正殿，在自己的座案前肃然就座。卯时钟声刚刚荡开，殿前给事中一声长长的宣呼："卯时正点，秦王登殿朝会——"座中朝臣齐齐拱手一呼："参见我王！"目光齐刷刷聚向了王座后巨大的黑鹰木屏。长平大战后，秦昭王再也没有举行过朝会，都是单独召见大臣决事，诸多不涉实际事务与不干急务的大臣，已很难见到秦昭王了。昨夜骤闻朝会书令，大臣们惊疑不定忐忑不安纷纷揣测事由，但最要紧的，还是要看看老秦王身体究竟如何。毕竟，老秦王已经年近古稀了，无论出于何种想头，目睹老秦王气色如何都是第一要紧的大事。

肃然无声的寂静中，黑鹰大屏后传来隐隐脚步声，虽显缓慢迟滞然却不失坚实。随即一个高大而略显伛偻的身躯拄着一支竹杖稳稳地走了出来，一领黑色麻布大袍显然已经比着王制改短，一头苍苍白发散披在肩头，一脸沟壑纵横的纹路上赫然印出了大片的黑斑，头上无冠，脚下无靴，腰中无剑，全然一个山居老人。然则如此一个老人，站在

王座前目光缓缓一扫，举殿大臣们立即陡然振作。

"诸位大臣，"秦昭王坐进了特制的坐榻，伸展开双腿点着竹杖沉稳开口，"今日朝会，只为一事：定我治蜀之策。事由缘起，由丞相、太子对诸位申明。"说罢向东方首座一点头，微微闭上了一双老眼。

蔡泽离座起身，转身面对朝臣高声道："列位同僚：巴蜀入秦六十年，无增国家府库，反是祸乱迭起，以致成我累赘。秦王欲改治蜀之策，太子上书以对。今日朝会，是议决定策：先议太子三策以定总则，再议蜀地水患治理之法。太子上书已发各署阅过，诸位畅所欲言，尽可质询。"

片刻沉默，大田令①站起道："臣启我王：太子三策，至为妥当。老臣担心者，只是蜀地水患难治，民风刁悍，须得妥选郡守。否则，可能重蹈覆辙。"

"臣等赞同太子三策！"殿中一口声呼应。

蔡泽笑道："人同此心，心同此理，此事也实在无争无议。太子请。"

嬴柱第一次在重大国事中居于首倡位置，又被举朝大臣同声拥戴，心下很是振奋，将自己的治蜀三策再次阐发了一遍，而后转到了治水，将李冰其人其事扼要说了一遍，末了道："蜀制之改，实同变法，且须十数年之功，非举国同心无以撑持。蜀制之变，以水患至大。水患不除，变法便会落空。惟其如此，嬴柱举荐李冰治水。其人能否担承水工重任，尚请朝议决之，父王断之。"

秦昭王竹杖笃地一点："宣李冰。"

李冰出现于朝会，又有一场辩论。

随着"宣李冰晋见"的迭次传呼，殿前司礼导引着一个人走进殿来。大臣们惊讶得异口同声地"噫"了一声。此人一

---

① 大田令，战国秦官，执掌农事，与魏国"司土"相当。

身黑色麻布短衣，手中一支粗长闪亮的铁杖，身背斗笠，脚下草鞋，黝黑干瘦又细长，活似一根大火余烬中捡出的枯枝木炭。众目睽睽之下，此人却毫无窘色，坦然走到殿中一拱手："布衣李冰，参见秦王。"

秦昭王笑道："老夫年迈，未得远迎，先生见谅，请入座。"

司礼官员将李冰领到秦昭王左手侧下的大案前，将李冰虚扶入座，转身去了。这张座案比蔡泽的首相座案还靠前三步，且正在两方大臣的中央位置，显然是国士应对的最尊贵位置。按照秦国传统，只有诸如苏秦张仪范雎这般山东名士被秦王召见，才有此等礼遇。今日这李冰显然一个村夫渔樵，竟得如此尊贵，大臣们如何不惊讶莫名？李冰一入座，大臣们便交头接耳地嘀咕起来。

蔡泽机敏，拱手笑道："先生扶铁执杖，莫非体有内伤？"

"这是探水铁尺，并非铁杖。"李冰淡淡一句。

"探水？"一位白发老臣不禁噗地笑出声来，"四尺铁棍，也能探量江河之水？"

"前辈以为，江河之水，常深几许？"李冰依旧淡漠如前。

"尝闻：河之常深三丈余，江之常深五丈余。"

李冰也不说话，手中物事向殿门一伸，喀喀连声，那支闪亮的铁尺竟一节节连续暴长，顷刻之间直抵正殿门槛，光闪闪足有六丈余，又一伸手，铁尺喀喀喀缩回，又成了一支铁杖。

"奇哉怪哉！如此神奇探水尺，老夫孤陋寡闻也！"

"业有专精，术有专攻，如此而已，何足道哉。"

只此一句，这个布衣水工的傲骨铮铮角出。大臣们一时愣怔，却也不禁肃然起敬。蔡泽见秦昭王眯缝着一双老眼，心知应对不能太长，否则老王在朝会上打起呼噜来可是有失大雅，思忖间向李冰一拱手："先生有水神之号，敢问天下水患，大势若何？"

"九州水流，一千二百五十二条。流程八百里以上者，一百三十七条。"李冰肃然正容，方才的淡漠散漫一扫而去，略带楚地口音的雅言响亮清晰地回荡在大殿，"天以一生水，浮天载地，高下无所不至，万物无所不润。是故，水为物先也。自古及今，水乃不可须臾离者也。然则，水之为善也大，水之为害也烈。盘古生人三大患，水也，火也，兽也。察其为害之烈，水之劫难，却是世间第一大患也。水之为害，怀山襄陵，浩浩滔天，漂没财货吞噬生灵，莫此为甚！天下水流，皆可生利。天下水流，皆可为害。兴水利而去水

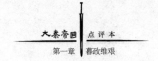

患,经国第一大计也。禹之为大,与天地同在者,疏导百川入海,出入于高山洞穴也。查方今天下,列国灾难十之八九在水患:中原魏韩周有大河之患,赵国有汾济之患,东方齐国有海患济患,北方燕国有辽水易水之患,南方楚国有江患泽患,秦有泾渭之患蜀水之患,吴越有震泽之患与海难之患。岭南之地,更是水患荒渺及于太古。凡此等等,九州之内凡得水利者,水患无处不在! 此为天下水患之大势也。"

"天下水患,皆可治乎?"苍迈的骊车庶长急不可待地插了一句。

"世无不治之水患,全在为与不为之间也。"

蔡泽赶紧追回了话题:"先生之见,天下水患,何地最烈?"

"天下水患之烈,以楚地洞庭之患、蜀水之患为最。"李冰断然一句,看着大臣们困惑的目光,侃侃拆解道,"楚地云梦、洞庭、彭蠡、具区四大泽,①本为大江洪水弥漫生成,实乃吐纳江水之天地神器也。江水旱涸,四泽出水入江。江水泛滥,四泽尽数吸纳。若以天地之道,四泽之地尽占水利,何有洞庭水患? 然则,要得水利,便得使四泽通江之水道畅通无阻,时时疏通淤塞。楚国唯知尽占水利,却不思维护水利之源,听任地裂之变堵塞洞庭水道百余年而熟视无睹,以致江水与洞庭水每年雨季碰撞喷溢,滔滔弥漫南楚,淹没庶民财货不计其数。积年累代,洞庭水患成天下第一大害也。"

"先生差矣!"大田令突然高声插话,"老夫执掌农事,对水之利害尚知一二。自大禹治水始,大河便是天下水患之首,江水次之也! 先生既师水家之学,却独以自家治理未就之洞庭与自家祖籍之蜀水,为天下水患之首,岂不怪哉!"

"前辈但知其一,不知其二也。"李冰非但毫无懊恼之色,反倒是第一次爽朗地笑了起来,语态也是平和庄重,"大禹之时,河患自是最烈。然自大禹合天下民力十三年全力疏导,大河入海之道已框定大势,险难河段业已明白如画,河决之患已是百不遇一。是故,自夏商周三代以来千余年,大河清流滔滔,两岸人口聚拢日甚,村畴繁衍不息,已成我华夏丰腴腹地也。李冰之见:除非山林巨变,大河两岸山塬多成不毛之地,其时河水成泥,河床日高,定然成为华夏心腹之患。否则,大河永远都是天下第一水利!"

"有见识!"蔡泽拍案赞叹一句,转身揶揄地笑了,"大田令也是经济之臣,如何连'江河虽烈,禹后多利'这句断语也浑然不知了?"

---

①　彭蠡泽,今日鄱阳湖;具区泽,又名震泽,今日太湖;云梦泽于两汉后渐渐干涸,化为今日湖北无数小湖。

　　"丞相学问大矣！"大田令硬邦邦顶了一句，"敢问何方
神圣下此断语？"

　　"《计然策》。足下读过么？"蔡泽一脸轻蔑地微笑。

　　"虚妄传闻之书，不足为凭！"大田令雪白的山羊胡子骤
然翘了起来。

　　蔡泽正待反唇相讥，却听背后竹杖笃笃，立时恍然大悟：
当此紧要之时，首相岂能自顾炫示自己学问见识？ 心下一
紧，当即向面红耳赤的大田令一拱手笑道："蔡泽鲁莽，大令
兄见谅，议决正事要紧。"回头一脸肃然，"先生方才说了洞
庭水患，尚未言及蜀地水患。蔡泽敢问：蜀地并无大江大河，
如何水患竟与洞庭泽同列天下之最？"

　　"蜀地水患，实是天下独一无二也！"李冰粗重地一声喘
息，站起身从怀中抽出一只皮袋打开，拿出一方白色物事哗
啦抖开，题头大字赫然是"蜀地山水"。殿口给事中极是机
敏，挥手低声吩咐一句，两个少年内侍立即快步抬来一个图
架在大殿正中支好，将李冰手中的山水图对着秦昭王挂了起
来。两厢大臣纷纷离座，一齐围到了图板前方两侧。

　　"山为水源，要得知水，须先知山。"李冰走到图板前用
量水铁尺指点着，"蜀地水患，根源在山。蜀地大势：四面群
山环绕，中央盆地凹陷，地势北高南低。蜀西昆仑万仞，为华
夏江河之源。蜀北有岷山巴山，江水支流尽出其中，而以岷
水①为最大。蜀南有江水穿行，山峦夹峙东去，自不易为患。
蜀地水患，尽在穿行蜀中之岷水也！"李冰喘息一声，啪地一
点图板，"诸位但看：岷水自北出山，两岸山高谷深，水流湍
急，自无泛滥之灾。岷水南下入蜀中一马平川，水势浩浩铺

*没有人比李冰更清楚巴
蜀水患。*

---

　　① 岷水，即今岷江，先秦古人除将长江称江，黄河称河，其余河流一律
称为"水"。

开,骤遇玉垒山阻挡不能东流,汪洋回灌夺路南下;其夹带泥沙年年淤积,河床年年抬高而成悬壶之势;虽有千里沃野,然年年淹灌,庶民便呼为'灌地',或呼为'岷灌',纷纷举族迁徙。空有苍茫绿海,却无庶民生计可言!而玉垒山以东之平川,因不得岷水,却又是大旱频仍土地龟裂,更是贫瘠之地。岷水过蜀中平原而不能得水利,此蜀地所以贫困也。玉垒山阻隔水道,一山而致蜀中水旱两灾。此等水患,天下独一无二。非万众之力十年之期,不足以治也,不亦难乎!"

这番话侃侃说罢,图板两厢的大臣们鸦雀无声了。

自惠文王取巴蜀,秦人一直以蜀地为无垠陆海,以巴地为江水重镇,前者得富,后者得强,何乐而不为? 然得蜀六十年,蜀地非但没有成为秦国后援府库,反倒成了倒贴的一个大包袱。于是,朝野上下自然而然地将愤懑归结到了守蜀的王族大臣身上,对动辄作乱的蜀地怨声载道,指斥是他们吞噬了蜀地财富。否则,如此陆海岂能民不聊生? 基于"乱蜀不生财"的朝野口碑,曾有大臣提出"弃蜀留巴"的甩包袱方略。当年若非上将军白起以"弃蜀必强楚"为由坚执反对,很可能蜀地已非秦地了。此次,嬴柱对策一出而举朝赞同,实际上是大臣们长期怨蜀的积累而已。今日听得李冰剖陈水患,大臣们方知蜀地穷乱竟是由来已久,这穷乱根源恰恰在于水患。蜀水之患在于山,山乃天成,人岂能治?

"蜀地若此,无救也。"大田令转身一躬,"老臣之见:蜀水无治,莫若早弃!"

"诸位之见如何?"秦昭王目光缓缓巡睃,大臣们没有一个人说话,显然是默认了弃蜀主张。秦昭王目光在太子嬴柱的脸上顿住了,见嬴柱一脸茫然,又在蔡泽脸上顿住了。蔡泽明朗一拱手道:"臣以为,既是水患为本,当先听李冰之说,而后决之。"

治不好水患,蜀地便是穷山恶水,治好水患,蜀地便成天府之国。

秦昭王点点头："先生但说无妨。"

"蜀地水患，看似天灾，实乃人祸也！"一双草鞋在厚厚的红毡上大跨前两步，李冰对着王座一拱手慨然高声语惊四座，"蜀人最是多灾多难，与洪水猛兽相搏，于高山密林谋生，世代为水患所累，家家有洪荒之恨，苦思治水若大旱之望云霓也！然则，昔年蜀王昏聩，视水患为天降不治之灾，从无治水之愿。蜀地归秦，庶民厚望治水，秦蜀官府却屡屡以中原战事为大而推托，唯知征赋敛财，不思为民除害，以致岷水河床日高，水患年年加剧。如此世代水患，孰非人祸也！远古之时，洪水荡荡怀山襄陵，天下庶民尽成洞穴之兽。然有大禹出，率民治水，导百川入海，终成华夏之水利伟业。由此观之，水患虽烈，终可治之。天下水患不足畏，唯畏官不任事。官不任事者，人祸之首也。世间百害皆可除，唯人祸难消也！"

一席话掷地有声铿锵回荡，大臣们勃然变色。自商鞅变法以来，秦以富民强国傲视天下，何曾被人公然指斥过官不任事人祸成灾？今日一个布衣草鞋的小小水工，如此在秦国朝堂斥责秦政，是可忍，孰不可忍！

"老臣请杀李冰，以正天下视听！"驷车庶长愤愤然喊了一句。

"臣等请杀李冰，为秦政立威！"举殿一片呼应。

只有太子嬴柱与丞相蔡泽没有说话。嬴柱实在没有想到李冰会将水患归结到如此一个匪夷所思的话题上来，这还是水工么？如此狂悖之论，父王岂能容得？刹那之间，嬴柱后悔了，自己轻率地举荐了这个不识大体的水工，完全有可能连自己也给卷了进去，当此之时不能轻举妄动，只有等父王开口了再说。蔡泽却是另一番心思，自己新入秦国为相，欲行计然富国之策在关中治理泾渭，却总是不能雷厉风行。

此番犀利之论，李冰是只想建功，未想立身啊！

秦自商鞅变法后，强盛已久，官员们自以为是，很难听得进批评的声音，当然，迎合之"本能"，亦使官吏们担心秦昭王脸上挂不住。

李冰所言"官不任事者,人祸之首也"分明是自己想说而又不敢说的话。目下之策,不能杀了李冰,留下此人,可做自己在关中治水的得力臂膀。

"臣启我王,"蔡泽在众目睽睽之下开口了,"李冰虽诋毁秦政,然终是有用之才,当罚为官役,许其在秦中河道戴罪立功。"

"丞相差矣!"大田令直指蔡泽,"诋毁秦政,安可饶恕?"

看着若无其事淡漠微笑的草鞋布衣水工,大臣们义愤填膺,齐齐地吼了一声:"诋毁秦政,罪不可赦!"将目光一齐转向了王座。

白眉猛然一耸,似睡非睡的秦昭王倏然睁开了一双老眼,一声冷笑道:"诋毁秦政?谁个说说何为秦政?李冰怎个诋毁了?"这冷冷一笑轻轻一问,大殿中骤然死一般寂静,大臣们张口结舌没有一个人开口。秦昭王脸色一沉,笃地一点竹杖站了起来,"尔等私心,老夫岂能不知?都怕我这老王脸上挂不住,都来逢迎。却没有一个人为国事着想,说一句耿耿直言。极心无二虑,尽公不顾私,商君所开秦政之风也。曾几何时,以至于斯,痛哉惜哉!商君之风安在哉!"眼睁睁看着须发雪白的老秦王挥袖拭泪,大臣们满面通红默然低头,一时大为尴尬。蔡泽与嬴柱更是如坐针毡无地自容。

良久,秦昭王转过身来肃然向李冰深深一躬:"先生不世良臣也,嬴稷谨受教。"

李冰不禁扑地拜倒:"蜀人水深火热,秦王但念之救之,李冰愿戴罪效力死不旋踵!"嬴柱连忙冲过来扶起了李冰。秦昭王笑道:"秦政之要,在富民强国,岂有他哉!蜀人亦为秦人,老夫敢不念之?先生耿耿风骨,老夫敢不用之?"笃地一点竹杖一字一顿道,"本王书令:蜀地改行郡县制。李冰

蔡泽此说,也藏私心。

秦政风气如何,秦王心知肚明。

群臣均不如年迈秦王一人清醒,朝政堪忧。

为蜀郡守，爵同左更①，赐镇秦王剑，军民统辖以治蜀。"

"我王明断！"李冰尚未开口，举殿一声赞同。

"先生还有何求，尽管说来。"秦昭王只目光炯炯地看着李冰。

"十年之期，李冰定还大秦一座金城天府！"

秦昭王哈哈大笑，苍老的身躯瑟瑟抖动，一句话没说点着竹杖径自去了。

群臣转得真快。可说明经范雎理政后，王权确实加强了。

竹杖再现"江湖"。此竹杖不知是否为宣太后之竹杖。

四　昭襄王暮定计然策

蔡泽忙碌着李冰赴任，内心翻腾得江河湖海一般。

入秦为相眼看一年，自己的计然策还没有任何施展，便被这个不期然冒出来的李冰夺去了富秦首功。虽说蔡泽绝非狭隘忌才之辈，对李冰也是激赏有加，然则总觉得心中不是滋味。自己挟计然长策入秦，说动应侯范雎让贤荐贤，虽说也有唐举襄助之功，毕竟自己是真才实学胜算在胸。做了丞相，蔡泽却突然觉察到了秦国朝局的错综复杂与种种微妙，根基未稳便大张旗鼓做事，完全有可能一事无成先淹没了自己。警觉之下，蔡泽放弃了立即着手治理关中河渠的方略，而将扎稳根基放在了第一步，决意不急于做事，内心给自己立下了个"切忌急功近利"的规矩。大半年来，朝局奥妙已经看得清楚了。有太子之名而无太子之实的安国君嬴柱，显然将自己看成了未来股肱。几方有实力的王族大臣，也都或明或暗地向自己示好。军中大将们也与自己熟络了许多，

蔡泽不如范叔。范叔虽快意恩仇，任人唯恩，但于私利与公利之间，并无过分失当的举措。《史记》虽称白起与范雎有隙，意指范雎有私心。但长平之祸，并不仅仅祸及赵国，更祸及秦国。前文评点已指出，长平之战，秦军也伤亡惨重，又惨杀降卒，招天下之怨，耗尽秦国之财。长平之祸，亦秦国之祸。如果将白起失宠的原因归于范叔妒忌，太过简单。蔡泽之不如范叔，在于其私利之欲望太盛，所以难成大器。

---

①　左更，秦国第十二级军功爵位。秦军功爵共二十级，第十级以上为高爵，第二十级（列侯）最高。

开府丞相的为人口碑眼看着立起来了,一河冰水也眼看着渐渐开了。只要自己摸准老秦王对身后大事的确定安排,蔡泽便可以放开手脚做事了。如此一来,蔡泽很是为自己这种范蠡式的智慧欣然陶醉不已——盈缩自如,明睿保身而后立功,大有陶朱公之风也。

然则,这种欣然陶醉却被老秦王冷冰冰撕碎了。

当李冰的人祸说震惊朝堂而举殿喊杀时,唯有蔡泽提出了不杀而役使的主张,断语是“虽诋毁秦政,然终是有用之才”。在那刹那巨变之时,蔡泽闪出的念头是:既要给老秦王留足脸面,又要保住李冰为我所用,还要显示开府丞相的胸襟似海。就官场急智而言,能在间不容发之际三面皆顾,实在已经是难能可贵了。然则,老秦王冷冰冰一句“何为秦政”,蔡泽立时大感不妙。后面那些痛心责难,虽是面对请杀李冰的大臣们说的,却更是令蔡泽脊梁骨发凉。其中根由,便是老秦王对他这个开府丞相的主张连一个字也没提。没提不是遗忘,而是生生显出了冷落,显出了他比请杀的臣子们更有私心。更要紧处,事先老秦王已经与他商定了朝会事宜:李冰应对之后,由他与太子嬴柱一起酌情提出对李冰的任用,老秦王首肯而已。可情势一变之后,老秦王全然抛开了他与太子,断然亲自下书,将李冰这个布衣水工一举擢升为郡守,且是左更高爵赐镇秦王剑,直是匪夷所思!书命一宣,老秦王连看也没看他一眼,径自大笑去了。此情此景,情何以堪?

毕竟,蔡泽不是平庸之辈。散朝之后冷静思忖,猛然悟到自己又犯了入秦之初说范雎的大错:不从谋国做事处着眼,而只以全身自保为念,才有了立足于权术的种种应对。此等作为在山东六国可能不失为高明,然在秦国却是注定碰壁。为相近年不施展,大才在前无胆魄,所谓的计然策只

折中主义,有时两头不讨好。

要补自身之过,光求自保,在秦国肯定行不通。

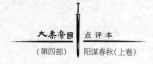

剩下了吆喝，老秦王何等君主，觉察不来么？蔡泽啊蔡泽，你在范雎面前已经碰壁了一回，这次又碰一回，当真其蠢如驴也！当日若非唐举指点，范雎何能隐退而举荐你入秦为相？目下没有了唐举此等高人，你却如何？难道无可救药了？果真如此，你蔡泽还有脸做燕山名士么？

蔡泽狠狠地咒骂了自己一番，静下心来仔细揣摩，立即明白了该当如何。

第一件事，全力以赴地为李冰入蜀做好铺垫。老秦王如此重用李冰，给李冰的权力比王族大臣出任的蜀王蜀侯还大，显然是将治蜀重任一举压在了李冰肩上。若依原先的立身之道，蔡泽自然也是赞同无疑，然而却绝对不会周详谋划，更不会全力以赴。经此朝堂之变，蔡泽郑重告诫自己：一定要大道谋国无私做事，否则将一事无成灰溜溜地离开秦国。全面权衡了秦国大势与蜀地危局，蔡泽确认老秦王决策堪称明断，李冰天赋奇才更兼风骨凛然，确是治理蜀郡的上上人选，非但要全力支持李冰，更要将治蜀当作富秦大政，当作该由丞相全局调遣的大事来做，绝不能泛酸掣肘。

虽则如此，蔡泽总觉得此事有失周全。记得老秦王下书之时自己心头一闪，可当时没想明白，也不敢说，便将这个疑惑压了下来。如今公心一起，此事顿时明白如画——秦法有定：无功，得任事而不得受爵；连张仪之武信君与范雎的应侯，都是在任相建功后封爵的，而蔡泽这个丞相则至今尚无爵位；今李冰固当大任，然尚未赴任便得十二级高爵，秦法岂不错乱失序？此例一开，后必仿效，秦法岂不沦丧？秦国奖励军功，要害便在这爵禄之上，爵禄滥赐，必伤朝野功业报国之心，岂是小事？

想得明白，蔡泽立即上书秦王，剖析了其中利害，直言不讳地"请除李冰爵位，以正秦法"。蔡泽已经想好，秦王若有责难或不予理睬，自己立即请辞。不想上书次日，老秦王紧急召蔡泽进宫，当着太子嬴柱的面，对蔡泽当头便是一躬："丞相公心护法，本王谨受教也！"蔡泽热泪盈眶，当即请命自任蜀道总使之职，以六年之期开通蜀道。秦昭王很是惊讶，但却呵呵笑了："丞相甘赴难事，足见已将治蜀纳入大局了，老夫欣慰也。然则，此事非纲，丞相还是任用一个属官去做了。"说罢打着呼噜睡着了。

快快而归反复思忖，蔡泽最后还是认定老秦王没错。的确，无论这条路多么重要，毕竟都不是纲，一个丞相做了修路总使，谁却来统摄全局政事？纲为何物？全局要害也，大厦梁柱也，开府丞相之职责也。开府丞相不总揽全局，却要做一方路工，老秦王如何不失望？看来，自己的第二件大事应该着手了。

一月之后,丞相府颁布了在蜀地推行郡县制的法令。开通蜀道的诸般事务也坐实了,李冰入蜀的属员配置也全部就绪。就在五月大忙到来之时,蔡泽与太子嬴柱率领全体朝臣在咸阳南门外郊亭为李冰饯行。李冰爵位被除,大臣们疑惧消散,对李冰变得真诚了许多,纷纷举着酒爵对李冰诸般叮嘱。李冰却始终都是那种淡淡漠漠的微笑。

蔡泽却担心这位深得老秦王激赏的水神记恨,特意自己驾着轺车将李冰单独送到了南山脚下,临别笑道:"公若治水有成,蔡泽第一个为公请命,必使公高爵于国也!"一阵愣怔,李冰哈哈大笑:"原来丞相心病在此,在下何其蠢也!"说罢下马肃然一躬,"李冰生平之志,唯求一官身水工领民治水。能得郡守之职,统摄一方民力财力,于治水有百利而无一害,故此欣然受之也!水患消除,蜀地富庶之日,秦国便没有了李冰,何言高爵于国矣!"蔡泽大是惊讶:"先生师陶朱公之风,功成身退?"李冰摇头笑了:"我为水工,天下水患未尽,安敢言功成身退?"说罢一声告辞,上马去了。

愣怔怔看着李冰人马隐没在了南山谷口,蔡泽方才长叹一声,回车进了灞水河道。午后炎热,走得几里蔡泽觉得干渴,在道边一片树林中停下轺车,坐在一方大石上打开水囊喝了起来。正在此时,却听道上辚辚车声,一人笑道:"高人便高,丞相果然在此也。"蔡泽抬头一看,一个胖大的身躯已在眼前,不是嬴柱却是何人?

"安国君荒野来寻,莫非又来采药?"蔡泽揶揄地笑着。

"愧对丞相,嬴柱赔礼了。"嬴柱深深一躬,坐在了对面大石上,"丞相举荐名士助我,嬴柱举动却未预闻丞相,实在有违君子之道。然则事有原委:嬴柱原以为丞相不世大才,嬴柱即或出得几彩,何能掩丞相光华?却未曾料到,丞相迟迟不行计然长策,竟教嬴柱先出治蜀对策,陷丞相于难堪境

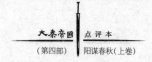
地。平心而论，嬴柱实为父王所逼，对策自保，未曾虑及其他，尚请丞相见谅。"

"士别三日，当刮目相看也！"蔡泽瞪起了一双细长晶亮的三角眼，很想嘲讽地笑一笑，弥漫在脸上的却是无法掩饰的惊讶，"安国君但说，君之所为，是否士仓指点？"

"是。不全是。"

"此话何意？"

"士仓告诫：谋国有大道，根基在功业，身为储君重臣，不能尽以权术立身也。自省往昔行径，嬴柱抱愧无以自容。仔细想来，蜀乱根源原本清楚。水患、路塞、王侯领地自治，此中弊端谁个不知？无人点破者，无非畏惧伤及王族利害而已。得先生训诫，嬴柱决立公心正道，方有了那卷说真话实话的上书。如此而已，实在平常得紧。"

良久默然，蔡泽一声喟叹："谋国有正道，根基在功业。士仓说得好啊！"

"嬴柱今日寻来，是想给丞相一个消息。"

"噢？安国君又要出惊人之举？"

"哪里话来！"嬴柱细长的眼睛闪烁着，"父王决意巡视关中，丞相有何见教？"

"如此说来，安国君奉王命随行？"蔡泽心下惊讶，脸上却很是淡漠。

嬴柱摇摇头道："今晨进宫探视母亲，方才得知。"

"没有大臣随行？"

"详情不知。"

"甚时起行？"

"三日之后。"

"好！事或有救！"蔡泽一掌拍下，又连连摇晃生疼发红的瘦手，"这个机会断不能错过，你我都须得同行巡视。说说，安国君有何谋划，要老夫给你让道么？"

"两岔了，两岔了。"嬴柱连连摆手，"我本无随行之心，只是不解父王何以甘冒风险老迈出巡，特来向丞相求教而已。丞相怀计然之学入秦，对治秦富秦必有通盘划策，我争个甚道？嬴柱今日申明：此后必与丞相协同谋国，助丞相推行长策！"

"安国君果真鱼龙之变也！"蔡泽红着脸哈哈大笑几声，站起来在大石前转悠着，脸色沉了下来，"秦王年逾古稀，绝不会有再次出巡了。执意为之，其意明白不过：治蜀大事上道，秦王已生急迫之心；不知会同行，是对你我失望，岂有他哉？"

"丞相大是！"嬴柱霍然起身，"我正欲全力报国，父王何其不明也？"

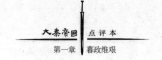

蔡泽摇摇头:"也是事出有因:老夫是蜗身不展,长策虚置。安国君大约是偶有识见而常无胆魄,缺少担待了。事证在前,怨不得老秦王也。"

"如此说来,一番心血付诸东流了?"嬴柱不禁红了脸。

"莫急莫急,"蔡泽摆摆手笑了,"目下,你我之于秦王,犹鸡肋耳,弃之可惜,咥来无味,明白?"见嬴柱困惑摇头,蔡泽笑了,"安国君不用费神这等事,只安一颗全力为政知无不言的心便了。"

"不能随行,对谁个言去?"

"此事老夫担承,保你三日后随行出巡。"说罢大手一挥,"走,该回去了。"摆着罗圈步摇出了树林,片刻之间,两辆辒车向晚霞中的咸阳城辚辚驶去了。

五月初旬,南风吹拂,关中原野倏地遍野金黄。

咸阳也顿时热了起来,连晚风中也裹着烘烘的燠热之气。秦昭王最是怕热,要在往昔,早该到章台去避暑了。然则,章台虽好,离咸阳也只有百里之遥,却终是离开了中枢之地。当此国事艰危朝野浮动之际,国王威权便是镇国利器,秦昭王如何敢须臾离开?说起来,自长平大战后秦昭王已经是多年没出王宫了,纵是夏日燠热,也只有忍了。

热归热,国事还是不能耽搁。给事中几番选择,秦昭王允准了在后宫园林的滈池边召见一班老臣。这滈池是东引滈水入宫成池,再南流出王宫园林入渭水,是关中两水在咸阳王城结成的一颗明珠。池中活水流动,碧绿汪洋。岸边垂柳成行,时有大石亭面水临风,实在是比大冰镇暑的王宫书房还清爽了许多。今日,外围最宽敞的一座石亭做了小宴铺排。明月刚刚挂上树梢,一班应召致仕老臣陆续来了,一时间交错行礼谈笑风生,池边一片喜庆。

谁也没有料到,老秦王这番召见的是清一色的经济老臣:大田令(掌农事土地)、太仓令(掌粮仓)、大内(掌物资储备)、少内(掌钱财流通)、邦司空(掌工程)、工室丞(掌百工制造)、关市(掌商市交易并税收)、右采铁(掌采掘铁矿石)、左采铁(掌冶铁),还有一位驷车庶长,齐楚楚十位老臣。这十位臣子虽然都是经济大员,爵位、执掌、隶属却是三等:驷车庶长为高爵王族大臣,因执掌王族封地生计,关涉经济而被特召;大田令、太仓令、邦司空三位,为经济官员之首,位列朝堂大臣,直向秦王奏事;其余六位,则是开府丞相的属官,大体皆是大夫级中等爵位,寻常情势下都是听命于丞相而不直接面对秦王。

此等官员职爵虽低，却都是实权在握，直接与百业庶民打交道，被坊间国人呼为"业官"，即专精一业之官员。

依国事法度与秦国传统，这般三等臣子合为一体被国君召见，是从来没有先例的。也许正是因了这个缘故，老臣子们礼遇寒暄之后，三三两两地议论起来：

"足下瞅瞅，召来一班致仕老朽，你说老秦王要做甚？"

"无非要大行敬老之风，老王先自垂范朝野，岂有他哉？"

"老哥哥可笑也！若行敬老，能独敬我等食货之老？其余老臣不算老么？"

"大是大是！老夫之见，大约老王要谋经邦济世之策，要我等建言献策。"

"不不不！"一老连连摇头，"属官尽在，丞相缺位，能做朝会谋划？"

"对也！丞相不来，忒也托大！"一老愤愤然了。

"嗫声嗫声。"一老低声笑道，"丞相能不来么？那是未奉王命，不得见召。"

"这就奇了。一年丞相便不见重，匪夷所思也！"

"不召丞相，老秦王有精神？听得完我等絮叨？"

"听得完听不完不打紧，要紧是谁个总揽推行？老秦王自个动手么？"

"这不对了？说说而已也，听听而已也，莫得当真。"

老臣们惊喜忧戚莫衷一是之时，四盏风灯悠悠从池边而来，老臣们立时肃静了下来。风灯渐行渐近，老秦王坐在两名武士抬着的荆山竹榻上，雪白的长发散披在佝偻的肩头，宽大的麻布袍袖几乎苫盖了小巧精致的竹榻，一双老眼始终微微闭着，时不时传来一声断续的呼噜。看看将近石亭，走在竹榻旁的给事中轻轻咳嗽了一声，老秦王立即睁开了双眼，呵呵笑声随风飘了过来："老人都到了，好啊！不用见礼，各自入座，先吃喝着。"说话间竹榻稳稳落地，秦昭王拂开了前来扶他的给事中，竹杖一点站了起来，微微颤抖着霜雪般的头颅一步步挪了过来。

"参见我王！"老臣们肃立在亭外各自座案旁，齐齐地躬身施礼。

"坐了坐了。"秦昭王呵呵笑着靠进了特设在石亭宽大台阶上的坐榻座案，伸展着腿脚扫视了老臣们一眼，"谁不能席地？说一声，换坐榻。"

"臣等尚可。"老臣们齐齐地回了一声。

"老来能屈伸，好事也！"秦昭王感喟一句，举起了大爵，"都是一班老人，多年未曾谋面。来，先干一爵，诸位硬朗康健！"

"我王万岁!"老臣们兴冲冲一呼,纷纷举爵汩汩饮了下去。

"难得也!"秦昭王悠悠啜了两口,放下酒爵笑道,"今日月明风清,与昔年老人一聚,实堪欣慰。诸位尽皆经邦济世之臣,掌事务实,熟悉我土我民,虽致仕有年,时或有上书言事者,足见老人忧国之心未尝有减也。"激励一番,秦昭王一声叹息,"天意也!长平大战后,老夫有失洞察,三战皆败,国力大减,竟不能出函谷关逐鹿中原,诚令山东六国笑耳。当此之时,如何使秦国再起,如何使根基夯实,老夫无良策以对,便想请老人一谋。诸位但以国事为重,尽可直言相向,毋得有虚。"

亭下一片寂静,原本隐隐约约的呱呱蛙鸣与悠悠蝉声显得有些聒噪。见老臣们的目光都看着驷车庶长,秦昭王哈哈大笑:"有言在先:今日只论职事所能,不论官爵高低。老庶长不涉实务,懂个甚? 请他来还不是为了做起来方便? 太子丞相都没来,就是为了诸位说话方便。毋得多虑,但说无妨。"

"老臣有话。"太仓令颤巍巍站了起来,"长平大战前老臣掌仓,其时大秦腹地六座仓廪尽皆盈满,庶民小户犹有百斛存粮,更不说汉水房陵仓、楚地南郡仓、河内野王仓、阴山云中仓,仓仓足储。我王昔年入河内督导长平后援,不患粮秣不足,唯患运力不逮,何等气象也! 倏忽十余年,秦国腹地仓廪存储不足三成,山东外仓更是压仓犹难。近年关中旱涝不均,土地荒芜,年成大减,庶民家仓消耗殆尽,已成春荒望田之势。惟其如此,老臣以为,当今第一要务,是增加年成,足仓足食!"

一言落点,末座右采铁已经站了起来:"臣启我王:自我大军退回关内,宜阳铁山复被韩国夺回,铁石所需难以为继。咸阳铁坊开工不足两成,兵器打造已经停顿,唯能小修小补而已。大型兵器非但十余年未添一件,且多有锈蚀坏朽而无以修葺。如此再有数年无铁,大秦之强兵将不复在矣!"

"如何如何?"秦昭王嘴角猛烈一抽搐,"年前国尉尚且有报:铁石足兵,不足为虑。如何一时如此窘境了?"

左采铁昂然站起高声道:"大秦官风今非昔比,我王听得几多真话?"

秦昭王脸色倏地阴沉了下来,终是生生忍住,腮帮咬得鼓鼓的狞厉一笑:"诸位但说,兜底儿说真话,老夫要的便是个真字!"

"我王求真,老臣敢不谋国?"关市起身慨然拱手,"自山东六国重起合纵,我军大败于信陵君统率的救赵联军,关外入秦商旅已锐减八成。咸阳尚商坊原本是万商云集,物流如河,而今却是萧疏冷清,百不余一。偌大咸阳南市,原本是与北地胡商交易牛羊战马的天下大市,如今也减少了四成上下。商市萧疏十余年来,山东大商之税锐减九成,其余关市税金大减六成,若无盐铁两项支撑,大秦商市几于崩溃矣!"

"老臣也有话说。"老态龙钟的前少内颤巍巍站了起来,"老臣昔掌钱财,府库存金三万六千镒①,秦半两通行天下,年铸六千八百三十四万枚,珠玉宝藏并各种古董器物一万六千二百五十三件。但有秦使东出连横,在在挟金千镒之上,其时不患无钱,唯患无才,却是何等气象!然则,今日之拮据,老臣委实难以出口……"一语未了,期期唏嘘语不成声。

秦昭王白眉猛然一耸:"今日如何?府库没钱了?"见举座无声,秦昭王不禁勃然大怒,"谁知道今数?说!"旁边侍立的给事中躬身低声道:"臣启我王:秦法有定,府库存金素为邦国机密,致仕臣子无由过问。臣因王宫用度,与府库多有来往,大体揣摩,府库诸项钱财合计,大约只是昔日三成上下。"

"岂有此理!"秦昭王笃笃笃连顿竹杖,满脸沟壑都抽搐起来,见老臣们一片惶恐,生生咬着牙关压下了怒火长嘘一声,"老夫非对你等也,说,还是那句话,兜底说!"

一时间老臣们纷纷诉说。大内说器物存储不足以应对一场大战。大田令说,关中数万亩良田变成了荒芜的盐碱地,昔年入秦的山东移民已经开始悄悄外逃。邦司空说,民力维艰,仅靠刑徒劳役根本不足以开通蜀道。工室丞说,百工作坊已经有一半停工待料,连兵器维修用的皮革、生铁、木材等也不足用了。连驷车庶长都说,王族封君的封地这些年也是水旱频仍年成大减,有几家非但无力纳赋,还得王族府库倒贴……总之,是人人诉说艰难,缅怀昔日大秦强盛,无不感慨唏嘘。

说着听着,秦昭王的怒火似乎渐渐地平息了,只是那双雪白的长眉紧紧缩成了两个白钻,听到末了冷冷一笑:"再难再苦,总得有个出路不是?诸位说说,当此艰危之际,当如何使秦国再起?哭穷哭难,顶个鸟用!"

一句粗鲁的骂声,老臣们惊愕得面面相觑无话可说。骤然之间,老臣们觉得未免也太兜底了,老秦王脸上也是实在搁不住了。可是,要教老臣们当下谋划对策,却是谈何容易。且不说这些老臣子致仕多年已经不谋其政,纵想谋政,也都是人各一业的事务传

---

① 镒,战国重量单位,合二十两或二十四两不等,一镒也做一金。

统，谁个能有通盘长策？更兼原本已经觉得说得太多，谁还敢贸然对策？愣怔错愕之下，都低头盯着案上的酒菜痴痴发起老呆来。

"散会！"秦昭王竹杖笃地一点，站起身匆匆大步去了，慌得给事中与几名武士连忙一溜小跑赶了上去，竟将一班老臣丢在了池边无人理会。

回到书房，秦昭王脸色铁青，靠在坐榻里木雕泥塑般望着黑沉沉的屋梁，吓得书房内外的内侍侍女大气也不敢出。过得顿饭时光，秦昭王猛然站了起来大喊一声："传令长史：明日立即出巡关中！"给事中答应一声飞步去了。片刻之间，长史捧着一方木匣匆匆来到，进门道："启禀我王：丞相蔡泽黄夜紧急上书。"秦昭王冷冷道："本王在宫，为何不来直说？"长史道："丞相是要晋见，臣言我王今夜早寝，丞相思忖再三说声难得，留下书简去了。"秦昭王扫一眼木匣上的泥封，喘了口粗气："打开。"说罢靠在坐榻大枕上眯缝了一双老眼，"念来听听。"

长史念得几句，秦昭王猛然睁开眼睛连连摆手："且慢且慢，从头再念。"长史一点头，抑扬顿挫的声音在书房清晰地回荡起来：

臣蔡泽顿首：入秦有年，臣未展长策，心实有愧。期年揣摩踏勘，臣对再度强秦已有定见，述其大要，王可忖度。长平战后，秦国大衰，跌至惠王东出以来最低谷。其间根本，在于秦国本土经济一直未有长足开发。往昔秦之殷实，一在积累，二在扩地，三在掠国。自我王即位，五十年大战连绵，连夺河东、河内、彝陵、南郡四地，魏楚韩周之累世财货，泰半入秦矣！上党与强赵相持三年，而终能长平一战大胜，多赖秦国财货囤积之盛耳。然终因未能一鼓灭赵，财货自此无所进项也。及至再行灭赵，三战败北，举国积财消耗八成有余矣！更兼近十余年六国合纵锁秦，入秦商旅锐减，咸阳百业萧条，关中水旱不均，蜀地水患民乱迭生，关外四郡复失，内无食货之根，外失财货之源，秦之国计民生终陷凋敝矣！然则，困境并非无救。臣以为：秦欲再起，当一反往昔积财之道，以腹地开发为本，以扩地掠国为末。唯本土民生蓬勃茂盛，强国之根方无以撼动也！惟其如此，臣有七字方略：明法、整田、重河渠。实施于国，则当以关中平川为轴心，蜀中陇西为两翼，消弭水患，泻卤出田，老秦本土当成天府也！盖秦国新法虽有蛀蚀，然根基坚实，朝野无变乱之虞，唯国策得当，十年之期，强秦再起有望矣！

蔡泽及时献富国之策。

"念啊！"秦昭王霍然睁开眼睛，敲打着坐榻扶手。

"启禀我王：丞相上书完。"长史将竹简放上书案，"丞相有言，明日午后入宫晋见，尚有翔实对策说王。"目光一阵闪烁，秦昭王轻轻点了点竹杖："念也念了，你以为这对策如何？"长史恭谨道："臣不谋大政，对丞相长策无以置喙，唯觉论秦之失似有太过，邮传朝野，恐于国不利。"秦昭王目光又是一闪："你是说，此书不邮传郡县？"长史低声道："依据秦法，丞相之国事书当邮传郡县知晓。然此书指斥历代秦王国策有失，臣恐徒乱民心。以臣之见，可以'该书未涉实政'为由，留宫不予邮传。"

秦昭王默然了，凝神思忖片刻，突然一拍坐榻扶手："不！全书抄本照发，并责令各郡县立即上书以对！"说罢起身向给事中一挥手，"备车，丞相府。"长史尚在愣怔之中，秦昭王已经点着竹杖出了书房。片刻之后，一辆遮盖严实的黑

色篷车在几名便装武士簇拥下出了王宫，向东面的大街辚辚驶来。

新丞相府坐落在正阳道的北侧，七进官邸，属官官署应有尽有，只是没有后苑园林，显得宏阔不够。其间缘由，是蔡泽尚未定爵，入主范雎的应侯丞相府多显唐突，秦昭王当初便下书另辟了这座闲置官署做了蔡泽丞相府。黑篷车到了府前，便见府门风灯明亮，各色吏员穿梭般出出进进，车马场也是满当当没有空位，秦昭王不禁大是惊讶，低声吩咐驭手绕道后门进府。

从后院一路前行，后三进院落一片寂静，廊道转角连风灯也没有。将近府邸中段的国事堂，领道的老仆向行榻旁的给事中示意停步，自己要去通禀丞相。秦昭王却摇了摇头，竹杖一点从武士抬着的行榻上站了起来，径自向灯火通明的大厅走去。给事中低声吩咐几句，教武士们原地守候，只带着一个长衣带剑武士匆匆跟了上来。

国事堂是丞相府第三进庭院的公务大堂，形制如一座小型宫殿，前有六级宽阶；庭院两侧是属员官署；庭院中央是传送政令的谒者亭，亭外一车一马，随时准备将丞相国事堂用印的政令传送出去。在整个丞相府，这第三进庭院是中枢所在。此时已经三更末刻，庭院中的每间官署却都是灯火煌煌大门洞开，遥遥看去，吏员们不是埋头书案便是匆匆进出，连谒者亭都是灯火通明驭手在车，一副待命出发的模样。

秦昭王脚步悠悠，心下却是疑惑：近日并无国事定断，这蔡泽连夜忙碌个甚来？莫非有了紧急军情？六国攻秦了？及至扶杖摇上六级宽阶，站在廊下向大厅中一望，秦昭王不禁愕然——面对大门的北墙上张挂着一幅巨大的《秦国山川图》，凡有山水交汇处便有大大的红点绿点。黑瘦的蔡泽正站在图下对几名属官指点着挂图说话，两厢一张张书案前的吏员则一边埋首翻阅卷卷竹简，一边不断地拨动算器，没有一个人抬头。大约顿饭时光，蔡泽与属官们会商完毕，一回头才看见秦昭王站在廊下，愣怔之下一时张口结舌。

“丞相夤夜忙碌，老夫也是看得痴迷了。”秦昭王呵呵笑着进了大厅。

“我王这厢坐。”蔡泽恍然醒悟，连忙将秦昭王向自己的主案前领引。无奈主案前却是相府领书与几名属官正在稽核，一边忙碌一边争执，对身后事浑然不觉，满厅没有一个空闲处落座。蔡泽正在尴尬，秦昭王却抬起竹杖一指朗声笑道：“好！一派振兴气象也！国事若此，夫复何言？”蔡泽连忙拱手道：“臣未向我王禀报，清理举国府库，此时尚未理出头绪，臣之过也，请我王处置。”秦昭王慨然一叹：“丞相言重也！公心谋国，何过之有？本王当国五十余年，别无长处，唯这放手臣下任事，还是说得也。前有太后穰侯，

后有武安君应侯，无论本王亲政与否，何曾因大臣集权任事而生龃龉？天下人才，唯敢任事者方可成事。丞相振作，老夫高兴尚且不及，谈何罪过处置矣。"蔡泽低声道："臣有一上书，言及先王之失，心下正在惶恐不安。"秦昭王点着竹杖哈哈大笑："丞相没读过先君孝公之《求贤令》么？不数先君之错失，安有秦国变法！邦国要富强，自当因时而变，祖宗之法何足畏也？"

"臣谨受教！"蔡泽大感振奋，当即深深一躬。

"秦王万岁！"大厅吏员们一片欢呼。

"好好好，万岁一回。"秦昭王雪白的头颅颤动着呵呵笑了，"你等忙了，我与丞相另找个地方说话。"蔡泽连忙一拱手："前四进皆满，臣冒昧请我王入臣寝厅。"秦昭王点杖笑道："好，寝厅，左右好歇息。"

直到雄鸡高唱天色发白，那辆黑篷车才辚辚离开了丞相府。

三日之后，秦昭王在丞相蔡泽与太子嬴柱陪同下出巡关中，在任经济大臣十五人一体随行。除了老秦王一辆宽大结实的辒凉车，其余官员尽皆轻骑，出了咸阳东门沿着渭水河道向东而来。这辒凉车是特制的宽大车辆，人在其中可坐可卧，车厢的弧形顶盖有可闭可合的天窗，左右两边也有窗牖，外有粗麻布车衣，垂衣闭窗则温，去衣开窗则凉，故曰辒凉车，也叫辒车。后来始皇帝死于酷暑，尸体用这辒凉车运回，辒凉车渐渐演变为丧车，也叫安车，这是后话。

车马东出咸阳数十里，是关中大县高陵地面。这高陵县正在泾水入渭水的交汇地带，东接秦国故都栎阳，一马平川，也算得秦国腹地的上等县了。秦昭王怕热，一直坐在大开的车厢天窗之外，四野风光尽收眼底，眼见城池外的田禾已经收割净尽，农人们正忙着引水灌田，田畴中却时不时传来一阵激烈的吵嚷，不禁大奇："夏灌好事，农人们吵闹个甚？"

车旁蔡泽马鞭遥指答道："关中水荒，历来夏灌争水，吵闹家常便饭了。"秦昭王不禁大皱眉头："怪也！关中八水环绕，如何有水荒？"蔡泽一拱手道："我王醉心战事，未尝详察关中山水农事。关中虽有八水十三池，然引水灌田之河渠却始终只有一条，便是穆公时百里奚在郿县修成的百里渠。其余各县庶民灌田，全部依赖老井田制遗留的残渠，与民户自开的毛渠。这残渠毛渠，渠道窄浅，极易淤塞。战事多发，县吏、亭长、里正等一班吏员忙于催纳赋税，民众则忙于收种与战时徭役，众多残渠毛渠无暇

修葺,夏灌之时引水极少,自然争吵起来。"蔡泽说得扎实,秦昭王不禁红了脸道:"那井田制里外四层水网,井渠、里渠、社渠、成渠,外接河流,如何目下便成了残渠?"蔡泽笑道:"我王有所不知也。三代之时,地多民少,井田制水利自然规整。然千年之下,江河水流人口土地已经沧桑巨变,井田制已成古董废墟,其里外四层水渠早成荒草干沟,无引水灌田之利,有助长洪水之患,且大占田土。是以才有商鞅变法的'废井田,开阡陌'。这开阡陌,便是平整井田制遗留的废路废渠为耕田。据臣踏勘,关中二十三县,保留的井田残渠只有五条,每条宽不过六尺,长不过二十里,对于抢时抢种之夏灌,无异于杯水车薪也!"

秦昭王默然了,咣当咣当的车轮沉重地碾在心头,良久无语。多少年来,秦昭王都自信自己是个明君,知国知人洞察烛照,对秦国的操持绝不会有差。然今日一到栎阳,自己对民情民生已如此生疏,遑论偏远之地?一时百感交集,秦昭王一声叹息:"邦国生计,卿能如数家珍,实堪欣慰矣!"闭起一双老眼不再说话了。

蔡泽说一句我来领道,匹马前行,出了官道两层护林向田间村路东去。

半个时辰后,车马从渭水北岸的田野接近了栎阳地面。突兀一阵白茫茫尘雾卷来,秦昭王"噫"的一声揉揉眼睛,接着几个响亮的喷嚏,连连摇手吭哧道:"甚地方?有白毛风!"蔡泽咳嗽着高声道:"渭北斥卤地,民人呼为硝碱滩!① 我王看了——"

秦昭王费力睁开老眼,脸色倏地沉了下来。遥遥望去,白如雪地的盐碱滩茫茫无涯,间或有大片荒草形成的雪中绿洲,极目而尽,没有一个村庄,只有一片片粼粼水光在阳光下闪亮。时有大风掠过,片片白色尘雾从茫茫荒草渗出的盐碱渍水滩卷地扑面而来,森森可怖。

"如此硝碱滩,关中几多?"秦昭王嘶哑地喊了一句。

蔡泽挥舞胳膊指点着:"咸阳以东六十里开始,再向东三百里,渭北平川断断续续全部如此。关中耕地,主要在渭水两岸,渭北一半,差不多白白扔了。"

秦昭王阴沉着脸一指:"走,塬上看!"

车马上得一座树木稀疏的土塬,但见北方天际山塬如黛,背后是渭水滔滔,这茫茫白地夹在渭水与北山之间断断续续向东绵延,活脱脱关中沃野的一片片丑陋秃疤!在

---

① 斥卤地,先秦对盐碱地的官称,语出《史记·夏本纪》。硝碱滩,秦地古代俗称,流传至今。

这片片秃疤中，绿兮兮的是茫茫荒草，白森森的是厚厚碱花覆盖的寸草不生的白毛地，明亮亮的是渗出草地的比盐汁还要咸的恶水。水草之间蓬蒿及腰狐兔出没蛙鸣阵阵，却偏偏是不生五谷。

"这这这，关中沃野，何以有此恶地？"秦昭王生平第一次茫然了。

蔡泽马鞭指点着渭水南北道："关中八水，五水在渭南，渭北唯泾水洛水也。自周人建沣京镐京始，河渠灌溉多在渭水以南，故渭南之地多为沃野田畴，多为王室园囿。渭北则因河流少开垦少，原本多为草木连天的荒原。渭水流经关中中央地带，河床南高而北低，但有洪水，便向北溢流蔓延，在草木荒地中淤积成滩，无以排泄。久而久之便积溃成这种白土斥卤地，民人呼之为硝碱滩者是也。"

凝望之下，秦昭王突然眯缝起老眼一指："那片白滩有星星黑点，是人？"

"那是扫碱民人。"蔡泽接道，"硝碱成害，也有一蝇头小利，出碱。渭北庶民除了耕耘仅存坡地，便凭扫碱熬碱谋生。"

"扫碱熬碱能谋生？"嬴柱惊讶地插了一句。

蔡泽指着白茫茫滩地道："这白地寸草不生，却有浸出的晶晶碱花。民以枯干蓬蒿结成扫帚，在滩地扫回碱花，加水以大锅大火熬之，泥土沉于锅底，碱汁浮于其上。将碱汁盛满一个个陶碗，一夜凝结，便成一个大坨，秦人呼为'碱坨子'。碱坨子化开，便是碱水。精者可以厨下和面防止面酸，粗者可以鞣皮。非但咸阳皮坊常来购买，即便胡人入秦，也必来收购碱坨子带回。渭北农人之生计，大多赖此蝇头小利，以艰难度日矣。"

"好事也！艰难个甚？"嬴柱更是困惑了，"天生硝碱，不费耕耘之力，大扫卖钱便是，钱换百物，如何还是艰难度日？"

"安国君有所不知，"蔡泽叹息一声，"就成碱而言，这白茫茫滩地也分为几等，并非处处都有碱花可扫。你看，蓬蒿荒草之地没有碱花，溃水过甚处也没有碱花，唯有那浸透盐硝却又未溃出咸水，潮湿泛白而又寸草不生的不毛之地，才有碱花生出。更有一样，碱花也是夏秋多生，冬春则成白土烟尘。如此一来，能扫碱者也是寥寥几处，何能大扫大卖做摇钱树了？"

秦昭王不禁悚然动容："老夫生为秦人，五十余年过秦无数，却是熟视无睹也！卿本燕人，对秦地却有如此深彻了解，孰非天意使然矣！"

"人各用心，原不足奇也。"蔡泽第一次在老秦王面前显出了天下名士的洒脱不羁，

"计然之学,讲究的便是察民生知利害。臣师计然之学,悉心勘察天下各国之经济民生近二十年。入秦之先,臣曾在渭水泾水间奔走两年有余。否则,臣何敢入秦争相?"

"名士本色也!"秦昭王哈哈大笑,"老夫几乎走眼矣。"

"原是臣公心有差,亦不谙官道所致。"蔡泽红着脸深深一躬。

偶露名士风度,反而能得君王之心。

"好事多磨,何消说得!"秦昭王慨然一点竹杖,"你只说,秦国出路何在?"

"远近两策,可保秦中富甲天下!"

"近策?"

"三年之内,大力整修渭北残渠毛渠,确保可耕之田足水保收!"

"远策?"

"十年之期,引泾出山,东来泻卤,成秦中良田三百万顷!"

若无长策,还真做不了秦国的丞相。

嬴柱急迫插话:"丞相慎言!三百万顷,岂非痴人说梦?"

蔡泽悠然一笑,马鞭遥指西北道:"我王且看,泾水遥出故义渠国山地,经中山瓠口东南流入渭水。若得西引泾水出中山瓠口,于塬坡高地修干渠三百里,向东注入洛水。再于三百里干渠上开百余条支渠,向南灌溉冲刷,此谓泻卤成田之法也。此渠但成,不出十年之期,关中当尽现良田沃野,天府陆海便在秦川!"

默然有顷,秦昭王向蔡泽深深一躬:"果能如此,丞相再造之功也!"不等蔡泽说话,秦昭王转身点着竹杖连续下令,"长史快马羽书:立召渭北十县县令急赴栎阳,太子襄助长史准备栎阳朝会;丞相准备三年近策之实施方略,届时全权部署,老夫只为你坐镇便是。走,我等车马立回栎阳!"

于是，一行车马在夕阳晚照中下山了。夏日晚风漫卷着秦军的黑色旌旗，栎阳的闭城晚号粗粝地回荡在渭水山塬，辚辚车马融进了火红的晚霞，融进了暮色中的幽幽城堡。

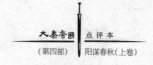

君臣同巡中，秦国突破瓶颈。

五　华阳夫人憋出了一字策

嬴柱忧心忡忡地说完了视察关中之行，士仓不禁哈哈大笑。

"先生笑从何来？"

"安国君何忧之有？老夫实在不明。"士仓一拍草席，"栎阳朝会，大势已定，老秦王明是要将治国大权交出，安国君当真觉察不出？"

"交给蔡泽么？他还没有封爵，只怕众望难孚。"

"有此策划之功，蔡泽爵位，只怕便在旬日之间。"

"此等情势，我何求也？"一阵默然，嬴柱粗重地叹息了一声，"栎阳朝会，但以蔡泽为轴心，我只一个呼喝进退的司礼大臣。事后，父王也未对我有任何国事叮嘱。先生但想，蔡泽总领国政实权，年迈父王一旦不测，我这空爵太子如何应对？如此局面，岂不大忧也。"

"安国君当真杞人忧天也！"士仓摇摇头无可奈何地笑了，"久病在身，惶惶不可终日，疑心重了，是也不是？"见嬴柱苦笑着不说话，士仓拍着井台急道，"分明是监国重任即将上肩，你却是疑老王疑蔡泽疑自身，萎靡怠惰不见振作，当真老秦王一朝不测，你却如何当国？"

"愧对先生了。"嬴柱红着脸拱手一笑，"父王总是不冷不热，我不得安宁。"

"不冷不热？"士仓微微冷笑，"一个治蜀好谋略，一个治水好人物,安国君却做得如此没有胆魄,竟教老秦王黑着脸出马方才化开一河冰水,你遇得如此一个儿子,能视若柱石么? 吾师老墨子的训诫,看来安国君还是没有上心也。"

赢柱大窘,默然良久,突然迸出一句:"先生说我将监国,有何凭据?"

"没有凭据。"士仓摇摇头,"安国君自去揣摩,不信也就罢了。"

赢柱却是天生的没脾气,非但丝毫不以士仓的冷落不耐为忤,一张稍见起色的大脸反倒是堆满了谦和的笑容:"先生高才,遇我这等悟性低劣不堪教诲者,尚请见谅了。"

"言重也。"士仓笑着摆摆手,"安国君之长,在折中平和,只不过大争之世要立见高低,一味折中显得没力气罢了。但能好自为之,未尝没有几年好局。"说罢将一双黑瘦的长腿箕张开来,两只硕大干枯的赤脚几乎伸到了赢柱眼前,一回身拿过一只大陶碗举起,"来一碗么?"分明是不想再这般费力地解说国事了。

赢柱恍然醒悟,接过陶碗汩汩饮干,也像士仓那样伸手一抹嘴道:"先生这土药茶却是奇特,喝得几次,我竟自觉精神见长。"士仓嘿嘿一笑:"如何? 老夫说过,日后别向我讨喝便好。"赢柱道:"先生说说方子与煎法,日后我自己动手,也省了叨扰先生。"士仓又是嘿嘿一笑:"安国君通晓医道,不知'水土三分药'么? 老夫试过,离了桥山水土,这药茶便平庸得紧了。"赢柱慨然道:"这却不打紧,我将桥山果、药、茶、水连连搬来咸阳便是。""难矣哉!"士仓叹息一声,"桥山聚天地精华之气,离山即散,人力不可为也。"

说得片刻,月亮已经挂在了老树梢头,看士仓似乎没了兴致,赢柱便告辞去了。虽说多受士仓冷落嘲讽,赢柱心中却是踏实多了,从栎阳朝会生出的郁闷心绪不知不觉地消

散了。毕竟,嬴柱心底也隐隐约约地游荡着一丝光亮,一经士仓这般多谋名士印证,自
然化为一片光明了。大势既然明朗,嬴柱想起了多日不曾督导的儿子嬴傒,匆匆来到了
后园大池边的双林苑。

这双林苑是后园最小的一座庭院,因有一片柳林一片竹林而得名,原本是嬴柱自己的
太子书房。当初应侯范雎查勘所有王子王孙,嬴柱隐隐明白了其中奥妙,立即下令可望成
材的公子傒搬到了双林苑,半日读书,半日习武。本来,嬴傒住在宽敞粗简如演武场一般的
兵苑,对这座幽静斯文的庭院一百个看不顺眼,听得家老教他换住处,硬邦邦撂出一句话:
"竹林柳林,没力气得紧,不去!"嬴柱思忖,此等事也不能硬扯强弓,亲自与儿子密谈了一
番,这个刚勇粗猛的少年武癖才皱着眉头说了一句:"先住三个月,不行我还走。"

也是无巧不巧,嬴傒刚刚搬进双林苑一月,应侯范雎来太子府訾议国事。说是訾议
国事,范雎却只拉着嬴柱在府邸后园中转悠,海阔天空地闲谈议论中,巧遇了一个个王
孙公子。那日,范雎对双林苑的"书剑两全"大加赞赏,连说这位六公子是可造之才。不
久,给事中颁给了嬴傒一面可随时进出王城典籍馆的令牌,宫中也传出了安国君教子有
方的嘉许议论,重立太子的种种议论也渐渐平息了。少年嬴傒第一次得到老王垂青,在
王孙公子中有了"才兼文武"的名头,不禁大是兴奋,冲进父亲书房摇晃着令牌笑叫:"做
得做得!双林苑是我的,任谁不给!"虽是浮躁,却也是天真率直,嬴柱将它看作了儿子
"可造"的征兆,于是有了拜访蔡泽、桥山求师的种种苦心,也才有了士仓如此一位风尘
谋士的襄助。若非天意,岂有这般一路巧合?

然则,士仓入府多有谋划,却从来没有与自己说起过儿子,嬴柱总觉有些蹊跷。风尘名
士但为人师,那是比吃官俸的王命之师更上心的。对于前者,学生是他们本门学问与治世
主张的传承者,是他们毕生希望的凝聚。对于后者,学生只不过是奉命教习的对象而已,一
桩国事而已,认真固认真,呕心沥血却是说不上的。唯其如此,风尘名士但有弟子,大多视
若己出骨血,关切之心溢于言表,遇事遇人多有评点,鲜有绝口不提者。这个士仓入府有
年,正身本是嬴傒之师,却从来不对自己的学生有褒贬之辞,岂非有违师道?

越想越是不对,嬴柱不由自主地加快了脚步。

"父亲?"嬴傒一身甲胄提着一口吴钩从柳林中跑了出来,满头汗水淋漓气喘吁吁,
"二更头了你还没歇息,甚事?"

"又练上吴钩了?"嬴柱淡淡一句。

"这吴钩却怪!"嬴偃一挥手中那口瘦月般的弯剑,划出了一道清冷的弧光,"与胡人战刀、中原长剑大异其趣,我练了一个月才堪堪会了一个'划'字,那劈、钩、刺、挑诸般功夫还不沾边……"

"就想做个剑士?"嬴柱冷冷一笑。

"纵是做大将,不通晓诸般兵器,也是没力气得紧。"

"纵然精通天下百兵,也做不得白起那般大将,充其量一个教习而已。"

"我又没想做白起。"嬴偃嘟哝一句,"左右父亲看我不入眼。"

"到亭下去,有事问你。"嬴柱黑着脸走到竹林旁茅亭下坐在了一方石磴上,冷冷问了一句:"说说,这段时日跟先生读了甚书?"见跟过来的嬴偃只站在对面低着头面红耳赤不说话,嬴柱不禁心下来气,"说! 出甚事了?"

"没,没甚事。"嬴偃嗫嚅着终于迸出一句,"我不想他教我。"

"究竟甚事? 说!"

嬴偃一咬牙,竹筒倒豆子般说了起来:"老士仓分明会武,也通晓兵学,可就是不教我! 只塞给我一卷《墨子》,要我三个月倒背如流,而后再看能否教我。那老墨子分明是天下异端,老是兼爱、非攻、民生忧患,不涉一句治国理民,看着都呕心,我背它做甚? 我不背,他就不睬我,就是这般,谁也没理谁。"

嬴偃连这点道理都不懂,一介武夫而已。

"谁也不理谁,就这么耗过去了?"嬴柱哭笑不得地问了一句。

"如此老朽,理他做甚!"嬴偃理直气壮。

"岂有此理!"嬴柱勃然变色,"你小子如此托大做硬,还不是仗恃个王子王孙? 可这是秦国,不是魏国楚国,纵是王子王孙,也得有才具功业说话,否则你只布衣白丁一个! 会舞弄几样兵器就牛气了？鸟！秦武王倒是拔山扛鼎，到头来甚个下场！你你你，你全然忘记了当初我如何对你叮嘱……"愤然嘶喊之下，嬴柱只觉血气上涌，一口鲜血突然喷出，颓然软倒在了石案上。

嬴傒难承大统。

"太医！"嬴傒大惊，一声大叫扑上去揽住了父亲沉重胖大的身躯，要背起去找太医。正在此时，却听竹林中传来一声清亮的吴语呵斥："莫要动他！晓得无？"嬴傒愣怔回身，婆娑竹林中婀娜摇出了一个黄衫长发的窈窕女子，一脸肃杀，月下又令人怦然心动。

"娘？"嬴傒惊讶地叫了一声，肃立在亭下不动了。

"莫叫我娘。"黄衫女子冷冷一句，径自走进石亭揽住了昏厥的嬴柱。女子右手翻开了嬴柱眼皮略一打量，左手两粒药丸塞进了嬴柱口中，随即又拉过腰间一只小皮囊利落咬去囊塞，自己咕噜喝得一口，对着嬴柱微微张开的嘴缝喂了进去。如此三五口水喂下，嬴柱喉间断断续续的几声呻吟，眼睛却始终没有睁开。女子偏过头闻了闻喷溅在石案上的血迹，冷冷道："血迹自己收拾，侬晓得？"说罢也不待嬴傒答话，一蹲身将嬴柱硕大的身躯背了起来。

嬴傒不是华阳夫人亲生。此王后无子。后收异人即子楚为子，助异人登上宝座。

"娘，你不行，我来！"嬴傒恍然醒悟，大步过来要接过父亲。

"此等事用不得牛力，莫添乱。"黄衫女子淡淡一句，出了茅亭，回头又是一句，"毋叫娘，晓得无？"一步步摇出了庭院，居然连脚步声也没有。嬴傒愣怔怔看着父亲庞大的身躯覆盖着那个细柳般的女子悠悠去了，分明想追上去看护，双脚却被钉住了一般不能动弹。良久木然，嬴傒大步回房，片刻后一身轻软布衣出来，悄无声息地穿过庭院外的胡杨林，沿着波光粼粼的大池消失在了一片红蒙蒙的甘棠林里。

鸡鸣时分，嬴柱终于醒转过来，蓦然睁开眼惊讶地坐了起来："夫人？你？我如何到了这里？"黄衫女子正好捧着一只细陶碗来到榻前，摸摸嬴柱额头笑道："不烧了便好，来，该服药了。"说着揽住嬴柱脖子，将陶碗药汁喝得一口，右手细长的手指娴熟地拨开虬结的胡须，将红红的嘴唇压上嬴柱肥厚阔大的嘴缝，只听吱的一声轻响，一口药喂了进去。如此十多口喂下，嬴柱额头已经有了晶晶汗珠，黄衫女子放下陶碗，拍拍嬴柱额头咯咯笑道："发汗了，晓得热了，好也！夜来冷得瑟瑟抖，多怕人，晓得无？来，大垫子靠上说话。"利落地在嬴柱背后塞进了一方厚厚的丝绵垫儿，自己却坐在了榻下毛毡上，手扶着榻边，只笑吟吟地看着嬴柱。

"夫人呵，"嬴柱粗重地喘息了一声，"夜来你一直跟着我么？"

"哟，侬却好稀罕！"黄衫女子笑了，"人在池中泛舟赏月，侬牛吼般嚷嚷，谁个听不见了？不作兴过去瞧瞧？"

"傒儿没跟你过来？"

"毛手毛脚只添乱，要他来毋得用。"

"傒儿没跟你说甚？"

"顾得么？真是。"黄衫女子娇嗔地笑着，"将息自己要紧，忒操心！"

"夫人有所不知也。"嬴柱疲惫地摇摇头，"傒儿是我门根基，他若学无所成，我这储君之位也是难保。若非如此，我对他何须如此苛责？"

华阳夫人倒要淡定得多。

黄衫女子笑道："这个嬴傒不成材，晓得无？侬关心则乱，心盲罢了。"

"夫人差矣！"嬴柱喟然一叹，"你是王命封爵的华阳夫人，太子正妻，儿女们的正身母亲，身负课责教养之责，如此淡漠，你我垂暮之年何处寄托？"

"莫忧心，晓得无？"黄衫女子轻柔地拍了拍嬴柱的大

手，"天命如斯，急得没了自个管用了？只可惜也，我没能生出个儿子……"

"莫乱说！"嬴柱板着脸一把攥住了那只滑腻细嫩的小手，"你小我二十岁，嫁我时已经迟了，怨你甚来？没有你，嬴柱也许早没了……"

"好了好了，不说了。"黄衫女子跪起在榻前细心地拭去了嬴柱脸上的泪水，"侬再睡得一个时辰，我唤侬起来服药。"

"不，不能睡了。"嬴柱撩开薄被站了起来，"我要去见士仓，商定个办法。"

黄衫女子略一思忖道："侬勿乱动，要去我送你。"说罢回身一声吩咐，"推车进来。"外间一声应是，片刻间一个侍女推进了一辆两轮小车，车身恰恰容得一人坐进，座位扶手包了麻布，车轮被厚厚的皮革包得严严实实。

黄衫女子也不说话，只将一个大绵垫竖起在座位中道："来，坐好了。"将嬴柱庞大的身躯扶进了小车，回身又对侍女吩咐一声，"煎好药等着。"推起小车出了寝室向后园而来。

嬴柱坐在车上，既不觉丝毫颠簸，也听不见咯噔咣当的车轮声，悠悠前行如同泛舟池水一般，不禁一声感喟："夫人呵，却是难为你也！这车是何时打造？"

黄衫女子笑道："打造多年了，给老来预备的，今日教你撞上了。听说孙膑当年便坐得这两轮推车，我托人从临淄尚坊搞来了图样，在咸阳打造了一辆。只这皮革包轮是我的思谋，晓得无？坐着惬意么？"

"好好好，惬意至极也！"嬴柱拍着扶手连连夸赞，"只是呵，要个侍女推便了，你推太累了。"

"毋好毋好。"黄衫女子笑得咯咯脆亮，"侬是爷了，我却谁也信不过，晓得无？"

嬴柱不禁哈哈大笑，学着楚音道："侬个小妮子，却是颗甘棠果也，晓得无？"

身后女子也咯咯笑应："甘棠便甘棠，侬毋得软倒牙才好。"

谈笑间到了后园门外，停车举步，嬴柱已经大感轻松，吩咐华阳夫人不要等他，大步匆匆地走进了简朴的小庭院，一个长躬一声请见，却闻庭院中一片寂然了无声息。

嬴柱心下困惑，轻轻推开了中间大屋虚掩的木门，一眼看去，榻案皆空，却不见士仓。仔细打量，空荡荡的书案上一张羊皮纸在晨风中啪啪拍打着压在上面的石砚，快步走上去拿起了羊皮纸，一眼瞥去，目光痴痴地钉在了纸上：

安国君台鉴：老夫出山有年，对公子多方导引，却无矫正之法，有愧于君矣！先墨而后法，此乃消弭公子乖戾浮躁禀性之唯一途径。奈何公子恶文如骨，嗜武如命，闻大道而辄生轻薄，不堪以国士待之也。老夫纵有谋国之学，终非庙堂之器，空耗宫廷，无异刻舟求剑，何如早去矣！虽负君之敦诚，终不敢欺心为师。虽负范叔之托，终不敢以治国大道非人而教。不期相逢，老夫宁负荆范叔之前，亦无意空谋于君也！

赢柱的双手瑟瑟发抖，脸色涨红得无地自容。能说甚？老士仓的话句句带刺，字字中的，对他父子一片赤裸裸的蔑视嘲讽，尖刻辛辣，情何以堪？然则，老士仓说得不对么？赢傒不是乖戾浮躁么？自己不是空耗宫廷么？士仓为自己设谋，自己却遮遮掩掩，不能大刀阔斧地建言力主，老士仓如何不觉得"空谋于君"？赢柱啊赢柱，你比儿子强么？还不是一般的"不堪以国士待之"……

"晓得又有事了。"

随着一句柔软的楚语飘来，华阳夫人拿过了那张羊皮纸，端详一阵咻地笑了，"这老儿倒是扎实，毋转虚文。"

赢柱脸色顿时难看起来，冷冰冰一句："扎实个甚？分明辱我父子。"

"哟！"华阳夫人惊讶地娇笑一声，一只手摩挲到了赢柱胸口，"侬毋上气，良药苦口，侬整日教我的。"

赢柱不禁红着脸勉强地笑了："只这老士仓不辞而别，未免太教人难堪也。"

华阳夫人笑道："悄悄然又无谁个晓得，难堪甚了？自己跟自己过不去！"

"也是。"赢柱长嘘一气终是释然笑了，"这难堪丢开它了，只日后却是难也。傒儿文武兼通的名声已经沸沸扬扬，一朝露相却如何收场？父王暮年操政，常有旦夕之变，身边没个大谋之士，处处捉襟见肘。你却说，不难么？"

"蛮好，想到这厢才是个正理。"华阳夫人偎着赢柱，一只手在赢柱胸口肚腹上下摩挲，两汪大眼睛却只滴溜溜转着，"这样好毋好？还在这老儿身上谋出路。"

"人已经走了，如何谋法？真是！"

"追！"华阳夫人哗哗摇着羊皮纸，"你听，'不期相逢，老夫宁负荆范叔之前'，这老儿

定然是找范雎去了。若跟着老儿找到范雎，他能不帮你么？想想。"

　　"对也！"嬴柱恍然拍掌，"应侯一定会帮我，好主意。"一转身大步出了庭院，匆匆往前院书房去了。华阳夫人冲着嬴柱背影淡淡地笑了笑，慢悠悠地推着两轮车消失在庭院外的林间小道中。

　　暮色时分，两辆辎车各带一名便装骑士出了太子府后门，出了咸阳东门，在宽阔的秦中官道向东疾驰而去。

华阳夫人一计出彩，此女子并非省油的灯。

第二章　商旅大士

一　名士逢楚头　慷慨说山东

初夏的鸿沟①两岸，满眼都是莽莽苍苍的绿。

这鸿沟也叫大沟，是战国之世赫赫有名的一条人工河流。北边的进水沟口，开在大河南岸的广武②，东南穿过大梁城外，再南下三四百里连接颍水入淮，实际上是连接大河与淮水的一条人工运河。这条赫赫大水南北全长近千里，贯穿魏国全境，堪称战国之世最大的水利工程。魏国西南富甲天下，十有八九是得利于滔滔鸿沟灌溉了两岸的无垠良田，促成了大梁城的水陆大都会。鸿沟修建之时，正是魏惠王即位的第一个十年（惠王在位五十余年），锐气正盛，国力最强，历时二十有一年，直到魏惠王三十一年，这条引水大沟方才竣工。至今历经八十余年风雨沧桑，这鸿沟依然是巍巍然大有气象——堤岸宽三丈高三丈，比寻常城堡的城墙还要坚固雄峻；堤岸林木夹持，绿树参天，每隔三里

---

① 鸿沟，今河南省中部贾鲁河（因元代贾鲁领导修浚鸿沟而得名）。鸿沟自秦末战乱后渐渐淤塞断流，所以后世声名与水利史地位，不如至今仍在发挥作用的都江堰与郑国渠显赫。

② 广武，古城名。在今河南荥阳东北广武山上。

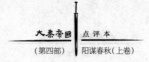

便有一道引水支渠伸向东西两岸的原野。东岸大堤是一条再拓宽六丈的南北官道，道边三层白杨遮天蔽日，傍着鸿沟官道一直伸向了淮北的无垠平川。透过护道白杨，鸿沟的滚滚碧波在明亮的阳光下如一面铜镜闪烁。车马路人行于道中，白杨林遮天蔽日，清风吹拂，流水滔滔，教人感喟不绝。

此时正当午后，时有商旅在道，车马络绎不绝，运货牛车衔尾相连，动辄两三里长，鸿沟大道一片不绝于耳的轰隆咣当声，秀美深邃的白杨林峡谷也显得燥热起来。这车马如流的大道上，一红一白两匹骏马靠着道边一路飞驰南下，及至路人抬头观望，红白两骑已如两朵流云飘了过去。

"好骑术！"辎车中有人啧啧称赞。

"彩——"牛车夫们坊间博戏般高喝一嗓子，道中轰轰然连绵不绝。

饶是如此，两骑依旧如飞掠过，只言片语树叶般飘了过来：

"又不是逃跑，歇息一阵也。"一个柔和清亮的声音笑着喘着。

"前面是阳夏地面①，山冈歇马。"

前行骑士话音方落，坐下骏马一声长嘶四蹄大展，一团火焰般飞出了夹道层林，飞上了鸿沟东岸的一座山头。后行白马衔尾急追，红衣骑士勒马之际，白马也长嘶一声人立在侧。一个白衣女子飘然下马，指着山头一柱高大的石刻惊讶道："魏尾楚头？鸿沟还没完，这是楚国地界了？"红衣骑士笑道："三五十年前，别说鸿沟，就是淮北也有一半是魏国。那时候，这鸿沟以南的淮北地面叫作'魏尾楚头'。近二三十年来，魏国萎缩乏力，楚国趁机蚕食了整个淮北。这一方'魏尾楚头'石，也被楚人北移到阳夏来了。"白衣女子一撇嘴笑道："刚打个盹儿世事就变了，真是。"

"说得好！"红衣骑士哈哈大笑，"倒真是刚打了个盹儿也。"一声笑叹又指点道，"大道车马多，忒憋闷。这山冈多好，大石有得睡，山溪有得喝，比满路商人车马在眼前晃悠，强得多也！"白衣女子笑笑，从马背上拿下一个皮褡裢放在了一方大青石上："你自酒肉，我去打水。"拿着空水囊向山腰的淙淙山溪走了过去，刚要汲水，却突然凝神侧耳一阵，回身笑道："仲连，山谷里有歌声，耳熟也！"

红衣骑士放下手中褡裢大步走了过来，搭眼望去，只见谷底树林旁的草地上支着一

---

① 阳夏（音jiǎ），战国前期魏县，中后期楚县，后来的农民军领袖吴广生此。今河南太康县。

顶白布帐篷，一辆黑篷辎车停在旁边，两匹红马在草地上悠闲啃草，炊烟袅袅，歌声隐隐，只是不见人影走动。

"楚歌也。"白衣女子轻声笑道。

"听！"红衣骑士一摆手，两人屏息凝神，散漫歌声从谷底隐隐飘来：

> 布衣遨游兮　瓦釜不鸣
>
> 长策未尽兮　山河难定
>
> 鱼龙百变兮　恩怨丛生
>
> 远去大邦兮　悠悠清风
>
> ……

听得一阵，红衣骑士哈哈大笑，放声喊道："范叔——，你不当官了？"

歌声戛然而止，谷底树林中影影绰绰一个身影走出来挥着大袖喊道："山上，莫非鲁仲连乎？"

"果然范叔，天意也！"红衣骑士一拍掌蹚开大步向山坡下流星般飞来。山下身影也大笑着快步迎来。片刻之间，黑红两个身影在山脚下拥在了一起。

"去国遨游，瓦釜不鸣。范叔堪称大雅也！"

"布衣纵横，无冕将相。仲连依旧本色也！"

两人互相打量着。曾几何时，范睢已经是两鬓斑白，往昔英挺的身材已经显出了隐隐的佝偻，一领宽大的麻布袍分明是前长后短了，久坐书房的白皙面容也是沟壑纵横写满了风尘沧桑。鲁仲连更是见老，一张古铜色的大脸上虬结着灰白的长发长须，一领大红斗篷衬着隆起的肚腹，身材更显得粗壮高大，若非那双依然炯炯有神的豹眼与一口浑厚的齐鲁口音，任谁也想不到这便是当年英风凛凛的布衣将

二人远离王室纷争之后，江湖得遇。小说看重故事人物的连贯性，范睢其实与王稽同年死去，但为了引出吕不韦及异人，范叔还要行走江湖。有些人物写着写着，就下落不明，有的人物，命长得不可思议，《大秦帝国》布局太大，有时首尾难两全。

相鲁仲连。

"仲连，光阴如白驹过隙，不觉老去也！"

"范叔，逝者如斯夫，我辈风云不再矣！"

痴痴打量之间，两人一声感喟，感慨唏嘘不能自已。正在此时，山坡上遥遥飞来一阵明亮的笑声，裙裾飘飘，白衣女子已经从山坡轻盈地飞到了两人身后，笑吟吟奚落道："不期相逢，老友白发，枉自嗟呀！"闻声回头，两人俱各开怀大笑。鲁仲连正待介绍，范雎却摆摆手，兀自上下将白衣女子打量一番，不胜惊讶道："呀！这便是小越女么？青山不老，绿水长流，活生生南国仙姑，我等孙女也！"认真、夸张而又谐谑，白衣女子不禁红着脸咯咯咯笑弯了腰："哟哟哟，那我也来猜猜，一脸沧桑，金石嗓音却是天下独一无二。分明昔年咸阳应侯府那个范雎了！""噫！"范雎困惑地大耸着肩膀摊开着两手，"老夫知你易，千里驹小越女如影随形两不离。你却何以识得我了？"鲁仲连笑道："范叔却是不明白，但凡我与要人密谈，她都守在门外或窗下。当年我入咸阳，也是一般。"范雎恍然大悟，不禁哈哈大笑道："十年不忘一听之音，弟妹好耳力也！"

小越女笑笑，回身一个呼哨，山冈上两匹骏马一声嘶鸣从山坡上飞了下来。小越女从马上拿下两个长大的皮褡，笑吟吟道："范叔有炊锅大好，今日你俩口福也。"范雎恍然笑道："我是闲散游，酒肉炊具齐全，都在车厢帐篷，弟妹根本不用添甚，只动手便了。"小越女粲然一笑："别个不用，只怕这酒是要添的了。"范雎拊掌笑道："说得好！楚头逢老友，敢不醉千盅？不管甚酒，只管上。"鲁仲连兴奋得大手一拍笑道："好！只一路臭汗湿衣，这道水绿得诱人，先清凉一番再来痛饮如何？""妙极！"范雎顿时来了精神，"我车上有干爽衣衫，走！"

这傍山小河是颍水的一条支流，虽然湍急水深，却清澈得连河床的鹅卵石都清晰可见。鲁仲连三两下剥光衣衫跳入水中一阵费力扑腾，水花四溅声势惊人，却只是在原地打转。岸边大石上正脱衣衫的范雎不禁哈哈大笑："东海千里驹，原是个笨狗刨也！"跃身入水，便如一条颀长的白鱼漂到了兀自四溅不休的水花中。"噫！"鲁仲连抹甩着脸上的水珠站了起来，"范叔不是旱鸭子么？"范雎一边划水一边道："祖上三代都是大河船民，能不会水么？"鲁仲连恍然笑道："噢——怪道我祖上是猎户，原是我不会水害得也！"骤然之间，范雎喀喀两声咳嗽踩水站了起来，笑得腰都弯了下去，一句话也说不出来。鲁仲连却浑然不觉，大喊一声又兀自扑腾起来，沉雷般的水声夹着范雎的大笑声弥漫了

幽静的河谷。

"开席也——"遥遥传来小越女清亮的呼唤声。

两人上得岸来各自换上干爽麻布长袍,一身清凉大见精神,一路笑声到了袅袅炊烟处。帐篷外草地上已经铺好了一张大草席,草席上满当当热腾腾四个大盆,一盆清炖鲤鱼雪白雪白,一盆炖肥羊飘着嫩绿的小葱,一盆临淄鲁鸡烤得红亮焦黄,一盆藿菜米饭团金黄翠绿;四大盆之外,还有一片荷叶上整齐码着的三五斤切片酱干牛肉,一大木盘小葱小蒜,一大碗醋泡秦椒,两大坛老秦凤酒外加满当当一个酒囊,直是色色诱人。

"彩!"范雎喝得一声,指点赞叹,"一席齐楚秦,弟妹好本事。"

"啧啧啧!"鲁仲连笑道,"不遇范叔,只怕我这老饕还没有此等口福。"

"一路风火逃兵祸一般,有得空了?"小越女笑吟吟解下腰间布围裙,走过来将手中几片荷叶在席边摆好,"来,荷叶后就座。范兄开鼎了。"

"坐。"鲁仲连一拉范雎,在草席上大盘腿坐了下来,见范雎还是一撩大袍压着脚跟挺身跪坐,不禁揶揄地笑了,"范兄终是官场势派摆不开,那般坐法得劲么?若非这草席太小,我这粗汉便大伸腿了,那何等惬意也!""说得是。"范雎脸一红笑了,"这礼坐等闲也只半个时辰,否则两臀压得双脚发麻,站都站不起来。"小越女惊讶道:"哟,怪道贵人们起身要侍女扶持,原本是脚麻也。"范雎不禁哈哈大笑:"布衣没有侍女,大盘腿了。"说着一屁股坐实在地盘起两腿,"好实在,好舒坦!来,开鼎——"说罢拿起粗大的竹筷当地一敲陶盆,举起了面前的大陶碗,"楚头逢故交,风尘两布衣,快哉快哉!干!"

"好酒辞!"鲁仲连举碗一句赞叹,"老布衣与你新布衣干了。"说罢两碗一碰,两人汩汩干了。见小越女没有举碗,范雎慨然道:"南墨小越女名满士林,今日却是第一次谋面,来,老夫与弟妹干了这一碗!"正要举碗尽饮,小越女却一把拉住范雎胳膊笑道:"范兄且慢,我是从来不沾酒,只能用白水替代了。"说罢捧起面前陶碗,将一碗清亮的凉水只轻轻呷了一口放在了面前。"噫!"范雎大是惊奇,"白水也只饮一口?"鲁仲连呵呵笑道:"范兄不知,她是三日一餐,一日三水,由得她了,你我只管痛饮。"范雎却更是惊奇:"弟妹南墨名士,如何却修习道家辟谷之术?""范兄两岔矣!"鲁仲连笑道:"她这是幼时一段奇遇所成,来日方长,有暇教她说给你听。来,再干!"

小越女岔开话题笑问："范兄遨游，夫人何不共行？"

"双飞比翼者，岂能人人为之也！"范雎慨然一叹，"我已将家人送回故乡了，河谷一庄，桑园百亩，也够得她母子生计了。"

小越女惊讶道："都说魏安釐王要给你百里封地，范兄没有就封？"

范雎摇摇头："我为秦相十余年，出远交近攻之策，夺三晋土地城池无数，与魏赵韩结下了山海冤仇。三晋迫于强秦之威，虽一力示好于我，我却如何能陷进这个泥沼？"

"好！"鲁仲连一拍大腿，"范兄终是明澈也。魏国连一个信陵君都容不下，你纵然就封不理事，也是安宁不得。走得好！"转而又是一声叹息，"若非长平撤军，秦王当不会见疑于范兄。说到底，是仲连将你拖进了六国泥沼也。"

范雎一笑，摇摇头一脸肃然："仲连差矣！长平撤军，基于秦可胜赵然却无力灭赵之大势也。如秦有灭赵之力，范雎岂能主张撤兵？况仲连兄入咸阳见我，秦王尽知。若非如此，我一己之策岂能不见疑于朝野？说到底，长平撤军原是将计就计，岂有他哉！"

"妙也！"鲁仲连哈哈大笑，"自以为范兄中计，却不料是我钻了圈套，好！两清。"

范雎却又是一叹："谁料秦王无端反悔，骤然三次起兵灭赵，皆大败于赵军与合纵联军。其间又逼死白起，以致秦国朝野汹汹，以我为替罪牺牲也。当此之时，秦王固不疑我，然我却已经没有了资望根基。秦王一旦有变，我岂非白起第二？当真说起来，我之离秦，不在秦王疑我，而在我疑秦王也。"

"范兄此话却是有理！"鲁仲连钦佩间却又是慨然一叹，"范兄呵，你知道山东六国最惊诧最疑惑处在何处么？"

"先杀白起，再放范雎，岂有他哉！"

"着！"鲁仲连一拍大腿，"如此昏庸老王，守着他等死么？走得好！"

范雎一阵默然，又淡淡一笑道："好也不好，不好也好，不说它了。说说你老兄弟，不是赵国要对你与信陵君封地授爵么，如何跑到楚国来了？"

"先干一碗再说！"鲁仲连猛灌一大碗，顿时满面涨红气咻咻嚷了起来，"鸟个封地授爵！不要者塞给你，真要者不给你，如此赵王，安得没有长平大败？秦国若是再爬起来，这山东六国我看便真是完了。范兄且看，早晚总有那一天。"

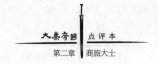

"如何,救亡图存千里驹,也对山东六国没信心了?"

"左右你不是秦国丞相了,有没有,你又能如何?"鲁仲连黑着脸嘟哝了一句。

范雎不禁哈哈大笑:"我能如何,该当是你能如何,还为六国周旋么?"

"范兄呵,仲连这次可是真伤心也。"小越女幽幽一叹,"自秦赵两强上党对峙,我就再没有回过会稽,一直跟着他奔波了十几年。可任谁也不能预料,合纵成了,联军胜了,原先的一切指望竟都化成了泡影。"鲁仲连黑着脸只是饮酒,范雎默默地看着小越女,目光中尽是疑惑关切。小越女便断断续续地说起了她所看到的故事——

白起死了,老秦王又执意灭赵,山东六国的有识之士看到了恢复合纵的大好时机。鲁仲连飞赴楚国,邀春申君北上邯郸会见平原君共商大计。三人密商一日,鲁仲连与春申君星夜南下大梁,秘密见到了信陵君。此时的信陵君已经赋闲多年,对合纵抗秦几乎已经丧失了希望。然则,当鲁仲连将雄心勃勃的合纵谋划通盘说完时,信陵君还是怦然心动了。鲁仲连的谋划是:由他与春申君、平原君出面联结五国出兵救赵,信陵君做联军统帅;败秦之后,赵国出面以合纵联军护送信陵君回魏国,胁迫魏安釐王让位于信陵君;信陵君做魏王之后,与赵国共同成为合纵轴心,全力振兴山东,十年之期,一举灭秦!

于是,才有了威势最大的这次合纵救赵,也有了六国一举击败秦国主力大军的皇皇大胜。可是,当联军班师邯郸时,一切却都变了。

邯郸举行了隆重的犒赏大典。一路黄土垫道,清水洒尘,鼓乐大作,民众夹道欢呼。王城箭楼还悬挂了两幅足足六丈的大布,右为"存魏救赵",左为"功高天下"。赵国君臣光灿灿排列于王城正门两侧,孝成王大红胡服居中,平原君亲自做了司礼大臣。在一道三丈宽的红毡大道中,信陵君、春申君、鲁仲连等被赵国君臣簇拥着进了王宫大殿。

可是,大宴开始后赵王却始终不提联军护送信陵君回魏之事。鲁仲连几次向平原君眼神示意,平原君浑然不觉。眼见信陵君脸色阴沉下来,鲁仲连将大爵嗵地一砸大案,一声高喊:"乐舞停!"

乐声歌声骤然止息,大殿里静悄悄如幽谷一般。平原君看一眼鲁仲连便高声宣呼:"犒赏有功,行王封书令——"赵孝成王一挥手,一名王室大臣捧着王书高声念了起来,从头念到尾,关乎信陵君鲁仲连者只有三句话:"……救赵大功,首推信陵君与仲连义士。特封镐城六万户,为信陵君食邑。特封仲连义士为武定君,享三万户食邑……"

王书念完,却无人谢恩,等待恭贺的赵国大臣们愣怔了。正在举殿寂然之时,鲁仲

连仰天一阵哈哈大笑，长身站起，一甩大红斗篷对赵王高声道："鲁仲连纵横列国二十余年，从不受官任爵，想来赵王未必不知也！"

赵孝成王淡淡一笑："区区衣食之源，义士何须清高？"

鲁仲连不理睬赵王，炯炯目光只盯住了平原君："合纵有约，信陵君之事如何落脚？"平原君满面涨红，一拱手正要说话，却见信陵君从座中站起向赵王一拱："魏无忌素来不愁衣食，不敢受六万户封邑。今日不胜酒力，就此告辞。"说罢昂昂去了。一直惊讶沉默的春申君恍然大笑："噢呀，这赵酒变味啦！喝不得，告辞！"也昂昂去了。两位统帅一走，各国的联军大将顿觉难堪，也纷纷去了。

眼见救赵功臣片刻散去，平原君拉住了鲁仲连不放，硬是将鲁仲连小越女请到了府邸小宴。席间平原君大诉赵国难处，请鲁仲连设法劝说信陵君先留在赵国闲居，容后缓图。鲁仲连一改谈笑风生的豪侠气象，硬是一句话不说，只埋头饮酒。平原君无奈，以老友名义赠送两万金，要鲁仲连择地定居，以为答谢。及至黄灿灿两万金抬到面前，鲁仲连硬邦邦道："人言平原君高义谋国，今日看来，却连商旅之道也是不及。鲁仲连除兵不图报，今日告辞，终身不复见君也！"说罢腾腾腾砸了出去。

……

范雎良久默然，灰白的须发随风乱飞在肩头，捧起大陶碗咕咚咚一饮而尽，放下陶碗一声喟然长叹："世固不乏良谋长策，惜乎不逢其时，不遇其人。人算乎，天算乎？"

"鸟！"鲁仲连笑骂一句，"人算也好，天算也罢，左右我是不再掺和这龌龊合纵了。来，饮酒是正经！"大碗与范雎一磕，汩汩饮干。

范雎放下碗一笑："仲连此话当真，从此不再布衣纵横？"

"不信老兄弟？"鲁仲连哈哈大笑，"仲连布衣，只没个辞官处便了。"

"范兄，仲连可是真要归山了。"小越女笑道，"他与我说好的，南下陈县拜会一位好友，而后随我到会稽山隐居治学。"

"雄奇入世，节义归槽，壮哉千里驹也！"范雎衷心赞叹一句举起了大碗，"来，浮一大白！"两人一气饮干，范雎慨然道："今日既知仲连归山，我当千里送君，直下会稽！"鲁仲连哈哈大笑："好！左右你也是云游四海，先跟我到陈县会会这位风尘大士。"

"大士？"范雎惊讶了，"何人当得大士名号？"

"此人当今奇才，若假以时日，必成当今陶朱公也！"

吕不韦。

"噢，原是一个商人。"范雎微微一笑，"纵然富绝古今，又能如何？"

"范兄差矣！"鲁仲连一脸正色，"春秋以来四百余年，商旅蓬勃兴起，非但周流天下财货而利国利民，且多守节义大道，每每在邦国危难之时挺身而出，义报消息、捐献财货、舍生从戎。更有一点，但凡商人，身行天下而扎根本土，极少迁出弱小祖国，是故方有当今天下弱国多富商之异象也。凡此等等，虽我等士人，亦未必人人能及，范兄何独以商道牟利而轻之乎？"

"糊涂也！"范雎不禁哈哈大笑，"倒是忘了，仲连生平唯受一人钱财，便是号称商旅孙吴的田单。对么？"

"不然，后来还有这个商旅大士。否则，我喝西北风周旋列国么？"

"惭愧惭愧！"范雎呵呵笑着抱拳一拱，又是轻轻一叹，"老哥哥书吏根底，委实是不解商旅，心下实远之。说说，你老兄弟生平至交，如何偏偏是两个商人？"

"天意也！虽我何能知之？"鲁仲连诡秘地笑笑，"也许，见了此人你自明白。"

范雎慨然拍掌："既入得仲连法眼，自然要见识一番。"

倏忽间已经是暮色降临。小越女燃起了一堆篝火，幽暗的河谷闪烁出一片亮光。鲁仲连与范雎还是无休止地说着无休止地喝着，一个话题接一个话题，谁也没有睡意，不知不觉间，天渐渐亮了。

"晨风清凉，莫如直下陈县。"鲁仲连霍然起身。

"妙！你快马我轻车，到了陈县再大睡。"范雎欣然赞同。

小越女咯咯笑道："亏你好盘算也，到陈县你却困不得了。"

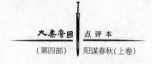
"我不信,谁能挡得睡神大驾?"范雎呵呵笑着。三人遂动手收拾车马物事,片刻就绪,两马一车飞出阳夏河谷,从鸿沟官道辚辚南下了。

布衣清谈,顺论天下大势。

二　天府鬼蜮　沧桑陈城

鸿沟南入颍水的交汇地带,巍巍然矗立着一座大城,其名曰陈。

陈虽县城,却是楚国北部重镇。天下人但说"楚头",十有八九指的都是这陈县。其所以如此,在于陈非寻常县城,而是一个风华古国的大都城。这个古国,便是陈国。周武王灭商后首封八个诸侯国:燕(召公奭)、殷(武庚)、管(叔鲜)、蔡(叔度)、霍(霍叔)、康(康叔)、曹(叔振铎)、陈(胡公满①)。八大诸侯中,陈国虽位列最末,却是赫赫然别有风光。其特异处,一则是位次虽末,却与王族诸侯同享一等公爵,领百里之地;二则是周武王将自己的元女(长女)大姬婚配给了胡公满,陈国成了外戚诸侯,尊享王族荣耀。而胡公满部族所以成为首封八诸侯,最根本处,在于这个部族是舜帝后裔;其次,在于曾出兵孟津助周灭商。远古之时,舜部族居住在河东的妫水②河谷。古俗以地为姓,族人姓了妫。出了个舜帝之后,妫部族却一直平平淡淡地蜗居在妫水河谷耕耘,从没有兴起过风浪了。骤然立国为诸侯,自然以国号为大,整个妫部族也以国号"陈"做了姓,天下从此有了陈氏。

周武王于灭商第二年病逝,第一批诸侯中的六大诸侯

---

①　胡公满,胡公为姓,源不可考,满为名。

②　妫(音 guī)水,古水名,发源于今山西永济历山,西流入黄河。

(管、蔡、霍、康、曹、殷)竟一齐叛乱发难。于是,引出了周公东征平乱。陈国也决然加入了王师东征大军。靖乱之后,六大诸侯悉数湮灭,首封八诸侯只剩下了燕、陈两国。周公以周成王名义再行分封,才有了鲁、齐、卫、宋、晋、楚、郑、蔡等一班诸侯。从此,陈国有了忠勤王室克难靖乱的无上荣耀,一举成为西周初期诸侯中的赫赫栋梁。

世事沧桑,也是难料。自此以后,这陈国再也不出彩了。到了西周末期,陈国悄无声息地沦落为二三等诸侯了。谁知到了春秋之世,陈国却又一次声名鹊起,成了大名鼎鼎的诸侯。

其间因由,一则是陈国地处颍水两岸,土地肥沃多有沟洫,陈人又善于耕作,农事兴旺,国人丰衣足食。于是,陈有了"足食之邦"的大名,周遭小国辄遇水旱饥馑,多向陈国借粮。二则,陈国都城修得坚实雄峻,春秋之世又几次扩建,气势超过了一等一的老王族诸侯鲁国郑国的都城,自是分外显赫。三则,陈国公室以先祖阏父曾在周武王时做陶正①为荣耀,自诩陈人"善营作",君主代代好商,为商旅大开国门:免去关隘税收,大召列国商旅入陈,官市之外大建自由交易的民市。渐渐地,陈国成了中原以南的第一富庶风华之地。

若仅仅如此,陈国倒也暗合了天下潮流,天下人也绝不会如后来那般蔑视陈国。偏偏是风华浸淫之下,陈国君臣耽于奢靡,国君大臣聚相以玩乐为能事,淫靡之风大兴,种种丑闻也不断随着商旅车马流布开来。流风日久,陈国终于渐渐糜烂了。

传到第十八代君主,陈国终于出大事了。

这第十八代君主是陈灵公。灵者,窃国之谓也。以"灵"字谥号于国君,大体都是乱国失国之辈。古人很睿智,创制了谥法,是在人死之后将其生前作为品行给予一个总评定,加给死者一个称号,从而弘扬王道君德,贬斥奸恶劣迹。《周书》云:"谥者,行之迹也。号者,功之表也。车服者,位之彰也。是以大行受大名,细行受细名。行出于己,名生于人。"国君之号,由礼官提出经大臣公议而定。臣下之号,则由国君颁赐。应当说,直到秦汉之世,古人对谥法还是很实在的,所加称号,大体百不失一。不若后世将谥法变成了歌功颂德的廉价伎俩。譬如春秋之世还有一个晋灵公,同样是一个忠奸不辨昏聩致乱的国君,酿出了"赵氏孤儿"的悲剧,导致晋国从此衰亡。这个陈灵公更是荒诞乖

---

① 陶正,掌制作、销售陶器的官员。

戾，即位之后一件正事未做，却生出了一件天下所不齿的最大丑闻——

时有郑国少女名姬，貌美痴淫，嫁给了陈国臣子夏御叔，时人呼为夏姬。夏姬生下了一个儿子夏征舒，其夫夏御叔便死了。府中童仆有传言，说是家主不堪夏姬昼夜痴淫，硬是给累死了。流言不胫而走，喜好淫乐的陈灵公以抚慰亡臣之名进入夏府，与夏姬私通了。另有两个大臣，一个叫孔宁，一个叫仪行父，都是陈灵公寻常淫乐的伴当，闻得消息，也先后与夏姬私通了。君臣三人各自藏了一件夏姬的贴身衣衫，在大殿朝会后相互观瞻品评，看谁的藏品是真正的亵物。后来，君臣三人索性不再避讳，公然与夏姬一起宣淫于夏府，指着在厅廊外习武的夏征舒，高声谈笑争论是谁的儿子。话随风出，夏征舒听得清楚，心中怒不可遏。一天夜里，陈灵公从夏姬寝室刚刚出来，被夏征舒一箭射杀。赶来接活儿的孔宁、仪行父大惊失色，连夜逃亡楚国去了。

其时，楚国正是雄心勃勃的楚庄王在位的第十六年。一闻消息，楚庄王立即带领大军入陈靖乱，杀夏征舒，灭了陈国，将陈地变成了楚国的陈县。[①] 不久，中原以晋国为首的诸侯联盟声讨楚国"不奉王命，僭越灭陈"，要出兵干预。面对强大压力，楚庄王将陈灵公的儿子陈午拉出来重新做了国君，算是恢复了陈国，这即是陈成公。

虽则复国，陈国的名声却因这一特大丑闻而一落千丈，始终只能战战兢兢地做楚国的附庸，在诸侯争霸的夹缝里生存。又过了五代一百二十年，晋国的四大部族（智、魏、赵、韩）已经将晋这个最大的老诸侯掏空，晋国再也无力主持诸侯纷争的"公道"了。其时楚国势力大涨，又一举出兵灭了

《东周列国志》第五十二回《公子宋尝鼋构逆　陈灵公袒服戏朝》及五十三回《楚庄王纳谏复陈　晋景公出师救郑》对陈灵公及孔宁、仪行父二大夫淫夏姬之事，有更详细且夸张的描述。夏姬之子，终忍无可忍，怒杀陈侯，"征舒既射杀了陈侯，拥兵入城，只说陈侯酒后暴疾身亡，遗命立世子午为君，是为成公。成公心恨征舒，力不能制，隐忍不言。征舒亦惧诸侯之讨，乃强逼陈侯往朝于晋，以结其好。"（《东周列国志》第五十三回）

---

① 楚国第一次灭陈，在公元前 599 年。

陈国,再一次将陈国变成了陈县。自此,传了二十四代六百四十五年的陈国,永远地消失在战国前夜了。

这一年,是楚惠王十年,距三家分晋天下进入战国还有四年。①

陈国归楚,楚国在淮北有了立足之地。其时楚国的腹地虽然在荆山云梦泽一带,被天下称为"荆楚",但因长江下游有吴越两国,长江中游的洞庭湖两岸与岭南之地尚是蛮荒未开发之地,要谋取丰腴土地与人口财货,只有向中原拓展。春秋数百年,楚国的有为君主从来都将北上中原争霸当作拓展楚疆的第一要务。对楚国而言,争夺中原只有两个方向最理想,其一是老路,从东北上与齐国争土;其二是新路,越过淮水北上,正面进入中原与三晋争夺土地人口。然则,三百余年过去,楚国始终没有大胜过齐国,这条老路眼看是劳师费力而没有结果了。要北上,楚国只有打通淮北。

天缘巧合,压在淮北的最大诸侯国便是陈国。灭陈而占据淮北,是春秋战国之交楚国最大的梦想。楚庄王闻陈之乱而毫不犹豫起兵,这是根本原因。历时百余年,楚国终于梦想成真,陈国变成了楚国陈县,楚国如何不大喜过望?

灭陈得地,楚国的第一要务是延续陈城的商旅都会传统,将陈地变为楚国汲取中原财富的最大吸盘。为此,楚惠王将陈县令升格为"上执圭"爵位的大臣,由左尹担任。上执圭是楚国第三等高爵,仅次于君、侯两级,因有楚王亲赐圭(长条形礼器玉)而得名,封地相当于附庸小国之君。左尹,则是令尹之副。也就是说,陈县令实际上是由做过副丞相(左尹)的大臣担任,其爵位比做左尹时还高。就实而论,楚国是将陈地陈城看作重镇经营的。但在名义上,却只将它作一个县。这是楚国君臣的高明处:麻痹中原诸侯,宣示自己对中原垂涎的陈地并不如何看重。

如此一来,陈县成了中原边缘最为繁华的商旅都会,与大梁、洛阳、新郑这三个最大的中原都市比翼鼎足,成了天下最著名的商旅都会之一。其所以著名,在于陈城虽非当时都城,却有大诸侯都城的文华底蕴与商旅传统;纯粹的商旅天下,几乎没有任何交易限制,更没有大都城的诸多官府与关节的必须应酬,商人只要缴了税金,便再也无人过问其他了。久而久之,陈城成了天下商人的福地乐园,非但中原各国商旅云集,戎胡商人也如过江之鲫,大凡在大国都城官市不能交易的物资财货,在这里应有尽有。白昼大

---

① 楚国第二次灭陈,在公元前479年。

市,夜来海市,吞金吐玉出铁进盐聚敛财货醉死梦生。陈城的每个时刻,都是商人心醉神迷而又心惊胆战的生死关头。

商旅大都,自然也是百业作坊的渊薮之地。陈城作坊云集,自然有各式工匠纷至沓来寻觅生计。这里没有"料民"①法度,对所有人口都不盘不查,不管你是逃亡奴隶,还是饥民逃国,抑或杀人越货的罪犯,只要有人雇用收留,再也无人问你的来龙去脉。如此一来,这陈城人口纷杂无计,冠带辎车如云,贩夫走卒如流,锦衣满街,饥民当道,各色人等汇成了汪洋恣肆的商旅大海。

于是,天下商旅有了"楚头陈城,天府鬼蜮"的说法。

说也奇怪,如此一个长鲸饮川般吐纳天下金钱财货的商都鬼蜮,蠹在中原边缘,楚国却没有大军驻防。直到战国末世楚国将都城北迁到陈,陈城一直是兵不过万,吏不过百,几乎是无为而治。更令人不解的是,进入战国近二百年,没有一个国家试图争夺陈城,也没有一个国家声讨楚国坏了世道人心,更没有列国盟约压迫楚国改变规矩。大国小国都对陈城视而不见,也从没有一个邦国限制过商旅入陈。

倏忽之间,陈城商风蓬蓬勃勃地弥漫了淮北。

小说这么重视陈,想必与吕不韦有关。吕不韦商贾出身,而陈地的商业气氛浓厚,且地理位置特殊。据《史记·货殖列传》,"越、楚则有三俗。夫自淮北沛、陈、汝南、南郡,此西楚也。其俗剽轻,易发怒,地薄,寡于积聚。江陵故郢都,西通巫、巴,东有云梦之饶。陈在楚夏之交,通鱼盐之货,其民多贾","陈、夏千亩漆"。

三　天计寓三杰聚酒

鲁仲连一行进入陈城,正是凉爽的早晨,也正是陈城街市最热闹的辰光。

长街两侧全是大木搭起的连绵板棚,棚外人头攒动熙熙攘攘,几乎望不到尽头。每段板棚便是一家坐贾商铺,柑橘、

---

① 料民,古代户口登记法,始于西周。

丝绸、兽皮、麻布不一而足。最显眼者,是短兵器商铺显然多于其他商铺。一眼望去,吴钩、越剑、胡刀、韩弓、兵矢的幌子随风摇荡相连,令人目不暇接。拐过街角是一条宽阔的石板街,青砖大屋鳞次栉比,大店比邻而立,盐社、铁社、木社、谷社,每家都是一大排店面,街中多有锦衣商人的精巧辎车与运货牛车交相往来,辚辚隆隆之声连绵不绝,气势比板棚街市大过许多。来往行人的服饰色彩纷繁,既不是楚国郢都的满街黄衣,也决然看不出任何一种色彩的服饰占据主流,恍若草原河谷的蝴蝶漫天飞舞,教人眼花缭乱。

吕不韦暂居于陈城。

"四海杂陈,竟不知谁家之天下也!"范雎不禁一声感叹。

"只要不是一片黑,范兄左右不好受。"鲁仲连不无揶揄地一句,指点着车马人流高声笑道,"唯其五湖四海,才是真天下也!"

范雎微微一笑:"浩浩之势也,岌岌之危也,见仁见智了。"见无回话,范雎回头看去,原来已经到了又一条街口,旁边牵着马的鲁仲连目光只在人群中巡睃,便问一句,"仲连找人么?"

鲁仲连遥遥一指:"看!那里。"

一眼望去,只见前方十字路口的热闹处竖着一面大木板。木板左右的大石上各站一名白衣人正在大声喊话:"进山伐木,日赚五钱,愿去报名啦!"木板周围聚着一群又一群衣衫破旧身背小包袱的青壮男丁,围着木板指指划划。距木板丈许之地,立着一顶大帐篷,一名麻布长袍的中年人正在给一些人发放小木牌。领到木牌者依次坐到大帐旁的草席上,此刻已经坐了一大片人。

"差不多,走!"鲁仲连将马缰交给小越女,"你且等等。"拉着范雎过了路口。

路口大木板上赫然一幅粗黑的木炭画：左上方是三人伐木，两人拉锯，一人斧砍；右中间是两枚刀币光芒四射，直指木板下方最大最显眼的画面——农人盖屋的热闹景象。

一个粗黑的男子向同伴嚷道："一年伐木，能盖三间砖瓦房，值！"

同伴连连点头："值值值！快走，报名！"拉着粗黑男子向大帐篷挤了过去。

鲁仲连笑了："又有新点子了，妙！"

"伐木耳耳，千年旧事，妙个甚来？"范雎不以为然地笑了。

"范兄慢慢品味。随我来！"

鲁仲连哈哈一笑，拉着范雎的手向大帐篷走了过去。帐篷前的中年人连忙迎了上来拱手笑道："二位先生，在下这里不做生意，尚请见谅。"鲁仲连也不说话，只从腰间皮袋摸出了一枚小铜牌向中年人眼前一亮。中年人略一打量深深一躬："先生风尘劳顿，在下却是鲁莽。敢问，先生可是欲找先生？"鲁仲连一拱手道："多有叨扰，敢问先生在否？"中年人笑道："二位稍待。"匆匆过去对几个正在忙碌的短衣人吩咐几句，回头过来一拱手，"先生，请随我来。"鲁仲连笑道："我等还有车马在街。莫耽搁足下活计，你只指个路径。"中年人谦恭笑道："先生初来，只怕我说了先生也是难找。车马在下已经看见了，自有人随后赶来，先生无须操心。"堪堪说罢，小越女笑吟吟走了过来道："车马妥了，走。"白衣人一声请了，领着三人向一条稍许僻静的石板街走去。

范雎心下忐忑，拉着鲁仲连低声道："你没来过陈城么？"

"陈城找人，天下一难。"鲁仲连笑道，"你倒是来过，不也一抹黑了？"

"我说的是，你与他们相熟么？"范雎不禁有些着急。

鲁仲连嘿嘿笑了："莫担心，此人办事之周密，不下于你那秦国法度。我倒是盼着他有一个疏漏处，好扬眉吐气地骂他一顿，可十几年都没等着，你说丧气不？"

见鲁仲连如此笃定，范雎也不再说话，只打量着街巷走路。范雎细心缜密，对陈城老街市的格局还是清楚的，走着走着，心下不禁一紧，此人有何神通，如何能住进这等所在？陈城是不法商旅之天府，江洋大盗之渊薮，莫非鲁仲连结交了个游侠道人物？

原来，走出这条林荫夹道的幽静石板街，左拐是一条砖铺小巷，入口处两排厚实简朴的青砖瓦屋，临街墙上有两个大字"死巷"。分明死巷，麻布长袍的中年人却悠悠然丝毫没有停步。数十步之后，两边没有了一间房屋，只是一色的老砖高墙，遮得巷道幽暗得如同深深峡谷。幽暗中行来，范雎蓦然想起了章台宫的永巷密道，心下顿时恍然，这

是进入了古陈国的老宫殿区。

出得这条大约两三百步的峡谷巷道,果然一片高墙包围的宫城。一眼望去,面南城墙连续五六个城门,东边几个城门车马不绝,眼前两个城门却是幽静非常,硕大的铜钉木门都紧紧关闭着。跟着麻布长袍者走到最西边门洞前,城门正中镶着一方铜牌,却是没有字的铜块。长袍中年人走进门洞,用一支长大的铜钥匙打开墙上一方铁板,伸手进去一扳,沉重的大门轧轧开了。

走出幽深的城门洞,眼前一道横宽十余丈的巨大青石影壁,影壁上赫然镶嵌着四方铸铁,也是一字皆无。小越女咯咯笑道:“铜铁上墙却没有字,这位老兄甚个名堂?”范雎笑道:“有底无字,便是字在心中,左右不是暴殄天物。”鲁仲连哈哈大笑:“还是范兄了得。此公正有口头语,大道在心。”范雎点点头道:“平和不彰,也算难得也。”

说话间绕过影壁,眼界大开:一片高大厚重的砖石房屋沿着中间一片碧绿的水面绕成大半圈,大屋后面一片参天大树,遮住了来自任何方面的视线;整个所在幽静空旷至极,看不见一人走动,仿佛进入了山谷一般。范雎四面打量,微笑点头。

“范叔看出了奥妙?”鲁仲连饶有兴味地问。

范雎指点着道:“这片高房大屋该当是一片储物仓库,中间水池或是防火而设。后面大树成荫,确保库房阴凉干燥。主人倒是用心也。只是,唯有一处我却不解。”

“范叔也有难题么?”鲁仲连不禁笑了起来。

范雎伸手一指两座很高的石屋:“如此之高,又是石墙,储存何物?”

鲁仲连回身向中年人问道:“你说,高大石屋储存何物?”

“我等各司其事,在下不知屋中何物。”

范雎笑道:“此乃老陈国宫城,也许本来就有那些高房大屋了。”

“非也。”麻布长袍者摇头,“这是先生后来特意加高的,并非本物。”

鲁仲连一挥手:“走,找到正主儿自会明白,我等唠叨个何来。”

麻布长袍的中年人一抬手,一支响箭带着长长的啸音与红色火焰掠过水面直飞对岸。片刻之间,一只乌篷小舟悠然漂来泊在了眼前一方石码头前。中年人拱手说声请,三人相继上船。小船划开,却见岸上的中年人已经匆匆去了。小越女不禁笑了:“这老兄行径,很有些墨家风味也。”范雎摇摇头道:“同是军法节制,墨家讲求一个义字,此公却是讲求效率以牟利也。那人如不及时回去,街市雇佣伐木事岂不误了?”鲁仲连不以为然地笑了："商旅为牟利而生，谁能外之？ 然此公有言：义为百事之始，万利之本。你说他求不求一个义字？"范雎哈哈大笑："奇哉！自来义利相悖，此公却将义做万利之本？""还有，"鲁仲连高声吟诵着，"不及义则事不和，不知义则趋利。趋利固不可必也。以义动，则无旷事矣！ 如何？"范雎惊讶道："此公能文？"鲁仲连笑道："我只看过他写下的两三篇，也不知写了多少？"范雎喟然一叹："如此立论，匪夷所思也！"小越女笑道："若无特异言行，田单如何交得他了？""怪也。"范雎笑了，"田单以商从武，此公以商从文，这商旅奇人如何都教你鲁仲连撞上了？"鲁仲连哈哈大笑："以范兄轻商之见，只怕撞上了也是白撞。"范雎正要辩驳，小越女突然一指岸上道："仲连，那不是他么？"

说义为万利之本，此论其实更切合中国人本性。无利之义，多止于空谈。

此时小舟离岸边一箭之地，范雎已经看得清楚，岸边大柳树下正站着一人，白衣飘飘如玉树临风。鲁仲连连连挥手间一声长呼："不韦，我来也——"

朗朗笑声随风飘来，白衣人大步走到岸边遥遥拱手："仲连兄，我已等候多时了。"

小舟如飞靠岸，鲁仲连笑道："足下耳报何其速也！"

"仲连兄载誉南归，不韦岂敢怠慢？"

说话间鲁仲连小越女已经飞身上岸，与白衣人执手相握，一阵豪爽大笑："呜呼哀哉！ 偏吕子常有妙辞，骂鲁仲连逃官逃金，是为沽名钓誉么？"

小越女不禁笑道："仲连心穴，只有吕子瞅得准也！"三人又一阵快意笑声。

范雎缓步登岸，随意打量岸上人一眼，不禁有些惊异了。此人身穿一领白中带黄的本色麻布长袍，脚下一双寻常布履，长发整齐地扎成一束搭在背后，头顶没有任何冠带，通身没有一件佩玉，身材不高不矮不胖不瘦，肤色不黑不白，领下没有胡须,脸上没有痣记,一身素净清雅,通体周正平和,分明没有一处扎人眼目,却教人看得一眼再也不能忘记。范雎看多了周身珠宝锦衣华服的商人,实在是没有见过如此寒素布衣的大商,一时竟有些疑惑迷糊起来,仿佛走进了一座幽静的山谷书院,面对着一个经年修习的莘莘学子。

"老兄快来!"鲁仲连大步过来拉住了范雎的手,"来,这位是此间主人,商旅大士吕不韦。不韦兄,这位是我一个老友,张雎,魏国隐士。"

范雎一拱手道:"一路多闻吕子言行,今日幸会。"

吕不韦谦和地笑着一拱手:"先生不世高人,不韦何敢当一'子'字?若蒙不弃,先生便如仲连兄一般,但呼我不韦便是。"

"不韦真有说辞。"小越女一笑,"但凡先生,就是不世高人?"

吕不韦依旧谦和地笑着:"先生清华峻峭,决然大有来历,日后尚请多多指教。"

"书剑漂泊,胸无长物,岂敢言教。"范雎心下惊诧脸上却淡淡一笑。

鲁仲连左右望望两人,向范雎丢个眼色,得意地纵声大笑起来。吕不韦浑然不觉,只微微笑着逐一拱手:"先生、仲连兄、越姊,请。"领着三人走进了凉风悠悠的树林。出得树林,循着一条草地小道到了一座庭院前。庭院门厅并不高大,一色青石板砌成,厚实得古堡一般,门额正中镶嵌着三个斗大的铜字——天计寓。

"天计寓,出自何典?"鲁仲连兴致勃勃地打量着。

"天道成计然。"吕不韦笑着,"执事们都说有个名字好说事,我凑了一个。"

"妙极!"鲁仲连拍掌赞叹一句回头道,"张兄讲究大,可

看来吕不韦是个雅商。

关于吕不韦,《战国策》与《史记》所载有些不同。所异之处,后文再评点。

"天道成计然",吕不韦心志不小。

有斧斤之削？"

　　范雎揶揄地笑了："智辩莫如千里驹，你都妙极了，老夫说甚？"

　　"呀！下回偏要你先说。"鲁仲连哈哈大笑，"不聒噪了，进去说话。"

　　这是一座全部由小间房屋组成的紧凑庭院。一过影壁是头进，两厢房屋时有身影进出，虽都是脚步匆匆，却毫无忙乱嘈杂之象。穿过北面厅堂，第二进依旧如故。吕不韦指着第二进厅堂道："这是总事堂，与后院不直通。这厢请。"领着三人从厅堂东边的一道拱形石门入了第三进，刚绕过一道影壁，眼前竹林婆娑清风习习，暑气顿去一片清爽。

　　鲁仲连笑叹一声道："几时得此清幽所在，直是一座学宫也！"吕不韦笑道："那几年仲连兄正忙着即墨抗燕，还不知道陈城鱼龙变化。这里原本是老陈国旧宫，楚国为招揽商旅，划做六门高价开卖，我买下了这最后两门。"小越女粲然一笑："哟！毋晓得你是王侯商人也，宫殿何处？""越姊想住宫殿，难矣哉！"吕不韦一阵爽朗大笑，"四门宫殿的主人，目下是楚国猗顿、赵国卓氏、魏国白氏、秦国寡妇清①。我这两门，只是原来的宫室府库与一片园林空地，没有一座宫殿。"小越女惊讶道："如此说来，你与天下四巨商比肩了？"吕不韦摇头微微一笑："若论财力根基，不韦尚逊一筹。"旁边一直不说话的范雎突兀插进一句："若论心志谋划，足下却不屑与之比肩也。"吕不韦一个愣怔，鲁仲连哈哈大笑："有理有理！你只说，何以见得？"范雎侃侃道："买府库而不买宫殿，求实用而不务虚名，此乃商家大道也。不若四巨，徒然昭彰天下，实则置身于火山之口也。此等谋划，此等心志，岂是只知彰显财力之商人可及？""高明也！"鲁仲连不禁拍掌赞叹，"老兄总算揣摩着不韦根底了。"吕不韦悠然一笑："先生如此说，不韦却也无从辩解了。这厢请。"

　　从碎石小径穿过竹林，一片碧绿的草地上一座茅屋庭院，屋前两座茅亭，四周却是高大笔直的白杨林参天掩映，幽静肃穆直如草原河谷一般。鲁仲连摇头道："宫城起茅屋，不觉刻意么？"吕不韦笑道："这是一片废弃园囿，将势就势而已，管不得别人如何想了。"小越女对鲁仲连咯咯笑道："晓得无？这可是四重茅草也，冬暖夏凉不透不漏，与竹林草地正是相得益彰。就晓得青砖大瓦好！"

　　三人一阵大笑，说话间到了茅屋庭院，只见正中门额上赫然三个铜字——利本堂。

---

　　① 寡妇清，巴人，寡妇，名叫清，经营丹砂致巨富。秦始皇时人。小说此处作了灵活处理。

《战国策·秦策五》载，"濮阳人吕不韦贾于邯郸"。而《史记·吕不韦列传》所载有异，"吕不韦者，阳翟大贾人也。往来贩贱卖贵，家累千金"。司马贞《史记·吕不韦列传·索隐》，"（翟）音狄，俗又音宅。地理志县名，属颍川。按：战国策以不韦为濮阳人，又记其事迹亦多，与此传不同。班固虽云太史公采战国策，然为此传当别有所闻见，故不全依彼说。或者刘向定战国策时，以己异闻改彼书，遂令不与史记合也"。

鲁仲连对范雎嘿嘿笑道："老兄，此番你却先说，其意如何？"范雎最是急智出色，略一端详道："足下是濮阳卫人了。"小越女先惊讶了："噫！你却如何晓得？"范雎指着门额大字道："此乃魏字[1]。濮阳卫国，文字从魏，只是将右立刀外勾，这'利'字正是其形。商旅在外，心怀故国，方有此等怀乡之刻。"吕不韦一拱手笑道："先生洞察烛照，在下正是卫国濮阳人氏。"鲁仲连一挥手道："莫得敲边鼓，你只说，其意如何？"范雎笑道："唯知其一，不知其二。"

"其一如何？"

"明刻利本，寓藏大义，其间真意，义为商根。"

"其二？"

"如此立论，有断无解，其意终究难明。"

"老兄是说，义为利本，道理不通？"

"若能将'义为利本'之立论著一大文，剖析透彻，天下一大家也。"

"好！"鲁仲连拊掌大笑，"不韦，看来你这立论还立得不扎实呵。"

"谈何立论。"吕不韦谦和地笑了，"我是随心而发，一句算一句。著文立说，那是先生仲连兄此等大家之事，不韦却是不敢想。"

"呀！"小越女一声笑叫，"述而不作，不韦岂非孔夫子也！"

四人一齐大笑。吕不韦道："走，三位先沐浴一番消乏一个时辰，日昳[2]时聚首痛饮如何？"时当正午，鲁仲连三人一路车马颠簸，倒也真是汗湿重衣身心疲累，听得吕不韦如

---

① 魏字，战国时魏国风格的文字。
② 日昳（音dié），古人对午后的称谓，大体在午后两三点之间。

此安顿，一齐点头说好。立即有一男一女两个少年仆人过来，将三人领到了茅屋后厅。片刻之后，粗重的鼾声便从幽静的后厅弥漫了出来。

片时之后，小越女先醒了过来，看看院中茅亭的日影，叫醒了鲁仲连，正要再去叫醒范雎，却见范雎长袍散发悠然到了门口。小越女讶然道："范兄自己醒了？"范雎笑道："假寐片刻也就是了，真到梦乡一个时辰能回来？"尚在懵懂的鲁仲连嘟哝道："老天也是怪了，分明炎炎夏日，却凉得通透，倒头便不想起来。"范雎揶揄笑道："仲连兄几时做了村叟，没看见榻后那个大铜柜么？"鲁仲连打量一眼恍然笑道："噢，如此大一个冰柜，怪道凉爽得三秋一般。"范雎道："我那丞相府也只是大木桶盛冰消暑，何有此等冰柜？你来看，"走过去咔嗒拉开了大铜柜指点着，"这冰柜内分三层，每层盛冰足足两大桶。屋内但有凉气弥散，却是一滴水也没有。墨家善工，弟妹说说，这化冰之水何处去了？"小越女在凉冰冰的高大铜柜上敲打了一番笑道："这铜柜层层密封，柜底当有一支铜管接出，埋在地下引出屋外，寻常但管添冰，却无须理会水路，当真机巧也。""吕不韦，异能之士也！"范雎感叹一声，"我是揣摩这冰柜奥秘，竟没得合眼也。"鲁仲连不禁哈哈大笑："范兄做了一番丞相，便以为天下技能尽在王室官府也，该当开眼！"

正在笑谈，一个须发雪白的红衣老人在门外深深一躬："三位贵客，先生有请。"鲁仲连说声走，三人随老人来到了茅屋正厅。

吕不韦正在厅门前六步之地相迎，所不同者仅仅是头上增加了一顶竹皮冠，顿时平添了一份肃穆敬客的庄重。范雎心知吕不韦与鲁仲连夫妇交谊甚深，此番礼敬皆因自己是初交宾朋而起，遥遥躬身，虚空做捧物状肃然道："张雎惜无脤头以敬，谨奉鲁子之命一见。"虽只寥寥一句，却是大有讲究。依据古老的周礼：士初相见，主人当衣冠齐楚迎之，来者则当以雉（野鸡）为礼物；冬日用带长羽的活雉，夏天便用脤（风干的雉）；拜见之时依据时令，来者面北对主人将雉或脤横捧于双手，雉头或脤头朝左（左手为东为阳），礼辞是"某也愿见，无由达，某子以命命见。"范雎堪称饱学，此刻见吕不韦戴冠迎出，便以此等拜会古礼作答，心思只看吕不韦如何应对。

吕不韦却是谦和地笑着迎了上来拱手道："先生博古通今，不韦何能应对得当？寻常只知'衣冠礼敬'这句老话，便拎了顶竹皮冠扣上，不承想却是平添拘谨，先生见笑了。"说罢顺手解开冠带拿下竹冠，"还是随意好，与先生一般的散发布衣。"

鲁仲连笑了起来："虽说张兄把得细，终究是不韦迂腐了一回，好！"

"说人迂腐,还有个'好'字?"小越女笑着瞪了鲁仲连一眼。

"当真好也。"鲁仲连一脸正色,"多少年都等不到不韦一个疏漏,今日教张兄了却了我这心愿,能不好么?"

四人一阵大笑,相继进了茅屋正厅。略一打量,鲁仲连笑了起来:"四菜一酒,不多不多。"范雎却只盯着北面墙下一柱与人等高的白石端详。吕不韦满面春风地走过来请范雎入座北面的主客尊位。范雎恍然,连忙推着鲁仲连坐进了主客位,自己坐了东手侧席,小越女自然是西手侧席。吕不韦是主人,与鲁仲连相对,坐了南席。

一时坐定,吕不韦笑着举起了面前铜爵:"仲连兄与越姊偕先生南来,不韦为三位洗尘。今日快意之时,来,先干此一爵!"说罢双手抱爵环敬一周,一饮而尽。鲁仲连与范雎自是二话不说,举起铜爵汩汩饮干。小越女也捧起面前一只碧绿的玉碗一气饮了,见范雎惊讶地看着自己,一笑道:"不韦晓得我不沾酒,这是琅邪山石泉水。"范雎困惑道:"千里迢迢,这石泉水纵然运得过来,存得几日岂不馊了?"吕不韦笑道:"我有三层冰柜车,两层坚冰,一层泉水,兼程运到后冰窖存储,半年之内保得原味丝毫不差。"范雎喟然一叹:"足下如此做派,虽王侯宫室犹有不及也。"说话间脸上一片阴影掠过。吕不韦眼睛骤然一亮笑道:"不韦布衣,焉敢虚势?原是今年有几位老友来会,却都是林泉山人饮不得酒,方有此举,先生见笑了。"鲁仲连顿时兴致勃勃:"说说,都谁个要来?"吕不韦道:"一个唐举已经走了,一个士仓还没来,一个越姊正在当前。"

"且慢!"范雎向正要大发议论的鲁仲连摆摆手,惊讶地看着吕不韦,"足下识得唐举、士仓?"

"唐举兄与我是书交,士仓兄与我是另交。"

多金之人生活奢华,极其讲究细节。

所谓文明,多由粗陋到精致,由精致到奢侈,由奢侈就变为腐朽了,变革马上发生。

"何谓书交？何谓另交？"

"以书成友，谓之书交。以另类隐事成友，谓之另交。"

"敢问足下与唐举以何书成友？"

"我得《计然书》评点本，请唐举兄品评。唐举兄时有急用，我送了他。"

"可知唐举要《计然书》何用？"

"信人便送人，送人则由人。问之，非友道也。"

"足下与士仓以何事而交？"

"老友之隐，不韦不便相告，先生见谅。"吕不韦不卑不亢满面微笑，显然不打算再说下去的模样。

此间分际颇是微妙：以宾主通行礼节，范雎本不当对崂山泉水事语带讥讽；然则战国之世的名士风范恰恰是坦诚犀利，况范雎之讥讽毕竟是基于节用本色而发，吕不韦浑然不觉，诚心说明缘由；范雎再次突兀插问交友之情由，则必是与所说之人相熟，依寻常礼节，吕不韦当坦然告之，以使宴席间皆大欢喜；然则，这看似一团和气的吕不韦却突然不卑不亢地拒绝了范雎最后一问。范雎心性恩怨分明睚眦必报，若要再追问一句甚或反唇相讥，便是当下尴尬。

正在吕不韦话音落点之时，鲁仲连一举大爵高声道："来！痛饮一爵再说！等士仓这老兄来了，我教他自己说给张兄。"

"天意也！"范雎却是一声感喟，站起来对着吕不韦深深一躬，"若非足下高义，范雎岂能举荐蔡泽而辞官隐身？今日知情，容当一谢。"

"妙也！"鲁仲连哈哈大笑，"不韦，赫赫应侯现身，你当如何？"

吕不韦丝毫不见惊讶，只悠然一笑站起身来也是深深一躬："世间典藏珍奇，归宿原有定数。应侯既得，便是天意，与不韦却是不相关，何敢当得一谢？"

范雎猛然拉住了吕不韦的手道："遇合者天意也！你我与仲连越妹一般，莫再先生应侯的客套了，如何？"

"承蒙范兄不弃，不韦敢不从命！"

"啊呀呀！"鲁仲连大笑着走过来将大手搭在两人手上，"执手如刎颈，顷刻交生死。好！"话方落点，小越女捧着一个大铜盘轻盈飘到了面前："来，人各一爵！"三人执手大笑，各取一爵"当"地一撞说声干，一齐汩汩饮尽了。

　　此时,席间因范雎而起的些许生分一扫而去,四人重新落座,一通豪饮饕餮。堪堪半个时辰,吕不韦抬头恍然笑道:"越姊如何不下箸? 试试了,你都吃得也。"鲁仲连道:"她是三日一食,由得她。"范雎看去,小越女案上铜鼎中一只热气腾腾的整形蒸鸡,鼎脚下的细木炭冒着红亮的火苗,另有一鼎油亮鲜红的炖枣,呵呵笑道:"不韦呵,不饮酒有备,不食肉却无备,该罚也。"吕不韦已经饮得满脸涨红,拭着额头汗水笑道:"越姊,此物乃岭南伺潮鸡,你但尝得一口,或许破戒也未可知。"小越女端详着铜鼎笑道:"生平毋得吃肉,蒸鸡能吃么?"犹豫片刻,小越女终是伸出了细白的手指。

　　"越姊,下箸夹得下来。"吕不韦兴奋地提示了一句。

　　"她从来不会用筷,只会上手。吃便好,就用手!"鲁仲连笑得开心极了。

　　小越女飞快地瞟了鲁仲连一眼,脸上飞过一片红晕,小心翼翼地撕下了一丝鸡肉,闭着眼轻轻放到了嘴里,轻轻地嚼着。三个男子都屏住了气息看着小越女,一时间人人紧张得如临大敌一般。眼见小越女脸上渗出了一片细汗,轻轻地嘘了一口气,"呵,还真好吃也。"随着话音落地,三人不约而同如释重负地长嘘一声,接着一阵哄然大笑。小越女绯红着脸咯咯笑道:"好吃便好吃,笑我也吃!"两手撕下一大块鸡肉,旁若无人地大吃了起来。

　　吕不韦对鲁仲连一拱手笑道:"越姊始食肉,仲连兄一大幸事也!"

　　"不韦……"鲁仲连眼中闪烁着泪光,一口气饮干了一爵。

　　范雎却大惑不解:"不韦呵,这鸡肉有何特异,竟能使辟谷者破戒?"

　　吕不韦兴奋笑道:"此鸡产于南楚苍梧大山,俗称长鸣鸡,叫声清亮贯耳,一声之鸣能穿海潮呼啸之威。然则,此鸡不鸣于晦明交替,唯在大海涨潮之际随着潮声长鸣,岭南楚人呼其为伺潮鸡。"

　　"天地之大,竟有此等奇鸡?"

　　"伺潮鸡以铜鼎蒸之,其肉若鱼之鲜,若笋之清,为食素者尝肉之佳品。不韦尝闻,中原一隐士深入岭南,尝此鸡而戒辟谷,便为越姊一试了。"

　　"此等神异之物,定然极难觅得。"

　　"得此鸡有三难。"吕不韦轻轻叩着案头,"其一,山高水险,千里迢迢,等闲人到不得苍梧山海间。其二,捕捉难。此鸡半家半野,涨潮时飞到海岸长鸣竟夜,潮将退去之时,鸣叫分外高亢悲切,唯有此时捕捉,鸡肉才与常鸡迥然有异。其三,饲养难。伺潮鸡离海不能超过十日，否则声哑而亡。"

"如此说来，此鸡刚刚运回？"一直看着小越女的鲁仲连蓦然插来一句。

"不韦得仲连兄行止，掐着时日从岭南运回，今日是伺潮鸡离海第八日。"

良久默然，范雎大是感慨："这般用心，不韦难得也！"

吕不韦神色郑重道："仲连兄者，天下士也。担待大义，粪土爵禄，勇于赴难，羞于苟且。士林如鲁仲连之风骨卓然者，唯此一人耳！不韦一介商贾而与天下士交臂，能尽绵薄之心，幸何如之？"

小越女扮个鬼脸笑道："不韦莫说了，仲连再逃，我可跑不得了。"

范雎揶揄道："此地没有两万金，逃跑做甚？"

"我只备了千金之数，是否太少？"吕不韦亦庄亦谐一句。鲁仲连陡地睁眼，目光炯炯地盯住了他。吕不韦迎着鲁仲连目光坦诚地笑了："仲连兄，凡事适可而止，过犹不及也。纵是圣贤，也须衣食住行有靠，方能心忧天下。兄与越姊平生无积财，今去东海隐居，何能不需钱财？兄若果真变作赤脚操劳之渔人猎人，鲁仲连价值何在也！"一声喟叹，吕不韦轻轻叩着大案，"千金之数，大体建得一座庄院，打造得一条好船，养得两匹良马，维持得十年衣食无忧。但能如此，仲连兄方可读书修身，亦可闻警而出。否则，闭塞山林，只做得衣食囚徒也。"

一时举座默然。小越女是听凭夫君决断。范雎觉得吕不韦说得实在，然想到鲁仲连辄遇爵禄金钱从不听人，一言不合便扬长而去，也只好听其自然。不想鲁仲连思忖一阵，慨然拍案："不韦千金，我受了！"

"好！"范雎哈哈大笑，"一日有三奇，我等浮一大白！"

有钱还买不到，要有心才可以办到。吕不韦乃相才，处理大小事务得心应手。

吕不韦精通官商之道。

"范兄说说,何谓三奇?"小越女笑得灿烂,手中也举起了那只泉水玉碗。

范雎一副肃然地指点道:"食气者竟食肉,一奇;鲁仲连粪土爵禄,今日却受千金,二奇;商人挥金不图利,却图义,三奇!如此三则,可算得战国奇闻?"

"再加一奇。"鲁仲连一副揶揄笑容,"睚眦必报者,今日却浑不计较。"

意气相投时,什么戒都有可能破。

"彩!"吕不韦与小越女一声喝彩,范雎哈哈大笑,个个痛饮了一爵。吕不韦最是快意,一连饮了三大爵。范雎嚷嚷着不行,也跟着饮了三大爵。鲁仲连哈哈大笑,二话不说跟着大饮三爵。一时席间谈笑风生海阔天空,不知不觉地暮色降临了。吕不韦吩咐掌灯,茅屋大厅顿时一片大亮。

范雎本是豪饮海量,为秦相十余年处处谨慎几乎戒酒,今日万事俱去身心空明,加之遇上了天下一等一酒量的鲁仲连,倒是真做了酒逢知己千盅少,一个一个由头地连连举爵,直饮得不亦乐乎。偏是吕不韦特异,虽很少提起举爵由头,却是一爵不落,爵爵奉陪,饮得多时,六只五斤装的空酒桶已经赫然在厅,吕不韦依旧是爵爵奉陪,依旧是满面春风,与鲁仲连范雎的酒后狂放判若两人。

"噫!奇也!"范雎举着酒爵摇了过来,"不韦呵,你爵爵同饮,当真未醉?"

"范兄之见,不韦醉了?"

"好!老夫试得一试。仲连,你也过来。"范雎举着大爵摇到北面墙下一指,"不韦,这柱白石,刻得甚字?"

"坚白石。"

"对公孙龙子的'离坚白'不以为然么?"

"玄辨之学,不韦不通。坚白石者,自勉也。"

"取何意自勉?"

"坚不可夺,白不可磨,石不可破。"柔和实在,掷地有
声。

"坚不可夺,白不可磨,石不可破。"范雎摇晃着大爵念
叨了一遍,一脸肃然,"三者若得合一,千古神话也! 不韦
呵,不觉太难么?"

吕不韦依旧是柔和实在:"世事不难,我辈何用?"

可见其志之坚忍。

"好! 坚白石壮我心志,浮一大白!"鲁仲连一句赞叹,
径自饮干了一爵。范雎欲言又止,内心却是被眼前这个看来
不显山露水的英年商人在瞬间迸发的豪气深深触动了,不禁
一声感喟:"呜呼! 其势荡荡,何堪一商? 不韦当大出天下
也!"吕不韦哈哈大笑,摇摇晃晃地嘟哝着"多了多了",软软
地歪倒在了厚厚的地毡上。

*后生可畏,范叔不得不认
老。*

盘桓得几日,鲁仲连要去了。

吕不韦要他消夏完毕再走,鲁仲连却说还要南下郢都与
春申君辞别,赶到吴越也就立秋了。遇到此等天马行空之
士,吕不韦也不再阻拦,一应物事备好,送鲁仲连小越女上了
颍水官道。范雎本欲与鲁仲连夫妇南下,却接到了一管莫名
其妙的飞鸽传书,要他务必等候旬日,却没有具名。范雎思
忖一阵,只好放弃了南下邀游,与吕不韦一起做了饯行东道。

这一日清晨,颍水两岸绿野无垠,城南十里杨柳清风,一
通饯行酒在郊亭饮得感慨唏嘘不胜依依。范雎最是心绪翻
滚,与鲁仲连不停举爵痛饮,眼见红日高升人当上路,不期一
声长叹:"仲连一去,天下纵横家不复见矣!"说罢放声痛哭。
鲁仲连却是一阵大笑:"时也势也,后浪勃勃连天,前浪消弭
沙滩,此乃天地大道,范兄何须伤感也!"吕不韦慨然道:"范
兄伤感也是该当。纵横原是连体而生,山东无合纵抗秦,关
西几无远交近攻。仲连兄一去,合纵大潮消退,范兄纵是复

出,也是落寞无对,不亦悲乎!"范雎哽咽着连连点头:"仲连将去,我心空空也!"鲁仲连不禁一声叹息:"范叔呵,六国已成朽木之势,秦国也是垂垂衰落,无数十年之功,天下风云难起也。我辈纵然复出,徒叹奈何!"

亭下良久默然。小越女抬头看看时辰,向吕不韦看了一眼走出亭外。吕不韦跟出来笑道:"越姊莫急,索性暮色时分上路了。"小越女低声笑道:"他二人说话,我只要送你一样物事。"吕不韦呵呵笑着一拱手:"越姊有赠,不韦大幸也。"

小越女走到大树下红马旁,从马背皮囊中抽出一个小布包双手捧了过来。吕不韦连忙整整头上竹冠,双手接过打开布包,却是一册陈旧发黄的羊皮书,一瞄书皮大字,竟是《范子计然术》,不禁惊讶道:"越姊,这是陶朱公范蠡的真迹么?"小越女笑着点点头:"不错也。范蠡所作,西施手抄。"

"西施抄本?"吕不韦翻开书页,见字迹娟秀劲健,与士子书写的宏大结构迥然不同,肃然一拱手道,"越姊与仲连兄归隐林泉,正当切磋学问以传后世。不韦一介商旅,得此奇异珍本,明是暴殄天物,何敢受之?"

"晓得无?"小越女一笑,"世间计然书多有抄本,然却脱漏错讹太多。你送给唐举的那本也是一样,唯此真本一字不差,堪当治世之学也。"见吕不韦似乎还要推托,小越女认真摆了摆手,"我是越国若耶溪边女,也就是出了西施而被越人称为浣纱溪的地方。《范子计然术》,是我十三岁那年在若耶溪边的山谷中捡到的。后来我成了南墨子弟,将此书交给了老师。五年前老师辞世,临终前又将此书赠还与我。老师郑重嘱托:计然书天下奇学,非商政兼通之士不能得其真谛,我辈难通此学。若天下果无此等人物,天绝计然也……不韦,此书不当你有么?"

每一能人行走江湖之前,都会无意中得到一本类似于武林秘籍的书。卫鞅、苏秦、张仪、白起等,出山前皆有此"奇遇"。《范子计然书》是富国术,也是治国术,吕不韦须读通此书,方能"大出于天下"。

"越姊，不韦只是商人，不通政事，亦不会入仕。"

小越女笑道："毋晓得你竟如此迂阔！我要归山，书便给你。你若不仕，不能选一个合适人物了？如何与仲连一般，受人赠与便退避三舍！"

吕不韦顿时轻松地大笑起来："既是如此，我受了。"

此时亭下也是一阵笑声，鲁仲连与范雎又开始了海阔天空。小越女道："要不启程，你等没完没了。"遥遥招手一喊，"范兄，放仲连上路也！"吕不韦连忙大步来到亭下："仲连兄稍待，我还有一宗俗物送你。"说罢一招手，一少仆捧来了两只撑得胀鼓鼓的雪白丝袋。鲁仲连目光一闪道："不韦，要再多事，我真要逃之夭夭也。"

"且放宽心，不是金钱。"吕不韦笑着解开了一只丝袋，掌中一捧红亮的大枣道："此物是齐国特产，名叫乐氏枣，那日越姊尝过的。乐毅当年长困即墨，在即墨城外栽种燕国枣树。每年打枣时节，乐毅都要用这种大红枣佐酒，宴请远征将士，同时还要送给田单一筐。后来燕惠王疑忌乐毅，乐毅派专使送给了燕惠王一袋红枣，以表赤心不移……"

"乐氏枣，赤心枣也！"鲁仲连双手颤抖，捧起一捧大红枣儿泪眼蒙眬，"那时我常在即墨，每与田单共尝乐毅送枣，都要大醉一回，哭笑一回……"

"不韦此礼，当真暖心也！"范雎唏嘘一叹，"齐人恨燕，却记挂几乎灭齐的乐毅，可见天下公道，自在人心也。"

吕不韦殷殷笑道："仲连兄去国远居，唯以赤心枣做个念想。"

小越女小心翼翼地摩挲着赤红的大枣，低声道："再过三五年，我教这赤心枣红遍房前屋后，那时，你等再来……"一声哽咽，猛然回头去了。

看着两马一车辚辚南下，在颍水官道渐渐远去，范雎与

吕不韦所藏，皆天下珍异。

吕不韦大步登上山冈,痴痴地凝望了大半个时辰。鲁仲连是苏秦张仪之后的又一个纵横大家,先救奄奄齐国,再救岌岌赵国,使战国大争之格局又一次保持了数十年的大体平衡,其特立独行的高远志节更是天下有口皆碑,成为战国名士的一道奇异风景。鲁仲连的退隐,标志着战国纵横家的全面衰落。自此以后,山东六国救亡图存的合纵大业,再也没有出现过波澜壮阔的整体行动局面。这是后话了。

齐反败为胜后,燕将攻下聊城,聊城人派间谍在燕王面前说此燕将的坏话,此燕将很害怕,于是死守聊城,不敢回国面见燕王。田单久攻不下,于是鲁仲连"乃为书,约之矢以射城中,遗燕将",劝燕将顾全大局,"燕将见鲁连书,泣三日,犹豫不能自决。欲归燕,已有隙,恐诛;欲降齐,所杀虏于齐甚众,恐已降而后见辱。喟然叹曰:'与人刃我,宁自刃。'乃自杀。聊城乱,田单遂屠聊城。归而言鲁连,欲爵之。鲁连逃隐于海上,曰:'吾与富贵而诎于人,宁贫贱而轻世肆志焉。'"(《史记·鲁仲连邹阳列传》)鲁仲连屡帮人破除危局,却视富贵如畏途。太史公曰:"鲁连其指意虽不合大义,然余多其在布衣之位,荡然肆志,不屈于诸侯,谈说于当世,折卿相之权。"以布衣之身闻于诸侯,又全身而退,鲁仲连确有高才。鲁仲连之逍遥,鲁仲连之积极,小说皆有体现。

四　旷古未闻的商战故事

吕不韦范雎两人回到天计寓,一时无话。范雎年近花甲连日纵酒,一旦松心一身软黏昏昏欲睡。吕不韦也不多说,只将范雎安顿在一间幽静的卧房,派一个精细少仆专司看护侍奉,便匆匆去了天计寓书房。

"先生,去邯郸车队已经准备妥当,可否准时启程?"吕不韦刚刚翻开案头报事策,一个白发苍苍精神矍铄的老人轻步走了进来。

"老总事,能否迟得旬日启程?"

"赴赵商队是大宗生意,已于邯郸议好交货日期。"老人简短一句。

"说的是。"吕不韦沉吟片刻断然拍案,"老总事安排车队后日启程。旬日之后,我兼程北上,大约可在濮阳会齐,如何?"

"如此甚好。老朽先行押队北上,先生只须准时赶来交割货物。"

"不。"吕不韦摇摇头,"老总事年事已高,只坐镇陈城照应可也。邯郸商队教荆云兄劳顿一场。"

"先生，"老人似有犹疑，"商队公行，关关勘验照身，荆云义士……"

"老总事莫得担心，此事我来安顿。"说罢霍然离座，"走，验看商队。"与老人匆匆出了天计寓，来到前院高大的库房区。

长长的车队整齐排列在仓储高房外的林荫道下，绕着湖边成了一个巨大的扇形。每辆都是铁皮包轮的大车，棕色牛皮将货物苫盖得严严实实，粗大的麻绳又将牛皮捆扎得稳稳当当，每车相距两丈，只要犍牛入车上套，立时一支声势浩大的商旅车队。老总事道："总共三百辆铁轮坚车，装载一千具物事，只待先生做最后勘验。"

吕不韦点点头，随意走到一辆车前奋力用肩膀一撞，长约三丈高约一丈的庞大货车纹丝不动毫无松垮喀啦的响动，满意地笑了："横载平装，老总事的法子果然见效。"老总事肃然道："这是十六名大工匠亲自动手，连续三昼夜装成的，确保千里颠簸，毫发无损。""好！"吕不韦转身大步走上湖边山亭，"只这一宗生意，开了山东先例，做得五六笔如何？"老总事惊讶得连连摇头："此等生意风险太大，先生不可贪多，一笔足矣！"吕不韦打量着湖边车队笑道："老总事未免小心过余也。此等生意我纵放手，别家可是做得来？"老总事惶恐道："老主东曾立下规矩：财不聚一家，大宗生意一笔为限，要给同行留有利路，以免商家相残。先生要六国尽做，老朽难以承命。"吕不韦蓦然回头哈哈大笑："老总事何其迂阔也！商事如战，家父如同商战之宋襄公。商家不争利，犹如兵家不争地，本业大道尚且不立，谈何留利规矩？"老总事却昂昂辩驳道："先生有言，义为万利之本。若一家尽揽天下之财，商道大义何在？"吕不韦哭笑不得，一挥手道："两回事，回头再说。犍牛车伕都齐全了？"

吕不韦不同于商鞅，商鞅法家，而吕不韦名法合一，前者法不容情，后者相对仁义圆滑。吕不韦能助嬴异人、嬴政取天下，前人积功是一个因素，吕不韦内心存仁（或者说更会变通）是另一个重要的因素。借老总事之口，说出吕不韦的经商之道。

"四百名精壮车佚，八百头秦川犍牛，全数在城外扎营三日，养息得好精神。"

"沿途粮秣？"

"商丘、陶邑、濮阳、朝歌、安阳、邯郸、巨鹿七大站，均已备足粮草。"

"沿途关隘？"

"北上千里，楚魏韩赵四国二十三关，全数打点畅通，花费万二千金。"

"好。"吕不韦轻松地笑了，"老总事只管照应好陈城根基，入山伐木、作坊打造两件大事万万不可有差池，北上押队我来处置。"说罢大步下了山亭，径自进了湖边那片莽苍苍的白杨林。

白杨林的深处有一座幽静的小庭院。吕不韦踏上林间小径，遥遥望见庭院屋脊时打了一个响亮的呼哨。呼哨飘荡间一阵短暂低沉的喉鸣声传来，待吕不韦走近庭院门前，一只戴着铁链的威猛黑犬已经蹲在了门厅一侧，毫无声息地打量着来人。吕不韦笑着一拱手："獒兄，我可以进去么？"黑犬威严地耸了耸鼻头，哗啷一声蹿上了门厅，头只一顶，两扇厚重的木门"咣当"开了。"多谢獒兄。"吕不韦又一拱手，走了进去。黑犬昂头蹲伏在门厅下，如一尊石像般岿然不动了。

半个时辰后，一个黑色长袍黑布蒙面者送吕不韦走了出来，到得门口止步问道："吕公，我可否带荆獒同行？"吕不韦笑道："只要于事有利，一切但凭荆兄。"长袍蒙面人道："此獒神异非常，与我失散有年而能寻觅到陈城，远道大是有用。"吕不韦对着黑犬肃然一躬："獒兄如此忠义，不韦敬佩不已。"此时黑犬已经蹲在了门侧，对着吕不韦也是两只前爪一并一摇。吕不韦不禁笑道："獒兄啊，你但随行，第一

位是保护主人。荆兄但出差错，我却找你要人。"威猛黑犬
却陡地一喷鼻，转过脸连吕不韦看也不看了。"獒子，不得
对恩公无礼。"长袍蒙面人低声呵斥一句，黑犬立即趴在了
地上，头却正对着吕不韦。吕不韦一拱手笑道："獒兄对我
之叮嘱嗤之以鼻，足见神异无双，何罪之有？不敢当了。"又
回头道，"如此神犬，荆兄何须铁链囚禁？"长袍蒙面人叹息
一声道："荆云大罪在身，恩公却以义士待我，自当隐匿形
迹。它若自由，便会巡视整座庄园，若不慎惹事，荆云何颜面
对恩公？""荆兄差矣！"吕不韦顿时肃然，"荆兄诛杀恶吏，为
民除害，原是任侠仗义。不韦援手，亦是为天下正道张目。
你我尽皆坦坦荡荡，何须隐匿行迹？这神獒，也莫委屈了它。
偌大商战谷，有獒兄昼夜巡视，岂非大大一桩美事？"

> 仗义而不言义，最得人心。

"好。但凭吕公。"荆云走过去拍了拍黑犬头，"獒子，恩
公给你开链了。"大獒①闻声霍然起身。荆云撩起长袍从皮
靴中抽出一把短剑，青光一闪，挑开了铁链皮条。随着铁链
哗啷落地，大獒汪汪两声对着吕不韦翻了两个滚儿，嗖地蹿
了出去消失在树林中了。

"荆兄，我也去了。"吕不韦大笑着一拱手，出了白杨林。

两日后，商队逶迤北上。吕不韦亲自送到陈城北门外十
里郊亭，给初上商道的荆云壮行。诸般事体完毕，吕不韦回
到天计寓匆匆来看望范雎。范雎大睡三日方醒，一番沐浴之
后，一领宽松大袍一头蓬松散发，正在廊下悠悠漫步。吕不
韦遥遥拱手笑道："范兄，好清爽。"范雎情不自禁地伸了个
长长的懒腰，回头乐呵呵道："不韦呵，出世之乐，仲连之明，
今日始得感悟也，不亦乐乎？"吕不韦道："难得范兄如此空

> 果能出世乎？

---

① 獒，春秋便有记载的猛犬。《尔雅·释畜》："狗四尺为獒。"《公羊
传·宣公六年》："（晋）灵公有周狗谓之獒。"周狗，经过训练听从指挥的猛
犬。后世《博物志·器名考》亦有记载。

明心境。走，亭下老陈汤等着你。"范雎说声好，大袖飘飘地跟着吕不韦来到了前院。

四面三层白杨林遮住了夏日的炎炎天光，绿草如茵，清风徐来，茅亭下一案美酒佳肴，当真是撩人胃口。范雎大步上前一番打量，大耸鼻翼："噫！这味儿却是特异，似酸似甜还夹带着异样肉香，闻所未闻也！"吕不韦笑道："满案佳品，范兄独赏老陈汤，高人。"范雎也算讲究食仪，思忖道："老陈汤甚个讲究？陈年老汤么？"吕不韦摇头笑道："范兄也有不食之盲，难得难得！老陈汤者，非陈年之陈，乃陈国之陈，晓得无？""噢——"范雎见事极快，顿时恍然大悟，"那定是陈国宫廷所创，流播民间之美味了？""终是拎得清嘞。"吕不韦又转了一句楚语，"陈灵公别无所能，唯对食、色二字天赋异禀。日日美酒，夜夜佳丽，一朝亡国，只留下了这酒后汤去了。陈国遗民呼为'老陈汤'。"范雎不禁莞尔："如此说来，这是亡国汤了，你也不怕晦气？"吕不韦一阵大笑："好！晦气均沾。"说着打开石案中间那只丝绵套包裹的硕大铜鼎，"来，尝尝。"

范雎一看，鼎中雪白碧绿金黄的一汪。拿起旁边大木盘中的细长木勺，小心翼翼地向自己的玉碗中打了半勺，一口下喉，冰凉酸甜又肥厚，休眠三日的肚腹立时咕噜噜一阵大响，不禁一声赞叹："好个老陈汤，妙不可言！"说罢也不谦让，一碗一碗地呼噜噜大喝。片刻之间，一大鼎空空如也。

"没有了，再上！"范雎一伸勺叫了起来。

吕不韦笑不可遏："范兄呵，老陈汤三日治一鼎，现做只怕来不及。"

范雎品咂着碗底汤汁惊讶道："三日一鼎，如此大费周章么？"

"你且听听。"吕不韦掰着指头，"精米三合、芋子一升、

这一动作，瞬间就泄露了范叔的本性——到底还是个粗人。即便做了一辈子丞相，也隐藏不了这个出身。

干红枣一合、竹笋一支、小鸭六头、逢泽麋鹿肉八两、姜十两、鲜葱十两、苦酒五合、井盐一合、豉汁五合、淮南橘皮三叶。如此备齐，先分别制成素汤羹与肉汤羹，再合成。以极文木炭火煨得六个时辰，再入冰窖冷藏六个时辰，方可得一斗老陈汤。一斗两鼎。荆云前夜与我痛饮大醉，为怕误事，醒后请他喝了一鼎。"

看上去不像是美食家的食谱。

"荆云何人？也有如此口福？"

"至交义士，我请他总押商队北上。"

"噢，商队北上，你如何没走？"

"范兄与士仓相会后，我再兼程北上不迟。"

范雎一阵默然，与吕不韦饮了几爵温醇的楚国兰陵酒，良久一声叹息："不韦呵，我虽不通商，然秉国多年，也算略知商道。尝闻：商家言不及义。非不义也，实在是义利两难也。你如此看重一个义字，对人对事尽皆如此，却能与天下四大巨商比肩而立，匪夷所思也。"漫漫不经意之间，关切疑惑俱在。

德成言乃立，义在利斯长。

"范兄，不韦说说商道，你可愿听？"

"求之不得也。"范雎慨然道，"我任秦相，所短正在富国通商，否则我还真不想举荐蔡泽。如今虽已学不当时，却愿师法孔老夫子：朝闻道，夕死可矣！"

"只要范兄愿听，我和盘托出。"吕不韦见范雎诚心责己虚怀若谷，不禁大是感奋，"左右范兄对我知之甚少，不韦从头道来。"饮得一爵兰陵酒，娓娓说了起来。

吕不韦对范叔尊敬有加，有其深谋远虑。吕不韦每行事，读者不可能不联想到吕不韦"奇货可居"之智谋。小说安排吕不韦与范叔畅饮、长谈，一为叙述吕不韦的"发家史"，二为铺垫吕不韦光明前途及"钱"途。发家史讲清楚了，范叔就要点化吕不韦入仕之途。

十多年前，吕不韦接手老父生意而入商旅。

其时，吕氏的家业只有濮阳的三家麻布作坊与千金活钱，在商旅之中只算得一个三等小康罢了。老父终生固守一行，守定时令收麻制麻，再织麻卖布。吕不韦很不满意这般小本生计,接手伊始改弦更张,留下一个老执事维持麻坊,自己带着两个年轻精明的执事,来到了商旅汪洋的陈城。在街市作坊转悠了三日,吕不韦以年金一百的高价,租下了陈城最繁华老街的一座临街庭院。两个年轻执事大惑不解,少东做的是甚生意,未见一个主顾便阔绰出手,八百本金当得折腾么?吕不韦却不理会,只吩咐两人细细访查,将所有厚利大生意悉数摸清来报。两个执事连日奔波,每晚回来禀报,却不见少东人面。

一月之后,吕不韦突然夜半归来,将两个执事唤醒要听禀报。两个执事备细说了大半个时辰,最终都是一句话:"大生意甚多,获利最厚者首推兵、铁、盐。我门本金甚微,还是收购苎麻做老布行为上策。"满面风尘的吕不韦问:"六百本金收苎麻,其利几何?"抱账执事答:"麻布六分利,六百金进料,出货得利三百余金,已是我门最大宗生意了,甚是稳当。"吕不韦又问:"得利十万金,要得几多时日?"骤然之间,两执事眼睛瞪得溜圆,只盯着吕不韦愣怔。"如何,算不出来?"吕不韦追得一句。抱账执事嗫嚅道:"苎麻年产一料,纵是年投千金做本,利金大体六百金上下,得十万之利,要,要,要得百五十年上下。"吕不韦鼻息一哼冷笑道:"一百五十年,五六代人,不愧老东打磨的石蜗牛,也不觉空耗了这大争之世!"那出货执事秉性利落,忍不住问:"少东之意,不做麻布了?""正是。"吕不韦断然拍案,"先做盐,再做铁,再做兵,三年要见万!"抱账执事翕动着嘴唇说不出话来,良久涨红着脸期期艾艾道:"少,少东要做三大行,有,有,有几多本钱?"

"本钱几多,你不知道?"吕不韦又气又笑。

"在下原以为少东筹措到了巨金,若是本钱如故,在下劝少东莫得做梦。"抱账执事顿时清醒,说话也利落起来,"三大行利厚是实,可都是各国官市经营专利,寻常私商极难染指。不说其余，头一道关口是要得官府特许。我门与各国官府素无瓜葛，区区六百金还不够关节酬酢，哪里还有本钱采盐、晒盐、护盐、运盐？为吕门长远计，少东老实做个麻布商为是。"

"不。"吕不韦摇头，"我已谋好齐国海盐路数，只须三百本金便可进货。"

"恕在下不敢从命。"抱账执事红着脸道，"老东临行叮嘱：大险不出金。"

吕不韦恍然大悟，才知这抱账执事奉有临机监控自己的大权，不禁对老父的迂腐哭笑不得，思忖一阵叹息道："既是如此，徒叹奈何？只有做麻布生意了。"抱账执事见主人回归正道，有些歉疚："少东若是买进苎麻，用尽本金也是该当。"吕不韦快快道："明日踏勘一番再说。"说罢丢下二人去了寝室。

次日正午，吕不韦方才悠然起来。梳洗一番用罢"早餐"，已经是日昳之时。刚要出门，出货执事匆匆进院，说他们两人已经觅得一大宗上好的生麻，抱账执事守在那里，请少东前去定夺。吕不韦淡淡笑道："上好货色我已谋定，你先吃饭，完了跟我走。"出货执事一听二话不说，揣起几个舂米饼跟着吕不韦走了。

次日清晨，两人风尘仆仆地赶回。趁着吕不韦沐浴，出货执事向抱账执事详细叙说了少东在淮北两县定下的生麻货色如何好，价钱如何低，就是一样：要委托亭长从麻农手中直接收购，时日上费些周折。抱账执事空等一日一夜，原本有些委屈，一听之后舒心地笑了："麻布生意小本薄利，进料最是该省的一关。少东能不辞劳苦下市买麻，实在是吕门大幸。说不得，你我都要全力襄助。"饭后三人商议，吕不韦做了分派：他与出货执事携带六百金到淮北收麻，抱账执事坐镇陈城，看护运来的生麻并雇三百辆牛车，一俟生麻收

取经兼打探商情。

齐,三人一起押车回濮阳。如此分派乃商家老规矩,谁也没有异议。当晚,吕不韦将六百金打进辎车铜箱,带着出货执事意气风发地辚辚去了。

一出陈城南门,吕不韦辎车不去淮北,却向东北的齐国兼程疾上。

原是吕不韦多日访查陈城商市,已经敏锐嗅出了这天府鬼蜮目下的行情要害。盐、铁、马、皮革四宗货色行情近日见涨,几家大店存货眼看已经见了仓底,都在竞相抬价;饶是如此,依然被来路颇为神秘的货主源源不断地吞噬净尽。吕不韦谨细缜密,扮作了一个游学的南楚布衣士子,每日去那家最豪阔的南国酒社盘桓。没出旬日,与一个经常出入大店的黑瘦胡商成了海阔天空的酒友。每次共饮,都是胡商慷慨付账。这一日,吕不韦坚执要自己做东请老哥哥痛饮。胡商大是不悦:"小兄弟读书游学,几个钱何等艰难,在这一掷千金之地做得甚东? 嫌弃老哥哥铜臭太重么?"吕不韦温润地笑了:"交友在情义,老哥哥纵是堆金成山,兄弟何能坦然受之? 不割肉一次,兄弟何颜再聚?"胡商哈哈大笑:"士人果然有道,好! 小兄弟割肉一次,老哥哥受了!"

吕不韦一副不谙商旅模样,饮酒间求教胡商指点陈城商道风习,以做论学谈资。胡商得士子小兄弟求教,大是欣慰,滔滔不绝说出了个中奥秘:目下左右天下商市行情者,齐燕两国;燕国要复仇,齐国要称霸,各自大肆扩军,一应成军货物大大令人眼热;各大国官市对成军物资控制极严,这天府鬼蜮的陈城自然成了三大行大吞大吐的上佳之地。末了,胡商拍着吕不韦肩膀哈哈大笑:"小兄弟游个甚学,谋得百车海盐,你一辈子酒钱也!"吕不韦涨红着脸呵呵笑道:"兄弟倒是有几个闲钱,只没个门路,毋晓得如何个谋法?""迂!"胡商又是哈哈大笑,"如今何等年月,小兄弟倒像个出

盐、铁、马、皮革之生意好做,并不是什么秘密,关键在于什么价位进,什么价位出,资金充不充裕。大家都看着能赚钱的行当,偏偏就有人输得精光。所以,即使是做大路货,还是有赚有赔。资金、胆识,缺一不可。

土老古董。老哥哥明说，大买主肚皮空得嗷嗷叫，只要能倒腾出盐、铁、马、皮任何一宗，自有人追着你买，要个甚门路？""兄弟还是拎勿清。"吕不韦一脸迷糊，"老哥哥方才也说各国官市卡得紧。譬如兄弟在齐国买几车海盐，出得关隘么？ 老哥哥说大买主追着买，如何兄弟在这里没见一个人说买卖？""蠢蠢蠢！"胡商又气又笑，"关卡、门路，那是对三百车以上之特大宗货物，都卡死了谁做买卖？ 各国如何来钱？ 民货如何周流？ 至于大买主，哼哼，老哥哥便是一个！"吕不韦惊讶道："你不是说齐燕商贾是大买主么？ 老哥哥是个林胡商人，如何也成了大买主？"胡商冷冷一笑："都说士人有学问，我看狗屎不如。"吕不韦呵呵笑道："兄弟若非狗屎，老哥哥却骂谁去？"胡商不禁拍案大笑："小兄弟好脾性，倒能入商。"

那日，两人直聊到子夜方散。当酒社侍女用铜盘捧来一支精致的竹简时，胡商瞥得一眼一脸肃然："小兄弟，二十金当得寻常人家半生花销，你……"吕不韦却拿起竹简笑道："有约在先，老哥哥只管痛饮。"回头对侍女一笑，扔过一支硕大的铜钥匙，"车马场吕氏辎车，开了钱箱去拿。""噫！"胡商惊愕笑叹，"小兄弟倒是有钱人做派也！"吕不韦哈哈大笑："有钱不花，也是无钱。没钱敢花，便是有钱。老哥哥以为然否？""大然！"胡商慨然拍案，"小兄弟，对老哥哥脾胃！ 记住了，他日若想变钱，来找老哥哥！"说罢从皮靴中摸出一方巴掌大的物事往吕不韦案头一丢，"无论在陈城哪个酒肆，只要将此物放置案头，半个时辰内便会有人找你。"

经此一夜，吕不韦心中已经有了一个雄心勃勃的谋划，不想还没跨出门槛，便被对老父忠心耿耿的抱账执事冷冰冰挡了回来。然则，吕不韦岂能就此知难而退？ 次日夜里，他带着出货执事又来到了南国酒社，一边饮酒一边慷慨诉说，终是将那个朴实精明又忠心的年轻执事说得心服口服，立誓跟着少东闯荡一番。于是，有了两人合谋骗得抱账执事出金的"淮北买麻"故事。

兼程五日，吕不韦赶到了齐国东部的商旅重镇——即墨。

即墨近海，是齐国的海盐集散地。城中商铺一大半都是盐店，盐店一大半又都是私店。齐国官市由来已久，自春秋姜齐时的齐桓公任用管仲治国起，首先建立了天下最大的官市，将盐、铁、谷、兵器、布帛、山林水面等国计民生之基本物资全数纳入官营。最令天下惊奇的是，管仲连新创的妓院也由官府经营。管仲的一统官市，看似矫正了春秋时期无序涌起的私商，有效保护了邦国赋税，实际上却恢复了西周的极端官市制，大大限制了正在蓬勃兴起的私商潮流。惟其如此，齐桓公管仲死后，一统官市轰然解体，齐国的私家经济无可阻挡地弥漫渗透成长壮大起来。及至最大的私家势力田氏取代了姜氏国君，齐国的官市一统便永远地寿终正寝了。进入战国之世，齐国私家商旅大兴，尚未变法之际，已成了首先以商而富的大国，与率先变法而兼以农商致富的魏国一起，同时成为战国初期中原文明的两个轴心。

吕不韦初到齐国，正是齐湣王号称"东帝"齐国气势正盛的时日。其时，秦国蜀中的井盐尚未大量开采，燕国辽东与已属楚地的吴越海盐出货也很少，岭南海滨尚无盐业，而池盐、岩盐在战国之世更少。如此大势之下，即墨海盐几乎占去天下盐产的十之七八，即墨盐市自然成为天下第一盐市。若仅从盐业看去，齐国是天下命脉。若齐国禁绝海盐出境，只怕天下得淡出鸟来。然则，齐国却硬是不敢，原因在齐国缺铁。战国之世，铁为新军司命，铁多铁少，往往直接决定着新军强弱。韩国虽小，却因有天下著名的宜阳铁山，有强兵利器而成"劲韩"。齐国虽大虽富，缺铁却是一个致命缺陷。无铁不成军。各大战国正是瞅准了齐国这一致命缺陷，在事实上达成了制约齐国的默契：齐国若禁盐，各国便禁铁。正因了大势明白如画，齐国对盐市始终是半官营半私营——官店对内，私店对外。所谓私家盐店，十有八九都是外国盐商。外国盐商的一大半又都是官商私身，也就是官府以私商名义驻扎齐国，为本国保障盐路。其中最大的私家盐商，是在吴越海滨治盐起家的楚国巨商猗顿氏。即墨盐商谁都明白，猗顿的盐业便是楚国的盐路。

三两日走下来，吕不韦对即墨盐市的路数有了底，而后与出货执事仔细踏勘了各种盐价。六日之后，吕不韦决意出手：直下海滨盐场，一次买下大颗精盐二百六十车。

这一家族每隔一段时间就会在小说里跳出来。此为点缀。

盐市颇有讲究。用盐商的话说，是"价分三等，货分五色"。所谓价分三等，便是：在海滨开盐场晒盐的官商私商一个价，直接在海滨盐户手中收购一个价，在即墨盐市大批买盐而运往他国者一个价。若仅以当地价钱论，盐场盐价最低，盐户稍高，盐市最贵。然无论以何种方式购盐，若以获利薄厚论，三者最终却是不相上下。其中因由，在于盐场出货价格虽低，量却极大；盐户出货价格稍高，大多却是小场精盐，收购者再出手时抬价幅度便大；盐市价格最高，然却省去了海滨到即墨的运货费用。所谓货分五色，是直晒盐以颗粒大小分作三色：大颗粒谓之精盐，豆粒盐谓之粗盐，粉盐谓之场底盐；作坊制盐分两色：印盐、花盐。印盐是经多道工序精制成的盐块，其正四方，晶莹透亮，宛若白玉官印。花盐则是将盐铺排于石板屋顶，加适量水于炎阳之下暴晒，盐汁垂下如钟乳之光泽，因成形各异而被呼为花盐。这特殊制作的印盐花盐价格最高，大多是各国王室贵族与富商大贾包揽了。

除了价格货色的考量，还有金钱的讲究。

战国之世，商旅交易被视为商战，其丰富多变与激烈复杂，远非后世商业可比。其间最直接的原因，是多币种、多价格、多关隘、多习俗、多法令。凡此等等相互组合，每一个商人的每一宗生意，可能都会因种种因素而结局不同。以目下吕不韦正在进行的海盐买卖论，一面是货色价格的不同，另一面是币制的不同。也就是说，用何种钱币来做这桩生意，其结果便会有诸多不同。

吕氏家族本是卫国小商。卫国小而弱，本国货币很难通行天下，卫国商人多用魏币或楚币。吕不韦老父积累的"金"，是楚国的"卢金"。卢金是楚国在战国中期铸造的一种饼金，圆形金板如饼状，时人又呼为金饼。这金饼上打有一个或数个圆形印记，印记内刻有"卢金"二字。"卢"者，楚

盐市也大有文章。作小说者，真是要有杂学之功，小说才会写得好看。

货比三家。

钱币兑换问题要解决。

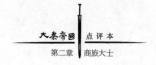
国产金之地，又与"炉"通，意谓卢地铸造的炉火精炼之金。当时卢金与楚国早期铸造的饼金"郢爰"①并用，是楚国的两种金币。战国后期楚国迁都陈城，又铸造了一种新金币叫"陈爰"，这是后话。

其时各国货币不一，齐国仍然通行中原各国已经不再铸造的刀币。齐国的刀币有两种三式。所谓两种，一种是齐刀，另一种是即墨刀。所谓三式，齐刀分两式：一式是立国初期铸造的刀币，刻字为"齐建邦造法化"；一式是战国齐刀，刻字为"齐法化"。即墨刀，是齐国在这个盐业重镇专门铸造的刀币，刻字为"節墨之法化"②。法者，法定也准则也。化者，取"货"之头，即货也。"法化"即"法货"，法定之标准货币也。齐国一直只使用刀币，币值数百年很少变动，在天下信誉极高，购买力也很强。物平之年，一枚即墨刀可买海盐二十二斤半，③买粟二百五十余斤。④

即墨为通商大市，各国货币皆可使用。寻常商旅入齐，但做百车以上的生意，决计都是金币支付。一则金币币值大，易于携带，结算不抠毫厘来得快捷，二则可省兑换之烦。然则，吕不韦却精明缜密，寻思既然直下海滨盐场从盐户手中买盐，必是一宗宗小买卖积少成多，若用金币，非但羞于压价，且要莫名其妙地流去很多找头，一宗宗漏下来，价钱便接近即墨大市了。如此思谋已定，立即找到了一家齐国最大的田氏盐社，按照盐社开价，一举将三百金币换成了六万枚即墨刀。见这个年轻商人果断利落丝毫不讨价还价，田氏盐社的老执事很是赞赏，破例派出了盐社运钱的两辆铁车并一百马队，将吕不韦与六万即墨刀护送到了海滨盐场。见老执事也是忠厚长者，吕不韦便出五十金，委托老执事代雇二百六十辆牛车，每日向盐场发去五十辆，盐车回即墨后由盐社代管存储。老人慨然应允，且执意只收了三十金。

出货执事原本没经过如此大宗的生意，面对即墨汪洋大海般的盐市声势，懵懂得手足无措。如今见吕不韦半日之间解决了最大的运货难题，不禁对这个少东敬佩得五体投地，到了海滨盐场顿时生龙活虎，一宗宗买盐生意做得干净利落分毫不差，盐场之行

---

① 郢爰，爰当作"禹"。因这种金币不是真正意义上的铸币，用时需要临时称量。过去一直将"禹"误释为"爰"，今正。下文"陈爰"亦当作"陈禹"。

② 節墨，为即墨之古写。"法"字在齐刀上的字形为"灋"。

③ 战国量制，相当于今日将近十四市斤。

④ 战国量制，相当于今日一百一十五斤多。

顺利得大大出乎意料。旬日之间，主仆二人赶回即墨，二百六十辆盐车已经整齐屯扎在盐社车场，大牛皮苫盖得严严实实，两场大雨滴水未渗。

身家性命，不能有半点差池。

吕不韦心存感激，请老执事到即墨最大的酒楼饮酒。谁知老执事却歉疚地笑了："公子莫请我，我家主东归来，正要请公子赴宴。"吕不韦道："在下与主东素昧平生，如何当得一个请字？"老人淡淡一笑："商家无虚情，有请便有事，有何当得当不得？"吕不韦不禁笑道："老执事如此说法，在下便叨扰了。"

又有奇遇。

回到寓所一说，出货执事大是紧张，说齐人贪粗好勇，定是要算计少东。吕不韦一阵大笑，心下却也存了几分疑虑，叮嘱出货执事：若是自己三更未回，立即知会卫国商社报官。安顿妥当正是暮色时分，吕不韦登上老执事的接客辎车如约而去。

以保万无一失。

吕不韦早已清楚，这田氏盐社是赫赫大名的即墨田氏的产业。在整个即墨盐市，这家盐社是齐国本邦最大的私家盐商。由于田氏是王族支脉，虽然经商，实际上却起着襄助官府节制盐市的巨大作用。但是，即墨田氏是天下大商，生意遍布列国，田氏总社也设在临淄，即墨盐社事实上只不过是根基之地的一个分店而已，族长主东极少前来，即墨盐事惯常都是那个老执事全权处置。吕不韦相信，主东回即墨绝不会是因了他这个小商人的一宗小生意，只能是听了老执事禀报，临机决断要见他。猜不透的是，如此一个名闻天下的田氏主东，究竟有何事要请他，而且是在私家府邸？既是临机决断，也就只有目下这宗生意是根由，可是，这宗生意又有何处不妥呢？吕不韦一路想来，不得要领。

辎车直入府邸，一个布衣散发者正站在廊下，黝黑沉稳身板笔直，分明正在三十岁刚出头的英年之期。老执事刚刚低声说得一句："廊下我家主东。"布衣散发者已迎了上来拱手笑道："在下田单,有失远迎。"吕不韦心下惊讶这田氏掌族主东竟是如此年轻,却也笑吟吟报名见礼,被田单请进了灯火通明的正厅。

开宴几句寒暄,田单开门见山道："今日相请,原为两事,公子幸毋介怀。"吕不韦毕竟初出商道,心下忐忑,脸上却不动声色道："先生贵为地主,但说无妨。"话中却暗含着委婉的警告:你若以地主之势欺行,我也未必惧之。田单笑道："正因了田氏有地主之身,此事才须得一说。其一,公子以卢金换刀,老执事一口报价原也不错,然却是一年前老行情,按时下卢金比价,当换得即墨刀六万六千,今日补回,并向公子致歉。"说罢一拍手,老执事带着两个壮仆抬进来一口大铁箱,深深一躬道："公子明鉴,此事原是老朽欺心。主东决断:补回公子六千刀,并退回佣金三十,以表歉意。老朽这便将钱箱运回公子寓所。"

"且慢!"吕不韦涨红着脸霍然站起,向着田单一拱手一口气说了下去,"先生之断,在下愧不敢当。不韦初入商道,更是初入齐国,虑及举目生疏,恐误入陷阱遭人暗算,方才有意到贵社兑钱,以图让利结交。兑价我本知晓,心下却只图兑得五万八千即可。不韦本意:虽折损八千刀,却得贵社援手,保我初出不败,已是大利。及至老执事报价六万,不韦思谋此乃两厢得利,遂一口应允,又以五十金请老执事代雇车队,而老执事只收了三十金。商战之道,以牟利为本,两厢得利,皆大欢喜,何有补偿退金一说?要说欺心,也是在下算计在先,与老执事毫无关涉。不韦敢请先生收回成命,否则在下立即退宴!"吕不韦愧疚难当,一席话辞色激昂,额头汗水涔涔。

"且慢。"田单惊讶地盯住吕不韦上下打量,"足下初入

小财不出,大财不入。若寻常人士,必受宠若惊,连声诺诺。吕不韦到底不是寻常人,不会因小失大。

商道？初入齐国？"

"正是。"吕不韦粗重地喘息了一声，"在下初接父业，操持第一笔生意。"

"来！为足下初展宏图，干此一爵！"田单慨然举爵，与依然红着脸的吕不韦汩汩饮了一爵，拱手诚恳道，"足下若不介意，能否见告：为何初出商道便来涉足盐市？"

"在下却要先问先生。"吕不韦执拗地涨红着脸，"双方已然得利，先生却要退金补钱，既是得不偿失，又是小题大做。在下不明：田氏若素来如此，分明有违商道，何以竟能成为天下大商？"

"足下以为，我社此举乃得不偿失小题大做，且有违商道？"

"正是。"

一阵默然，田单起身一拱手："足下请随我来。"

在两盏硕大的风灯导引下，田单领着吕不韦来到正厅之后的大庭院。院中古树参天，森森然笼罩着一座巍然石亭。田单一摆手，两个仆人的风灯举在了亭口。明亮的灯光之下，只见亭下一柱硕大青石，石上赫然八个大字——商德唯信，利末义本！

"这，这出自何典？"一阵愣怔，吕不韦有些惶恐了。

"此乃田氏族训，先祖所立，至今已经二百余年。"田单面色肃穆，语气缓慢而沉重，"田氏根基原本在陈，以商旅入齐，在即墨治盐而立足。其时齐国商风败坏，商家唯利是图，多以白石颗粒碾碎，再以海水浸泡后入盐，牟取暴利。久而久之，天下传出商谚：'咸不咸，即墨盐，五石两水三成盐。'各国官市为避坑害，纷纷禁止本国私商涉足盐业，而一律以官商进入即墨，自建盐场采盐。齐国畏惧列国断铁，自是不能拒绝。不到二十年，赫赫大名的即墨海盐臭名昭彰，列国一律拒收，国人则唾骂有加。倏忽之间，'即墨盐商'成了无信无义之同义语，唯有奄奄待毙。眼睁睁看着如此巨大之盐利尽行教列国瓜分，齐国便将即墨盐业统归官营，将私家盐商悉数赶出即墨。饶是如此，齐国官商的海盐列国还是拒收，官市盐只有卖给齐国人自己了。足下精明过人，当可想见，对齐国赋税，此乃何等惨痛之一击也！"田单长长地叹息了一声，看看目光闪烁脸色不定的吕不韦惨淡地一笑，"那次，田氏也被赶出了即墨，被迫改做了布帛生意。先祖痛切自省，族长断指立下了这柱血字刻石，并为族中留下了一条戒律：田氏子孙但有一人一事欺心牟利，死后不得入族墓族庙……此后几近百年，田氏之诚信商道才渐渐为天下所知。大父回迁即墨，重操盐业，也将这柱血石刻移回了即墨，以戒后世永不欺心。"

吕不韦听得惊心动魄，一时间无地自容，不由自主地对着大石深深一躬，回头对着田单也是深深一躬，躬罢回身便走。

"且慢。"田单扯住了吕不韦衣袖笑道，"足下的故事尚没说，能去么？"

"先生……"吕不韦眼中噙着泪水，"卑微之心，何颜面对泰山沧海？"

"足下差矣！"田单诚恳地笑着，"纵是圣贤，孰能无过？人能自省，愧色便是赤心。走，你我再痛饮一番！"

重回正厅，感慨唏嘘的吕不韦从进入陈城说起，一口气说了自己初掌商事一个多月的经历，末了道："不韦十五岁随老父奔波商旅，一心只要改换门庭，使濮阳吕氏成为天下大商，以为只须对商家牟利之种种机巧揣摩透彻，便可翻云覆雨伸我宏图。今日得遇先生，方知商战有大道，不循大道，终将败亡也！"

"足下尚未加冠？"神色专注的田单突兀问了一句。

"在下今岁十九，明年行加冠大礼。"

年龄之事，不能细究，经不起推敲。

"足下悟性之高，实属罕见也！"田单拍案赞叹一句笑了，"足下何愧之有？田单今岁三十有六，二十岁前读书，二十岁后入商，跌跌撞撞八九年，才悟得了一些商战之道。两年前接掌田氏商社，我才开始做万金之上的大宗生意。你方入道，便一掷千金挥洒自如，且眼见已是做成了。如此大手笔，他日必是商旅奇才也！"说着举起了大爵，"来，为足下少年大才，干此一爵！"

"先生奖掖后进，在下委实汗颜也！"吕不韦举起酒爵红着脸先自汩汩饮尽，"若非今日得先生教诲，吕氏败亡也只在早晚之间。若蒙先生不弃，不韦愿投师门下，追随先生修习商道。"

"足下差矣！"田单爽朗大笑，"你乃天赋之才，非学而知之者也。方今天下大争，商旅之道更是陵谷交替瓦釜雷鸣。当此之时，师法天地可也。入身田氏此等数百年老商，种种戒律束缚之下，鲲鹏何能展翅九万里！"

吕不韦见田单绝非推托，而是真心对他寄予厚望，也不再坚持，只惋惜叹道："在下只是心仪先生，盼能多有裨益也。"

田单淡淡笑道："守本同道，自是知音同心，又何在乎名分？"

吕不韦倏地站起："不韦立誓：终生与先生同道守本，但违商德，天诛地灭！"

"好！"田单拍案大笑，"如此我来说第二件事。"

正在此时，三更刁斗随风传来，吕不韦蓦然想起临行时对出货执事的叮嘱，匆忙便要告辞，却又不好对田单公然说明，脸红得重枣一般。田单也不多问，立即亲自送吕不韦回去。宽大的辎车中，田单说起了今日请吕不韦的第二件事。未及说完，到了寓所门口，进了寓所直说到四更。田单离去，吕不韦却是无论如何也不能入睡，竟在寓所小庭院中直看着残月褪尽东方发白。

原来，田单给吕不韦的生意指了一条匪夷所思的路径——

其时，齐燕交恶之势已经彰明。眼见燕国朝野仇视齐国意欲复仇，齐湣王下了一道王书：齐国官商私商全部撤出燕国，封锁齐燕通商的全部关隘。即墨田氏有王族支脉的名号，只有奉命离燕，蓟城商社只留下了几个执事善后。齐燕两国的商旅往来便这样突然一朝终止了。说起来，燕齐两国都是老诸侯，自西周立国，是华夏东北的两大屏障。两国的国计民生也是互相契合补充，切入极深。齐国的海盐、布帛、

孔子自谦为"学而知之"，不敢以"生而知之"之圣贤自居。田单对吕不韦的评价高，意指吕不韦乃"生而知之"者，赞其天赋。用语夸张。

经高人指点，再辅以诸如《范子计然书》之类的"武林秘籍"，吕不韦必脱胎换骨。

粟谷、兵器、海鱼等，向来是燕国的主要进路。燕国的皮革、木材、马匹、牛羊等，也历来都是齐国的主要货源。齐威王之后，齐国日见强盛，燕国日见衰落，燕国对齐国的依赖更深了。实力雄厚的齐国商旅，几乎占据了燕国商市的十之七八。如今齐国突然禁绝市易，燕国顿时捉襟见肘了。不说别宗，单是盐路断绝，燕国就难以撑持。本来，燕国的辽东在西周与春秋早期也是海盐产地，但后来被林胡部落占据，中原商旅断绝，辽东海盐场也就自然停顿荒芜了。战国中期燕国驱逐林胡收复辽东，本欲重新恢复辽东盐业。奈何燕国屡经内乱，又被齐国趁着平乱之机大肆劫掠了一番，国府空虚私商乏力，拼尽全力也只是恢复了两个最小的盐场，产盐有一搭没一搭，连辽东庶民都嗷嗷喊淡，何能供得举国之盐？

田单建言的路径是：以大船装盐出海，直下辽东，为燕国新军供盐！

"辽东冰天雪地，能有燕国大军？"吕不韦大是惊讶。

田单讳莫如深地笑了："燕齐交恶，早有奇能异士从中斡旋探察，此等大事断无虚言。足下若是不信，我也不能多说。"

"我非疑虑先生，只是惊奇而已。"吕不韦笑着开释一句又皱起了眉头，"此事于我有两难：一则无巨金做本，打造海船，雇用一应水手，首买一船之盐，少说也得六千金之上，而我目下只有三百活金可用。二则，我无海路生意之阅历，对辽东从来陌生，既不通关隘，更不识燕军辎重大将……"

"不韦只说，这桩生意本身如何？"田单叩着书案打断了吕不韦。

"大手笔，大谋划，一本万利！"

"好！"田单拍案赞叹，"你有此断，我便细说了此事根底。"及至田单侃侃说完，吕不韦愣怔无话，良久默然，方才站起来对着田单深深一躬。

海路输盐，原本是田氏盐社的大宗生意之一。田氏拥有三条大海船，一通辽东，一通吴越，一通高丽与东瀛，数十年从无间断。齐国突然禁绝了与燕国通商，田氏的北上海船自然便停顿了下来。目下，田氏想将这艘海船交给一个可靠而又有能事的商家继续运营。其所以如此决断，在于齐国的有识之士以为：齐国君主暴虐多行不义，已成外强中干之势，在齐燕交恶中极可能面临不期厄运。未雨绸缪，与其教燕国对齐人深恶痛绝，以齐国封锁盐路为名发动合纵灭齐，不若改头换面维持燕国盐路；一则不激起列国公愤使燕国合纵难成，二则使燕军将士有感于齐人与齐国君主有别而仇恨稍减，万一齐军战败，齐人可免被大肆屠戮的劫难。惟其如此，田单与有识之士计议，出动海船下辽东，维持燕国盐路。

田单坦言，选中吕不韦是临机决断。他说了三个因由：其一，卫国小邦，卫商不易引起列国猜测；其二，吕氏在商旅道无名，云集即墨的各国盐商也不会在意；更要紧处，吕不韦初出商道便有能事之才、罕见悟性与愿循商旅大道的一片赤心。末了，田单一声感喟："与君而言，此事虽有一举成名之利，也有一朝湮没于兵灾之险。君若为之，诚为商旅义士也。君若不为，田单亦当引为同道之交也。君自断之，毋得介怀矣！"

"我做。"吕不韦平静地点了点头，声音有些暗哑，"生身一世，何处无险？刀兵连绵之世，初出商道便能追随先生，为生民免遭涂炭尽一己之力，不韦何其大幸也！"

从此，吕不韦成了卫国盐商，在海滨专开了一个吕氏大盐场，专一地做辽东海路盐生意。三年下来，竟成了赫赫有名的后起盐商。按照约定：吕不韦与田氏盐社对半分成，六年之后视情势再定。可在第四年开春之时，燕国合纵五国联军大举南下，一时战云骤起，齐国人心惶惶。此时，田单赶回了临淄，派出快马执事星夜赶赴即墨，将田氏盐社的库存三万金并两车刀币全数装车交给吕不韦，催促他立刻离开即墨。田单的泥封密书只有短短两行："齐国危矣！田氏与国共存亡。全金交君，毋得推辞，即速海船出齐，切切此意！"没有任何约定，没有任何叮嘱。吕不韦要赶赴临淄与田单告别，快马执事坚执摇头冷冷道："齐军告败，流民塞道，公纵一死，与事何益！"吕不韦噙着泪花一跺脚："走！"装金上船连夜南下了。盐社的田姓族人全数留在了危城即墨，与吕不韦同行的只有非田姓的三十一个执事仆人。

就是这样，吕不韦重新回到了陈城。

各取所需，且取之有道。

田单有急智。小说环节扣得紧密。

两年之后,一个不速之客风尘仆仆地匆匆登门,不意竟是大名鼎鼎的鲁仲连。鲁仲连告诉吕不韦:田单在即墨孤城抗燕,目下陷入了极大困境,急需外援;他虽联结楚国海路援齐,却是力不从心。鲁仲连给吕不韦带来了一封密书,破旧的羊皮纸上只有寥寥两句:"不韦但能援手,即墨生民之福。田单顿首。"骤然之间,吕不韦泪如泉涌,二话不说承担了全部采购事宜。那时,楚国也在观望胜负,说好援救齐国只以库存器物为限,不能大肆购买而开罪列国。齐楚国情原本两样,如此一来,即墨需要的器物楚国往往没有,楚国多余的陈货即墨又不需要,开援一年,竟只运去了两船破破烂烂的兵器甲胄与一百石发霉的稻谷。鲁仲连气得吐血顿足,楚国君臣却是无动于衷。

吕不韦没有慷慨激昂的宣示,只与鲁仲连约定每三月起运一次货物,由他的吕氏商社直运到琅邪装上海船,由鲁仲连押运北上。三言两语一说,吕不韦便匆匆去了。半月之后,鲁仲连在琅邪接收了第一船物资。看着骤然精瘦黝黑满面风尘的吕不韦,看着满当当一船救战救命的货物,鲁仲连哽咽了,一句"真义士也"尚未说完,挥泪去了。

从此,吕不韦在商道大显身手。兵器甲胄、布帛粟菽、酱醋烈酒、菜蔬干肉、皮革猛火油甚或牛马草料,举凡困境所需种种,吕氏商社都尽行收购,且件件都是长流水的大宗生意。一时间,这天府鬼蜮的万商之城议论蜂起争相猜测。郢都楚王得报,顿时大起疑心,为怕开罪于气势正盛的燕国,给陈县令下了一道密书:立即驱逐吕不韦!鲁仲连闻讯兼程南下,向楚王痛陈利害,才说得楚王勉强同意放手。经此一挫,吕不韦索性操起了游商生计,一车驷马,马不停蹄地奔波在中原各大商市之间,各色货物照样源源不断地运往琅邪装船。如此这般只出不进,四年多之后,偌大的吕氏商

强调吕不韦之义。上承田单死守即墨之因。有鲁仲连、吕不韦的后援,田单虽困守,但能立于不败。待燕国新君一立,田单立用反间计,换掉乐毅,赢得战机,最终让齐国起死回生。故事写得圆实。

只进不出,吕不韦有惊人的胆识。

社山穷水尽了。堪堪此时，田单火牛阵大破燕军，齐国复国了。

消息传到陈城，吕不韦顿时瘫倒卧榻，三月未起。

春暖花开的时节，鲁仲连来了，已被封为安平君的田单的特使也来了。形销骨立的吕不韦，被隆重接到了临淄。新齐王要吕不韦做客卿颐养，吕不韦婉言辞谢了。田单要吕不韦入丞相府总掌商市，吕不韦也辞谢了。田单不解，吕不韦笑道："义举不图报，士之道也，商之德也。不韦正在盛年，何愁不能自立于商道？为官累君，不韦不为也。但能揽得即墨重建生意，不韦足矣。"田单默然良久，一声感喟："昔日弱冠之吕不韦，今日果成商旅大士也！"说罢当即下令：即墨官市之大宗物资，统经吕氏商社进出。

此后，吕不韦重开商路，三五年间又蓬蓬勃勃地发了起来。

所不同的是，经过援齐搜购的几年锤炼，吕不韦对兵、铁、盐三大行洞悉备至，重入商旅便专做这三大行生意。即墨重建一了，吕不韦将总社又迁回了陈城。说到底，他赞赏这个万商云集居南北枢要的古城，驻扎在这里，他便顿生运筹商战的勃勃雄心……

故事完了，吕不韦疲惫地靠在石柱上闭上了眼睛。范雎听得心潮难平，径自饮了一爵，兴致勃勃问道："如此说来，你的十万金雄心已经成功？"

"十万？"吕不韦睁开眼睛摇摇头，脸上漾着难以琢磨的微笑，"不瞒范兄，截至目下，吕氏商社累金已逾三十万，作坊店铺四十余家遍及七大战国，执事雇员两千六百余人。"

"三十万？"范雎惊讶得胡子都翘了起来，"一个韩国存金尚无三十万，你……"

有如经历生死。

商道也通官道。

在中国，官商很难撇清关系。若只有德与义，吕不韦无法重开商路。

生意做到这么大，各国虚实，皆能了如指掌。

"不可比也。"吕不韦悠然一笑,"邦国财富在土地、城池、军队、官吏、庶民,岂是区区几十万金可比? 若比活金,莫说韩国,便是目下秦国,也未必有三十万,是么?"

"如此说来,天下四大巨商都是数十万金之富?"范雎立即跟上一句岔开话题。

"我来数数。"吕不韦也是浑然不经意般笑着掰着指头,"楚国猗顿氏煮盐起家,目下已是第六代盐商,累金当在五六十万之间。赵国卓氏,主做战马生意,兼及木材石料布帛,目下第五代,累金当在四五十万之间。秦国寡妇清,主做丹砂车船生意,兼及采玉木材丝绸,目下第四代,累金当在六十万上下。魏国白氏,以铁行起家,兼及酒店珠宝,白圭时几为天下首富,目下第五代已经大为衰落,仅以祖先盛名跻身四大巨商。要说活金,实则已在十万之下。"

"即墨田氏算不得天下巨商么?"

"自然算得也!"吕不韦喟然一叹,"范兄有所不知,所谓几大巨商者,也是天下士人的一种大体揣摩罢了,何能丝丝入扣? 天下大商,唯独即墨田氏是王族支脉。只是王族有顾忌,素来不事张扬,然做的却都是实实在在的盐铁大生意,仅海盐一宗,至少是天下最大盐商。如此十余代,你说累积财富有多少? 若非六年抗燕打光了家底,田氏才算得真正的天下第一巨商。"

"不韦,你为何不愿做官,当真志在经商?"范雎突兀问了一句。

"说不清楚。"吕不韦笑了笑,"那时,只觉得我不是田单,我只是个商人。"

话语如流,不知不觉间夜色降临,初升的月亮已经挂在了白杨林的树梢。

掰指头算数,可见吕不韦真商人也。商至极处,也有大道。

高处不胜寒。

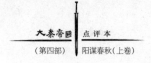

五　吕不韦豪爽地接受了落魄者的托付

一连三四日，范雎都饶有兴致地跟着吕不韦在陈城转悠。凡遇吕不韦处置商事，范雎便在一边听着看着，无人时一连串究底寻根的询问。吕不韦有问必答，每一宗都说得明明白白。几天下来，范雎对汪洋大海般的商市已有了大体的说道，直做天外有天之叹。

这一日无事，范雎问吕不韦商战谷那两座奇高库房有何秘密？吕不韦二话不说，将范雎领到湖边高房前。也不见吕不韦任何号令，恰恰一名精壮执事从白杨林跑来，两扇三丈多高的包铁木门也自动地隆隆打开。当门一座与门几乎等高的影壁，影壁两侧的青石地面有寸许深的车辙。走过影壁，屋顶有大片阳光洒下，偌大屋宇丝毫不显幽暗，一排排几乎挨着屋顶的高大物事分成了三个区域密匝匝整齐排列，区域之间几道深深的室内峡谷，人立其下也显得渺小起来。

"四轮云梯！"范雎惊讶地喊了一声。

"范兄，人说秦国大兵精良，你且看看我这货色如何，可入得蓝田大营？"

所谓"大兵"，是大型兵器的时称。范雎曾经是秦国开府丞相，自然熟悉秦军主要兵器，加之平日也喜欢谈兵，见吕不韦有意请他品评，走近靠边一架仔细端详敲打一阵，啧啧赞叹道："云梯能做得如此精细讲究，天下罕见也！一辆开价几何？"

"大兵行情范兄当知，以为当值几何？"

"四十金。比寻常云梯多十金，公平交易。"

"范兄果然知兵。"吕不韦一笑，"按货色论价，四十金不差上下。我这云梯，车轮、兵仓均用精铁包裹，车身、梯身尽是岭南水雾硬材所制，非但其坚如铁，且极难燃烧，除了猛火油，寻常火把根本奈何不得。若真要出价，五十金也是供不应求。然则，我做兵器交易从来是一国一价，不定死价。卖给楚国是三十金，卖给赵国是二十金。若要卖给秦国，大约得百金之数了。"

范雎目光闪烁着揶揄笑道："足下还是墨家弟子，兼爱非攻，抗秦义士？"

"范兄，墨家弟子无商人。"吕不韦笑着摇摇头，"赵有灭国之危，楚有困厄之衰，自当别论。秦国嘛，恃强凌弱，总该不当助力了。"

范雎淡淡一笑："秦国历来不从商家手中买兵器。"

"……"吕不韦惊讶了。

"不韦，在秦国有生意么？"

"没有。"

"去过秦国么？"

"没有。"

"可惜也！"范雎长叹一声，"争名于朝，争利于市。天下最大商市，堂堂商旅大士竟视而不见，呜呼哀哉！"

吕不韦哈哈大笑："好好好，只要有了大生意，我便去咸阳争利。"

范雎正待开口，却见一个须发雪白的老人轻步匆匆地走了进来，在吕不韦耳边低语了几句。吕不韦点点头转身拱手道："范兄自看，我片时便回。"说罢跟着须发雪白的老人去了。

暮色时分，范雎正在白杨林边漫步眺望晚霞，却见吕不韦从湖畔走来，便迎了过去："不韦行色匆匆，莫非商旅有变？"吕不韦笑道："范兄半只脚还在泥沼里，只怕还要拔得一阵。"范雎目光一闪，慵懒闲适一扫而去："士仓有消息？"

"并非士仓。"吕不韦摇摇头，"一个楚商正在陈城寻觅范兄踪迹。"

"楚商？"范雎大是困惑，"我与商旅素无交往，识得甚个楚商？"

"商人是假，探察是真。范兄只想，还有何事未尽？"

范雎皱着眉头道："未尽之事，只有妻小庄园了。"

"不会。"吕不韦又摇摇头，"范兄家事妥当，并无急难之所。"

"噫！"范雎大是惊讶，"你却如何知晓？"

商道，兵道，为官之道，互通。

吕不韦不禁笑了："商旅通四海，得个消息何难？"

"不韦呵，我终是明白：鲁仲连天马行空，如何却交了你这个商人朋友。"

"此等小事不足挂齿。"吕不韦一句撂过，语色有些急迫，"我只担心，会不会是老秦王狐疑反复，起了……"却又突然打住，只看着范雎不再说了。

一阵默然，范雎字斟句酌道："老秦王秉性，只要功业有人撑持，做事倒是大器。当初杀白起，也是为了白起临危不受命，实在说，内中并无私怨。我若不荐蔡泽便扬长而去，倒是当真有身危之患。目下有了蔡泽撑持，该当不会异常。"吕不韦思忖道："虽则如此，却也不能大意。与其教此人神秘游荡，不若先发制人。"范雎眼睛顿时一亮："你且说说。"待吕不韦低声说罢，范雎笑了："谋人之道，不韦倒是通达。便是如此。"

当夜三更，一个楚商装束的中年人被"请"进了天计寓书房。

吕不韦板着脸沉声问："敢问足下，为何在我庄园内夜半游荡？"

"事出有因，先生见谅。"中年人操着一口魏国话不慌不忙笑道，"我乃大梁人氏，在荆楚做珠宝生意。三年前，一位大人在我店定制上等荆山玉佩九套，约定一年之期金玉两清。此后，大人音信皆无。今夜初更，在下于南国酒社外，不意发现那位大人的辒车，尾随而来。寻思这是大人府邸，欲与这位大人了清生意。不意辒车进庄，几个弯道不知去向，在下四处寻觅。既见先生，尚请见告：那位大人可是贵庄庄主？若能一见，了却生意，在下当即便走。中也不中？"

"那位大人高名上姓？"

"大人密定生意，商家不得显客官姓名。"

蔡泽让范叔脱身而去。秦昭王杀白起，并非为私怨，确实可以这样理解。白起失势，归根到底，跟长平之祸有关。

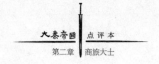

"我庄客人甚多,不知姓名如何查找?"

"在下只请辎车主人一见便中。"

"密定生意,必有信物。足下若拿得出,在下去请大人辨认。"

"中。"黄衫客思忖一阵,从贴身皮袋中摸出一物双手递了过来,神态十分恭谨。吕不韦将丝绳一提,此物在铜灯下赫然闪烁出奇异的光芒,端详之下,却是一只铭文交错的黑色椭圆形玉璧。吕不韦慢悠悠地端详着问:"玉璧铭文,是甚文字?"

黄衫客脸色顿时阴沉:"此乃大人订货信物,先生不当问,在下不当说。"

"好,足下稍待,我这便去。"

"不中!"黄衫客目光一闪,"先生有诈,还我玉璧!"说话同时突然闪电般一个凌空飞身,吕不韦手中玉璧不翼而飞,黄衫客却已经飞步到了门厅。两侧便有身影一齐飞出,堪堪左右夹住了黄衫客。"尔等何人!"黄衫客大吼一声,一口短剑闪电般横掠左右身影。

"西乞休得无理。"随着一声咳嗽,须发灰白的范雎从大屏后悠然走了出来。

黄衫客骤然收势,目光瞥过,深深一躬:"在下西乞木,参见应侯。"

"这般行径,到此做甚?"

"在下奉命寻觅应侯,有要事禀报。"

吕不韦笑道:"书房清静无人,范兄在这里与客官盘桓。我去安顿酒菜。"范雎多经秘事,知道这是吕不韦的以防万一之想,打消了要将西乞木带到自己小庭院的念头,说声你随我来,带着西乞进了大屏后的书房密室。

四更时分,吕不韦吩咐家老请范雎与客人小酌。家老却来禀报说,书房里已经无人,先生的小庭院也黑灯了。正在此时,隐蔽在书房外白杨林中的执事也来禀报,说客人已经走了,先生独自在湖边转悠了一阵回小院去了。吕不韦疲累已极,一时来不及多想,倒头在榻鼾声大起。直到将近午时,吕不韦才被家老唤醒,说先生在天计寓茅亭下备了酒席正在等他。吕不韦连忙离榻冷水沐浴了一番,散发大袖来到了茅亭之下。

范雎在亭廊下拱手笑道:"今日反客为主,不韦尝尝我大梁风味。"

吕不韦入亭一看,偌大石案上几色大梁名菜分外齐整:麋鹿炖、鼎方肉、大河鲤、藿菜羹、春面饼,还有一大盘金灿灿的米饭团、两桶大梁老酒,名贵与家常兼具,分外诱人。吕不韦不禁恍然笑道:"大梁酒肆厨艺精湛,在陈城大大有名。我倒是忘记了请范兄前去一了乡情,惭愧惭愧。"范雎哈哈大笑:"我何有如此周章? 这是大梁酒肆送来也。"

"噢,那个'中不中',他没走?"

"此时定然走了。"范雎笑道,"此人也是奇特,分明一个老秦人,平日也是颇木讷一个人,昨夜却是一口纯正大梁话,且辩才赳赳,实在令人揣摩不透。"

"如此说来,此人是秦国黑冰台。"

"噫! 你知道黑冰台?"

"商旅道人人皆知。"吕不韦坐进了石案前,"黑冰台颇多奇能异士,出道之初,山东大商很是震惊,纷纷重金延揽死士护卫。后来见黑冰台做事讲规矩,只入列国官署府邸,从来不扰商扰民,便也无人计较了。"见范雎若有所思,吕不韦心下一紧,"这个'中不中'既是黑冰台,莫非老秦王又盯上了范兄?"

范雎摇摇头:"是太子,嬴柱。"

"太子?"吕不韦惊讶莫名,"范兄与太子有恩怨纠葛?"

"既非恩怨,亦非纠葛,一番事端而已。"范雎便将长平大战后的诸般故事说了一遍,末了粗重叹息一声,"秦自孝公以来,三代四任国君个个强势,不意到了这第四代,竟是一整茬软足公子,令人不忍卒睹,数也命也,不亦悲乎!"

吕不韦淡淡道:"君子之泽,三世而斩。范兄当明此理。若依然揪心,便是秦根未断,不妨回咸阳再做丞相了。"

"刻舟求剑。"范雎板着脸,"余事未了便要重新做官么? 亏你商旅大士也!"

吕不韦不禁笑了:"看来范兄成算在胸:只了事,不回头。"

"然也!"范雎颇为得意地一拍案,"此中关节我早料到,举荐士仓便是善后之举。不意这位老兄刚上道便撂套,始料未及也。目下看来,当初我若不举荐士仓,此事便落到了蔡泽肩上。举荐了士仓,士仓一走,嬴柱反倒是顺理成章地粘上了老夫。你说,不了此事行么?"

"如此看来,这个老太子也还不笨。"

"此话好没气力。不笨便是好君主?"

"好君主由不得你我,急个甚来?"吕不韦看范雎焦躁不安,一阵爽朗大笑,"来! 辘辘饥肠,先吃先喝,大梁菜讲究个热鲜。"说罢给范雎打满了一碗香洌的大梁酒笑道,"先干一碗,范兄再开鼎了。"范雎干得一碗大梁酒笑道:"分明商旅,却老儒一般礼数周章,没有钟鸣,还要开鼎。"用铜盘中一支铜钩勾起了厚重的鼎盖,炖麋鹿的异香顿时弥漫开来,煞有介事地拱手一礼,"我有嘉宾,示我周行。请。"

"四牡骓骓,周道逶迟。"吕不韦煞有介事地吟诵了一句。

"噫!你也来得?"

范雎现在还未识吕不韦之才?有疑。

"有礼无对,岂非冷落了东道?"

两人的吟诵应对,原是春秋时期宴席间以诗酬答的一种礼节。范雎吟诵诗句的意思是:我尊贵的客人啊,请你为我指出路径。吕不韦作答的诗句意思是:虽有驷马高车如飞,这条路也太遥远了。范雎原是觉得吕不韦礼数太细,索性以这番古礼难他一番,不想吕不韦应声作答,范雎自然大是惊奇。两人笑得一阵开吃,片刻将一案大梁酒菜吃得干净。

酒足饭饱,范雎思忖道:"后天已是旬日,士仓不来,我便告辞。"吕不韦道:"何须掐得如此之准,我纵有事,范兄只在这里等候便了,急个甚来?"范雎目光一闪反问道:"你这次去何地?"吕不韦笑道:"范兄有事但说,何须明知故问。"范雎默然一阵,终是郑重其事道:"替我找到一个人,视境况援手些许。"吕不韦道:"你只说,如何样人?"范雎目光左右巡睃一阵,方才低声道:"嬴异人。"

吕不韦如何得知嬴异人之事,如何结识嬴异人,史籍可忽略经过,但小说必须交代清楚。范雎结识吕不韦,小说借此交代嬴异人的来龙去脉。

吕不韦一怔,笑道:"此等人还用找么? 一国人质,大名赫赫。"

"此一时彼一时。你只说,难不难?"

"找人不难。"吕不韦笑了,"我只是不明:一介商旅,对此等人如何援手? 不若范兄与我同往邯郸,你说我做便了。"

"我能入邯郸,何须烦你?"范雎板着面孔,"且不说赵国秘密斥候,我一动便会满城风雨,弄得不好还会重新挑起两强争端。更有一宗，当年老秦王为我复仇，曾经威逼平原君入秦并囚禁平原君近月，逼赵国交出魏齐头颅。此举非但使平原君蒙受耻辱，而且使魏国与赵国反目。你说，我入邯郸避祸尚且不及，还能伸展手脚办事？"

吕不韦恍然大笑："糊涂糊涂，我如何没想到。不消说得，我办！"

"若有大宗用度，我知会安国君加倍补偿。"范雎认真补充一句。

"范兄差矣！"吕不韦一团春风的笑脸罕见地沉了下来，"我受范兄之托，却与某君何干？范兄若将此事当作奉命国事待之，恕不韦不能从命。"

"拧了拧了。"范雎连连摆手，"商旅有盈亏。你对秦国原本无好感，若再为此事亏了利市，岂非得不偿失？唯此耳耳，万无国事之想。"

吕不韦哈哈大笑："范兄试探于我，却是愈描愈黑也！若无国事之想，便是陷不韦于不义了。金钱为良友而去，岂能以利市计之？"

"好！老哥哥这厢赔礼了。"范雎说罢，起身深深一躬。

"笑谈笑谈，折杀我也。"吕不韦呵呵笑着，连忙站起扶住了范雎。

无心插柳柳成荫。吕不韦成功让异人（子楚）登上秦王宝座，又扶助嬴政征服六国，中国遂成大一统之势。说吕不韦改变了中国大势，一点都不夸张。

第三章　邯郸异谋

一　所谓伊人　在水一方

朝阳初起,晨雾淡淡如烟。

千里直下的大河在桃林高地骤然东折,冲破三门大峡谷掠过洛阳王城,进入了一望无际的中原平野,苍苍茫茫的水面上白帆点点,分外的壮阔辽远。中流航道之上,一艘船头插着半人高红色菱旗的白帆小船,正不断在运货大船与各色官船间穿梭东下。过了虎牢关,精巧的白帆小船渐渐慢了下来。此时舱中走出一人,白衣散发悠悠然船头临风站立,凝神远望一阵问:"前方可是鸿沟渡口?"

舱口站立的黄衫老者道:"前方正是鸿沟渡。半个时辰便到。"

"我无急务,让过后面大船。"

黄衫老者似想说话,思忖片刻,终是走到船头取下了那面红旗,回头向舱中一声呼喝,小船向边流航道荡了出去。

战国之世,黄河还是清流滔滔航道宽阔,渭水、洛水、汾水等十余条主要支流也是水路通畅。其时除了燕国北部与楚国南部,天下货运十之六七尽在大河水网之内。夏秋两季,

中原河段更见繁忙，货船官船渔船游船穿梭交织，直是一派兴旺。虽是列国纷争割据大河两岸，然对于天下共享的大河水道，却都是一力维护，没有一国敢于荒疏河道。水路航行，也有约定俗成的法则：吃水深的载盐铁兵器粮食陶器等大船行于中流航道，吃水浅的装丝绸麦秸茅草竹竿药材等货船左行；官船与游船右行，渔船可在两侧浅水区抛锚捕捞，但不能在中流定死捕捞；无论中左右，都是双向航道，上下穿梭避让，全凭各自权衡。载客小船若有急务，只须在船头插一面红旗（夜航则为红灯），便可在航道间任意插空穿梭。所有船只都奉行着这些久远的习俗规则，一切都在古朴自然地流畅运行着。

这艘轻盈的白帆游船，原是在中流航道快速穿梭行驶，此刻见一艘吃水极深高扬巨帆的大货船顺流直下，游船主人便拔去红旗偏出主航道，要让过满载货物的大船。白帆游船刚刚荡出中流，大货船水手们雷鸣般一声齐吼："谢——"吼声回荡间，大货船一座小山般悠悠压了过来。

白帆船头临风伫立的主人不经意间回首，目光骤然一亮。

淡淡晨雾之中，一位绿衣少女跪坐高高的船头，裙裾随着河风飘起，宛若云中仙子一般。随着少女舒缓起伏的玉臂，巍巍船头飞出了荡气回肠的乐声，似琴非琴，低沉舒缓，清丽空阔，如从幽幽山谷中飘出。未几，一阵歌声随着清凉的晨风弥漫在淡淡晨雾之中，清纯柔婉，白帆船头的主人猛然一颤。

蒹葭苍苍 　白露为霜

所谓伊人 　在水一方

溯洄从之 　道阻且长

溯游寻之 　宛在水中央

何有伊人 　相将共扶桑

"彩——"歌声尚在悠悠回荡，河面各色船只上不约而同地长长一吼，立即有人高声呼喝："大河国风，谁来对歌——"

骤然之间，雄浑激越的歌声从白帆船头飞起，划破晨雾，直上云中：

苇草茫茫 　大河长长

壮士孤旅 古道如霜

何得伊人 集我苞桑

悠悠大梦 书剑共稻粱

　　歌声方起,巍巍船头乐声骤然激昂飞扬,跌宕相随丝丝
入扣。歌声已落,高高船头悠长空阔的一声叮咚,依稀不胜
惜别。河面骤然幽静之时,绿衣少女从巍巍船头站了起来,
向着白帆小船遥遥招手。白帆下的白衣散发人对着巍巍大
船也是遥遥一拱,白帆小船箭一般顺流直下了。淡淡晨雾
中,犹见绿衣少女凝神远望,良久伫立船头。

　　一个时辰之后,满载货物的巍巍大船缓慢地靠上了鸿
沟码头。

　　战国之世,所有从水路进出魏国大梁的货物人口,都要
在鸿沟渡口验关,而后方能交易出入,或出鸿沟而入大河,或
入鸿沟而进大梁。大梁是素负盛名的天下大都会,财货游客
吞吐量极大,鸿沟渡口自然也就成了中原极为重要的物资
集散地与水路商埠。

　　目下,鸿沟码头上停泊着各式货船与官船。那艘巍巍大船
缓缓靠稳码头,隆隆抛下石锚,船舷中伸出三副宽厚沉重的大木
板,分别搭在了岸边的大条石上。一个身穿红色短袍的商家执
事在船舷摇着一面小绿旗长长一喝:"货主卸货也——"

　　早已在码头守候的一名魏国商家一挥手,身后抬着大
绳大杠草垫篷布的一百多名精壮雇工围拢了过来。正在此
时,一名红衣吏带着一队甲士匆匆赶来,远远一声大喝:"法
度有变!且慢卸货!"魏国商人立即笑着迎了上来,欲待询
问,却被红衣吏一把推开:"官府验关,谁敢阻挡!登船!"身
后甲士"嗨"的一声,径直拥上了卸货大板。

　　"敢问关市,有何公干?"一位身材高大的老人从船舱迎

气度不凡,只怕是有些来历。

出，紧身胡服，白发白须，分外的矍铄硬朗，当头向红衣吏一拱手。

红衣吏冷冷一笑："卓氏巨商天下闻名，竟敢骗关违禁，触犯大魏法度！"

胡服老人淡淡一笑："卓原乃赵国商人，如何触犯魏国法度？"

自报名号，还是不管用。

"私运魏铁出境，该当何罪？！"红衣吏一声厉喝。

"入魏商船，何来出境之罪？"

"在此之前！"

"商船出入，每次验关。本次追前次，魏国官府可有凭据？"

"休得聒噪！登船便有凭据！"红衣吏转身一声大喝，"拿下老匹夫！其余登船搜验！"轰然一声，几支长矛逼上，一条铁链哗啷锁住了老人手脚。红衣吏带着其余甲士轰隆隆登上了货船。

"大父——"船头一声女子哭喊，绿衣少女飞也似冲了下来抱住老人，转身一声怒斥，"尔等无礼，放开我爷爷！"

甲士头目盯着美丽的少女，嘿嘿笑了："放开？只怕官市大人想你。来，一起锁了！"老人脸色骤变，锁手铁链猛然举起，声如雷吼："大胆！谁敢碰我孙儿！"甲士们猛然一惊退开。少女冷冷一笑："不锁我也跟着爷爷，谁怕你等！"

小女子，好胆识！

正在此时，红衣吏黑着脸大踏步下船，将怀里一方木匣嘭地打开："老卓原，这是你出境魏铁之凭据！敢不认罪么？"

"足下当真好笑也。"老人冷冷地耸着眉头，嘴角流露出轻蔑的笑意，"此铁为励志之物，乃贵国名士孔斌赠送信陵君之礼。信陵君客居邯郸，老夫受人之托带货而已。既非商家货物，况只区区一锭，也算得魏铁出境？"

红衣吏满面涨红,收起木匣大喝一声:"休得狡辩!带大梁官署论罪!"

绿衣少女正待发作,卓原老人冷冷道:"昭儿少安毋躁,看好货船,大父不会有事。走!"绿衣少女哭喊一声抱住了老人:"不!我要跟着爷爷!"红衣吏烦躁地一把拉开少女:"若再纠缠,一起带走!"绿衣少女脸色骤变,嗖地拔出一口雪亮的短剑:"竖子无礼!"一剑当胸刺来,快如闪电。红衣吏尖叫一声就地滚出连忙嘶喊:"快锁上!带走!"一队甲士长矛齐伸,轰然一声围住了绿衣少女。

"住手!"随着一声断喝,一个白衣散发者快步走了过来。甲士们愣怔之间,白衣人悠然走近红衣吏,顿时满面春风:"敢问关市,这位前辈何事犯官?"

红衣吏冷笑道:"足下何人?走开!否则一起带走!"

白衣人不卑不亢道:"在下也是赵商。敢请关市告我,前辈究竟何罪?"

绿衣少女目光飞快地一瞥:"他诬我大父出境魏铁!"

在白衣人问话时,一个黄衫老者悄悄走近红衣小吏,极其稔熟地向红衣吏衣袋中一伸手,又轻轻拍了一下他的手背。红衣吏觉得腰间皮袋猛然一沉,面色顿时温和,顾不得斥责绿衣少女,向白衣人拱手笑道:"小吏奉丞相府差遣,拘押卓氏,因由么……"凑近白衣人耳边一阵低语。白衣人一拱手道:"敢请关市稍候,我半个时辰回来。"转身上了黄衫老者牵着的一匹白马如飞驰去。

黄衫老者向红衣吏拱手笑道:"敢请大人开了这位老人家锁链,我家主人必有重谢。"

红衣吏迟疑片刻一挥手:"开了。你等上船,本官在此守候。"

黄衫老者向开了锁链的老人一躬:"老人家但请回船,

一个时辰内定会完事。"

老人慨然摇头："那位先生仗义执言，老夫岂能先回？"

绿衣少女顽皮地一笑："爷爷歇息去，我在船下等候。"

老人略一思忖道："如此也好。这位老哥哥请随我饮茶去。"拉着黄衫老者登上了大船。

堪堪大半个时辰，白衣人飞马驰回，尚未下马扬手抛出一支金灿灿令箭。红衣吏抄手接稳一看，阴沉沉的冷脸立即雪消冰开，对着白衣人当头一躬："大人能讨得丞相金令箭，在下却是唐突了。"白衣人温文尔雅地拱手一笑："关市奉命行事，原是多有辛劳。几个郢金，弟兄们饮酒了。"从马背皮褡裢中摸出一只极为考究的棕色小皮袋，哗啷一摇，塞到了红衣吏手中。红衣吏大是惶恐，满脸笑着欲待推托，却被白衣人笑呵呵一拍，浑身酥软得一句推辞话也说不出来，转身一喝："走！在这定桩么！"带着一队甲士轰隆隆去了。

"挥金如土。"绿衣少女一撇嘴揶揄地笑了。

凝神盯着甲士远去的白衣人恍然转身，拱手笑道："姑娘见笑了。大梁官风如此，在下也是不得已耳。"

"谁却说你了？"绿衣少女一脸灿烂的笑容。

白衣人挥袖一沾额头的津津汗水，略一喘息平静笑道："你社货船已经无事，尽可卸货了。在下告辞。"说罢转身便走。

"哎哎哎！"绿衣少女飞步跑过来拦在了白衣人面前，红着脸急匆匆道，"你的家老我的爷爷还在船上，你如何走得？ 也不留个姓名，爷爷要人，知道你是谁也？"

白衣人道："天下商旅，原本一家，谁是谁无甚打紧。家老自会回来。在下尚有急务，容当告辞，后会有期。"

"哎哎哎，"绿衣少女大急，回身一喊，"爷爷快来，他要走！"

"先生留步，卓原这厢有礼了。"老人在船舷遥遥一拱，快步下船走到白衣人面前道，"虽是萍水相逢，先生义举却令老夫感佩！ 若无急务，敢请先生到我舱中小酌片刻。"

白衣人拱手笑道："商旅之道，逢危互救，前辈无须介怀。在下有急务欲去邯郸，不能与前辈共饮，尚请见谅。"

老人上下打量一番笑道:"若老夫没有猜错,先生是濮阳吕氏之少东?"

白衣人略一思忖深深一躬:"素闻前辈大名,吕不韦见过前辈。"

卓原好眼光。

"果然不错也!"老卓原一伸手扶住吕不韦,一阵哈哈大笑,"老夫家居邯郸三世,敢请先生急务之后,来府盘桓几日如何?"

"谢过前辈相邀。"吕不韦拱手作礼,"急务之后,在下定然前来求教。"

吕不韦解围,卓原定有后用。

绿衣少女笑吟吟递过来一方竹板:"车道图。莫错了地方。"

"谢过姑娘。"吕不韦收起竹板,向卓原爷孙一拱手,"在下告辞。"与黄衫老者翻身上马去了。绿衣少女怔怔地望着吕不韦背影,小声嘟哝着:"哼,一个不问,一个不说,一对老少糊涂。"老卓原不禁哈哈大笑:"大父不说,他亦不问,奥妙在此间也。""爷爷!"绿衣少女娇嗔一句,红着脸咯咯笑了。

"红着脸",暧昧顿生。又有姻缘到。

二 邯郸遇奇 缜言慎行

在赵国行商,不能不拜访平原君。

一支庞大的车队在邯郸南门外的谷地扎下了营帐。

当吕不韦几骑快马进入山谷时,这片营帐已经扎了三日。与押车总事荆云一聚首,吕不韦带着老总事与三名年轻执事立即清点货物。暮色降临时,三百六十四辆马车全部清点完毕,车货无一摧折损伤。吕不韦大是满意,当晚在总事大帐设宴犒劳荆云骑队,全部车伕也在月光下的草地上聚酒痛饮。吕不韦吩咐老总事发放工钱,每个车伕在约定工钱之外再加十枚最实惠的"临淄刀"。山谷中顿时欢呼雀跃,车伕们举着酒碗可着劲儿喊"少东万岁"！吕不韦却不敢酣畅，饮得几爵，留下荆云与老总事照应各方，到自己的帐篷里去歇息了。

次日清晨，一辆华贵的青铜轺车辚辚驶出山谷，不疾不徐地进了邯郸南门。

此时的邯郸，与长平大战前另一番气象。战后赵国虽然元气大伤，但与山东列国的邦交却达到了最好状态。鉴于赵国以几乎亡国的惨痛代价，扛住了强秦席卷山东的风暴，列国在合纵败秦之后纷纷对赵国示好，除了紧缺物资的援助，便是鼓励商旅进入赵国。对于一战打光了六十万大军，又连续三年遭受秦国猛攻而满目疮痍的赵国，些许援助实在是杯水车薪。只是在山东商旅大举入赵之后，赵国才真正地起死回生渐渐地复苏过来。而今，邯郸城内外虽然还是到处可见大战废墟，但街市交易已是一片生机，店铺连绵车马川流市声鼎沸，分外热闹。

青铜轺车一进南门长街，避开闹市，拐进了一条僻静的街巷，曲曲折折地向王城大街而来。赵国王宫也同所有的宫城一样，坐北面南，城楼之外一条林荫笼罩宽阔幽静的石板大街，显赫王族大臣的府邸几乎都在这条街上。奇特的是，这条大街东西两侧的大树之后却都是断断续续的红墙，没有一座东西府门临街而开。原来，这条大街只是一条车马大道，所有的府邸都在大道两侧的十多条街巷中。青铜轺车在林荫大道行驶一阵，弯进了东首第三条石板巷。这条街巷只有一座府邸，气势很是宏大，巍峨的横开六间门厅几乎与小诸侯宫室一般，门厅前立着一柱丈余高的白玉大石，石上镶嵌着四个大铜字——平原君府。

青铜轺车辚辚驶入门厅对面的车马场，在入口一个带剑吏的导引下停在了进出便利的最合适位置上。车方停稳，不

强国必先富民。

待武士驭手回身,白衣玉冠的吕不韦推开铜包木档悠然下车。正在此时,一辆破旧的单马黑篷车咣当咣当地进了车马场,向着青铜轺车的旁边便要停车。带剑吏回身一声低喝:"停役车那边,不能停官车场!"驾车的老人面色涨红,正要争辩,却听车中人低声一句,只有将老马圈转,咣当咣当地驶到旁边的工役车场去了。

吕不韦好奇心大起,向工役车场打量了一番,只见杂乱排列的牛马车中走出了一个清瘦苍白的年轻人,头上的竹冠暗淡脏污,一领黑袍缀满了各色补丁,脚步匆匆,却又显得虚浮犹疑,分明要进府邸,目光却不断瞟向大门两侧的长矛甲士,瞟向矗在门厅台阶中央的光鲜门吏。

突然,吕不韦心中一动,远远跟在黑衣人身后从容走了过去。

门吏傲慢地挥了挥手,分明要黑衣人赶快走开。虽然犹疑畏缩,黑衣人还是走到了六级台阶之下,一拱手尚未开口,门吏已嫌恶地吆喝起来:"没看见后面有贵客么?走开走开,横在中间也不觉寒碜!"黑衣人默然迟疑片刻,终是走到大门边空旷处孤零零地站下了。吕不韦转身对跟来的黄衫老者低声吩咐了几句,老者匆匆向车马场去了。

吕不韦走到门前刚一报名,门吏的胖脸立即堆满了笑容:"府君有命:先生若来可直入正厅,无须通禀。先生请。"吕不韦悠然进府,方入第二进庭院,遥遥便闻正厅一片慷慨议论之声。正在此时,一名精干的书吏迎了上来:"政事厅多有不便,先生请随我来。"将吕不韦引领到政事厅东面的一座大屋。吕不韦知道,政事厅是平原君会聚大臣处置国务的殿堂,官员书吏接踵不断,几乎没有空闲。这片胡杨林中的书房兼客厅,才是平原君会见重要客人的所在。

方到长廊尽头,一阵苍老的笑声从屋中飞来:"不韦先

生，别来无恙乎！"

"平原君别来无恙。"吕不韦笑应一句，绕过迎门大木屏深深一躬，"不韦沿途跌宕，比约定之期迟到三日，尚请平原君见谅。"

"不韦请入座。上茶。"须发雪白的平原君靠在坐榻上虚手一礼，待吕不韦在左手长案前坐定，悠然笑了，"谚云：千里商旅，旬日不约。商家非兵家，三日之期算延误，先生自责过甚也。"

"平原君如此胸襟，不韦感佩之至。"吕不韦谦和恭敬地笑着，"我已将赵国去岁预订器物运到邯郸，敢问在何处交接？"

"一次运到？"平原君惊讶地坐直了身子，"各有几多？"

"大型云梯三百架、云车六十辆、塞门刀车六百辆、机发连弩一千张、六寸精铁箭镞十万枚、精铁胡刀六千口，六色共计十万七千九百六十件。"吕不韦一口报完，毫无拖泥带水。

吕不韦确有过人的商才。

"好！"平原君拍案方罢呵呵笑了，"总金几何，如何未报？"

吕不韦利落答道："去岁订货价格略高，今岁物价落平。赵国大宗兵器生意，当按今岁物价斟酌计之，是以未报。"

"岂有此理！"平原君哈哈大笑，"订货之价便是价，斟酌计之，岂非坑商？老夫只一句话：兵器乃邦国性命，只要货色上乘，老夫只有加价赏商，断无减价之说！"

吕不韦肃然一拱："平原君敬商，不韦何能愧对赵国？敢请君家一道书令，不韦将兵器直接运往巨鹿军营，经李牧将军悉数检验并试用一月。果然合意，不韦凭将军公书前来结算。若有一件不合，不韦分文不取。"

"不韦经商，真义士也！"平原君喟然一叹，疲惫地靠在了坐榻大垫上，"不韦呵，若非在长平大战全军覆没，军辎耗尽，赵国何能进购商家兵器？虽说鲁仲连当初举荐了你，可

强调吕不韦之"义"。在商言商，要让生意长久，诚信非常重要。

老夫还是忐忑不安。九年连绵大战后，老夫再度开府摄政，第一要务便是重建新军，这兵器是重中之重。当此紧要之时，商家兵器若能使大军将士满意，足下便是中兴赵国之功臣也。老夫纵是让得万金之利，夫复何言！"

吕不韦座中深深一躬："君以公心言商，不韦终当无愧于君。"

平原君慨然一叹："老夫识人多矣！足下之于天下商旅，实乃凤毛麟角。圆和其外，坚实其内，泱泱大器局也。纵是范蠡、白圭再生，亦未必能及矣！"面对风华才俊，这位老公子似对自己倏忽消逝的英风不胜怀恋。

"平原君谬奖，晚辈愧不敢当。"

平原君哈哈大笑："老夫倨傲，谬奖于人素来不为也！"

笑声未落，一名文吏匆匆走了进来低语几句，平原君雪白的浓眉顿时一皱："也好，带他进来。"吕不韦见状道："君忙国事，不韦告辞。"平原君颇为神秘地摇摇手："莫走莫走，你且见个稀奇。"吕不韦饶有兴趣地笑道："得见奇人，自是大幸，不韦何敢推辞？"又顺势坐了下来。

大木屏外一阵轻微的窸窣脚步声，一个年轻黑衣人竹竿般摇了进来："秦国质使嬴异人，见过平原君。"深深一躬，苍白的脸色顿时涨得通红。

平原君大靠在坐榻上只"哼"了一声，连身子也不曾欠得一下。

"启禀平原君，"嬴异人谦恭地一躬身，"异人入赵为质，业已十年。十年之间两国大战连绵，邦交中断。其间，秦国辗转运来的衣食财货，大半被贵国扣押，发到我手不足十分之一。长此以往，异人将客死他乡。异人身为人质，无处求助，唯求平原君过问此事，给异人一条生路。"

"人质？"平原君冷冷一笑骤然爆发，"老秦王发动连番

不喜。

"年轻""竹竿""摇"，几个字词就把嬴异人的处境写出来了。根基不稳，生活窘迫，寄人篱下，嬴异人活得极不如意。

这神态分明有求于人。

平原君也是个审时度势的人，并非对人人皆礼待之。

身在赵国，恐怕也实在想不到求别人了。

大战,几曾顾忌你这人质死活?不能止战,你还算得人质么?早知你嬴异人在秦国如此轻贱,当初该索你父亲来做人质!战后三年,秦国何曾送过你衣食财货?秦人杀我赵国子弟血流成河,若非老夫着意照应,你早被邯郸国人万刀零剐!能活到今日?"

说也奇怪,在老平原君的霹雳电闪之下,这个细瘦苍白神态畏缩的年轻人倒是舒展了些许,惨淡一笑道:"平原君说得不差,嬴异人业已成了咸阳弃儿,本不当苟活于异国他乡。然则,求生之念,人皆有之。今日异人最后一请,平原君轻我辱我,异人纵是厚颜求生,亦当抱愧了之!"说话间牙关已经咬破,一缕鲜血从嘴角流出,转身一头撞向了厅中大柱。

"且慢!"吕不韦早已看出端倪,一个飞身箭步扑上去抱住了嬴异人。饶是如此,死心之力竟带着吕不韦一起撞上了大柱。"咚"的一声,嬴异人的额头撞起了一个大青包。吕不韦愤愤然道:"大胆秦人!要陷平原君于不仁不义么?"

电光石火之间,平原君脸色大变。无论如何嬴异人也还是秦国人质,若果真死在自己厅堂,且不说列国如何纷纭闲话,单是给秦国一个大大的口实,便是邦交大忌。心念闪动,正要大喝来人,却见吕不韦已经抱住了那个没有几分力气的黑瘦子。长嘘一声离座,走到瘫在地毡上呼呼大喘的嬴异人面前,淡漠地笑道:"安国君嬴柱早做了秦国太子,他是你父亲,为何不求赵国放你回去?"

嬴异人大喘着粗气道:"秦国朝局你自清楚,为何明知故问?"

思忖片刻,平原君淡淡地笑了笑:"方才老夫言语不当,公子见谅。自下月始,老夫知会邯郸令,每月支你些许衣食器物。你也可自向咸阳带信,老秦王若记得你这个王孙,或者你那太子父亲还记得你这个王子,自是你的富贵之期。好

长平之祸,秦赵结下世仇。难怪平原君这个反应。

小说中嘴唇流血或迸出血的镜头太多。

士可杀不可辱,更何况是王子。

吕不韦与嬴异人就此结缘。前文铺设了那么多,二人终于以离奇的方式见面。这一求一撞,倒是能试出嬴异人是否可造之人。

自为之，去吧。"转身又是一声吩咐，"来人，给公子随带三日伤药，送他出府。"

沮丧的嬴异人被一名武士扶了起来，涕泪唏嘘地走了。

"今日开眼。"吕不韦笑了，"此等人物平原君亲自打理，也是奇事一桩。"

"不韦有所不知也，入座听老夫说来。"骤然降临的麻烦消除，平原君对吕不韦大有好感，靠上坐榻一声叹息，"不韦呵，莫看这个人质王子乞丐一般，却是秦赵之间一个暗结。老秦王歹毒，丢下个人质不管不顾，分明是丢给赵国一桶猛火油。老秦王如意盘算：赵人仇秦，必置秦国人质于死地，只要这个人质死于赵国，无论你是杀了他还是饿死他，秦国便要大起事端。老夫偏不入彀！ 不杀不放不死不活，教尔老嬴稷翻脸无辙，要王孙无门，便是这般干耗着，他却能奈我何！"

"平原君纵横捭阖，不韦佩服。"

"老夫难矣！"平原君大摇其头，"秦赵山海血仇，教这小子活下来谈何容易！ 大兵护持么，将士愤懑在心，不定哪天一矛捅死了他，届时你能如何？ 放任不管么，必是碎尸街头。丰衣足食么，小子优游自在，国人却要骂声载道。交邯郸官署管辖么，也与交军营将士一般麻烦，不定哪天又饿死毒死了他。上下左右都难，只有老夫亲自把持这个分寸了。如此一来，却又得秘密操持，既不能教此儿知道，又不能教朝野知道。此儿若知老夫亲自料理他，会有恃无恐日日登门。朝野若知，又会骂老夫小题大做亲秦无度……你说，老夫难也不难？"

看着平原君雪白的须发抖抖索索，红脸倏忽变黑，黑脸倏忽变红，吕不韦无言以对了。良久默然，吕不韦慨然叹息道："天道昭彰，君老成谋国，终有善报也！"

“求此善报，老夫惭愧也！”平原君一阵大笑，“你解老夫一难，老夫诉说一番，如此而已，岂有他哉！”

“平原君胸襟韬略，不韦谨受教。”吕不韦离座肃然一躬，分外恭谨。

“多礼多礼。”平原君伸手一个虚扶，起身呵呵笑道，“足下为商，老夫为政，唠叨些许，又不怕泄露机密，不亦乐乎！”

“不韦牟利之人，纵有此心，亦无此胆。”

“笑谈笑谈。”平原君转身一挥手，“家老，用我轺车送先生出府。”

这辆六尺伞盖的四马青铜轺车辚辚出府，引得车马场官员一片艳羡惊叹。自信陵君蜗居、孟尝君过世、鲁仲连归隐，老平原君已隐隐然成为天下纵横家领袖，更兼暮年重掌赵国大权，威望蒸蒸日上，等闲不出门送客。这辆邯郸国人尽皆熟知的四马轺车，也是极少出府。轺车有盖无篷，乘者可坐可站，路人市人对车上人也是一目了然。平原君轺车送客，便恰恰是要给客人这种万众观瞻的荣耀。这辆轺车既高且大，青铜车身粲然生光，六尺伞盖华贵无比，四匹清一色的火红胡马更是雄骏无伦。一旦辚辚过市，这位客人顷刻便会成为名满邯郸的尊贵人物。如此荣耀，进出官员如何不惊愕驻足？

太过张扬，反不利行事。

然则，吕不韦却皱起了眉头。轺车方出府邸，他便轻踩右脚叫了停车。下得车来，吕不韦满面春风地对着家老一拱：“不韦要去城外商营，不敢暴殄天物，敢请家老回车，不韦改日向府君谢罪。”说罢一挥手，对面车马场的黄衫老者快步过来，在轺车外档的小铜箱里咯噔放入了一件物事。原本一脸不悦的家老顿时释然：“先生既要自便出城，老朽不远送了。”说罢一圈丝缰，四匹火红的骏马一声嘶鸣，整齐划一地转身向府门去了。

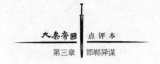

上得自家辎车，吕不韦长嘘一声，顿时靠在了劲软的大垫上，轻跺一脚，这辆四面铜格垂帘的特制马车轻盈驶出了街巷，直向南门外飞去。暮色时分，这辆辎车又飞出山谷营地，进了邯郸南门，向灯火灿烂马鸣萧萧的胡坊而来。

邯郸胡坊，是胡人聚居的区域。赵国胡风源远流长，赵武灵王胡服骑射之后，赵国相继征服北方诸胡。林胡羌胡东胡等诸多崩溃星散的胡人部族纷纷移居赵国北部草原，胡地商人也纷纷进入了赵国腹地城池。其时人口是强盛根基，任何邦国都不会拒绝外族进入定居。一时间邯郸胡风极盛，胡人聚居区几乎占据了整个邯郸的西北城区。胡人商旅以从大草原输入马匹牛羊皮革兵刃，从赵国输出盐铁布帛五谷烈酒为主要生意。久而久之，邯郸胡坊成了中原列国对草原胡人商路的一个根基之地。胡地商人淳厚粗粝，最认打过交道又守信用的老客，加之酒风极盛，于是这胡坊之中多有胡地酒肆客寓。举凡大宗生意，胡商将客商邀入酒肆先痛饮一番，成交之后，再以热辣辣的胡女将客商留宿一夜。次日双方皆大欢喜，生意磐石一般稳固。邯郸市谚云："胡酒胡女，伊于胡底，泱泱胡坊，热风荡荡。"说的便是这胡坊区的特异风景。

辎车驶进了最宽阔的一条石板街，又拐进了一条风灯摇曳的小巷。

进得小巷半箭之地，便见"岱海胡寓"四个大字随着风灯摇曳闪烁。辎车到得门前，门厅风灯下肃立着四名红色胡服的金发女子。当先两人笑吟吟走了上来，一人打起车帘，另一人伸手搀扶车中贵客。

"免了。"吕不韦拨开了那只雪白丰腴的手臂，跨步下车，"云庐。"

一名胡服虬髯的男子殷勤迎来："云庐在后，主人请随我来。"

胡寓散漫宽敞，与中原寓所大异其趣。进了灯火煌煌的门厅，是一条宽约三丈长约一箭之地的竹篱甬道，胡人呼为箭道。常有客商酒后技痒，在尽头栽一草靶炫耀箭法。穿过甬道，一片数十亩地大的绿油油草地，挺拔的胡杨疏密有致地围出了大大小小诸多"院落"，一盏盏风灯在林间院落闪烁飞动，风灯之后的帐篷便是胡寓独特的客房。

穿过一条幽静的林间小径，两盏风灯吊在两根拙朴的青石灯柱上，"云庐"二字随风摇曳，恍惚间阴山牧场一般。进了灯柱一箭之地，是一大三小四顶帐篷。虬髯男子在中间一项白色大帐前停下脚步，昂昂拱手道："禀报主人：云庐六亩草地，右帐三名侍女，左帐两名炊师，后帐是主人家老仆役。若有不时需求，摇动帐前风灯，奴仆即刻便到。禀报主人，禀报完毕。"

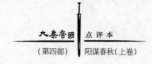
"胡人也学得周章。"吕不韦笑着一挥手，"三侍女退去，右帐留下。"

"主人！"虬髯男子顿时红脸，"三女白得像阴山雪，嫩得像岱海草，温顺得像绵羊，酸热的马奶子像汩汩泉水。主人要退，瞧不起我岱海林胡！"

大笑一阵，吕不韦突然压低声音道："生意成交之后再要。不少你金。"

"嗨！"虬髯男子昂昂一声，大步去了右帐。此时安置好车马的黄衫老者正好赶来，在右帐外与虬髯男子嘀咕得几句。片刻之后，三名胡女欢天喜地地跟着虬髯男子去了。

进得大帐一踏上六寸厚的羊毛地毡，吕不韦周身一阵酸软，不由分说躺倒在地长长地伸展了一番。黄衫老者轻步进帐，叹息一声道："先生实在该有个女仆也。老朽之意，这便物色一个胡女进来。"吕不韦骤然翻身坐起，笑道："展个懒，却与女仆何干？"黄衫老者歉疚道："先生万金之身，出行唯带老朽一人，身边诸事多有不便。老朽之见，一剑士、一女仆必不可少。"吕不韦思忖片刻道："女仆作罢。剑士倒是有一个也好，只是一时尚无适当之人。"

"老朽之见，荆云义士最好。"

"荆云？大材小用。"吕不韦摇摇头却又恍然醒悟，"对也，请他举荐一个。"

"好，此事老朽办理。"黄衫老者笑道，"先生疲惫若此，晚餐用些甚个？"

"疲惫个甚？"吕不韦心不在焉地一挥手，"胡饼羊骨汤，薛甘醪。"老者转身正要走，吕不韦却又突兀一句，"今日之事办得好！居所清楚了么？"黄衫老者恍然笑道："些许小事，先生如此记挂？一切都清楚了，老朽明日禀报。"吕不韦摇摇手："不，晚餐用完便说。"老者无可奈何地摇摇头，出帐去了。

酒色之徒，难成大气候。此处有点美化吕不韦。

此事重大，刻不容缓。

片刻之后,一大盆浓稠雪白的羊骨汤、一盘黑厚劲软的燕麦饼、一桶异香弥漫的甘醪捧进了帐篷。吕不韦狼吞虎咽一阵,顿时周身汗水,起身在后帐用热水一番沐浴,换上一领宽松的丝绸大袍,唤来老总事会商。半个时辰后,黄衫老者匆匆出了云庐。吕不韦也漫步出了白色大帐,悠悠然进了树叶哗哗的胡杨林。

虽是初秋,邯郸的清晨已经有了几分萧瑟的凉意。

一辆极是寻常的两马辎车出了岱海胡寓,几经曲折辚辚驶进了一条隐秘幽静的长街,长街将尽,又骤然折进了一条石板小巷。小巷尽头又是一折,辎车戛然刹住了。驭手回首低声道:"禀报先生:巷套巷,道窄不能回车。"车中一声咳嗽,一个白衣散发人走下车来,对驭手低声吩咐了几句,辎车丢下白衣人辚辚折了回去。

白衣人站在巷口一番打量,不禁皱起了眉头。这条深藏长街之后的小巷煞是奇特:两侧是一色清森森的石板墙,高得足以遮挡四周屋顶的视线,原本只有一车之路的小巷,在高墙夹峙下成了一条深邃的峡谷。小巷口守着两棵冠盖硕大的老榆树,枝杈伸展相拥,将深邃的巷道峡谷变得一片幽暗,若是路人匆匆而过,站在老树之外决然看不进巷口一丈。老榆树的叶子已经开始飘落,零星黄叶在巷中随风飞旋,沙沙之声倍显落寞空旷。

思忖片刻,白衣人踏进了幽暗的巷道。

走进小巷丈许,一股腐叶气息扑面而来。分明是石板巷道,脚下却没有丝毫声息,静得教人心跳。低头打量,年复一年的落叶已经堆起了两三尺深,唯有中间的腐败落叶有隐隐足迹,算是一条不甚明显的小径。几乎用不着揣摩,便知这条小巷极少有人进出。白衣人无声无息地走得一阵,蓦然

"极是寻常",不想为人知。

赢异人住的地方偏僻狭窄,连这"极是寻常"的车都进不去。据《战国策·秦策五》,吕不韦初见异人是在邯郸,但前往说服,乃在聊城。

见右手石墙中一个门洞，一片黝黑的物事牢牢镶嵌在两边石墙之中。仔细一看，黝黑物事竟是两扇坚实的木门，门厅入深三五尺，外边还有三级台阶。

白衣人略一思忖，用力拍门："开门，我是债主——"

连喊数声，黝黑的铁包木门咣当打开一方小窗。一个红衣小吏模样的中年人探出头来将来人端详一阵，拉长了声调："公子欠你账了？几多呵？"

白衣人愤愤嚷了起来："这个公子欠债不还，还住得如此僻背，若不是我下势跟踪，谁个能找到这狗也嗅不出的巷子！快还我来，你等护着他我也不怕！我是外邦商人，我有邯郸官署的经商官文……"

"聒噪个甚！"红衣吏沉着脸，"说，欠你几多？"

"百金之数！长平大战时借的，快十年了。若是目下谁借他！"

"聒噪！"红衣吏又是一声呵斥，"说，关金几多？"作势便要关窗。

"且慢。"白衣人顿时一脸笑容，"依着讨债行情，讨百出五，门关五金。可我怕一次讨不回，只有做常索之想，不能教秦人占了便宜。我要常来，付关金二十。"

"好，拿将过来。"红衣吏作势又要关了那窗。

"来了来了。"白衣人连忙递上一只锵锵响又沉甸甸的精致皮袋，脸上一副心疼不忍的模样。红衣吏不禁呵呵笑了起来："先生当真可人。实话说，你不会有亏。若是没有我等酒钱，不说欠你百金，便是欠你万金，你也休想跨进这门洞半步！明白？"

"何消说得！"白衣人一拍胸脯，"只要买卖顺畅，你等酒钱在下包了！"

大门嘎吱吱大响着拉开，红衣吏在门洞一脸神秘地压低

好办法，异人不得不见。说是追债的，也可以掩人耳目。

用今天的话来讲就是,异人随时被监控。只有讨债这个法子,才能避开盘问。红衣吏见钱眼开,吕不韦不怎么费力就见到了异人。

声音道:"此人虽穷,脾气却古怪。若有不测,你只大喊一声,我等弟兄便来。左右小心。"

白衣人答应着走进了庭院。这座庭院虽很狭小,却是四面高房,中间一方天井,险峻幽暗得与门外石板巷绝无二致。天井中零乱安着几方石案石凳,显然是看守吏员兵士们吃饭的场所。绕过庭院影壁,是半个杂草丛生的小院。院中停着一辆破旧的黑篷车,正北三开间大屋,廊柱油漆斑驳脱落得破庙一般。廊下晃悠着一个老人,衣衫褴褛内侍模样,正在一只大燎炉前生火,潮湿的木柴烟气缭绕,熏得老人咳嗽不止。

白衣人一拱手高声道:"行商债主请见公子,烦请通禀。"

衣衫褴褛的老人转过身来,呆滞的目光盯住来人,仿佛打量一个天外怪客。良久,苍老的声音终是从烟雾中飘了过来:"足下何人,要见公子?"

"十年前胡寓痛饮,公子心知肚明!"白衣人昂昂高声,其势不胜其烦。

老内侍擦了擦被烟气熏呛出的泪水,默默向幽暗的大屋中去了。片刻之后,大屋中高声嚷嚷:"岂有此理!甚个胡寓?教他进来!穷得叮当,我却怕甚!"白衣人听得嚷叫,回身看一眼靠着影壁瞧热闹的红衣吏,狡黠地招手一笑,不待老人出来,趄趄大步走了进去。

幽暗的正厅空旷得只有一榻一案,黑瘦苍白的年轻公子兀自在烦躁地嚷嚷着,突见白衣人背光走进,一个趔趄几乎跌倒,"你你你,你不是那人么?我甚时欠你金了?"见白衣人只是瞄着他上下端详,又是一阵嚷嚷:"你要讨人情?我却不认!我活着不如死了好,不领你情分!你要忿,院中那辆破车还有那匹瘦马,都给你!"

"公子少安毋躁。"白衣人微微一笑,声调醇厚平和,"此前之言，自是虚妄，皆为请见公子而出，尚请见谅。实不相瞒，我乃濮阳行商吕不韦。见过公子。"说罢深深一躬。黑瘦苍白的年轻人愣怔了，看着这个气度沉稳衣饰华贵的人物，两只细长的秦人眼眨动得飞快，终是板着脸冷冷道："足下请回，嬴异人无生意可做。"

"在下欲大公子门庭。"吕不韦突兀一句。

"如何如何，再说一遍？"嬴异人嘻嘻笑着，只上下打量吕不韦，心中飞快地思忖着如何应对这恶毒的捉弄。

"在下可大公子门庭。"吕不韦一字一顿地又说了一遍。

嬴异人苍白的面容突然涨红，竭力压抑着怒火揶揄地笑了："大我门庭？请先自大君之门庭，而后再来大我门庭可也。"

"公子差矣！"吕不韦认真地摇摇头，"我门待公子之门而大，故得先大公子门。"

嬴异人微微一怔，思忖良久，深深一躬："愿闻先生高见。"

此时，门外老人搬进了终于生好火的大燎炉，阴冷潮湿的大屋终是有了些许热气。只有一张破旧的长案，两人对头跪坐在同样破旧的草席上。嬴异人吩咐一声"上茶"，一名铅华褪尽满脸褶皱的干瘦侍女走来，用一个漆色斑驳的木盘捧来了几色煮茶器具，却只跪坐在铜炉前低头不语。

"煮茶。愣怔个甚？"嬴异人不耐地叩着破案。

"禀报公子：没，没茶叶。"干瘦侍女声音小得蚊鸣一般。

吕不韦爽朗笑道："此地阴冷，大碗热白开最好不过也。"满面愧色的嬴异人这才回过神来道："快，烧开水去也。"干瘦侍女连忙匆匆去了。

"困厄若此，先生见笑也！"嬴异人长长地叹息一声。

"龙飞天海，尚有潜伏之期，公子一时之困，何颓唐若此？"

"先生有所不知也。"一语未了，嬴异人涕泪唏嘘，"我十余岁尚未加冠，便入赵为质，至今十二年过去，已近而立之年

《战国策·秦策五》："秦子异人质于赵，处于聊城。故（吕不韦）往说之曰：'子傒有承国之业，又有母在中。今子无母于中，外托于不可知之国，一旦倍约，身为粪土。今子听吾计事，求归，可以有秦国。吾为子使秦，必来请子。'"实异人有母"于中"，但不受宠。另，《史记·吕不韦列传》载："子楚，秦诸庶孽孙，质于诸侯，车乘进用不饶，居处困，不得意。吕不韦贾邯郸，见而怜之，曰'此奇货可居'。乃往见子楚，说曰：'吾能大子之门。'子楚笑曰：'且自大君之门，而乃大吾门！'吕不韦曰：'子不知也，吾门待子门而大。'子楚心知所谓，乃引与坐，深语。"所谓孽孙，乃指庶出。司马贞《史记·吕不韦列传·索隐》称，"韩王信传亦曰'韩信，襄王孽孙'。张晏曰'孽子曰孽子'。何休注公羊'孽，贱子也。以非嫡正，故曰孽'"。安国君有二十多个儿子，既遣异人质于赵，异人又非王后所生嫡子，异人必不受安国君宠爱。《史记》与《战国策》所载不尽雷同。众子之中，吕不韦能独扶嬴异人上位，非大才不能为之。

也！自长平大战开始，我形同监禁，求生不能，求死不得，不死不活地在这座活坟墓中消磨。我虽英年，却已是两鬓白发，心如死灰……巷口那两棵老树都快要枯萎了，年年败叶，岁岁死心，树犹如此，人何以堪！"嬴异人伏案大哭。

良久默然，吕不韦慨然一叹："鱼龙变化，不可测也。不韦只问：公子一应王器是否在身？其中有无老秦王亲赠之物？"

嬴异人哽咽点头："赵人当初搜刮了所有钱财，唯独此等器物一件未动。我派老内侍几次拿去市卖换钱，竟无一人愿买。却是奇也！"

"奇也不奇，日后自明。"吕不韦笑得一句，肃然叮嘱，"此等器物，公子当妥为收藏，万勿轻忽市易，更勿随手送人。"

"好，记住了。"

吕不韦低声道："此地不宜久谈，三日后我请公子做客再叙。"

"难也。"嬴异人连连摇头，"我要出巷，须平原君老匹夫说话，来回折腾半个月，也讨不来放行牌一张。"

"此事公子无须上心，只养息好自己为是。"说话间吕不韦已经站了起来一拱手，"我当告辞。无须送。"嬴异人尚在愣怔，吕不韦已经出门，在门廊下对老内侍低声几句，领着老人去了。大约一个时辰，老内侍赶着那辆破车咣当咣当地回来，卸下了几大麻袋物事。干瘦的侍女嘿嘿直笑，忙得脚不沾地。片刻间，庭院中弥漫出久违了的肉香菜香与酒香。嬴异人饥肠辘辘，没饮得一碗便醉了，软软倒在榻上犹兀自喃喃："怪也，怪也……"

有信物，吕不韦好办事。

养好身体是大事。若一命呜呼，吕不韦便竹篮打水一场空，奇货便不存在。

三　奇货可居　绸缪束薪

吕不韦第一次失眠了。

又大又圆的月亮挂在胡杨林树梢，云庐的草地在脚下已经有了秋日的干爽。在平原君府门第一次看见那个黑瘦苍白的公子，他的心头便是猛然一跳。那之后，他心血来潮，要老总事探明此人身份，若真是秦国公子嬴异人，设法教他进府见到平原君。说不清为何要这般做法，当时只有一个闪念：看看这位公子在平原君面前如何境况？当那个嬴异人在平原君的尖刻奚落下犹自低声下气时，吕不韦油然生出了一种蔑视。然则，当嬴异人最终不甘受辱咬破牙关而撞柱自戕时，吕不韦心头又是猛然一跳，几乎不假思索地扑上去抱住了他。若非这一撞一抱，吕不韦决计不会留下来听平原君说道。

多年磨炼，他已经有了一个确定不移的约束：与官谋商，不涉政事。这一约束，来自与田单多年交往的阅历。商人一旦涉政，轻则影响对市利的判断，重则毁灭商家大业的根基。然则，要做旷世大商，不做官府生意便是空谈；要做官府生意，不与官员来往还是空谈；要与官员来往，不言及政事则几乎无从结交。这便是天下大商的共同路数：以牟利需要而接触官员，不期然言及政事，渐渐地由浅入深生出来往情谊，最终相互为援，皆大辉煌。吕不韦却对这种路数大不以为然。大争之世，政无恒势，显官大臣最是动荡无常。此其时也，周流财货之商旅，却是天下最需要的行道。举凡鏖兵大战，大臣官员便是肃杀换代之期，商人却是大发利市之时。两相比较，以兴旺恒长之业，就动荡无常之道，岂非火中取

豪赌之前，要慎重考虑。

异人并非不可造之人。

栗？思谋揣摩之下，吕不韦有了自己与显官权臣交往的独特方式：让利守信，不涉政务。这个"不涉"，大要有三：其一，洽谈商事单独晋见当事官员，绝不在官员与部属会商政事时晋见；其二，商事交接妥当便行告辞，绝不海阔天空；其三，谈商期间，官员若有即时公务，则即行告辞，约期另谈，绝不留场等候。多少年了，吕不韦都是一以贯之，在列国官场留下了极好的口碑：持重干练，不起事端，轻利重义，商旅大士也！

可是，那日他竟留了下来，听完了平原君的全部说道。

吕不韦突兀生出一个奇妙的评判——奇货可居，嬴异人也！

按照范雎的说法：这个嬴异人禀赋不差，然尚未加冠便做了"质使"，十余年过去，已经成了秦国弃儿；此子若无大变，或可立为安国君世子，以固安国君的太子地位。范雎介入此事，自然有他不得已的苦衷。当初范雎主张老秦王仍然以安国君为太子，除了他自己与安国君交好这一根基，最硬实的理由是：安国君有两子堪为众多王孙中的人才。如今，那个嬴傒已经被士仓断为"不堪"，安国君大起恐慌，只有密求范雎谋划。范雎多方思谋，想到了托吕不韦打探嬴异人境况这条路子，以图了结此事。范雎一再向吕不韦申明：他对这个做了十多年人质的嬴异人不抱厚望，只要有个消息知会安国君即可，其余交安国君自己决断，范雎决计不再陷入其中。那日范雎感慨良多，最后几句话不胜唏嘘："立嫡换代，风险难测也！老秦王尚遗忘此子，我与嬴异人素昧平生，若再度错举不堪之人，地下何颜面对老秦王矣！"基于此念，范雎托给吕不韦的事也实在不难：找到此人，查勘一番境况，接济救困，而后再将消息密书告知范雎，吕不韦便算完成了又一桩义举。

赚大钱，但不惹官非。精明的经商之道。

赢傒其实没有那么早失势，为迁就故事的连贯性，作者写赢傒不可教，实为赢异人铺设通途。

然则，吕不韦却有了完全不同于范雎的判断。最主要者在三处：一则，老秦王非但没有遗忘这个王孙，恰恰是刻刻在心的一颗邦交棋子。吕不韦相信，作为邦交敌对方的赵国，平原君的评判比已经是局外人的范雎更准确。二则，嬴异人心志尚未全然泯灭，长期忍辱负重，隐隐然有能屈能伸之象。仅是这番阅历积淀的品性，也必然强于那个"不堪"的嬴傒。果真此子入得秦国，做安国君嫡世子大有可能。三则，老秦王年近古稀，随时可能薨去，安国君五十有余，虚弱多病，也可能几年便去。如此看去，嬴异人由世子而太子而秦王，绝不是一条不可预测风险的漫漫长路。以吕不韦之独特眼光，十年之期，大体可成。

果然如此，吕不韦前路何在？

每每如此一问，他便是猛然地一阵心跳。

功业之心，人皆有之。所不同者，因境况而异，功业目标色色不同罢了。农夫以桑麻有成丰衣足食为功业，从军兵卒以执掌将军印信为功业，士子以入仕为官为功业，大臣以治国理民之政绩为功业，国君以称霸天下为功业，学派以践履信仰为功业，商旅以财富累积为功业……凡此等等，酝酿成了蓬勃壮阔而又生生不息的天下大潮。大争之世，此其谓也。而所有这些五光十色的功业之举，都可以一言以蔽之——大我门庭，耀我族类。

若是没有与田单、鲁仲连的共事根基，若是没有因此而生出的长达十余年的兵器生意中与列国官府的往来周旋，也许吕不韦不会有这种心跳，而只会奔天下第一大商而去，心无旁骛，无怨无悔。偏偏有了如此一番阅历，有了洞察官场的独特眼光，有了周旋官场的实际才干，骤遇可能使自己像田单一样步入庙堂的大机遇，心田便会突兀激荡起来。

吕不韦之所以怀"奇货可居"之想，并非只看中嬴异人的血统，老秦王的心思、异人本身的禀赋、秦国的走势等因素，都一一揣想过。

论经商，吕不韦已至布衣之极。

有此阅历，眼光很难不准。

在中国要富且贵,似乎除了入仕,再无其他通道。换言之,中国传统社会里,要光宗耀祖,唯有做官。

商人纵是富甲天下,何如一代功业名臣之光耀千古?

在这一次又一次的心跳中,吕不韦做了最后的决断,亲自走进了嬴异人的囚居之所,用独具一格的说辞,打动了这个形同枯槁心如死灰的人质公子。"大子之门",谁都能听得懂,却又绝不涉及难以言传的云雾绝顶。这便是吕不韦的独特语言,最直白,而又最隐晦,最浅显,而又最深奥。

既然听从了魂灵的召唤,便当义无反顾地走下去。

雄鸡开始第一声长鸣的时分,淡淡的晨雾轻纱般笼住了云庐草原,也笼住了军阵一般的胡杨林。终于,吕不韦披着一身细蒙蒙的露水回到了云庐大帐。

"先生,老朽已经将邯郸账目结清。"老总事也一身露水走了进来,将一本厚厚的羊皮纸账册放到了长案上,"先生当歇息了,老朽午时再来。"

"西门老爹,请坐。"吕不韦毫无倦意,从后帐提出两袋马奶子,"来,一人一袋喝了。云庐之内,你老何须跟着我转悠。"

老人摇摇头笑道:"这是胡寓,得谨细。好在荆云举荐之人三两日就到了。"

"我商社在赵国存金几多?"吕不韦啜着马奶子突兀一问。

"连同本次获利,邯郸大库共有十三万金,列国钱币十二万枚。"

"陈城、濮阳两库加列国商号,可集金几多?"

老人掰着指头一口气报道:"陈城存金十六万三千,濮阳老宅存金三万;列国商号二十三家,可随时调遣者,金十六万,钱币六十余万枚。"

"假若十年之间只花钱不进账,老爹以为境况如何?"

老人肃然道:"若只自家生计,终生也花销不完。"

吕不韦淡然一笑："不。有大宗支出。能否支撑十年？"

老人目光一闪，苍老的声音微微发抖："大要计之，每年支出五万金上下，足够支撑十年。此等开销，几与邦国比肩……先生何事，须得如此巨额支出？"

"也就是说，十年后若不能回收，吕氏将家徒四壁。"

"正是。"老人额头渗出了涔涔汗珠，"何等交易，竟有十年不能回收者？如此风险，商家大忌，先生慎之戒之也。"

吕不韦大笑："世无风险，吕不韦这般商人何用也！"

"先生，慎之戒之。"老人惶恐地重复一句，默然了。

吕不韦离座，挂起喝空的马奶子皮袋，又从后帐拿出一支精致的铜管："西门老爹，明日即派员将此信送回陈城，交范雎即可。先生接信，若要离开，妥加护送，万不能出错。"

"先生毋忧。万无一失。"老人分外认真。

"西门老爹呵，不韦一言，姑且听之。"吕不韦感慨中来，不禁一声叹息，"你随我父经商多年，又随我经商十八年，可谓吕门商贾生涯之擎天柱矣！如今，老爹已是花甲之年，暮岁担惊历险，不韦于心何安？此战风险难测，不韦只有请老爹自立商社了。"说罢，从袖中掏出折叠成方的羊皮纸抖开，双手一拱，递到了老人面前，"这是不韦所立书契……一个月后，陈城商战谷就是老爹的西门商社了。"

"先生差矣！"老人早已离座站起，脸色顿时涨得通红，"当年，老朽一个出货执事而已，幸得追随先生克难历险，方尽筹算之能，在天下商旅得享薄名，富庶惠及我族。当此之时，老朽正当追随先生赴汤蹈刃，何能受此重产退避三舍！"

"西门老爹……"吕不韦深深一躬。

老总事猛然跪地托住了吕不韦双手："先生定然如此，是信我不过也！老朽自当引咎辞去，决然不受先生分文钱财！"

骤然之间，吕不韦泪水涌满了眼眶，连忙扶起了老人：

吕不韦为大异人之门，最后耗尽家财。

"西门老爹……既然如此,我等就一起往前走也。"

老人顿时高兴得嘿嘿笑了:"先生看见了大鱼,老夫也想跟着摸!"

"好!"吕不韦不禁大笑,"摸这条大鱼!"

第三日清晨,两辆青铜辎车隆隆驶进了空旷的小巷。

嬴异人分明听见了天井中的说话声,却实在不敢相信这是接自己来的。更令他惊讶的,是连看守的小吏也带着两个换成了便装的兵士坐进了另一辆辎车。看着小吏兵士受宠若惊的嘿嘿笑模样,嬴异人硬是憋住了舒心的笑容,矜持地咳嗽了一声,坐进了铜窗垂帘的华贵辎车。

不失态不失礼,到底是王室子弟。

两辆辎车轻快地进了云庐草原。老总事笑吟吟地将他们迎进大帐,立即安顿打尖压饥。说是打尖,分明是一顿罕见的丰盛酒席,还有四名热辣辣的胡女侍饮。看着满案名贵的食具与天下闻名的珍馐美味,嬴异人恍然觉得自己是当年锦衣玉食的少年王子了,实在想吟唱一番,再饕餮大咥。但是,看着小吏与兵士搂着胡女大呼小叫,狂放失态,嬴异人莫名其妙地没了胃口,只饮了一袋马奶子,吃了两块燕麦胡饼,特意安置在他案前的一桶浓香甘醴酒一滴未沾。

以酒色试探异人。吕不韦要搭上身家性命,风险很大,不得不谨慎。

在这片时之间,三名高大鲜嫩的胡女已经将三个男人抱在怀里,做起了坊间男女的"口杯"饮。滚圆雪白的大奶子裸露着,紧紧挤在男人的胸口,丰润肥厚的艳红大嘴含着凛冽的赵酒,热腾腾地包住了男人的半个脸膛。"猛士哥,喝也!"一声肉味十足的叫嚷,半碗做一口的老赵酒汩汩灌进了男人的骨肉酒器。大约是生平第一次如此这般地消受女人,红衣小吏与两个兵士筋骨酥麻,豪气陡长,手脚并用,大吞大笑,直是不亦乐乎。看着近在咫尺的男女放肆折腾,嬴异人心下怦怦大跳,实在想搂过偎在身边的胡女也放浪

一番，却终究没有伸出手去。心烦意乱间，嬴异人正要起身出帐，却见三个胡女一阵咯咯长笑，三个男人都软软地扑在了她们脚下，大红脸膛尚兀自荡着浓浓的笑意。

"公子请随我来。"老总事轻步进来，径自领着嬴异人出了大帐，"请公子登车。"细长的眼睛眨了几眨，嬴异人终是没有说话钻进了辒车。一个不辨年龄的黝黑男子坐上车辕，四马青铜车哗啷飞了出去。嬴异人一直盯着窗格望孔外的景象，眼看辒车出了邯郸北门，驶向郊野的隐隐青山，渐渐地山道青黄峡谷幽深，似乎进了人迹罕至的荒山，山林风声中隐隐约约的猛兽啸吼与萧萧马鸣。嬴异人不禁浑身一抖，想说话却终是咬紧了牙关。后座的老总事却低声一句："公子，这是野马川，百兽出没之地。"

片刻之后辒车停稳，老总事先行下车，打开车门说声"到了"。尚未伸手，嬴异人已经自己下车了。揉揉眼睛四面打量，嬴异人不禁大是惊愕——来处草木荒莽，这驷马高车竟能进得山谷！再看眼前，辒车停在一方突兀伸出的巨大岩石平台上，岩石旁一棵三五人不能合抱的大树，枝权如箭，直是一个硕大无比的绿色刺猬。

"先生在此？"嬴异人终于忍不住问了一句。

"公子随我来。"老总事手中一支长杆拨打着茅草，绕到了那只绿色"刺猬"的背后，拨开随风摇曳的茅草，现出了一个废墟般的浅小山洞，进得三两丈便到了尽头。嬴异人正在狐疑观望，老总事袖中伸出一只小铁锤，走到洞尽头壁立的山石前向左侧猛然一击，那方黑色大石轰隆隆向右滑开，洞底蓦然现出一个与人等高的洞口，一股干爽的热气顿时扑面而出。

老总事避身一侧，一拱手道："公子请。"

嬴异人虽则不再惶惶然，却也是小心翼翼地进了山洞。一入洞嬴异人惊讶莫名，脚下是劲软的胡毡，两侧洞壁间隔镶嵌的风灯竟毫无油烟，恍然之间，仿佛是少年时曾经走过的章台永巷。过了三五丈幽暗处，一个拐弯，前方遥遥一片光亮，仿佛又要出洞一般。走到光亮近前，竟是一方深不可测的天井。向上看去，一片蔚蓝孤悬高天，一朵白云悠悠荡荡，一片阳光直洒而下，透过天井半腰的细密铜网，落在洞底成了一片整齐排列的"光砖"，明亮和煦的天井隐隐弥漫出一种奇特的神秘。

"幽幽斯井，愿日月之恒光。"嬴异人不禁低声吟诵了一句。

"慨其叹矣！遇人之艰难。"对面铿锵一句，吕不韦倏忽竟在眼前。

"哀心无志，异人谨受教。"

"公子有此悟性,不韦甚是欣慰。"吕不韦扶住了嬴异人笑道,"那日未及谋划,公子心下必是忐忑。今日请公子到此,是要给公子一方脚石。"说罢向西门老总事已经打开的天井四面石洞一指,"公子且看,此乃吕氏之邯郸金库。北洞存赵金六万余,南洞存楚金六万余,西洞存魏钱齐刀共计十二万,东洞存各色珠宝玉璧珍奇古董三百余件。一并计之,大体在二十万金上下。"

"天!先生富可敌国矣!"嬴异人一声惊叹。

"不。这只是吕氏商社的金库之一。"

"……"

"公子请入座。你我谋划完毕,西门老总事会带你逐一验看。"

两人在天井正中的石案前席地对坐。老总事捧来一只大铜盘,盘中是两大碗飘着甘醪异香的果酒。吕不韦笑道:"此乃邯郸甘醪薛特酿的山果醪,已经窖藏了五十年。我遇大计,饮酒只限一碗。公子另论,尽可一醉也。"

"先生差矣!"嬴异人拍案慨然,"公为我而计,异人岂能醉生梦死?公之规矩,也是异人规矩,一碗了事。"

打开金库,不是炫富,而是要取得嬴异人的信任。

"好!"吕不韦原是多方试探嬴异人禀赋心志是否可造,如若委实不堪扶植,自当退而重操商旅,此刻见这位王孙举一反三,于酒色二字尚能自律,心下十分高兴。两人碰得一碗,吕不韦问:"咸阳朝局大势,公子可否清楚?"见嬴异人连连摇头,吕不韦便将范雎鲁仲连平原君等所说情势,加上自己的条分缕析,从长平大战后说起,一气说了半个时辰,仿佛亲历亲见。嬴异人听得感慨唏嘘不能自已,末了一声哽咽道:"嬴氏凋零如斯,异人于心何安?先生若有良谋长策,自当决计听从!"

吕不韦叩着石案道:"长策远图,也须以第一步为根基。

目下只说起步：三年之期，全力使公子重回咸阳。开步最难。
我之谋划：不韦营咸阳，公子营邯郸，全心周旋，力谋胜算。"

"我？我……却如何周旋？"

"公子毋忧也。"吕不韦悠然一笑，"旬日之后，这座金库
的主人便是公子。公子当在邯郸广交名士，疏通国府，教异
人的贤名传遍列国，更传到秦国。"

"先生……"嬴异人的脸唰地白了。

"公子毋作他想。"吕不韦摇摇手打断了嬴异人的急切
表白，沉重地一声叹息，"坦诚相告：不韦不吝金钱，唯一担
心处，是公子心志不坚，一朝金钱在手，玩物而丧志，舍大事
而图享乐……若有那一日，嬴异人、吕不韦，将成为天下笑柄
也。"

"先生！"嬴异人嘴唇猛烈地抖动着，从腰间大带猛然抽
出一把短剑，"先生引我起死回生，嬴异人若自甘沉沦，当为
天地不容！"说话间左手在石案上一摊，短剑一闪，左手小指
蹦出了丈余之外。

吕不韦肃然站起深深一躬："公子有此壮士之心，不韦
夫复何言？"

西门老总事已经匆匆过来，将嬴异人的伤口上药包扎。
不消片刻，嬴异人疼痛全消神色如常。吕不韦笑道："公子
若有精神，今日尚有最后一事。"

"先生但说无妨。"

"敢请公子，将十六年的王孙生涯细细叙说一遍。"

一声叹息，嬴异人点点头，断断续续地说了起来，直说到
天井的日光变成了月光，月光又变成了日光。

大手笔。异人不能毫不
作为，异人若贤名远扬，吕
不韦就有机会说服华阳夫人。

若异人沉溺于酒色，吕不
韦之心志则付诸东流。此举
真乃豪赌。

"断指"何其多也。要做
君王之人，肢体似乎不好缺
损。

吕不韦取得嬴异人的信
任，促膝长谈。吕不韦分析秦
国王室情况，异人以为然。
"吕不韦曰：'秦王老矣，安国
君得为太子。窃闻安国君爱
幸华阳夫人，华阳夫人无子，
能立适嗣者，独华阳夫人耳。
今子兄弟二十余人，子又居
中，不甚见幸，久质诸侯。即
大王薨，安国君立为王，则子
毋几得与长子及诸子旦暮在
前者争为太子矣。'子楚曰：
'然。为之奈何？'吕不韦曰：
'子贫，客于此，非有以奉献于
亲及结宾客也。不韦虽贫，请
以千金为子西游，事安国君及
华阳夫人，立子为适嗣。'子楚
乃顿首曰：'必如君策，请得分
秦国与君共之。'"（《史记·
吕不韦列传》）《史记》所载，
多处与《战国策》有异。小说
对吕不韦的财富有所夸大。

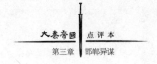

四 博徒卖浆 风尘两奇

太阳初升,吕不韦的单马轺车轻快地进了博酒道。

博酒道者,广聚天下美酒之大市也。这是邯郸城名闻天下的一条三里长街,列国酒铺比肩相连,酒香几乎弥漫了半个邯郸。商市规矩:酒市不开饮。也就是说,这博酒道之市易,只做整桶整车的买卖,却没有饮酒场所。如此一来,大酒市不会夺了诸多饭铺酒肆客寓的聚饮生意,商旅之间相安无事。然则,气势如此宏阔的酒市,果真没有酒商酒痴与游人的品啜之处,也是煞了风景。岁月磨合,这博酒道两侧便有了三条小巷,却是专一的卖浆去处,市人一律呼为"浆巷",堪称别有趣味的饮者佳境。

浆者,淡酒也,时人俗称"醪",后世流变为"醪糟"。浆者醪者醪糟者,实则都是醇酿的米酒,其历史实在是源远流长。《周礼》记载:天子六饮,水、浆、醴(甜酒)、凉(以水调酒)、医(药汁)、酏(粥)。其中的"浆人"一职,便是专司酿造这种甜淡米酒的作坊。浆之酿制,三两日便能成酒,只能鲜饮,不能长途贩运。见之于酒市,自然只能是邯郸国人的小买卖,既不会伤及诸多饭铺酒肆客寓,也给博酒道增添了几分饮者神韵,便成了邯郸酒市的一道特异风景。深深小巷,且酿且饮,时鲜家常,别有神韵,大得市人青睐。

轺车在博酒道走得片刻,到了中间一条浆巷。这是一条石板小巷,干净整洁,两侧小店挑出各色酒旗,醇香酒气腾腾弥漫。巷中无车无马,尽是各色酒痴游荡,进进出出,呼喝熙攘,比大街还多了几分热闹。轺车停在了街巷相接的空阔处,吕不韦信步进了小巷。边走边打量间,酒旗林中一面菱角黄旗飘荡,"甘醪薛"三个大红字招摇夺目。吕不韦眼睛骤然一亮,径直向这家酒铺走来。

甘醪酒铺在三级青石台阶之上,三开间门面简朴洁净。进店三尺处,立着一道及胸高的红木柜台,柜上一列排开着九只大陶罐,红布压口,大碗扣盖,纤尘不染。柜后一位长须散发的红衣中年人,正悠闲地打量着各色行人,毫无寻常酒家招揽市人的殷勤。见吕不韦进店笑吟吟地四处端详,柜后红衣人也只微笑着一点头。

"敢问酒家,甘醪卖与不卖?"

"买则卖,不买则不卖。"

"店家所答，非经商之道也。"吕不韦一阵大笑，"卖则有买，不卖则无买。何来买则卖，不买则不卖？"

散发红衣人却是不紧不慢："邯郸酒谚：甘醪薛，买则卖。此谓酒卖识家。不买者，实则不识。遇不识者，叫卖亦无买。"

"如此说来，不买甘醪，便是不识甘醪？"

"识则买，买则识，不买不识，不识不买，市井交易之道也，何足怪哉！"

"好！敢请酒家赐饮三升！"

红衣人一点头，从柜下拿出三只陶升一字排开："甘醪两饮，是凉是热？"

"一凉，一热，一温。"吕不韦指点着三只陶升。

"先生酒道人也！"红衣人笑得很是开心，捧起柜上大陶罐，向第一只陶升斟满了黏稠清亮而又略带红色的甘醪。又从身后炉架上提过一个铜壶，向第二只陶升斟满，酒气蒸腾，一望即是烫酒。随后又向店后喊了一句，"温酒一升——"木屏后一声答应，转出了一位中年女子，怀中抱一只丝绵包裹的陶罐，利落地斟满了第三只陶升。

红衣人一拱手："先生，请品甘醪三味。"

双手捧起凉酒长鲸饮川般一气而下，吕不韦长长一嘘："冰甜而能出得酒气，上佳！"红衣人瞅瞅剩余两升，却只不动声色。吕不韦又捧起了温酒，一大口一大口地吞饮，一升下肚已是面色微红，不禁拊掌赞叹："温润利喉，酒力绵长，大妙也！"红衣人脸上绽开了笑意，双手捧起热气蒸腾的陶升："先生请。"吕不韦一拱手笑道："两饮之后，甘醪须当佐餐品啜，否则大醉三日。甘醪三饮，足下寻常只赐客人两饮，原是为此。今日在下破例，却是酒力不胜，敢请见谅。"红衣人哈哈大笑道："先生深知甘醪之妙，夫复何言！说，买几

吕不韦给五百金于子楚，让他去交游宾客，"而复以五百金买奇物玩好，自奉而西游秦，求见华阳夫人姊，而皆以其物献华阳夫人"。（《史记·吕不韦列传》）吕不韦西游，须上下打点，起程之前，得物色各种"奇物玩好"，此"甘醪薛"便是其中之一。因酒识人，吕不韦又结识薛公、毛公两位世外高人。《史记·魏公子列传》："公子闻赵有处士毛公藏于博徒，薛公藏于卖浆家，公子欲见两人，两人自匿不肯见公子。公子闻所在，乃间步往从此两人游，甚欢。平原君闻之，谓其夫人曰：'始吾闻夫人弟公子天下无双，今吾闻之，乃妄从博徒卖浆者游，公子妄人耳。'夫人以告公子。公子乃谢夫人去，云：'始吾闻平原君贤，故负魏王而救赵，以称平原君。平原君之游，徒豪举耳，不求士也。无忌自在大梁时，常闻此两人贤，至赵，恐不得见。以无忌从之游，尚恐其不我欲也，今平原君乃以为羞，其不足从游。'乃装为去。夫人具以语平原君。平原君乃免冠谢，固留公子。平原君门下闻之，半去平原君归公子，天下士复往归公子，公子倾平原君客。"所谓"浆"，司马贞《史记·魏公子列传·索隐》称，"别录云：浆，或作'醪'字"。作者了得，仅凭一个"醪"字，就编出这么一段因缘。

安国君

多?"吕不韦笑道:"欲买甘醪三百斤,今日便欲装车。"红衣人目光一闪,揶揄地笑了:"甘醪薛百年酒基,日酿一坛。三百斤甘醪,先生要断我生路?"吕不韦深深一躬:"薛公莫非当真久居酒肆乎?"红衣人愣怔片刻,肃然拱手:"这升热酒,敢请先生后堂一饮。"

吕不韦进得店中,才见这位闻名邯郸的"甘醪薛"原是左腿微瘸,手中一支铁杖点地,别有一番沧桑气韵。甘醪酒铺只有三进。所谓后堂,实是后院作坊与店面之间的一排大屋,右首寝室,通道左首的两间隔成了待客的厅堂。中年女人热情地捧来了一大盆炖羊蹄、一大碗时鲜秋葵,甘醪薛便请吕不韦佐餐热饮。

吕不韦饮得面色红润,不禁慨然一叹:"薛公深藏陋巷,暴殄天物也!"

"酒各有品,人各有志。不达,则独善其身罢了。"

"独善其身?"吕不韦摇头一笑,"薛公原本大梁名士,正欲游学天下一展才具,却遭官场一班文吏诬陷下狱。虽经信陵君援救脱难,却为权相魏齐所忌,不得已避居邯郸市井也。信陵君客居赵国,多次与薛公做布衣畅饮,引得平原君嘲讽信陵君有失风范。薛公不欲累及他人,从此与信陵君不相往来。如此独善其身,公不以为过乎?"

薛公冷冷一笑:"煞费苦心,探人踪迹,先生意欲何为?"

吕不韦起身肃然一躬:"大业于前,愿先生助我。"

良久默然,薛公扶杖一笑:"先生一介商旅,何事堪称大业?"

"立君,定国,平天下。"吕不韦一字一顿。

"何国何君,竟容商旅施展?"

"公若有心,自当和盘托出。"

"买则卖。"

"好! 甘醪之道也。"吕不韦大笑一阵,重新入座,将诸般事体与自己的谋划讲述了一遍,末了道,"不韦之意,欲请薛公入世,做异人策士,助其扎下根基之名。薛公意下如何?"薛公目光炯炯,爽朗一笑:"识则买,买则卖。先生识我信我,甘醪薛只有卖也。"

"只是,邯郸从此没了甘醪薛,酒痴们要骂我了。"

两人一阵大笑。吕不韦道:"酒铺善后我立即来做,公全身出山可也。"薛公点点手杖道:"此事倒不忙,须得善后时我自会料理。先生尽管派事便了。"吕不韦慨然道:"好,三日后请公到云庐一聚。"薛公沉吟道:"我有一老友,智计过人,先生若能见容,大事可成也。"吕不韦肃然拱手道:"不韦若有褊狭处,愿先生教我。"薛公摇头笑道:"先生错会了。薛某此说，因了此人委实大异常人。纵如信陵君之贤，初见此人也是大皱眉头。是故，担心先生不能见容也。"吕不韦笑道："愿闻其详。"

薛公所说之老友，人呼"毛公"。这个毛公生于书吏世家，自幼喜囫囵读书，不求甚解却读得极快，借着父亲在王宫典籍库做小官，十六岁时便读完了所有能见到的藏书，且能说得每书之大要精义。一班弱冠士子交游论学，毛公论无敌手，一时声名大噪。列国游学大梁的士子闻风纷纷约战，毛公慨然应约大胜三场，从此却讳莫如深闭门不出。薛公与其交好，或问如何读尽天下之书？毛公嘿嘿一笑："只拣明白能懂者，读得几处便是。"又问生字如何？毛公又是嘿嘿一笑："蠢也！绕过便是。它不认我，我何认它？"薛公恍然道："如此之学，犹如浮萍。我欲游学天下以增根基，兄若与我共往磨炼，大才可期也！"毛公却哈哈大笑："我等你归来，你若论战胜我，我再出游不迟。"

薛公将走未走之日，那场诬陷之祸骤然降临了。毛公挺身而出，奔走官场为他呼吁。也不知走了甚个门路，毛公竟闯到了丞相魏齐的政事堂，当厅指斥大梁官场种种弊端，历数丞相府一班文吏的斑斑劣迹，引经据典，嬉笑怒骂，激烈敦请立即开释薛公。魏齐大是惊愕，一时不能决断。此时，主书老吏在魏齐耳边低声嘟哝了一阵，魏齐当即拍案："一介少年士子，有此才学胆识，大魏之幸也！你且留下，明日随我进宫，如前对魏王陈述一遍，定然如你所愿。"

次日大朝，毛公在魏国君臣聚集的大殿上一气慷慨激昂了半个时辰。话音落点，举殿大哗。大臣们争相指斥，罗列出毛公引经据典的三十多处谬误，罪名更是一长串：亵渎圣贤、玷污典籍、杜撰诗书、臆造史迹、惑乱视听、心逆而险、行僻而坚，等等，等等。最后是统摄典籍的太史令定论："此儿险恶，毕竟弱冠，不教之罪在其父：擅携此子出入典籍重地，肆意截览，遂成鲁莽灭裂之徒。臣等请灭其族，以戒后来！"

在举族被屠戮的那一日，毛公疯了……半年之后，出狱的薛公得信陵君援手，找到疯癫的毛公，星夜北上来到了邯郸，在市井之中开始了漫长的隐名生涯。

"天磨才士，以至于斯！"吕不韦一声叹息，"此公灵异，疯癫必是示人以伪。"

"先生洞明也！"薛公一声叹息，"虽则不是真疯，然此公性情行径也是大变了。他不屑做我这般生计操持，更不愿受我接济，只混迹坊间博戏赌徒之中谋生。也是此公灵慧无双，逢赌必赢，三两年间落了个'毛神赌'名号，金钱直是哗啦啦脚下流淌。"

"奇哉毛公也！"

"偏生他做派更奇。"薛公笑道，"此公只求赢赌，不求赢钱。每日赌罢，哈哈大笑着将案上金钱分还输家，自己只取十钱，一日酒食而已。开始，输家们不要，他便将钱撒到门前街市任人拾取。如此一来，一班赌痴不怕输，赌注便越来越大，多时一日竟赢千金。金如山钱如水，人却只是一领布衣一间破屋，日每只要一瓢之饮，乐呵呵神仙一般。久而久之，坊间博者赌者无不视为神异，聚相追随求技，追随之众，绝不下孔夫子三千弟子。"

"诸子百家，可添一赌学也！"

"此公却不立门不收徒，只硬邦邦一句：'看会才算真本事，教会算个鸟！'年复一年，此公落拓依旧，每日一赌一醉一孤眠。正是此公这等做派，才引得信陵君与平原君几乎失和。"

"噫，却是为何？"

原来，合纵败秦之后，信陵君因窃兵救赵不能回魏，客居邯郸。得闻毛公薛公隐于邯郸市井，便着意访查。那一日，布衣徒步的信陵君突兀进了甘醪薛。薛公大是感慨，两人一番痛饮。海阔天空一阵，信陵君拉薛公去寻觅毛公。此公原不难找，未过三家博戏赌坊，便听见了他特异的嘶哑笑声。信陵君历来厌恶玩乐无度，只在门厅等候，请薛公进去拉毛公出来，到他府邸聚饮畅叙。不料薛公进去一说，此公却瞪起眼睛嚷嚷一句："信陵君是甚？不晓得也！"又埋头赌案了。薛公心下气恼，一挥铁杖挑翻了那张赌案："你只说，去也不去！"见薛公发怒，毛公却又突然笑嘻嘻嚷叫起来："甘醪薛好没道理，请人可有此等请法？果真敬我，来看我赌三局再说！门厅站桩，我便只是个博徒，两不相干！"薛公正在愣怔，信陵君已经走了进来，对着毛公当头一躬："久闻神赌毛公大名，我与你赌得三局如何？"毛公哈哈大笑："痛快痛快！侍儿开案设局！"一班风雅赌徒谁不知信陵君大名，立时一片喝彩纷纷押赌。闻讯而来的赌坊总事立即亲自做了司赌，一清点押下赌金，竟是全数都押了毛公一边，一案足足有三百金之多。司赌笑问信陵君是否足赌？信陵君微微一笑："区区数百金何足道哉？"

片时之间，信陵君连胜三局！

邯郸博戏赌坊大是轰动，赌痴们闻风拥来，将这家赌坊围了个水泄不通。毛公大皱眉头，却也是无可奈何，对着信陵君深深一躬："命也数也，我服君矣！毛公当以誓约，从此戒赌。"信陵君哈哈大笑，拉着毛公出了赌坊。三人招摇过市，一时引来市人观之如潮。

消息传开，平原君大不以为然，对夫人大发议论："素来
听说夫人兄长天下无双，今日我却听说，他竟与博徒卖浆者
同游，招摇过市，越轨也！妄人也！"夫人原本是信陵君妹
妹，将平原君这番议论告知了兄长。信陵君却道："赵有平
原君，我方敢于窃兵救赵。不想平原君却只图豪阔交游，而
不求士也！无忌在大梁，常闻毛公薛公之能，今日居赵，深恐
不能相见。我纵与之布衣同游，尚未必得人。平原君竟以为
羞耻，实不足共举也！"即时便要整装离开赵国。平原君得
知，惭愧不已，当即登门，免冠谢罪，诚恳挽留信陵君。信陵
君虽没有离开赵国，却也与平原君疏离了许多。平原君门客
得知这一番言论，几乎有一半离开平原君，归附了信陵君。

"这位毛公，目下居于何处？"吕不韦精神大振。

"先生但能见容，三日后我等聚会。"薛公笑道，"此公戒
赌后行踪无定，仓促访去，实在未必能见。"

离开博酒道回到云庐，吕不韦唤来西门老总事商议一
番。老总事当即驾车去了嬴异人的幽居小巷。两日之间，诸
事已经安排妥当。第三日清晨，吕不韦亲驾一辆宽大辎车到
博酒道接来了毛薛二公。进得云庐，嬴异人殷殷迎出，吕不
韦一番中介，毛公薛公与嬴异人相互见过，进了云庐大帐品
茶会商。

> 吕不韦要为异人觅师傅。

经月余调养，嬴异人的菜色虽未褪尽，却也比先前英挺
了许多。待各人一一落座，对毛薛二人正式地大礼一拜，诚
恳谦恭地请求指点。"天也！"一直似睡非睡半闭着眼睛的
毛公突然拍案笑叫，"此事大妙！成也成也！你等莫问，天机
不可泄露！"薛公倒是不动声色，只向嬴异人微微点了点头。
吕不韦笑道："天机者，人谋也。我等还是就事论事，说实在
出路。邯郸不立根基，咸阳便是枉然。"薛公不紧不慢道：
"出头邯郸固是根本，然公子蛰居已久，不宜暴起，须得循

> 人走运时，气色不一样。

序渐进。就大势而言，以两三年出名为宜。以先生之大时排序，似无不妥。"吕不韦皱着眉头道："我明春赴咸阳，须得公子一个贤名，否则无以着手。公之谋划固是稳妥，只三年后再赴咸阳……"正在沉吟，"啪"的一声拍案，毛公沙哑的声音嚷嚷起来："不行不行！老子云，道可道，非常道。非常之事，岂能以常法处之？老夫之见，此事只在明春之前一举成名！有个潜龙勿用，还有个亢龙有悔，我只给他个飞龙在天！"①薛公不耐地挥挥手："夹七夹八，生熟并用，老病也！你只说，半年之间如何一举成名？"毛公非但丝毫不以为忤，反倒是哈哈大笑："老薛哥只想，我这劳什子赌神，如何一举成了名士？""还不是信陵君……"薛公突然打住了。"着啊着啊，飞龙在天也！先生公子，此事只在我这老哥哥一念了。"薛公悠然一笑道："这癫狂老说得也是，若与信陵君一交，倒当真是一举成名也。"

吕不韦大是振作："两公得信陵君激赏，谋划得当，定然有成。"

"哎哎哎，"毛公连连摇手，"信陵君持重肃杀，虽看得老夫为士，却不喜老夫狂态。此事老夫无用，非我老哥哥出马，老夫只抱个龙尾跑跑。"

吕不韦肃然一躬："薛公稳健缜密，不韦拜托也。"

薛公慨然拍案："既谋共事，何消说得！"转身铁杖一指毛公，"你个老癫既自承抱龙尾，得在一个月内做成一事。"

"但说无妨。"

"寻觅得一部失传兵书，教得公子烂熟于胸，且须得有几句真见识。"

君王将相，出道之前一定要好好读书。

————————————————————

① 潜龙勿用，亢龙有悔，飞龙在天，均见《周易·乾卦》。

"呜呼哀哉！你老哥哥偏要我读书么？"毛公一脸苦笑，大是摇头。

举帐哄然大笑。吕不韦向帐口老总事一挥手："上酒，边饮边说。"片刻丰盛酒菜上案，四人一直议论到日暮方散。送走三人，吕不韦疲惫地靠在了坐榻上，恍惚之间，蒙眬了过去。老总事正要灭灯，吕不韦却又蓦然睁开了眼睛："西门老爹，正有一段空时，我须得回濮阳一趟。"老总事看了看吕不韦，却没有说话。

"有甚不妥么？"

"先生有卓氏之约，至今未践……"

"对也！"吕不韦恍然笑了，"一个大转弯，忙乱了。"

五 商旅说政 女儿生情

秋色斜阳之下，两骑快马出了邯郸北门，直向山塬深处而去。

行得片时，快马进入了一道河谷，山势也渐渐高峻起来。后行红马骑士高声一句："先生，滏阳水①！"前行白马骑士闻声勒住马缰，从怀中皮袋摸出一方竹板打量一眼道："前方东首，走！"一抖马缰，那匹雪白的骏马一声长嘶飞了出去。两骑前行三五里，东山一道峡谷在望，走马进得谷口，草木葱茏苍翠，深秋时节毫无萧瑟气象。转过一道山弯，峡谷豁然张开，一片粼粼明澈的大水荡在眼前，天光云影山色草木林林总总地重叠倒映，顿时令人心神明朗。白马骑士观望一阵，见湖对面两座山头若断若续，便从湖边草地走马绕了过去。

"先生，天卓谷！"暮色之中，红马骑士扬鞭遥指。

果然，山口东首的白石山崖上"天卓谷"三个大红字依稀可见。空谷幽幽，谷口没有任何守护。走马入谷，已是暮色四合，遥遥便见远处点点风灯闪烁，一阵似琴非琴的乐音在谷风中漫漫飘来，舒缓深沉绵绵不断。前行骑士突然一提马缰，那匹白马一声长嘶向灯光处飞去。

① 滏阳水，子牙河南源。在河北省西南部，由太行山东坡沙河、洺河等汇合而成。东北流到献县与滹沱河汇合为子牙河。

渐行渐近,隐隐一片屋楼连脊而去,四角高高的望楼上摇曳着硕大的风灯,随风传来刁斗声声,一个苍老的呼喝分外悠长:"初更已至,瓦屋灭灯——"倏忽之间,随山起伏的低矮瓦屋的灯火一齐熄灭,唯余山根下的三座木楼闪烁着点点灯光。显然,这里是天卓谷的主人庄园。

两骑到得庄前广场,白衣骑士翻身下马,将手中马缰交给身后红衣骑士,向庄门而来。此时秋月已上山巅,雄峻的石坊在月光下一片清幽,旁边一柱高杆上吊着三盏斗大的铜灯,"天卓庄"三个大字赫然在目。石坊内一箭之地是六开间的宏阔庄门,六根合抱粗的廊柱上各悬一盏铜灯,灯上是状貌奇异的六种神兽——鹰、龙、麟、凤、虎、龟。灯光明亮,庄门紧闭,偌大门厅既无庄兵,亦无门仆。似琴非琴的乐音从幽深的庄院中飘出,与朦胧山月融成一片,使面前这座庄院平添了几分神秘。

白衣人凝神片刻,和着乐声击掌拍了起来,啪啪之声若合符节。

乐声戛然而止。片刻之间,大门隆隆拉开。

"呜呼神哉! 果然公子也!"随着一声惊叹,须发雪白的老卓原哈哈大笑。

"不韦大哥——"远远一声清亮的呼唤,一个绿裙飘飘的少女飞到了面前,红着脸气喘吁吁兀自一阵嚷嚷,"日暮马鸣,我说是大哥白马,爷爷偏不信,还说我出神入幻! 方才掌声,还是不信。不信不信,却比我走得还快!"

"不速之客,有扰卓公。"吕不韦深深一躬。

一诺千金。

老卓原快步下阶扶住吕不韦笑道:"公子光临,老夫何其快慰也。来,快快请进。"拉着吕不韦笑呵呵一挥手,"昭儿知会家老,备酒!"少女一声答应,飞步去了。此时却闻高处一声长喝:"贵客夜至,灯火齐明——"呼喝落点,庄中灯

火点点燃起，倏忽现出层叠错落的楼台亭榭与鳞次栉比的片片房屋，且行且看，大是不俗。

坐落在半山松林的三重木楼是天卓庄正屋。进得大厅，绿裙少女已经在利落煮茶了。卓原笑道："公子啊，此乃老夫孙女，名叫卓昭。昭儿过来，见过公子了。"少女红着脸走过来一礼："卓昭见过不韦大哥。"老卓原板着脸道："礼见贵客，昭儿何能僭越辈分！"吕不韦哈哈大笑："不拘不拘，各随各叫，说话方便而已。"卓昭粲然一笑："还是不韦大哥好。"转身对着爷爷一个鬼脸，"孔夫子也！"裙裾一闪飘到茶案前去了。卓原轻轻叹息一声摇摇头一笑："自幼多宠，老夫也是无可奈何也。"吕不韦慨然赞叹："小妹灵慧率真，文武兼通，原是得卓公真传也！""公子此说，老夫却是惭愧。"卓原摇头大笑，"此儿言不及商，只将商旅当作游历，却不学商家本事，除了练剑，只对诗乐两样痴迷。老夫原指望卓门出个商旅女杰，眼看烟消云散也。"

说话间两人入座。卓昭一声笑叫："不韦大哥，茶来也！"左手铜盘右手提篮已经到了眼前。左手铜盘是两只茶盏与一只绵套铜壶，右手提篮是一具茶炉一匣木炭。人到眼前，眨眼之间将诸般物事摆置妥当：一只盛茶铜壶斟出两盏热茶上案，精致的青铜茶炉已经在旁边案上安好，蓝荧荧木炭火已经燃烧起来。

"香！滑！酽！"打开茶盅品啜一口，吕不韦连声赞叹一番评点，"清香固如越茶，却比越茶多了几分粗厚，茶色绿中带红，茶汁略带滑腻，清苦于前，甘甜于后。"

"公子好鉴赏也！"卓原笑得很是快意，"此茶乃越地茶树苗，二十年前老夫带回几株山庄自栽。采得茶叶，不料劲力大大过于越茶，专一地克食利水，寻常人饮得一两盏，肚腹便呱呱叫了。"

盏茶下肚，吕不韦果然觉得腹中响动起来。正觉尴尬，

又一处"红着脸"。

卓昭笑吟吟捧来一盘白酥松软的胡饼:"这是马奶子烤饼,爷爷说点茶最好。"吕不韦点点头夹起一个吃了,腹中顿时舒坦,瞄得一眼有些惊讶:"卓公如何却没动静?"卓昭咯咯笑道:"爷爷铁肚肠,每日清晨饮茶半个时辰,从来不须点补也。"吕不韦不禁诧异:"噫!此等本事我等却是望尘莫及。"卓原哈哈大笑:"日久成习,算个甚本事,上酒!"

六盏明亮的铜灯下,两案酒菜片刻上齐。吕不韦不经意地吸了吸鼻子:"噫!百年赵酒么?竟能透海生香!"卓原悠然一笑,点点两座中间的木制酒海:"公子所言不差,此酒正是窖藏百年的赵国陈酿,乃当年赵敬侯特意酿造,献给魏武侯之礼酒。卓氏祖上与赵国酒监交厚,买下了三桶窖藏,至今当是一百零三年。"吕不韦闻言肃然一拱:"不韦品酒尚可,原不善饮,敢请卓公换得甘醪即可,此酒当留做大用为是。""公子差矣!"卓原摆手一笑,"十余年来,老夫多闻吕氏商社之名,惜乎无缘结识。鸿口渡老夫遇劫,若非公子义举,我爷孙如何得脱困境?老夫商旅五十余年,也算识得几多人物,然如公子气象者,却是绝无仅有。美酒逢嘉宾,老夫倍感欣慰矣!"卓昭跪坐两案之间,此时笑道:"不韦大哥,我不夜食,来为你等斟酒。"说话间打开厚重的红木桶盖,揭下桶口一层红布,利落地挥起长把木勺先向卓原案头爵中斟酒。

"昭儿错也,公子乃我嘉宾,何能后之?"

卓昭一笑:"大父尊长,不韦大哥,不错也。"

"又来也。"卓原板着脸,"礼仪有屈,岂是待客之道?"

吕不韦诚恳地一拱手道:"启禀卓公:不韦原是晚辈,又兼单传,真高兴识得此等一个小妹。尚望卓公许小妹随心所欲,礼法过甚,不韦也是拘谨。"

"公子既有此言,老夫也就不做孔夫子了。来,干得一爵!"

吕不韦慨然饮干,卓昭手中的细长酒勺随着咯咯笑声飘了过来:"不韦大哥真好!"一勺清酒如银线般注向爵中,灿烂的脸上却骤然掠过一抹红晕。

卓原一捋雪白的长须笑道:"老夫对公子尚有不解之处,不知能否坦诚相向?"

"不韦正欲求卓公指点,自当坦诚以对。"

卓原字斟句酌道:"老夫观之:公子理财经商,已是天下佼佼;处事圆通干练,颇似治世能臣;谈吐清雅丰文,却似当今名士;救难披肝沥胆,又有战国任侠风骨。以公子才具,凡事皆可大成。然人皆有本,老夫敢问:公子之志,欲以何事为本?"卓原话音落点之时,卓昭两只明亮的眼睛盯住了吕不韦,少女的妩媚骤然变幻成了审视的犀利。

吕不韦手抚酒爵,长驻脸庞的微笑中增添了几分庄重,突然举爵一饮而尽,拉过酒

巾沾沾嘴角，却是一阵沉默。"卓公此问好极！"吕不韦终是慨然开口，"十八年前，不韦继承父业初为商旅，其时之志，是成为天下巨商，与秦国寡妇清、齐国程郑、魏国孔松、赵国卓公、楚国猗顿相比肩，成为天下屈指可数的大富家族。然则，久历商旅之后，不韦却倍感商人之软弱，以致又生踌躇……"一声深重叹息，似自责，又似彷徨。

"商人软弱么？我看不出也。"卓昭笑得有几分揶揄，又有几分顽皮。

"孩子家知道甚来！"卓原脸色一沉，"商家不软弱，我社货船如何能在鸿口渡横遭盘查？大父如何能被官府突兀扣押？"

"不韦所言，却非此意也。"吕不韦摇头一叹，"若是此等个人遭际，不韦倒实在不放在心上。关卡盘查，贪官索贿，于商家原是寻常。"

"噢？"老卓原困惑地笑了，"何事之弱，于商家不同寻常了？"

"十年前，一个孤寡的老妇人教不韦明白了此间分际。"吕不韦猛然饮得一爵，断断续续地说了起来——

燕国灭齐的第四年，吕不韦随鲁仲连海船秘密进入齐国海岸。卸下援助物资后，吕不韦带着一个采货执事进入了齐国，意欲试探一条从琅邪直达即墨的陆上商路。鲁仲连说太冒险。吕不韦却说乐毅要仁政化齐，不妨一试，商旅之身，谅燕军也不会如何。便上路了。那日黄昏时分，进入了即墨以南的大沽水河谷，遥遥一片残破的房屋笼罩在暮霭之中，死一般沉寂。村口大道旁，一个白发散乱的老妇人扶杖伫立，凝望着夕阳一动不动，直是一具石俑一般。吕不韦看得心酸，下马向老妇人深深一躬，从怀中掏出一只叮当作响的丝织钱袋，双手恭敬地捧给了老妇人。老妇人缓慢木讷地摇了摇头，抬起手杖，环着死一般沉寂的村庄转了一圈。吕不韦顺着老人的手杖望去，村外疏疏落落的树上吊满了血肉模糊的尸体，破衣烂衫随风抖动，惨烈萧疏不堪卒睹。

"老人家，跟我走吧……"吕不韦哽咽了。

一阵马蹄声急骤而来。老妇人身体一抖突然开口："客官快走！"

吕不韦却没有走，他偏要看看乐毅统率的燕军是如何"仁政化齐"的。片刻之间，一队棕色皮甲胄的燕军骑士飚风般驰来，下马便来撕扯老妇人。吕不韦愤怒地大喝了一声："住手！这是燕军仁政么！"骑士头目打量着吕不韦连连冷笑："嘿嘿，足下何方牛鼻子，却硬插到老子眼里来？仁政不仁政，是你管得么？闪开！"吕不韦高声怒斥："乐毅明告列国，燕军仁政化齐，莫非要欺骗天下不成！"骑士头目目光一阵闪烁，扬着马鞭吼叫

起来:"鸟个仁政!齐军当年杀燕人,你小子见过么?我等奉骑劫将军大令,征取军赋,这个村庄无粮无钱还死硬!这个老妇,暗中撺掇民人抗赋,不该杀么!"

"此村赋税几多?我替老人家交。"

骑士头目一指树林尸体呱呱大笑:"你交?此村刁民三年不纳赋,你全包?"

吕不韦冷冷点头:"说,折金几多?"

"嘿嘿,你纵开得金库,官爷只是不要。"骑士头目阴险一笑,勃然大怒,"小小商人,甚个鸟货!竟敢诽谤我燕军大政,来,一起捆了!"

燕军骑士不由分说,将吕不韦主仆与老妇人大绳捆起,撂在马上风驰电掣般去了。在即墨城外的燕军大营,骑劫一脸不堪地讯问了他们,哈哈大笑着收缴了吕不韦随身所带的两只金币褡裢,说念他"义举助燕",放了他与老妇人一条生路。

老妇人与吕不韦只走回到一片尸体废墟的故里,再也不走了。吕不韦主仆守候了一夜,老妇人终是圆睁着双眼去了。弥留之际,老人只断断续续留下了一句话:"客官,商家金钱,买,买不来天下太平呵。"

……

老卓原默默叩着大案,眉头紧紧地锁着。卓昭却已经是隐隐抽泣了。吕不韦沉重地叹息了一声:"不韦纵然富甲天下,又能如何?救不得老人家一条孤残性命,变不得小军头目一次任意杀戮……金钱,买不来天下太平。老人家这句话,使不韦从天下大商的美梦中惊醒过来。不韦生平第一次,感到了财富与金钱的苍白软弱,感到了世间有比金钱更强势的物事。"

三人默然良久,卓原蓦然一句:"老夫忖度,可是公子已经有了从政志向?"

虽未入仕,但已练就为政眼光胆识。

·"卓公明鉴。不韦不敢有虚。"

"公子信得老夫，夫复何言！"卓原慨然一叹，"金钱虽则买不来天下太平，然却可铺垫权力之路。老夫今日一诺：公子日后若有所需，卓氏钱财尽公子提调。"

骤然之间，吕不韦一阵感奋一阵歉疚，心下顿时吃重。

拜访卓原的来路上，吕不韦已经想得清楚：放弃业已大获成功的商旅生涯，扶植嬴异人谋求权力，原本是一种极为冒险的转折。在常人看来，实在是匪夷所思。过不了一年半载，这件事必将在天下商旅士子中传开，各种非议也必是沸沸扬扬。商旅生涯固可对任何传言一笑了之，为政却是不能。权力是天下公器。器之为公，民心民意是根基。民心者何？士农工商之公议也。谋求权力而不顾及天下公议，那便是背道而驰，在战国这个大争之世决然站不住根基。之所以要嬴异人在邯郸先立名而后动，本意正在于此。嬴异人如此，自己也一样须得不断增强名望，没有大名，进入秦国便会事倍功半。目下自己仅有的名望是商旅之名，无论如何不能因将来的传闻而毁了这仅有的根基。卓氏是天下巨商之一，老卓原的豪侠与眼光更是为同道钦佩，若得卓氏口碑支撑，自己的根基境况便要舒展许多。存了此等心思，吕不韦决计不对老卓原做任何隐瞒，全然坦诚对之，若得冷遇，也还来得及补救。不想老卓原非但解他情怀，且慨然一诺，许"卓氏钱财尽公子提调"。心存机谋而得对方大德，吕不韦如何不惭愧歉疚？所以吃重者，在于此事前途渺茫，结局实在难料，如何能将卓氏一门再陷将进来？

想到此间，吕不韦离座深深一躬："卓公高义，不韦铭记在心。然则，入政风险远过商旅，不韦何敢将卓氏商社拖入无底黑洞？"

"公子差矣！"老卓原哈哈大笑，"钱多了，找条正路花他

吕不韦羽翼未丰，需要有人指点。

一番,岂非强如堆在石窟生锈? 公子用它谋得正途,正好替老夫操了这份心也!"笑得一阵又是喟然一叹,"实不相瞒,老夫也曾经有过入政之心,想做个赵国白圭①。不想惨淡经营近十年,耗金巨万,却是为山九仞功亏一篑,又回头重操旧业了。"

"啊——"吕不韦轻轻地惊呼了一声,"卓公有过入政之心?"

卓昭也惊讶地瞪起了眼睛:"大父几时入政,我如何不知?"

"那时呵,你父亲也才十余岁,你却在哪里?"老卓原呵呵一阵诙谐,接过卓昭捧过来的大爵汩汩饮了几口,悠悠然从头说了起来——

卓氏祖上本是"秦赵"。秦赵者,秦人入赵也,入赵之秦人也。四百多年前,流落西陲的老秦部族因勤王镐京,从戎狄兵劫中挽救了周王室,被封为东周的开国诸侯。大举东迁之时,老秦部族遭遇戎狄余部的猛烈袭击,一支秦人被围困在了大峡谷之中。三月之后,这支秦人得山民援助,从狩猎小道分路突围,曲曲折折地进入了赵国的北部山地,聚拢之后尚有三万余人。对于人口稀少的赵国来说,这支善战勤劳的老秦人是一笔巨大的人口财富。赵国善待老秦人,特许秦人迁徙到晋阳沃土农耕狩猎放牧生息,入仕从军与国人等同,毫无歧视。久而久之,秦人安定下来,真正地化入了赵国。赵国也有了"秦赵同宗"的流传,说三皇五帝时秦人赵人原本便是同族一脉,秦人入赵,如认祖归宗。进入战国,秦国痛感人口单薄,献公、孝公、惠王三代锲而不舍地秘密联络"秦赵人"返国。终于,在孝公末期,一万六千余"秦赵人"回到了秦国。此时,秦赵人在赵国已经繁衍为三十余万人的大部族,何去何从,对于两国都是举足轻重的大事。

赵成侯慌了,亲自巡视"秦赵人"聚居的晋阳、雁门、巨鹿三郡,亲自颁行王书,对"秦赵人"中的望族赐爵,遴选"秦赵人"中的能士贤才入仕官府,并特书减轻所有"秦赵人"的三成赋税。在这次大安抚中,一个商旅家族被赐封为大夫爵位,封地十里,名曰涿乡。究其实,是涿水上游的一片谷地。从此,有了"涿秦赵氏"这样一个大夫爵的商旅家族。爵位传到第二代,已经是赵武灵王胡服骑射之后了。随着赵国强大,"秦赵人"也终于稳定地化入了赵国,成了名副其实的国人。这"涿秦赵氏"的大夫族长很是明锐,觉得这个族姓族号徒招事端,与族中元老会商,确定了一个新族姓,这便是"卓"。这个姓氏完全摆脱了秦赵烙印,只隐隐约约地留下了对封地渊源的怀恋,大得族人拥戴。

---

① 白圭,战国初期魏国大商,曾在魏武侯时做过丞相。

这个族长,是卓原的父亲。

其时,卓氏的生意已经从布帛扩展到了马匹与铁器,商事堪称蒸蒸日上。然父亲却深感卓氏一族根基太浅,而刀兵之世的商旅生涯是脆弱的,永远不会使卓氏成为一国望族,更不会成为天下望族。一番思虑,父亲决意教少年卓原读书入仕,壮大卓氏根基。父亲的谋划是:长子卓桓经商,次子卓原做官,卓氏一族进退两便。

卓原很有天赋,甚好兵家之学。父亲不惜重金觅得了天下有名的十几部兵书,又请来了一位兵学隐士做卓原老师。十年之后,卓原的兵学剑术俱臻佳境。父亲慨然决断,亲送卓原带十辆重型战车入军。此时战车虽已在战场上淘汰,但古老的从军传统还是保留了下来:国人子弟从军,若做骑士,须得自备战马兵器;若做车士,寻常国人都是十家合力打造一辆战车,可带十名子弟入军;贵胄子弟独带战车从军,入军便可做最低爵位的将军——千夫长。卓原独带十辆重型战车入军,驾车战马四十四、随车兵卒两百名,当真是声威赫赫。

于是,卓原立即做了千骑长,成了骑兵将军。

其时正逢赵武灵王率军征战草原,几战下来,卓原晋升为万骑将军。因了卓原兵政皆通,赵武灵王破格擢升卓原为平城副将,襄助老将军牛赞镇守北长城要塞。赵国法度:要塞大军之副将,是中大夫爵位,但入朝官,当是该官署的实权主管吏,如同辎重将军赵奢入朝做田部吏一般。如此势头下去,卓原的仕途是不可限量的。然则,便在这踏入大臣门槛的关节点上,废太子赵章的谋逆罪发,与赵章过从甚密的平城主将牛赞,被视为赵章的军中根基,整个平城的将军因此而同受牵连,虽未人人问罪,然升迁之途却显然是停滞了。

没过三五年,做了"主父"的赵武灵王惨死在了沙丘宫。即位的惠文王赵何还是少年,秉持国政的元老大臣赵成,恰恰是在诛杀赵章、剿灭叛乱、逼死主父的三件大功上崛起的,对与赵章有牵连的将军官员一律查勘问罪。邯郸的"废太子党羽"几乎悉数被杀。卓原一班将军却因实在查不出结连谋逆的罪证,只有不了了之。

此时,卓原在平城接到急报:父亲病体垂危,兄长商路罹难。

卓原昼夜兼程地赶回邯郸时,兄长的尸体已经入殓了,只父亲在奄奄一息地撑持着,等着他回来。弥留之际,老父亲只断断续续地说了两句话:"时也命也,二子,回,回来。撑持卓氏,非你莫属……"一言未了,撒手去了。

……

厅中寂然无声。卓昭显然是第一次听大父讲述家族的故事,苍白的脸上挂着泪珠,一句话也说不出来。吕不韦心下一阵悸动,与其说是惊讶,毋宁说是被深深震撼了。天下大商几乎都知道,面前这个须发雪白的老人是半路入商,行事隐秘,极少亲自出面料理商市,因此而得"商隐"之名。可谁能想到,老卓原曾经是一位兵家士子,一员驰骋沙场的战将,一个即将进入庙堂大臣之列的兵政全才。如此沧海阅历,虽亲如孙女而从未显露,今日却和盘托出给他这个仅有一面之交的不速之客,此间深意,能仅仅是报鸿口渡之恩么?

卓原壮志未酬,吕不韦有此心志,愿全力支持。稍有漏洞的是,卓原助吕不韦,吕不韦助嬴异人,分明皆有私心,卓原不为赵国,吕不韦不为卫国,既有私心,其义何在?仅以"从政"二字解释,难自圆其说。

"从此,老夫挂冠辞军,做了商人,回归祖业了。"悠然笑声中,老卓原大袖一挥,将昔日沧桑轻轻拂去了。

"卓公故事,不韦感佩无以复加。"吕不韦肃然拱手一礼,"沧海桑田之变,不韦一时难以窥透其间奥秘,容当铭刻在心,时时咀嚼。"

"故事而已,公子吃重了。"老卓原哈哈大笑一阵道,"老夫业已不堪长夜,但请公子歇息一晚,明日老夫再行奉陪。昭儿,你与家老照应公子了。"说罢向吕不韦一拱手出厅去了。

与老主人一般须发雪白的家老轻步走了进来,向卓昭看得一眼,显然是在目询是否还要继续夜饮?吕不韦笑道:"家老呵,夜饮是不能了。天亮还有一个多时辰,正好赶邯郸早门。"卓昭正在若有所思的恍惚之间,猛然跳起来嚷道:"甚甚甚?哪有个四更离门的客人!家老但去歇息,不韦大哥交给我了。"吕不韦笑道:"久在商旅,几更离门有甚计较?左右也是不能合眼了,何如夜路清风?""好也!"卓昭一拍手笑道,"我也没得瞌睡,走,有个好去处,正当其时。"说罢拉着吕不韦便走。

从正厅出来,东首是一条葱茏夹道的石板小径。卓昭兴致勃勃地拉着吕不韦从石板道走了上去,渐渐登上了一座浑圆的山头。这座山头虽不险峻,却显然是河谷的最高处,虽是夜阑,视线也极是开阔。此时,庄园的迎宾灯火已经熄灭,鳞次栉比的屋楼闪烁着几处仅存的灯火,使这片在日间极是紧凑的谷地显得辽远空旷。一钩明亮的残月悬在蓝幽幽的夜空,疏疏落落的大星在头顶闪烁,习习谷风荡起悠长的林涛,恍惚间人在天上一般。

"好一钩残月!"吕不韦长长地一个伸展,深深地一个吐纳,顿时精神一振。

"不韦大哥聪明也!"卓昭咯咯笑着,"这里正是残月亭,秋夜最好。"

吕不韦哈哈大笑:"我要说星星好,便是笨了么?"

"可你偏说了月亮好。"

"一钩残月,秋夜魂魄呵。"

"残月之美,胜似满月。不韦大哥,爷爷这话如何说法?"

吕不韦默然良久,轻声一叹:"残缺者,万事之常也。虽说盈缩有期,满月之时却有几日? 卓公感喟,原是至论矣!"

"我却只喜欢满月。"卓昭嘟哝一句又是一笑,"美者满也,满者美也,便是几日,又有何妨? 不强如残月萧疏么?"

"也是。"吕不韦点头一笑,"事不求满,何来奋争? 人不求满,何来圣贤? 唯得其满,纵然如白驹过隙,夫复何憾。"

"噫——"卓昭顽皮地惊呼了一声,"你左右逢其源也!"

吕不韦又是大笑一阵,道:"小妹竟然读过《孟子》,才女了。"

"大父不务商事,老夫子一般整日督我诗书礼乐剑样样磨叨,不是才女也由不得人也。"卓昭一阵笑语娇嗔,"究其实呵,我是只喜欢诗、乐两样。剑术嘛,些许喜欢。"

"我在庄外听到的琴音,定然是你了?"

"不是琴,是筝,秦筝。真是个商人!"

"秦筝?"吕不韦当真惊讶了,"秦国有如此美妙乐器?"

"走! 带你去开开眼界。"卓昭一副得意的神气,拉起吕不韦便走。

下得残月亭,顺着石板道西弯半箭之地,一座木楼倚在山脚,通向木楼的是一道小巧精致的竹吊桥,桥上风灯摇曳,桥下水声淙淙,朦胧残月之下,依稀仙境一般。吕不韦打量得一眼笑道:"此楼只怕要千金之巨了。"卓昭咯咯笑道:"真是个商人也,铜臭!"拉着吕不韦上了吊桥。走得几步，吕不韦"噫"的一声停了下来——分明是竹桥悬空，两人踩上去却毫无响动，坚实得与石板道一般无二。坚实则坚实矣，整座桥却是飘悠轻晃，仿佛一只悬空的摇篮。见吕不韦愣怔端详，卓昭娇嗔道："有甚稀奇也！我原本晕船，大父便造了这座怪桥，教我整日晃悠。说也怪，半年下来我不晕船了。"吕不韦恍然笑道："卓公智计，当真兵家独有也。"

过得竹吊桥，是木楼的户外楼梯，拾级而上，空空之声在幽静的山谷分外清晰。上到最高的三层，卓昭道："这是我的乐房，只是，不能穿靴。"说罢脸却红了。吕不韦微微一笑，弯腰摘了两只皮靴，现出一双白色高腰布袜："乐室洁净，该当。"卓昭拍着手笑道："比爷爷强，有敬乐之心也！爷爷说我太过周章，从来不进我乐房。"说着话也一弯腰摘了小皮靴，拉着吕不韦推门走了进去。

乐房一片洁白，白墙白帐，中间两张红木大案，一案苦盖着一方白丝，一案赫然显露着一张比琴更长更大的乐器。卓昭脸一红笑道："听你庄外击节，没顾上盖……这便是秦筝。"

"如此庞然大物？"吕不韦惊讶地笑了。

卓昭却是顽皮尽敛，换了个人一般温文肃然："这是秦人国乐之器，名为秦筝，弦丝较琴弦粗得三倍，共有九弦，音色宽宏丰厚苍凉深远。较之琴音，我更喜欢秦筝。"

"能否请小妹奏得一曲？"吕不韦也是肃然一拱。

"从来没有当人面奏乐过……"卓昭的脸又是一红，"今日，破例了。"说罢对着筝案深深一躬，坐进了案前绣墩之上。

稍一屏息，卓昭挥袖调弦，轰然一声空阔深远，余音不绝于耳。少顷，筝音绵绵而起，初始如月上关山，舒缓圆润，继

疑似卿卿我我。

而如荒山空谷苍凉凄婉,如大河入海悲壮回旋,如大漠草原金戈铁马,渐渐地残月如钩,关山隐隐,边城漠漠,戛然而止却又余音袅袅。

"好一曲《秦月关山》!"吕不韦不禁高声赞叹一句。

卓昭蓦然抬头:"不韦大哥熟悉此曲?"

吕不韦慨然一叹:"我有一友,虽非秦人却知秦甚深。每说秦国,他便要对我唱起这支歌。他最恨秦国,然每唱这支歌,他便要感喟一番,说秦人一席好话。于是,这支歌也成了我对秦国的唯一所知。"

"好也!"卓昭兴奋得一拍手,"从学曲开始,我就被这支曲子迷住了!偏我不知歌词,不韦大哥唱一遍,我要永远记住她!"

"天色欲晓,惊扰卓公好么?"

"爷爷早起来练剑了,残月曙色,放歌正当其时!"

吕不韦点点头,闭目凝神有顷,突然一声悠长的啸叹,浑厚的嗓音激越破空,悲怆高亢地飞荡开去——

邪——

巍巍秦关　莽莽秦川

苍苍明月　迢迢关山

同耕同战　浴血何年

锐士铁衣　女儿桑田

谁谓明月　照我无眠

天地同光　念日月之共圆

歌声沉寂,卓昭的一双大眼睛溢满了泪水。

"彩——"楼外遥遥一声喝彩,一个苍迈的声音隐隐飞来,"公子这老秦歌唱得好,我庄老秦人都山听了!"

"卓公?"吕不韦一惊,顾不得卓昭匆匆出得木楼在廊下一望,却见曙色之中四面山头站满了黑红人群,不禁深深一躬,"不韦狂放,惊扰父老,尚请见谅。"

"公子哪里话!"站在竹吊桥上的卓原哈哈大笑,"至情至性,原是赵秦本色。公子一

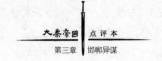

歌,慰我庄人等念祖之心,不亦乐乎!"

"公子万岁——""秦歌万岁——"四面山头一阵呐喊。

此时卓昭已经出来,一拉吕不韦衣袖笑道:"走,下去用饭。"

曙光之中,四山人群渐渐散去,吕不韦过得吊桥便是一礼:"卓公,清晨凉爽,不韦正欲辞行。"老卓原大笑着摇头:"辞行总归要辞行,然也不在一个时辰,走,先填了肚腹再说。"不由分说拉着吕不韦走了。

厅中已经备好了几样精致爽口的菜蔬与烫好的甘醪。吕不韦一夜未眠,此刻胃口大开,与卓原礼数完毕埋头吃了起来,及至吃罢抬头,对面案前却没有了卓原。愣怔着刚刚站起,老卓原大步走了进来,身后跟着的卓昭鼓着小嘴一脸不高兴的模样。卓原打着手势笑道:"公子且坐得片刻,老夫还有几句话要说。"

"卓公但说无妨。"

"昭儿,过来,你自己说。"老卓原第一次淡漠得毫无笑意。

卓昭却落落大方地走了过来:"不韦大哥,我要跟你走。"

"……"吕不韦惊讶得皱起了眉头。

"我要嫁给你。"

吕不韦顿时愣怔了,看着爷孙两人谁也不说话只盯着他,吕不韦离座向卓原深深一躬,显然是赔罪之意,转身对卓昭温和平静地笑道:"小妹,我已三十有六,家有妻室。不韦若有唐突之处,尚请见谅,日后……"

"骗我。你妻室已经在六年前亡故!"卓昭扑闪着大眼睛。

吕不韦又是一阵愣怔,转身对着卓原又是一躬:"卓公明鉴:小妹年少,此等心潮实乃不韦有失检点所致,心下惭愧无以复加……"

"公子差矣!"老卓原微微一笑,"昭儿心性,我岂不知,全然与你无干也。老夫虽有三子,但只有次子,也就是昭儿父亲才堪商旅。老夫半路归家,素来不善商事决断。次子总理卓氏商社,几乎是长年不归。为此缘故,昭儿从小由老夫教养。也是老夫不堪泯灭其少年天性,故多有放纵,不想今日礼法皆无也!"一声叹息,见吕不韦欲待说话,摇摇手慨然一转,"然则,话说回来,公子独身,昭儿未嫁,此事亦非荒谬。老夫之心,唯觉昭儿唐突过甚。然此女顽韧不堪,定然要跟了你去,老夫又能如何?公子所虑,则在昭儿年 少。为今之计,余皆不说,只在公子意下如何?公子与昭儿同心,老夫便还有话说。

不同心，则公子依旧是老夫忘年至交，何得有他！"

卓昭一句话不说，只扑闪着大眼睛盯住了吕不韦。

此时的吕不韦大费踌躇，原本以为匪夷所思的一件荒唐事，却教豁达豪迈的老卓原一席话变成了当即便可定夺的婚配。实在说，丧妻六年来吕不韦当真还没有认真思虑过自己的事，一是商旅大计接踵而来，二是也确实没有遇见可堪婚配的女子。自邯郸决策大转折，心思更在嬴异人身上。与卓氏爷孙相交，虽有机谋之心，却断无掠美之意。对卓昭更是看作一个天真无邪的少女，丝毫没有超越喜欢小妹妹般的情愫之心。而今突兀生出情事，吕不韦心下直是回转不过那种难以言说的生疏，也就是说，生不出那种热腾腾的心潮来。然则，吕不韦本能地觉得此事不能轻率决断，须得仔细思虑一番。

"卓公明鉴。"吕不韦涨红着脸道，"婚事情事，皆为大事。一则，不韦近日要回濮阳老宅，容我禀报父母得知而后决断。二则，小妹年少，留得时日再行思虑，原是稳妥。"

"好！"老卓原慨然拍案，"公子决断，甚是得当，便是如此。"

"只要你来，我便等你。"卓昭做个鬼脸，额头浸浸细汗。

小说中奇女子很多，"王老五"太少。诸女子一见"王老五"，个个皆做花痴状。"扑闪着大眼睛""我要嫁给你""红着脸""红晕"等，虽知作者要写纯朴率真，但这些频繁使用的词句，还是少了些婉约气，距离人心尚远。这些词语，让人不觉想起武侠小说中的常用词，女子每见男子，多"心神一荡"，激动起来，必"纵体入怀"，读多了，腻味。

六　岌岌故土　悠悠我思

暮色之时，吕不韦匆匆回到邯郸，毛公薛公已经在云庐等候了。

薛公备细说了几日来的诸般谋划，捧出一卷金额用度支付算册请吕不韦过目定夺。吕不韦将卷册推过一边笑道："公为贤士，却将不韦作算度商旅待之，原非共事之道也。若是商旅经营,不韦自要算度无差。然则,此事为功业大计,锱铢必较,必败其事。不韦若惜金钱,何入此等渺茫之途?两公若信我,放手作为。若信我不过,此事便是败兆,不韦也无心操持矣!"薛公大是难堪,红着脸一拱手道:"先生见谅,都是薛某无定见,听了那个老疯子。"毛公却是大乐,呵呵笑道:"两位急色个甚?不闻'决事未必如临事'么?商旅之道,算金爱钱原是本性。说归说,不试出个本心来,老夫这挥金如土的脾性,却如何放得开手脚也。"吕不韦哈哈大笑道:"好好好,偏是这'挥金如土'四个字正合我意。不韦只要异人贤名大噪,不问支金几多也。"薛公道:"老夫之见,这嬴异人尚算得明睿沉稳,可堪造就,成其名望,幸无愧疚。只是一样,老夫心下不安。"

"噢?薛公但说无妨。"

"老夫颇通医道。嬴异人少年元气本未丰盈,又兼生计拮据郁闷日久,身体亏损过甚,纵是从今善加调养,只怕也不能得享高寿。"

"薛公是说,嬴异人可能夭寿?"吕不韦蓦然一惊。

"二十年之内了。"

"老哥哥忒没气力!"毛公笑着嚷嚷,"人活五十,不算夭寿,嬴异人寿几五十,已是托天之福也。左右此事用不了十年,忧心个甚?"

"也是。"吕不韦释然一笑,"谋事在人,成事在天。二十有年,足矣!"

"先生但明白便是。"薛公一笑岔开话题,"毛公杂学甚精,谋划颇为扎实,几处细节却是要紧,先生要预闻决断才是。"

毛公连忙向吕不韦摇摇手:"此非钱财用度,公莫急色才是!"吕不韦与薛公不禁哈哈大笑,毛公狡黠地一撇嘴,低

二十年的时间还扶不上位,就不用扶了。

声说了起来，一气说了半个时辰，末了得意地一问，"公以为如何？"

"妙！"吕不韦拍案赞叹，"毛公智计不着痕迹，却中要害，便是如此。"三人一番商议，直到夜阑方散。

连日奔波应对，送走两人，吕不韦大感疲累，正要和衣上榻倒头睡去，却有一个袅袅身影飘了进来："热水已经备好，我来侍奉先生沐浴。"吕不韦惊讶地坐起揉着眼睛问："你是何人？谁叫你来？"袅袅身影柔柔笑道："小女莫胡，老总事与荆云大哥要我来也。"吕不韦打了个长长的哈欠，欲待说话，一阵朦胧袭来颓然扑倒在了卧榻上，立时鼾声大作。

次日过午，明亮的阳光洒满了云庐大帐。吕不韦睁开眼睛坐起，正要下榻，一个红衣少女飘然进来，一个轻柔的笑靥，过来扶他。吕不韦摇摇手："你是？"少女笑道："小女莫胡，先生忘了。"吕不韦恍然，径自离榻道："莫胡，来便来了，未必做侍女。待我与老总事商议，教你做点大事。""不。"少女红着脸低着头，"莫胡做不了大事，莫胡只侍奉先生。"吕不韦不禁笑了："你且先去备饭，饭后再说。"少女一笑："饭菜酒已经齐备上案，我只侍奉先生整衣梳洗了。"吕不韦一摆手："整衣梳洗我自来，你去请西门老爹来。"少女莞尔一笑："老总事已经请在外帐了，只你整衣梳洗便了。"吕不韦不禁惊讶："你自请西门老爹来得？"少女笑道："不对么？先生离开三日，昨夜未及得见，今日自要请来议事了。再说，莫胡不请，老总事也会来。"吕不韦无奈地笑笑，也不说话，径自到与人等高的一面铜镜前整衣理发。可无论他如何自己动手，总有一双如影随形的手恰到好处地替他收拾着，片刻之间一切就绪，除了褪去睡袍露出贴身短衣的那一刻有些不自在，几乎觉察不出是两个人。待吕不韦回身之际，已经不见了少女，寝帐中却已经是洁净整齐日光明亮，与自己一个人时的零乱几是霄壤之别。

"一个活精灵。"吕不韦兀自嘟哝一句，出了寝帐。

老总事过来低声道："荆云义士说，此女灵异过人忠诚可靠。"

"何方人氏？"

"楚国湘水人，生于云中草原。"

"老爹入座，边吃边说。"吕不韦目光一闪，"忠诚可靠之说，从何而起？"

帐中两案原本摆成了近在咫尺的一排，老总事坐进了稍小的偏案，说话声恰恰是吕不韦刚刚听得清楚："荆云义士说，此女父亲，是先生当年在陈城救下的一个死囚，此人

目下是荆云马队的骑士。至于详情,荆云义士日后自有禀报。"

吕不韦恍然点头:"既然如此,教她留下。"略一思忖,突然一阵耳语。

"我自省得。先生莫担心。"老总事频频点头。

此时,莫胡飘了进来:"先生没动甘醪? 这可是从'甘醪薛'特意新打来也,秋寒时热饮最好。"说着跪坐案边,抱起绵套包裹的木壶给吕不韦斟酒。吕不韦饮得一口问道:"莫胡还说得吴语么?"莫胡笑道:"侬毋晓得为弗为?"[1]吕不韦大笑:"好! 这吴侬软语原是纯正。其余如衣食住行,还都记得么?"莫胡道:"晓得些了,侬虽生在云中,姆妈却是吴风,侬为弗为也了。"吕不韦目光一闪:"你母现在何处?"莫胡眼睛一红:"那年,姆妈将我送到陈城,病累去了。"吕不韦心下一沉,拍拍莫胡肩头笑道:"莫胡,云庐便是你家,你不会再苦了。"莫胡粲然一笑一点头,一双大眼睛闪烁出晶莹的泪光。

过得月余,邯郸诸事处置妥当,吕不韦轻车南下了。

此时正当小寒节气,过得安阳,一天彤云大雪纷飞。官道之上车马寥落人迹几绝,三马轻便辎车辚辚驶过茫茫原野,一路满目寥落。河内地带原本已经被秦国夺去做了河内郡,不想长平大战后老秦王执意灭赵,逼得六国合纵再起,联军三败秦军,将秦国逼回了函谷关,河内又重新回到了魏国韩国手中。似乎是三十年河东三十年河西,山东六国与不可一世的强秦打了个平手。可仔细参量,这个"平手"可是百味俱在大有文章。便说这六十余城的河内之地,原本是三晋腹心,千里沃野村畴相接城池相望,何等的富庶风华。昔年纵是窝冬之期,河内原野也是炊烟袅袅如暮霭飘荡,鸡鸣狗吠如市声喧嚷,毗邻城池号角遥遥呼应,条条官道车马络绎不绝,那一番热气蒸腾的气象,任谁也是眼热也。然则倏忽之间,河内原野一片萧瑟落寞,十里不见一村,百里难觅炊烟,唯余座座城池在连天风雪中孤独地守望,暮色中一声声闭城号角苍凉得令人心碎。

对天下商旅道,吕不韦最是熟悉不过。对这几乎是半个故乡的河内之地,吕不韦更是熟悉得如数家珍闭目也可周游。最令他感喟的是,河内之地的百姓原本都是魏韩老民,可在秦国的河内郡过了十多年日子,竟不可思议地变成了秦人。长平大战,河内十五岁以上男子悉数入军为伕,竟是人人踊跃。秦军败退回防,河内之民又是悉数随秦军

---

① 唐代前古语,侬指我。今江浙上海方言,侬指你。此处从古,侬为我。为弗为,会不会之意。

"逃国"，到关中去做了真正的秦人。战国之世地广人稀，人口多寡比土地多寡更要害。盖人可夺地，地却未必能夺人。河内之地可谓天下仅有的富庶沃野之一，百余万魏韩之民却硬是离了故土随秦军而去，何能不令人一声浩叹！有一次，吕不韦在平原君府邸与几员赵军大将会议兵器商事，言及河内之民逃国，大将们异口同声说这是秦军裹胁所致。愤激之情，溢于言表。平原君见吕不韦默然不语，问吕不韦以为如何？吕不韦淡淡笑道："魏国占据秦国河西之地近百年，有几个秦人入魏？赵国容纳一支老秦流部，费力费时三百余年，最终依然是三四成离赵回秦。秦人裹胁之力，也未免忒是离奇也。"一语落点，大将们脸黑了。平原君尴尬得呵呵笑了一阵，终是没有说话。

薛公毛公第一次被吕不韦请到云庐，与吕不韦作了一次长夜谈。两人都不约而同地要吕不韦说说何以看好秦国？按薛公说法，长平大战秦国大军死伤过半，三败之后更是退回函谷关回到了老秦地面，秦势犹如霜后秋草，五六十年决然不能恢复元气；当此之时，且不说扶助嬴异人能否成功，纵然成功，又能如何？毛公则嘻嘻笑道："秦赵两败俱伤，然赵有五国后援，复原只在朝夕之间。秦却是独木一支，失道之下，能撑得几日？公携危人，又入危邦，盲人瞎马，夜半临池，有个好么？老夫之意，莫若我三人全力辅佐信陵君回魏称王，做一番实在大业！"

"两公之言差矣！"吕不韦大笑一阵坦率答道，"两公虽则高才多谋，然蜗居邯郸市井太久，所执之论，皆为山东士子庸常之见也。不韦久为商旅，唯有一长，长年累月地在各国周游走动，所见所闻皆是实在无虚。不韦之见，山东士子们的'秦赵大争，两败俱伤'之说，太过轻率也！"

"何以见得？"薛公立即紧跟一句。

"敢问两公，战国之世，国本何在？"

"人口。"毛公薛公异口同声。

"好！"吕不韦淡淡一笑，"十年以来，两公到过河内么？"

"但说便是，老夫敢回河内么？"毛公红着脸一句嚷嚷。

"千里河内，公之故国，已是空空如也！"吕不韦一声感喟，"河内昔年之景象，两公当比不韦知之更深。而今河内，已是唯见城池，不见村畴，百余万河内庶民，十有八九都跟着秦军进了函谷关。残余一两成，也都被官府全部聚集到了城池居住。偌大河内，竟比洛阳王畿更过荒凉破败！秦固三败，然仅仅败军而已，人口根基并未流失几多。六国固

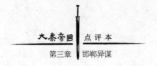

胜,元气却是大伤,人口流失之巨更是空前。河内便是一半魏国,如此荒凉萧瑟,须得多久岁月才蓄积得百万人口?纵想成军抗秦,却是谈何容易!如此看去,这'两败俱伤'大是不同。秦国外伤,六国内外俱伤。孰轻孰重?公自断之。"

"他国人口,也同样流失么?"薛公重重地叹息了一声。

"不韦所见,六国人口皆大损伤。"吕不韦掰着指头数起来,"楚国老郢都区域人口最多,然被秦国夺取而设置南郡近二十年,秦军回撤之时,七八成庶民溯江而上进了蜀地。那个李冰正在建都江堰,蜀地有望大富,楚人入蜀至今络绎不绝。东北两面,燕齐大战后两国人口原本已经大大减少,虽无大逃亡,然所余三四成人口何年才能复原?韩国更不消说得,数十万庶民连同上党早归了赵国,河外之民不断逃国,总共人口剩余不到百万,几乎不到秦国一个郡!魏国河内已失百余万,全部河外人口不过五六百万。赵国大败之后惨胜,精壮男子已是十余其三,举国人口锐减到不足千万,勉力重建新军二十万,只能一力防范死灰复燃的匈奴。如此大势,是两败俱伤么?"

"秦国人口有几多?"薛公又迫不及待地插了一句。

"不韦多年经营兵器盐铁,对目下各国人口有一大致推算。"吕不韦笑道,"秦国人口,当在两千三五百万,占天下人口泰半也。"

云庐大帐一阵默然,良久,毛公笑叹一声:"商人终究务实,先生难得也!"

也就是那一次,吕不韦真正说服了两个风尘隐士抛却了山东士子们难以释怀的仇秦之心,愿意与他共事谋划一件前途渺茫的宏大功业。说到底,但凡战国名士,自然是首先追求报效祖国,然在报效无门之际却也不会永远地拘泥于邦国囹圄。毕竟,战国之世的天下意识是宏大主流,邦国

畛域事实上被士人们看作极为褊狭的迂腐。假若不是如此，吕不韦何能以卫国人之身寻觅得两个隐居在赵国的魏国名士来谋划一件秦国大计？

漫天大雪之中，车马终于到了白马津渡口。

白马津者，因神异白马之传说而得名也。大河流经中原，到得卫国地面正是中段。卫国都城濮阳在河南，与之遥遥相对的大河对岸有一座山。时人流传：山下常有白马如云群行，白马悲鸣则大河决口，白马疾驰则山崩地裂，白马从容如白云悠悠，大河则滔滔无事。但有河决，官府便招得勇士将山下白马三匹投沉大河，水患便告平息。惟其如此，这山叫了白马山，这渡口叫了白马津，渡口边的硕大石亭叫了神马亭。为了不惊扰白马以免悲鸣，多少年来白马津有了一个无声渡河的习俗——无论风雨霜雪，马匹都要衔枚裹蹄，车辆都要摘去铃铛，号角禁绝，金鼓屏息，船户旅人不得喧嚷。

大雪漫漫飞舞，天地间唯有绵绵无断的嚓嚓轻响，纵是高声说话，丈许之外也难以听得清楚。驾车执事遥遥一望渡口回头笑道："先生，想要个响动都难，还须得整治车马么？"吕不韦却已经推开车窗走了下来，一挥手道："乡俗生天地。下车动手。"说罢走到车前开始摘铃。执事连忙一纵身下车："先生莫动，我来。"带住马缰跳下车来开始动手，片刻之间收拾得紧趁利落，回头正要请先生上车，却见吕不韦已经在茫茫大雪中向渡口走去，再不说话，轻轻一抖马缰牵着马赶了上来。

虽是冰封雪拥，渡口却也停泊着几条客船。吕不韦刚站到空旷的码头，一个黝黑精壮的中年人出现在最近的一条小船船头："客官要渡河么？"吕不韦一拱手笑道："敢问船家，冰冻几许，船可开得？"船家遥遥一指河面："冰冻不匀，薄厚无定。先生若有急事，俺便领你过冰。"吕不韦道："不是我想走冰，是我有一车三马两人，不知你船能否载得？"船家摇摇头道："俺船载不得车马。客官若要船渡，俺唤一只大船过来。"吕不韦点头笑道："那便多谢。"话刚落点，黝黑船家举起手中一面黑色角旗在空中左右摆动了几下。雪舞之中，南面码头一面黑旗也是遥遥摆动。

片刻之间，一只大船悠然泊来，一个须发雪白的老人站在船头："舟柳子，可是你要船？"黝黑船家一拱手道："卫老伯，是这位客官车马渡河。你家大船可破冰，俺这小船不中。"老人摇头道："风大雪大，老夫舵功不如你，若要渡客，只怕要你掌舵了。"黝黑汉子慨然笑道："何消说得，中！老伯只督水手号子便了。"说罢一个纵身，竟从两丈开外的小船飞到了大船船头，引得吕不韦身后的执事一声喝彩，却又连忙惶恐噤声。

车马上船,吕不韦不进船舱,与老人一起站在船头。刚要说话,却闻船尾黝黑汉子一声低喝:"起船!"船底八支长桨哗的一声整齐入水,船头老人一声悠长低缓的呼唤:"风雪渡哟——缓起手哟——"八支长桨随着悠长的节拍划动起来。大客船喀啦啦冲破半尺厚的冰层,对着东南方驶去。眼看到得中流,冰层渐渐变薄,船行也舒缓了许多。

正在此时,却见蒙蒙风雪之中,一座冰山影影绰绰从上游正横对船腰漂来。吕不韦眼力颇好,又久行舟船,顿时一身冷汗,刚要喊给老船家,便听船尾一声炸雷也似的大吼:"深水快桨!起——"船头老人也骤然紧声疾呼:"河水洋洋!北流活活!冰山横波!白马助我!"节律一字一顿,恰恰是长大木桨最快入水出水的速度,苍迈铿锵如长戈击盾般壮人胆魄。三轮呼号之后,硕大的冰山恰恰擦着船尾丈许之遥漂了过去,底舱顿时一声欢呼:"白马助我!万岁——"

一个时辰后,大船终于在对岸停泊了。

水手的号子声刚刚平息,吕不韦向老人深深一躬,转身向执事低声吩咐几句,执事从车中捧出来三个精致的棕色小皮袋。吕不韦慨然拱手道:"卫老伯,诸位风雪破冰,冒死渡河,些许船资请收了。"老人一个躬身笑呵呵道:"如此多谢客官。"转身高声一呼,"舟柳子,水头儿,客官船资,上来领了!"底舱一声整齐呼喝:"谢了——"呼声落点,一个精瘦的赤膊后生架着黝黑汉子一瘸一拐地走了上来。老人脸色顿时一变:"舟柳子,腿伤了?"黝黑汉子摇摇头:"嘿嘿,不承想狗日的冰山吃水忒深。不打紧,三五日便好。"

吕不韦熟悉船上生涯,一听便知是这舟柳子见双手把舵不稳,将双脚蹬住了船身凸起的档木,将整个身体做了一个伸直的支架死死撑住大舵,才得与冰山擦肩而过。此中险急,寻常人不得而知。吕不韦心下一动,从车中捧出了一个红木方匣:"柳子,这匣伤药颇有功效,敢请收了。"

"谢过先生!有伤药,俺的船资免了。"黝黑汉子豪爽一笑。

"不!"吕不韦一摇手,"足下掌舵负伤,乘客自当尽心,与船资无关。"

"不中!"黝黑汉子也是一摇手,"渡河掌舵,船家生计,死伤都与乘客无关。伤药船资,俺只能收得一样,白马津规矩破不得!"

"好说好说。"老人走过来指着红木药匣,"这药只怕两份船资也买不来,舟柳子叨光客官了。船资嘛,老朽那一份与舟柳子对分。"说着从执事手中拿过一只小皮袋,刚一拎手便是一愣,又拿过另外两只皮袋一掂,只听锵啷一阵,顿时大摇其头,"客官却是差也!

一渡船资只在五七十钱之间，客官三十个饼金，我等若收，便是欺客！"

"老伯言重。"吕不韦一拱手笑道，"晚辈也是商旅道人。这冬日渡河原本五七十钱，然风雪非常，冰山突兀，险情大增，何能依常价计之。再说，冬日船少，物以稀贵，纵超得几钱，也只算得找头而已。老伯休得再说了。"

此时，水手们也上得船来收拾船面诸般物事，见船家与客官高声，好奇地围了过来，听得几句，都愣怔沉默了。老人举起三只皮袋锵啷一摇："你等只说，三十个饼金收也不收？"水手们异口同声一喊："欺客无道！不收！"老人回头呵呵笑道："客官且看，老朽纵是收了，也分不出去，若是独领，岂非伤天害理？"吕不韦寻思若是再坚执下去，船工们会以为客官小觑他们，无可奈何地笑了笑，转身向执事一招手："钱。"

执事快步到车中取来一只稍大的皮袋，向老人一拱手道："启禀老伯：这是三十枚临淄刀，委实太少，再加十个饼金方为妥当，望老伯收了便是。"老人笑道："临淄刀值钱了。也好，只取一个饼金，算舟柳子赏金。"说罢接过钱袋又拿出一个饼金，将三个小皮袋递回给了执事，向吕不韦一个深躬，转身高声道："船资清偿，恭送客官登岸——"

写吕不韦厚道豪爽。

"客官登岸，平安大吉——"水手们整齐的一声呼喝。

风雪止息，红红的太阳从厚厚的云层中爬出了半片额头。车马上岸，吕不韦伫立岸边良久，一直看着那只空荡荡的大船悠悠回航。执事笑道："莫说先生上心，此等船家原是少见。"吕不韦不禁一声叹息："厚德持身，莫如卫人也！何天道无常，邦国沦落如斯！"

辎车辚辚上路，翻过一道白雪皑皑的山梁，濮阳城遥遥在望了。

濮阳是一座古老的城堡。三皇五帝时，这里是颛顼帝的城邑。颛顼帝归天，这座城堡得名帝丘。殷商时期，帝丘与国都朝歌隔河相望，一道濮水滔滔流过城北，桑林茂密土地肥沃，男女风习奔放热烈，文采风华盛极一时。殷商老民多商旅，常于远足商旅之前与意中女子幽会桑林，踏青放歌昼夜欢娱，一时蔚为独有风尚，被天下呼为"桑间濮上"，将男女幽会也直呼为"桑濮"。《礼记·乐记》云："桑间濮上之音，亡国之音也。其政散，其民流。"实在说，这是殷商灭亡后王道之士的正统抨击，与这座老城堡子民的愉快感受是毫不搭调的。殷商灭亡后，商人遗民不甘周室王道的僵硬礼制，要重新恢复那自由奔放的日月，于是有了大规模的叛乱。后来，叛乱被周公剿灭，全部殷商本土遗民被分作了两大块。一块为"殷商七族"，被限定在已经成为废墟的故都朝歌地带居住，国号为"卫"，国君却是周武王的弟弟康叔，都城依然在朝歌。另一大块是殷商王族后裔，被专门封作了宋国，以殷商王族做国君。这便是殷商两分。周公的分治谋略是高明的：真正具有叛乱实力的殷商老民，做了周室王族诸侯的子民；奢靡无能的王族贵胄，却让他们独立成国，以示周人的王道胸怀。究其实，殷商遗风却是在卫不在宋。

从此，有了"名周实商"的卫国。

数百年后的春秋之世，戎狄大举入侵中原。公元前六百六十年，戎狄攻卫，卫军大败，朝歌被占，国君卫懿公死于战乱，"国人"仅有七百三十人泅渡濮水逃生。幸得齐宋两国援助，卫国立了新君，将帝丘老城堡西南的大河岸边的曹城①做了都城。未几流民纷纷归来，终于有了五千人众。从此，卫国沦落成了小邦诸侯。

《史记·卫康叔世家》："卫康叔名封，周武王同母少弟也。其次尚有冄季，冄季最少。……嗣君五年，更贬号曰君，独有濮阳。四十二年卒，子怀君立。怀君三十一年，朝魏，魏囚杀怀君。"

---

① 曹城，春秋卫国之都城，在今河南滑县旧县城东。

三十余年后，戎狄势力退却，卫国将都城迁回了帝丘，殷商后裔们又回到了快乐的桑间濮上。进入战国之世，以地形特征命名城堡的风气大盛，帝丘城北有濮水流过，城在濮水之南，帝丘改名叫作了濮阳。

濮阳西临大河，南望济水，东临齐国巨野大泽，北望齐国要塞东阿。方圆三百里，唯濮阳堪称古老大城一座，水陆尽皆畅通，说起来也算大得地利之便。然则，自封建诸侯始，卫国立国业已六百余年，濮阳既没有成为通商大都，也没有成为粮农大仓，只一座十里城郭孤独落寞地守望在水陆两便土地肥沃的冲要之地，令天下直是一声叹息。士子们但凡说古，总有一句口边词："西有洛阳，东有濮阳。"除了大小不等，这两座城池简直就是两个孪生老姐妹一般，都是老井田制，国人居于城中，隶农居于田畴。战国百余年，奴隶们已经逃亡得寥寥无几。车行官道，大雪覆盖的无边田畴中无一缕炊烟飘荡，寂静荒凉得令人心颤。

"先生，鼓乐之声！还有仪仗！"驾车执事遥遥向前方一指。

吕不韦推开车窗一阵端详："绕道，从城南插过去。"

执事一圈马缰正要回车，鼓乐队前遥遥一声高呼："先生且慢——"随着呼喊，一个红色身影跌跌撞撞地跑了过来，到得车前三五丈处气喘吁吁地站住，展开一卷竹简尖声念了起来，"君上有，有书：先生荣归故里，赐入国晋见，以全先生大名也！"

"噢，卫君要我晋见？"吕不韦惊讶地笑了，思忖片刻也不下车，只对着内侍使者一拱手，"既是如此，请贵使上车同行。"内侍使者却连连拱手道："卑微小臣，不敢僭越，只当为先生鼓乐开道。"吕不韦笑道："我本一介商旅，谈何僭越？还是上车同行快捷。"内侍使者还是连连拱手："先生奉书，便是国宾，小臣万不敢当！"吕不韦笑道："贵使执意，我便去了。"脚下一踩，三马辎车辚辚驰向古老的城池。

卑弱之君，臣民皆小视。

吕不韦的惊讶不是受宠若惊，而是莫名其妙。

卫国本是西周始封的王族诸侯，立国便是公爵之国。直到春秋之世孔夫子游说列国，卫国依然是春秋十二大国之一。孔夫子那令人尴尬的"子见南子"的故事①，便发生在卫国。然则，自从进入战国，卫国便江河日下了。第十五代国君时，卫国自贬爵位，做了"侯"国。齐国灭宋后卫国大吃惊吓，在第十七代时再次自贬，做了"君"国。从此战战兢兢如履薄冰，守在濮阳龟缩不出。

庶民却不然。殷商遗民们虽然成了周室诸侯的子民，却无心做周人社稷宗庙与僵硬井田的奴隶，对殷商老民驾牛车走天下的传统一心向往之，除了老弱妇幼固守桑麻，精壮男子不是离国经商，便是游学为士，总之是不安于枯守家园。百十年下来，卫国出了许多大商名士。留在濮阳的老国人，只有嫡系正宗的西周王族血统的子民了。这些守望社稷的君臣"国人"自恃血统高贵，分外矜持，既不能阻止殷商老民外流，也不再理会这些"见利忘义"的商人与士子。殷商血统的大商名士们偶然回归故里，也从来不入朝拜会卫国君臣，与老周室老国人也是两不搭界。久而久之，井水不犯河水，老死不相往来。大名士如商鞅者，至死没有回过卫国。此等老传统之下，这个卫君却要"赐"吕不韦"入国晋见"，如何不令人莫名其妙？

说起目下这个卫君，实在是战国中后期一个奇异人物。

要知奇异处，先得说说末世君道。战国之世，一大批西周老诸侯国与洛阳王室的天子一道，都进入了风烛残年之期。同是末世衰微，各个老国的因应之道却不尽相同。大体说来，有五种法式：其一，燕国式。得地利之便，整军固守，拓边扩地而进入"战国"行列。其二，齐国晋国式。地广人众，新地主与士人崛起，庙堂高层恪守王道旧制而不思变革，终于被新贵们推翻替代，晋国成了魏赵韩三国，姜氏的齐国成了田氏的齐国。其三，宋国式。对先祖（殷商）功业念念不忘，不思变革而只图名号惊人，执意称王图霸而遭列强瓜分灭亡。其四，陈、杞式。既非王族诸侯，却又赖大圣贤祖先之名（陈国以舜帝后裔得封，杞国以大禹后裔得封）不思进取，逐渐被列国蚕食灭亡。最后一式，洛阳天子、鲁国、卫国式。此三国都是正宗的西周王族血统，天子王族不消说得，鲁国君是周公

---

① 南子是春秋时卫灵公的夫人，性淫荡。孔子不得已而见之，子路不高兴。孔子急得发誓说自己没做错，否则愿受上天惩罚。见《论语·雍也》。

之后，卫国君是周武王弟康叔之后。进入战国之世，这三国都是执意恪守祖先旧制，丝毫不思变革，国中始终一片死寂波澜不惊。其间，鲁国虽有新士人新地主崛起之征兆，但也只是死水微澜而已，迅速沉寂了下去。三国之君主，也是一色的无为守成，小心翼翼地不开罪任何强国，甚事不做，守到哪日算哪日。虽然如此，鲁国终究还是被齐国灭了。

从此之后，洛阳濮阳两君主更加小心翼翼了。

同是无为守成，洛阳濮阳也是小有不同。洛阳周天子是真正的任事不问，一应"大事"只交给太师处置。王族要依照祖制分封裂土，分便分，一片王畿分封出了"东周""西周"两个公爵"诸侯"，王畿之地真正成了孤城一座。纵然如此，周天子依旧是整日沉湎于残破的乐舞，昏昏大睡绝不问事，此道以周显王为最甚。

卫君的"君道"不同处，在于孜孜不倦地鼓捣这个小城堡中残留的臣民。目下这卫君名怀，时人呼为卫怀君。此君癖好权术之道，纵然其天地小若濮阳一城，也是整日折腾乐此不疲。为了使臣下敬畏自己，卫怀君派出十几个心腹小吏，扮成官仆进入几个县令与几个大臣的府中刺探其隐私。

一名县令很是简朴，一晚就寝，觉得身下有异，起身点灯，揭起褥垫一看，木榻草席已经破了一个大洞。次日清晨，县令尚未进入公堂，卫怀君的特使到了。说是特使，其实只传一句话："闻卿席破，特送新席一张。"放下草席便走了，直将个县令惊得一身冷汗。

白马津是卫国关市设卡收税之重地。一日，卫怀君派人扮作客商，过关时有意向关吏行贿三件玉佩，免了十金关税。当晚，关吏被急召濮阳。卫怀君当头冷冷一句："神目如电，小吏岂可暗室亏心？ 三玉何在！"关吏大惊失色，当即奉上尚未带回家的三件玉佩，并自请重罚。卫怀君却又是一番大笑："吏有改过之心，处罚免了。"小吏敬畏国君神明，也加进了"发私"行列。卫怀君的神明之举，便越来越多了。

除了"神明"，卫怀君还有一长，在后宫与大臣之间设置"螳螂黄雀"之局。卫怀君很是宠爱美妾泄姬，但又怕泄姬父兄借势坐大，便对正妻魏妃表现出异常的尊崇，同时又分别密嘱魏妃与泄姬"发其不法"。对于已经零落稀疏的政务，卫怀君很是倚重信任掌管宫廷事务的长史如耳。怕如耳蒙蔽欺君，卫怀君擢升下大夫薄疑为上大夫，名为襄助如耳，实则使之两相对抗。谁知，如耳与薄疑竟鬼使神差地成了同心好友。卫怀君觉察,立即同时罢黜两人,又擢升了另一对冤家互为"襄助"。人或不解,卫怀君神秘一笑:"螳螂捕蝉,黄雀在后,不亦妙哉!"

卫国有了此等一个神秘兮兮活宝一般的君主,天下名士一片嘲讽。大名赫赫的荀子一针见血地指斥卫君:"聚敛计数之君也! 未及治民也……聚敛者,召寇、肥敌、亡国、危身之道也,故明君不蹈也。"[①]

吕不韦一路忖度,卫怀君狡黠而善秘事,必是探听得自己商旅有成,要派给自己一个"义举"。所谓义举,对于商旅十有八九是"献金报国"。若仅仅是要钱,吕不韦无论如何是要出的,不管此君做何用场,都得出。否则,此君之口会使你在天下沸沸扬扬五颜六色,你却找谁个辩驳? 然则,此君若是别有所图,却该如何应对? 从今日之势看,此君依然是玩弄牵绊衡平之术——鼓乐仪仗相迎以示其诚,君不出面以示其威,分明有求于人,却矜持得要"赐见"于人。此君自以为高明,恩威并出面面俱到,吕不韦却分明看到了一副苍白的可怜相如在眼前。

"濮阳义商吕不韦晋见——"内侍尖亮的通报在飕飕冷风中分外刺耳。

声音"尖亮",阉人。

吕不韦笑了,未曾谋面已将他定在"义商"之位,除了献金能有甚事? 心下一松,跟着导引内侍悠然进了陈旧残破的大殿,过得一座黑沉沉的大屏紧走几步,在中央座案前深深一躬:"在下吕不韦,参见君上。"

"先生请起。"须发灰白的卫怀君虚手一扶,又矜持地一笑,"赐座。"

吕不韦正要到最近的案前就座,却见一名中年侍女悠然

---

① 见《荀子·王制》,《资治通鉴》专引荀子此段言论评判卫国君主。

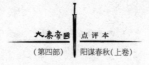
走来,伸手示意,将他领到了卫怀君左下侧的案前,算是完成了"赐座"礼仪。吕不韦释然一笑,席地跪坐案前,却只看着卫怀君不说话。卫怀君笑道:"先生达礼,本君却是待士不周也。"吕不韦知道卫怀君这前半句是说他待君先话,算是通达礼仪,然后半句却是不明,如此国君果然能自责么? 一拱手道:"君召国人,原是常道,在下大幸也。"卫怀君目光闪烁间又矜持地一笑:"先生,无觉膝下有异乎?"吕不韦不看座案之下,只摇头道:"在下愚钝,敢请君上明示。"卫怀君一怔,终于又是一笑:"先生座案之下,草席破洞矣!"

其实,吕不韦入座时早已瞥见了破旧草席上的一个大洞,偏是浑然不觉,要与卫怀君兜兜圈子看他如何做作,此刻肃然一拱:"物力维艰。君上节俭为本,在下感佩不已!"卫怀君似乎愣怔了一下,呵呵笑了:"原是捉襟见肘也,谈何节俭。"见这位君主终于显出困窘之相,吕不韦慨然笑道:"君上既有此言,在下愿献千金,以补宫室之用。"卫怀君却又矜持地端了起来:"果然,义商无虚也。然则,先生区区千金,却与社稷何补? 本君之意,欲请先生撑持邦国,不知先生意下如何?"

吕不韦心下一惊,果然来了,这回显然不是金钱之事,却要小心应对,谦恭笑道:"在下一介商旅,何能撑持邦国? 若是事端之难,敢请君上明示。"

"区区细务,不难不难。"卫怀君笑得分外可人,"本君思忖:先生理财大家,可做我大卫关市大夫,专司十三处关卡税金。每年若能收得万金,三成归先生。先生既有官身,又是公私两利,岂非立身上策乎!"津津乐道,很有几分得意。

骤然之间,吕不韦几乎要放声大笑,然却生生憋住,满脸通红地皱着眉头拱手道:"君上妙算,在下愧不敢当。在下小本生意,年利不过百金,如何有运筹万金之大才? 若是一年收不齐税金,在下倾家荡产事小,误国只怕事大。如此重任,在下断不敢当也。"

"足下大名赫赫,不想却是如此器局也!"看着吕不韦额头涔涔汗水,卫怀君不禁哈哈大笑,且立时将称呼变了,"才不堪任,足下倒也实在。不做便不做,至于大雪天出汗么!"笑得一阵,卫怀君突然压低声音,"然则,足下车马皇皇,不像小本商人也。"

"君上神明。"吕不韦沮丧地苦笑着,"人云衣锦荣归,在下却是虚荣也。这皇皇车马,原是赵国大商卓氏之物,因了寄放在在下的车马客栈里,在下趁着窝冬之期用了这车马。若不是借这车马,在下如何能在大雪窝冬时回乡? 谁个不知阳春三月好上路也。"一番话唠叨仔细,当真一个活脱脱的小商人。

"噢——"卫怀君恍然点头长长地一叹,"既是如此,足下千金也就免了。"

"这却不能。"吕不韦连连摇头,"商旅游子,根在故国,献金原是该当!"

"足下忠心可嘉！然则,何年何月,你才能兑得千金之诺?"

"君上,"吕不韦怪模怪样地一笑,"在下正有千金在车,原是积攒多年要孝敬父母的,明日我派人送来宫室如何?"

"既是在车,何须明日费时费力?"

"正是正是。"吕不韦恍然拍案,"君上跟我去拿,岂不利落?"

"也好。"卫怀君矜持地一笑,起身离座,"本君成全足下一片忠心。"

吕不韦打量了一眼这个肥肥白白的君主,一挥手:"走。"大步走了出去。卫怀君也再没了诸般礼仪,跟着吕不韦便出了大殿。到得车马场,吕不韦向驾车执事低声吩咐几句,执事惊愕得说不上话来,愣怔一阵才从车中提出一个沉甸甸的棕色大皮袋,有意一摇,一阵锵啷金声夺人耳目。卫怀君一挥手,一个老内侍推着一辆手车走来,卫怀君上前两步,亲自接过大皮袋,要解开袋绳验看。偏这吕氏钱袋是祖传手艺,袋口绳是密结暗扣,等闲人休想随意开得。卫怀君一阵摸索,不得要领,大是尴尬。吕不韦面无表情地向执事一点头,笑意憋得满脸涨红的执事过来摆弄了几下,大皮袋松了口。卫怀君甩手打大袋口,一片粲然金光赫然烁目。卫怀君又一挥手,内侍走过来推走了皮袋。

卫怀君这才轻松地笑了:"足下献国千金,却要何赏?"

"但凭君上。"

"传书。"卫怀君转身高声吩咐身后的长史,"赐吕门一世子爵,领封地三里。"话音落点,大袖一甩径自去了。

池子太小,容不下吕不韦。小说委婉解释吕不韦扶秦不扶卫的原因。

辒车出了濮阳北门，吕不韦大笑起来，想一阵笑一阵，笑一阵又哭一阵，最后软软地瘫在了坐榻上。驾车执事心下不安，时不时回头透过车窗瞄得一眼，见吕不韦疲累得睡了过去，才从容驱车在雪原上走马北去。

行得片时暮色来临，遥见前方凛凛刺天的白杨林披着软软的晚霞隐隐红成了一片。驾车执事回头道："先生，前方该当是吕庄了。"吕不韦蓦然惊醒，揉揉眼睛跳下了车："对，正是吕庄！你赶车前行，我后边走走看看。"

执事答应一声，辒车悠悠去了。吕不韦长长地伸展了一番腰身，在冰冷嫣红的旷野中踏雪走去。虽说大雪盈尺，平原之地已经是极目漠漠，几乎没有了任何突兀显眼的物事，吕不韦放眼望去，却仍然清晰地辨认出了烙在记忆里的一草一木一沟一坎，历历数来，感慨万端。

还在大父当家的时候，吕氏一族十三家迁到了濮阳城外。

在濮阳国人中，吕氏既不是周人后裔，也不是殷商老民。殷商时期有吕国，受封国君原为姜姓。庶民以国号为姓，于是有了吕姓。又因国君为姜姓，所以吕、姜成了可以相互置换的姓氏，如同嬴与秦一般。赫赫大名的太公望正是如此，既为吕尚，又为姜尚。因了这个吕尚对西周有灭商大功，非但古老的吕国保留了下来，且太公吕（姜）尚还成为齐国首封国君。如此一来，天下吕氏分作了两处，一为吕国，一为齐国。后来，齐国公室为了与吕国之吕氏相区别，自认了姜氏为姓，天下吕氏便只有吕国之吕氏了。吕国原本是不足百里的小诸侯，刚刚进入春秋之世，被向北拓展的楚国灭了。①

吕不韦依稀记得，自己还是总角小儿的时日，大父曾经

回到濮阳，不可能过家门而不入。

---

① 史家考证，古吕国在今河南省南阳以西，春秋时被楚国吞并。

说过：吕氏失国之后，吕族星散而去了；其中一支逃往齐国，路上有一家族患病难行，脱离主支，留在了濮阳郊野。这个家族，便是吕不韦家族。大父说，当年先祖为何没有继续追赶主支，谁也说不清楚了。只有一点是明白的，这支吕氏自做了卫人，农家生计年复一年地衰微了。大父为了振兴吕氏，离农为商，与熟识的殷商老民一道驾着牛车奔波生意去了。

十年之后，大父小成，积得三百金，率领已经繁衍为十余家的吕氏迁出了濮阳城池，在北门外的老井田里建了一片简朴的庄园住了下来。大父说，老周人欺客，与其住在城中小心翼翼，何如搬出来自家做生意。

大父临终时，吕不韦已经是十余岁少年了。弥留之际，大父抚摩着吕不韦的长发，气喘吁吁地说了一句话："乃父庸才也，光大吕门，在子身也。"至今，吕不韦还清楚地记得这句话，记得大父那殷殷期望的目光。

因了大父的临终遗命，父亲在盛年之期交出了吕氏商社的权力，将尚未加冠的吕不韦推上了商旅之路。就实说，父亲的经商才能确实平庸，襄助大父二十年，独掌生意十年，吕氏商社只积得千金耳耳。然则，若论自明知人，父亲却实在非同寻常。

吕不韦五岁那年，父亲重金聘来了一个曾经在稷下学宫游学三年的濮阳名士，给吕不韦启蒙讲书。父亲对蒙师只有一个规矩："王道礼仪等虚玄之书，少讲不讲都可。时下诸般实用之学，多学益善！"濮阳名士原本杂学一派，东家此说大对脾胃，十足劲头地盯着这个蒙童灌了起来。也是天赋根基，十年之期，吕不韦对商、农、工、医、水、算等诸般实用之学大体通晓，对辩驳求证学问的名家、杂家与主流显学法家、墨家、儒家、道家也大体心中有数，若干名篇更能朗朗上口。

老师本欲再教十年，要将吕不韦教成天下一等一的名士。吕不韦也想再学十年，如苏秦张仪般纵横天下。不想父亲却坚执摇头："此子有商才，通得实学即可，谁却要做名士？先父遗命不敢违，明年，他便是吕氏商社执掌了。"

三十六年梦幻般过去了。父亲已经年逾花甲，他还好么？

"先生，庄门已闭，我该当先行通禀一声才是。"执事早已将车停在庄外，人却返回来一直远远跟着吕不韦转悠，见晚霞褪去天色黑了下来，过来提醒。

"呵，不用。"吕不韦恍然笑了，"一支响箭即可。"

执事答应一声，大袖一扬，一支短箭尖锐呼啸着飞向了庄门望楼的大红风灯。片刻

之间,遥闻望楼一声长呼:"少东信使到,大开庄门——"呼声方落,厚重的庄门隆隆拉开,一座吊桥也同时嘎吱大响着悠悠放了下来,结结实实地轰然搭在了雪地上。

"且慢。"吕不韦对启动车马的执事一摆手,"跟着我走。"大步上了吊桥。人车马刚过,身后吊桥已经嘎吱大响着悠了上去,望楼上又一声长呼:"信使高名上姓——"吕不韦高声答得一句:"西门老总事差遣,车马执事越剑无。"望楼红灯左右三大摆:"信使入庄,庄门关闭——"吕不韦回头笑道:"越执事,日后回庄,如此这般,记住了?"车马执事点头道:"记住了。先生回归故里,不显行迹,是……"吕不韦笑道:"并非故里有险。我若报名,今晚休想安宁也。走了。"

这座吕庄虽是吕氏族业,住的却不仅仅是吕氏四十余家,还有依附于吕氏各家的田户百余家,加上各家仆役、全庄日常生计的十多个作坊的全部工匠,总共有三百余户两千余口。随着吕氏商社日见兴旺,吕氏庄园建得小城池一般。若以战国寻常城池的规模——三里之城五里之郭,这吕氏庄园至少当得一座县城无疑。庄中三条大街十多条小巷,全是一色的青石板道,大街两侧更是老树参天。窝冬之季,日落而息,庄中灯火极是稀疏,但借着厚厚积雪的蒙蒙白光,庄园的整肃格局还是清晰可见。

想到族人识得自己者已经不多,吕不韦在雪地中悠悠漫步,领着车马走街串巷,拐得几个路口,到了庄园正中的一片老宅前。显然是已经得到了庄门望楼的灯火信号,老宅大门已经大开,门厅亮着两盏风灯,一个须发雪白的老人正在阶下雪地里等候观望。

突然之间,老人愣怔了:"你,你是少东?"

吕不韦紧赶两步高声笑道:"相里老爹,我是不韦,识不得了?"

"果是少东也!"老人两手抓住吕不韦衣袖哽咽起来,"十年也,老朽老眼昏花了。"猛然回身高声吩咐,"少东回庄,老宅通明——"只听门廊一声答应,一声声传呼开去,片刻之间院墙内外灯火大亮。

"相里老爹,不韦当年多有轻慢,尚请老爹见谅了。"吕不韦深深一躬,老人连忙扶住,又是一阵哽咽,"少东哪里话来,原是老朽迂阔迟暮,多年回思,老朽终是通明。少东若是自责,老朽无颜苟活也!"

原来,这个相里老爹便是吕不韦初出商道时的那个抱账执事。自吕不韦带着出货执事避开他奔赴即墨做成了第一笔盐生意,这位颇有理财之能的大执事既抱愧在心,又大不服气。抱愧是对吕不韦,不服气却是对着那位出货执事。从此每有生意,这位相里大执事总与出货执事暗中较劲,出货执事自知资历尚浅,从来都是以忍以让,不与大执事发生任何争执,只是唯吕不韦之命行事。几年后,吕不韦全力承担了援助即墨田单的秘密商路,经常带着年轻干练的出货执事在外秘密奔波采货,抱账大执事更是愤懑了。一次,吕不韦随鲁仲连的大货船去了齐国,留下出货执事在陈城继续采购一批兵器,约定两个月后立即装船运出,由吕不韦在之罘接货,再秘运往即墨。但两个月后,货船杳无音讯。吕不韦大急,星夜兼程赶回陈城,才知是抱账大执事拒付货金,理由只有一句:"铁兵交易须得少东亲自出金,他人不支。"出货执事百般无奈,又不好向少东"举发"同事,事情便僵持下来。事由查清,吕不韦勃然大怒,叫来抱账执事严厉申斥一顿,当即拿出两千金要他离开吕氏商社。抱账执事痛悔不已,再三再四地请求留下。吕不韦却冷冷一句:"执小气而毁大义,你不觉惭愧么?"抱账执事脸涨得通红,撇下两只金袋转身走了。

三年后,吕不韦接到老父书简,说相里执事在老庄做了总管。再后来,吕不韦从老庄来人的口中知道了原委。一个夜里,抱账执事风尘仆仆回到老庄,对着老东大拜三拜,一句话也没说昏厥了过去。老父情知有异,连忙请来庄中医家好生诊治,并吩咐一个年轻仆人加意守护。可是,次日清晨抱账执事却不见了踪迹。老父大急,立即派族人四处寻找,三日三夜找遍了方圆百里,还是没有踪迹。老父一番寻思,派了三个得力精壮,甚也不做只专门寻访大执事。一连三年,终于在即墨海边找到了已经变成疯汉的大执事。车马送回吕庄,老父整日守着这个昔年最是忠诚能事的大执事说道个没完,几个月下来,大执事终于渐渐平静了下来。

当吕不韦知道了这一切的时候,深深为自己的操切轻率自责不已。老父的作为,使他第一次真切地明白了何谓义商。也就是在那时候,他写下了《无义》篇,写下了那句永远烙在心头的话——义者,百事之始也,万利之本也,中智所不及也。

"不韦呵,是你么!"

一声颤巍巍的呼叫,使女扶着一个白发老人从灯影里匆匆走了过来。"娘!"吕不韦鼻翼顿时一酸,叫得一声迎面拜倒。"不韦呵,儿起来,甚话别说,教老娘好生看看……"吕不韦默默起身,听任母亲摩挲着自己的脸膛,听任眼中的泪水洒在母亲枯瘦苍老的手指上。老相里也是伤感得唏嘘不已,抹着泪水道:"老夫人,雪后风大,还是进堂说话了。""也是。"母亲哽咽着一点头,颤巍巍转过身来,吕不韦连忙扶住母亲上得宽大的青石台阶进了正屋厅堂。灯火煌煌之下,偌大厅堂空荡荡了无一人。

"娘，老父歇息了？"吕不韦心下顿时一沉。

"只怕是偎着燎炉。你去，娘等着。"

吕不韦将母亲交给使女，大步绕过木屏穿过耳房，小心翼翼地推开了书房厚重的木门，再绕过一道大木屏，愣怔得挪不动脚步了——一盏高高的铜人灯下，一具燎炉燃着通红的木炭，一个雪白的头颅在苍老佝偻的身躯前一点再点，一丝细亮的口涎伴着粗重的鼾声连绵不断——倏忽十年，父亲苍老如斯！

"父亲！"一声哽咽，吕不韦跪倒在冰凉的石板上。

鼾声突然终止了，雪白的头颅蓦然抬了起来，摇摇，再摇摇："是，不韦？"

"父亲，不韦回来也！"

"好好好，好呵。"父亲呵呵笑了，"忒般大了，哭个甚来，快起来，脱了皮裘轻松些个。这大燎炉呵，盛得一斗半木炭火，暖和得紧也。方才还与你娘说话，如何瞌睡了过去？呵，我还撑持得住，莫上心。"老父亲兀自唠叨诉说着，伸出竹杖比画指点着，却始终只坐在燎炉前没有挪动半步。

吕不韦挂好皮裘，转身一打量恍然变色："父亲，你，瘫了？"

> "瘫了？"问得太过直接，少了人子的情谊。

"走不得路怕甚。"父亲呵呵笑了，"天意也！奔波一生，走路太多，却又一事无成，上天教我歇了，歇了。"

吕不韦长叹一声，良久默然。父亲不若母亲。父亲秉性是卫国商旅的老规矩：商人重和，和气生财，从来不喜怒形于色，永远都是平和冷静地处事待人。除了丧葬大礼，卫商是忌讳动辄伤感的。对这样的父亲，任何抚慰都会显得多余，除了商旅大计的成功，作为掌家长子，几乎没有教父亲感到快慰的亲情琐事。

> 严父慈母。

"父亲，到厅堂去。"吕不韦推来了书案旁的两轮手车，

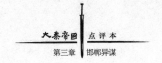

扶着父亲坐了进去，"饮得几爵，也好消消寒夜。"父亲坐进手车依旧呵呵笑着："不韦呵，十年不归，得听你好好说说外边的世事了。"吕不韦悠悠地推着轻巧的竹制手车，这才注意到所有的门槛都锯断了，所有的台阶旁都有了一条平滑的坡道。父亲原本节俭，厅堂寝室书房从来不铺地毯，只是一色的光洁石板，若非半瘫枯守，只怕原先的小燎炉也不会换成一斗半木炭的硕大燎炉。

到得正厅，使女已经将茶煮好。刚饮得一盏，相里家老已指点着厨下仆人上酒上菜。片刻之间，三案酒菜整齐备好。吕不韦看得一眼，叫住仆人吩咐道："再上一案，相里家老入席。"老相里连忙笑道："不须不须，老朽在小厅陪越执事也是一乐。左右少东不急走，老朽改日专陪一席如何？"父亲笑道："慢待越执事也是不妥，还是家老明白。不韦有心为敬，也是好事。"两句话抹个溜平。吕不韦只好一拱手笑道："如此多谢家老，改日你我痛饮。"老相里连连答应，一拱手笑呵呵走了。

母亲指着热气腾腾的大爵笑道："不韦呵，这是家酿清酒，尝尝如何？"

吕不韦捧着大爵肃然长跪："父亲，母亲，不韦十年不归，有失孝道。此爵敬我高堂，万寿无疆！"说罢举爵一饮而尽。父亲却只轻轻啜得一口笑道："卫商老话，商旅无孝道。说的便是这经商奔波之人，难以尽寻常孝道。不韦说则说矣，莫为此等事当真上心。大孝者，成先祖之遗愿，大我门庭也，岂有他哉！"母亲也跟着笑了："说归说，你要门庭大，我却只要儿子好。"此时吕不韦又饮得一口热酒，对着母亲一笑："家酿清酒果真香醇，上品！"母亲高兴得眯起眼睛笑了："只可惜也，家门无酒徒，娘这酿酒术也无人鉴赏了。"吕不韦哈哈大笑："娘有几多存酒，全教我带走如何？""好也！差不多一车够了。"母亲开心地絮叨着，"这吕氏清酒，原本是濮阳有名了。你大父迁出濮阳，关了酒铺，那些吕氏酒痴还追到庄里来买哩。后来吕氏布帛生意大了，你大父不教娘酿酒，只助你父验布管布了。这一车，还是那年停酿时藏下的，都快三十年了，是留给你回来……"母亲又哽咽了。

"不韦呵，你这十年，缓过劲来么？"父亲呵呵笑着岔开了话题。

"非但缓了过来，且进境多也！"吕不韦喟然一叹，"十年前，我因援齐抗燕，使吕氏商社陷入困顿拮据，几于倒闭。父亲非但不责怪于我，反书简宽慰我，说此乃天下大义，败则败矣，无须上心。后来，父亲又派人送来老宅镇库底金两万，嘱我撑持下去。若非父亲深明大义，不韦何能撑持到田单复齐……"

父亲呵呵笑道："此等事不说了,我知道。你只说目下如何?"

"后来,商运大开!"吕不韦拍案笑道,"目下,吕氏商社专做三大行生意:盐、铁、兵器。丝绸珠宝维持日常开销。除了秦国,山东十八国国国有店,全部执事工匠两千六百一十三人。"

"盐、铁、兵,其利几何?"

"盐、铁之利,十倍上下。兵器之利,三、五、十倍不等。"

"四宗生意,年出货量几多?"

"盐两万车上下,铁百万斤上下,兵器年成交两三次,每次百车上下。"

父亲默默掐指运算一番,声音颤抖了:"利金,三十万上下!"

"不止。"吕不韦摇摇头,不无骄傲地伸出了拇指小指。

父亲默然了,良久,终是粗重地叹息了一声兀自喃喃不断:"上天,匪夷所思也匪夷所思也,吕氏终成天下巨商了,天下巨商了,好生想想,好生想想。"

吕不韦笑道:"父亲所想,可是金钱之出路?"

"不韦,随我到书房。"父亲断然一句,径自摇着车轮走了。

大书房中,红红的木炭火映着父亲紧锁的雪白长眉。吕不韦颇是犯难,把不定该如何向父亲说明自己的转折决断。父亲不是昏聩老人,不说,问心有愧。然父亲毕竟已经风烛残年,如此渺茫的冒险说得太透,累他老人家忐忑不安,也是问心有愧。反复思忖,也只有随着父亲的话头随机应变了。

"不韦,六十万金,堪比一个诸侯国了。"父亲第一次没有了呵呵笑脸。

"活金堪比,真正财富不堪比。"

"商家无闲钱。如此巨金,你要派何方用场?"

吕不韦思忖道:"商家以牟利为本。敢问父亲,耕田之利几何?"

"劳作立身,其利十倍。"

"珠玉之利几何?"吕不韦问。

"珠玉无价,其利百倍。"

"若得谋国,其利几何?"

"谋国?"父亲大是愣怔,"邦国焉得买卖? 何谋之有?"

吕不韦字斟句酌道:"譬如,拥一新君,掌邦国大权。"

"……"父亲默然，良久，竹杖笃笃顿地，"如此谋国，其利万世不竭！"

吕不韦顿时如释重负，轻松笑道："父亲明白若此，不韦便大我门庭，或可做一回范蠡、白圭般的国商。"

"业已选准利市？"

"奇货可居，唯待上路。"

《战国策》载有"奇货可居"的来历。

"不韦呵，"父亲竹杖点着石板，"志固可嘉，风险却是太大也！"

"父亲说得对。"吕不韦悠然笑道，"谚云，商险在财，政险在身。以奔波之劳、情义之失、荡产之危为代价，而谋财货之利，商人之险也。以心志之累、终身毁誉、身家性命为代价，而谋定国之利，从政之险也。世无风险，雄杰安在？我吕氏积三世之力，累金巨万，当有大图谋也！巨财小谋，岂非暴殄天物？大谋者，谋国为上。若不谋及天下苍生安危，不将吕氏一族刻于青史之上，我金价值何在？你我父子，又于心何安？"

父亲静静地倾听着，老眼中闪烁着异乎寻常的光彩，终是拍案长嘘一气："不韦呵，有志气！比父亲强。老父信你。纵然破财灭族，老父不悔也！"

"父亲……"吕不韦泪水盈眶，对着白发苍然的老父亲深深一躬。

此后几日，吕不韦沉沉大睡。日上三竿方起，用过饭便与等候在厅堂的族人们饮茶聚谈。三五日过去，家主们来遍了，厅堂没有等候者了，吕不韦便自己在庄中挨家拜会，族人完了便拜会田户工匠与仆役，一连月余，忙碌得不沾家。进入腊月，终于将全庄人家走了一遍。大寒这日，吕不韦吩咐厨下在自己的小庭院备好了三案酒菜，特意请来了父亲与相里家老，

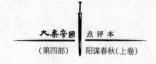
备细说了自己走动月余所得知的诸多隐情，末了满腹感慨道："吕庄生计，囿于卫国之迂腐旧制太深，与天下潮流远矣！不韦之见，吕庄之法须得有变。否则，吕氏一族终将生出祸乱也！"

吕不韦所说之生计，是吕庄的"田商两分"现状。当此之时，天下已经是战国中后期，卫国却依然是井田旧制悠悠不变。由于吕氏族人是"国人"，有着一份永远不变的"王田"——每户三百亩，不管你是否耕耘，这份根基之田都是世代承袭的。然则，吕氏族人户户为商，几百年下来，几乎没有一人耕田了。田土是根基，虽然不耕，却也得占着。于是，吕氏族人各自容纳了多少不等的逃亡隶农，来替代耕耘。这便是所谓的"附庸田户"。这些田户，原本大多是他国逃亡的奴隶，替主家耕田，自然只是求得吃饱穿暖而已，田中五谷所收，悉数归于"国人"主家。若是浅尝辄止，似乎一切都是平和的天经地义的：逃亡隶农衣食无着，吕氏族人收留了他们，理当为吕氏族人无偿耕耘；更何况，吕氏族人并无王族国人作威作福的恶习，善待隶农，与他们同庄而居，虽贫富天壤之别，却是比濮阳城内王族国人的田户强得多了。然则，祸乱之根恰恰便在这里：濮阳王族国人的田户，大多是卫国残留下来的公田老隶农，终生不出国门，根本不知道天下大势潮流，认定了做牛做马是隶农的天命；吕氏族人容留的逃亡奴隶却不一样，四海漂泊而来，对各国变法潮流与新田制大体上都能说道得一二，留在吕庄，图的是卫国尚算太平，吕氏族人尚算宽厚；然则世事一旦有变，或起战端，或遇天灾，或是国事之乱，隶农们终究是了无牵挂抬脚便走，轻则逃亡一空，重则劫主造反入山为盗，如同楚国的盗跖军一般。生计旧制而致灭族之难，吕不韦所说的祸乱根源正在这里。

一席话说罢，父亲与老相里不约而同地倒吸了一口凉气。

"少东说得是。"这次相里家老先开口，"族人皆商，户户累金百千，若果真有动荡之险，后果不堪矣！少东阅历甚丰，必有良策。"

父亲脸色少有地阴沉着："事虽至大，也得看办法如何。"

"我意只在八个字：分买田劳，除人隶籍。"吕不韦拍着书案一字一顿，"分买田劳，是一体两事。其一，分买耕田。族人将耕田分出一半给田户，以目下田价之五成折算，卖给田户，许田户在十年之内以谷物劳役抵消。其二，此后，族人若以田户代耕，须得出金买劳，如此两便。除人隶籍，是将族人所握田户之隶籍证物悉数销毁，将老壮田户、隶籍仆役之身躯残留的印记悉数医治，不能医治者则掩盖，使田户仆役与我族人同为吕庄庶

先治家,再治国,吕不韦
小试牛刀。

民。如此做去,祸根消除,吕氏必得平安也!"

"壮哉少东!"老相里拍案赞叹一句,却又皱起了眉头,
"这除人隶籍,本是邦国之权。一庄私除,若是卫国官府追
究起来,只怕难以应对。"

"此一时彼一时,目下大势,卫国何敢追究?"吕不韦便
将路过濮阳时卫怀君的种种做作说了一遍,末了笑道,"卫
国君臣,心思尽在聚敛搜刮,只要收得税金,何管你是隶籍还
是国人?再说,若卫怀君稍有异动,我族便扬言迁徙赵国,他
却舍得么?"

"好好好。"老相里笑得很是开心,"少东见得透,老朽茅
塞顿开也!"

父亲也呵呵笑了:"这分买田劳,未免烦琐。吕氏族人
左右不缺那几个钱,索性将耕田送给田户一半,也是个世代
人情。"

"父亲差矣!"吕不韦认真地看着父亲,"荀子有言,人之
性恶,必待师法而后正。人无师法,则偏险而不正。田户有
勤懒良莠,若无偿送田,使唾手而得,反不知珍惜,勤耕劳作
之心必减。作价卖与田户,则能激励人人勤耕,争相早日抵
消债金,以使耕田归己。当年齐国之田氏,正是这般'私制'
崛起也。秦国奖励耕战,变疲民为锐士,奥秘也正在于奖勤
罚懒,岂有他哉!"

父亲长嘘一声,竹杖一点:"相里家老,此事你筹划。宜
早不宜迟,来春启耕前分买田土。"

"老朽遵命!"相里家老慨然一拱手,嘿嘿笑得不亦乐
乎。

"笑个甚来?"一语未了,老父亲也呵呵笑了。

"老也老也,竟经得一回'吕庄变法',高兴也!"言未落
点,三人一齐大笑起来。

　　整个冬日，吕不韦帮着老相里奔波谋划，将这"吕庄变法"做得分外扎实细致。老田户们闻听感奋不已，全然忘记了窝冬，整日忙碌备耕，偌大吕庄一片热气腾腾。大年那日，吕庄社火通宵达旦。父亲与老相里硬是被田户们抬了出去，神灵般坐在火把簇拥的高车上在全庄周游。吕不韦破例没有出门，陪着母亲在燎炉前守岁。

　　"不韦呵，娘有一事，你须得有个说法。"老母亲第一次这般认真。

　　"娘，又是婚配事了。"吕不韦笑了。

　　"婚配事小么？"母亲板着脸，"你业已三十有六，该当续弦了。老话说，不孝有三，无后为大。你当真不教娘看看孙儿了？打实说，我已托家老在濮阳物色得一女，大夫门庭，人家对你也略微知道些个，若是提亲，谅来没有大碍。教娘说，这次便成亲，你只要住得三月，妻有身孕你便走，娘不拦你。商旅多别，难为人丁呵……"

　　"娘……"吕不韦眼睛也红了，"娘，儿多年未得续娶，并非定要官门之女。目下世事，商旅之家已经不再卑贱了。儿若想做个大夫，立即便能做。儿对母亲起誓：两年之内，定然婚配，否则，听娘指妻！"

　　"你呵，"母亲点点儿子的额头笑了，"有可意女子？"吕不韦一点头脸却红了："只是，年岁太小，有些不当。""太小？二八小女？"吕不韦点点头："若是大得几岁，也许给娘带回来了。""是这女子要嫁你，对么？""娘说得是。"

　　"不韦呵，"母亲慈和地笑着，"女小不为过。只要她家门有教，能跟你甘苦始终，纵是迟得两年再娶，又有何妨？娘只担心，你不用使女，身边又没有个女子操持衣食寒暖，终是活得不浑全呵。"

　　"娘，"吕不韦勉力笑着，"夫妻为人伦之首，儿只是不甘

　　吕不韦的妻室姬侍，与异人及嬴政有关。"绝好善舞者"（《史记·吕不韦列传》）何时出现，且拭目以待。

轻率罢了。两年之后,娘定然满意便是。"

"好,娘等着。"母亲拭了拭眼角,一如既往地笑了。

倏忽之间,冬去春来,雪消冰开,中原大地的启耕时节来临了。在这耕牛点点的时刻,一骑快马出邯郸,渡大河,从白马津直下了吕庄。是夜,吕不韦小庭院的灯光直亮到东方发白。清晨时分,驾车执事越剑无一马去了白马津渡口。暮色时分,邯郸来人也飞马离庄。吕不韦也开始了诸多头绪的忙碌。

这一日,正是清明节气,夹道杨柳在纷纷细雨中现出湿漉漉的嫩绿,族中商人的车马也在细雨中急匆匆地上路了。清晨起来,吕不韦去庄外祭扫了祖先陵园,回来收拾好车马便要向父母道别。正在此时,相里家老走过来低声道:"老朽送少东上路,两位老人从后山去祭祖了。"吕不韦痴痴一阵,对着父母亲的庭院深深一躬,回身又对家老深深一躬:"相里老爹,拜托了。"老相里顿时老泪纵横:"少东毋忧,天佑吕氏,老主家平安大吉。代老朽给西门老兄弟道个好……"吕不韦认真一点头,转身大步出门去了。

辎车辚辚出得庄门,吕不韦愣怔了——吊桥内外的大道两边,男女老幼齐刷刷夹道而立,除了族中的晚辈少年,全数都是吕庄田户,细雨蒙蒙之中,一眼望不到尽头。骤然之间,吕不韦两眼酸热,泪水盈眶涌出,一个挺身站上车辕拱手高声道:"父老兄弟姐妹们,不韦告辞了! 不韦不会忘记故土,不韦还会回来——"

"少东恩公,万岁——"绿蒙蒙原野一声春雷般的呐喊。

"后生们上! 抬恩公上路——"一个苍老的声音喊了一声,吊桥里边的大群精壮一声呼喊,黑压压围过来抬起辎车牵走三马,一声"万岁"呐喊,嗨的一声虎吼,一辆足足两千斤重的青铜辎车忽悠上了肩头。

细雨蒙蒙,号子声声,雨水夹着泪水,吕不韦战栗的心田湮没在了无边的绿野之中。

这是公元前260年的春天。吕不韦踏上了西去秦国的漫漫官道,开始了一条亘古未闻的谋国之路。低谷时期的战国历史,轰轰然翻开了新的一页。

第四章　咸阳初动

一　幽幽南山　不宁不令

　　四月，长史与给事中属下的两大官署，随着老秦王悉数搬到了章台别宫。

　　战国之世，中原大河流域的气候与今迥异。林木苍苍，潮湿炎热，大象犀牛鳄鱼等诸般丛林热地动物寻常可见。号称"金城汤池"的大咸阳，虽占尽兵家地利，然在气候上却正好窝在渭水一个臂弯里，背后是高耸的北阪，东西是构成巨大河湾的林木山塬，唯余南面来风，却有远处的南山（秦岭）巍巍然横亘数百里。大风口不利，咸阳的夏日分外湿热。时人谚云："金城无风，汤池多水，逢夏流火，燎炉烤背。"说的是这大都咸阳，逢夏火炉一座，整日价挥汗如雨。商鞅建造咸阳之初，在南山风口章台旁为孝公建了避暑的别宫，可见选定咸阳城址并非不知其弊，只是利害权衡更重安危罢了。

　　剑齿虎出现在这里不奇怪，大象、犀牛、鳄鱼这些热带或亚热带动物出现在秦岭附近或以北，还"寻常可见"，终归有点离奇。

　　年年入夏，秦昭王都要在章台旁的别宫住得三两个月，轻车简从，一有大事立即赶回咸阳。然则今年却是不同，非但兴师动众地迁去了王室直属的所有官署，且明书朝野：太子嬴柱镇国，丞相蔡泽晋爵纲成君，开府总摄政事。书令一发，咸阳老秦人纷纷揣测，然慑于"不得妄议国事"的法令，只能是私相窃窃罢了。

　　国事不明，国人议论不安，春秋战国谓之"国疑"。寻常多见者，大多是"主少国疑"，说的是幼主在位，国人对朝局动向多有疑惑揣测。如秦昭王这般雄强君主在位，而使国中扑朔迷离者，却是当真少见。究其竟，在于秦昭王在位五十余年，目下已经是年逾七旬，如此明书朝野，大有临终善后意味。大争之世，一代君王一代国命，其对庶民生计的作用无论如何估计都是不过分的，更兼太子的平庸孱弱朝野皆知，国人难免疑窦丛生。

长平之战后，秦与六国之间无大事，秦的扩张之势稍微放慢，围邯郸而不得，主要战绩是取鲁、取西周。秦昭王有闲暇安排后事。

　　老秦人窃窃私语，尚商坊却是响动大起。尚商坊是咸阳建城时特辟的山东六国商贾区，也是六国商人与游士学子在秦国聚居的坊区，赫赫然十余万人，超过了任何一个大都会的外国商旅之数，只有战国初期的魏国都城安邑与齐宣王时期的临淄可与之比肩。尚商坊大商名士云集，议论国事全然战国奔放之风，火辣辣热腾腾以切中要害为能事。秦国每有大举，尚商坊一片议论一片忙碌。议论之要，是传播消息辩驳根由论争对策。忙碌之要，是向本国急发"义报"，警告预为应对。秦昭王书令一发，尚商坊便有了一个惊人传闻——老秦王风瘫了！秦国要乱了！无论是酒肆客寓，还是行商坐贾，到处一片慷慨高声，话题惊人的一致：秦国势必衰落，山东该当如何？

　　风声很大，咸阳官府却一如既往的平静，既没有依秦国律法追查六国商人"妖言惑众"，也没有加强商旅关卡的盘

查，更没有尚商坊传闻的大举动——封锁函谷关，强征六国商人以重税，而后尽行驱赶六国商旅，从此闭关自守。如此旬日过去，六国商旅们大惑不解，不敢造次生事，渐渐平静了下来。

在这主老国疑国人惶惶之中，一支马队拥着一辆青铜传车出了咸阳，直向南山而来。尚商坊又是一则传闻：谒者传车非时出城，老秦国必有异动！①

谒者传车进得南山河口，谷风习习凉爽宜人，湮没在遍山林木的章台更是一片清幽静谧。传车从林间大道进入章台石门，稳稳停在了长史官署廊下。长史大臣桓砾迎了过来，与谒者低声交接了几句，从谒者手中接过一只两尺见方的铜箱，匆匆向秦王书房去了。方到长廊尽头，桓砾见白发白须的老给事中向他摇了摇手，示意稍候片刻。两人都是老臣子了，只此一个手势便清楚：老秦王正在午眠。桓砾一句话不说，肃立在廊下静候。

过得片时，书房大门无声滑开，一个少年内侍走出来向老给事中一点头，给事中又向桓砾一招手，接着长声一呼："长史桓砾晋见——"

书房隐隐传来一声苍老的咳嗽，桓砾抱着铜箱走了进去。

章台的王书房原本宽大简约，除了高大耸立的红木书架，便是几张厚重宏阔的书案。而今，这王书房已经被改得面目全非了：两进连环，里间做寝室，外间是书房，中间立着一面黑沉沉的大木屏；纵然寝室近在咫尺，书架环立三面的中央空阔处，还是有一张可坐可卧的特大木榻；木榻前一张长大的书案，案上竹简码成了一道连绵"文山"。隐隐之间，说不清是寝室还是书房。自进南山，古稀之年的秦昭王觉得别宫与章台虽然邻接，毕竟不便，索性搬进了章台王书房不动了。自进书房，老秦王终日半卧在那张长大木榻上，时睡时醒，一切都是断断续续没有任何定准，桓砾与老给事中的弓弦始终绷得紧紧的。

国君的随行官署有两大系统：一为长史署，是国君处置国务及直属财政的官吏系统，后世一度演变为中书省；二为给事中署，是以内侍机构为中心的国君生活官署。不管国君走到哪里，这两套人马都是随行跟进的。所不同的是，秦昭王往年出巡或避暑，都只带两署的几名干练吏员，主管大臣长史与给事中倒未必跟随。这次却是不同，非但两套官署全数随行，且事先对章台做了一番大大的修葺改建。这修葺改建，是王室尚坊

---

① 传车，装载王室文书的专用车辆，方正如箱；谒者，战国时秦国职掌传送文书的官员。

直奉老秦王书令秘密进行的,长史与给事中两位贴身大臣都未曾预闻。官署悉数随迁章台,桓砾也只是在临行前三日,才从老秦王口中得知的。

已经做了二十余年长史,种种密动迹象已经使桓砾有了一个明晰判断:老秦王必有特异之变,要长住章台别宫了。究竟何变?桓砾自然有所揣测,但未奉告知,却也决然不能说破。进得别宫旬日,老秦王深居简出,连他这原本时时不离王室书房的枢要大臣,也见不上秦王了。今日若非谒者送来极重要上书,他还是不能晋见,唯其是进驻章台的第一次晋见秦王,桓砾心下有几分忐忑不安。

进入业已生疏的书房,桓砾正要行礼参见,却见榻上的秦昭王一指榻侧座案,又对身后侍女一招手。侍女轻盈地飘了出去,片刻间带着老给事中走了进来。

"两位,皆本王腹心。"苍老沙哑的声音飘荡着,"今有一事告知:去冬岁寒,本王不意风瘫在榻。当此非常之时,务须严守机密。"

"老臣遵命!"桓砾与给事中异口同声。

秦昭王眯起了老眼,给事中立即说了声"老臣告退",轻步出了书房。秦昭王微微一抬手:"长史,甚事?"

"启禀我王:纲成君与太子上书。"

"噢?"秦昭王白眉一耸,"念来听。"

"纲成君上书。"桓砾展开一卷念道,"臣奉王命,晋爵开府,大局如常,唯一事颇见蹊跷,不敢不报:臣三次相约太子议政,太子皆未能如约。臣遂赴太子府就教,方知太子业已卧病不能理事。事关邦国社稷之根本,臣不敢不言:太子年已五旬有余,沉疴积弱,隐忧已显。臣不揣冒昧进言,我王当未雨绸缪,早断太子立嫡大计。纲成君上书完。"

太子身子弱,不是什么秘密,秦昭王也无废太子之心。

"啪!"秦昭王轻轻一拍榻边扶手,没有说话。

"太子上书。"桓砾又展开一卷，"儿臣启禀父王：嬴柱受命镇国，政事繁剧，肩负重大，唯任劳任怨以报国家。然唯有一事，儿臣戚戚不能决断：嬴柱已过天命之年，尚无嫡子，难以为继，今欲请王命，拟在诸庶子中择其贤者立嫡，以为社稷存续，敢请父王决断。太子上书完。"

"……"

良久，秦昭王微微开眼，嘶哑缓慢一句："长史，密召蔡泽。"

桓砾答应一声匆匆去了。国君秘密召见大臣，历来都是给事中奉命执行，今日下令长史，桓砾自觉有些异常。不及细想，当即派出干练吏员驾车奔赴咸阳，暮色时分接来了蔡泽在长史署等候。初夜掌灯，老给事中来传秦王口谕：长史桓砾，随同纲成君蔡泽一同晋见。

在给事中导引下，两人穿过了布幔密封的长长永巷，到了章台最隐秘的无名室。桓砾知道，这里是秦昭王当年与范雎密谈昼夜的地方，等闲大臣几乎永远不可能踏进这个神秘的处所。可是，如今这密室也改得寝室书房含混不清，除了隐秘二字，说不上这是甚个用场的所在。

"臣蔡泽参见我王。"蔡泽的尖亮嗓音在四面密闭的石室也显得低沉了。"臣桓砾参见我王。"爵位低得几级，桓砾只能跟在后面行礼。

秦昭王的眼睛微微启开了一条细缝："纲成君，入座。长史，书录今日对答，交太史令。社稷续断，总要对先祖后世有个说时也。"

桓砾这才明白，今日是要他代替史官笔录君臣对策。依照传统，史官所录，大体皆为曾经发生的国事，如颁行修改法令、祭祀天地、晋升贬黜大臣、对某国开战等等。君王之言谈寻常不录，除非国君自认为须得笔录，或对谈臣子以为重要，事后追录而交太史令。寻常时日，史官并非如影随形般追随

异人远在赵国，国内毫无根基，竟能借吕不韦之力争夺大位，吕不韦固然是奇才，异人想必也有其能耐和悟性。安国君二十多个儿子，有出息的，看来真是不多。

国君左右。今日应对，要长史大臣亲自笔录，桓砾顿时觉得此事非同寻常——既为密谈定策，必是一时不能明告朝野的机密大事；然又要笔录在案，则是必须显示：国君曾经就此大事有过决断。笔录其所以要交太史令入典籍库收藏待查，是国君对先祖后世乃至朝野的一个交代凭据。蓦然之间，熟读史籍的桓砾觉得老秦王似乎在仿效当年的周公之法。

西周初年，周武王病势沉重。周公祭祀天地，默默对天发誓：愿代天子身死，祈求上天将自己的寿命续于天子。此事举动颇大，周公自然得许史官笔录。然则，祭祀祷告之内容，史官与随祭大臣却一无所知。周礼法度：祭祀天地祖庙之祷告书，须交史官入库待查。所以，大臣与史官谁也没在意周公的哑祷。不想，周公却将祷告书当场锁入金匮密封，而后交太史令入王室典籍库，严令非王命不得打开。于是，周公祭天遂成了一个谜。年余之后，周武王病逝，年幼的周成王即位，周公总摄国政。一时流言四起，纷纷诋毁周公居心叵测。有人密告周成王：当年周公哑祭天地，是要诅咒武王早死，以篡夺天子之位。成王大疑，亲自进入王室典籍库，打开了周公密封的祷告书。一看之下真相大白，周成王涕泣不已，从此深信周公不疑。

目下老秦王说要对先祖后世有个说时，分明是有难言之隐而借此表明心迹。从来都是凛凛断事的老秦王，今日如此谨慎，足见此事之微妙难测。桓砾虽隐隐地有所意会，但心下依旧是腾腾直跳。

"纲成君。"半卧榻上的秦昭王终于开口了，字斟句酌，分外清晰，"老夫年逾古稀，人生苦短矣！本以为雍城祭天，上苍会赐老夫些许寿命。不意乍逢风瘫，以致病卧不起。天意如此，夫复何言？见君上书，老夫何尝不忧也！"

"我王毋忧。"蔡泽一声哽咽，"王执秦政五十有四年，迭

做臣子的，除了山呼万岁、祝君万寿无疆，实在不好说什么。

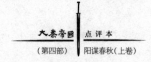
克危局,连度险难,使大秦成皇皇大业。纵是今日国事繁难,亦终得上天庇护而安邦定国,何忧之有?"

"纲成君差矣!"苍老纵横的沟壑中抽出了秦昭王的一丝笑意,"我即位秦王,前二十余年为太后、穰侯之功。嬴稷亲政,唯成一事:大摧赵国,使秦国最大强敌衰落。余皆不足论也。然,嬴稷亦有一大缺失:空享高寿,未栽培得一个雄强太子,太子之后,亦无一个才堪继统的嫡子。后继乏力,我心何安……查勘王孙,择贤立嫡,非一日可成之事也。然六国环伺,虎视眈眈,岂容我从容决断? 两难之境,本王何堪矣!"苍老颤抖的声音飘荡在密室,弥漫出一片晚境老人的凄伤。

笔下一抖,桓砾的一滴大泪噗地从羊皮纸激溅起来。

"君若出得良策,当是大秦不世功臣。"秦昭王喘息着补了一句。

"臣启我王。"蔡泽平静了许多,从容答道,"太子之弱,王孙之立,臣一时实难就事断事。然臣为丞相,开府统政,自当有总揽全局之策。臣前出计然七字策,为在富秦。目下之势,却在安秦。臣有八字方略,可安秦国十年,以使我王得以转圜。"

"……"骤然之间,秦昭王目光大亮。

"息兵养国,决内安统。"蔡泽一字一顿。

"姑且说来。"秦昭王语气平淡,目光却是连连闪烁。

蔡泽侃侃道:"八字三事,原为一体。大统续断,社稷安危之头等大事也。然此事非兵争扩地,立决立断反易铸成大错,唯假以时日徐徐图之,可保得当。唯其如此,须外事无忧,国家无战乱兵争之危,方可争得时日。河内、南郡、燕齐、长平,四次旷世大战后,大秦乏力,山东六国更见衰弱,合纵

子嗣之事,还得秦昭王自己道出。也相当于一个自我评价。

大道往往简约,有用之策,往往几个字可也。

攻秦业已难以为继。当此之时,我对山东外可虚张声势,而内行息兵养国之策。就实而言,一不扩军,二不打仗,只图自守;自守之下,养息民力,整肃吏治,以为未来新君扎下根基。若能持此守势而息兵养国,我王可从容决内,立定大统继承,此谓决内安统也。决内须得有时,有时须得息兵,息兵养国,方可得时决内。一生二,二生三,三生万物。相辅相成,此谓八字三事皆一体也。"

"息兵养国,决内安统。"秦昭王轻声念叨一句,默然片刻,一拍卧榻扶手,"好!便是这八字方略。纲成君,惜乎老夫垂垂,不能对你一拜了。"

"君上……"蔡泽一声哽咽拜倒在地。

秦昭王摇摇手,默然片刻,叩着扶手低声道:"长史起书:纲成君蔡泽得对太子嬴柱诸子详加查核,择其贤者,报本王决断。查核之法,许纲成君酌情行事,太子府无得干预。"

"……"蔡泽顿时惊愕,默然片刻肃然拱手作礼,"臣启我王:太子立嫡,事关社稷,唯我王会同王族资深大臣决断处置,方可平息国疑,服膺朝野。臣资望不足,更兼素不熟悉王子王孙,若有失察,纵身死不足以补过也!"

"纲成君,"秦昭王罕见地笑了,"君之八字,解得老夫忧烦,何其操持之功却要推辞?八字三事,息兵不难,难在养国与决内。两事相比,养国不难。秦有成法循吏,养息民力尽可交太子督察,谅无大碍。唯立嫡一事,难矣哉!若老夫可一书决断,岂能等到今日?"喘息得片刻,突然低声吩咐,"长史,将本王密匣打开,请纲成君过目。"

桓砾一溜碎步从帷幕后搬来了一只铜箱。秦昭王抖索着枯瘦的右手拉开了胸前大领,赫然现出一支晶晶亮的铜钥匙。桓砾肃然一躬,趋前双手轻轻取下,当的一声打开铜箱捧到了蔡泽案前:"纲成君请。"

小心翼翼地浏览完十多卷竹简,蔡泽额头汗水涔涔,勉力镇静心神道:"臣愿奉命,唯有一事,尚请我王允准。"

"何事?"

"两年之内,许臣随时晋见。"

"可也。"秦昭王点点头,"老夫也有一说,纲成君斟酌。"

"愿闻王命。"

"至迟三年，须得底定。"

"臣谨奉命！"见老秦王呵呵笑得一阵不再说话，蔡泽一躬，"我王保重，臣告退。"秦昭王对外厅一招手："给事中驾王车，礼送纲成君。"老给事中隔门一声答应，领着开门出来的蔡泽去了。

"立即密宣上将军蒙骜。"秦昭王低声一句，疲惫地靠着大枕闭上了眼睛。

桓砾当即书令，待王书发出时，长榻上的秦昭王已经发出了粗重的鼾声。桓砾正待悄然退到外厅，却听秦昭王突然一句："移回书房。"又是鼾声大起。桓砾正在愣怔不知所以，却见四名黑衣内侍走来，拥着长大的木榻悠悠然碾过厚厚的地毡，悄无声息地消失在可墙张挂的帷幕之后去了。

三日之后，上将军蒙骜从函谷关飞骑赶来，王书房的灯光一直亮到五鼓鸡鸣。

三年之期，秦王室传承继
位问题要解决。

未知何事。

二　丞相府来了不速之客

回到咸阳，蔡泽心下总是沉甸甸的。

老秦王采纳他的八字安秦新方略，原在意料之中。然则，将最重大的立嫡事务也压给了他，蔡泽无论如何没有想到。按照法度，确立太子是国事，大臣得参与议论，或奉命考校候选王子之才德。然，太子立嫡却没有定规。战国传统，若非牵涉王室权力，贵胄立嫡寻常都作为家事决断；若立嫡牵涉到王室权力格局，则国君视情形而决定干预程度。齐威王时，丞相靖郭君田婴无嫡子，齐威王直接下书，立其庶子田文为靖郭君嫡子，爵封孟尝君。战国之世，国君亲断王族大臣立嫡事务，这件事最是引人瞩目。目下，太子嬴柱的嫡子确立,直接关乎王位大统,远非孟尝君之事可比,本当秦王亲自处置,谁想却压到了蔡泽头上。若仅仅是事关重大朝野瞩目,蔡泽绝不会畏难,名士建功立业,无克危难何见功勋?要害处在于,太子立嫡直接关涉王族各支脉的利害格局,棘手处太多,事事都是投鼠忌器,外臣极难操持。再说,战国之世崇尚将相之功,名士当国或兵争扩地,或富民强国,这种宫廷斡旋,天下难见其功,也非名士所长。以范雎斡旋之能,当年奉秦昭王之命考校王子,也是浅尝辄止,三个月后便辞相归隐,其间难处可想而知。蔡泽很是内明,深知自己在资历威望、功业根基、斡旋奇谋等诸般方面,在战国秦的历代丞相中都是平庸的,与商鞅、张仪、魏冉、范雎不可同日而语。纵是此等四位赫赫大才,最后也都在雄主末世的宫廷斡旋中败北而去。蔡泽何能,避之唯恐不及,何曾想过一身承当?

然则,蔡泽还是受命了。

秦昭王教他看的那箱密件,使他不得不接受这一棘手特权。密件有目下老臣们对择立太子嫡子的上书,有当年范雎对诸王子的查勘上书,有太子嬴柱的自查上书等等。然最令他惊诧的是,竟然还有河西隐者士仓的一卷秘密上书。士仓对太子诸子有八字评判——不习经国,唯好弓马。最后硬邦邦写道:"士仓布衣,率性建言:诸王孙若不习计然经国之学,秦国危矣!"正是士仓的上书,使他不得不接下了这件棘手的差事。士仓是范雎秘密举荐给太子嬴柱的,是通过蔡泽的传信促成的,依着法度,两人都是"私举"。当此局势,士仓举荐他督导王孙,他能拒绝么?且不说这件背着老秦王的"私举"密行之罪,只有自己接受王命才能化解,只自己凭着精通计然之学入秦为相,便不能拒绝。这个士仓究竟何许人也?果真隐士,走便走矣,何须来此一番狗拿老鼠?

苦思不得其所,蔡泽决计先到太子府知会交接。

真是大难题。稍有差池,人头落地。

安国君自己都不能决断,何况臣子。庶子们太差,无从选起。

　　蔡泽辒车辚辚到了太子府，家老连忙迎来，说太子正在
池畔亭下。蔡泽说声无须通禀，摇着鸭步径自向池边走来，
石亭在望，呵呵一笑："好一股香！谁道良药苦口也？"嬴柱
刚刚放下药盅，站起来一拱手道："开府丞相如此逍遥，纲成
君无愧大才也！"蔡泽诡秘地摇摇手："奚落管个甚用？老夫
是蚂蚱拴得鳖腿，没个蹦跶。"嬴柱不禁笑了："足下方得晋
爵开府两桩喜庆，如何却成了鳖腿蚂蚱？"蔡泽坐进了对面
石礅，只看着嬴柱不说话。嬴柱大奇，欲待发问，却闻遥遥一
声长呼："王书到——"

　　嬴柱匆匆迎到亭外。一名白发老内侍已经捧着王书走
了过来，接着是尖亮的诵读："秦王书命：太子嬴柱，镇国监
政，当以纲成君蔡泽之方略行事，代丞相督察政事。大秦王
五十四年夏四月。"老内侍宣罢去了，嬴柱却捧着王书兀自
愣怔。

　　"安国君明白么？"石亭传来蔡泽的嘿嘿笑声。

　　"明白个甚！"嬴柱霍然转身，苍白浮肿的脸骤然红了，
"我代丞相督察政事，你这丞相做甚？你之方略，我却如何
知道？镇国监政变成了署理政务，父王分明是老……"

　　蔡泽悠然自得地笑了："署理政务者，熟悉国事也，不好
么？"

　　"甚个好不好，是不合法度！"

　　"职事变通，与法度无涉。"

　　"储君与丞相职事，焉能动辄变通！"

　　"安国君少安毋躁。"蔡泽虚手一请，将喘着粗气的嬴柱
请进了亭下坐定，淡淡一笑，"敢问安国君，近日可曾上书？"
嬴柱目光一阵闪烁，终是点了点头。蔡泽接道："如此变通
出在安国君上书之后，必与安国君上书相关。只做如此想
去，断无差错也。言尽于此，老夫告辞。"

久病之身。

"且慢!"嬴柱霍然站了起来,"我署政事,岂非罢黜了丞相?"

"甚个说法?"蔡泽一脸正色,站起身边走边说,"老夫依旧开府丞相,足下依旧镇国太子。敢请安国君明日过府,与老夫交接。"说罢摇着鸭步径自去了。嬴柱望着蔡泽背影愣怔半日,回不过神来。

蔡泽回到府邸,正是日暮时分,起了咸阳极是难得的徐徐凉风,庭院燥热之气大减。蔡泽吩咐书吏将书案搬到庭院宽阔通风处,一张大席四盏风灯,要消受一番夜读消夏的自在。方得就绪,家老轻步走来道:"家主,有一士子求见,说是带信而来。"蔡泽夜读兴头正浓,一挥手道:"不见。信拿回付赏金便了。"家老凑近低声一句,蔡泽眉头一皱却又笑道:"既是如此,请他进来。"

家老去得片刻,一个白衣人飘飘而来,方近书案一躬道:"濮阳商贾吕不韦,见过纲成君。"初月之下,来人束发无冠举止风雅,一团亲和之气如朦胧月光弥漫开来。蔡泽心下一动,虚手做请笑道:"足下入座说话。"

吕不韦一声"遵命",撩起麻布长袍跪坐于大席边缘,离着那张大案还有三尺之遥。蔡泽不禁一个拱手作礼:"先生通得这咫尺为敬之古礼,实属难得也。"转身一声吩咐,"上茶。"吕不韦谦恭地微微一笑:"不韦一介商旅,粗通礼仪而已,不敢当纲成君褒奖。"蔡泽目光一闪笑道:"先生识得范君?"吕不韦一点头,从长袍衬袋中拿出一支细长铜管,双手捧起膝行案前:"此为书简,应侯不便入秦,不韦传信而已。"

蔡泽接过铜管,见管头泥封赫然,心下一动,当即用刻刀剔开泥封拧开管盖抽出一卷羊皮纸打开,眼前分明范雎手迹:

白衣人。吕不韦。送礼要送给有决定权的人。

蔡兄如晤：老夫隐退山林湖海，念安国君千里求
助之诚，念兄无端受士仓之累，一事唯做消息告之：安
国君庶子异人，已在赵国觅得踪迹；此事赖商旅义士
吕不韦之劳，欲知异人之情，尽可询问之。策断如何，
凭兄自决，老夫自无说事。

作者费心经营小说布局，若无前文吕不韦敬重范雎，这时的吕不韦，又如何能近蔡泽之身？小说要让故事圆通，只能改编甚至是改写史实。

蔡泽看得一阵心跳，面色却是平静如常，很随意地卷起
羊皮纸塞入铜管，再将铜管丢进了书案边上的木函，悠然一
笑："先生入秦，欲商？欲居？欲游？老夫或可助之。"

不知底细，先不动声色。

"先游。"吕不韦满面春风地笑着，"或商或居，待后再
说。"

"先生寄宿何处？"

"长阳道泾渭坊。"

"噢？"蔡泽不禁惊讶，"尚商坊豪阔客寓多矣！如何住
了国人坊？"

"欲知秦风，当知秦人。尚商坊虽在咸阳，却非秦之真
髓也。"

"好！"蔡泽拍案笑道，"先生见识不凡，老夫无须操持
了。"

"纲成君国事繁剧，不韦告辞也。"吕不韦说罢起身，肃
然一个长躬，径自去了。蔡泽欲待起身相送，白色身影已经
飘然过了池畔山麓，愣怔一阵，重新拿出范雎书简揣摩起来，
思谋一阵，转悠到池畔燕山上去了。

范雎这封书简却是特异，且不说内中消息，单是这传信
方式便大是蹊跷。依着商旅带信规矩，泥封铜管意味着传信
者没有打开过书简。若是寻常书简，蔡泽绝不会生出疑惑之
心。然则，这是事关未来君王权力的至大事体，其间有可能
出现的权谋往往是匪夷所思。别个不说，那个士仓，分明是

范雎举荐给安国君第六子嬴傒的老师，分明是一个与宫廷毫无瓜葛的桥山隐士，如何生出了一桩上书老秦王的奇事？骤然看到士仓上书，蔡泽如同吃了一记闷棍，一切辞谢立嫡事务的理由都被无边的疑惧淹没了，甚至对范雎也生出了一丝隐隐的疑心——此公莫非要借我之手有所图？因了这份疑心，蔡泽对范雎的书简只能不置可否，他要想想看看再说。况且，范雎在书中恰恰提到了吕不韦，从语气看，还颇为倚重。从其人言谈辞色看，吕不韦似乎不知书简内容。然若果真不知，这书简却是如何捎来？莫非是辗转相托？以范雎之能，要给咸阳丞相府带一书信原是轻而易举，如何会辗转托付这个吕不韦？而吕不韦若知晓此信内容，却能安然面对，此人此事更见深不可测。

诚然，嬴异人有了下落确实是个好消息。今番奉命操持太子立嫡，有了这个少年声望颇好而又久无音信的公子的下落，那个嬴傒便不再是唯一人选。只要有"择"的余地，对于蔡泽而言，操持起来有利得多，且结果无论如何，至少都可以对朝野有个公正的交代。然则，这个嬴异人，却不能轻易从这条途径亮出。此间要害处，在于范雎与吕不韦有无阴谋他图？若有阴谋，蔡泽宁可选择邦交途径去赵国查勘嬴异人，而不愿通过范雎吕不韦之"消息"途径联络嬴异人。尽管范雎在书中已经言明只报消息，凭君决断，蔡泽还是隐隐不安。毕竟，权力斡旋中的言行不一是太多太多了。

渐渐地月上中天，蔡泽终于想得明白，回到书房立即做了一番调遣。清晨时分，两骑快马飞出了咸阳东门，一名商旅装束的书吏也出了丞相府后门。

次日晚间，蔡泽接到了书吏密报：卫国商人吕不韦，确实住在长阳道泾渭坊的栎阳客寓，入住三日，只出门一次，无任何人拜访；尚商坊的六国商人，大多不知吕不韦其人，只有楚

事关重大，蔡泽疑得有道理。

时候未到。

国大商猗顿氏的老总事略知一二，说此人根基在陈城，根本
不会来秦经商。此后一连半月日日密查，报来的消息都一
样：吕不韦每日出门踏街游市，暮色即归，从未与任何人交游
往来。

　　此时，山东两路秘密斥候快马回程，密报了两个消息：其
一，范雎隐居河内王屋山，逍遥耕读，近年多病蜗居，无任何
异动；其二，士仓已经离开了桥山，与一个叫作唐举的士子结
伴周游去了，连桥山的茅屋都烧了，并未查出任何"密士"踪
迹。蔡泽不禁大松了一口气，然一丝疑惑总是挥之不去——
均无异常，难道是老夫疑人偷斧①了？ 思忖一番，蔡泽进了
一辆密封辎车，从后门辚辚驶出，直奔长阳道而来。

　　进得栎阳客寓的车马场，有侍者殷勤迎上，蔡泽说要拜
访吕姓客官，侍者笑道："先生居修庄，足下是第一位访客，
请随我来。"将蔡泽领到了最深处的一座庭院，方到竹篱院
门，一柱与人等高的白石上两个斗大的红字：修庄。蔡泽点
头赞叹："客寓好风雅，竟有修庄之名！"侍者谦恭笑道："足
下褒奖，愧不敢当。我寓定规：客官入住，可给自己居所命
名，我寓只刻石。"蔡泽原是计然学派，留心诸般民生流俗，
闻言大奇："如此说来，一座庭院岂非有诸多名号了？"侍者
笑道："客官命名，人走名留。后住客官若不满前客所留名
号，可重新命名；若中意于前客名号，便可在这柱名号石上刻
得自己姓名，以示认可。"蔡泽细看白石，左下角果然有"濮
阳吕"三个小字，恍然笑道："看来'修庄'名号，是这位客官
新立也。"侍者一点头，一声高呼："修庄有客——"

　　片刻之间，院内朗朗笑声，一人布衣散发大袖软履，从竹

吕不韦做事，真个是滴水
不漏。

不危及自身地位，这才放
下心来。

---

　　① 有人丢了斧头，疑为邻居所偷，越看邻居越像小偷。待到找到斧头，
再看邻居便不像小偷了。见《吕氏春秋·去尤》。

林小径悠悠走来,分明便是那个传信商贾吕不韦,只目下看去,却是比在丞相府多了一份消闲洒脱,全然不似寻常商贾那般珠玉满身。及至近前,吕不韦显然有些惊讶,看了一眼侍者,竟没有说话。

"先生,客人领到,在下告退。"侍者一躬,转身去了。

吕不韦这才笑着一拱手:"纲成君布衣而来,不虑白龙鱼服之患①?"

"这是秦国。"蔡泽一副为政者的自信,"走,进庄说话。"

客寓庭院不大,却是杨柳掩映绿竹婆娑,人行林间石板小径之上,清风徐来,幽幽然毫无湿热郁闷之气,顿时神清气爽。蔡泽摇着鸭步道:"足下所取修庄名号,何典何意?"吕不韦从容笑道:"荀子有言:内不修正其所以有,然常欲人之有,如是,则国不免危削。不韦取荀子'修正'之说,命为修庄,尚请纲成君斧正。"蔡泽略显矜持地一笑:"荀子此言,是在稷下学宫论战王霸之道时说的,其时老夫在场也。此言乃邦国理财之说,本意在劝人劝国:要自省、改正对自己财富的用途,而不能总是图谋占有他人财富。否则,在国国危,在人人危。能出此典者,必有两处异于常人也。"吕不韦笑道:"凭君论断,两处何在?"蔡泽站住了脚步正色道:"拥巨万财货,读天下群书。否则,决然不能出得此典。"吕不韦一阵大笑:"一庄之名,在君竟成卦象,纲成君好学问也。"蔡泽一脸板平道:"无打哈哈,老夫所言对也错也?"吕不韦只笑得不停:"对也错也,原在君一断之间,我说有何用? 纲成君请——"

一路走来,过了竹林一片杨柳围起三座茅屋,茅屋小院前一座掩在杨柳浓阴下的茅亭,茅亭下石案上一尊煮茶的铜炉,正悠悠然蒸腾出一片异香。蔡泽一拍掌:"好个修庄,简洁舒适,有品!"吕不韦笑道:"这是客寓最简陋、最便宜、最僻背的一座庭院,我稍事收拾了一番而已。"蔡泽连连点头:"好好好,身在商旅,却是本色自守。噫! 你好棋?"话未落点大步摇到了茅亭下,盯着石案上的棋局不动了。

"闲来无事,自弈而已,纲成君见笑了。"

"黑棋势好!"蔡泽目光依然盯在棋盘,"足下以为如何?"

"不韦之见,倒是白棋略好。"

---

① 《说苑·正谏》:"昔白龙下清泠之渊,化为鱼,渔者豫且射中其目。"后用"白龙鱼服"比喻贵人化装微行。

"不不不,黑棋好!"说着一招手,"我黑你白,续下。"

"也好。"吕不韦转身啪啪拍得两掌,茅屋中应声飘来一个绿衫少女,跪坐案前伺服那尊茶炉了。吕不韦坐进了蔡泽对面一拱手:"请。"

"噫! 荆玉也!"蔡泽拈起一枚黑子打下,却捻着两根指肚惊叹起来。

"好手!"吕不韦由衷赞叹一句,"这荆山玉非上手不知其妙,然若非酷好棋道之个中人,指肚却实在难有这般功夫。"

"啧啧啧!"蔡泽已经从棋匣中夹起了一黑一白两子,对着午后阳光自顾端详,"蓝如海天,红如朝霞,合如七彩霓虹,上品也!"转身又打下一子,"打得荆山玉,方不枉了老夫平生棋艺,走啊!"

吕不韦拈起白子悠然一笑:"纲成君赢得此局,我当输君一副好棋。"

"妙!"蔡泽拊掌大笑,"博一彩! 不为居官受礼也。"

大约半个时辰,蔡泽在黑白密交的棋盘上打下一子笑道:"最后官子,完了!"一伸腰长嘘一气,端起面前茶水呱的一声吞了下去,"好茶!"吕不韦端详盘面片刻,笑道:"我输大半子。纲成君果然圣手!"蔡泽哈哈大笑:"大半子么? 数数!"吕不韦笑道:"久在商旅,不韦粗通算经,略知心算之术,不用数。"

"围棋局数,足下可曾算过?"蔡泽立即跟了一句。

"纲成君但说布局基数,不韦试算之。"

"好! 见方三路,九子布棋,可演几多局数?"

"一万九千六百八十二局。"吕不韦默默掐指,当即作答。

"见方五路,二十五子布棋,可演几多局数?"

"八千四百七十二亿六千八百八十万九千四百三十局。"

对话内容看似不着边际,实则互探虚实。

蔡泽目光一闪:"全盘三百六十一路布棋,可演几多局数?"

吕不韦低头沉吟片刻,抬头答道:"围棋总局,无人算尽。依不韦算来,大约要连写五十个万,才是大体数字。五十个万字,用尽数元,亦无法计之。"

"匪夷所思也!"蔡泽惊讶了,"若非当年听墨家禽滑釐大师说过围棋局数,老夫当真不敢信这是一人当下算得!五十个万呵,第九位才是万亿万万垓局。说说,如此浩渺局数,基本算理何在?"吕不韦笑道:"这个却不难:一路变三局,其后布棋无分横直,增加一子,一律乘三,增至三百六十一子时,依旧子子乘三,大体是总局数。"蔡泽恍然一笑:"足下果是算经高手,佩服!只是,老夫却要讨彩了。"吕不韦爽朗大笑着一伸手:"纲成君请,西厢茅屋了。"

这茅屋非同寻常,进门一片凉爽,分明三重茅草冬暖夏凉胜过砖石大屋的特建"贵茅"。绕过一道本色竹屏,宽敞明亮的厅堂——青石板铺地,中央大案上一方棋枰,两侧各一方草墩;西侧一具古琴,东侧一座香案,细细的青烟犹在厅中缭绕;正面是红木大墙,两枚硕大的棋子镶嵌其中,白黑两个大字生发着润泽的亮色——棋庐。

蔡泽矜持地点了点头,径自摇到大墙下端详起来:"黑白两子玉石琢成。噫!这字,却是如何进去也?"吕不韦笑道:"此乃楚国制玉名家和氏第三代传人之绝艺,剖玉刻字,如在镜中。""鬼斧神工也!"蔡泽一声惊叹,"足下识得楚国和氏?"吕不韦道:"吕氏商根在陈,也算得楚商。和氏传人作璧,只托不韦出手。"蔡泽恍然一笑,欲言又止,摇到中央棋枰前得意笑道:"看来,这副好棋是老夫彩头也!"

"荆山常玉,如何做得纲成君彩头?"吕不韦一笑,转身啪啪啪三掌。须臾之间,一名须发雪白的老人推着一辆小四轮木车进了厅中笑道:"先生终是输棋了。"吕不韦点头笑道:"西门老爹,十年彩头,今日有主,大幸也!"蔡泽眼睛直眨:"如何如何?足下十年未输一局?"吕不韦一声笑叹:"圣手者,可遇不可求也!"蔡泽嘿嘿笑道:"圣手不敢当,天下弈者,老夫可居第三。"吕不韦惊讶道:"冠军圣手,却是何人?"蔡泽一脸正色:"唐举第一,士仓第二。老夫不及也。"吕不韦笑道:"依纲成君之见,不韦可算入流?"蔡泽嘿嘿一笑:"论棋艺,足下大约在十座之后。论棋具,足下冠绝天下!"吕不韦不禁一阵大笑:"十座输三圣,值也!纲成君,看看自家彩头了。"

蔡泽摇将过来。西门老总事打开了车面木盖。吕不韦俯身车中,双手捧出一个青铜镶边的长方形木匣。蔡泽郑重其事地接过,不禁一声惊叹:"好重也!"端详一番不禁

又是惊讶，"买椟还珠，竟在今日？四颗海珠，这棋匣价值万
金也！"吕不韦摇摇手笑道："纲成君，棋为圣人所制，启迪心
智，岂能以市人目光衡价？不韦曾于岭南海滨伐木，助渔人
打造出海大船，渔人送我四颗大珠。若是上市买得，岂非有
辱大雅也。"蔡泽哈哈大笑："好！如此说去，老夫心安理得
也！"

　　说话间，西门老总事已经接过棋匣在车顶打开，从匣中
先抽出了一方长方形棋盘。蔡泽正在困惑，老总事两手一
扳，棋盘拼成了方形：棋盘为沉沉红木，九星之位以紫铜条连
线，盘面交织出一个光芒柔和精美绝伦的"田"字。两函棋
子却是荆山精玉磨成，看去莹莹晶晶，摸来温润圆柔，确是棋
中极品。

　　"幸亏一副棋具也，否则断不敢受之。"蔡泽第一次脸红
了。

不刻意献宝，双方面子上
都很好看。

　　吕不韦笑道："好棋入圣手，物得其所也，纲成君何愧之
有。"转身道，"西门老爹，茅亭下摆得一席，为纲成君博彩庆
功。"

　　片时之间，酒菜摆置妥当，两人在暮色晚风中对饮起来。
说得一阵棋趣，蔡泽蓦然想起一般问道："足下与范雎何时
相识？"吕不韦道："三年前，应侯辞相南游，鸿沟尾巧遇鲁仲
连夫妇。仲连本我至交，邀应侯一起到陈城聚首。盘桓月余，
应侯自去了。"蔡泽目光一阵闪烁，又道："足下年来又见范
雎，不知他境况如何？"吕不韦歉疚道："陈城一别，与应侯只
通过一书，未及拜访，不韦也是心下不安。"蔡泽眼睛骤然一
亮："范雎托你捎书，如何没有谋面？"吕不韦笑道："四月入
秦，我在白马津接到商旅同道捎来的书简，应侯并未前来。"
转身高声道，"西门老爹，将书函拿来。"须臾，老总事将一方
木匣捧来。吕不韦打开翻检一阵，拿出一支竹筒递过："应侯

书。"蔡泽呵呵笑着打开,却见羊皮纸上只有寥寥数语:"不韦如晤:闻你商旅过秦,可带我一书交蔡泽。但能脱得秦事之累,我心安矣!兄若欲扩展商事于秦,可告蔡泽助之,断不误事也。"

"范雎信得老夫,足下如何信不得老夫?"蔡泽板着脸将羊皮纸摇得哗啦响。

"纲成君何出此言?"吕不韦笑道,"是否在秦国经商,我得先踏勘一番再说。商旅之道,并非朝堂有靠便可大成。若决意入秦为商,不韦岂能不求助于纲成君?"

"好也!"蔡泽拍案赞叹一句,却又突然压低了声音,"不韦呵,可知应侯书简所言何事?"吕不韦摇摇头:"书简私件,不告不知。"蔡泽哈哈大笑一阵,满面红光:"今日此酒饮得痛快!来日老夫酬答!"

吕不韦有知人之能。只几个回合,已满足蔡泽贪心,并去其疑心。

三 奇策考校 太子府一团乱麻

要让王孙心服口服,就要公开选、暗中挑。

再借今日网民口头禅一用——"投胎是一门技术活"。宗法制推行之后,几无禅让的可能。蔡泽必须从诸多王孙中择其善而立。

疑团廓清,蔡泽顿时精气神大爽,当即谋划入手路径。

立嫡虽则繁难,根基却只有一点:在诸王孙中遴选出真正的贤能之才。只要这一根基立定,其余的利害关涉自有老秦王杀伐决断。但是,恰恰是遴选贤能这件事最难做,否则,老秦王也不会教一个统政丞相抛开政务来做此事。就实而论,此事难在三处:其一,以何尺度取贤?也就是说,以何家学问为基准查勘考校?战国之世,百家争鸣流派纷呈,除了专攻经济民生(如农家水家工家医家等)与玄奥之学(如星相家堪舆家阴阳家易家名家等)的诸多流派,其余"显学"几乎家家都是治世经国之学,其中最显赫者有法、儒、墨、道与王道之学,时人号为"经纬五学"。虽说秦为法治之国,法家之学地位显赫，但以战国求贤之道，却从来无分学派轩轾。当年秦孝公的《求贤令》便是范式，只求"能出奇计而强秦者"，而绝不限定学派。自孝公商鞅变法之后，秦国用人之道更趋明朗——只要恪守秦法，无论所持何学。当年的甘茂、魏冄是杂家，而今的蔡泽是计然家，都不是法家，却都做了丞相。唯其如此，你不能限定某家某派之学为王孙考校之依据，但是，又不能没有一个学问标尺，这是第一难。

其二，骑射剑术与军旅之能者算不算贤才？对于君王，若是嫡子自然继承，或某种无可变易之大势所既定，不学无术而又异常杰出的马上国君大有人在，自不存在此等难事。然则，此处要害恰恰是太子无嫡子，要在诸多王孙中遴选，这个难题立即凸显出来。秦国激励耕战，朝野无不尚武，谁能说骑射军旅之能不是干才？偏偏是士仓打破了这个禁忌，直然上书老秦王，断言范雎初选的嬴傒"不堪国君之才"。老秦王决意重选，实际上是肯定了士仓主张。但是，老秦王毕竟没有明令，更没有将嬴傒排除在备选者之外，这便成了一个实在的难题。

其三，以何种方式遴选？论学论战，对策应答，骑射较武，任官试用，组合考校，哪一种方式都牵涉到诸多方面。再说，太子嬴柱有二十六个庶子，十四男十二女，年齿悬殊，最大者三十二岁，最小者八九岁。哪种方式能使王孙及其背后势力都无可指责？这是大大一个难题。还有，公主在不在遴选之列？十岁以下的幼子在不在备选之列？仔细揣摩，在在都是棘手难题。

思谋得几日，蔡泽拿不出一个稳妥的方略，决意先到太子府拜访一番。

轺车到得太子府门，尚未进得车马场，门吏便将蔡泽轺车直接从侧门车道领进了第二进大庭院。蔡泽与嬴柱年岁

尚武者，最多可算偏才，谈不上治国之才。如李世民、玄烨这样文武全才的君主，非常少。

形式上要过得去。

标准难定，蔡泽又要请示安国君。

相当,非但常常共商国是,更有着范雎与士仓的微妙关联,来往颇为相得。蔡泽下车,径直进了国事堂。

"禀报纲成君:太子方才午眠,请稍等片时。"主管书吏迎上来一躬。

"午眠？打实说,太子病了么？"

"纲成君,"主管书吏低声道,"日前,太子从河西巡视回来病倒了。"

蔡泽再不说话,摇着鸭步去了后园,到得大池边柳林的大石亭下,果见嬴柱正靠在长大的竹榻上闭目养神,身边石案上一只药炉还袅袅飘着药香。蔡泽一拱手笑道:"安国君,别来无恙？"嬴柱颇艰难地坐起身一招手道:"你消闲了,我能无恙么？坐了。"转身对守着药炉的侍女一挥手,侍女抱着药炉走了。蔡泽坐进石案前关切道:"如何？是暑气还是当真大病？""天磨我也！"嬴柱叹息一声,"说轻不轻,说重不重,见劳便发,歇息便好。老样子,不说它也罢。"蔡泽歉疚笑道:"丞相府千头万绪,实在是不当劳你。君命如此,老夫奈何？"嬴柱摇摇手道:"纲成君,我终是通了,此事也实在非你莫解。我劳事小,只要你能底定大事,是万全也。"蔡泽满面忧色地摇头道:"难,难乎其难也！"嬴柱不禁呵呵笑道:"纲成君说难,便是有谱①了。"蔡泽故作神秘地一笑:"便算有谱,非得安国君从权,不能成事也。"嬴柱霍然站起一拱手道:"君奉王命,谁敢掣肘！纲成君只说,是否要我搬出太子府回避？""不不不。"蔡泽连忙摇手,"安国君只要通了,一切如常反是好事。只有一样:王孙及其教习,须得悉数听从老夫号令。安国君与诸夫人,尤其诸夫人,最好不过问,不说情,以全老夫公道之心。"

"不是'最好',是必须。"嬴柱板着脸,"此乃父王之命,纲成君何须松弛？哪位夫人敢坏大计,纲成君找嬴柱说话。"

"好！"蔡泽大笑,"安国君此时精神否？"

"只说何事？"

"召得几位教习,老夫想与几位官师先行议论一番。"

嬴柱略一思忖,转身唤来府邸总管正色道:"家老听好:自今日起,纲成君每来我府,你侍奉左右,奉命行事,若有违抗,我必严惩！"回头对蔡泽一笑,"纲成君自己说。"见嬴柱如此认真,蔡泽也不再推辞,当即吩咐家老请各位教习到学馆正厅,又对嬴柱慨然一

---

① 谱,先秦时指记事之布。《史记·正义》:"谱,布也,列其事也。"

拱："安国君养息，老夫去也。"

学馆在后园大池的西岸，临水面竹一座庭院，最是幽静去处。蔡泽悠悠然摇到时，五位王孙师已经在馆厅等候了。秦法：太子老师为国臣，分左右傅（太子左傅、太子右傅），王孙辈的教习却是官师私请——太子若无聘定的名士教习王孙，可请太子傅官署派出"官师"教习王孙；派出官师无法定官职爵位，俸禄依旧归属太子傅官署。这便是律法许可的官师私请。嬴柱庶子众多，请来的官师有五位：两位武道官师，三位学问官师。

先考师傅。

"参见纲成君！"五位官师一齐肃然作礼。

"诸位入座。"蔡泽一拱手答礼，目光巡睒了一圈，但见首座一位四寸玉冠的白发老者，依次两位三寸竹冠的中年，末座两位精瘦黝黑散发无冠不辨年龄的壮士，心下明白了八九分。蔡泽入得东厢独座，向对面一字排开的五座打量道："北座三位文师，南座两位武师，可是？"

"纲成君明察！"五人齐声一答。

"敢请五位高名上姓？"

"在下赵嶂，云阳赵氏之后。"首座老者端严中有着几分矜持。

"在下相里轸，商山人氏。"次座中年人颇为稳健。

"在下庄脧，北楚人氏。"第三座中年人淡淡漠漠。

"在下乌丹，西秦戎人，通骑射。"

"在下孟明桓，郿县人氏，职剑术教习。"

虽是连珠报来，蔡泽也听得明白，嬴柱所请这五个人还都有些根基来头。老者赵嶂自称云阳赵氏之后，显然是秦孝公时云阳名儒赵亢赵良兄弟的后裔了。当年赵亢被商鞅斩首，赵良说商鞅未遂依附甘龙复辟一党，又被秦惠王根除旧贵族时一并斩首。遭此重创，赵氏却一直没有离开秦国，可

见一斑。相里轸商山人氏，显然是墨家名士相里氏后裔。后期墨家在秦国朝野名望颇大，天下呼为"秦墨"，相里轸分明是秦墨弟子了。庄腾北楚人氏，虽则不明源流，然北楚历来多出名士，如甘茂如荀子，谁能说这个庄腾与楚国当年的纵横名士庄辛没有关联？两个武师也是不凡。西秦戎人归秦已有三百年之久，乌丹能入国为太子傅官署武师，绝非寻常。最后这个孟明桓报出郿县，显见是郿县"孟西白"子弟。郿县孟西白三族向为秦国军旅名将渊薮，在朝在国盘根错节，何能小视？

"敢问赵师，王孙教习取何法式？"蔡泽根本不去理会心下诸般闪念。

"禀报纲成君，"赵嶂中规中矩地一拱手，"王孙众多，无法单独课读，无论男女，只以长幼分作三班。已加冠者一班。未加冠者两班：十岁以上一班，十岁以下之蒙童一班。我等五人以两月为一周期，每人一旬全督三班，所余一旬为学子歇息。如此，可保王孙公平受教也。"

"好！人说儒家通教，果然如此！"蔡泽拍案赞叹一句，悠然一笑，"某受王命，欲选王孙之贤才三五人，入官历练。以诸位官师之见，该当如何遴选？"

厅中一时默然，三位文师谁不看谁，却也都不说话。终是孟明桓慨然拱手道："武事好说！拉到校场便见分晓。如何考校，但凭纲成君定夺！"乌丹立即跟道："正是这般。孟明兄大是！"蔡泽点头笑道："如此，武事算定了，届时老夫自有主意。文事，三位官师没个说法？"

"纲成君明察。"老者赵嶂一拱手正色道，"治学育人，以儒家为上。老朽之见，欲查王孙之贤愚，当考校诗、书、礼、乐、射、御六学，参以德行而定高下。古往今来，唯德才兼备者可谓之贤，舍此无他也。"

"赵师差矣！"相里轸立即接口，"儒家六艺，除射箭驾车两门尚有实用价值，诗书礼乐四学，与经邦治国几无用处。考校此等学问，无异使王子王孙食古不化。而所谓德行，若以儒家规矩，人道无异于虚、伪二字。以此选才，贤者何堪也。"

赵嶂冷冷一笑："此非论战，只说如何考校。驳斥儒家，何劳足下？"

"考校之法，唯在明辨大义。"相里轸口吻极是自信，"天下显学，唯墨家秉持大义，节俭自律，敬天明鬼，兼爱四海。其耕读致用、营国建造、百工技艺、兵学攻防诸般学问，无一不堪称立国之本。若以墨学考校，高下立见！"

"相里之说，未免偏颇也。"庄腾淡淡一笑，"墨家虽显，实用之学亦高，然根基在野，历来自外于各国官府，号为'天下公敌'。只此一点，若以墨家为本，王子王孙便要人人自立山头，谁个却想到邦国社稷之安危了？"

相里轸揶揄地笑了："足下那三代王道，也就几篇《尚书》，比文王八卦还老，莫非靠着那物事能保国安民了？"

"岂有此理！"庄臕勃然拍案，"王道之学，万世不朽，岂容轻慢？在下敢请纲成君主持正道，惩治此等狂悖之徒！"

"奇哉怪哉！"相里轸哈哈大笑，"诋毁别家危言耸听，轮到自家不容一言，天下可有如此大雅敦厚之王道？莫说纲成君在场，纵是秦王亲临，墨家论政之风依旧如斯！"

"成何体统也！"赵嶂皱着白眉摇着白头，"君子克己复礼，尔等如此褊狭，却争相为学为师，天厌之！天厌之！"一言落点，相里轸与庄臕哄堂大笑，连两个武师也跟着嘿嘿笑了。

蔡泽学问博杂，熟知各流派掌故，知道这"天厌之"一说，乃孔老夫子当年会晤卫侯夫人南子，事后人疑老夫子与南子暧昧不清，老夫子情急无辞，连呼"天厌之！天厌之！"一时天下传为笑谈。如今这老赵嶂急呼此辞，大是不伦不类。蔡泽忍俊不禁，也跟着呵呵笑了起来。不想老赵嶂大为羞恼，黑着脸霍然站起一拱："纲成君放纵轻薄，老朽告辞。"大袖一甩，径自点着竹杖去了。

举座愕然！良久，没有一个人说话。

暗笑腐儒。

"好说好说。"蔡泽站起来呵呵笑着，"威武不能屈，儒家讲究也。老夫子争此一气，也是事出有因，左右老夫是不计较了。"

"我等也不计较！"四位官师异口同声。

"这便好。"蔡泽笑道，"今日初议，虽无定则，也是畅所欲言。诸位尽管如常，届时老夫自有定见。"说罢摇着鸭步出了大厅，也不再见嬴柱，直然回了丞相府。

修庄庭院蝉鸣声声，更显一片清幽。日色过午，吕不韦宽袍大袖散发去冠，正在柳林小径逍遥漫步，西门老总事匆匆赶来，说纲成君已经在茅亭下等候了。吕不韦吩咐一句："冰甘醪。"匆匆向茅亭来了。

"不韦呵，好酒脱也！"蔡泽在亭廊下招手。

"惭愧惭愧。"吕不韦大步进亭，"有事我去，何劳纲成君暑天奔波。"

"不不不。"蔡泽连连摇手，"人说丞相开府门庭若市，老夫终是领教了。你但想，吏员二百余时时穿梭，大臣不计数日日进出，看得你眼晕。能有修庄这份清幽？老夫得空便来，做得片刻快活，管他有事无事也。"说话间，蔡泽解开腰间牛皮大带，脱了长大官衣，摘了头顶六寸玉冠，轻衫散发长嘘一声，"峨冠博带者，不亦累乎！"

吕不韦大笑一阵，指着亭外道："纲成君且看，快活物事来也。"

一个童仆推着一辆绵套覆盖的两轮手车，辚辚到了亭下，揭开三层绵套，一片弥漫的白色冷气中显出了一只紫红的木桶。蔡泽笑道："冰茶么？解暑佳品也！秦宫冰茶也是一绝，当年秦惠王所创，这栎阳客寓也做得了？"吕不韦从童仆手中接过一碗，捧给蔡泽，悠然一笑："品尝一番再说了。"蔡泽接过，但觉入手冰凉，白玉大碗中一汪殷红透亮的汁液，一股冰凉甘甜而又略带酒香的气息清晰扑鼻，说一声好个冰酒，呱地饮了一大口，未及说话咚咚咚牛饮而下，喘息间大是惊喜："再来一碗！"如此连饮三大碗，蔡泽额头汗水倏忽间踪迹皆无，周身尽觉凉风飕飕舒坦无比，不禁惊讶道："此酒何名？如此神奇！"

吕不韦笑道："这是邯郸冰甘醪，产自名家老店甘醪薛。"

"甘醪薛？"蔡泽大惑不解，"老夫过邯郸多次，也曾饮得几回，只记是热饮甘醪，如何还有这冰甘醪？"

吕不韦道："冰甘醪者，并非仅仅冰镇，而是特料特酿特窖藏，方可保得暑天冰镇后原汁原味，最是费事费力，店家寻常不甘卖人也。"

"噫！"蔡泽愈发好奇，"莫非你买下了这家老店不成？"

"不韦有酒，便得有店么？"吕不韦道，"来，此刻亭下对弈，保你凉爽通泰。"

看着童仆从车上拿下棋具摆置，蔡泽一摇手："且慢，老夫还有两句话。"吕不韦坐到对面，笑着一点头。蔡泽道："范雎书简说，是你在邯郸找到了异人下落，其境况如何？"

吕不韦道："不是找到，是在平原君府堂遇到也。过后，我派家老打问一番，给了应侯一封书简。"蔡泽的燕山大眼不断地扑闪："你与平原君有交？"吕不韦笑道："几宗生意往来，兑金须得平原君首肯，如此而已。"蔡泽恍然点头："不韦说说，家老打问的异人境况如何？"吕不韦笑道："诸事纷杂，我已记得不甚清楚，还是教家老自己说。"回头对亭外童仆吩咐道，"请家老过来。"

片刻间，老总事匆匆到来。吕不韦道："西门老爹，纲成君询问那个秦国人质境况，你说说。"西门老总事对着蔡泽深深一躬道："禀报纲成君：老朽曾请先后看护公子的三个赵军百夫长饮酒，打问得清。秦赵上党对峙期间，异人公子被软禁居所，处境艰难；长平大战后，赵人复仇之势汹汹，平原君将异人公子转移到巨鹿军营，备受折磨；六国胜秦后，异人公子重回邯郸，看守有所松动，渐渐地有了些许走动。今春离开邯郸时，老朽听得坊间传闻，说信陵君与秦国质公子异人论战兵法，甚是相得。邯郸国人议论纷纷，都在私相揣摩信陵君的一句断语。"

异人之事，有起色。

"是何断语？"蔡泽目光炯炯。

"老朽记得是，'秦失异人，六国之福也！'"

奇货可居，先称其奇。

蔡泽目光一闪，默然片刻，又问："还有何传闻？"

"老朽已经记不得了。左右是说这个异人公子有才罢了。"

吕不韦笑道："西门老爹还要回邯郸，纲成君若觉有用，再打问。"

"便是如此！"蔡泽一拍石案，"西门家老，老夫先行谢过。"

"纲成君折杀老朽了。"西门老总事连忙深深一躬，"老朽告退。"匆匆去了。

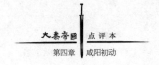

“不韦呵，”蔡泽思忖道，“以你之见，这异人能否出得赵国？”

“难说也。”吕不韦道，“听老总事说，此人虽能走动，但始终有赵国一班护卫。纲成君意欲何为？若要此人回秦，却有何难？派出秦王特使接回便了，作难个甚？”

“不不不。”蔡泽连连摇手，“邦交正道若是行得，何待今日？你在商旅，却不知此间奥秘。譬如，你欲得之货在别人之手，你若急色求购，后果如何？”

吕不韦大笑：“庙堂大器，纲成君也。佩服！”

“此事撂过，老夫想想再说。”蔡泽不无矜持地岔开了话题，“不韦只说，依你商旅阅历，如何才算得经邦治世之学问？”

“既蒙纲成君垂询，不韦自无虚言。”吕不韦笑容依旧，语气很是认真，“自来士子修学，都是先学后行，往往书卷有成之时，对天下世事却一无所知，此谓书生也。书生之学，纵腹藏五车之书，亦非真学问也。专精一业或可有成，经邦治世，却是误国误民之徒也。此间要害，在于此等书生不知法令，不知民生，不知四时之稼穑，不知人口财货之周流。譬如赵括，读尽天下兵书，却不知上党长平之地势利害，空有大军六十万，反被白起五十余万围之灭之，岂非纸上谈兵耳。如此看去，治国学问只在‘真切’二字。空言大道，只是玄奥之学也。”

“说得好！”蔡泽拍案赞叹一句，骤然神秘地一笑，“三日之后，老夫请你做一回督学主考。”见吕不韦惊愕莫名，蔡泽得意地笑笑，一口气说了小半个时辰，末了两人不约而同地大笑起来。

这一日清晨，太子府学馆大不寻常。

宽敞幽静的大庭院热闹起来了。石案石礅点点布于大树之下，王孙们都聚在了庭院中忐忑不安地等待着。几个年长公子峨冠博带，与各自中意的老师在大树下庄重地低声交谈。二十岁上下的几个公子公主，各自拿着一卷竹简，三三两两地转悠着议论着。十岁上下的几个少年公子公主，则是人各一案，在板着脸的书吏督导下高声吟诵着未熟的《诗》《书》。时有顽劣者喊渴喊饿，远处树下的乳母作势禁止，或嘘声或摇手或低声呵斥，不一而足。竹林后的一排木屋，原本是王孙们学问用餐处，此刻却坐满了身着各式各色华贵服饰的夫人与妾，她们都是王孙生母，关切之心惶惶，无一人安然入座，都挤挤挨挨地站在了门庭下，引颈遥望着学馆正厅的大门。

卯时首刻，太子府家老一声长呼：“纲成君到——”

学馆庭院顿时寂然无声，王孙们一齐肃立齐声：“见过纲成君！”

衣冠整齐的蔡泽带着两名书吏进门，大步到了庭院北面的中间石案前站定，悠然一笑问道：“太子府家老，诸位王孙可曾到齐？”家老一躬身高声道：“禀报纲成君：除公子异人质赵未归，二十六位公子实到二十五位，悉数到齐！”蔡泽一点头肃然道：“本君奉王命，考校诸王孙学问才能。老夫无意偏袒，力求公平考校。为此，请得一经世之士做今日主考。请先生入馆。”

“先生入馆——”家老肃立门厅一声长呼。

余音犹在回荡，吕不韦已经信步走进了门厅，一身布衣一顶竹冠满面微笑，如一团春风拂过庭院，满院王孙们竟都莫名其妙地绽开了笑意。蔡泽遥遥地虚手一请：“先生这厢入座。老夫旁观也。”吕不韦拱手一礼：“谢过纲成君。”进了蔡泽让出的主案前，环视庭院一周，朗声说道：“诸位王孙皆庙堂之器，身负经邦治世之重任，根本之学自在务实求治，不在玄谈妙思。在下一介布衣，受纲成君之托，拟以实学考校诸位公子，以合大秦治国之法统，诸位以为如何？”

“我等赞同！”第六子嬴傒慷慨高声，“求学不实，有甚用处？”

“对！我等赞同！”几个酷好剑术骑射的公子齐声呼应。

其余公子公主一片沉默，却也无人反对。圈外的首席官师赵嶂冷冷道：“王命有定，如何考校听任纲成君做主，先生客套甚来，开始便了。”

吕不韦微微一笑道：“诸位公子，今日文考共十题。三题起首，不能答三题者作罢；连答三题者，问满十题。能答八题者，再行考核武学。听得明白么？”

“明白。”公子们或回答或点头，神色各异。

吕不韦从袖中抽出了一个软皮袋打开，在石案上摆开了一排羊皮纸条，转身对家老低声吩咐了几句，家老高声道：“诸位公子听我宣点，点到者上前答问。点名之法：以二十岁为中界，一大一小轮流。第一位，八公子杜！”

二十岁的嬴杜白嫩俊秀，面色通红地走到了吕不韦案前。吕不韦指着案上的一排羊皮纸条道：“公子任选三张。”嬴杜很是新奇，反复摸索一阵抽定了三张递上。吕不韦接过，展开一张高声念道：“问曰：秦国人口几何？土地几何？郡县几多？”

骤然之间，庭院一阵寂静又一阵哄然，见嬴杜抓耳挠腮的难堪模样，庭院终是人

人默然噤声。在出奇的静中，嬴杜红着脸期期艾艾道："这，这，是否，有土一成，有众一旅？"话方落点，庭院一阵哄然大笑，一位公主笑叫："哟！秦国几时成夏少康也！"哄笑声中，嬴杜恼羞成怒："笑甚！《尚书》所载，何错之有！"转头道，"不知道，下问了。"

吕不韦又展开一张："二问曰：目下天下邦国几多？七战国以土地多寡排列，次序如何？"在满庭院一片窃窃声中，嬴杜又是面色涨红："官师只讲《诗》《书》，几时教得这些琐碎！"吕不韦不动声色，又打开一张羊皮纸条："三问曰：秦国律法几多？总纲何在？"嬴杜面色煞白，额头涔涔冒汗，情急大喊一声："律法问廷尉！关我甚事！"

家老上前两步躬身道："请公子退下。"嬴杜气咻咻大袖一甩："鸟！这也叫考校？"昂昂大步去了。家老受命执法，面色顿时尴尬。吕不韦却笑着摆摆手，示意家老少安毋躁，回头道："在座诸位王孙公子，谁能答上此三问？"连问三遍，无人应声。

"我有话说！"前排嬴偀大步上前。

"公子能答得三问？"吕不韦笑容可掬。

"不！我答不得三问。"嬴偀愤激高声，"足下此等考校，居心叵测！我等王孙公子，非官非吏，六艺修业，兼习骑射，何须通晓此等微末之学！大秦以耕战立国，或考校六艺学业，或考校骑射剑术，皆为正道也。今日考校，搬出寻常官吏之雕虫小技，不言大道，不习矛戈，我等不服！"

"对！我等不服！"十多个成人王孙立即跟上，大喊一声。

"公子好说辞也。"吕不韦挥手制止了面色不堪的家老，平静的微笑中带着显然的揶揄嘲讽，"敢问公子，你等自命非官非吏，究是何等人物？在下之见，诸位公子王孙绝非甘居一介庶民，实是以庙堂之器自诩也。志存高远，心在庙堂，自当知庙堂为何物。夫庙堂者，邦国公器也，统官吏而治万民，制法令而安邦国也。统官吏，制法令，却不知官吏之真实操持，不知法令之纲目功效，不知邦国之民生运筹，遇事何断？遇危何克？纵然入得庙堂，执得公器，岂非也是楚怀王一般？诸位公子不服，尽可登高疾呼遍问秦人，谁能信得一个连秦国几多郡县几多民众几多法令都一无所知之人，竟能执得庙堂公器？"

"……"嬴偀瞠目结舌，一句话也说不上来。

"好呵。"蔡泽从树荫下摇过来笑道，"无一人答得三问，不打紧，再学便是。散场！"

大袖一挥，摇着鸭步径自去了。家老连忙过来，恭敬一躬，要护送吕不韦出馆。吕不韦却淡淡笑道："我自随纲成君去，家老还是善后为好。"说罢也径自大步去了。满庭院王孙公子们眼看着蔡泽吕不韦背影远去，愣怔着回不过神来。直到竹林后夫人妃妾们一拥出来惊诧打问，庭院才哄然大乱起来。

没有一个成器的。

吕不韦出得学馆，来到大池岸边的柳林道下，正要登车，却听林中一声"先生且慢"，一位绿裙女子倏忽到了面前，体态丰满，肌肤白皙，一看便是贵胄夫人无疑。吕不韦稍一愣怔，女子明朗笑道："先生幸毋见疑，我唯一问：先生何方隐士？可否见告高名上姓？"吕不韦一拱手道："在下濮阳商贾，吕不韦，并非隐士。"女子惊讶地笑了："哟！可遇着奇人了，一拨姐妹谁不以为先生是名士高人也！"吕不韦笑道："商贾无反话，夫人有话请直说。"女子扑闪着眼睛神秘地一笑："错也！我与她们不是一事。如何，不想知道我是谁么？"吕不韦淡淡一笑："夫人毋忧，在下不会无端打问。告辞。"登上辎车去了。

经此一闹，后宫得知吕不韦。

却说这日嬴柱回府，刚唤来家老要询问日间考校事，一班嫔妾拥进了书房，愤愤然凄凄然地诉说起来。听得片刻，嬴柱苍白的脸色一片铁青，勃然拍案怒喝："一群活宝现世！家丑！国丑！竟有脸聒噪！传于朝野好听么？"嫔妾们从来没见过老太子如此怒火，一时噤若寒蝉，书房大厅一片寂然。喘息一阵，嬴柱冷冰冰道："都给我听好：不管坊间如何传闻，我府任何人不得提及此事。尔等谁敢絮叨抱怨，冷宫苦役，其子同罪。下去！"

嫔妾们悄无声息地走了。嬴柱长嘘一声，这才吩咐家老将日间考校备细说了一遍，听得额头冷汗涔涔直流。良久默然，嬴柱断然吩咐家老三事：其一，立即辞还五名官师。其二，自明日起，只请一名干练老吏，专一对王孙们备细教习诸般"实学"。其三,王孙若有不服者,立即家法囚禁。家老奉命去了,嬴柱在卧榻上静卧片刻,只觉腹下隐隐胀痛,吩咐两名随侍健仆将自己用竹榻抬到后园。方进甘棠林,闻琴声隐隐,嬴柱心下一松,琴声却戛然而止。

"停下,我来。"林中飘出的黄衫女子轻声吩咐一句,轻柔地偎上竹榻,将体魄硕大的嬴柱毫不费力地背了起来,说声你等去,悠悠然进了甘棠林后的庭院。到得院中茅亭下,黄衫女子将嬴柱轻轻放到草席上靠着廊柱,刚要转身,却听嬴柱笑道:"华阳不用拿药,今日无事,只想来听听琴声。"黄衫女子拍拍嬴柱额头,借着月光打量笑道:"毋晓得气伤肝?常人无大碍,你却是要调理了。"说罢轻盈飘去,片刻间捧得一只玉碗出来,"舒肝化气汤,来也。"说着喝得一口凑了过来,嬴柱闭着眼轻车熟路般张开大嘴吞住了肉乎乎鼓起的小嘴,呱的一声吸了进去,如此三五口,最后竟嘬住了肉乎乎的小嘴不放,两臂一张便将女子裹到了怀里。黄衫女子娇笑着拍拍嬴柱的脸颊:"急色,一个时辰等不得也!"扒开嬴柱的大手,只跪坐着面红气喘地看着嬴柱。

"华阳呵,你要生得一子,何来这般龌龊事也!"嬴柱叹息了一声。

可见华阳王后极受宠。

"又忘了?我命无贵,只能侍奉夫君。"女子咯咯笑着,"一大群儿女,缺得我生一个了?你活我活,你去我去,不忧心了。"

"胡说!"嬴柱低声呵斥一句,拉起身边那只柔腻的小手,"你是夫人,是嬴柱正妻,跟我去做甚?你有才思,要为嬴氏顶住门庭。记住了?说说,只要你看中了哪个庶子,我立他为嫡,你是正仪母亲!"

说者无心,听者有意。

"莫急莫急。"华阳夫人轻轻拍着嬴柱的手笑了,"你也是五十几岁老太子了,立嫡便是立秦国储君,能由得我一句

话么？再说，儿女一大群，没有一个实学干练之才，我却选谁去？"

"你，你晓得日间考校事了？"

"学馆府中沸沸扬扬，我能不知？"

"天机莫测也！"嬴柱一声叹息，"原想，嬴傒虽不入士仓之眼，总归还是实学实干，不想今日一见真章，竟也是皮厚腹空，庸才一个也！"

"少年看老也。"华阳夫人笑道，"我留心嬴傒十多年了。此子好勇斗狠，浮躁乖戾，纵是你我选中，也过不得老父王一关。"

良久默然，嬴柱叩着草席一声长叹："嬴氏何罪，其无后乎！"

"哪里话来？毋得乱说！"华阳夫人笑着打了嬴柱一掌，"左右也是二十六子，与后不后何干？万一不济，筷子里挑旗杆，一代弱君也坏不了国运。"

"妇人之见。"嬴柱嘟哝一句，疲惫地闭上了眼睛。

"莫睡莫睡。"华阳夫人摇着嬴柱，"药行腹要时辰，醒着，我有话。"

"好好好，说，甚事？"一旦郁闷，嬴柱便止不住睡意。

"两件事，听好了。"华阳夫人抚摩着嬴柱笑道，"那个在赵国做人质的异人，有消息了，你却如何打算？还有，今日考校王孙的这个吕不韦，我看大有蹊跷。"

嬴柱霍然坐起："如何如何，再说一遍！"

华阳夫人将家老从蔡泽口中得到的消息说了，又将今日考校的情形备细说了一遍，末了道："这个吕不韦大异常人。其一，考校之法匪夷所思，细想之下却又大合情理。其二，见识说辞不虚不妄，大白话说得很是实在，平中见奇，官师王孙们根本无从辩驳。其三，面对贵胄不卑不亢，气度全然不像寻常商贾。有此三者，又从赵国入秦，我觉有些蹊跷。"

"说得是。"嬴柱频频点头，思谋一阵道："蔡泽近来也颇有些异常，这吕不韦是他延揽而来，异人消息也是从他而来，他不报我，却说给家老，其意何在？"

"若未报你，此事便非国府邦交所能解。"华阳夫人笑道，"你想，禀报太子便是国事，邦交若不能解，岂非朝堂难堪？私下透露给家老，是大有文章了。"

嬴柱突然哈哈大笑："好！夫人周旋此事，我只做壁上观。"

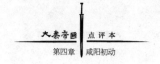
四 碧潭废墟的隐居夫人

秋分时节,蔡泽又一次被秘密召进了章台。

一到书房廊下,老给事中低声叮嘱:"漏刻两格,不得延时,纲成君在心了。"蔡泽顿时心下一沉。这漏刻两格,说的是铜壶滴漏下的箭杆刻度,一格为一刻,一日一夜一百刻,[①]漏刻两格是两刻,大约也就是顿饭时光,说得清楚甚事?然从老给事中的神情看,显然是老秦王已经耐不得长时论事,也是无可奈何。心下思忖着简洁叙说的腹稿,点点头摇了进去。

听得脚步,半卧长榻的秦昭王突然白眉一耸睁开了眼睛,缓缓一招手却没有说话。蔡泽心下明白,立即快步到了榻侧早已安置好的绣墩旁,正要开口禀报,却见老秦王又是抬手缓缓一摇,便肃然躬身道:"老臣恭听王命。"

秦昭王苍老的声音飘荡着:"纲成君,考校王孙得法,赐金百镒。"蔡泽正要说话,苍老的声音又飘荡起来,"嬴异人,邦交之道不通,好自为之。"蔡泽精神一振,实在祈望老秦王能就异人事多说几句,以使他能够揣摩个大体尺度。仅此一句,只说了不能如何,却不说可以如何,岂非大大棘手?正在思谋该不该问时,苍老的声音又飘荡起来,"吕不韦,才具尚可,似有备而来,慎之慎之。"一声喘息,两道雪白的长眉松松地拢在了一起。

蔡泽一阵默然,想禀报一番,分明老秦王并不需要再知道甚事了,想请命几句,分明老秦王对三件事都有了口

> 吕不韦之计再怎么高明,总得安国君点头才行。故事布局周到。

---

① 漏刻发明于黄帝时期,先秦时广泛应用,其时将一日分为一百刻,每刻大约今日十四分钟。

书,且旁边大案前还有长史笔录,请命还能问甚? 身后响动,蓦然回头,笔录的长史桓砾已经收拾起笔墨走了。蔡泽恍然大悟,对着长榻深深一躬,说声老臣告退,转身摇出了书房。

　　回程一路秋风,蔡泽却燥热得心烦意乱。身为计然名士,挟长策入秦为相,蔡泽一门心思都在开府治国之上,何尝想到过今日这般尴尬——高爵开府却疏离国务,竟做了专职周旋宫廷权谋的人物。历来名士,皆长于理国而短于权谋,商鞅若此,张仪若此,魏冄若此,连最是机变的范雎,最后也对权谋之争拙于应对了。入秦之前,蔡泽素无官场阅历,除了对国计民生有实学之外,对官场应对很是生疏。模棱两可的话听不懂,需要揣摩的事不会做。譬如方才,除了赏赐自己百金是明明白白之外,后两件最要紧的大事始终是朦胧一片,他实在拿不准可否请老秦王明确示下:能不能派出黑冰台干员入赵密查? 能不能动用府库重金贿赂赵国权臣? 还有吕不韦,老秦王如何就断他“似有备而来”? 可有确切依据? 备谋何方? 如何“慎之”? 是要驱赶此人? 疏远此人? 抑或有限制地任用此人? 说不清,实在是说不清。

　　暮色时分进入咸阳,蔡泽一声吩咐,辎车拐进了长阳道。

　　“纲成君何其匆匆?”吕不韦惊讶地笑着迎了上来。

　　“一团乱麻。”蔡泽嘟哝一句笑了,“酒酒酒,饿瘪人也。”

　　“上酒。”吕不韦笑道,“今日请饮吕氏家酒,老母所酿,决然上口。”

　　须臾,酒菜搬到亭下,蔡泽一阵猛吃猛喝,抬起头说声好酒好菜,便哈哈大笑起来。吕不韦却只慢条斯理地品咂着微笑着,有一搭没一搭只问些秋日寒暖之类的话。磨得一阵,蔡泽“当”的一叩石案:“不韦! 也不问老夫前来何事么?”吕不韦不禁笑道:“纲成君位居庙堂,一身机密,当言则言,不韦何能聒噪?”“也是一说。”蔡泽释然一笑,“你那考校,搅得太子府上下熙熙攘攘,你却消闲也。”吕不韦道:“原是临机帮得纲成君一忙,想他何来?”蔡泽冷冷一笑:“帮老夫一忙? 只怕是要将自己帮进去罢了。”吕不韦一阵大笑:“纲成君,你纵不来,我也要向你辞行也。”蔡泽大是惊讶:“如何如何,你要走了?”吕不韦道:“三日之后,南下陈城。”蔡泽一对燕山大眼睁得溜圆:“咸阳天下大市,你不在此做商?”吕不韦笑道:“行商行商,说的便是个来往奔走,决住一城,经个何商也?”蔡泽长长地出了一口气,笑道:“不韦才具,做个商人当真可惜也!”吕不韦笑道:“交友尽义,算不得甚个才具了。”蔡泽歉疚笑道:“不韦入秦几月,老夫一无所助便要匆匆离去,实在惭愧也。""纲成君见外也!"吕不韦又是一阵大笑,"当年不韦暗助田单鲁仲连,也与今日一般,君幸勿介怀也。"

蔡泽思忖一阵,突然笑道:"一王孙官师,偶对老夫丢下两句话,可想知之儿?"

"第一句?"

"嬴异人,邦交之道不通,好自为之。"

"第二句?"

"吕不韦,才具尚可,似有备而来,慎之慎之。"

片刻默然,吕不韦拍案笑道:"说得好! 纲成君只依这两句话行事,断无差错。"

以秦昭王之话试探吕不韦。

"噫!"蔡泽惊讶了,"懵懂两句,谶语一般,如何据以行事?"

"纲成君差矣!"吕不韦笑道,"譬如这第一句,首说邦交之道不通,是要你莫指望通过邦交途径解此难题。此中又有两点深意:其一,邦交索讨人质,秦赵两厢为难;其二,嬴异人在赵国不会出事,果真出事,或许正是老秦王所期待也……"

"岂有此理!"蔡泽拍案打断,"老秦王期望自己孙儿出事么?"

吕不韦微微一笑:"纲成君只想,秦赵血仇似海,何以一个人质却安然无恙? 二十余年来秦国常居强势,想讨回人质有何艰难? 却偏偏闭口不提,所为何来? 赵国尽管恨秦人骨,杀掉人质也是易如反掌,却偏偏不杀,所为何来? 在秦,是明丢一个'国饵',待你赵国上钩,而后大举伐赵便是正正之旗。在赵,却是心知肚明绝不上当,既不吞饵,也不放饵,偏是看你秦国如何处置? 王孙人质果成弃儿,秦国便是无情无义禽兽之道招天下唾骂。秦国若讨人质,赵国便是一宗绝大生意。如此纠结,秦王赵王俱各明白,只纲成君以寻常骨肉之情忖度国事利害，懵懂一时也。"

"不可思议！"蔡泽倒吸了一口凉气，"好自为之呢？"

"要你相机行事，酌情处置，莫将事情搞得不可收拾。"

"哼！"蔡泽冷笑，"八个字容易，你说，如何个相机行事？"

吕不韦大笑道："此等事意会可也，言说却难，不敢班门弄斧。"

蔡泽揶揄一笑："说说第二句，是否中你要害了？"

"如此断语，见仁见智也。"吕不韦淡淡笑道，"以说话者之意，分明是要提醒纲成君对不韦要有所戒备。然细加揣测，此话却非实指不韦，而是实指赵国。也就是说，要纲成君提防吕不韦是赵国斥候，或为赵国所用。"

解秦昭王之懵懂语。

"啊！说你有备而来，是此意么？"蔡泽惊讶得胡子都翘了起来。

"邦交如兵，皆诡道也。纲成君小心便是。"

"鸟！"蔡泽突然骂得一句又哈哈大笑，"走时知会，老夫送你！"

三更时分，吕不韦将蔡泽送出栎阳客寓，回到书房唤来家老吩咐：明日开始善后，三日后离开咸阳。西门老总事大是不解，张张嘴想说话却终是点了点头。吕不韦皱着眉头道："没住够预定日期，金钱交足店家。"老总事摇头道："此等小事，无须先生操心。老朽只是疑惑，大事方见端倪，离去岂非可惜？"吕不韦恍然笑道："谋事须得临机而变，何能守株待兔？我走，西门老爹却要留下。"西门老总事惊讶莫名，只木然愣怔着不说话。吕不韦道："西门老爹，你留咸阳两件大事：其一，选择咸阳城外隐秘处建一庄园，以为日后在秦根基。其二，照应两只大船，保得其人其物随时可用。若有难处，我请荆云义士过来助你。"老总事又点头又摇头："只要有事，便无难处。老朽不在，荆云义士正好助先生一臂之力，来咸阳大材小用了。"

正在此时，庭院一阵轻微急促的脚步声，一身利落的越剑无大步走进书房："禀报先生：方才有一人影倏忽来去，我没追上，查看庭院，留下此物。"说着捧过来一支细长的泥封竹管。吕不韦接过便要打开，西门老总事说声先生且慢，一伸手拿了过去，反复打量片刻，方用竹刀刮去泥封拧开管盖抽出一卷羊皮纸递过。

吕不韦展开一看，寥寥两行大字：

敢请足下，明日巳时到沣京谷口一晤，毋带从人。
赴约与否，但凭君断。

妃嫔们一闹，闹出奇遇。

一阵默然，吕不韦笑道："二位以为如何？"西门老总事锁着一双白眉只是沉吟摇头："此事大有蹊跷，不妨静观几日。"越剑无慨然拱手道："信使身手不凡，主使者必有剑道高士，不带从人不行。"吕不韦思忖片刻道："好，容我想想，天亮再说。"

次日清晨，吕不韦梳洗完毕将老总事唤来叮嘱一阵，然后吩咐备车。正在此时，越剑无大步匆匆赶来，坚执要换下驭手自己驾车。西门老总事笑道："天下成例，驭手不为从人，越执事不为违约也。"吕不韦无奈点头，登上厢窗密闭的辎车辚辚去了。

出得咸阳南门，过得横卧渭水的白石大桥直插西南，行得半个时辰便是滔滔沣水。沣水南岸，一片松林莽莽苍苍覆盖了一道山塬。这道山塬便是湮灭了五百余年的西周沣京废墟，老秦人呼为松林塬。沣水流经松林塬，恰恰冲刷得一道深深峡谷，沣水涌进，积成了碧绿的深潭，两岸山塬松柏森

森,废墟城堡倒映水中,虎啸猿啼飞鸟啁啾,幽静得令人心颤。

辒车沿着沣水南岸到得沣京谷口,吕不韦下车打量,空山幽幽人迹全无。正在疑惑,一声悠长的呼哨,一只小舟从碧绿的水面如飞掠来,隐隐喊声随着山鸣谷应飘荡过来:"岸边可是修庄先生?"吕不韦遥遥回得一声:"正是。"

应答落点,小舟已经飞到,恰到好处地停泊在一方巨石之前。舟头一黑衣壮汉打量着两三丈外的辒车与虎视眈眈的越剑无,皱着眉头一拱手:"先生带从人赴约,请回程。"吕不韦一拱手笑道:"驭手不做从人,天下通例也。东道主焉得不明此理?"黑衣壮汉略一思忖笑道:"也是。请先生登舟。"越剑无猛然咳嗽一声,吕不韦转身严厉地盯了一眼,传出的声音却是淡淡柔和:"执事回去,我自拜客。"回身上了巨石,稳稳地跃上了小舟。

又是一声呼哨,小舟轻盈转身,悠悠然漂进了潭水深处。行得片刻,峡谷渐窄潭水渐浅,松柏虬枝与嵯峨古墙已经伸手可及。黑衣壮汉一扬手,一支响箭带着尖锐的呼啸飞上了东岸山头,小舟也应声停泊在了一段黑黝黝的古墙下。黑衣壮汉拱手说声请,跨上了古墙下淹在水中的一道石条。吕不韦随上,见这石条竟是拾级而上的一道山梯,上得二十余级是一片平台,松林掩映,一座古老的城门赫然横在眼前。

吕不韦正在饶有兴致地打量古门,却见城门洞大步出来一位吏员模样的黑衣中年人,与黑衣壮汉低声说得两句,对吕不韦深深一躬:"先生请随我来。"领着吕不韦进了城门。一路上坡,脚下古砖小径,两边松柏参天,时有爬满山藤的断垣残壁突兀而起,旁边大石上有斗大的红字——易台、文王殿、兵室、虎苑、寝宫等等不一而足。一路看来,吕不韦满腹沧桑,全然沉浸到亘古皇皇的废墟古堡里去了。

"先生稍候。"黑衣中年人一个躬身,匆匆进了又一座古老的城门。

吕不韦恍然醒转,方见已经到了山顶,松柏林中几排茅屋隐隐可见,面前城门正中两个火痕斑驳的殷商古金文大字——王道,不禁又是一阵感慨中来。早周沣京废墟尚是如此气象,那隔水相望的大镐京废墟却当何等令人神往!

"多劳先生,本夫人在此赔礼了。"

吕不韦蓦然醒悟,却见眼前一个白皙丰满的绿裙女子,分明是那日在太子府突兀拦路者,拱手一礼道:"在下吕不韦,敢请夫人名号。"

"华月夫人,可晓得了?"女子笑得清亮可人。

"夫人见谅,不韦未尝闻也。"

"你去过太子府,可晓得太子夫人名号?"

吕不韦微笑着摇摇头:"夫人见谅,未尝闻也。"

"哟! 就会一句'未尝闻也'?"华月夫人笑得泼辣又亲切,"说了无妨,太子妻华阳夫人,是我小妹,晓得了?"

吕不韦一躬:"夫人居于王道之地,在下景仰不及。"

"王道之地?"华月夫人咯咯一笑,"一片废墟,建几座茅屋清净罢了,先生如何做得王道乐土看了?"

"非是在下私度。"吕不韦一指断垣残壁的古城门,"夫人请看,这'王道'二字虽经烈火风雨,却依然凿凿在目。在下不敢唐突,此地便是天下向往的王道古圣境。"

"哟!"华月夫人长长地惊叹了一声,一双大眼顿时热辣辣的光彩,"先生好学问,竟识得如此老古字! 你不说只怕我老死也毋晓得头顶'王道'两字呢,当真惭愧!"

吕不韦一拱手道:"夫人率直古风,在下服膺。此乃殷商老金文也。文王之前,镐京未建,周都沣京,其时文字便是这殷商金文。周得天下,方有了周金文,却是好认多了。"

"哟! 你说,此地风水①如何? 我住得么?"

"风水之说,原在心证。但能敬天尊古,不损先人踪迹,自得上天庇护也。"

"好!"华月夫人开心地笑了,"此地一草一木我都未敢动,几座茅屋还建在没有废墟的空地上。我只觉看着这些烧焦的城门宫殿又酸楚又舒坦,请了秦王一千金,修葺了两三年。原本这里狼虫虎豹满山林,谁个敢来?"

"夫人功德,与天地不朽也。"吕不韦深深一躬。

"哟哟哟!"华月夫人连忙笑盈盈扶住,"先生原本那般作势,睬都不睬我,不想却在这破烂废墟上夸赞于我,不是天意么? 此事一定成!"

"夫人贵胄,在下商旅,不知何事示下?"

"不管何事,能在这里说了? 先生随我来。"华月夫人说罢,领着吕不韦进了王道古门,穿过一片密匝匝松林,到了一座四面无遮拦的茅屋庭院。庭院前一座大亭,亭顶茅草虽有风雨痕迹,却也能看出是两三年之物,亭柱亭基与亭底石板及亭中石案石礅,却

---

① 风水,先秦时对"堪舆"之学的俗称,后世流布民间,几乎取代"堪舆"。《葬书》释义云:"经曰,气乘风则散,界水则止,古人聚之使不散,行之使有止,故谓之风水。"

都是黝黑如漆,伤痕斑驳,分明沣京古亭。

"盖茅屋时,这里一片空地,只有这座孤零零的石亭。"华月夫人一边指点,一边将吕不韦让进了古亭,转身吩咐一声上茶,坐到了吕不韦对面。

"庭院无墙,夫人不怕山林猛兽?"吕不韦一番打量颇有疑惑。

"先生毋晓得,沣京谷的虎豹狼虫只在山外吼啸游荡,从来不进松林废墟。"

"天念周德,存恤之心也!"吕不韦不禁感慨一叹。

"湘楚之地,先生可熟?"华月夫人突兀一问。

"不韦生于濮阳,却久居陈城经商,于湘楚尚熟。"

"可知湘楚人秉性?"

"口不欺心,辣言辣行。"

华月夫人的笑容倏忽消失:"今日相请,却无难事,只要听先生真话而已。"

"夫人但问,不韦无虚。"吕不韦庄容一答。

"来,先饮了这盏震泽绿茶。"华月夫人举起精美的白玉碗,"我有小妹生于吴地,酷好绿茶。我也觉香得可人,比秦茶强多了,先生以为如何?"

"兰陵酒,震泽茶,天下佳物也。"吕不韦品得一口蓦然笑道,"然夫人此茶,却是两年前藏品,清醇香气业已大减。"

"哟!"华月夫人惊讶笑道,"先生果然知楚呢。然你只想,秦楚千里之遥,又时常交恶,如何能年年有新茶? 小妹去年送来一篓,先生包涵了。"

"物得行家钟爱为贵。"吕不韦慨然拍案,"自后年年三月,不韦奉夫人新茶一篓。"

"好也好也!"华月夫人大是开心,"我收,只是无以回报了。"

"好说。夫人得茶,付半两①一篓便了。"

"哟! 好办法,一篓半两一篓茶,两不欠。"

"人各无愧,事便可为。也是商旅之道,夫人见谅。"

"先生有见识!"华月夫人赞叹一句,默然片刻又是突兀一问,"先生眼光,那日临考诸王子,有无可造之才?"

"……"吕不韦默默摇头。

---

① 半两,秦国铸币,铁钱,每枚重半两得名,为当时重量最大的圆钱,号为大钱。

"先生从赵国来，可曾听说公子异人？"

吕不韦心下怦然一动，静神思忖一阵道："曾在两处无意听到公子异人名字。一次，是在平原君府中结交官金，遇到一寒素公子报名请见平原君，始知此人乃秦国质公子异人。另次，与赵国隐士薛公、毛公饮酒，听两人议论，又闻公子之名。此外，似乎邯郸坊间尚有公子传闻，惜乎没有留意。"

"两公议论之言，还能记得么？"

"毛公称赞公子异人久困守节，颇具良臣风范。薛公说，公子异人聪慧睿智，腹有经纬……实在记不得许多也。"

"先生说公子寒素，却是如何境况？"

"想起来也！"吕不韦拍案一笑，"薛公说得一事：长平大战后公子初见平原君，瘦削苍白，黑衣破旧，短而宽大，着身空空荡荡。厅中吏员哂笑。公子便说，此乃秦制楚服，何笑之有？平原君责难曰：秦便秦，楚便楚，秦制楚服，不合国礼也！公子答：吾居他邦，思念父母，吾父秦人，吾母楚人，秦色楚服，外不忘父，内不忘母，天地大礼也！一番对答，举座肃然。平原君方以使节礼待公子。"

华月夫人沉思片刻，离座深深一躬："谢过先生，两日后我当回拜。"

吕不韦连忙也是一躬："不韦三日后离秦，明晚离开修庄上船处置商事，若蒙夫人不弃草莽，敢请夫人到我商船一晤。"

"哟！船上好，便是这般。"华月夫人开心地笑了。

五 霜雾迷离 宫闱权臣竟托一人

甘棠苑的秋色是醉人的,华阳夫人终日徜徉林下,每每忘归。

甘棠者,棠梨也,古人亦呼杜梨。说是梨,太小,味涩而酸,除了酿酒,很少人吃。果实不起眼的甘棠,有两样非凡处:一是材质奇绝,叶可染布,木可制弓,果可酿酒,通身一无废物。二是花儿开得绝美,白棠似雪,赤棠鲜红。万木苍黄的八月秋日,雪白血红的棠梨之花如火如荼灿烂燃烧起来,时有片片黄叶坠地,直将凄凉美艳在萧瑟秋风中淋漓尽致地一片挥洒。

天下甘棠之盛,莫如中原的殷商故都朝歌。当年周武王统率红色大军与殷商的白色大军血战朝歌郊野,雪白血红茫茫交织,殷商国人说是甘棠遍野如火如荼。从此有了"如火如荼"这句民谣般的老话。周灭商后,仁慈的王族大臣召伯[1]巡视殷商遗民,常常在已经成为焦土废墟的朝歌城外的甘棠树下与农夫工匠盘桓。庶民感念召伯,有了那首流播天下的《甘棠》[2]:

> 蔽芾甘棠　勿剪勿伐　召伯所茇
> 蔽芾甘棠　勿剪勿败　召伯所憩
> 蔽芾甘棠　勿剪勿拜　召伯所说

自举族随宣太后进入秦国,华阳夫人爱上了中原的棠梨之花。每逢秋日漫步林间,看着如火如荼的花海,看着飘零坠地的落叶,万千滋味凝聚心头。在太子府的妻妾群中,华阳夫人是孤独的。所以孤独,不仅仅是她的深居简出,更在于一种奇特的尴尬。

---

[1] 召(shào)伯,名召虎,曾辅助周宣王征伐南方淮夷;又曾于社前听讼断狱,有公正之名。
[2] 见《诗经·召南·甘棠》。

论身份,她是太子正妻。论爵次,她是夫人①。无论是礼法还是传统,她本当都是毫无争议的主内掌家,太子府的所有女人都当属她辖制。但是,一个致命的缺失却使一切都变得面目全非。

为人妻二十三年,她没有生下一儿一女。

礼法有定:正妻生子为嫡子,嫡长子是本门法定承袭人;其他嫔妾所生子女,即或年长排行在先,也不能取代嫡子的位置;若正妻没有子女,便要在其他嫔妾所生的"庶子"中遴选出一名做嫡子,承袭本门基业与荣耀。因了始终无子,她在太子府的地位渐渐微妙起来。在嬴柱还不是太子的时日,一切都风平浪静,她还劝嬴柱多纳嫔妾多生子,以利将来选贤立嫡。然自嬴柱做了太子,一切利害关联骤然放大了:正妻眼见可能成为王后,嫔妾们若不能成为夫人、世妇、八子等封爵女官,便要永远地沉沦为冷宫活寡;谁是嫡子,眼见便能成为储君成为国王;若是庶子,注定要成为苦做功劳的臣民。利害天壤,原先潜伏的种种龃龉便如洪水般大肆泛滥了。

嫔妾们个个美艳,且大都生有一两个儿女,于是生出了觊觎之心,纷纷图谋取她而代之。战国之世礼法原本松弛,宫廷女眷们的地位也如同朝堂臣工一样,没有一成不变的定规,人事随时随地都可能新旧代谢。卑微者以能才取代高位贵胄,从来都是再正常不过的事情。远者不说,秦孝公之后的秦国宫廷便是一路的天翻地覆,毫无常理。

孝公与胡人宫女交,生子秦惠王,若非胡人宫女自己出走,这个胡女自是国后了。惠王正妻惠文后有才无子,将胡女嫔妃所生的嬴荡(秦武王)认了嫡子,做了太子,那个胡妃

关于华阳王后的资料不多。身为正夫人,二十余庶子,多年来无人能动摇其正夫人位置,想来此女非泛泛之辈。

---

① 先秦时,"夫人"是一种女爵,仅次于"后",后世成为已婚女子的通称。

便莫名其妙地病逝了。惠王的另一个嫔妃，楚女芈八子生子嬴稷，也因与惠文后不和，母子双双去燕国做了人质。嬴荡（秦武王）举鼎骤然惨死，纵横宫廷一生未败的惠文后，在芈八子母子回秦后莫名其妙地寿终正寝了。芈八子原本是楚国为结好秦国而献给秦惠王的一个远支王族女子，入宫一直是"八子"的低等女爵；然其才具过人，机敏干练泼辣，理乱定国而摄政，成了赫赫大名的宣太后。因了宣太后，秦宫从此多楚女，楚女与胡女成了秦国宫廷的两个大群。秦昭王的嫔妃中有六名楚女，王后自然也是芈姓楚女。秦昭王立的第一个太子嬴悼，便是楚女王后（芈后）的亲生长子。

嬴悼三十岁病死。多年之后，封爵安国君的嬴柱才被立为太子。

由庶子而安国君，由安国君而太子，嬴柱的皇皇飞升，其功全在母亲。嬴柱的母亲是秦宫女子中又一个另类。她本是唐国女子，也是"八子"低爵，号为唐八子，娇小玲珑得玉人也似，聪颖有学，性情可人，很得秦昭王宠爱。然若仅仅是宠爱，远远不足以促成孱弱的嬴柱由庶子而成为太子。毕竟，床笫风情与诸般才艺，王宫女子们争奇斗妍各领风骚，谁也说不得独占鳌头。面对奔放率真的胡女与火热柔腻的楚女，一个娇小得如同自己故国一般的唐八子，却有着非凡的应对。先是以才情得宣太后器重，继而以课督诸王子修业得秦昭王赞赏。在蜀侯嬴煇屡次发难之际，她都保持了颇具大家风范的包容与忍让，从来没有明火执仗地汹汹纠缠。更为难得的是，唐八子在诸般争斗的宫廷纠葛之中，犹能在老秦王面前一如既往地纯情娇媚，除非老秦王询问，自己从来不诉说委屈是非，只全副身心地侍奉老秦王舒坦。与朝中权臣也从来没有任何交往，只督责儿子嬴柱修身力学培植王孙。老秦王大是感慨，曾经几次对嫔妃们说："唐八子才不及太后，德犹过之。你等但如八子，宫廷安矣！"

有了唐八子，才有了安国君，有了新太子。有了安国君，有了新太子，也便有了眼见将成事实的唐太后。子以母贵乎？母以子贵乎？在风云诡谲恩怨似海的深深宫闱，谁却能说得清楚。

华阳夫人之难，比惠文后宣太后唐八子有过之而无不及。

宣太后唐八子虽难，却都有赖以寄托的儿子。她没有。惠文后虽然没有儿子，但却有着老秦人的根基势力，更有着德才兼备的朝野口碑。这两点，她都没有。然则事有奇正，华阳夫人也有着自己独具一格的过人之处，否则她早已经没有资格为立嫡忧愁了。华阳夫人的独具一格，在于吴女特有的柔媚细腻舒缓，除了对国事一无才思，诗琴歌舞

却是天赋过人无一不精,加之卧榻之上风情万种,太子嬴柱每与相处,大是享受。

然真正使嬴柱离不开她的,却是她的医护之术。也是天意玄奥,华阳夫人的父亲也是嬴弱多病之身,她从小熟悉病榻,不知不觉跟着府中白发苍苍的老医士学会了诸多救急医护之法,且操持得极是纯熟。初入太子府,聪慧过人的她嗅出了风中飘荡的草药气息,嗅出了夫君身上的独有病味儿。

新婚合卺,嬴柱大汗淋漓地奋力耕耘着柔嫩肥美的处子沃土,却突然从她胸脯上软软地滑了下去。顾不得身下一片飞红,顾不得说不清的痛楚与喜悦,她连忙翻身爬起,湿漉漉的身子贴上了嬴柱,嘴对嘴地大呼大吸,待夫君稍有喘息,又是两支雪亮的细针捻进了中府、阴陵泉两处大穴,再将一颗硕大的蜜炼药丸咬碎用舌头顶进了夫君嘴里。仅仅是小半个时辰,嬴柱又生龙活虎地扑到了她身上。那一夜,她连声音都喊哑了。事后嬴柱越想越惊奇,问她不召太医不害怕么?她却只是柔柔一笑:"裸身相拥,要太医看么?你毋晓得,太医治病,救急医护却比不得我了。"嬴柱大是欣慰,从此对身边侍从有了一道秘密指令:在外但有不测,立即告知夫人。

唯其如此,对于正妻地位,华阳夫人没有感到几多威胁。使她真正上心而生出忧虑者,是立嫡。没有满意的嫡子,她终究是没有归宿的……

"哟!小妹好兴致,害我好找耶!"

华阳夫人蓦然回身,只见雪白血红的棠林深处倏然飘动一幅嫩绿,笑着迎了过来:"姐姐有得空了?你毋晓得,小妹正想姐姐呢。"绿裙女子正是华月夫人,高声大气笑道:"哟!偏你嘴儿甜,只哄得老姐姐高兴。"华阳夫人娇笑道:"谁教姐姐能事了?你毋高兴,我却靠谁了?"说罢亲昵地拉起了华月夫人的手,"来,姐姐茅亭下坐了,小妹给你操琴唱歌,我自写词的《甘棠》,听听如何?姐姐只说,上茶上酒?"华月夫人进得茅亭,用雪白的汗巾匆匆沾拭着额头与红扑扑的脸颊,一边笑道:"不茶不酒不听唱,都改日了。今日老姐姐一路赶来,只讨个话便走,没忒多工夫听你悠悠磨叨。"华阳夫人娇嗔道:"自来有事都是姐姐了断,我只听命,何时要讨我话了?"华月夫人咯咯笑着将华阳夫人摁到了石礅上:"哟!谁教你有个好夫君也!小事老姐姐做得主,你的大事不听你听谁?"华阳夫人顽皮地做个鬼脸:"耶!好夫君我又没得独占,姐姐倒是分得开。""小妮子!"华月夫人红了脸一点华阳夫人光洁的额头,突然低声,"林中没有别个人么?"华阳夫人连连摇头:"没没没,除了棠梨便是我,只说也!"

华月夫人低声说了半个时辰，末了笑道："如何？只看你主意。"

华阳夫人咬着嘴唇默然一阵，长嘘一声道："姐姐主意无差，方今也只这一条路了，通不通都得试试。知人任事，小妹不如姐姐。姐姐但信得此人，便是他了。"

"老姐姐信！"华月夫人一拍石案，"此等事宜私不宜官，老蔡泽反倒束手束脚。此人只要探清异人底细详情，回秦事老姐姐再来设法。他纵有诈，老姐姐也留得一手。"说罢又是一阵低声密语。

"姐姐也忒狠了些。"华阳夫人笑了，"好，但凭姐姐主张。"

"他只实在，我便没事，老姐姐晓得火候。"华月夫人站了起来，"你只转悠去了，别慢腾腾送我。"说罢一阵轻风，嫩绿的裙裾倏忽消逝在雪白血红的棠林中了。

次日清晨轻霜洒地，淡淡薄雾笼罩了关中原野。

太阳爬上山巅，山山水水无边无际的朦胧金红。秋色迷离之中，一艘黑帆小船悠然漂出了沣京谷口，直向东南而来。行得三十余里，前方大水苍茫，一线沣水溶进了浩浩渭水。再行片时，咸阳南门箭楼隐隐在望，一道长龙般的白石大桥横卧渭水，轻霜薄雾中恍如天上宫阙。大桥两侧舟船云集樯桅如林，四片码头排开两岸，上下连绵二十余里，仿佛整个原野都成了茫茫水城。轻舟东来，遥遥便闻卸货号子声靠岸离岸呼喝声渡客相互召唤声桥上桥下车马声不绝于耳，熙熙攘攘热气腾腾的一片大市，纵是秋风寒凉霜雾迷离，也没有萧瑟之气。

大桥西侧乃上游码头，船只稍许稀少，一艘高桅白帆大船分外显眼。黑帆小船渐渐靠近，船头一长两短三声清亮的牛角号声。高桅大船立即飘出一面白色大旗，同时两声悠扬号角，大船侧舷一只白旗小舟倏然漂出，向黑帆小船迎了过来。片刻之间两舟相会，一个绿色身影跨过船桥，白旗小舟飞快地靠上了高桅大船。

三声悠长的号角，高桅大船上一片高呼："迎我大宾，四海同心！"

"哟！呼喝一片，先生规矩大了。"一领绿色斗篷的女子在船头笑了。

吕不韦一拱手笑道："商船老规矩：但有客官，同船大礼，原是个和气生财。仓促之间未及更改，夫人见谅。"

"新鲜热火，也是商旅本色，改个甚来。"

"请夫人入舱就座。"吕不韦侧身一让，一名楚衣少女走过来一礼，说声夫人随我来，将华月夫人领进了大舱,西门老总事守在了舱门口。

进得舱中也不见吕不韦吩咐,楚衣少女倏忽之间将一切打理妥当,飘然去了,简洁密闭的船舱只弥漫着一片茶香。华月夫人打量一番笑道:"先生这商旅做得有气象,一个使女也如此能事,少见呢。"吕不韦笑道:"此女茶道最佳,夫人品尝这震泽绿茶如何?"华月夫人这才注意到案上茶盏,只见羊脂般的白玉盅中一汪柔和的碧绿,看得一眼大是舒心,端起饮得一口,啧啧连声地惊叹:"哟!好茶!香得清正,醇得温厚,绿得醉人!"吕不韦爽朗大笑:"夫人行家也!大得震泽绿春之神韵,在下服膺。"华月夫人连连摆手道:"这几句是我学来的,不作数。要说鉴赏震泽绿春,天下只怕莫过我那小妹了,只可惜她没这口福了。"吕不韦笑道:"商旅道专一地周流财货,此等事却是方便。不韦已为夫人备得一箩震泽新绿春,夫人尽可与小妹共品。来春三月,便有真正的上佳春茶。"华月夫人顿时一拍案笑道:"哟!不早说,我可没带一箩半两来也!"吕不韦大笑:"好说也!有账,届时本利一次算。"

笑谈之间,华月夫人饮得一盏茶下,那名楚衣女仆恰到好处地飘了进来斟得一盏,又飘然去了。华月夫人倏然正色道:"先生大舱漏风么?"吕不韦微笑道:"商战多秘事。此舱乃不韦密室,三重坚木密闭,唯舱门家老、屏后使女与在下三人,夫人尽可放心。"华月夫人一点头道:"如此便好。"说着离案深深一躬,"我有一事托付先生。"

"夫人但说,在下何敢当此大礼。"吕不韦连忙也是一躬。

"先生入座,且听我说。"华月夫人坐回案前罕见地字斟句酌着,"前日说起在赵为质的异人公子,原本是我门亲侄儿。老身夫君早亡,膝下无子,意欲收异人为嫡,承袭我门根基。奈何秦法有定,王族子弟过门立嫡,须得王室核准其才德阅历,以免贻误他门功臣。故此,老身欲托先生,在邯郸查勘异人公子言行操守,越细越好,尽报老身。不知先生为难否?"

"此事原是不难。"吕不韦思忖点头,"只是在下不甚明白,邯郸之秦商势力颇大,夫人何舍近求远而托付在下?"

"哟!先生好精明。"华月夫人笑了起来,"你是说老身何不动用秘密斥候?那倒不难,可那得老秦王手书。再说了,踏勘人物,官府的斥候小吏也未必做得好,万一有差,再托他途反倒不便。先生能事明大义,托付先生,比官府牢靠多了。"

"夫人信得不韦,不韦受托了。"

"这才是先生！"华月夫人朗朗一笑，从绿裙衣袋中拿出一个小小铜匣打开，取出一方黑玉制物，"先生可知这是何物？"吕不韦摇摇头："玉佩万千，无人能尽识。"华月夫人拿起黑玉信手一晃，舱中灿然划过一片蓝光："先生可知黑冰台？"吕不韦道："风闻而已，不甚了了。"华月夫人笑道："先生以商旅之身受托，难保没有诸多不便，若有为难处，可持此符到邯郸岱海胡寓求助。"说着递过玉符，笑吟吟盯住了吕不韦。

吕不韦心下猛然一跳——岱海胡寓是黑冰台邯郸根基！脸上却呵呵笑道："在下持此玉牌，岂非也变成了秦国官身？此事岂非也成了国事？"

华月夫人见吕不韦，吕不韦又向成功迈进一步。

"哟！先生却是呆。"华月夫人带着三分娇嗔，"若是国事何须先生？这是我族私牌，老身一族弟在邯郸效力，私牌只可动他一人，左右保你有个援手，与国事无关。"吕不韦接过玉牌一拱手笑道："夫人周详，不韦谢过。"华月夫人笑吟吟又饮了一盏震泽绿茶，站了起来："正事已了，我告辞了。"恰逢楚衣女仆又飘进来斟茶，华月夫人笑道："先生好消受，只可惜老身没有此等一个侍女了。"

吕不韦大笑一阵道："莫胡，拜见夫人了。"

"小女莫胡，见过夫人。"楚衣女仆一口楚语，盈盈一拜。

"哟！起来起来，湘楚人氏么？"

"洞庭郡南，湘西屈氏封地。"莫胡红扑扑的脸膛分外的动人，"屈原大夫投江，族人星散了，我族逃到了胡地草原……"

华月夫人粗重地一叹："哀哉楚人，何其多难！"

"不想夫人与莫胡竟是同乡，难得也！"吕不韦感喟一句笑道，"夫人喜好吴茶楚菜，莫胡正精于茶道，通晓楚菜，将莫胡借给夫人如何？"

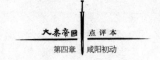

"哟！先生好大器。"华月夫人开心得一拍手，"不作兴送给我做个女儿！"

吕不韦大笑："莫胡，夫人要认你做女儿了，你却如何？"

"女儿拜见母亲！"莫胡一头叩了下去。

"哎哟，还当真捡了个女儿，快起来！"华月夫人一脸灿烂，"可要说好，莫胡若在老身处不惯，先生要许她回来了。"

"自当如此。原本是借了。"吕不韦转身向舱门高声吩咐，"西门老总事，那只轻舟给莫胡姑娘，许她随时回我商社。"舱门外一声答应，一阵脚步声去了。

华月夫人道了告辞，莫胡搀扶着华月夫人出了舱门。华月夫人笑道："你也不收拾一番自个衣物零碎，如此跟我走么？"莫胡笑道："轻舟便是我的家，物事都在船上呢。"华月夫人回头笑道："还是先生虑得周全，有了我这女儿，线扯紧了。"吕不韦笑道："天意如此，在下只是听凭夫人吩咐。"华月夫人扑闪着大眼笑了："哟！谁听谁，老身可是还没吃准呢！"一阵笑声，三人上了船头。

此时霜雾已散，西门老总事正在侧舷摆动着白旗调遣船只。华月夫人向下看去，见自己的黑帆小舟旁泊着一艘打造得极为精巧的白帆轻舟，似乎比自己的五人小船还小了些许，便问："这轻舟可有水手？"莫胡笑答："没。我自个驾船，采茶买菜都是它。"华月夫人惊讶道："采茶？哪里采茶？"莫胡笑答："每年开春，我都随大商船南下楚吴，驾着这只轻舟上震泽东山岛采茶呢。"华月夫人不禁脱口赞叹："哟！没看出还当真楚姑一个了！"吕不韦微微一笑："夫人，不韦或可有谋，然却无假也。"华月夫人明朗笑道："只要是个真人，老身决然不负先生。"

此时两艘小舟并行靠近大船，莫胡搀扶着华月夫人下了侧舷板桥，在黑帆船头深深一躬："母亲慢行，女儿驾舟随后。"轻身一跃，稳稳地落在了侧旁丈许的白帆轻舟之上。大船侧舷的吕不韦向黑帆小舟遥遥一拱手，大船一声高呼："送我大宾，其利断金！"呼声落点，西门老总事白旗挥动，两艘小舟悠悠去了。

"起锚。"吕不韦轻轻一声吩咐。

大商船悠悠然漂离码头顺流东下，出咸阳过栎阳再过下邽，一天晚霞的时分，进入了林木苍莽的陕塬①河道。吕不韦站在船头，白衣飘飘极目远望。陕陌山塬万木秋色，

---

① 陕塬，西周时名陕陌，周公、召公分陕而治，陕东周公，陕西召公。今河南省陕县高原。

浩浩大河在山塬东尽头铺开，两岸苇草茫茫起伏，抖动着一片无边无际的粼粼锦红。

这个华月夫人实在是个人物，既干练实在又扑朔迷离，一时难以揣摩得透。实在说，托付探听嬴异人，原是正中下怀，吕不韦自然不会拒绝。然则，吕不韦心下总是飘荡着一丝不安——华月夫人似乎隐隐约约地揣测到了何事，似乎料定了吕不韦不会拒绝，既是明晰托付，又是隐约防范，抛出一个"黑冰台族侄"便是最大的玄机。吕不韦久做兵器盐铁大宗生意，在商旅道也是最需要防范各国暗劫的。为此，吕氏商社对天下七大战国的"秘兵"历来探听得一清二楚，赵国黑衣、魏国苍獒、韩国铁士、燕国虎骑、齐国海蛟、楚国吴钩、秦国黑冰台。对秦国黑冰台虽然不如对山东六国"秘兵"那般了如指掌，却也是大体熟悉。比较而言，秦国对秘兵掌控最严。自秦惠王与张仪创制黑冰台，严令黑冰台只隶属丞相府行人署①，只涉外事，严禁干政。黑冰台之调遣，以开府丞相奉秦王秘密兵符为准，其余任何权臣不得介入。目下，连蔡泽这般已经是封君开府的丞相，尚不能得秘密兵符调遣黑冰台，一个华月夫人，竟能以族中长辈名义调遣一个黑冰台武士？吕不韦相信，这个精明的夫人不会是故弄玄虚无中生有，然则果然属实，这其中可能大有文章。蓦然之间心下一抖，吕不韦觉得云雾之中似乎有一双深邃的眼睛遥遥俯视着一切……

正在兀自出神，却闻前方一阵似吟似唱的歌声遥遥传来：

大道将成兮　天地无情

陶朱泛舟兮　其心难平

随着一声激越的长吟，北岸茫茫苇草中倏然荡出一只独木小舟，舟头一人红衣散发斗笠长桨，横在河面厉声一喝："吕不韦！尔竟不辞而别！"

吕不韦拱手一阵大笑："纲成君，做劫道生意么！"

"老夫要事，你只下来！"蔡泽的声音尖亮地回荡在河面。

吕不韦转身下令："放下轻舟，大船如旧行进。"片刻之间，大船侧舷漂下一叶小舟，吕不韦攀着绳梯下到水面处跃上小舟，径自操桨荡了过来。靠近蔡泽小舟，吕不韦高声

---

① 黑冰台之创制过程见第二部《国命纵横》。

笑道："纲成君，我这里有两坛老酒，过来如何？"说话间两只小舟并拢，吕不韦已经用长钩搭住了独木舟，蔡泽黑着脸道："我船漂走了你却赔么！"吕不韦哈哈大笑："这叫两头钩，卡住船帮，两船便是一体，只过来便是。"蔡泽嘿嘿一笑："商人毕竟有门道。好！老夫过来也。"纵身大步跨越，一个趔趄坐到了吕不韦对面，两人不禁一阵大笑。

吕不韦轻轻扶橹，又将小舟荡进了茫茫苇草，坐下来提过两坛酒打开："纲成君，吕氏老家酒，一人一坛。"蔡泽接过扬起脖子咕咚咚喝得几大口，说声好酒，喘息着道："那个华月夫人，有托于你了？"吕不韦一笑："纲成君此话何意？"蔡泽黑着脸："你只说，是有是无。""有。"吕不韦一副坦然，"私事相托，有违秦法么？"蔡泽嘿嘿冷笑："遴选储君，好大私事也！"吕不韦笑道："夫人所托，捎书问事而已，并非教不韦遴选储君。纲成君，有事直说。"蔡泽锁着眉头冷冷道："今日我被急召章台，老秦王只一句话：异人之事，宜私不宜公，君可徐徐图之。你只说，此话何意？"

吕不韦思忖道："纲成君之意，是老秦王密令？"

"说不得。"蔡泽又是冷冷一句。

"纵是老秦王密令，与不韦何妨？"吕不韦笑道，"为各国捎带传书问事，商旅道上比比皆是。纲成君，何至如此不安？"

"商旅之道，怎知其中奥秘？"蔡泽喟然一叹，"你只想，'徐徐图之'其意何在？还不是要老夫撒手！既要老夫撒手此事，便当重新开府领政，可又没有明书，丞相府还在太子嬴柱手里。你说，老夫不是分明被闲置了？你自是不急！"

"事中迷矣！"吕不韦不禁大笑连连摇头，"不韦远观，这却与纲成君事权无关，无非目下稍闲而已。若无意外，一年半载间，纲成君依旧是开府丞相。"

"何以见得？"蔡泽立即追上一句。

"帝王执掌公器，事理之心却于常人无异。"吕不韦侃侃道，"纲成君但想，老秦王旦夕无定，何尝不想看看这个老太子处置政务之才干？若仅仅镇国，下有丞相，上有秦王，太子便是优哉游哉。借立嫡之机闲置丞相，一肩重担压给太子，老秦王所图谋者，是要看太子能否担得繁剧国务。足下爵位擢升反而闲置，看来不可思议，实则却是老秦王暗伏的一着妙棋：权臣淡出，但有国乱，便是安邦砥柱也！"

"噫——！"蔡泽奋然中透着狐疑，"老秦王何不明言？"

一阵默然，吕不韦生生咽下了冲到口边的一句话，只是淡淡一笑："权谋之心，鬼神难明,不韦何能尽知?"

蔡泽遥望着西天晚霞,兀自喃喃道:"莫非也不放心老夫,要试探老夫临危应变之胆魄?然则教老夫自己揣摩,也不怕诸事不备临危抓瞎?老秦王,说不清说不清也。"吕不韦看着蔡泽又是淡淡一笑,依然没有说话。

"不韦啊,"蔡泽叹息一声,"老夫看来,你似商非商,倒是从政之才也。"

吕不韦又一阵大笑:"就事论理罢了,纲成君折杀我也。"

蔡泽突然正色道:"余事不说,老夫截你,是有事托你。"

"噢——?"吕不韦大感意外。

"请在邯郸着实查勘,有无近期秘密接回异人公子之路径?"

"秦有黑冰台,何须我做秘密斥候?"

"黑冰台?"蔡泽冷冷一笑,又恢复了惯常口吻,"赵国还有黑衣!再说,黑冰台要老秦王秘密兵符兼手书,方能启动。老夫却只想动用属下之力,秘密了结此事。只要异人公子回秦,这番立嫡纠葛便告完结,老夫只安心做丞相治国了。"

"纲成君,还是水到渠成者好。"吕不韦少有的正色一句。

"你自不急!"蔡泽涨红着脸,"名士当国,陷在此等泥沼云雾中成何体统?百年以来,计然派唯一为相者,便是老夫!若不能治理出一个富强之邦,计然派声誉何存?李冰已经修成了都江堰,蜀郡大富!若不能在关中大兴水利,纵立得一个好秦王,老夫有何颜面做这个丞相!"

良久默然,吕不韦淡淡一笑:"纲成君如此想,不韦受托一试了。"

"好!"蔡泽哈哈大笑间一拱手,"老夫去也。"

一句带过,暗示秦国已渐复元气。

秋日的晚霞消逝，独木小舟倏忽融进北岸黝黑的陕塬，一轮明月悠悠然挂在了山头。吕不韦望着秋月愣怔良久，放舟而去，在三门大峡追上大船扬帆东下了。

此事初有眉目。成功尚须费心经营。

第五章　情变横生

一　弭兵论战　嬴子楚声名鹊起

每年立秋，都是邯郸最红火热闹的日子。

凉风至，白露降，寒蝉鸣，是为孟秋。孟者，排行之大也，以时令论，乃四季之首月。正月、四月、七月、十月皆为孟月。七月为孟秋之月，第一个节气便是立秋。阴阳家云："立秋之日，盛德在金。天地始肃，不可以赢。"也就是说，从七月开始，天地之气转为肃杀（缩），人之言行亦当顺天应时，由饱满伸张转为收缩内敛。于是，邦国决狱讼论有功，农家收五谷入仓廪，商旅清货仓盘收支，士人论学问推贤能。举凡朝野百业之言行，都围着大收获转向大收敛这一主旨，在热气腾腾地进行着一年中最后的大忙碌。

立秋抢材是赵国士林一年一度的大典，也是邯郸孟秋月最大的盛会。

战国之世，士人领潮流之先，挟长策以游说诸侯，不钻营，不苟且，不出违心之论，不为违心之行，合则留，不合则去，邦国择士，士择邦国，其人格之独立，其精神之自由，虽千古之下亦令人神往。治国名士如此，治学名士亦如此——或投学宫以立身修学，或居山林以收徒教人，或游天下以传布信仰，或专艺业而躬行实践，恒专恒信，矢志不移，代代传承,遂成大家。如工师之技,如农家之艺,如医药之道,如营国①之学,如格物之辩,如堪舆之术,如音律器乐,如私学育才,尽成亘古之奇伟高峰。于是,天下有共识:一国能否强盛,根本处在于聚士召贤。

战国谚云:"得士人者得天下。"说的便是战国士人的潮头风光。

中原士林之盛,原本以魏国大梁、齐国临淄居先。战国口碑云:"经邦名士多出魏,天下学问尽在齐。"说的便是当年魏国齐国的士林盛况。李悝、乐羊、吴起、白圭、商鞅、孙膑、张仪、范雎,这些赫赫名士即或不是魏人,也是先入魏国成名而后出走。而齐国临淄之稷下学宫,则会聚了除墨家之外的天下几乎所有的学派,学问大家一时蔚为奇观:儒家孟子,法家慎到,儒法兼具的荀子,阴阳家的邹衍,纵横家的鲁仲连,名家淳于髡,黄老学派的田骈、宋妍、伊文、环渊,杂家的田巴、接子,等等等等。惜乎魏齐两家好景不长,自魏惠王后期,魏国大梁失去了中原文华中心的地位。自齐宣王之后,齐国经六年抗燕大战而全面衰落,稷下学宫士子纷纷流失,临淄也风光不再了。

如今,中原士林的中心转到了赵国邯郸。

赵国尚武之风最为浓烈,士风原本寻常。然自赵惠文王起,赵国成为唯一能与秦国抗衡的山东强国,加之齐魏两国衰落,名士争相流向邯郸。数十年间,赵国官署的文吏大多被中原士子取代,王族贵胄的门客大大增多,各种学馆也雨后春笋般遍布邯郸。六国合纵败秦后,更有一变数推波助澜,使邯郸士风不期然蔚为大观,一时居天下之冠。

这个变数,是"战国四大公子"之首的信陵君魏无忌客

虽田单力挽狂澜,但齐国元气再难恢复。战国后期,赵国是足以与秦国对抗的强国。

①　营国,先秦筑城学派,规划兼施工,时称营国术。

居邯郸，与平原君赵胜互为呼应，使邯郸士风大盛。战国四大公子者，信陵君魏无忌（魏国）、孟尝君田文（齐国）、平原君赵胜（赵国）、春申君黄歇（楚国）也。四人当年与苏秦、张仪斡旋于合纵连横，从此成风云之士，天下呼为"四大公子"。四公子以信陵君才具最高，知兵善战且通晓政务。秦赵对抗后期，信陵君又统率六国联军救赵败秦，堪称名重天下。其余三人则因种种因由，此时已经黯淡了许多。孟尝君田文侠风过甚，柔韧不足，治国领政也是寻常，罢职后心志颓唐，在燕齐六年对抗中匿居封地，郁闷病死。春申君黄歇，善于斡旋庙堂，军政才能却尽皆平庸，随着楚国衰落淡出中原邦交，小心翼翼地固守着自己最后的封地与权力。平原君赵胜，虽历经危难而矗立领政之位，然却因治民乏力、长平大战赞同去廉颇用赵括、合纵败秦后对信陵君鲁仲连多有不当等诸多瑕疵，名望一时大损。

独有信陵君如一株参天老松，巍巍然矗立中原。

盛夏之时，信陵君与一班门客开始了大典谋划。本心而论，信陵君并不想在邯郸张扬过甚。毕竟，赵国离魏国太近了，自己在赵国的一举一动都会立即传到大梁，生出种种难以预料的议论。议论越多名望越大，回到魏国的可能就愈加渺茫。审时度势，信陵君抱定了一个方略：布衣客居，常道交士。就前者说，在赵国不受封地不任官爵，只做布衣游士般客居。如此，既可向魏国昭示自己依旧是故国之身，又可使赵国觉得自己没有野心图谋，而减少对自己的猜忌。就后者说，与士子们常态交往，是向天下昭示信陵君还是信陵君，本色无改。危难之时，自己能窃取兵符诛杀大将一呼百应而夺兵救赵，靠的还不是平日的信义威望？若过分收敛，做成一副苟且行状，信陵君还是信陵君么？

心中底定，信陵君一如既往地与贤能之士多方结交，布

天下有四公子，秦国是以对四公子所属国有所忌惮。

信陵君窃符救赵之后，留赵十年。后被秦王视为心腹大患。

平原君养士,似分等级。信陵君后来居上,影响力超过平原君。"半去平原君归公子,天下士复往归公子,公子倾平原君客。"(《史记·魏公子列传》)

信陵君救赵破秦之后,暂时缓解了秦国对山东六国的压力。

这个解释好,没有财力,无以养士。

衣入市井,觅得了薛公、毛公做座上宾。昔日星散的门客得信,也纷纷从大梁与各国都城来到邯郸重新投奔门下。对于去而复返的众多门客,信陵君没有孟尝君那种"士态炎凉"之怨,一概慨然接纳。纵是平原君的门客改主来投,他也是毫无顾忌地接纳。如此三五年,信陵君的门客士子荡荡乎三千余人,超过了昔年养士最多的孟尝君,成为战国养士之最。

战国养士之要,首在权臣的封地根基。没有封地,士子来投衣食无着,自然谈不上接纳门客。门客士子三千,其衣食住行之费用比同等数量的军兵却是大了数倍。没有百里以上封地的寻常贵胄,根本无能为力。此养士之难也。

信陵君在赵国没有封地,寻常看去无法养士。然则,一切难题都水到渠成般化解了。其时信陵君救赵败秦,功劳声望名重山东。赵孝成王因不敢兑现原先对救赵功臣的封地承诺,已经使天下议论纷纷,此时做出了分外慷慨的姿态,非但将邯郸最大的一片王宫园林拨给了信陵君做府邸,号为"信陵园",且月支千金以为衣食。山东各国唯恐不能结交信陵君这般救亡名臣,此时风闻其招士纳贤,一时纷纷赠金赠物。列国巨商大贾为昭示义举,也个个慷慨解囊。倏忽几年,信陵君财力反倒是比在大梁还要充盈,足堪荡荡三千门客了。

自此之后,自然而然地,信陵园成了每年立秋抡材大典的不二会场。

抡材者,遴选木材也。《周礼·地官》规范其山林土地官员之职责云:"凡邦工入山林而抡材,不禁。"也就是说,邦国工匠在特定时节进入山林挑选木材,是法度允许的。进入春秋战国,"抡材"一词流变为考校遴选人才的专用语。虽说百业都有抡材之说,都有抡材之举,然最引国人关注的,还是士子们的抡材大典。

这种抡材盛会，并不是为某国某郡实际选拔贤能，而是以大聚会大论战的形式，切磋探究天下大势，一年一个主旨议题，各家各派畅所欲言，个中翘楚则一举成为天下名士，周游列国身价百倍。如此功效，非但士子们人人视为一举成名之盛典，各个邦国也是深为关注，纷纷派出秘密特使或各种形式的斥候到会踏勘，以求有用之才。

依着传统，抡材大会的主旨议题，由东道主会同公认的名士大家商定。

夏至时节，信陵君这日正与毛公薛公等一班名士会商论战议题，有门客报来，说荀况大师过赵，将南下楚国。信陵君顿时一振，立即亲自驾车赶赴邯郸郊亭，大礼将荀子迎入信陵园上宾馆入住。此时孟子已去，荀况是最有名望的学问大家，天下皆呼为荀子。这荀子非但学问渊深，论辩犀利，年轻时已是孟子的论战劲敌，更有一样过人处，为人平实本色，全然不似孟子那般霸气逼人。有荀子坐镇，抡材大典会少去诸多麻烦。

荀子主持大局，子楚可在会场上一举成名。

当晚，信陵园大宴邯郸名士，为荀子接风洗尘。当信陵君陪着荀子步出厅堂时，士子们的目光齐刷刷扫了过去——荀子正当盛年，颀长挺拔，不胖不瘦，苎麻布衣，短腰布靴，一顶久经风吹日晒已经由绿变白的竹冠压着略见灰白的须发，沧桑风尘刻在沟壑纵横的黝黑脸膛，明澈的目光漾出一片深沉平和的笑意，方到廊下拱手一周："荀况过赵，特来拜会信陵君，就教诸位同人。"

仅此一句，可见荀子谦和。

几百名士子一齐拱手高呼："恭迎先生入赵！"

宴席设在大池边的胡杨林下，天中明月高悬，林间风灯高挑，晚风徐徐，蛙鸣声声，一派夏夜风光。

酒过三巡，信陵君起身向荀子肃然一躬："子为天下大

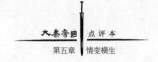

家,领袖士林。无忌敢请先生为今秋抡材大会点题,以孚众望也。"

荀子一拱手笑道:"天下士子,八九在赵,况何能独孚众望? 愿先闻诸位拟议,以开我茅塞。"

信陵君知荀子谦和,拍得一掌笑道:"也好! 有题议者先说来,先生评点定夺。"

"我等有议。"一个蓝衣士子从一片蓝衣大案中站起,挥手向身后一圈高声道,"我等皆从稷下学宫入赵,人称'邯郸稷下'是也。我等以为:昔年孟子与各派大家,在稷下学宫论战人性未了。而今天下人欲横流,善恶不分,急需以正视听。今秋论战议题当为:人性孰善孰恶? 何以克恶扬善?"

"好! 正是如此!"

话方落点,蓝衣士子身后一片高声叫好。

林下目光一齐聚向荀子,以为这个议题荀子必然赞同无疑。谁知荀子只是淡淡一笑,毫无开口之意。

"我等赵国士子。"与主案遥遥相对的红衣案群中一人挺身站起,慷慨高声道,"我等议题:何以重振合纵? 何以复兴中原? 诸位但想:自古乱象,莫如今日! 山东危难,莫如今日! 自长平大战赵国失利,幸得信陵君奋起合纵,击败秦国。然则,山东六国毕竟已是大衰,若不思振兴,中原文明①必将被蛮秦吞没! 我等中原士子,当以救亡图存为己任,寻求振作六国之长策。空议人性善恶,全然不着边际也。"

"彩——"胡杨林下的赵国士子们轰然一声喝彩。

荀子看看信陵君,依旧只是淡淡一笑。

"我有一题,就教诸位。"东首毛公案旁站起一人,宽短的黑色楚服在风灯下分外显眼,士子们顿时一片啧啧称奇。黑衣楚服者却是浑然不觉,向信陵君与荀子两座一拱手高声道,"天下息兵,邦国止战。化为议题总归一句:弭兵之道可否救世? 在下以为:战国祸乱之源在战,战而不息之根在兵;若有长策息兵止战,天下自安;若集众议而不得一策,我等士人便当重新思谋天下出路!"

"敢问足下何人?"一个稷下士子霍然站起。

---

① 文明一词,源出《易·乾·文言》:"见龙在田,天下文明。"意为光明文采。孔颖达疏:"天下文明者,阳气在田,始生万物,故天下有文章而光明也。"

"在下子楚，老秦士子一个。"黑衣楚服者悠然一笑。

胡杨林下顿时哗然，哄嗡议论声如潮水拍岸。哄嗡潮水中，稷下学宫的红衣士子群中一人高声笑道："老秦士子，未尝闻也！蛮勇无文，连名字都要沾着一个楚字，[①]侈谈弭兵救世，只怕杞人忧天了。"话音落点，胡杨林间哄然一片大笑。

"足下差矣！"黑衣楚服者正色高声道，"文华文明者，绝非士子多寡学风厚薄所定也。邦国法制、民风民俗、农工劳作、财富分配、国人治乱者，方为文明之根也。秦国士风固不如中原，然文明之根强壮中原多矣！子楚才学固不如足下，然，何至于借一'楚'字立得姓名？吾母楚人，子楚之名，怀念母亲而已，岂有他哉！"

胡杨林下一片寂静，士子们显然惊讶了。百年以来，但逢士子聚会，何曾有过一个秦国士子登堂入室高谈阔论？今日天下名士云集，竟有秦士突然出现，且引出了如此一个重大的文明话题，如何能不令士子们大为意外？一片默然之际，信陵君环顾四周高声道："今日并非论战之期，诸位养精蓄锐便了，且听先生评点议题。"转身郑重拱手道，"方才三方拟题，先生以为如何？"荀子正在饶有兴致地注视着子楚，回头悠然笑道："方才三题，人性善恶之论，失之太虚，虚则难见真才实学；重振合纵之论，失之太实，实则多利害之争，难见天下胸怀。老夫之见，秦士所拟弭兵之论较为中和平实，既切中天下时弊，又脱出邦国利害，诚为名士胸怀也。尤为可贵处在于最后匿伏之问：若无弭兵长策，天下出路何在？老夫粗浅之见，究竟何选，信陵君定夺。"

荀子话虽谦和，论断却极是扎实，话未落点，士子们的目光齐刷刷聚到了子楚身上。信陵君略一思忖起身笑道："先

---

① 楚的本义是牡荆，一种灌木。这是嘲笑子楚的名字土气。

黑衣，楚服，子楚。黑衣，秦人，楚服，迎合华阳王后，华阳王后乃楚人。《战国策·秦策五》："异人至，不韦使楚服而见。王后悦其状，高其知，曰：'吾楚人也。'而自子之，乃变其名曰'楚'。"子楚之名，由此而来。

吕不韦之计，让异人时时思楚"母"。"（不韦）因言子楚贤智，结诸侯宾客遍天下，常曰：'楚也以夫人为天，日夜泣思太子及夫人。'夫人大喜。"（《史记·吕不韦列传》）

一语惊四座。

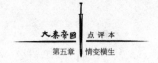

生有断,大是幸事! 无忌当会同各方商定议题,于大典之前旬日通告各馆。"

"信陵君明断!"全场不约而同一声呼喝,轰隆隆散去了。士子们原本便对秦人的议题不以为然,不料名高望重的荀子却评价甚高,显是一片不快。料想信陵君最是敬贤,况且事先言明请荀子"评点定夺",定然会当场立断定下议题,使这个秦士一夜成名;谁想信陵君竟破例食言,硬是回旋了过来,士子们顿时舒心,谁还去管信陵君是否食言,想都不想便同声拥戴。

众人散尽,湖风掠过,胡杨林下一片清幽。信陵君正自凝望着渐渐远去的人群,却听身后响亮快意的呱唧品咂声,回头一看,薛公毛公在悠悠然自斟自饮,不禁惊讶笑道:"两位好兴致也!"毛公左手"当当"敲着铜爵,右手翻转一亮手中陶碗:"真喝酒,还是大碗来神!"信陵君慨然道:"好! 我陪毛公再来一桶!"薛公连连摇手:"且慢且慢,饮酒是个由头,我二人留下,实在是想助君一臂之力也。"信陵君目光闪烁道:"两位与子楚交好,要定下议题是也不是?"毛公哈哈大笑:"鸟! 敢小觑老夫! 不想留下老夫么?"信陵君恍然点头:"难为两位想到此事。好,这便去。"说罢唤过家老一阵低声吩咐,带着毛公薛公向胡杨林深处匆匆去了。

明月当头,沿着大湖东岸蜿蜒前行,进了胡杨林深处,点点风灯闪烁在一片金红色的朦胧之中,黝黑的屋脊若隐若现,铁马叮咚落叶婆娑,座座庭院如海市蜃楼一般。薛公不禁笑道:"这上宾馆清幽隐秘,倒是对老荀子脾胃了。"信陵君道:"这几座庭院,原本是赵王安顿各国逃亡大臣所在。当年魏齐被范雎追杀,也被平原君塞在此处。"毛公突然一摆手道:"不对,只怕老荀子要走!"薛公一拉信陵君道:"毛公贼耳,定有动静,快。"

上宾馆是大庄园套小庭院,一道低矮的白石墙曲曲折折圈进了一大片胡杨林,进得大门是若干条通幽曲径,不经门吏引导,等闲人找不见任何一座庭院。信陵君通晓五行奇门之术,熟悉其中奥妙,一进大门领着两人匆匆绕进了东北角一座庭院。小庭院都是竹篱做墙圆木为门,古朴得山居一般。三人匆匆而来,却见圆木大门洞开,院中风灯穿梭脚步杂沓,信陵君不禁一阵愣怔。

毛公大步进门笑嘻嘻拉住了一个少年:"后生呵,夜半三更忙个甚来?"

"我师有命:天亮启程,我等正在收拾书车。"

薛公对着正北厅堂一拱手高呼:"信陵君拜会荀夫子——"

厅堂正门咣当拉开,廊下风灯映出了荀子瘦削的身影:"寅时末刻,荀况自当辞行,

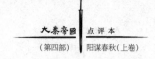
何劳信陵君夤夜走动也。”

“搅扰清兴，先生见谅。”信陵君当头深深一躬，“无忌有棘手之难，两公有难言之隐，尚请先生赐教。”

荀子淡淡笑道：“老夫唯知青灯黄卷，何有断事之能？三位请回。”

“老夫子差矣！”毛公醉态十足地摆着手摇到廊下，“国非国，事非事，非常之时不常法，晓得么？老，老夫子！”

“却也是。”荀子目光骤然一亮，“三位请。”

进得书房，荀子拍得两掌，一个少年仆人出来煮茶斟茶。薛公低声道：“夫子弟子们可知今日宴席之事？”荀子摇头道：“潼萌是仆，非修学弟子也。老夫弟子不执杂务，不入世俗应酬，唯学而已。”毛公指着薛公嘿嘿笑道：“你个老哥哥，不知道老夫子规矩么？荀子教人，讲究个冥冥之志、惛惛之事。说的是治学要专心致志，深沉其心，自省自悟，不为热闹事务乱心乱神。此所谓‘君子博学，而日参省乎己，则知明而行无过矣！’对么老夫子？”荀子不禁点头笑道：“毛公说得不差。除了论学论战，老夫从来不带弟子入宾客宴席。今日之事，弟子们并不知晓。”薛公不禁大是感慨：“先生清严若此，无愧一代大家！尝闻昔日孟夫子，举凡宴会都是随行弟子尽数出席，且位次要在陪席名士之前，当真满得过分也。”信陵君笑道：“孟子荀子，道不同也。孟子弱于政而强于学，治学便有霸气。荀子强于政而弱于学，治学虚怀若谷。究其实，荀子学道谦逊而入世强锐，强过孟子多矣！”荀子大笑道：“信陵君谬奖也！老夫只不想与士子们纠缠无端是非，如足下一说，老夫竟是图谋渊深了，何敢当之？”

四人一阵大笑，信陵君郑重一拱道：“今日议题之事，原是我客居赵国，顾忌邯郸士林，没有当场立断。食言失信，无忌委实惭愧，尚请先生见谅。”薛公接道：“信陵君也只是给平原君留个颜面。今日邯郸士子，大多都是平原君门客。所拟议题，自然也是平原君首肯了。此公老迈褊狭，原本便对门客流入信陵君门下愤愤作色。虑及魏赵盟约，信陵君方才推延几日，先生万莫上心。”毛公一拍酒葫芦笑道：“嘿嘿，老夫子何等睿智，用得你等如此聒噪？”荀子不禁朗声大笑：“还是毛公，不愧神生也！‘国非国，事非事，非常之时不常法’，有此警语，荀况安得不悟？”

“如此说，夫子可以留赵了？”薛公却是钉铆分明。

“难也！”荀子喟然一叹，“老夫也是赵人，投鼠者忌器，既不能长策正国，何如避走他邦治学,或可育得一二大才,以为祖邦进言图存也。"

"鸟!偏是这赵国难整。"毛公笑骂道,"当年一出稷下,荀夫子便为赵惠文王进策,力主二度变法,师法秦国彻底取缔贵胄封地。嘿嘿,赵国君臣议论月余,不置可否。荀夫子又能如何?走,走了好!留在邯郸吃气!"

"报国之心,志士终不能免矣!"薛公一声叹息,"荀夫子不为祖国所用,却思培育弟子以接踵报国,赤子之心[1],我等自愧弗如也!"默然良久的信陵君肃然一拱道:"敢请先生立秋之后南下,无忌决意不负先生厚望。"

"好!老夫拭目以待也。"

荀子一言落点,各人心下顿时舒展,纵横笑谈,不知不觉地雄鸡高唱了。信陵君吩咐几句,上宾馆执事送来了四案邯郸最有名的胡饼羊骨汤。胡饼是胡人远行携带的一种面饼,以铁板或陶片烧烤而成,巴掌大小焦黄干脆,等闲一月不霉不馊。无论放牧行军,野炊胡饼配以炖羊汤或马奶子,当即一顿结实的美食。胡服骑射之后,胡人衣食习俗大行赵国,这胡饼羊骨汤便成了邯郸人最风行的便捷早餐。寒凉的清晨,一鼎热腾腾撒着翠绿小葱的雪白羊骨汤呼噜噜下肚,再大嚼几只焦黄干脆的胡饼,通身细汗,顿时人人精神大振。

信陵君拭着额头汗水道:"先生且与毛公薛公盘桓,我去见平原君了。"

荀子一拱手:"公子但去,老夫正要与两公手谈一番。"

却说昨夜信陵园散场,平原君听了门客总管毛遂的一番禀报,心下大是憋闷,一夜不能安枕,听得楼头五更刁斗打

平原君年纪越大,心胸越窄。

---

[1] 语出先秦。《尚书·康诰》:"若保赤子,唯民其康乂。"孔颖达疏:"子生赤色,故言赤子。"《孟子·离娄下》:"大人者,不失其赤子之心者也。"

响，到胡杨林下跑马练剑去了。

去岁冬日，吕不韦特意请见，向平原君秘密建言：目下秦国利市最大，吕不韦欲借嬴异人之力进入秦国经商，所得利市愿与平原君均分；吕不韦所求者，唯请平原君解除禁锢，允准嬴异人以自由身在邯郸交往走动。平原君一番思忖，当晚进了王宫请见赵孝成王，秘密会商一个时辰，次日答应了吕不韦所请。平原君与孝成王的谋划是：吕不韦入秦经商，可给赵国府库平添一大笔岁入；许嬴异人自由交往，既无损于赵国，又能试探秦国动静，正是将计就计。平原君的最大期望是：秦国闻风而提出要嬴异人回秦，赵国借机与秦国重开会商，打开长平之战后的对抗僵局。毕竟，秦国之强大已远非昔日，赵国硬生生将这座大山扛在自己肩上，山东六国也未必领情。当年赵国在长平浴血抗秦，山东五国落井下石，无论赵国如何苦苦相求，粮草援兵都一概没有。直到白起死去秦军力衰，五国才在盗窃兵符的信陵君感召下出兵"救赵"。侥幸战胜，又一片鼓噪，纷纷将自己当作了赵国的"存亡恩邦"。赵王负气，平原君寒心，没有给信陵君封地，不想竟惹来天下同声谴责，俨然赵国欠着山东五国的救命大恩一般。如此山东，赵国朝野早已寒心透了。若能与秦国重新媾和，天下秦赵两强并立，瓜分山东五国，于赵国没有任何损伤，何乐而不为？再说，人质的价值在于使对方有所顾忌，当真将这个人质囚禁死困，使对方无望救回人质而放开手脚大打，岂非事与愿违？

谁想，这个嬴异人解困出山，却以"子楚"之名在邯郸交游，短短几个月竟颇有声名。按照平原君本意，嬴异人出名能引起秦国注意，原是好事。可这嬴异人却与信陵君搅在了一起，平原君大大的不是滋味了。

无论如何，信陵君是当今山东柱石，是唯一真正体察大

经商之名，可隐去其富贵心志。

平原君大意失察。

魏公子窃符救赵之后，赵王原有意"以五城封公子"，后"口不忍献五城"，魏公子进退两难，后留赵十年，"赵王以鄗为公子汤沐邑，魏亦复以信陵奉公子。公子留赵。"（《史记·魏公子列传》）

还是要有高人指点。

局的威望名臣。有信陵君在,至少魏赵两大国的盟约不会解体。虽然魏王嫉恨信陵君,而信陵君只能暂时地客居赵国,但在事实上,谁也不会将信陵君做白身士子对待。因为山东六国都明白,但有危机,信陵君的威望与号召力是无可匹敌的。正因了如此,赵国对客居邯郸的信陵君不能不礼敬有加。可是,平原君内心却总是有着几分顾忌,时常忐忑不安。

平原君深深知道信陵君对魏国的坚贞。当赵魏利害冲突之时,信陵君决然会坚定不移地为魏国谋划,而绝不会将三晋当作一家。魏赵韩三家分晋一百多年来,血肉相争者多,同气连枝而结盟者少。基于这一根基,平原君对信陵君始终保持着应有的警觉。

同为战国四大公子,信陵君入赵而使平原君光芒大减,平原君总觉得不是滋味。尤其是门客纷纷投奔信陵君,自己的士林声望急剧下降,平原君最为恼火沮丧。然则,恼火归恼火,沮丧归沮丧,战国之世便是这等自由奔放,合则留不合则去,你却又能如何?既无力改变,又不能得罪,一阵愤懑之后,平原君也就放开了,对门客士子任其来去,对信陵君听之任之。唯有一条不能懵懂,不伤及赵国利益。

谁想恰恰此时,这个子楚却成了信陵君的座上宾,平原君心下顿时一个激灵。万一子楚做了信陵君与秦国秘密联络的通道,赵国岂非大大麻烦?从大局着眼,赵国是不允许山东任何一国与秦国单独沟通的。只有赵国,只有付出了近百万生命鲜血从而抵挡了秦国风暴的赵国,才有以山东六国宗主国的资格与秦国会商斡旋。一番思忖,平原君与毛遂等一班心腹门客商议,要在抡材大典时试探信陵君。

这个试探,是策动赵国士子提出论战议题:何以重振合

底线。

纵抗秦,进而振兴六国? 平原君要看的是,信陵君将如何在这个关乎六国存亡的重大议题上说辞? 无论其说法如何,只要信陵君说辞一出,便是赵国游说策动六国的最佳时机,重振合纵的声势一旦形成,会构成逼迫秦国媾和的巨大压力。再加上这个人质子楚的诱惑,秦国会处于极为被动的态势。同时,抗秦议题对这个子楚也是当头一记警钟。如此一箭三雕,平原君自然很是满意这个谋划。

不承想,信陵君在大庭广众之下搁置了议题,平原君心下顿时一沉。尽管几个心腹门客都说,信陵君是为了搪塞老荀子才不做决断的。平原君却大不以为然,认定信陵君恰恰是搪塞赵国、搪塞他才如此做法。信陵君的威望根基,在重信义敢担当,既言明请老荀子点题,能出尔反尔么? 临时搁置,只能是顾忌赵国颜面,顾忌平原君颜面,岂有他哉! 教平原君警觉的是,信陵君此举究竟有何图谋?

此君客居赵国已经五年,魏国依然冷淡如初,丝毫没有请他返国之意。以信陵君之文韬武略,客居他国尚且养士三千,能耐得这般寂寞? 设身处地去想,信陵君的最佳出路是早日回魏国秉政,若魏国权力在信陵君之手,天下完全可能是另一番格局,至少山东六国定然是另一番格局。这种格局是赵国所不愿意看到的,也是平原君所不愿意看到的。以魏国之根基实力与地利,一旦有英主能臣,必将成为中原轴心,其时赵国地位必然大大衰落。而有权力在手的信陵君斡旋天下,平原君也必将更为黯淡。

当初,信陵君统率六国联军战胜凯旋之时,平原君与孝成王叔侄已经将未来格局看破,也才有了那番奇特应对——不实封信陵君土地人口,却又像神一般供奉着这位功臣。前者怕他羽翼丰满,后者却是做给天下人看。这是赵国乐意重金供奉信陵君的真正缘由,也是孝成王与平原君的最大机密。明知此等作为有负信陵君,平原君却是毫无愧色——为了赵国的根本利益,他只能如此。平原君相信,若是信陵君处在自己的位置,也会同样如此做法。

以信陵君之能,不可能体察不出其中奥妙,也不可能不向重回魏国的皇皇目标全力靠近。然则,五年之中,信陵君却始终没有“出格”动静,赵孝成王与平原君一时松了心神,疏于防范了。如今看来,信陵君果真要动了。否则,断不可能在关乎邦交走向的“士论”大题上搁置赵国动议。可是,动向目标何在? 平原君一时揣摩不出个所以然。

"禀报主君,信陵君拜会!"门客总管毛遂大步匆匆报得一声。

"噢?"平原君蓦然回身,"人在何处? 带门客几多?"

"单车一人,已到府门。"

"好! 你立即出迎,亲自驾车将信陵君接到弭兵亭。"

毛遂快步而去,片刻之间驾着一辆青铜轺车辚辚入府,直向林间草地的大石亭驶来。轺车停稳,毛遂来扶信陵君下车,信陵君指着亭额三个大红字笑道:"弭兵亭,何时建造?"说着一步下了轺车。毛遂笑道:"长平大战后,平原君有感于生灵涂炭列国旁观,故建此亭,以明息兵之志。""想起来也。"信陵君恍然点头,"正是那时,先生脱颖而出,一剑廷逼楚王会盟出兵,无忌佩服!"毛遂拱手一礼道:"公子天下柱石,正当重振合纵中兴六国,何独重子楚迂腐之论也!"信陵君不禁呵呵一笑:"昔年,先生鼓动平原君建这弭兵亭,也是迂腐么?"毛遂慨然道:"此一时,彼一时,公子当体察大势而后断。"信陵君悠然一笑:"先生以为,大势要害何在?"毛遂毫不犹豫接道:"秦国独大,六国皆弱,结众弱以抗独霸,大势之要也。"信陵君笑道:"苏秦以来,六国断续合纵数十年,却是愈合愈弱,先生以为因由何在?"骤然之间,毛遂语塞,红着脸道:"此中因由,在下尚未揣摩得清楚。"信陵君不禁一阵大笑:"老话一句,此一时彼一时也,合纵并非万年良药,也该有条新路子了。"

"新路何在? 愿君教我。"服饰整肃的平原君在亭下遥遥拱手。

毛遂笑道:"两公子且入亭叙谈,我去备酒。"匆匆去了。

"请君入座。"平原君笑得分外爽朗,待信陵君进亭入座,落座正色道,"赵王之意:若能重开合纵,赵国欲请君为王命特使,斡旋天下会盟,功成之日,赵国力促君为六国丞相,如苏秦在世也!"平原君慷慨一句,语气分外地诚恳亲切,"为弟思忖,此乃姊夫回魏执政之最佳途径,姊夫以为如何?"

"赵胜呵,你叔侄果真期望我回到魏国?"信陵君淡淡地笑了。

"姊夫何意? 赵国若有不周,但请明言。"

"逢场作戏,赵胜长进了。"信陵君冷冷一笑,"你我皆过花甲之年,自少时纵横邦交,成名于天下,些许小伎也能障眼? 赵国若当真想无忌回魏,何须如此云雾大做? 只以'不再援手'对魏国施压,无忌便可重回大梁也。无忌领政,力促魏国再度变法,中原便是赵魏两强并立结盟之格局,其时秦国奈何?此等大局大计,你叔侄当真揣摩不得?非也。为维持赵国山东独强，你叔侄宁愿无忌老死赵国！"

平原君大是难堪，面色时红时白，却是无言以对。正在这尴尬沉默之际，毛遂领着两名仆人送来了酒菜。平原君顿时舒缓，指点石案笑道："姊夫，热甘醪，甘醪薛打得，先来一碗。"信陵君说声好，径自举碗汩汩饮下。旁边毛遂看在眼里，立即为信陵君再打满一碗，又是肃然一躬："敢请信陵君指点：昨夜所提三题，君似对弭兵议题有所偏爱，不知因由何在？"

信陵君明知这是毛遂代平原君说话，也不辩驳偏爱之说，只悠然一笑道："弭兵之议，人皆以为虚妄而不切时务之要害。实则大不然也。方今天下涂炭，生民厌战。山东士林若能大起弭兵议论，六国官府随即大举呼应。足下试想，其势如何？"

"出其不意！好！"毛遂目光炯炯地一拍掌，"摞给秦国一个火炭团：他要加兵山东，便是天下公愤，激我合纵立成！他若息兵，是给我变法富强之机遇！"

"若公然高喊重振合纵，又当如何？"

毛遂红了脸，声音也低了下去："以此想去，公然昌明重振合纵，是给了秦国大举整军经武的口实，似对山东不利。"

"毛遂真名士也！"信陵君哈哈大笑，径自扬长而去。

小暑大暑一过，立秋接踵而至。立秋之日，最大的忌讳是雷、雨、风。中原三谚说的便是这三样禁忌。一云："立秋一雷，晚禾折半。"二云："雨打立秋，多涝不收。"三云："秋日一风，田土干底。"年年岁岁立秋日，朝野臣民盼的自是个风和日丽。

今岁立秋恰是如此，清晨太阳上山，天空万里碧蓝，邯

一山不藏二虎。虽信陵君对赵国有恩，但赵国很难将信陵君当自己人。信陵君才是尴尬人，不过，此时信陵君尚不能自明。《老子·三十三章》："知人者智，自知者明。"魏公子在赵国有自骄之气，后来毛公与薛公点醒魏公子，魏公子才有自知之明。

郸城平添了三分喜庆。卯时刚到,通往信陵园的大道车马如流,服色各异的士子们从邯郸的大街小巷淙淙流入此时已显得狭窄的六开间大门,流入湖边那片金色的胡杨林,人头攒动,衣袂相连,热闹得大市一般。胡杨林的空阔处早已辟成了一个方圆百十丈的大会场,正北中央一座竹木高台,十二个斗大的鲜红木字高悬在台额与两侧,台额是"立秋抢材",东首是"论战无道",西首是"文野有法"。高台西角矗立着一座丈余高的木架,架上一面牛皮大鼓,两名红衣司鼓雄赳赳立在两旁,与当年稷下学宫的论战大会一般无二。

鼓报辰时,司礼薛公走到台中高声一呼:"秋日辰时,抢材开典,士子明誓——"

随着话音,大场中的千余名士子从木墩整齐站起,肃然拱手向天高诵:"昊天在上,违心之言,天地诛之!"齐刷刷落座。

薛公又是长声一呼:"祭酒入席——"

须发灰白清癯健旺的荀子从大屏后稳步走出,被信陵君的执事门客引入中央大案前就座。

祭酒者,原本是远古时期飨宴时酹酒祭神的长者。举凡村社大宴,必公推一位年高望重的老人在天地神位前代村社众人洒酒祭拜,此人呼作"祭酒"。进入春秋,"祭酒"渐渐成为各业团体领头人的称谓,尽管还不是官府职爵,却是行业团体公认的威望长者。战国之世,士人大起,士林聚宴之"祭酒"成为最引人关注的人物。此人未必一定要年岁最大,却一定要是自成一家且为士子们服膺的学问大师。一旦做了"祭酒",也不再仅仅是宴会祭酒而已,而是事实上的士林领袖。

荀子之学问、见识、人品尽皆为人称道,在稷下学宫时曾三为"祭酒"[①],齐国将其等同于上大夫职爵,事实上便是稷下学宫的学宫令。因了荀子在稷下学宫的巨大声望,自然毫无争议地做了这次大论战的祭酒,坐镇论坛,仲裁可能出现的纠葛,掌控论战进程。

荀子入座,场中肃静了下来。

薛公又是一声高呼:"东君入席——"

随着呼声,执事门客领着信陵君与平原君走出,在高台东侧的两张大案前入座。

---

① 　祭酒在东汉时成为正式学官,西晋改称国子祭酒,隋改为国子监祭酒,沿袭至清代。

"祭酒宣题——"

荀子从座中站起高声道："诸位同人①，今秋抡材论战，议定论题为：天下多难，当否弭兵息战？在座士子或以邦国为本位，或以学派为本位，出一人阐发；邦国学派但有持论不同者，尽可单独上台驳论。高下文野，唯任天下士子公议也！"

荀子主持大局。

"抡材论战起——"

薛公一声高呼，两名鼓手隆隆擂动牛皮大鼓。三通鼓罢，前排一个三绺长须大红长袍的中年士子走上了高台，一拱手高声道："诸位同道，在下环渊，稷下学宫法家士子，师从慎子门下。我等稷下士子以为：今秋论题荒诞虚妄，实为不着边际之空谈！弭兵之论，自春秋宋国之华元、向戍奔波首倡，至今已经三百余年，何曾有过一日弭兵？便是华元向戍的弭兵之会，也是晋楚争霸两败俱伤，寻求喘息而已！息兵止战未满一年，晋国恢复四军；未满三年，楚国大攻郑、卫两国，次年晋楚举国大战！三十年后，诸侯不堪刀兵连绵，又有十三国弭兵大会②。然在弭兵八年之后，天下战端再起，弭兵终成空文！春秋尚且如此，方今战国大争之世，举国大战如火如荼，我等士人不思变法图强之道，却来空谈息兵止战，匪夷所思也！两位东君名重天下，荀夫子更是当今大家，三为稷下学宫之祭酒，竟能点此议题以为抡材，实乃滑稽笑谈也！我等不屑此等海外奇谈，告辞！"说罢大袖一挥径自下台，连台上三老看也未看一眼。

台下顿时哗然一片！自来论战再烈，却也从来没有过对

---

① 同人，语出《易·同人》："象曰：天与火，同人。"后亦指共事或志趣相同者。

② 春秋弭兵之会有两次，第一次公元前 579 年（宋共公十年），第二次公元前 546 年（宋平公三十年）。

论题本身大加挞伐。今日第一人直指论题发难,且直名指斥信陵君平原君与荀子,确实是谁也没有预料到的局面。发难者又是赫赫大名的稷下学宫元老级法家大师慎到门下的老弟子,更见非同寻常。这环渊名望虽远不如荀子,却与荀子是同辈学者,也算得是天下名士了。稷下学宫士子们两三百人都在会场中心,若当真随他退场,岂非未曾论战便是一场"虚席"丑闻?一时之间,士子们乱了起来。

"诸位同人,我有异议!"场中一个身着宽大黑衣者霍然站起,一声高喊场中静了下来,正在骚动犹豫的稷下学宫士子们也顿时站住不动了。依着论战传统形成的习俗,但有敌手提出异议,发论方须得应战,若要脱身,得先行认输表示折服,否则会被公认为不堪礼仪之人,为士林所不齿。黑衣士子高喊异议,实则公然宣战,稷下士子岂能就此便走?

"在下秦士子楚。"黑衣人也不上台,只站上座墩向四周一拱手,"弭兵之题,当初由在下动议。东君与各方磋商采纳,子楚以为,极是妥当!春秋战国以来,刀兵不断,息兵呼声也从来未断。兵争愈演愈烈是事实,非兵之论接踵而起也是事实。老子以兵为不祥之器,恶之。墨子大倡兼爱非攻,呼吁天下太平。吴子列暴兵逆兵,指斥兵灾。孟子云,春秋无义战。尉缭子直言,兵为凶器,战为逆德。司马穰苴则说,国虽大,好战必亡。更有诸如华元向戍一班志士仁人奋勇奔波,大呼弭兵不止。凡此种种,弭兵何错?至于方才环渊所言,弭兵之论荒诞虚妄不着边际,大谬也!老子云:人法地,地法天,天法道,道法自然。何谓自然?生民性命,万千家园,世人大同,向善安乐也!敢问环渊:法家变法图强,所为何来?不为庶民康宁,不为邦国富庶,不为天下太平,何人要尔等变法?至于能否弭兵,如何弭兵,正赖我等热血士子为天下谋划:或以战止战,或以义兵荡暴兵,或以我等热诚奔波弭兵之会。总归是要天下弭兵,庶民太平。稷下环渊身为赫赫法家名士,束手无策倒也罢了,反来指斥弭兵之论荒诞虚妄,倒是当真令人汗颜也!"

"子楚之论,居心叵测!"环渊直指高高站在人海中的子楚,"尔为秦士,分明要借弭兵之论迷惑山东,使六国息兵偃战,听任秦国宰割,何其阴鸷也!"

"论战诛心,非正道也!"子楚遥遥一指环渊,"弭兵息战,包容天下,秦国何能自外?敢问环渊:子楚说过秦国不在弭兵之列么?除非夫子自甘陋习,依然将秦国看作中原异类。否则,断无此等推理。"

"吾观子楚,终是为秦国说话!"稷下士子群中霍然站起一人,"环渊学兄虽有偏颇,

终不为过。长平大战后秦赵俱弱，譬如当初之晋楚两霸也。当此之时，子楚出弭兵之议，分明是要为秦国争得喘息之机！"

"我等赞同！"稷下士子一片附和。

"掩耳盗铃，今日始闻也。"子楚一阵大笑，"长平大战秦国胜，合纵救赵六国胜。结局并非秦赵两弱，而是七国俱弱。若论实情，只怕秦国之疲弱，尚稍好于山东六国也。秦国固须喘息，六国不须喘息么？审时度势，此时纵然六国合纵攻秦，依然是无分胜负两不奈何。更有甚者，若内政不修而致庶民饥荒离乱，不定哪国便有灭国之祸！当此之时，纵有争雄之心，何如各方先行息兵止战休养生息，恢复国力之日，再堂堂正正决战疆场！"

"如此说来，弭兵终是虚妄！"

"稷下名士，何多迂腐也？"子楚冷冷笑道，"弭兵者，天下自救之道。兵争者，天下王霸之道也。一张一弛，轮回不止，人世之铁则也。子楚倡弭兵，不敢声言永世弭兵，却依然力主目下弭兵。尔等稷下名士，既不敢面对生民苦难而主目下弭兵，又不敢正视将起之兵争而指斥弭兵虚妄。譬如人之肚腹，吃了泻，泻了吃，永无休止也。以君之论，吃了又泻，何如不吃？泻了又吃，何如不泻？果真如此，安得人世生生不息也！"

"彩——"整个会场可劲儿一声喝彩，赵国士子群尤为响亮。

环渊面色顿时涨红，思忖片刻昂昂拱手道："今日之论，算我等败君一合！"说罢一摆大袖落座，稷下士子群也纷纷落座，会场顿时整肃下来。

"我有一说，求教诸位。"会场中心的赵国士子群中走出一人大步上台，拱手高声道："在下毛遂。我等赵国士子以为：弭兵之论，当看时势，时也势也，可也不可也！今日时势，七强伤痕累累，列国委顿不堪，天下生民苦若倒悬。再起兵争，玉石俱焚同归于尽。我等士人，当为天地立心，为生民立命，为乱世开太平。弭兵之会，此其时也！赵国士子呼吁：今秋抡材论战，天下士人当大倡休战，力促七国行弭兵会盟，解民倒悬，天下生息！诸位以为如何？"

"彩——"赵国士子群排山倒海般呼啸一声。

合纵败秦之后，毛遂大名早已随着"脱颖而出"的成语与剑逼楚王盟约出兵的故事传遍了列国。山东士子们都知道他做了平原君的门客总管，为平原君斡旋一应大事，与当年孟尝君的门客总管冯驩一般模样。今日毛遂出面以赵国士林的名义倡言，显然是代平原君说话,也就是代赵国说话。目下赵国是山东屏障,赵国倡行息兵,他国如何能有争议?战国士子们都与本国权力层盘根错节,对本邦利益心中有谱,一看赵国士林拿出定见,不再犹豫,齐齐地喝了一声彩,到邯郸游历的散士们也纷纷呼应,场中响起此起彼伏的喝彩叫好声。

此时唯有稷下学宫的士子群沉默着。稷下学宫虽已衰落,但仍然是各种纯学问派别的渊薮之地,保持着疏离仕途而专心治学的百年传统。今岁稷下士子们大举入赵,原本也是提出了一个大大的文明论题——人性善恶,要为天下廓清一个最根本的界限。然则几番论战,他们的学问心法已经被搅得松动了根基。尤其是祭酒环渊被那个子楚问得无言可对,尽管内心不服,毕竟承认了失败。如今赵国士林出面呼吁,天下士子尽皆响应,稷下士子能佯装不睬么?再说,弭兵之论若能形成声浪,总是人心所向,素来有天下胸怀的稷下学宫士子如何能漠然置之?声浪掀起之时,士子们的目光齐刷刷聚向了环渊。环渊目光一扫,见士子们纷纷点头,跳上座墩向主台遥遥拱手高声道:"弭兵之议,稷下士子赞同!"

"我等赞同——"稷下士子一片呼应。

高台上的荀子看看信陵君与平原君,三人不约而同地哈哈大笑起来。

论天下大势,兼让子楚大放异彩。

二 秋夜高楼 秦筝忽起

白露时节,吕不韦回到了邯郸。

一过朝歌河段,各种传闻纷至沓来,最多最活的是有关子楚的故事。吕不韦大是振奋,立即吩咐鼓帆快桨,两三个时辰到了白马津渡口。抛锚停泊,吕不韦上岸登车,于当夜

子楚有悟性,一点就通。半年时间,已见成效。

初更时分进了邯郸的胡寓云庐。未曾沐浴梳洗，吕不韦立即吩咐越剑无驾车去接嬴异人。不想一个时辰过去，越剑无才匆匆回来，禀报说公子出去与一班士人夜饮了，他等候得半个时辰，那名老内侍却来说公子可能不回来了。吕不韦呵呵笑道："成名士了，应酬多了，好事呵。走，去看看毛公薛公。"

　　毛公正在薛公家饮茶闲话，突见吕不韦风尘仆仆而来，不禁喜出望外。薛公喊出夫人一番吩咐，片刻之间满当当三案接风酒菜摆上了厅堂。三碗热腾腾甘醪下肚，毛公绘声绘色地说起了子楚论战的情景，薛公时而打几个补丁，①未过片时，将年来子楚发奋的诸般情形说了个八九不离十。吕不韦大是感慨，一拍案举起大碗道："两公树人于落拓不济之时，发才于平庸萎缩之日，真义士也！不韦敬两公一碗！"大碗一扬，汩汩饮了。薛公慨然道："我等避祸他乡，自甘市井风尘，若非吕公宏图大谋，何得重入士林也！"毛公晃着空碗笑道："嘿嘿，我等何足挂齿。要说还得说嬴异人那小子可造！一教便会，一点便透，锦衣玉食，高车驷马，嗨嗨，还当真有一番气象，成了个人物也！"吕不韦哈哈大笑："好！只怕此子不是个人物，是个人物便好说。"薛公向毛公一摇手："先别乱岔，听吕公说说咸阳情形。"吕不韦悠然一笑，将大半年来在咸阳的诸般周旋大体说了一遍，末了道："归总说，咸阳时势仍在两可之间。以我揣摩，老秦王对嬴异人已经上心，然不会拿一个身在敌国的人质公子做孤注一掷。也就是说，秦国宫廷必定同时在其他王子中遴选储君。嬴异人能否成事，还须我等全力周旋。"薛公沉吟道："以老夫忖度，老秦王明知嬴异人安然在赵，而不以邦交途径索回公子，无非是顾忌赵国开价过高。若是别国，定然早就软硬兼施了。老秦王不动声色，委实老辣也！"毛公拍案笑道："老辣个鸟！秦赵血海冤仇，老嬴稷敢

粗人讲鸟语。

――――――――――――――――――――――――

　　① 指薛公时而会作一些补充说明。

提索回人质,只怕平原君叔侄便要提割让崤山函谷关。嘿嘿,赵胜这老小子不怕嬴异人成名,分明是要喂一口肥猪好要高价!老哥哥说得也是,老嬴稷是老辣,宁可不要这个王子,也不尿赵国这一壶。鸟!这便是君王,生生的铁石心肠也!""粗也粗也。"薛公皱着眉头摇摇手,"老夫以为,此事要害在两处:一则是公子成名成事以增身价,二则是如何返秦?目下看来,成名成事不难,只怕后来最大的难处在回秦。"

"两公所言极是。"吕不韦思忖道,"回秦事我来谋划。两公只管教公子借弭兵之议,有所作为。"

"嘿嘿,老夫还得说一句。"毛公耸动着一双白眉,"这小子近日来可是有些神不守舍,老夫给他拟的新说辞,三日还不顺溜。"

"你是说嬴异人?"薛公惊讶了。

"不是这鸟人还能是我!"毛公一瞪眼红了脸。

"毛公可人也!"吕不韦哈哈大笑,"十年落难,一朝成名,招摇分心也是在所难免也。不韦明日找他说话。"

"如何?异人公子不知道吕公回来?"薛公又惊讶了。

"我是昼夜兼程,他如何知道。"吕不韦一拱手笑道,"业已四更,告辞。"起身去了。

回到云庐,吕不韦头晕腿沉很是疲惫,倒身卧榻呼呼大睡,直到次日正午方才醒来。走进连接寝帐的浴房一看,硕大的红木盆中已经备满了腾腾热水,伸手一试,凉热得当,立即丢开宽大睡袍躺了进去,浸泡得小半个时辰,精神顿时振作,长发拭干,穿上细布内衣,外罩一件轻软的苎麻长夹袍出了寝帐。方到前厅,见一案酒后美食已经摆置就绪:一摞焦黄的胡饼,一盆脂玉般的牛骨茶,一盘肥白的蒸蔓菁,一盅碎绿的胡荽。鲜香实惠,却是这胡寓的名吃,时人呼之为"蔓菁牛茶饼"。牛骨茶者,乃胡人以牛骨汤与牛油为基,配以春麦面与北地粗茶炒制而成干粉，俗谓"炒油面"，食前加水煮开，便是香浓异常强身健胃之汤食。胡人但出远门，三只皮囊必备，马奶子、牛骨茶、胡饼干肉。马奶子随时解渴，牛骨茶与胡饼干肉，则是扎营野炊的正食。胡服骑射之后，赵人一应接纳了胡人的简便衣食习俗，牛骨茶经赵国而传入中原，后世广为流传。蔓菁则是中原胡地都有的根菜，与萝卜并称。《诗》云："采葑采菲。"这葑是蔓菁，菲便是萝卜。后来吕不韦在《吕氏春秋·本味篇》中说："菜之美者，具区①之菁。"后世杜甫亦云："冬菁饭之半。"说的是蔓菁可以顶粮食。这是后话。胡荽却是西方胡人一种有奇异香味的菜，茎叶翠绿细嫩，些许碎叶入汤，牛羊之腥膻大减，美味益增，胡人直呼为"香菜"，中原人却称之为"胡荽"②。

吕不韦熟悉胡人风习，将一撮翠绿的胡荽撒在热腾腾的牛骨茶上，大喝一口牛骨茶，大嚼一口脆黄胡饼，一大盆呼噜噜下肚额头津津热汗，再捧起一只肥白劲韧清淡爽口的蒸蔓菁吞下，通身舒坦无比。

"先生，我已去过秦寓，公子尚在酣睡。"

吕不韦蓦然回身，见越剑无一副难堪神色不禁笑道："夜来聚酒，贪睡也是常情。"越剑无却道："我已问过侍女，公子五更天方回，根本没饮酒。"吕不韦笑道："走，我去看他。"稍事收拾了衣冠，由越剑无驾着辎车直奔邯郸吏士坊而来。

邯郸城原本格局粗放，除了王城独居正北，其余士农工商与胡人流民自由杂居，大街小巷交错无序，腥膻弥漫，是天下有名的"乱邦"。武灵王变法之后赵国富庶强盛，城郭几经修葺整治，格局也渐渐整肃起来，全城大体形成了北王城、东吏士、南工商、西农牧的格局。这吏士坊是大小官吏与士子们的居住区，北望王城南临商市，既清幽又方便，实在是邯郸城内最好的坊区。去冬吕不韦回乡之前，在吏士坊给嬴异人买下了一座不大不小的三进庭院，嬴异人禁锢解除之后已经搬了进来。越剑无车技精熟，轻盈地拐过两个街口到了这条幽静的石板巷。巷中共有四座府邸，最深处的一家是嬴异人庭院。方到门前，正有三五辆辎车驶出车马场，远远便听见了驾车者的说话声。

"这个子楚也忒迷糊，日头偏西了还睡，比信陵君都难见！"

"怪也！这子楚原本很勤谨，如何突兀轻慢起来？"

---

① 具区，今太湖一带，可见蔓菁乃中国古代遍及大江南北的蔬菜。
② 胡荽，战国称谓，后世学名为芫荽。香菜，当时与后世之俗称。

"人一成名,势派大了,懒得见我等,还能有甚!"

"狗屁公子！一论成名,未必真本事!"

一阵笑骂声随着辚辚车轮飞出了石板巷。吕不韦从车窗探出头来着意望了一眼,见都是几个年轻士子,不禁微微皱起了眉头。越剑无刚刚将车停稳,吕不韦一步跨了下来径直到了两开间的门廊。府邸仆人是荆云精心遴选,都识得吕不韦,见越剑无驾车来到,门房仆人早已经迎到了阶下。

"公子昨夜几时回来?"吕不韦当头一问。

"寅时首刻,鸡叫两遍。"

"几日了?"

"十三日,早则夜半,晚则五更。"

吕不韦大袖一拂径自跨进了门槛。绕过影壁一片庭院,几棵黄叶飘零的老树下,那个白发苍苍的老内侍正在北屋廊下遥遥向西侧招手。吕不韦回头打量,那个已经变得白皙丰满的中年侍女正在一棵老树下的石案上摆弄收拾一件物事,竟是没有看见。老内侍苍老尖锐的嗓音喊出了声:"少使,备沐浴了!"中年侍女蓦然回身应得一声,急匆匆到正屋去了。

"敢请家老通禀:吕不韦拜会公子。"

"呵,恩公到了。"老内侍颤巍巍一躬满脸堆着笑意,"请厅中入座,老朽煮茶。"

"不用煮茶。"吕不韦一摆手进了正厅,"家老请坐,我有几句话问。"

"不用,站着方便,恩公但问。"

"公子连日晚归,白日高卧,是何因由?"吕不韦淡淡地笑着。

"恩公……"老内侍一阵木讷,两道白眉猛然耸动起来,面色涨红粗重急促地喘息着,"恩公呵,你劝劝公子了。老

此事蹊跷。

朽跟随公子二十余年,没见过他如此失魂落魄也!如此下去,公子毁在邯郸了,还回甚个秦国?老朽心痛啊……"

"家老莫急。"吕不韦扶住只要跪拜下去的老内侍,"你只说甚个因由。"

"只可惜老朽不知呵。"老内侍唏嘘拭泪,"公子出门,素来都是武仆一人驾车跟随。旬日以来,老朽只闻公子每夜必出,饮酒一通,便下令武仆驾车原地等候,而后便独自一人出酒肆去了。如此三五日,老朽心急,暗中跟随公子要看个究竟。不想老朽迟笨,被公子在酒肆外觉察。公子发怒,一顿皮鞭打得老朽差点走不回来……恩公呵,老朽急,可老朽不知道因由也!"

良久默然,几乎永远都是一团春风的吕不韦渐渐没有了笑意。老内侍悄悄捧来煮好的茶汁斟好,见吕不韦依旧石人般伫立沉思,张嘴想说几句,终是没有开口悄悄去了。正在此时,木屏后一阵拖沓的脚步声,一人宽袍大袖披散着湿漉漉的长发走了出来,当头一躬:"先生久候,恕异人不周。"

吕不韦不禁惊讶了,这是嬴异人么?双眼红肿脚步虚浮神色恍惚,连说话都没了力气。吕不韦记得清楚,便是当初困窘之时,嬴异人眼中也时时闪烁着困兽犹斗的贼亮光芒,言谈举止在绝望中透着一种苦苦支撑的凄然之力。立秋论战之时,此子还是生气勃勃。如何短短一月之间萎靡如此?思忖之间,吕不韦又浮现出了平和的微笑:"公子交游日多,疲累也是寻常,琐碎礼仪不必上心。"说罢径自入座西侧客位笑道,"如何?这里还住得惯么?""甚好。"嬴异人淡淡一句,心不在焉地笑了笑,在吕不韦身旁案前落座,"先生商旅劳顿,异人本当为先生洗尘,奈何晚间又有酬答,先生见谅了。"

"晚间酬答,却是何人?"

"噢,平原君门下毛遂,大约还有那个环渊。"

"三日前,毛遂代平原君出使燕国,回到邯郸了?"

"如何如何?毛遂不,不在邯郸么?"嬴异人大是困窘,满脸顿时红布一般。

吕不韦笑意倏忽褪去,轻轻叩着大案道:"我等大事正在要害之际,不韦从咸阳归来,正待与公子计议诸多事端,公子却不闻不问,当真匪夷所思也!不韦生为商贾,素来不喜临大事而心猿意马。公子如此神不守舍,究竟所为何事?若能明告,不韦自信世间无不解之难题。若是公子心志颓丧,或自感功成名就而甘于安居赵国,不韦从此退身,只做从来没有识得公子便了。"

"先生……"嬴异人唏嘘伏案,"先生救我于将死,异人安能忘怀?"哽咽间一拳砸案,"先生啊,我中邪也!"一时放声大哭。

待嬴异人哭声稍缓,吕不韦一声叹息:"王子王孙,心多凄苦也!公子少年入敌国为质,无天伦之亲,无亲友之谊,无可做之事,无常人之乐,形同幽禁,孤独困顿。唯一能做的,便是抵押生命,凄凉忧愤处,实非寻常人所能体味矣!目下形似伸展,实则漂泊难定,致公子生出空荡荡无处着落之伤感。不韦粗疏,竟未曾体谅,实在有愧也。"

"不!不!"嬴异人哭喊一声,"先生,我中邪也!定是上天派他来也!"

思忖一阵,吕不韦走过去扶着嬴异人坐好,轻轻拍着他肩头抚慰道:"公子莫得伤感,你只说出甚事,但有不韦,万事可解。来,慢慢说。"嬴异人住了哭声,接过吕不韦递过来的茶水咕咚一口,抹抹泪水长嘘一声断断续续地说了起来。

半月之前的一日夜晚,嬴异人与薛公毛公一道拜访信陵君,茅亭风灯下饮宴叙谈,评点天下兵法。这本是毛公谋划,意图是教嬴异人拜个兵学大家为师。信陵君坦荡豪爽,从太公吕尚的《六韬》说起,逐一地评点了《孙子》《吴子》《孙膑兵法》《司马法》,精当简约,处处透着深邃。嬴异人大是敬佩,谦恭地提出想借抄信陵君自己撰写的兵法。不料,信陵君一阵大笑:"老夫一战而得虚名也!若是战胜白起尚有一说,偏偏只胜得王龁王陵之辈,何敢自认兵家?不提兵法也罢!"连说饮酒,避开了这个话题。

那夜散席,嬴异人心下有些烦闷,觉得自己与六国人士终究是隔膜一层。趁着浓浓的酒意,嬴异人驱车到了南城大湖边,将辎车停在湖畔大道,径自摇进了那片红蒙蒙的胡杨

真是中邪。

据《史记·魏公子列传》,魏公子留赵期间,秦王觉得有机可乘,于是猛攻魏国。魏王恐,急召魏公子,魏公子害怕魏王追究其窃符救赵之事,于是对门下说,"有敢为魏王使通者,死"。这些宾客都离开魏国跑到赵国,没有人敢劝魏公子归魏。于是毛公、薛公劝公子,称,"公子所以重于赵,名闻诸侯者,徒以有魏也。今秦攻魏,魏急而公子不恤,使秦破大梁而夷先王之宗庙,公子当何面目立天下乎!"话未说完,公子脸色已变,马上带人飞驰救魏。经毛公、薛公劝说,魏公子方有自知之明,赵国重视魏公子,也是因为魏公子有魏国作后盾,如魏国一亡,魏公子则无价值。"魏王见公子,相与泣,而以上将军印授公子,公子遂将。魏安釐王三十年,公子使使遍告诸侯。诸侯闻公子将,各遣将将兵救魏。公子率五国之兵破秦军于河外,走蒙骜。遂乘胜逐秦军至函谷关,抑秦兵,秦兵不敢出。当是时,公子威振天下,诸侯之客进兵法,公子皆名之,故世俗称魏公子兵法。"秦蚕食天下的势头被抑制。此处提到魏公子兵法,即指宾客所进经魏公子定名或点评的兵法。据司马贞《史记·魏公子列传·索隐》:"刘歆七略有魏公子兵法二十一篇,图七卷。"乎楚想求魏公子兵法,以魏公子城府,不会轻易付之。

林。走着走着,嬴异人突然一阵愣怔,钉在林间挪不开脚步了——

秋月之下,胡杨林深处飘来了奇妙的乐声。没错,是秦筝,魂牵梦萦的秦筝!苍凉悠远激越悲怆,直教人热血沸腾!骤然之间,嬴异人泪如泉涌,一声长喝放喉唱了起来。沙哑的吼声破空回荡,和着沉沉秦筝回旋在寒凉的秋夜。在嬴异人如痴如醉地吼唱时,筝声却突然沉寂了。长风掠林,嬴异人顿时浑身发软,倒在了飘零飞舞的落叶之中。良久醒来,他觉得整个身心空荡荡地要飞将起来,朦胧之中又低声哼起了那首老秦歌谣:"北阪有桑,南隰有杨。有车辚辚,远别我邦。黑发老去,烈士相将。西望关山,念我故乡。"低沉的哼唱幽幽回荡,叮咚筝声竟也悠悠地飘了过来,隐隐相随若合符节,竟似抚慰他这个离家游子一般。那一刻,每个音符都甘霖般渗进他干涸的心田,敲击着他已经麻木的思乡心弦,激起无以言喻的震颤。

> 思乡心切。忽听此曲,心神大乱,有如走火入魔。多年心病,一朝发作。

就这样朦胧快意地低哼着,嬴异人几乎唱遍了倏忽浮现在记忆中的秦国民谣。直到邯郸城楼的刁斗打响了五更,他才带着一身秋露恋恋不舍地离开了胡杨林。回到府邸,他失魂落魄般在庭院直坐到蒙蒙朝雾散去。

> 写得巧妙。作者布下了一个不平凡的相遇,子楚与赵姬因曲歌相"识"。赵姬的来历,作者又编得离奇。

秦筝,是嬴异人的少年梦幻,是故国咸阳留给他的最深印记。

八岁那年,父亲安国君特意带嬴异人去了当时还是五大夫将军的蒙骜府邸。原因只有一个:这个儿子醉心秦筝,而蒙氏家族则是秦国最有名的筝器世家。当蒙骜将军听说这个少年五岁时便能操筝弹奏《国风》的所有乐章时,高兴得哈哈大笑:"异人异人,其名如实也!"立即爽快答应将嬴异人收作学生,并唤来自己十岁的儿子蒙武与嬴异人相见,叮嘱他两人一起习筝。此时,异人的生母常卧病榻,父亲又忙于国事周旋，根本无法督责这个庶出儿子的学业。见蒙骜将军父子都很喜欢异人，父亲索性将儿子的一应幼学都交给了蒙骜将军，请将军如同他儿子一般督责自己的儿子。从那以后，嬴异人每日早出晚归，除了在自家夜宿，整日都在蒙氏府邸习筝修学。两年之后，已经是太子的伯父死了，父亲有可能立为太子，合府上下都在忙碌周旋，父亲更是没有心力督责一班庶出儿女了。嬴异人请准父命，搬到了蒙氏府邸与蒙武同吃同住同修学，分外的畅快。

蒙氏祖上原本是齐国士人，素有家学。自蒙骜入秦国，蒙氏族人进入军旅者日多，形成了文武兼修的家风。蒙骜持重缜密，承袭族长，对族中子弟的学业历练督责极严，以致后来的蒙氏子弟个个都是文武全才。这蒙武也是个聪明少年，刻苦好学，非但通达《诗》《乐》，弹得一手好筝，且对父亲交下的兵书修习也是绝不误事。嬴异人一入蒙氏府邸，立时觉得了自己的苍白，除了筝乐，自己对其他学问一无所知。幸运的是，比异人大得两岁的蒙武厚重秉性，从来不嘲笑讥讽异人，只小老师一般认认真真地为异人补学。

五更鸡鸣，蒙武一骨碌爬起来拉异人起来。练剑半个时辰，梳洗之后早饭，之后是晨课、午饭、午课、晚汤。只有晚汤之后暮色来临，两人才到池畔林下弹筝对歌，直到三更。如此三年，嬴异人大体补上了蒙武学过的所有课业，两人也都长成了一派英风的少年。一次，蒙骜将军随大军班师回到咸阳，请来安国君一起查核两人学业。举凡课业，两人都对答如流，剑术筝乐也大有长进，将军破例地赞叹了一番。见这个昔日只会躲在母亲小院子默默弹筝的庶出儿子有了如此长进，安国君大是感慨，宴席间连续三次向蒙骜将军敬酒，还执意将自己随身的一件名贵玉佩赠给了少年蒙武。末了父亲诚恳请求蒙骜，许嬴异人在蒙氏府邸继续修学，直到加冠成人。

"好！"蒙骜爽朗拍案，"两子共学，切磋激励，好事！"

嬴异人大是欢欣，从此与蒙武又开始了亲如兄弟般的快乐日子。蒙骜将军虑及自己常在军旅，请了族中一个曾经修学稷下学宫的饱学老士长住府中，做了两人的业师。这位老士非但文武两学，精通秦筝，更有一种自由奔放的稷下学风，实在是难得的良师。在业师督责之下，异人与蒙武开始了重修天下学问的成人治学：诸子百家一一涉猎，关键却只在两学，蒙武主修兵家，异人主修法家，共同兼修筝乐之学。

每日晨课，都是各自的正式课业。一到午后，老师带着两个弟子出了咸阳，或到北阪的苍苍松林，或到渭水泛舟清流。选得一处清幽之地，老师讲得半个时辰乐书乐理，便教两名弟子弹筝竞奏，然后逐一评点。每到春日踏青，老师会停了主课，带两人走遍关中村社，听农夫士子田间放歌，听牧童少女的春日吟唱，遇动听歌谣便弹筝相和，记谱保存。堪堪五个年头，嬴异人几乎学会了所有的秦风歌谣。更有回味处，是他与蒙武每春归来，必要商讨给那些没有歌词的"野曲"写词儿，一词写完，两人你弹我唱我弹你唱不亦乐乎……

不料，快乐的少年生活突然中断了。

那年，风闻韩国要将韩上党拱手让给赵国，进而三晋结盟对抗秦国。压力之下，主司邦交纵横的丞相范雎主张：先行结好赵国，进而威逼韩魏，最终拆散这场对秦国极为不利的上党交易。秘密特使几番斡旋，赵国却指斥秦国反复无常，提出若能单方（不互换）派出一位王子入赵做人质，方可结盟修好。秦昭王思忖再三，一咬牙答应了下来。战国人质有公认传统，不是在位国君的儿子，便必须是太子的儿子，大国索要的人质尤其如此。其时秦昭王的几个老儿子都已经四十出头，各据实职，不宜也不想做人质，异口同声地推举已经做了太子的安国君遴选驻赵人质。安国君无奈，在庶子中选定了嬴异人。

消息传出，少年嬴异人顿时蒙了，与蒙武抱头痛哭。

那年秋天，嬴异人的"质使"车马离开了咸阳。蒙武在十里郊亭为他隆重饯行。席间，蒙武郑重地将一副秦筝赠给了异人。蒙武说，这副秦筝是蒙氏祖传宝器，南山古松精制，筝板专门嵌进了自己的祝词与异人的名号，望上天护佑异人抱筝而归。异人大是感奋，亲自弹起秦筝，与蒙武一起唱了那首荡气回肠的《北阪有桑》……

信物。

谁也不能预料的是，嬴异人入赵两年之后，秦赵两国便开始了上党对峙，成了势不两立的死敌。从此，异人与咸阳的官方来往切断了，像断了线的纸鹞般飘摇在赵国风雨之中。长平大战后,秦赵仇深似海,嬴异人被赵国转移到邯郸北山的一处秘密洞窟囚禁了起来。为防走漏消息,守护军士严禁异人弹奏秦筝。他每日能做的唯一事情,只是面壁静坐,低声哼唱那些烙在心头的秦风歌谣。

六国联军胜秦后,嬴异人虽然被转回了邯郸,但境况却是大大恶化了。行同囚居不说,赵国拨付的些许物事分明仅仅够一个人用度,却偏偏说是给十个质使随员的,嬴异人是王子,赵国不管。两年下来,老内侍卖光了所有随行之物,八名年轻力壮的随员还是在冻饿病交加中一个个死了。一次,那个侍女也饿得气息奄奄。嬴异人一咬牙,将那副形影不离的秦筝交给了老内侍……

走投无路,唯有变卖。

老内侍脚步蹒跚地走了。嬴异人水谷不进,整整昏睡了三天三夜,醒来时形销骨立,老内侍与侍女心碎得号啕大哭。从那时起,囚居的小院死一般沉寂,再也没有了叮咚秦筝的苍凉乡音。

"胡杨林下,是我秦筝!"嬴异人一拳砸下,泪如泉涌。

"一耳之听,你能断定?"吕不韦惊讶了。

"能!"嬴异人哽咽着,"寻常秦筝九弦,蒙氏秦筝十弦,音色力道大是不同! 那南山古松,原本天下奇材,做成筝板弦柱,宏大幽深如空谷瀑布,别个秦筝如何能有? 不说听得

勾起心事。

一夜,便是拨得一弦,我也断不会听错!"

"于是乎,你夜夜去听?"

"是。"嬴异人轻轻点头,几乎是在喃喃自语,"我筝新主人一定是个聪慧奇人。除了力道稍欠火候,那筝声美得令人心醉。我唱,他弹。他不熟秦音,随我走,三五日之后,他便能伴我唱任何一曲了。先生,听着那秦筝,蒙武公子在我眼前了……"

"公子既是此人知音,前去拜访便了,至于如此么?"

"我去过。"嬴异人拭着泪水,"次日中夜筝声又起,我循声寻到了胡杨林深处,月下一座高楼四面石墙,没有一丝灯光。无论我如何喊话唱歌,楼内始终死寂一般。可在我怏怏离去之后,那秦筝却又悠悠然飘荡了过来,忒煞怪也!那天,我白日去了。石墙依旧,高楼依旧,可没有一道进出的门,我爬上了一棵大树查看。忒煞怪!林中看去,楼阁高耸,高处一看,却只有交错参天的一片胡杨林,荒草藤蔓纠缠,落叶盈尺飘零,全然一座废墟古宅……当时一看,我一身冷汗……可是,那天晚上,我还是不由自主地去了胡杨林。当月亮升起的时候,那秦筝又叮咚飘荡了,我也忘乎所以地唱了起来,直到五更。"嬴异人苍白的脸上泛起一片红晕,"先生,你说,他是人,还是鬼……"一言未了,软软地倒在了地毡上。

"没事。"吕不韦对匆匆进来被吓得不知所措的老内侍摇摇手,蹲身试了嬴异人的鼻息与额头,回身吩咐道,"夜受风寒,心悸失神。先煮一碗浓姜汤、一鼎灵芝安神汤,先后喂下,而后安置公子卧榻歇息。再煎一剂散寒祛风汤等候,公子醒来后服用。家老记住,我明晨便来,在此之前,任何人不得以任何事体搅扰公子!"

老内侍惶恐道:"若公子暮色醒来,又要出去,如何是好?"

"家老莫担心。"吕不韦边走边说,"请一个名医守在这里,务必让公子一次睡透。一夜之间,我料他不会醒来。"

三　胡杨林中的落寞庭院

回到云庐,吕不韦立即吩咐越剑无带几个精干执事访查城南湖边胡杨林中的弹筝之人,务必于明日午时之前确实回报。越剑无一走,吕不韦唤来原本是邯郸吕氏商社总执事的老仆,叮嘱他带人收拾新买的居所,三五日之后立即搬出胡寓云庐。诸事安顿妥当,吕不韦登上辎车匆匆来见薛公毛公。

薛公虽然没有搬出旧居,却也听从了吕不韦的建言,自己脱出了卖酒行当,又接受了吕不韦为他买下的相邻三进大庭院。两院打通,大儿子带着一个老酿酒工住在原先小院,维持"甘醴薛"酒铺。薛公夫妇带着小女儿住进了三进大庭院。毛公原是独身一

人，坚执拒绝了吕不韦为他购置居所，只乐呵呵地住进了薛公后园，说是省得日每烟火之累，强如一人快活也。寻常时日除了为嬴异人谋划奔波，两人便在后园茅亭下聚酒对弈，其乐陶陶。

吕不韦进园，见两老正在面红耳赤地争执一块角地的杀法。默默看得一阵，吕不韦清楚了其中奥妙，拿起一枚黑子"啪"地打下。

毛公顿时愕然，继而高声嚷嚷："哎呀好！你老哥哥能事，如何看不到这一步？如此一点，不是明摆着死棋么！"

薛公哈哈大笑："你倒是看到了，只胡乱鼓捣也！"

毛公双手一拱："先生这招神妙！老夫空有神生之名，惭愧！"

薛公揶揄道："你那神生是赌，棋却何时神过了？"

吕不韦笑道："棋局但临厮杀，要害便在算路。毛公大局出色，然此等角地无关大局，仅在厮杀算路，便失之于粗疏了。不韦算学尚可，是以看得明白，岂有他哉！"

三人一阵大笑，薛公唤来女儿煮茶。

饮得两盅热茶，吕不韦已经将嬴异人走神缘由大体说得清楚，末了道："看来不是大事，只是思乡过甚也。我已派越执事访查此人，引他与公子做个知音之谊，谅来便可安神。两公以为如何？"薛公笑道："如此好，有了唱和，也省去毛公曲高和寡也。"毛公却只瞪着老眼默默摇头。

"毛公以为不然？"吕不韦笑问一句。

"正是。"毛公少有的郑重其事，"老夫也是少逢劫难，理会得此等心境。你等却是难以体察。大凡少年遭遇巨变，长成便有两途：或狂放不羁如老夫，或压抑心志如公子。如老夫者，流浪漂泊游戏人生，涉邪放纵肆意发泄，久而久之，少时伤痛也就变作了厚厚的老茧。如公子者却是不同，放纵不能，发泄无门，受尽人世炎凉之态，却只能死死憋在心头，但有出口发作，只怕纠葛甚多，等闲不能了结也。"

"纠葛？至于么？"吕不韦颇有些茫然，"毛公之意何在？"

"嘿嘿，今日看来，先生却是精于事而疏于情也。"毛公诡秘地一笑，"其一，此人少年抛家离国，从无天伦之情抚慰。其二，此人年近而立，从未有过男女情欲之乐。其三，此人身为王孙且有歌乐禀赋，却从无声色犬马钟鸣鼎食之消受。凡此种种，心中自是冰山一座，能至今日，全在一个'挺'字。若有诱发而处置不当，心河溃决，汹汹之势难当，先

生将前功尽弃也！"

"你且说个实在,如何叫处置不当?"薛公急迫插得一句。

"譬如,弹筝者若是个女子,大大麻烦。"

"异想天开!"薛公一拍案,"秦筝粗豪宏大,哪有女子操持此物?"

"嘿嘿,"毛公诡秘地摇摇头,"天下事,难说也。"

陡然之间,吕不韦想起了"神生毛公"这个名号。虽则是赌徒们叫响的名号,但邯郸坊间却流传着毛公种种未卜先知的奇异传闻。此时所言,谁能说不是灵异所至? 心念及此,吕不韦笑道:"若是女子,教她随了异人,或妻或妾,左右公子安心事大也。"

"嘿嘿,这话却要慢说。"毛公却又郑重其事地摇着一颗硕大的白头,"先生若是要公子为君为王,便莫轻言许妻。妻者,王后也,国母也,坤首也,宫闱之主也。若与先生嫌隙,后患却是无穷。"

"海外奇谈也!"吕不韦不禁大笑,"异人之妻,莫非还要与我等同心?"

"不是与我等,是与先生。"

"远了远了。"薛公摇摇手,"只要先生心下有备,是女子又如何? 左右有个知音友人,公子便可安宁。眼下大事,还是谋划下一步要紧。"

"也是。"吕不韦悠然一笑,"两公只管谋划,公子安神之事我自当慎重。天色已晚,不韦还须照拂那头,来日搬入新居再与两公盘桓。"说罢告辞去了。

回到云庐已是初更,异人府老内侍差人来报:公子服药之后睡得极深,医家说一两日不会醒来。吕不韦心下松泛,独自小酌一壶安然卧榻,一觉醒来却再也不能安枕,沐浴一

完全可以解释为什么子楚性情大变。《礼记·礼运》:"故圣人之所以治人七情,修十义,讲信修睦,尚辞让,去争夺,舍礼何以治之? 饮食男女,人之大欲存焉。死亡贫苦,人之大恶存焉。故欲恶者,心之大端也。人藏其心,不可测度也。美恶皆在其心,不见其色也,欲一以穷之,舍礼何以哉?"吕不韦养歌姬,魏公子近妲女,异人悦绝色,皆人之大欲。异人苦守多年,一朝崩溃,人之大欲使然。

番出帐漫步，见繁星闪烁霜雾迷离，正是拂晓最黑暗之时。信步走出竹篱，执事与仆役的几座帐篷也没有灯光，越剑无没有回来还是没有起来？心念一闪，吕不韦笑了。一个弹筝之人的消息，至于如此上心么？吕不韦呵吕不韦，你是否也中邪了？一边嘲讽自己，一边却又顽固地猜测揣摩那个神秘的弹筝者，当真好笑。将日间事仔细回味，吕不韦心头蓦然一亮，对了，是毛公！是那个突兀的女人话题！自从谋定嬴异人奇货可居并付诸行动以来，吕不韦从来没有从男女情欲处想过嬴异人处境，若非毛公一番话，也许永远都不会想起。当初若是想得一想，那个机敏可人的莫胡一定送给嬴异人了……

"禀报先生，弹筝者尚无下落。"

踽踽独行的吕不韦恍然回身，见是一个年轻执事，问："越执事何在？"

"越执事带着三个兄弟仍在访查，日中时最后回报。"

"那座林中庭院的主人是谁？"

"那是一座废弃府邸，二十年前已经无人居住。"

"好。"吕不韦微笑点头，"我已吩咐厨下备了蔓菁牛茶饼随时等候。夜来风寒，你先去喝得几碗，出一番大汗再睡。"

"谢过先生！"年轻人一拱手去了。

将到午时，越剑无回来禀报，说整个城南商贾人家都没有操持秦筝之人，举凡酒肆客寓官署府邸都一一问过，操琴者多有，却没有一个摆弄秦筝者。那座废弃庭院的主人也不能确定，只有一个老商贾说，这座庭院五六十年前曾经是一座将军府邸，后来没有人住了。吕不韦见越剑无一脸愧疚，呵呵笑道："没了踪迹也好，我还真怕他时不时冒出来搅扰。今日没事了，你先去饱睡一觉。"越剑无慨然道："一个时辰便可，先生有事随时唤我。"大步匆匆地去了。

作者设悬念，故事中有故事。

　　心下轻松，吕不韦要去看望嬴异人。车马备好正要出门，老执事却碎步跑了过来："先生且慢，无名羽书！"吕不韦惊讶道："何人送来？没留姓名？"老执事气喘吁吁道："钉在大帐顶上的，若非胡寓仆人给帐顶加毛皮，谁个都不知道，忒煞怪也！"吕不韦不禁笑了："如此顽劣手法，能有个正经？启封看看。"老执事从随身皮袋拿出一柄细长闪亮的记事刻刀，小心翼翼地剥去铜管泥封，抽出的却是一卷白绢，抖开扫得一眼递了过来："先生，此乃私书，老朽不当看了。"

　　吕不韦疑惑接过，只见白绢上赫然一颗红心。端详之下，原是红字绕成了一个大大的红心，从心底看去，却是一封诗信：

阔别有年　白露又霜　言犹在耳　伊人何方　　　　卓昭。

　　蓦然之间，吕不韦心下猛烈一跳！静神思忖片刻，转身吩咐道："老执事，越执事醒来后请他去公子府邸探望，有异情立即回报。我有要事，出门半日。"说罢跳上辎车辚辚飞出了云庐草地，直向城南而来。

　　邯郸南门里有一片大湖，是从城外牛首水①引进的活水湖，赵人呼为"南池"。南池东西横贯邯郸，池北纵横交错四条大街形成了一个大"井"字，这便是邯郸的商市区，国人呼为"井字坊"。南池最东部的北岸是一片三四百亩地大的胡杨林，林中巷道交错，坐落着大大小小的庭院府邸，是邯郸的外邦商贾区，赵人唤作"云商林"，说的是此间人家流动无定如天上云彩。

---

　　① 牛首水，战国时赵国河流，流经邯郸西北入彰水。《水经注》："又有牛首水入（彰水）焉，水出邯郸县西堵山，东流分为二水，洪湍双逝，澄映两川。"

虽非赵人，吕不韦对这片坊区却很是熟悉，驱车沿着湖滨大道直入东头胡杨林，将车停在林间一处车马场，疾步匆匆地向胡杨林深处去了。秋气萧瑟，株株胡杨都是一团瑟瑟抖动的火焰，脚下红叶飘零，置身林中如飘进了无边的火海沐进了漫天的落霞。此刻的吕不韦却全然无心欣赏这秋日奇观，只顾循着嬴异人所说的路径寻向了一条荒僻的青石小径，曲曲折折走得一阵，火红的林木中隐约露出了一座发黑的高楼。渐行渐近，一圈灰色的石墙便在眼前。吕不韦绕着石墙走了一圈，果然如嬴异人所说，是一道没有门户可入的死墙。午后斜阳穿过林木，点点洒落林间，吕不韦终于发现了原先门户被拆被封时留在墙上的痕迹。沿着"门户"处仔细端详，地上除了飞舞的红叶便是黄白的枯草，竟无任何痕迹可寻。

正在疑惑处，吕不韦却突然觉得脚下有异，拨开落叶一看，草地上显出一柱三五寸高的圆形石礅。吕不韦眼前顿时一亮，围着石礅转悠着端详揣摩起来。突然之间，他看见褐色石柱的额头有一抹白云状的纹路悠悠然飘向落日方向。

试试再说。吕不韦嘟哝一句定定神气，蹲下身子双手抱紧石礅，用力向西手一旋，石礅只喀啦啦转了半圈，再也不动了。刚一松手，石礅却又喀啦啦转了回来，回头看石墙"门户"，也没有任何动静。略一思忖，蹲身再转一次，石礅喀啦啦转了大半圈又喀啦啦转了回来。心头一亮，吕不韦突然明白了这是墨家的方圆四季术：一转比一转接近圆周，第四转便可转满退满！想得清楚，吕不韦顿时精神一振，全力再转两转，恰在石礅第四转喀啦啦倒回之时，南面石墙的"门户"隆隆洞开。

"好！"吕不韦直起腰身，只见门后台阶荒草摇摇，一道高大的青石影壁赫然横在台阶上挡住了视线。大步过了影壁，吕不韦不禁有些惊讶——正北台地上矗立着一座久经风霜雨雪而显得黑白斑驳的木楼，两边各有一排低矮的石板房，秋风扫过落叶沙沙，庭院一片寂静。庭院简约朴实，落叶尚未完全覆盖的石板地面很是干净，缝隙中没有一根杂草，虽说不上整肃，却也不像嬴异人说的那般荒芜，显然是时常有人收拾。

"客入主家，有人在么？"吕不韦高声一问，庭院空有回声。

犹疑片刻，吕不韦进了庭院。两排石板房空荡荡了无一物，推开木楼沉重的大门，随着咣当一声一团灰尘迎面扑散。烟尘散尽，吕不韦小心翼翼走了进去，四面打量，楼内虽然也是空空荡荡，却没有灰尘，中间还铺着四张发白的草席，屋角有一道木楼梯还铺着红地毡，钉镶地毡的铜片两边虽有锈蚀，中间却有蹭磨出的亮色。吕不韦不再犹

疑，踏着红毡木梯到了楼上，眼前豁然一亮。

　　大厅东半张草席铺地，席中一张本色木案，案上整齐摆置着刻刀竹简石砚竹笔，左首一方镇纸压着一张三尺见方的羊皮图。案后有一张窄小的军榻，榻侧一副坚实的红木剑架，剑架上横亘着一口近似吴钩的三尺战刀，铜箍包皮的刀鞘已经变成了沉沉黑色。寥寥几物，渗透着旧时主人的简朴奋发。与此不协调的是，大厅西面却被一幅落地白纱隔开，红毡铺地，靠墙处一张硕大的铜制卧榻，临窗中央的空阔处是一方精致的玉案，除了案后一方锦绣灿烂的坐垫，案上空无一物。虽则也是寥寥几样，与东边旧主的做派却是天壤之别。

　　突然之间，吕不韦不禁哈哈大笑起来。微风吹来，一阵熟悉的气息拂过，不是她却是何人？这个小妮子！走到榻前帐口耸耸鼻头，吕不韦心下一颤，不错，正是那特有的永远都令他不能忘怀的体香！略一思忖，吕不韦从随身皮袋拿出一支铜管，拧开管盖倒出一支木炭，两步走到西面墙下挥洒开两行大字——

> 有点跳跃。上次见面时还嫌卓昭太主动，现在就"永远都令他不能忘怀"。

我方回赵　莫得顽劣
见字即来　早则奖迟则罚

写罢下楼出门，又将机关恢复做石墙，回了云庐。

四　法度精严兮　万绿家邦

　　掌灯时分，越剑无来报：异人公子已经退热，仍在酣睡，医家说大约明日暮色可醒转。吕不韦心下顿时轻松，立即着手已经思谋好的第二件事,一阵低声吩咐,越剑无当即去准备了。半个时辰后,那辆密封轺车飞出了云庐,直向邯郸井字坊而来。

武灵王之后,赵国市易大是扩展。三五十年之间,邯郸成了咸阳之后又一个新兴的商贾云集的大都会。其时,大梁、临淄已经相继衰落,山东六国的商贾名士游侠丽人能工巧匠以及种种失意官吏纷纷拥入邯郸,加上草原诸胡历来以赵国为与中原交易窗口,邯郸成了名副其实的万商之都,比咸阳另有一番汪洋恣肆的气象。天下商贾的说法是:"咸阳利市大,邯郸人市大。"利市大者,生意大利金大也。然则咸阳法度森严,商贾区与国人区两分,非但商贾流士游客之种种奢靡享受只能在尚商坊一地,且不能融入秦人,始终似一张外贴的膏药而已,未免有些缺憾。邯郸却是山东老传统,虽则也有划定的商贾区——井字坊,然对商贾与国人之间的来往市易却没有任何限制。只要商贾能买得地皮,可将店铺开在邯郸任何地方。只要国人有钱,也可如外邦商贾一般尽情消受种种乐事。赵人近胡,风习奔放粗豪,加之不断有胡人融入,朝野国人少有畛域之分与无端禁忌,大得商旅流士之青睐。即或在咸阳赚大利的商贾,也必同时在邯郸买得宅院立下根基,宁可在邯郸不做生意,也要在邯郸消受这难得的人生奢靡。如此外邦游客大增,邯郸百业围绕着种种游客的种种消受大肆扩展,形形色色的酒肆饭铺社寓客栈百工作坊如雨后春笋般蓬勃起来,一到夜间,则更见风情万种。

轺车进入井字坊的中心地带,遥遥一片风灯海洋中映出了三座成"品"字形排列的绿楼,四个斗大的风灯红字高高在楼顶摇曳——万绿家邦。

越剑无驾着轺车缓缓穿过一道十字街口,刚将车头对

吕不韦要为子楚这"人之大欲"想办法。

准绿楼大道口，立即有一个红衣侍者从灯海里飞出，笑吟吟招手引导辎车进入车马场，转过两排高车，才觅得一个刚刚空出的车位。越剑无车技精熟，笼着马缰碎步走马，无须进退折腾径直将两马辎车停得妥当。

"足下高手！"红衣侍者赞叹一声，走到车侧打开垂帘毕恭毕敬地一声请大人出车，跪地扶住了车底踏板。吕不韦一脚伸出笑道："绿楼从临淄搬来邯郸，花式见长也。"侍者起身间红衣大袖作势一拂吕不韦膝下，挺身低头恭敬笑道："大人送利，我等恒敬之，原本天职也。"吕不韦不禁哈哈大笑："说辞文雅，好！赏一金。"越剑无一步跨前，将一个沉甸甸的饼金打到侍者掌心。侍者昂昂一声谢大人赏金，回身向车马场外一摆衣袖，灯海深处两个长裙女子推着一辆竹车飘了过来，左右偎着将吕不韦扶上了座车，悠悠进了灯火煌煌的庭院深处。

"大人，左姝右姝也？"长裙女子声音甜美得令人心醉。

"长青楼。"吕不韦淡漠地一笑。

这万绿家邦是邯郸最大的色艺场，原是临淄"绿商"入赵所开，气势之大已经远远超过了当年的临淄绿街。女子以色艺谋生存，古已有之。但将女子出卖色艺做成了专一的行业，却是春秋时期齐国的首创。其时，齐桓公姜小白以管仲为丞相大行变法。为了广开税源，管仲将齐国各城堡卖色卖艺的女子全数征召到临淄，在官市区的一条大街专门筑起了二十余座绿竹楼；再由官府征召商贾，接收官府分配给的色艺女子，在绿楼街开办专门出卖色艺的客寓酒肆，与所有商贾市易一样向官府缴纳税金。这便是被列国大加嘲笑的"国营色艺"。进入战国风气大开，私商汪洋恣肆般弥漫开来，出卖色艺也很快演变为一个私商行业。因了色艺客寓大都沿袭了以绿竹盖楼的传统，时人将此等行业呼之为"绿行"，将此等商贾呼之为"绿商"。吕不韦久在商旅，曾经风闻楚国大商猗顿氏、秦国大商寡妇清都暗中染指绿行，这万绿家邦之所以如此显赫，背后势力可能便是这两个大商中的一个。

虽然从来没有踏入过这锦绣奢靡之地，吕不韦对万绿家邦的诸般规矩讲究却也是耳熟能详。三座绿楼名称不一，消受也不一。前面两座掩映在大片竹林的绿楼隔湖遥遥并立，号为双姝楼，分为左姝、右姝。左姝蓄养天下形形色色之美女，号为卖色。右姝则云集各国歌女舞女乐女，专供风雅者指定歌舞乐曲款待宾客，号为卖艺。后面一座小楼叫作长青楼，却是一个颇神秘的去处，除非客人自请前往，侍者从不引人分上下，色也分尊卑。人们常以孔子"有教无类"（《论语·卫灵公》）称孔子有平等之想，实大谬也。有教无类的前提是要收学费的。子曰，"自行束脩以上，吾未尝无诲焉。"（《论语·述而》）同时，子曰，"唯上知与下愚不移"（《论语·阳货》），孔子不仅在出身上持等级之分，在人的资质上也持等级之分。资质有天赋，西施倾国，东施就只能效颦。

领客人进入此楼。

见吕不韦要去长青楼，两个绿衣侍女倍加恭谨，一人悠悠推车，一人摇曳在前领道，再也没有说一句话。竹车在两厢风灯中绕过了一片大池，在一片竹林前的路口停了下来。前行领道的侍女停下脚步，一声吟诵："我有嘉宾，鼓瑟吹笙。"竹林中立即传来一个女子回应："我有醇酒，以燕乐嘉宾之心——"随着曼妙吟诵，一个裙裾拖地的红衣女子飘然出来，对着吕不韦深深一躬："小女恭迎大宾。"说罢虚扶吕不韦站起，转身款款进了竹林小径。

吕不韦也不说话，向身后越剑无一招手跟了进去。出了竹林，面前一片空阔的草地上矗立着一座已经发白的小竹楼，既不是此行传统的翠绿色，也没有前院两楼的奢靡豪华，只一排风灯将门厅映照得温馨如春。进得门廊绕过大屏，宽敞的大厅却是别致而堂皇：六盏铜人高灯下，六张绿玉案恰到好处地各自占据了一个角落，全然没有整肃的宾主席次；迎面大墙镶嵌着一面巨大的铜镜，大厅更显开阔深邃；左首墙下一张琴案，右首墙下一列完整的编钟，中央空阔处则是两丈见方的一片大红地毡，没有一张座案。

"先生这厢请。"长裙女子将吕不韦领到了东南角玉案前落座，回身一拍掌，一名黄衫少女出来煮茶，长裙女子回眸一笑飘然去了。茶香堪堪弥漫，隔开座案的大屏后转出了一个衣着极为考究的大胡须中年人，对着吕不韦拱手一礼，又亲自斟了一盏茶双手捧到吕不韦案头，这才谦恭笑道："先生顺便踏勘，还是买心已定？"

"买。"吕不韦只淡淡一个字。

大胡须立即转身，对红木大屏肃然一躬："客官业已定夺。"

须臾，大木屏后传来柔和清丽的笑声："先生气度高华，果是不凡。"

吕不韦早已看出大木屏下方有一个镶嵌着同色细纱的窗口,心知这个女人便坐在屏后案前,叩着长案笑道:"女东隐身,岂是敬客之道?"

"看来先生是第一次涉足了。"清丽声音一笑,"长青楼主例不见客,非不敬客,实乃两便也。买卖一毕,永不相干。先生果真成交,自当知晓我楼规矩实乃体贴客官也。"

"客随主便,便说买卖。"

"先生要讨何等品级?"

"初涉此道,敢问品级之说?"

"先生且听。"清丽声音舒缓柔和,"女子才艺,文野有差。女子体性,天下无一人相同。女子门第贵贱阅历深浅,也是人所看重。如此三者糅合之不同情境,便是才女品级也。长青楼目下共有三十六位,人人皆是才女。然三者糅合,便分出了三等:美艳之才、清醇之才、曼妙奇才。美艳之才者,火焰胡女也。此等女子肌肤如雪,三峰高耸,丰腴肥嫩,非但精通胡歌胡乐,卧榻之间更是一团烈火。更有一奇:体格劲韧,任骑任打,乐于做卧榻女奴,若主人乐意,也可做女王无休止蹂躏主人。清醇之才者,中原处子丽人也。此等女子通达诗书,熟知礼仪,精于歌舞器乐;体貌亭亭玉立如画中人,处子花蕊含苞待放。曼妙之才者,或公主,或豪门之女也。"

满足不同趣味。

"此处能有公主?"吕不韦大是惊讶,脱口而出。

"先生未免迂腐也。"清丽声音咯咯笑了,"万绿家邦出言无虚,不会毁了自家招牌。先生但想:天下大战连绵,岌岌可危之小诸侯尚有二十余个,邦国公主流落离散者正不知几多。我楼所选公主只有三人,身世血统纯正可考,才貌色艺俱佳,卧榻间曼妙不可方物。若非如此,三十个也有得了。"

"愿闻其短。"吕不韦淡漠如常。

"先生如此清醒，难得也。"清丽声音停顿了片刻，"美艳胡女，皆非处子。清醇之才，性情端正而不涉狎邪，性事乐趣稍有缺憾。曼妙之才身世高贵，非名士豪侠不委身，且是待价沽之。"

"其价几多？"

"美艳才女千金之数。清醇才女三千金之数。曼妙之才么，人各不同：豪门才女六千金，一公主八千金，一公主万金。"

吕不韦微微一笑："曼妙三人，敢请女东告知其身世来路。"

"向无此例。"大屏后的清丽声音咯咯一笑，"曼妙生意之规矩：除非先生明定书契，此三女姓名身世，事先不能告知。"

"但定书契，若不中意，如何处置？"

"先生差矣！"清丽声音显然不悦，"万绿家邦信义昭著于天下，百年以来从无一例买卖纠葛，更无一客不中意。今日先生既疑，本东单定规矩：若不中意，本东加倍偿还；然则，三女有露面不成交之险，须得价外先交三千金。此金本东分毫不取，只为抚慰三女之心。先生以为如何？"

"可也。"吕不韦向身后一招手。赳赳挺立的越剑无对大胡须中年人一拱手："请随我车上取金。"大屏后清丽声音却道："先生随带重金，其诚可见，无须多费周折。鲸执事，立约。"大胡须恭敬地挺身一诺，向身后一招手，原先那名长裙女子捧着一个大铜盘飘了进来，跪在长案旁将几样物事在吕不韦面前摆开：一条六寸宽寸许厚的翠绿竹简、一把雪亮的刻刀、一方盛着朱砂的玉盏、一支打磨精致的竹笔、一方铺好墨汁的石砚、一根细亮的铜丝、一盏火苗粗大的猛火油灯、一个一尺多高的铜支架。

吕不韦虽不熟悉绿行细则，然对商道立约却是久经沧海，待案上物事摆置妥当，便拿起了那片绿竹。只见竹片中间一道朱红粗线，一个大大的"约"字横跨粗红线，红线两边各是两行相同文字："两方约定以□□金市□□□女，两清之期，再无相扰。"下方是两方空阔的留白。

"先生且听三女之情，而后决之可也。"大屏后清丽声音又柔和地传了出来，"六千金豪门才女者，赵国安平君之孙女也。八千金公主者，安陵国公主也。万金公主者，卫国公主也。先生可先选品级了。"

吕不韦笑道："主东周详谨细，步步成法，不妨一次说完，通盘斟酌。"

"人市贵在细密，先生见谅。"清丽声音一声喟叹，"鲸执事说了。"

大胡须拱手一礼道："客官选定女子品级，便可立约。立约之后，可与选定之女晤面叙谈半个时辰，我行谓之'初相'。初相中意，则践约。初相不中意，则交付一半金额，再与另一女子晤面叙谈。如此可三次初相。初相之法：可触肌肤以品色，可谈诗书以定才，可观歌舞以试艺；然有两禁：其一不得性事猥邪，其二不得询问女子身世周折。若三相不中，主东之金全数退还，且可无偿赠送客官一上佳歌女。一旦选中践约，客官须在半月之内领走市女，逾期有罚，每日百金。最后一禁：无论成交与否，客官都不能对外说及长青楼诸般情景，我方亦绝不外泄与客官交往之情。这便是'买卖一毕，永不相干'。先生若能理会此间诸般深意，便可选品立约了。"一番交代条分缕明，老到干练，显然是绿行执事高手。

吕不韦听得分明，不禁对这长青楼女主东生出了几分敬意。普天之下，人市两行：一行是奴隶买卖，因了奴隶大多有黑色烙印，商道呼之为"黑行"；另一行便是被呼为"绿行"的女色买卖。春秋战国五百年，这两行此消彼长。春秋时奴隶市场兴旺，居于人市主流，女色买卖尚在萌发之期。战国之世，奴隶制业已崩溃，随着官府奴隶市场的消亡与各国法令对奴隶买卖的严厉禁止，奴隶买卖大为衰微，沦落为极少数不法商贾的地下黑市。当此之时，女色买卖蓬勃而起，各国大市都有法令许可的绿行，且成为许多中小诸侯国的重要税源。然则，无论利市如何丰厚，这黑绿两行从来都没有逃脱过天下公议的抨击，也从来都为正道商贾所蔑视。非但吕不韦这样的富商大贾绝不会涉足此等龌龊利市，吕不韦所熟悉的战国大商，也没有一家卷入绿行。假若没有今日特殊之需，他注定永远都不会踏入这万绿家邦，更不会直入长青楼。然今夜一番见识，却使他蓦然对这长青楼有了一种异样的感觉——不是商家大手笔，断不会有此等经营之道。战国商贾，除了秦国寡妇清这个久闻其名未见其人的奇女子，难道还有别个女商有如此气魄？刹那之间，吕不韦对大屏后的主东生出了一种强烈的好奇。

"长青楼法度甚是得当。"吕不韦淡淡一笑，"只是，我欲与主东晤面一谈。"

大胡须眼光飞快地向大屏一瞄，正色拱手道："先生见谅，主东从不与客官晤面。无论何等心愿，只要涉及市易，尽可与在下磋商。"吕不韦没有理会大胡须，只注视着大屏默然微笑。"先生，主东业已退听了。"大胡须的炯炯目光盯住了吕不韦，"主东不见客，

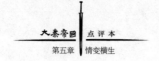

这也是长青楼法度之一。客官若不见谅,买卖就此完结。客官只需交三千金而已。"

买卖讲一个信字。

吕不韦大笑:"既然如此,客随主便。豪门赵女。立约。"

"先生明断。"大胡须顿时恢复了恭谨神态,跪坐在吕不韦对面,从大案上拿起竹笔在石砚墨汁中轻轻一蘸,在宽条竹简两行字的留空处分别填写上了"六千金"与"豪门赵女"七个字,恭敬地双手将竹简捧到吕不韦面前:"请先生留名烙记。"

吕不韦接过竹简,从怀中皮袋拿出一方铜印,在猛火油灯上烤得片刻,在竹简右半下方的空白处一摁,嗤的一声轻响,抬起铜印,竹简上赫然现出了一个焦黄的奇特记号,似山水环绕,又似怪兽纠缠;再拿起竹笔,在记号下写上了四个古老的篆字——吕氏不韦。如法炮制,又在左下方烙记留名,将竹简推给了大案对面。大胡须笑道:"先生印记大雅,书法工稳,我等望尘莫及。"说罢从腰间鞶带抠出一方墨绿色石印,也在猛火油灯烤得片刻,在吕不韦印记旁一摁,一个似黄发白的印记清晰凸现出来。烙好两方印记,大胡须拿起竹笔又写了两次,恭谨地递过来道:"请先生验证。"

略一端详,吕不韦心下一跳!这方印记线条古奥纷繁交错,粗看似江河流淌又似群山嵯峨,实则却是一种已经消失的文字——籀文!吕不韦少学博杂,知道这籀文原本是夏商周三代刻在钟鼎上的一种铭文,因其古奥难写,日常书写多不采用,春秋之后已经渐渐消失,唯能在三代青铜器上见到,故此也被士人称为"金文",也有人称之为"大篆"。进入战国,各国文字纷纷简化,这种古奥的文字已经少有人识得了。眼下这个籀文古字吕不韦似曾相识,一时却也想不起来。

"足下印记倒是有趣。"吕不韦淡淡一笑递过竹简,"割契。"

"这是主东印记，在下也不识形。名字是在下，鲸桑麻。"大胡须说着话，左手拿起案上那根细亮的铜丝在猛火油灯上一阵烧灼，待铜丝中段烧红，右手将竹简啪地卡进那座铜支架，烧红的铜丝对准竹简中间的粗线勒了下去。如此两次，宽大的竹简在一阵淡淡青烟中分作两半，中间那个"约"字也恰恰被勒为两半。

"立约已成，先生收好。"大胡须递过一半竹简，拱手笑道，"请移尊驾，初相。"

"不必了。"吕不韦将竹简插进怀中皮袋，起身一摆手道，"我信得长青楼，足下只随我搬金。人，半月之内来接。"

"这如何使得？"大胡须惶恐道，"先生原本说好三选，故而多收三千金，如今先生不选不相，长青楼有负先生。在下只怕要请主东示下，方可做主。"

"足下未免聒噪。"吕不韦笑道，"自来买卖，成交前随主，成交后随客。我已立约，交付你九千金便了，折腾个甚来？"说罢径自大步出门。越剑无一拱手说声请，陪着大胡须匆匆跟了出来。

到得万绿家邦大门外的车马场，吕不韦的车旁已经新停下了一辆封闭严实的铁轮车。吕不韦对大胡须道："这是全数，越执事随足下清金，我先告辞。"大胡须连忙深深一躬："先生走好。一月之内，在下随时听候先生吩咐。"

"不。半月。"吕不韦一摆手踏上辎车辚辚去了。

事不宜迟。

五 情之有契 心之唯艰

秋夜寒凉,车马行人稀少,辎车穿街走巷,不消片刻到了薛公小巷。

偏院茅屋的灯火仍然亮着,毛公正在灯下自弈,一手白一手黑,落得一子举起酒葫芦大饮一口,摇晃着长发散乱的雪白头颅,兀自好棋臭棋地品评一番,饶有兴味。

"夤夜自弈,老哥哥好兴致也!"

毛公蓦然回头,见是吕不韦站在身后,跳起来哈哈大笑:"呀!竟还有一只夜鼠窜游,好好好!来,先干一口!坐坐坐!"

酒葫芦刚塞到吕不韦嘴边,又拉着摁着吕不韦坐到了草席上,光着脚红着脸嚷嚷起来,"你老兄弟说说,人活到这份上有甚个兴头?吃了睡、睡了吃,日落卧榻黎明即起,抛洒了多好的静夜辰光,分明不是农夫工匠,却非得农夫工匠一般折腾自己,酒也不吃,棋也不下,有甚个活头!老夫憋气,明日搬出这破园子!要不是你个老兄弟夜猫子来,老夫这就找人吃酒下棋去!"

吕不韦不禁噗地笑了:"薛公一夜不陪,老哥哥耐不得了?"

"嘿嘿,那老小子牛筋一根,忒没劲!"毛公红着脸兀自嘟哝一句,坐到了大案对面,"说,甚事又发了?"

"甚事没有,陪老哥哥厮杀一番消夜。"

"嘿嘿,别哄弄老夫。骂一通作罢,你只说事。"

吕不韦不再说笑,从怀中皮袋抽出那支竹简递了过去。毛公接过一瞄,白眉猛然耸动,一声长长的叹息:"老兄弟苦心也!谋事如此扎实。"吕不韦笑道:"下边那个烙印似曾相识,只想不起来,老哥哥指点了。"毛公眯缝起老眼一阵端详:"这是个籀文,'清'字,断无差错!"吕不韦思忖道:"少时听老师讲书,籀文业已失传,唯一班嗜好钟鼎铭文者能辨识些许。一个绿行商贾,以籀文为记,岂非蹊跷?"毛公摇头道:"你老兄弟知其一不知其二。所谓籀文失传,只是天下官府与治学士子不再书写。庶民市井之间,却并未绝迹。""如何如何?"吕不韦大是惊讶,"庶民市井间竟有此等古文流传?"毛公嘿嘿笑道:"老夫少时遭逢巨变,曾远遁秦国巴蜀。秦之商旅老号,立约大都是这种籀文,常人看去

天书一般，极是隐秘。老夫还听说，岭南楚人、高丽人中多有
夏商周三代败落贵胄之逃亡部族，此等人也通行这种古奥的
籀文，只是不曾亲见而已。老兄弟通晓商旅，对秦国却恰恰
生疏，不知者也是常情。"

"清字？"吕不韦思忖间突然拍案，"寡妇清！秦国大
商！"

凭此断定寡妇清的身份。

"八九不离十。"

"赫赫巨商，卷入人市绿行，匪夷所思也！"

"关你甚事，不坑客不害民不违法，谁说大商不能入绿
行了？"

"老哥哥懵懂也！"吕不韦一拍案道，"公然绿行，原是无
甚关涉。然则长青楼却是买卖豪门女子、诸侯公主，哪国法
令能允许了？"

"嘿嘿嘿，"毛公连连摇手，"话虽如此，却也是当今乱世
使然。你老兄弟觉得这老寡妇丢了大商脸面，可你买了人家
物事救急，终不成还去告发？大事当前，操那般闲心甚用？
果真有朝一日，你老兄弟做了秦国丞相，再去找这个老寡妇
理会便了。"

"老哥哥说得是。"吕不韦释然道，"车马各路，目下管不
得许多也。"

"这就对了。"毛公嘿嘿一笑，转身从屋角拉过一口木箱
打开，"看看，《质赵大事录》。只等那小子醒过神来，老夫教
他弄得顺溜。"

吕不韦看着满当当一箱破旧的竹简，心头蓦然一热，不
禁一叹："老哥哥如此心血，但愿嬴异人迷途知返也。"

"怪也！"毛公手中酒葫芦一顿，"你老兄弟也有沮丧之
时？没底了？"

"实不相瞒，不韦确是不安。"吕不韦轻轻叩着棋案，"男

女之事纷杂,不韦素来不谙此道,当真拿不准异人能否过得此关。"

"呜呼哀哉!"毛公一阵大笑,"老夫以为天塌地陷也,却是苟苟男女之事!莫看我这老鳏夫,最能揣摩儿女之事,你老兄弟到时只听老哥哥招呼,断无差错!"

见毛公如此笃定,吕不韦心下顿时舒畅,本当立即告辞,却闻雄鸡长鸣,寻思此时回云庐未免动静太过,欣然提出与毛公对弈一局。毛公高兴得连呼快哉快哉,哗啦抹了自弈棋局,提起一子便啪地打下。吕不韦欣然应对,两人酣畅淋漓地厮杀起来,待到东方曙光托出朦胧温润的秋阳,吕不韦才离开了小巷。

回到云庐,越剑无来报,将长青楼一支镌刻着"收讫"两字的铜牌交来。吕不韦接过铜牌,见底端一片水纹状的线条隐隐也是个古籀文"清"字,心下又是一动,着意将书契竹简与铜牌一起收藏进了密件铜箱。一切妥当,喝了一鼎热滚滚的牛骨茶,茸茸细汗中泛起了浓浓倦意。正要卧榻安睡片时,老执事却匆匆来报说,接到飞鸽传书,西门老总事已经从咸阳启程,估摸三两日内可赶回邯郸。吕不韦虽感意外,一时却也想不明白,摇摇手进了后帐,片刻之间鼾声大起。

掌灯时分,吕不韦蒙眬初醒,听得一阵熟悉的说话声隐隐传来,霍然起身来到前帐,果然见西门老总事正在灯下站立,老执事与越剑无的匆匆背影刚刚消失在帐口。吕不韦大步过来拉住老总事笑道:"西门老爹归来,不韦松泛也!"西门老总事一躬身道:"咸阳情势蹊跷,老朽不及请准先生,放下手头事星夜赶回。"吕不韦心头不禁一跳,却呵呵笑道:"不打紧,先为老爹接风,事情慢慢说。"正要转身吩咐云庐仆人,西门老总事却道:"先生惺忪倦怠,不妨沐浴一番,酒饭之事有老朽。"吕不韦心中一热,说声好便进后帐去了。

片刻出来,灯下两张大案酒菜已经齐备,寒暄几句饮得两爵,西门老总事低声道:"入秋以来,咸阳风传老秦王风瘫加重,失忆失语,不能料理国务。官府也不正视听,听任风传弥漫朝野。恰在此时,纲成君蔡泽又前往蜀郡,视察李冰的都江堰去了。起行那日,太子嬴柱率百官在郊亭饯行,声势很是铺排。送走蔡泽之后,太子嬴柱卸去了'暂署丞相府'职事,住进了章台,丞相府竟无人主事了。老朽不明所以,与莫胡姑娘秘密通联,嘱其留心打探。旬日前,莫胡传出消息:华阳夫人三次前往沣京谷与华月夫人密谈,详情无从得知。老朽难解其中奥秘,星夜赶了回来。"

默然片刻,吕不韦笑问一句:"咸阳庄园建得如何?"

"大体完工,唯余内饰善后。密道之事,先生定准路径,老朽再找荆云义士。"西门老总事从腰间皮袋摸出一张羊皮纸递过,"这是庄园地理图,先生定个方向出口。"

吕不韦接过地图灯下端详,见庄园前临大水后依山塬,不禁笑道:"老爹所选,分明一处形胜之地也!这庄园北临渭水,密道只要东西两路,出得远些,隐秘些便是。"

"省得。"老总事收起羊皮纸,"邯郸新居有越执事等料理,老朽明日去会荆云义士,商定后顺道赶回咸阳。"

"莫急莫急。"吕不韦摆手笑道,"业已入冬,百工停做,庄园又不是等用,赶个甚?老爹多日不在,不韦还真有些左右不济。既然回来了,留下来明春再说。不管咸阳如何变化,我等明春都要动。邯郸这边,离不开老爹。"西门总事的一双老眼泪光莹然,可劲儿一点头,径自饮下一大爵赵酒,一句话也没有说。吕不韦慨然一叹,也陪着饮了一大爵。西门老总事低声道:"先生毋忧,异人公子醒来后已经大体如常,该当不会有事了。"吕不韦恍然一笑,一时竟无从说起。

正在此时,帐外一阵急促脚步声,越剑无已到了面前,一句禀报先生尚未说完,一阵顽皮的笑声随着一个红色身影轻盈曼妙地飘飞进来。吕不韦猛地站起,笑声骤然打住,红色身影已经扑到了吕不韦怀里。片刻愣怔之间,吕不韦已经清醒了过来,亲切地拍着怀中颤抖的肩膀笑道:"昭妹呵,来了就好。来,坐了说话。"

处子之身,如此奔放,只能说是剧情需要了。

来者正是卓昭。她噘着嘴嘟哝了一句,不但没有就座,反而搂着吕不韦脖子咯咯笑了起来:"大哥孔夫子一般,我却是不怕,偏要抱你!"吕不韦红着脸道:"孩子家性情,莫玩闹。"说着话拉开了缠在脖子上的柔嫩的臂膊,将卓昭摁到了座案里,转身正要吩咐备酒,却发现老总事与越剑无已经不在大帐了。

"左看右看,心不在焉,没劲!"卓昭生气地撅起了小嘴。

"无法无天。"吕不韦沉着脸,"说,大父何在? 我去接人。"

"爷爷又不是影子,不作兴我一个人来么?"

"如何如何,你一个人来?"

"如何如何,不能来么?"卓昭顽皮学舌的脸上一片灿烂。

"你呀你!"吕不韦顿时着急,"邯郸何事? 我陪你去办,完了即刻送你回去!"

"何事? 你不明白?"卓昭的脸蓦然红了,"上年说得好,偏这时你忘了。一春一秋,你只泥牛入海,不作兴我来么?"

"便为这等事?"吕不韦惊讶了。

"呵。"卓昭目光一闪又顽皮地一笑,"悠悠万事,唯此为大。"

"上天也!"吕不韦又气又笑,"此等事急个甚? 大父知不知道你来邯郸?"

"你说,这是小事?"骤然之间,卓昭一双明眸溢满了泪水。

"莫非还是大事?"

"当然大事! 大事——!"卓昭猛然哭喊一声,冲出了大帐。

"……"吕不韦想喊一声回来却没有声音,想抬脚去追却黑着脸钉在了帐口。

不知过了多长时间,越剑无轻步走来禀报说,西门老总事拦下了卓昭姑娘,已经派一名云庐女仆侍奉她住进了那顶最厚实的牛皮单帐,用餐已罢,目下正在沐浴。木然呆坐的吕不韦长嘘一声,对越剑无低声吩咐了几句,径直到云庐西南角的单帐去了。

所谓单帐,是只供人居而没有议事帐厅的小型帐篷。这顶牛皮单帐,原本是专为嬴异人来云庐长谈夜宿预备的。虑及嬴异人体格单薄,吕不韦刻意吩咐西门老总事给单帐外多加了两层翻毛羊皮,帐门也特意做成了厚木板外钉翻毛皮的防风门,入冬燃起木炭燎炉,大寒时节帐内也是暖烘烘一片。

吕不韦信步而来,见虚掩的帐门在呼啸的北风中吱呀开合,径直推门走了进去。幽暗的帐中一片凉意,只后帐口直直站着一个捧着衣盘的少年胡女。见吕不韦进来,小胡女一躬身柔声道:"禀报先生:公主正在沐浴,她执意要开着帐门的。"

"姑娘去了,这里有我。"吕不韦笑着点点头,从怀中皮袋摸出两个沉甸甸的秦半两塞进小胡女裙袋中,小胡女说声多谢,一溜碎步去了。

吕不韦关了帐门,给燎炉加了木炭,又点亮了两盏铜人纱灯,明亮的帐中顿时暖烘

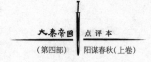
烘一片。左右打量，又拿来帐角一个木架，将小胡女所捧衣盘中的雪白皮裘挂在了后帐口。一切妥当，这才坐在案前斟茶自饮默默思忖。

"衣裳。"后帐传来一声隐隐约约的呼唤。

吕不韦急忙起身，打开丝绵帐帘，一只手将皮裘伸了进去。"噫——"只听帘后惊讶的一声，厚厚的绵布帘忽地掀开，一个明艳美丽的少女随着一团扑面的香风水雾飘到了吕不韦面前。一身红纱长裙，一头如云长发，雪茸茸的皮裘拥着白中泛红的细嫩肌肤，灿烂的笑靥点着一双汪汪墨亮的大眼，纤细轻盈的身姿鼓荡着诱人的丰满婀娜，直是天上仙子一般。

"你，终是来了……"柔美的声音在微微颤抖。

"昭妹，来，坐下说话。"吕不韦木然站着，笑得有些尴尬。

"不韦大哥……"卓昭轻轻叹息一声，裹起皮裘快快跪坐在了案前。

吕不韦亲切随和地跪坐到了对面，欲待捧起茶炉上的陶壶给卓昭斟茶，手却伸到了壶身，烫得自己嘘的一声缩了回来。卓昭噗地笑了："笨也。我来。你只坐了。"说罢利落斟了两盏茶，将一盏茶捧到对面，笑吟吟地盯住了吕不韦，"我不生气，听你审问便了。"吕不韦笑了笑，皱起了眉头道："先说，你是如何逃了出来，不怕大父忧急么？""亏了爷爷不是你也。"卓昭顽皮地一笑，"说便说，迟早的事。你走后一春没得消息，我急得整日求爷爷想办法，爷爷只骂我没出息沉不住气。到了立秋，父亲商路传回消息，说你在咸阳奔走于官府之间。爷爷揣测你事情上路，归期没个准头。没多久又听说你与丞相蔡泽成了好友，还进太子府考校一群王孙。爷爷说大功可期，只担心你财力不足。我缠着要爷爷带我去咸阳找你。爷爷不答应，说不能给你添乱。我生气了，不吃饭。爷爷没辙，想了三日，终于答应我来邯郸等你。我便来了。没了。"

"缠人也！"吕不韦笑叹一声，"那座老宅烟火不举，却显然有你的寝室卧榻，你一人住在废弃老宅里，万一出事如何是好？没个操持！"

"老夫子大哥担心我，好也！"卓昭咯咯笑道，"那座废弃老宅离你这云庐近便，我天天只去那里打探你的消息。晚间我便离开，住在卓氏商社，甚事没有。"

"你晚间不住老宅？"

"是呵，不住。"

"这却奇也！老宅夜半有秦筝之声，不是你么？"

"噫!"卓昭大是惊讶,"你却如何知道?"

"先说,秦筝是你弹奏了?"

"真个审问也!"卓昭做个鬼脸一笑,却又是轻轻一声叹息,"不知道是人是仙还是命,左右我也想不明白了。那日入夜,我在云庐外转了整整一个时辰,见确实没有你的消息,回到了老宅。本说三更走,只是天上秋月明亮澄澈得玉盘一般,秋风掠过胡杨林,片片金红的树叶飘进萧疏的老宅,恍惚是月宫中飞来的花瓣。那一刻,忽然想起第一次遇见你时我在大河船头弹筝放歌,便操起了秦筝,只想或许你又能神奇地出现……不承想,一曲末了,胡杨林中竟有歌声唱和!嘶哑高亢,激越苍凉,一声声直往人心头叩打,比你当日唱给我的秦歌还凄楚动人!一时之间,我是真被那歌声打动了。也是好奇,我顺着秦风音律奏了下去,想到哪一曲弹哪一曲。说也怪哉!不管我弹哪一曲,那歌声都是丝丝入扣如影随形,且都是我没听过的老秦古词儿。他越唱越见纯熟,一口气唱了十六支歌儿,我的手都弹得酸了,他还在唱!那一晚,我没有回商社。我想记下那些歌词。次日晚上没有再弹,只在老宅楼上备好了笔墨等候。实在说,我也不知道他会不会来。谁想,方到三更,那歌声又幽幽地飘了过来。没有秦筝,歌声分外清楚,秦音咬字又重,我全部记了下来。第三日晚上,我还是没弹秦筝只等候。我想,他一定不会再唱了。可是,三更刁斗刚打,歌声又飞了过来。一连六个晚上,他都独自唱到落霜降雾蒙蒙曙光。我心下实在不忍,在第七日为他再弹了一夜。说是我弹他唱,实则是他引领着我不断纠正偏离秦风的音律。后来,我弹他唱,我不弹他也唱。"卓昭骤然打住,粗重地叹息了一声,"我骂自己没出息,可我忍不住……后来,我终是离开了老宅,再也不去了。毕竟,我不能不找你……"

吕不韦静静地听着,心中怦怦大跳!

卓昭说得满面通红神采飞扬,最后泪光莹莹,这是吕不韦从来没有见到过的。自大河唱和得以神交,他与卓昭仅仅有过短暂的两次直面相处。在他眼中,卓昭是温婉沉静而又不失热烈奔放的一个少女。然则,自今晚骤然闯来,卓昭的一言一行一笑一颦,却使他感到了一种难以捉摸的陌生——淘气任性得像一块无法染色的顽石,扶摇冲动得又像哗哗作响流淌无形的浪花。婚约之事,本来是一件徐徐图之从容计议的大事,她竟能一意孤行只身乱闯;夜半入老宅,本来已经够荒唐,她竟能心血来潮,与一个陌生歌者做半月之久的昼夜唱和。蓦然之间,吕不韦想到了嬴异人的痴迷病卧,一个念头轰然涌

到了心头——如此二人忘情如一，倒真是一对儿！

心念一闪，吕不韦心头大跳起来——毕竟，他也是深深爱着这个少女的，更不要说，他还在天卓庄当着卓原老人的面许诺了婚事，岂能生出如此荒唐想法？倏忽之间，吕不韦勉力平息了自己的心潮涌动，此时此刻，自己若再把持不住，事情可能乱得无法收拾。想得清楚，吕不韦亲切地笑了："老宅之事，倒也是奇遇一桩，没准是上天开恩，派乐师教昭妹秦风音律也。不说了。新宅搬定，我便陪你回天卓庄。"说罢起身一摆手，"昭妹该歇息了，我清晨过来说话。"

"哎，莫走！"卓昭一伸手扯住了吕不韦衣襟，"正事还没说也。"

"顽闹！"吕不韦沉着脸，"不是说陪你回天卓庄么？等几日说不迟。"

"老夫子！"卓昭咯咯笑道，"卓昭就知要嫁人么？"

"真有正事？"

"看！"卓昭小手一扬，"你之所爱所想。"

吕不韦哈哈大笑："一方羊皮纸，是我之所爱？"

"看看再说嘛。"卓昭娇憨地将一个白色方块拍到了吕不韦手心。

吕不韦哗地抖开一瞄："这是甚个物事？堪舆图么？"

"呀呀呀，村夫一个！看仔细也。"卓昭笑得直打跌。

吕不韦将羊皮纸拿到灯下，见纸上一幅暗红色大图，线条粗大硬实，接头处有明显的再笔痕迹，全图没有一个字，只有山水树木与几种奇异的记号。端详有顷，吕不韦转身皱着眉头道："此图诡异，似乎是用竹片木棒之类物事蘸着血画成。这条粗线走向，似乎是漳水。除此而外，实在看不出所以然。"卓昭道："再看这块山峰，像甚来？"吕不韦不假思索道："一枚老刀币。"卓昭咯咯笑道："老商天性，就认钱也！

小说将吕不韦献赵姬之事改编得格外离奇。卓昭弹筝，异人和唱，正好是天作之合。《史记》所载豪门赵女与"绝好善舞"赵姬，有自相矛盾之处。小说借此大发挥，倒让二者自圆其说。

我说不韦大哥保准一眼认出，爷爷还不信，说他分明画得一柱怪峰。"吕不韦不禁笑道："近看是山，远看是钱，原是都没错。"卓昭一撇嘴："能事也！你说，这钱山位置在何处？"吕不韦思忖道："看山水走向，大体当在巨鹿沙丘以东、太行井陉口以西之群山地带。"卓昭咯咯笑道："东西三百里，你老牛耕耘，慢慢翻也！"吕不韦摇摇头："此等秘图，原是只画给作者备忘，等闲破解不得，谁能说得准确位置？"卓昭噗地一笑："你抱抱我，领你去。"一语未了，满脸涨得通红。吕不韦一怔，亲切地拍拍卓昭肩膀笑道："沙丘井陉间好山水，只是，要去游玩，也得明春天暖了才好。"卓昭头一低，顿时泪水盈眶，猛然将一支铜管打进吕不韦掌心："谁要去游玩？拿去看也！"

吕不韦心中有事，实在有些不耐，无奈勉力一笑："好，我回去看看，明晨再说。"转身匆匆去了。卓昭脸色通红，一跺脚坐在地毡上哇地大哭起来。吕不韦连忙回身，捡起掉落在地的皮裘包住卓昭，不由分说一把将她抱起来，大步走进后帐丢在了榻上，只黑着脸站在帐中不说话。卓昭咯咯一阵娇笑，飞身上来紧紧抱住了吕不韦："不怕你打我骂我，只要你抱我！"吕不韦却木然站在那里，任卓昭亲昵笑闹只是一句话不说。片刻之间，卓昭悄无声息地松开了双手，颓然跌坐在榻上面色涨红急促地喘息着。

"四更了。有事明日再说。"吕不韦勉力笑得一笑，匆匆去了。

回到云庐大帐，吕不韦立即拿出了那支粗短的铜管，灯下一看，见铜管盖口有紫红色的泥封印鉴，割开泥封抽出一卷羊皮纸抖开，却是卓原老人熟悉的笔迹：

　　　　不韦君如晤：昭儿痴心，我亦无辙。此儿至情至性，多有黏缠处。君正远图，若感难处，可不必拘泥婚约之言，但有一信，老夫自来说她。另嘱：老夫半生商贾，所积财富无得大用，君之大谋，长我商贾志气，老夫之财，便凭君调遣。画图之秘，老夫已尽告昭儿，只她领你起财便是。此事与你等婚约无关，唯老夫率性之举而已。卓原手字。

捧着羊皮纸，吕不韦不禁愣怔了。显然，这是卓原老人给自己的私密信件，卓昭肯定没有看过。回味咀嚼，吕不韦一时感慨万千，无以决断。卓原老人旷达豪放，与自己一见如故，彼慨然解囊，我坦然受之，也无亏一个"义"字，反倒可能是一段商旅佳话。然则，夹进了卓昭婚约一层，想起来终是有愧。更要紧者，卓昭初显任性，已经使他深感黏缠，如他这般押定人生荣辱与举族财富而全力以赴谋一件大事者，能否奉陪得此等女子，心中还真没个分寸。辗转反侧，眼见得晨曦初露，吕不韦还是一团乱麻，索性起身沐浴一番，漫步隐没到云庐帐外的漫天霜雾中去了。

红日初起，西门老总事寻来禀报，说城外新居已经内修妥当，请先生择吉日乔迁。吕不韦笑道："吉凶不在选，三日后迁居。"话方落点，一领红裙从草地火焰般飞了过来，远远一声高喊："不韦大哥，你好难找也！"吕不韦还来不及说话，火红长裙已经随着一阵咯咯笑声绕在了他脖子上。吕不韦红着脸剥开那双柔嫩的玉臂笑道："昭妹别顽闹。走，我带你去城外，看新居。"卓昭高兴得一拍手却又猛然一撇嘴："哎，你不去巨鹿山了？"吕不韦抚摸着卓昭被晨风吹得散乱的长发笑道："这几日事多，迁完新居再去不迟，左右不缺钱，不用急。"卓昭长发一甩道："用钱者不急，我急么？出城才是好事，走！"拉着吕不韦风风火火去了。

出得邯郸西门，双马轺车在官道奔驰得小半个时辰，向北拐进了一道河谷。莽莽苍苍的胡杨林在料峭北风中一片火红，沿着山岭河谷铺展开去，仿佛似一天霞光。两山间一道水流碧波滚滚，淡淡热气如烟云般蒸腾弥漫，两岸绿草茸茸彩蝶翻飞，冬日的萧疏荡然无存。行得片刻，红林绿草的深处，一座高达山腰的竹楼伫立在一片淡黄色的屋顶之中，铁马叮咚之声隐隐传来，河谷山林倍显幽深。

"美也！仙境一般！"卓昭一声惊叹，掀开车帘跳了下去。

"这是仓谷溪，天成地热，冬暖夏凉。"吕不韦跟着下了车。

"仓谷溪？好怪的名字！"

"春秋时，这道河谷曾经是晋国赵氏的秘密谷仓。赵人立国，扩建了巨桥老仓，储粮数十万斛，这里的谷仓也并入了巨桥。谷仓没了，名字却留了下来。"

虽卿卿我我，却终不能成眷属。

"这等老古董,偏你最清楚!"

吕不韦遥遥一指远处竹楼屋顶:"那里便是新居,比天卓庄如何?"

"妙极!"卓昭一句赞叹却又猛然皱眉,"你,想要我在这里隐居么?"

"隐居?没想过。"吕不韦悠然一笑,"昭妹有隐居之志?"

"深山住久了,腻也!"卓昭连连摇头,"我只想游历世面,不想隐居。"

"好!"吕不韦哈哈大笑,"昭妹但有此心,世面有得见!"

"怪也!不想隐居,何须将庄园建在这等隐僻之地?"

吕不韦淡淡一笑:"不与其事,不知其心。总有你明白时日,不用急。"

"只要你不卖了我,我便不急。"卓昭明媚地一笑,猛然抱住了吕不韦。

"莫闹。"吕不韦急忙剥开卓昭双手,"越执事车在后边。"

"老夫子!"卓昭娇嗔地撒手撇嘴,"没劲道。"

"真小孩子家,莫怪大父说……"吕不韦突然打住,尴尬地笑了。

"爷爷说我坏话!信上写甚?快说快说!"卓昭的小拳头雨点般砸在了吕不韦胸口。

"真闹也!"吕不韦大袖揽住了卓昭的一双小拳头,低声训斥道,"爷爷说你孩子气太重,要我好生管教,知道么!"

"吓吓吓!"卓昭抽出双手咯咯笑道,"你管教?将我教成女夫子么?"

"你还真得孔夫子来教教。"吕不韦板着脸,"知道夫子如何说女子么?"

"你定然知道了,说来我听。"卓昭顽皮地笑着。

吕不韦拉长声调吟诵道:"唯女子难养也,近之,则不

孔子所说"女人",一说为侍妾,并非一棍子打死全天下女人。

逊①，远之，则生怨。"吟诵罢不禁一笑，"如何？像你这个小女子么？"

"呸呸呸！"卓昭满脸涨红，"真当我不知道也，孔夫子说的是'唯女子与小人为难养也'。自家迂腐板正得像具僵尸，还怨女子，老坏虫一个！你便去了小人二字，也没甚个好！男女相好，发乎情，生乎心，相悦相戏，能有个'逊'了？要得逊，除非他是个老阉宦！我偏不逊，气死老夫子也！"一双明亮的大眼溢满泪水，一串话却响当当炒豆一般。

吕不韦大是难堪，说声惭愧，深深一躬："大哥哥说错了，向小妹赔罪也。其实，我也厌烦孔老夫子，只是鬼迷心窍，想到了那句话而已。"

卓昭噗地笑了，飞身过来啪地亲了吕不韦一口："老夫子，偏不逊！"

无可奈何又哭笑不得的吕不韦，脸上虽是满不在乎的微笑，心下却已经烦乱不堪，勉力一笑道："今日风大，庄园也没齐整，乔迁之日一并看，如何？"

"随你。"卓昭咯咯笑道，"山庄都一个样，我只看人看心。"

吕不韦立即转身吩咐跟上来的越剑无："越执事，将驭马卸下，我与昭妹骑马回程。你在庄里换马回来。"越剑无答应一声，卸下两匹红色胡马备好鞍辔，大步向庄园去了。吕不韦将一根马缰交给卓昭，两人飞身上马驰去。

将近谷口，却闻遥遥嘶鸣马蹄急骤。吕不韦心下一惊，喊一声跟我来，一马飞上了左岸边山头。立马向山下谷口观望，吕不韦不禁皱起了眉头——苍黄见绿的草地上，一匹黑亮的骏马在狂奔嘶鸣，马上骑士光着身子狂暴地挥舞着马鞭，连绵不断的吼叫声回荡在河谷，撕心裂肺般凄惨。突然之间，骏马如闪电般飞进胡杨林又闪电般飞出，颓然滚倒在了苍黄的草地。骑士的黑色马鞭如雨点般抽打在骏马身上，凄惨的吼叫声声入耳："起来！起来！我要死了！死了！你也得死！你也得死！"

"谁？他要死？"卓昭身子猛然一抖。

"成何体统！"吕不韦面色铁青。

"你认识此人？"

"日后你也会认识。"

"疯子一个！我才不想认识他。"卓昭咯咯笑了。

吕不韦默默眺望谷中，猛然回身打了个长长的呼哨。片刻之间，越剑无飞马赶到。

---

① 逊，谦恭顺从。《书·舜典》："百姓不亲，五品不逊。"《后汉书·胡广传》有"常逊言恭色"之说。

吕不韦低声吩咐道:"轻车快马,立即将他送回邯郸静卧。我随后便到。"越剑无嗨的一声,飞马下山去了。吕不韦转身道:"昭妹,我们从这边出山。"说罢上马,从另一面山坡飞了下去。

午后时分回到邯郸,吕不韦将卓昭送到云庐,立即轻车来见毛公。两人说得片刻,同乘辎车到了嬴异人府邸。进得正厅,浓郁的草药气息弥漫过来,唤来老医者一问,回说公子服药方罢,正在卧榻养息。毛公嘿嘿一笑,也不多问,拉着吕不韦进了第三进。

寝室拉着落地的帷纱,虽然幽暗,却是显而易见的豪华。毛公踩在外廊厚厚的红地毡上没有一点儿声息,觉得有些眩晕,不禁嘟哝一句:"铺排得宫殿一般,能不生事? 多此一举也!"吕不韦一扯低声道:"先要他熟悉了贵胄奢华才好,晓得?"毛公嘿嘿一笑:"饱暖思淫欲,只怕你不得安生了。"说着话已经进了中门,当年那个干瘦黢黑如今已经肥肥白白的老侍女正板着脸肃立在虚掩的门外,乍见一个衣衫邋遢雪白须发散乱虬结的老翁颠着闪着撞来,连忙横在门前一声低喝:"你是何人? 退下!"毛公正在嘿嘿打量这个满身锦绣发髻齐整的肥白女子,吕不韦已经大步赶了上来:"少使大姐,此乃名士毛公,公子老师,今日识得便了。"融融笑意倏忽弥漫了老侍女的肥白脸膛:"哎哟! 我这少使还没得咸阳正名,先生倒是上口了。见过毛公,见过吕公。公子正在卧榻,尚未安枕,两公请。"回身轻轻推开中门,将两人让了进去。

中门之内横着一道黑色大屏,绕过大屏是帷幕低垂的寝室。一架硕大的燎炉燃着红亮的木炭,整个寝室热烘烘暖春一般。毛公大袖一抹额头正要嚷嚷,吕不韦却指了指帐榻,毛公便笑嘻嘻地到了榻前。

"又来扰我好梦! 滚开!"榻帐里一声嘶哑的吼叫。

"嘿嘿,梦见仙子乎? 无盐女①乎?"

"该死!"纱帐猛然撩开,一人赤身裸体须发散乱大汗淋漓脸色血红地跳了出来,两眼一瞪,"噫!"的一声,软软地倒在了地上。

吕不韦正要抢步上前,毛公却嘻嘻摆手:"莫急莫急,看老夫治他。"说罢一蹲身,抡圆胳膊对着倒地人啪啪两个响亮的耳光,"教你做梦! 你是谁!"倒地人猛然弹坐起身,摇摇头粗长地喘息了一声,仿佛溺入深水刚刚浮起一般:"我,我是,嬴异人呵。你……"

---

① 无盐,本名钟离春,齐国丑女,因居齐国无盐邑而被呼为无盐女,后嫁齐宣王。

毛公冷森森道：“老夫是谁？你自说了。”嬴异人木然盯着毛公片刻，双手猛然捂住眼睛号啕大哭起来：“老师啊，闷死我也！异人不肖！不肖……”

吕不韦走过来笑道：“大丈夫哭个甚？来，别冒了风寒。”说罢蹲身抱起嬴异人放入帐榻，又为他盖上了大被，“静静神，有话慢慢说，天下哪有个过不了的门槛？”

“吕公，异人有愧于你。我，恨我自己！”嬴异人牙齿咬得咯咯响。

“小子蠢也！”毛公骂一句又嘿嘿笑了，“不就个弹筝女子么，值得如此疯癫？你小子给我听好了：吕公业已找到了那个宝贝儿，果然是筝琴乐舞样样精通，人更是仙子一般。你但如常，老夫与吕公便为你主婚，成全你小子如何？”

“吕公！果真如此么？”嬴异人骤然翻身坐了起来。

“公子大事，岂有戏言？”吕不韦正色点头。

“公之恩德，没齿不忘！”嬴异人翻身扑地，头叩得厚厚的地毡也咚咚响。

“好出息也！”毛公不禁嘎嘎大笑，“幽王、夫差①在前，不意又见来者！吕公呵，老夫劝你收手便了，莫得白费心机也！”

“老师差矣！”嬴异人霍然爬起身子，目光炯炯地盯住毛公指斥一句，慷慨激昂仿佛换了个人一般，“纵是一国之君，爱心何错之有！情欲何罪之有！幽王夫差之误，原不在钟情可心女子，而在猜忌良臣，处政荒诞。但能倚重良臣，同心谋国，何能有失政亡国之祸？老师天下名士，却与儒家一般，将亡国失政之罪责归于君王痴情之心，岂非大谬也！”

此为病，花心疯、花疯、花痴、花癫，得治！

---

① 幽王，西周最后一王，因宠爱褒姒而致诸侯生乱戎狄入侵，西周灭亡。夫差，春秋吴王，因宠爱越女西施而对越国疏于防范，终被越国灭亡。

"……"放荡不拘形迹的毛公一时瞪起老眼无话可说，愣怔片刻终是笑了，"嘿嘿，小子行也，堂里倒是没乱。你说，你小子能做到痴于情而明于国？"

"能！"

"嘿嘿，老夫只怕是未必。"

"苍天在上，嬴异人但溺情乱国，死于万箭穿心！"

"指天发誓，也好！嘿嘿，小子灵醒，只怕吕公那宝贝儿到不了手也。"

一直不动声色的吕不韦突然一阵大笑，一拱手道："公子神志清明，可喜可贺！三日之后，我迁新居，保公子解得心结。"

> 吕不韦知孰轻孰重。

"若得如此，唯公是从。"嬴异人肃然一个长躬。

六　殷殷宴席生出了无端波澜

冬至这日，吕不韦搬出云庐，迁入了仓谷溪河谷。

冬至者，冬日到也。此后经小寒大寒两个节气，便到了万物复苏的立春。春秋战国之世，中原各国（齐国特殊历法除外）将冬至节气分别称为至日、长至、短至。"至日"取其本意——此日最冷，冬日至矣！"长至"，取其一年中此日夜晚最长之特点。短至，取其一年中此日白昼最短之特点。无论如何称谓，在古人眼里，冬至都是极为重要的一个节气。其根本处，在于冬至是寒冬将到一元复始的转换时节，漫长休眠的窝冬期即将结束，勃勃生机的春日即将来临。因了冬至至冷，且具寒尽春来之象征，中原各国有冬日暖汤醋的习俗。暖汤者，热食也。醋者，聚饮也。实则是亲友相聚，大吃一顿热热火火的滚汤饭。此风流播后世，有了冬至吃热汤饺

子的习俗，不吃热饺子，便是"不过冬"。也有了俗谚："冬至不过冬，扬场没正风。"这是后话。

吕不韦虽不在意吉凶之说，西门老总事却是老商旅的老规矩，事事总要踩个吉祥的步点。乔迁如同动土，都是居家日月的大事，左右旬日之内没有大吉之日，便将日子定在了冬至日。吕不韦一听老总事禀报笑道："冬至好啊！岁将更始，以待来春，大吉也！"

有西门老总事操持，诸般事务极是整顺。冬至这日正午，幽静的仓谷溪河谷一片喜庆祥和。吕不韦没有知会任何商旅老友与赵国熟识人士，只请来了毛公、薛公、嬴异人与荆云四位小宴。客人不多，但加上吕氏商社的一班老执事老仆人，小小河谷也顿时热闹起来。

正午时分，一辆红色车帘的辒车轻盈驶入了庄园偏门。吕不韦对西门老总事低声吩咐几句，来到庭院对正在前后呼喝仆人的毛公笑道："琐事忙不完，开席。"毛公满面红光嚷嚷道："老夫好容易呼喝主事一回，急个甚来？今日须听老夫号令行事，不得乱了规矩！"吕不韦哈哈大笑："军令大如山，自然要听毛公！那我去陪客了？""只管去也，保你片时开席。"毛公嚷嚷一句，又顿着藤杖呼喝去了。

新居庄园是沿山而上的六进宅院，前门第一进与最后两进都是执事仆役居所。吕不韦的中间三进恰恰坐落在山腰，飞瀑流泉淙淙而下，竹林青绿，胡杨金红，茅屋亭台错落于山水之间，一派清幽脱俗的出世气象。第二进六开间一排青砖大屋是正厅，宽敞明亮，除了崭新的大红地毡与一色的乌木大案，厅中没有任何风雅陈设。

正厅被毛公封了门，说不到开席，任何人不许入厅，待客处放在了第三进书房外的竹林茅亭。吕不韦绕过正厅来到茅亭下，却见薛公与嬴异人正在对弈，黑方嬴异人部伍散乱多头出逃，显然劣势。荆云只默默静坐观看，石雕一般。薛公端详着盘面道："吕公高手，说说这棋局如何？"吕不韦淡淡一笑："无阵无形，焉得好棋？"嬴异人一推棋匣起身道："溃不成军，还是吕公来。"吕不韦说声也好，正要入座，毛公遥遥一声嘶喊："大宾下山，入厅待座——"薛公嘟哝道："入厅便入厅，还要待座？偏这老兄能折腾也。"吕不韦推枰笑道："司仪如将，当心受罚，走。"四人说笑着下了山道。

大厅中门已经洞开。四人见毛公正色站立门厅石阶之上，正在对厅中急促地比画着，不禁一阵哄然大笑。素来不修边幅的毛公，今日一领大红锦袍一顶四寸竹冠一双崭新皮靴；正衣正冠之外，手中却依然是那支不离不弃歪歪扭扭的古藤杖；仅是如此还则罢了，偏偏又是满头大汗须发散乱，一手拄着藤杖，一手提着大袍襟扇风凉，反倒比寻常补衲褶皱的布衣更见邋遢，模样儿分外滑稽。

"谁再笑得第二声，罚酒一石！"毛公藤杖指来，声色俱厉。

四人片刻噤声，却又忍俊不禁，不禁一片窃窃嬉笑。薛公勉力忍住笑意，一拱手道："敢问司仪夫子大人，入厅待座，却是出自何典？甚个讲究？"

"老夫出令，典个鸟也！"毛公红着脸骂得一句，笃地一跺藤杖，"今日过冬，适逢东公乔迁，诸位大宾入厅，先当同贺，而后待本司指定爵位。这便是入厅待座。"

"合理合礼，我师当真学问！"嬴异人着意响亮地赞叹了一句。

"小子乖巧，偏老夫饶不得你。"毛公嘟哝一句，突然一侧身高声呼喝，"宾主入厅，大宾先行——"喊声方落，薛公、嬴异人与荆云鱼贯入厅。吕不韦待要教毛公先行，却被毛公板着脸推了进去。毛公随后跟进，扯着苍迈的老嗓子一声长呼："奏乐，大宾同贺——"一时管弦丝竹大起，毛公拉着三人长身一躬："吕公乔迁，我等同贺！"吕不韦连忙一躬到底呵呵笑道："客套客套，不韦奉陪。"毛公一步闪到空阔处高声道："礼成！大宾入席——"藤杖连连指点，"公子异人，坐东面西。荆云义士，坐南面北。薛兄老夫，坐北面南。东公之位，坐西面东——"

随着毛公呼喝，四人也煞有介事地正衣正冠各入其座。刚刚坐定，毛公又是一声长喝："女宾入席，坐西面东，兄妹同案——"嬴异人心头怦怦大跳，回身死死盯住了身后的大屏。须臾之间，只见一个纤细丰满的红裙少女轻盈地飘了出来，对着座中一个洒脱的拱手礼："小妹卓昭，见过各位大宾。"一个明艳的微笑，坐到了吕不韦身边。

"坐在了吕不韦身边"，宣示"主权"。

嬴异人大起狐疑，莫非她便是毛公所说的"宝贝儿"？不对！毛公说"宝贝儿"是吕公找到的，若是吕公之妹，如何能深夜在一座遗弃孤庄弹筝？又何用吕公寻找？如何又能叫作卓昭？然则，若不是吕公之妹，毛公又如何喊做"兄妹同案"？此女究竟何人？嬴异人一时想不明白，蓦然回身，却见身后大屏前有一幅红锦苫盖着的大筝，屏后一队隐身乐手，心下便是一亮！显然，将弹筝者另有其人，绝非眼前这位吕公小妹，而那个"宝贝儿"若果真被吕公找到，只能是那个弹筝仙子，只能是将要弹筝者！一想到黉夜弹筝的仙子，嬴异人顿时面红耳热，对对面遥遥打量着自己微笑的卓昭视若无睹。

"布酒布菜——"

随着毛公呼喝，六名少年仆人络绎捧来酒菜。酒是每案三桶，一甘醪，一赵酒，一兰陵酒。菜是一鼎、一盆、一盘，未上案头，蒸腾异香已和着大厅四角四只大燎炉的烘烘热气弥漫开来。薛公耸着鼻头笑道："甚个肉香，如此勾人？老夫垂涎三尺矣！"毛公打了个响亮喷嚏笑道："嘿嘿，这三只异味，只怕老夫要给诸位老兄弟说叨一番也。"

"先说鼎肉！"卓昭笑叫一声。

"好！"毛公敲打着鼎盖，"此鼎之肉，名曰熊蒸，即蒸熊肉也。蒸熊之法，老夫首创：猎取大熊一头，剥皮，开腹，连头带脚剁得五七大块，加大颗青盐，大火炖得熟透，皮肉却要完整；而后得大笼密封，蒸得半个时辰，出笼后撕成巴掌大肉片儿，蘸苦酒豉汁葱蒜末儿，人皆垂涎三尺也！"

"我也猎熊蒸熊，委实来得！"荆云拍案笑道，"只法子不同，不如毛公猛士之风。"

"如此说来，熊有两蒸？"薛公大是好奇。

荆云侃侃道："楚地熊小，得去头脚，而后开膛，将熊肉切成两寸许方块，加豉汁与秫米揉透，再将切细的橘皮、小蒜、胡芹和成糁子，一层肉一层秫米一层糁子，铺入大笼，蒸得小半个时辰，烂熟取出，切成六寸见长一寸见厚之块肉，铺入大盘，周围秫米拱卫，极是上口！"

"下次吃荆云大哥！"卓昭一声欢叫，满堂哄然大笑。

"细得记都记不住，甚个吃头？"毛公嘟哝一句，叮当一敲大陶盘盖子，"此乃炙烤猪、木耳黑炀，谁个知道做法？"见举座忍俊摇头，嬴异人禁不住正色高声："我师厨学，无人匹敌！"话方落点，又觉不妙，伸出舌头做了个鬼脸，逗得对面的卓昭咯咯长笑。"噫——小子有见识！"毛公眯缝着老眼认真点头，"厨学，说得好！老夫便创他一个厨学出来，好

让厨下之道也入得百家之学,好主意! 诸位以为如何?"座中几位本来就强忍笑意,见毛公煞有介事,不禁哄堂大笑。

薛公戏谑道:"毛子厨学,只不开席,肚肠之学便要归他人了。"

"不不不,厨下通肚肠,两学一体,何能割据?"毛公一串快语,藤杖一顿一声长呼,"开席——东公举爵——"

吕不韦举起酒爵笑道:"冬至之日,寒尽春来,干此一爵热酒!"

"同贺吕公,天地转机! 干!"举座同声,呱的一声饮尽。

毛公一敲鼎盖:"东公开鼎上手——"

吕不韦哈哈大笑:"好规矩,开鼎上手!"拿起案上木盘中一支铜钩勾住鼎盖提起,一团热气顿时蒸腾扑面,"毛公熊肉,过冬暖心,诸位上手!"

"上手!"各人笑叫一句,叮当钩开鼎盖,再钩出一片肥厚的蒸熊肉,两手撕开,一蘸手边的葱蒜苦酒盅大嚼起来。

"其余盆盘,各自招呼,老夫不能光喊不吃也!"毛公嚷嚷一句,两手大忙起来,酒肉齐动,也不理会举座巡酒,只是埋头大咥,片刻之间满脸汤汁肉屑,面前的一大鼎蒸熊空空如也。及至抬头,座中已是酒过三巡,吕不韦正笑吟吟地看着他。毛公猛然醒悟,酒爵一顿高声道:"今日一喜一庆,故国名门才女赵姬蒙平原君举荐,一展诸般才艺,为吕公乔迁之贺! 诸位但说,歌舞乐,先来哪般?"

薛公笑道:"客随主便,吕公为东,先说。"

"今日诸位大宾当先,不韦随波逐流。"

荆云笑道:"我等不善此道,还是异人公子说。"

"歌为乐首。先歌了。"嬴异人淡淡应了一句。

"好!"毛公拍案,"乐起,公主一歌——"

骤然之间,乐声大起,旷远悠扬,分明北秦莽原之风。随着乐声,大屏后飘出了柔美明亮而又高亢激越的歌声:

<blockquote>
雁飞山原
声闻于天
北溟之鱼
</blockquote>

鲲锁深渊

我何负于上邪

独望乡关

秩秩斯干

幽幽南山

如竹如松

逝者长川

我何负于上邪

长困深渊——

歌声在一声回旋高拔的苍凉吟哦中戛然而止。举座默然。嬴异人牙关紧咬，眼中泪光莹然。良久，薛公喟然一声叹息："感怀伤情，悲乎！只是少了阳刚之气，缺了高远之志，空有忧伤，只落得困龙之叹也。"毛公理着油水粘连的大胡须道："嘿嘿，老夫听来，只是个'潜龙勿用'，没个指望。"见嬴异人脸色铁青，吕不韦呵呵笑道："歌者可能有独游异乡之沧桑，见识所限，未必人人独游异乡而无归心大志。公子以为如何？"嬴异人"啪"地一拍案："吕公所言极是！未必人人如此！"吕不韦悠然一笑："好，往下走了。"

听声辨声。此女非异人的意中人。

"乐起——舞——！"毛公的老嗓子已经变得嘶哑，兴头却是十足。

一片丝弦奏出了悠扬轻快的乐曲，顿时使人想到了春日的胡地草原。乐曲稍顿，一个紧身胡服的壮汉大步出场，在厚厚的地毯上飞身窜跃着捕捉那不断啾啾鸣叫的飞燕。随着一声清越的鸣叫，心不在焉的嬴异人只觉眼角绿影一闪，一个绿衣女子飘出大屏从案头轻盈地飞了过去，一幅长长的锦带拂过嬴异人额头，他不由自主地惊叹了一声："呀！飞天仙子也!"

一声惊叹之中,丝弦之声大起。绿纱锦带的女子已经在大红地毡上飘飘起舞——胡服壮汉兴奋地追逐着不断飞过眼前的燕子,绿纱燕子则飘忽无定地上下翻飞,与草原猎人尽情嬉戏。绿纱女子时而飞身掠起,时而灵蛇般贴地游走,轻盈柔美的绿影闪电般在大厅飘飞。正在举座宾客眼花缭乱之际,胡服壮汉一个飞步,终于抓住了飘飘飞翔的绿色锦带——燕子被猎人捕获!但闻一声短促的鸣叫,正在飞掠大厅的绿纱女子神奇地随着锦带悠然升空,倏忽倒退飘落在胡服壮汉高高举起的一只手掌,骤然陀螺般飞旋起来,裙裾飘飘锦带翻飞,整个大厅都被一片绿色笼罩。

"彩——!"举座轰然一声呼喝。

绿纱女子单足踩在壮汉手掌之上,红着脸拱手旋身一周,轻盈落地,毫无声息。人们这才注意到这个女子是何等惊人的佳丽,不禁又是高声喝得一彩。恰恰面东的绿纱女子对着嬴异人粲然一笑。嬴异人心下怦然一动,暗自思量,若此女果是胡杨林弹筝之人,幸何如之!心念一闪不禁拍案高声道:"歌舞双绝,仙子佳丽,只不知乐技如何?"

绿纱女子明眸流波嫣然一笑:"诸般乐器大体通晓,只心下钟爱秦筝而已。"

无心插柳柳成荫。

"便请秦筝!"嬴异人心下大动,脱口一请。

绿纱女子一笑:"公子若能和得秦歌,筝趣更浓也。"嬴异人笑道:"你自弹来,若得秦筝神韵,我自和歌。"女子微微点头,款款从嬴异人身边擦过,走到大屏前揭开那幅红锦,对着硕大的秦筝肃然一躬,悠然落座。倏忽停顿,叮咚一声筝音大起,偌大厅堂排山倒海般轰鸣起来。一曲方罢,举座喝彩,独不见嬴异人和歌。

绿纱女子柔声笑道："公子意趣何在？但请评点。"

"但得其势，无得其味也！"嬴异人慨然一叹，"秦筝者，苍凉激越之器也。放眼天下，当真能得秦筝之气韵者，唯蒙氏父子也，余皆不足论。邯郸秦筝，只在梦中矣！"

"邯郸岂无秦筝？我来一试！"卓昭奋然一句，起身对身后的两名女仆吩咐，"备我秦筝。"遥遥站在大厅边门的西门老总事顿时急色，对着卓昭连连摇头示意。卓昭浑然不解，只连催侍女备筝。毛公盯住吕不韦嘿嘿一笑："吕公呵，天下事鬼神莫测也。"吕不韦淡淡一笑，对着侍女一挥手："备秦筝，愣怔个甚？"回头对毛公悠然一笑，不再说话。薛公与荆云不禁大皱眉头，却又无可奈何。

卓昭少年心性娇憨成习，原本是兴高采烈地陪不韦大哥共举家宴庆贺乔迁，理所当然地以为自己是唯一的女主。渐渐地，她却觉得今日宴席有异，似乎一切都是为了这个秦国公子。及至绿纱女子赵姬出场，还被毛公称为"公主"，此等感觉更是强烈。在卓昭看来，赵姬才艺过人歌舞绝伦，分明是个绿楼艺妓，纵是平原君举荐又能如何？将此等人塞给秦国公子原是与她无涉，无可无不可，只是大肆铺排着意撮合，将整个乔迁家宴变成了艺妓献艺男女唱和，便觉得吕不韦有些过分，更兼对赵姬的几分妒忌，心下大是愤懑。嬴异人冷言贬低赵姬秦筝，卓昭竟对这个郁郁寡欢的秦国公子骤然生出了几分喜欢。待到嬴异人怅然若失地感叹："邯郸秦筝，只在梦中矣！"卓昭骤然生出好胜之心——偏教你见识一番真正名门女子的才艺！于是，有了这番奋然请筝之举。

嬴异人细心敏感，已经从在座宾主四人的情绪变化中觉察到了其中微妙，虽然还是不清楚卓昭身份，然虑及自己毕竟是困顿公子，不当伤及大恩公吕不韦与两位后来之师，起身一个长躬："吕公明鉴：异人原是无心之语，不敢劳动公之未婚夫人，尚请收回成命可也。"吕不韦看看满脸通红的嬴异人，一阵哈哈大笑："公子差矣！卓昭我小妹也，谈何未婚夫人？公子但坐。"谁知这一说，卓昭眉头大皱，气冲冲笑道："未婚夫人也罢，义妹也罢，只我做得主，与他人却不相干也！"毛公觉得不妙，径自打断道："嘿嘿，只无论哪个身份，都是女主无差。我等理当消受待客之礼。"薛公拍案接道："此言极是！邯郸有秦筝，老夫也是闻所未闻，不想今日如愿以偿！"

说话间侍女已经将一具秦筝抬来，安放在吕不韦案前三尺处。卓昭仪态从容，走到筝前凝重一躬入座，深深一个吐纳，屏息心神片刻，两手一抬，大秦筝悠然轰鸣起来，低沉宏阔如万马席卷草原，隐隐呼啸如长风掠过林海，陡的一个高拔，俨然一声长长的吟哦，筝声铿锵飞溅，恰似夕阳之下壮士放歌，苍凉旷远，悲怆激越，直使人心弦震颤。

"十弦筝！我的秦筝！"嬴异人骤然大叫一声，簌簌颤抖着站了起来。

筝声戛然而止，卓昭大是不悦："足下身为公子，不觉失态么？"

嬴异人浑然不觉，跌出座案大步抢到了筝前，却又突然站定，反复端详压着一双玉臂的秦筝，双眼直勾勾盯住卓昭："你，你这秦筝，可是十五年前在邯郸官市所买？"

"是与不是，与你何干？"卓昭顽皮地笑了。

嬴异人突然拨开卓昭，双手将筝身立起，右手在筝头一拍一抽，一片筝板握在了手中，浑身颤抖道："你，你且看也！"卓昭接过筝板端详，只见六寸余宽的红色筝板底面上赫然镶着两行铜字——

缘分天注定，半点不由人。

　　筝如我心　一世知音
　　蒙武制赠异人君

"噫！"卓昭惊叹一声又咯咯一笑，"公子若是物主，可知我几价买得？"

"两金三十钱。"嬴异人不假思索。

"公子既是此道中人，何能将知音信物街市贱卖？"

"其时困赵八年，唯此一物值得几钱。"

"十五年间，公子可曾弹筝？"

"当初立誓：我筝不回，异人此生不复弹筝！"

"此筝若回,公子便当复弹?"

"市易唯信也! 此筝理当属于姑娘,异人断无非分之想。"

"不。"卓昭一拱手,"小妹为公子道贺。"

"姑娘已得秦筝神韵,异人听之足矣!"

"筝有灵性,波折得遇旧主,命数也。只是,我有一请。"

"异人甘效驰驱!"

卓昭咯咯一笑:"谁个要你驰驱? 你只弹得一曲,入得我耳,我便还筝。"

"但凭姑娘点曲。"

"北阪有桑!"

骤然之间,嬴异人满脸红潮两眼大放光芒,看得卓昭一眼,啪啪两下装好筝板,退后两步对着大筝肃然一躬,入座凝神片刻,颤抖的两手猛然扫过筝面,只听轰然一声,透亮的乐音顿如山泉般洒遍大厅。便在此时,大厅红影闪过,卓昭已经轻盈起舞,舞步飞旋中响起豪放悲凉的秦歌:

北阪有桑　南山稻粱

长谷如函　大河苍苍

君子去也　我多彷徨

关山家园　与子共襄

萧萧雁羽　诉我衷肠

子兮子兮　道阻且长

雨雪霏霏　知音何伤

死生契阔　赤心皇皇

……

明亮的歌喉因秦风的高亢悲怆而渗出了几分粗放沙哑,明快刚健的胡风舞姿因歌词的悲凉而渗出了忧伤柔软与飘洒,两相融合,直是水乳交融,使得卓昭的舞姿与歌喉极为美妙动人,在烛光照耀下仙子起舞般动人心魄!

箏声倏忽止息，嬴异人两眼含泪，起身走到大厅中央，对着卓昭扑地一拜，尚未开口，已软软地瘫倒在了红地毡上。卓昭正在红着脸喘息，突兀惊叫一声，扑到了吕不韦身上。

厅中宾主尽皆愕然，一时神色各异。毛公狡黠地嘿嘿一笑，飞快地瞄了吕不韦一眼，抢步上去揽起嬴异人，粗黑的指甲已经掐上了人中穴。薛公愣怔地看看吕不韦，无可奈何地摇摇头。荆云沉着脸，只盯住嬴异人不放。吕不韦早已经起身离座，淡淡一笑拍拍卓昭肩膀将她推开，转身对两名侍女一招手："扶公主下去歇息。昭妹，你也去歇息，不会有事。"见卓昭嘟哝着去了，吕不韦又对已经站在身后的西门老总事吩咐道："收拾客寓，准备公子安歇。"西门老总事低声道："要否请老医家？"吕不韦摇摇头："只热水热汤。"

嬴异人已经长长呻吟一声醒了过来，对着吕不韦纳头便拜，却一句话不说。吕不韦叹息一声笑着扶住了嬴异人道："夜冷风寒，公子先行歇息，有话明日再说不迟。"毛公接道："嘿嘿，你小子好遇合，公主到手也！放心睡大觉去。"

"不！不是，公主……"嬴异人粗重地喘息着。

"公子先行歇息。"吕不韦挥手打断，"一切事明日再说。"

"嘿嘿，便是如此，老夫陪这小子。"

荆云目光一闪道："此事何劳先生，我来侍奉公子。"说罢蹲身两手一伸，将软绵绵的嬴异人平托了起来，跟着一个领道仆人大步出了正厅。

"吕公呵，"薛公大是摇头，"此时收手尚来得及，三思了。"

"鬼话！"毛公嘿嘿一笑，"半坡碌碡能收手？只说如何

决断,吕公舍得否?"

"难矣哉!"默然良久,吕不韦喟然一叹,"此事牵涉尚多,非我一人一心能断,尚须两位助力才是。"

薛公慷慨道:"事无难处,老夫何用? 吕公只说!"

"嘿嘿,老哥哥还算出彩。"毛公摇头晃脑地笑了。

"少不得借重两公。走! 随我到书房计议。"

三人来到山腰书房,吕不韦心事重重地一一说明了此中关节。薛公毛公各出谋划,三人直议到满山霜雾雄鸡长鸣,方才散了。

七　欲将子还兮　子不我思

霜雾尚未散尽,一辆辎车辚辚驶出仓谷溪,过了邯郸直向北去。

三日之后的夕阳时分,辎车又回到了仓谷溪。风尘仆仆的薛公对迎在谷口的吕不韦低声道:"卓公只有一句话:但凭昭儿之心。"吕不韦长嘘一声,吩咐西门老总事置酒为薛公洗尘,自己匆匆来到跨院客寓。

三日之间,毛公始终盯在客寓,与嬴异人形影不离。依着薛公主张,嬴异人情痴意乱,当让他"醉卧"几日,待诸事妥当再教他醒来最好。吕不韦却是另一番主张,以为嬴异人此次异常与胡杨林初闻秦筝时大不相同,情痴而心未乱,重施"醉卧"之法,其心必生疑窦,于后便是隐患;加之卓昭与赵姬均在当场,嬴异人"醉卧"不起,对如此两个女子也不好圆说,尤其卓昭至情至性,若有口无心地嚷嚷起来反倒生乱。毛公听罢连连点头:"嘿嘿,吕公思谋深远,我等老兄弟只就事论事而已! 吕公之心,理会得,这小子只交给老夫。"也是毛公奇思妙想,一场儿女斡旋竟做得有声有色不着痕迹——清晨在林间活动筋骨,不意"撞见"踽踽独行的异人,主动谈及昨日酒宴秦歌,嬴异人精神陡长。毛公嚷嚷拜师,要嬴异人教他秦歌。秦歌唱得三五支,山顶便有了遥遥秦筝随和。嬴异人心神悸动,一时突然噤声。毛公哈哈大笑,颠颠儿爬上山顶,邀来了兀自操筝的卓昭,要请卓昭弹筝,他与嬴异人轮流和歌。卓昭大是欣然,只毛公一开口她便笑得打跌岔气,要嬴异人来操筝。如此两人轮流操筝,时而相互校音,加上毛公的滑稽唱法搅和,竟是

卓昭天真烂漫，全不知有
圈套。

其乐融融。次日清晨霜雾尚在弥漫，嬴异人便来敦请毛公林
间学歌，乐得毛公手舞足蹈，直将秦歌唱得怪腔怪调，一曲未
了，山头又传来了清亮曼妙的长笑。

如此三日，毛公将这一对痴情歌手周旋得胡天胡地忘乎
所以，卓昭竟一次也没有来找吕不韦黏缠。然则，吕不韦却是
忧心忡忡，眼看这长图远谋要卡在如此一个关节上，实在有些
难以决断。论得雄杰谋划，一个女子之事委实不当乱心乱志。
若是寻常一个女子，吕不韦肯定会毫不犹豫地赠给嬴异人。
但是，卓昭偏偏不是如此可以毫不犹豫送人的女子。且不说
自己确实钟爱卓昭，便是当着大义高风名动天下的卓原公当
面允诺亲事这一节，也不当擅自决断。更兼卓昭任性娇憨，吕
不韦还当真拿不准，这个小妹对这个漂泊公子能否看得入眼？
毕竟，卓昭不是平民女子，而是那种对等闲王孙公子根本不屑
一顾的女子。唯其虑及这一难处，吕不韦在第一次听了嬴异
人倾诉之后便有了盘算：重金秘密买得一个才貌俱佳的名门
女子，隆重为嬴异人举办婚事，以安这颗骤然唤醒情欲的骚动
之心。谁知买得了赵姬，备得了缜密的宴席，却不曾料到陡然
横生的波澜。宴席之上，吕不韦虽然勉力保持着主人应有的
雍容微笑，内心却已经是一声悲凉的叹息——人算何如天算
也，命当如斯，徒叹奈何！及至薛公劝说"此时收手尚来得
及"，他才悚然警悟，决意妥善处置这件难堪棘手的儿女之事，
决意不教它毁了半道大谋。虑及自己面对卓原老人难以启
齿，才请薛公担当了这个微妙的说客。薛公往返天卓庄的三
日，吕不韦如坐针毡。他已经做好了最坏的准备：若是卓原坚
执不赞同此事，只有与嬴异人摊开了说，一力劝他接受赵姬；
若嬴异人坚执不接受赵姬，甚或痴情发疯，他就此出世隐居，
绝不重回商旅。如今，卓原老人如此的旷达，剩下的唯一难
关，则是自己直接面对卓昭了。

为富贵之想，必须放手。

一想到那双荡漾着浓浓情意的眼睛，吕不韦心中一阵莫名酸楚。

"嘿嘿，来得正好也！"毛公站在客寓门外的山道上，竹杖向山坡一指，拉着吕不韦进了茂密的胡杨林。不待吕不韦开口，毛公一阵低声咕哝，说罢哈哈大笑。

"老哥哥把得准？"

"嘿嘿，十拿九稳也！"

"直说？"

"直说！"

吕不韦长嘘一声，良久默然，对着毛公深深一躬，转身去了。

掌灯时分，神采飞扬的卓昭一团火焰般飘进了书房："不韦大哥，我来也！"

明亮的铜人灯下，吕不韦正在缓慢地往一支竹简上写着字，低头答应了一声，抬手将竹简摆好，这才回身笑道："昭妹来了，入座说话。""偏不坐！"卓昭粲然一笑，过来从案间拿起了几支摆放整齐的竹简，"又不是书吏，整日刻写个甚？我看看。"转悠着念了起来，"天生人而使有贪，贪有欲，欲有情，情有节。圣人修节，以止欲，故不过行其情也……哟！老夫子一般，还论说情欲耶！"

"情欲不当论么？"吕不韦淡淡一笑。

"只是拘泥过分，似孔似孟，没个挥洒！"

"人皆有根，既不能斩断，亦无法逾越，只能听之任之了。"

"不韦大哥，"卓昭微微皱起了眉头一声叹息，"我不明白，为何越是走近你就越是生疏？我所歆慕的你，原本不是这般样子。"

"你所歆慕者，只是你心中的幻象而已。"

"不韦大哥！"卓昭一声娇嗔，猛然扑到了吕不韦怀中，赤裸的双臂紧紧缠住了他的脖颈热切地拥吻着。吕不韦仿佛一尊石雕，既不躲避也无回应，一任卓昭热切地搂抱拥吻。渐渐地，卓昭松开双手，看看淡漠的吕不韦，猛然站起来捂住脸庞哭了。

"昭妹，你我都不要骗自己了。"吕不韦一声叹息又淡淡一笑，"最初的朦胧已经过去，一道虚幻的彩虹而已。相处有期，你觉我迂阔执一，用情淡泊。我觉你任情任性，不堪其累，使我分心过甚。平心而论，你我都觉对方美中不足，偏偏彼此又都无法改变。我之用情淡漠，不足以使你快慰心怀。你之任性炽热，使我不能专心谋事。诚然，若是没有意外，此等缺憾也许不难弥补。然则，今日却实实在在地出现了如此一个痴情者。

他将爱看作第一生命,不惜舍弃未来的君王大位,而只以与所爱之人相知终生为人生志趣。胡杨林一曲秦筝,拨动了他的心弦,旬日间夜夜和歌,在他心中扎下了情爱根基。人之为情欲生欲死,不韦纵然难为,孰能无动于衷?"见卓昭只静静地看着他不作声,吕不韦也从案前站了起来,声音有些沙哑颤抖,"昭妹灵慧,既有了一个与你相类之人,情愫一般地热烈,志趣一般地相投,知音知心,莫之为甚! 你我又何必要再拘泥一句承诺之言,来维持这种无望改变的缺憾? 而他之于你,且不说高贵血统远大前程,更为紧要者,他以爱你为生命之根本,没有你,他的生命就会萎缩,就会死亡! 坦诚地说,此等爱心,吕不韦永远也难以做到。我可以做你的朋友,做你的兄长,然不敢做,也不能做为你献出全部生命的情人与夫君!"长长地喘息一声,吕不韦如释重负。

"那个人是谁?"卓昭的目光如五彩流云般不断变幻着。

"秦国公子,嬴异人。"

"明白也!"卓昭脸庞溢满了罕见的揶揄笑容,"我是你送给他的礼物。他活得有激情,你的权力之路便更为通达。是么?"

"礼物?"吕不韦冷冷一笑,"将天下豪侠巨商卓原公的孙女儿做礼物送人,吕不韦有此资格么? 恕我直言,假如嬴异人不是如此炽烈,昭妹也不为嬴异人之炽烈而动心,不韦岂敢有负天地良心也!"

"我? 为之动心?"卓昭咯咯笑了。

"昭妹忘了,不韦是商人,心中有衡器。"吕不韦不无诙谐。

"也是。他有劲道!"卓昭又是略略一笑:"可你,不以为自己懦弱么?"

"时也命也!"吕不韦喟然一叹,"不韦无事不成,唯败于一个情字。至少,情字当前,吕不韦从来不是英雄。"

"这便是'圣人修节以止欲,故不过行其情也'?"

"……"

"你,不觉心中很冷么?"

"冷与不冷,因人而异也。"吕不韦摇头笑了,"人生一世,几无失败之婚配,多有失败之功业。"

"说得好!"卓昭冷冷一瞥,"我回过爷爷再答复大人。"

"薛公专程回了天卓庄。大父有言:但凭昭儿之心。"

348

"……"卓昭背着身一声哽咽，风也似的去了。

吕不韦面色苍白，几乎便要跌倒，勉力扶住身边的剑架闭目凝神，总算没有晕过去，良久睁开眼睛，却见毛公正摇晃着雪白的头颅打量着他嘿嘿笑个不停。吕不韦粗重地喘息一声道："老哥哥，你笑得出来？"毛公扶着吕不韦进入座案，又斟了一盏凉茶放在案头，这才大盘腿坐在对面笑道："兄弟正心拨乱，老哥哥高兴也！"吕不韦木然摇头叹息："拨乱正心？难矣哉！"毛公陡地拍案厉声一喝："吕不韦！你要翻悔！"吕不韦突然吃惊，使劲摇摇头方觉清醒："老哥哥，我要翻悔么？"毛公目光炯炯地盯住了吕不韦："嘿嘿，老夫只一句话：下笔勿改，愈描愈黑。你自斟酌，老夫去也！"起身竹杖一点便走。

"老哥哥留步！"吕不韦扯住毛公，"你看，我好了。"

"嘿嘿，好了？你只说，目下要紧处何在？"

"异人卓昭成婚。"

"然也！夜长梦多，愈快愈好。"

吕不韦思忖道："老哥哥言之在理，只是此间关涉甚多，尚须周详谋划。"

"嘿嘿，老夫晓得。"毛公一顿竹杖，"你之所谓关涉，首在卓昭与赵姬之间如何衡平？其次在如何向老卓原交代此事？也就是说，如何顾全卓氏体面？对也不对？"

"不是体面，是举族安危也！"吕不韦压低了声音，"老哥哥只想，秦赵血海深仇，赵国若知卓氏有女嫁于秦国公子王孙，岂能善罢甘休？"

"嘿嘿，老夫早有妙策，保你各方安稳。"

"来！入座细说。"

"嘿嘿，书房漏风处多，还是到山头上去。"毛公笃的一顿竹杖，拉着吕不韦出了书房上了后山。风清月冷，山林寂

确为大忌。毛公自有妙计。借用后三十六计喻之。三十六计第一计"瞒天过海"，"备周则意怠，常见则不疑。阴在阳之内，不在阳之外。太阳，太阴"。阳谋与阴谋同样重要。三十六计第二十五计"偷梁换柱"，"频更其阵，抽其劲旅，待其自败，而后乘之，曳其轮也"。吕不韦用毛公之计，把握大局，异人将因此死心塌地。春秋战国时期，不用计，几乎寸步难行。为中国人心一叹！

子 楚

然,两人喁喁细语直说到四更起雾方散。

次日清晨,一骑快马飞出仓谷溪直奔邯郸。当晚,信陵君总管带门客名士三十,平原君总管毛遂带门客名士三十,两路车马到仓谷溪祝贺乔迁。是夜仓谷溪长夜大宴,席间吕不韦请出义妹才女赵姬献歌舞乐以助兴,一时惊动四座名士,盛赞赵姬为"歌舞乐三绝,才情天下无双"。秦国公子嬴异人当场虔诚求婚,当众慷慨立誓:"但妻赵女,世做赵人!若得负约,短寿夭亡!"感奋之下,吕不韦慨然应允,许诺一月之内当即为两人成婚。举座名士门客交口赞叹,众口一词地恭贺嬴异人与赵姬白头偕老。三日之后,嬴异人在薛公陪同下与两路名士门客高车骏马浩浩荡荡地回了邯郸。吕不韦一直送出谷口十里,方才还庄。

旬日之间,秦国质公子立志娶赵女的消息传扬开来,才女赵姬的名声大作,一时成为邯郸佳话。客居赵国的名士也都纷纷到嬴异人府拜访祝贺。信陵君与平原君也送来了丰厚的贺礼。嬴异人神采焕发日日迎送不迭,忙得不亦乐乎。诸般消息传到仓谷溪,毛公乐得手舞足蹈连呼天意,直催吕不韦早日了事。吕不韦原想立春时节再办理此事,毛公却是连连摇头:"立春开新篇。此事是个结笔,不能过冬也!"

终于,吕不韦将送亲之日定在了大寒。

清晨起来,明亮冰冷的阳光洒满了山谷,胡杨林漫山遍野的金红,重重庭院一片苍凉。吕不韦从山腰书房出来,站在高高的石阶上向跨院注目凝望,数十年一团春风的脸庞骤然苍老了,深深的皱纹粗重地刻在两鬓与腮边,平添了几分沧桑冷峻。

西门老总事匆匆来了:"先生,迎亲车马已经到了谷口。"

"知会毛公,请车马稍待,我去请赵姬姑娘。"吕不韦低声吩咐一句,下山向卓昭的跨院客寓走来。

客寓坐落在书房西南一个极为避风的小山坳里,面对山泉溪流,四面胡杨环绕,空谷幽幽,温暖如春,原是极好的待客之所。自那日书房一谈,卓昭径自住进了客寓,一次也没有出来,更没有见过吕不韦。所有需要卓昭知道的事情,都是毛公进客寓去说。而毛公每次回报,都说卓昭姑娘深明大义通达晓事,尽可放心。吕不韦却是心下忐忑,几次想与卓昭再叙一次,都被毛公劝了回去。依着毛公主张,吕不韦今日也无须出面,只听他安排便是。然则,西门老总事一声禀报,吕不韦却再也忍不住了——无论如何,他都要亲自送走卓昭。

"啪,啪,啪。"轻轻的叩门声在清幽的山谷分外清晰。

庭院寂寂,厚重的铁钉木门轻轻滑开,两名侍女抬着一张香案出来,又两名侍女抬着那具秦筝出来,在门厅摆置停当,肃然无声地钉在门廊不动了。一阵轻微的脚步声,吕不韦心头不禁猛地一颤——卓昭走来了,一身白色长裙,一件大红斗篷,秀发高挽,缓步悠悠,仙子般美丽,雪山般冰冷。她走到已经摆好的香案前,从侍女手中接过已经点燃的两支大香,向北方深深一躬扑地跪倒:"爷爷,父亲,孩儿今日告别了。"吕不韦一阵心悸腿软,几乎便要随之拜倒,可他紧紧咬住牙关,终于挺住了身子。

"心别之日,为君一歌。"卓昭起身,对着吕不韦深深一躬,返身走到秦筝案前,神色平淡端庄地入座。

倏忽之间,秦筝叮咚而起,山塬共鸣,空旷悠远:

野有蔓草　　清扬婉兮

邂逅相遇　　与子偕乐

子惠思我　　褰裳涉水

子不思我　　岂无他君

唯子之故　　使我不能息兮

唯子之故　　使我不能餐兮

欲将子还兮　子不我思

子不我思兮　生而不能知

……

随着冰冷的歌声,吕不韦心底翻江倒海一般,眼前飞掠着卓昭与他相识之后的种种景象,终是一声闷哼,沉重地倒在了门厅冰冷的青石条上。卓昭没有丝毫的惊讶,缓缓起身径自摇摇去了。待毛公闻讯赶来,吕不韦正被一个红裙女子搂在怀中喂热汤,不禁大是惊讶:"赵姬,你如何能出来? 回去!"

"我是卓昭,与赵姬何干?"红裙女子揶揄地笑了。

"嘿嘿,倒是奇也! 你不恨他?"

"抱起""大步走了",什
么女子?

　　"我爱他！甘愿做牛做马。"红裙女子抱起吕不韦大步
走了。

　　"天意也！"毛公一顿竹杖，不禁一阵哈哈大笑。

第六章　子楚还国

一　乾纲独断　策不乱法

　　春三月，蔡泽从蜀中回到咸阳，原本昂奋的心绪倏忽沉了下去。

　　还都当晚，蔡泽下车伊始便将路途中赶出来的秘密简札派主书连夜送往王宫。在这札用了二百多支竹简的奏疏中，蔡泽据实禀报了巴蜀两郡在李冰治理下的长足变化，振奋人心者只在二十四字"水患平息，水利大兴，蜀中富庶，几为天府，百姓殷实，堪为根基"。仅仅如此一个喜讯，蔡泽也不会急于上书。要害处在于这札奏疏禀报了一个急待定夺的大事——楚国正在密谋夺取彝陵，进而溯江西上夺取巴蜀；李冰坚请以留驻蜀中的一万秦军为根基，扩充郡兵五万，独当一面抵抗楚国，以免秦军主力鞭长莫及而使富庶粮仓落入敌手。秦国法度：大军直属国府，郡县不成军。李冰要建立郡

蔡泽贪图权势，斤斤计较，缺了大气。不过，上下之间，又需要一个这样能周旋的人。

兵,且是只能驻扎巴郡江防要塞而对中原大局无甚助力的水军,蔡泽如何做得主张?然则为秦国大局计,李冰的主张确实是确保巴蜀的良谋远图,作为封君丞相,蔡泽实在没有不予支持的理由。思忖再三,蔡泽终于在临行宴席上慨然拍案:"郡守不避忌讳,蔡泽焉能知难而退乎!老夫附议你谋,并上书秦王定夺。"李冰不禁悚然动容,对着蔡泽长长一躬:"纲成君敢当越法之议,巴蜀之福也,大秦之福也!"若非如此,自来酷爱游历的蔡泽也不会挤着沿途造饭与扎营夜宿的零碎时光挤出这札奏疏。毕竟,这一谋划的干系太重大了,若得实施,对秦国法度的影响也是极为深远的。依着秦国处置政务的快捷传统,以及老秦王对巴蜀两郡的殷殷关切,蔡泽以为必得夤夜宣他入宫,禀报详情商讨对策。想不到的是,蔡泽沐浴更衣用餐完毕没有回音,冠带在书房守到五更,还是没有回音。直到次日清晨,依蔡泽吩咐守在长史房等待王命的主书方才披着一身霜花匆匆回府。

"王命如何?"蔡泽霍然起身。

"长史昨夜进王书房,没有出来。直到清晨内侍方才传话,叫不要等了。"

"没有别话?"

"没有。"

月余鞍马劳顿,蔡泽原已累得腰膝酸软头晕目眩,闻得此言,一个哈欠还没打完,倒撞卧在了长大的书案上,满案堆成小山一般的竹简哗啦啦压在了身上。赶主书抢步过来,蔡泽已经呼呼扯起了粗重的鼾声。

红日临窗,蔡泽终于醒了过来,睁开惺忪老眼的第一句话便是:"几多时光了?"榻边侍女答道:"两日两夜,天方早晨。"话未落点,蔡泽光脚赤身冲出榻帐大嚷:"一群废物!王命宣召也不叫醒老夫!"侍女忙不迭用一件丝绵大袍裹住他道:"大人莫急,王命宣召,我等岂敢隐瞒?"蔡泽猛然双眼圆睁:"你说,没有王命?""没有。"侍女认真地摇摇头。"岂有此理!老夫不信!"蔡泽一把甩开侍女,"叫主书!叫家老!谁个糊弄老夫,剥了他皮!"

片刻之间,主书与家老风一般赶到。一番对答,蔡泽眼前顿时一团模糊,分不清是眼屎糊还是云雾遮,"噫!"的一声手舞足蹈:"天黑了!快!天狗食日!击鼓鸣钟,驱赶天狗……你等,为何不动?"大厅骤然屏息,仆从书吏们目瞪口呆。

"主东!"从燕国跟随蔡泽入秦的家老惊叫一声扑上来抱起了蔡泽放进榻帐,转身哭声大喝，"快！请太医！"大约顿饭辰光，太医令亲自带着一名长于眼疾的老太医赶到了。一番望闻问切，老太医道："急火攻心，云翳障目，而致短时失明，服药后静心歇息几日自会好转。只是日后目力有损，纲成君须得着意调养才是。"蔡泽长嘘一声老泪纵横，一句话也说不出来。

暮色时分，家老小心翼翼来报："老太子嬴柱前来探视，主东眼药未除，老朽想回了他，不知可否？"蔡泽嘟哝一句"糊涂"，掀掉蒙在眼睛上的药布翻身下榻摇到了前厅。

"纲成君！"嬴柱正在厅中转悠，一见蔡泽须发散乱衣裤单薄两手兀自摸索着走来，不禁惊叫一声大步过来扶住蔡泽，正要将自己的狐皮长袍裹住蔡泽，却见一个侍女抱着皮裘竹杖匆匆跑来，连忙扶着蔡泽在便榻上坐好。待侍女侍奉蔡泽穿好衣裳，另一名侍女也将燎炉烧旺茶水煮好，嬴柱这才在蔡泽身边落座，未曾开言一声长叹。

"安国君叹息何来？"蔡泽冷冰冰一问。

"开目不能见日，不亦悲乎！"

"安国君说的是老夫？"

"纲成君目盲犹可，嬴柱心盲，何医也！"

"太子兼领丞相府，身居中枢，何来心盲？"

"陀螺受鞭，茫然飞旋，身不由己，心岂有明？"

蔡泽竹杖啪地一顿，突然压低了声音："安国君也见不到老王？"

"一言难尽也！"嬴柱紧紧拧着眉头，肥白的脸膛被燎炉炭火映得通红，"纲成君上书之夜，我即被急召进宫。父王半卧在榻，教长史交给我一卷书简。我方读罢，深感事态紧急，当即建言：事关大秦法度，当先与纲成君等一班大臣商议，再交开春大典朝会决之。谁知父王一句话也不说，挥挥手教我去了。去便去，谁料我尚未出得宫门，老内侍又追来请我回宫，在王书房外等候。一直等到次日天光大亮，老内侍又出来说要我回去候召。回府三日，刻刻在心不敢安枕，却甚个音信也没等来。纲成君但说，如此大事，我这个封君太子兼领丞相府却是如在五里雾中，连来看望纲成君也担着个心事，只怕突兀有召。领政若此，岂非是个木陀螺也！"

听得仔细，蔡泽心中一块石头顿时落地。他原本所虑者，只恐老秦王绕过自己，与太子及秦国元老断决了此事。果真如此，那便是末日到了。自己孤身入秦，以经济之才出掌丞相，偏逢老秦王暮政之期，国事多扑朔迷离。秦中腹地的水利富民工程屡屡因政事干扰而不能破土上马,自己的经济才干非但无以酣畅淋漓地挥洒,还要在自己的短场——权力斡旋中奋力周旋。多年无功,落得个庸常丞相之名,竟被嬴柱这个老太子给"兼领"了去。虚封君爵高位而脱了丞相府实权,在当国大臣便是实实在在的危机。当此之时,蔡泽为了挽回颓势,才有了出使巴蜀附议李冰的慨然之举。蔡泽的谋划是:老秦王若与自己商议采纳此策,自己便有了固土安邦之功,能在老新交替之际站稳脚跟;若老秦王不纳此策,则是自己退隐之时;若老秦王绕过自己与嬴秦元老决断,则无论纳与不纳,都是自己的仕途末日。唯其如此,三日未闻秦王宣召,蔡泽才急得一时失明。如今听嬴柱一说,蔡泽如何能不如释重负?

"陀螺之身,终归有期,何忧之有也?"心下一松,蔡泽顿时活泛过来。

"我纵无忧,李冰何待? 莫非要等到巴蜀丢失之日,我等才说话!"

"太子之意,促成秦王决断?"

"正是!"嬴柱拍案而起,"君若畏难,我自担承!"

蔡泽呵呵一笑:"你先说个请见由头。否则,不能入宫也是枉然。"

"楚国谋蜀! 莫非还有比此事更大的由头?"嬴柱满面涨红。

"安国君少安毋躁。"蔡泽一点竹杖站了起来,"老王暮政,今非昔比也。一则,老王已知此事,无断未必无思,思虑未定,我等以此事求见,自讨无趣。二则,老王之心,不在此处,只怕见了也是心不在焉。"

"奇也!"嬴柱揶揄地笑了,"王心不在邦国安危,却在何处?"

"暮政之君,大非常人也。安国君当真不知么?"

"依你之见，还是立嫡？"

"悠悠万事，唯此为大。"蔡泽悠然一笑。

"如此说来，巴蜀之事搁着了？"

"非也。"蔡泽诡秘地一笑，压低声音咕哝了一阵。

"也好。"嬴柱苦涩地笑笑，"成与不成，听天由命也。"

蔡泽见嬴柱赞同，大是快慰，立即召来主书一阵叮嘱，主书欣然去了。嬴柱半信半疑，怏怏然便要告辞回府。蔡泽来神，坚执要与嬴柱对弈一局立等消息。嬴柱笑道："等便等，纲成君眼疾未愈，对弈免了也罢。"蔡泽却是顿着竹杖连声吩咐摆棋。片刻间棋具摆好，蔡泽指点使女道："老夫出令，你只摆子。"嬴柱惊讶笑道："纲成君能下蒙目棋？"蔡泽呵呵一笑："你只赢得一半子，便算高手。"嬴柱大感新奇，当即落座投子："左四四！"蔡泽悠然一点竹杖："右三三。"两人兴致勃勃地厮杀了起来。

落子方逾百手，主书匆匆入厅："禀报纲成君：密件呈进片刻，长史出来宣诏，'着纲成君蔡泽并太子嬴柱，当即入宫。'"嬴柱又惊又喜，一推棋匣霍然起身拱手："纲成君料事如神，嬴柱佩服！"蔡泽摇摇手诡秘一笑："应对之事，却在安国君也。"嬴柱慨然道："在其位，言其事，何消说得！"说话间使女已经将蔡泽冠带整齐，两人出厅登车向王城而来。

自从秦昭王风瘫，去岁秋日又移驾回了咸阳王城。自此，咸阳宫戒备森严。辎车一进北向的正阳大道便得缓辔走马，短短二里有三处查验照身令箭的"街关"。嬴柱不胜其烦，几次想发作都被蔡泽连扯衣襟制止了。到得王宫正门百步，辎车被卫士拦住，说只能在宫门停车步行入宫。嬴柱终于按捺不住，一步跨出车门厉声呵斥："岂有此理！大秦王宫几曾有过宫门外停车？本太子紧急国务，偏要驱车入宫，谁敢阻拦！"一名带剑将军大步赶过来一拱手："我等方奉将令：三更后禁止车马入宫。敢请太子无得越法。"嬴柱又要发作，蔡泽摇着鸭步过来一扯嬴柱笑道："春夜和风，漫步正好也，走！"不由分说拉着嬴柱便走。进得宫门，只见偌大车马场空空荡荡风扫落叶如幽幽空谷一般，嬴柱不禁感慨："自先祖孝公迁都咸阳，这宫城从来都是车马昼夜不断。曾几何时，这般凄凉矣！"蔡泽低声道："太子若想成得正事，便请噤声！"嬴柱长长一叹，再不说话，只默默跟着蔡泽摇上了高高的白玉阶。

大殿廊下正有一名老内侍等候，领着两人一阵曲曲折折穿廊过厅到了王书房门外。老内侍一声轻轻咳嗽，书房大门无声滑开，老长史桓砾轻步出来一招手，领着两人进了

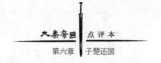
长长的甬道。蔡泽清楚地记得,这甬道原本是两端通风中间没有任何遮拦的,如今非但两端封死,连甬道中间大墙也嵌入了三道暗厅,每厅都站着四名便装剑士。甬道尽头的门外,也站着四个年轻力壮目光炯炯的内侍。

"我王精神如何?"蔡泽在长史桓砾的耳边低声问了一句。

老桓砾仿佛没听见一般,推开书房大门走了进去。又过了两道木屏隔门,来到宽敞温暖的大厅,老桓砾一躬身高声道:"启禀我王:纲成君、安国君奉书觐见!"正面帷帐后一声苍老的咳嗽,桓砾回过身来道:"纲成君、安国君,这厢入座。"

两张座案摆在白色大帐前三步处。待两人落座,一名老内侍上前轻轻拉开了落地大帐,只剩一道薄如蝉翼的纱帐垂在三步之外。纱帐内长大的卧榻隐隐可见,一颗硕大的白头靠在大枕上没有任何声息;卧榻前紧靠着一张与榻等高的大书案,书案两头整齐地码着两摞简册,中间却是一口破旧的藤箱与几卷同样破旧的竹简。

蓦然之间,纱帐内有了苍老断续的话音,实在模糊得难以听清。两人困惑之际,跪在榻前的一个中年内侍突然高声道:"王曰:蔡泽答话,《质赵大事录》从何路径入秦?"

"臣启我王,"蔡泽眼角一瞄,见老长史桓砾已经在案前开始录写,知秦昭王虽是语艰耳背,心下却明白不乱,仅是这头一问便直指要害,当下提着心神拱手高声道,"此简札乃吕不韦密使送来,老臣唯遵王命,居间通连而已。"

"王曰:纲成君之见,此简真也伪也?"

"臣启我王:此大事录很难作伪。根据有三:其一,行人署探事司已经秘密与公子异人之随行老内侍、老侍女连通,查明公子异人质赵数年,每晚必记事而后就寝;其二,吕不韦乃山东商旅极有口碑的义商,扶助公子,代为传递,沿途没有差错;其三,近年来公子交游邯郸士林,才名鹊起,臣亦时有所闻。以常理推测,其才力当能胜任。"

帐中默然片刻,又是一阵沙哑模糊的声音,跪伏榻边的内侍回身高声道:"王曰:嬴柱说话,此子才具如何?"

"启禀父王,"嬴柱憋着气咳嗽了一声,小心翼翼道,"异人赴赵之时尚未加冠,而今已过而立之年,期间变化,儿臣难料。若说少时才情,蒙武将军与异人同窗数年,或可有说。儿臣实不敢妄断定评。"

又是一阵默然，帐中内侍突然回身："王曰：异人籀文，师从何人？"

"籀文？"嬴柱蓦然一惊，"王孙之师，皆出太子傅属员，无人教得上古籀文。"

"臣启我王，"蔡泽突兀插话，"吕不韦少学博杂，识得籀文，或可为师。"

帐中一声苍老的喟叹，接着一阵沙哑模糊的咕哝，内侍高声道："王曰：纲成君蔡泽，立即着行人署使赵，试探异人回秦是否可行？安国君嬴柱，太子府立嫡事缓行，待王命定夺。可也。"

一闻"可也"二字，蔡泽起身一躬，"臣告辞"三字尚未出口，嬴柱高叫一声："父王且慢，儿臣有言。"帐中一阵沉寂，苍老的声音突然迸出一个清晰的字音："说。"嬴柱霍然离案凑到榻前一躬："父王明察：楚国图谋巴蜀，李冰急请成军。事关邦国安危、大秦法度，尚请父王立断！"

又是一阵默然一阵咕哝，帐中内侍高声道："尔等既知法度，便知当去何处。可也。"

嬴柱肥白的大脸骤然通红，正要据理力陈，老桓砾过来一拱手低声道："安国君少安毋躁，君上一夜只歇息得一个多时辰，已经四更天了。"蔡泽过来一扯嬴柱衣襟，躬身一声"臣等告退"，便出了书房。走到门厅外，嬴柱终是按捺不住："纲成君何其无胆，忘记你我进宫初衷么？"蔡泽也不说话，只拉着嬴柱出了宫门登车，方才低声道："上将军府，此时去得么？"

"对呀！我如何忘了老蒙骜！"嬴柱恍然一拍车帮。

"笑？那张老黑脸可不好看。"

"不打紧！我与老将军通家之交。走！"嬴柱一跺车底厢板，辎车辚辚上了正阳大道向南而去。

秦昭王首肯，异人归国有望。

嬴柱乃属无功无过之人，在他身上难有奇迹发生。

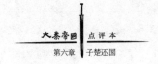

更深人静,沿途官邸都是灯熄门闭,唯独大道尽头的上将军府风灯明亮中门洞开车马络绎不绝。嬴柱略一思忖,吩咐驭手将车驶到偏门报号。偏门是仆役运物的进出之道,属府中家老节制,不是军士护卫。廊下守门老仆一听驭手报号,立即打开了车道大门,辎车从偏院长驱直入。到得第三进停车,嬴柱领着蔡泽穿过内门来到正院。这正院第三进是蒙骜的书房与客厅,依嬴柱思谋,夜深人静之时纵然有事,蒙骜也必然会在书房处置。不料第三进庭院却是冷冷清清,书房虽然亮着灯光,却只有一个文吏在静悄悄埋头书案,与府门情形截然两样。

"走,去前院。"嬴柱拉着蔡泽便走。

到得前院,嬴柱大是惊讶,第二进满院灯火,环列东南西三面的十六个属署门门大开,各色军吏匆匆进出,纵是毫无喧哗,也分明弥漫出一种紧张气息。北面的兵符堂大门虚掩,廊下四名甲士肃然伫立,激昂话音隐隐传出,分明是在举行将军会议。嬴柱低声道:"走,去兵符堂。"蔡泽却摇摇头:"将军会议必是重大军务,且勿唐突,还是到书房等候最好。"嬴柱思忖点头,说声也好,对中军署文吏叮嘱两句,与蔡泽回到了第三进。

"多劳久候,老夫失礼也。"大约半个时辰,蒙骜终于进了书房。

"老将军为国操劳,不胜钦佩!"蔡泽连忙起身肃然一礼。

蒙骜疲惫地笑笑,一摆手坐进了两人对面的大案,啜了一口滚烫的茶汁笑道:"两君夤夜前来,必有要务,但说便是。"

"巴蜀成军事,可是老将军处置?"嬴柱突兀一问。

"两君可是奉王命前来?"白须白发衬着沟壑纵横的黑脸,蒙骜没有一丝笑意。

"老将军,原是这般事体。"蔡泽笑着一拱手,"巴蜀成军,原是老夫与李冰联袂上书所请。多日不见君上会议,我等心下不安。今日老夫与安国君同时奉命入宫,末了言及此事,王曰:尔等既知法度,便知当去何处。是以前来相询。老将军若以为王命未曾明告知会他人,我等当告退也。"

嬴柱拍案笑道:"如何不明?分明是要我等讨教老将军。"

"既是此事,两君坐了说话。"老蒙骜粗重地喘息一声,接过书吏递过来的滚烫面巾在脸上大搓片刻,红脸膛冒着热气道,"楚军异动,汉水我军斥候早已报来。老夫当即请命,亲率五万大军南下彝陵布防。上书旬日,君上却无消息。三日之前,老夫奉命入宫,方知纲成君与李冰上书。君上征询老夫,老夫以为:此谋不失救急良策,然却牵涉秦军统属法度，不敢轻言可否。君上思虑良久，只说了一句'策不乱法，军不二属！'便要老夫回府谋划，既要不乱国法，又要化解巴蜀之危。老夫思虑昼夜，却是难也。"

赢柱不禁大急："如此说来，老将军尚无对策？"

"若无对策，君上岂能将两位支到这里？"蒙骜淡淡一笑，"老夫召来在咸阳的几员老将商议，也无良策，驰马蓝田大营聚集众将谋划。不意，一个年轻千夫长竟提出了对策：国军郡养，长驻巴蜀。只这八个字，一经拆解，将军们齐声喝彩！"

"好！"蔡泽欣然拍案，"这便是说，由上将军府派出大将率一班军吏入巴蜀，征召巴蜀精壮建成水陆两军；所成之军仍是国府大军，由上将军府统一节制；所不同者，巴蜀两郡提供粮饷军资，该军亦长期驻守巴蜀。"

"然也！"老蒙骜笑道，"据实而论，巴蜀原该有一支大军驻守。当年巴蜀穷困，人口稀少。司马错夺取巴蜀，只留下了一万军马驻守蜀中，其军资粮饷全部由国府供给。一支马队由秦中经大散关进入巴蜀，三月才能到达，要养一支大军也是力有不逮。而今李冰治水成功，蜀中大富。彝陵要塞也在我手多年，江水西上之航道也大有改观，经商於入汉水江水，再溯江西上，半月便可抵达。当此之时，无论是巴蜀提供粮饷军资，还是国府节制驻蜀大军，都可轻易实施。时势变化，建成大军确保巴蜀粮仓，此其时也！"

这几章吕不韦扶持异人是主线，秦国养精蓄锐是副线。

蔡泽不禁赞叹："此策高明也！果然是'策不乱法，军不二属'。"

赢柱听得心下松泛，饶有兴致问："老将军，那千夫长甚个名字？教人想起白起！"

"王翦者，频阳东乡人也。少而好兵，事秦始皇。"（《史记·白起王翦列传》）王翦与白起、李牧等齐名，皆战国名将。

"呵呵，不错。"老蒙骜一点头，"此人叫王翦，二十余岁。"

"代有雄杰，秦军大运也！"蔡泽慨然拍案。

"纲成君好词!"嬴柱大笑一阵,看看眼圈发青白头频点困倦已极的老蒙骜,起身一拱手道,"正事已了,我等告辞。"蒙骜恍然抬头,起身离案方一拱手,却一个摇晃轰然跌倒在了案边。两人大惊,抢步来扶,却听沉重的鼾声已经打雷般响起,亮晶晶的涎水已经垂挂在了蒙骜的白须上。嬴柱一把拉住疾步赶来的中军司马问:"老将军今日没得歇息么?"中军司马低声道:"五日六夜没睡了。"说罢与书房军吏一起将蒙骜抬上了屏后的军榻。

蔡泽嬴柱愣怔片刻,匆匆出得府门,已是曙光初显。方要登车,蔡泽拉住嬴柱低声道:"今日之事,足证君上不会延误国事。老夫之见,安国君还得收心回来,着力安顿好立嫡大事。"嬴柱叹息一声道:"非嬴柱不着力,无处着力也。"蔡泽颇显神秘地一笑:"安国君但养精蓄锐,不日自有分晓。"说罢一拱手登车去了。

二　立嫡密书生发出意想不到的事端

嬴柱一觉醒来,见华阳夫人正坐在榻前,长长地打了一个哈欠道:"春睡无边,佳人候榻,快哉快哉!"华阳夫人抚摩着嬴柱散乱的长发咯咯娇笑道:"老猫一般睡,三日三夜了,晓得无?该起来晒晒了,日头正好也。"惺忪双眼前朦胧着倒挂下来的明眸皓齿,鼻翼弥漫着撩人的温热肉香,嬴柱一双手猛然探进了雪白丰腴的胸脯,抓住一对大奶子用力一扯。"疼也!"华阳夫人一声娇笑惊叫,柔软的身子灵蛇一般翻转过来,裙带蓦然散开,明艳的肉体赤裸裸压在了嬴柱身上。嬴柱啪啪两掌打上玉山一般的肉臀,两手一扯光鲜劲韧的大腿,女人嘤咛伏身,迎着长驱向上的男根大喘蠕动起来……

"劲力如何?"嬴柱亲昵地拍打着女人的脸颊。

"三日大睡,老猫不虚辰光。"华阳夫人香汗淋漓笑得分外娇憨。

"老夫老猫,小女子是甚?"嬴柱又猛然压住了赤裸裸的肉身。

"哎哟饶命!小女子小狗子小隶奴!"

嬴柱哈哈大笑,翻身坐起将女人搂在胸前揉着:"肚腹空了,咥个甚?"

华阳夫人惊叫娇笑着跳开:"鱼羊炖!只不许咥我。"却又凑上来用红丝汗巾沾拭着嬴柱身上的汗水咯咯笑道,"听话也,老猫起来晒暖和,阿姐园中等你多时了。"

嬴柱顿时惊讶:"她来做甚?"

"做甚做甚,能做甚? 唾你也!"华阳夫人做个鬼脸,过来侍奉嬴柱更衣。

嬴柱任华阳夫人翻转折腾着笑道:"这老阿姐甚个都好,偏是聒噪多事。"

"呸呸呸!"华阳夫人娇嗔道,"得了便宜卖乖,想人又骂人!"

"好好好,你将鱼羊炖抬到亭下,我先去陪老姐姐。"

"不消说得。"华阳夫人嫣然一笑飘了出去。

嬴柱悠悠然来到庭院甘棠林,远远便见茅亭下徜徉着一个高挑婀娜的黄裙女子,遥遥一拱手高声道:"华月夫人,别来无恙?"女子转身笑道:"哟! 好正经。你倒是有恙,大白日折腾得天摇地动,也不怕阿姐泛酸。"嬴柱呵呵笑道:"老姐姐索性改嫁了来,两姐妹一起侍奉老夫,不亦乐乎!"华月夫人一阵咯咯长笑:"耶! 老猫吃鱼不忘腥,你敢娶,我便敢嫁,晓得无? 不知羞!"嬴柱呵呵笑着走进茅亭,松软地倚着亭柱瘫坐在了青石条上。华月夫人一阵风飘了过来:"起来起来! 有壳没瓢空瓢儿一般,能坐得冰凉石条么? 来,阿姐汗巾垫了,这厢坐!"说话间一手将绿莹莹的丝绵汗巾折叠起来铺在了亭下石磴上,一手扶着嬴柱坐了过来。嬴柱一番大动后原是疲惫,此刻笑得喘息咳嗽好一阵才上气不接下气道:"有壳没瓢,还不是教你两姐妹唾空了?"华月夫人轻轻抚摩捶打着嬴柱脊背娇声笑道:"哟哟哟,好金贵! 我姐妹要做万年藤,老兄弟可是常青树也,若不是有事要来照应,阿姐急吼吼来甘棠林讨干醋么?"嬴柱捉住华月夫人的小拳头低声笑道:"甚好事? 我可不想老姐姐嫁人。"华月夫人红了脸:"呸,没正形! 你的大事,不要听? 阿姐走了。"嬴柱连忙揽住华月夫人丰满柔软的细腰:"敢不听么? 过来说。"要搂了女人坐进怀中。华月夫人就势抱住嬴柱,伏在他耳边一阵急促咕哝。嬴柱顿时惊讶站起:"果真如此? 你却如何得知?"华月夫人坐在了旁边石磴上颇为神秘地一笑:"车有车道,马有马道,你纵是太子,管得着么?"嬴柱凝神思忖一阵摇头道:"我却不信。老姐姐万莫多事。""多事?"华月夫人一双大眼瞪得溜圆,"晓得无,你倒是说话轻松,我姐妹没个根,不揪心么?"嬴柱笑道:"揪个甚心? 阿姐小妹都是老夫心头肉,哪里没根了?"华月夫人一撇嘴:"朝露无根水,晓得无? 我姐妹要的是长远。"

"好热闹也!"亭外一声笑语,华阳夫人轻盈飘来,身后两名侍女抬着食盒相跟。华月夫人笑吟吟起身,过来指点侍女摆置酒菜。一时妥当,华阳夫人吩咐侍女退去,与姐姐左右陪着嬴柱忙了起来。华月夫人烫酒斟酒,华阳夫人开鼎布菜,嬴柱只管埋头吃喝。不消片时,一鼎滚热香辣的鱼羊炖和着热腾腾的兰陵酒下肚,嬴柱额头冒出了晶晶

汗水，顿时觉得浑身通泰。

"阿姐今来定是有事，说了么？"华阳夫人亲昵地用汗巾沾着嬴柱额头。

华月夫人正要开口，嬴柱却拍拍华阳夫人肩头起身道："你姐妹稍待，我片时便来。"华阳夫人欲待说话，却见华月夫人飞来一个眼神，娇声笑道："晓得无，莫忘了来陪阿姐吃酒。"嬴柱在亭外漫应一声，径自大步去了。

华月夫人诡秘一笑，立即挪坐过来一阵喁喁低语，华阳夫人惊喜莫名连连拍掌："好好好！上天开眼也。"华月夫人一皱眉道："好是好，人回不来也是枉然。"接着一阵说叨，华阳夫人顿时愣怔。华月夫人见妹妹沮丧，噗地笑道："我有一策，只不晓得小妹心思如何？"华阳夫人娇嗔道："小妹只管卧榻营生，余事阿姐照应。原本是你的话，如今却来难我，晓得没好！"华月夫人搂住华阳夫人低声道："晓得无，这法子要老太子点头。你不定个主张，老阿姐功夫行么？"华阳夫人红着脸一阵娇笑："至不济三人共榻，他有个不服软了？""死妮子！"华月夫人一点妹妹额头，"贪吃不顾仓空，就晓得舒坦！呜呼了老太子，岂非没了靠山？"华阳夫人摇手笑道："毋怕毋怕，还有老大一个儿子也。"华月夫人大乐，两人咯咯笑着搂作了一团。

却说嬴柱匆匆来到署事庭院，正待走进书房，却闻身后一声高宣："驷车庶长到——"回身一看，四名壮汉抬着一张军榻已经过了影壁，榻上靠坐着一位须发雪白的老人，正是驷车庶长嬴贲。嬴柱心下一跳，大步迎过去一躬："嬴柱见过王叔。"榻上老人竹杖啪啪一敲："老夫今日却是王使，安国君书房接命。"嬴柱心下又是一跳，伸手一指为首壮汉，说声"随我来"，领着军榻进了正厅东面的书房。

"安国君屏退左右。"军榻落定，老庶长嬴贲板着脸一声吩咐。

"禀报王使：嬴柱书房素来没有侍从。"

"好！你等出去守在门厅，不许任何人进来。"老嬴贲一声令下，四名壮汉起起出门。待嬴柱掩上厚重的大门回身，老嬴贲哆嗦着双手从军榻坐垫下摸出一支粗大的铜管捧起："太子嬴柱接书，只许看，不许读。"嬴柱肃然一躬，接过铜管启开泥封取出细长一卷竹简展开，两行大字赫然扑入眼帘：

　　大秦王命
　　公子异人立为安国君嬴柱嫡子　　返国事另为谋划

蓦然之间，嬴柱一阵眩晕心头怦怦大跳。勉力平息心神，抬头看着老庶长愣怔得不知该不该说话。老庶长一点竹杖，苍老的声音分外冰冷："安国君嬴柱切记：太子立嫡，为邦国公事；王族封君立嫡，却是王族事务；唯其如此，此后凡关涉公子异人之事，皆由老夫与安国君商议定夺，他人不得涉足。"

"嬴柱明白。"

"老夫告辞。"老庶长竹杖啪啪啪三点，四名壮汉推门进来抬起军榻走了。

嬴柱恍然醒悟，揣起竹简一阵风般到了甘棠苑。茅亭下两姐妹已经是满面酡红，见嬴柱疾步匆匆模样，竟不约而同站了起来。嬴柱过来也不说话，只挤进两女中间两边一搂，突然一阵开怀大笑。两女眼神交会，两边偎住嬴柱也咯咯笑了起来。

"说！姐妹咕哝，是否生了鬼谋？"

"耶！老犁头好宽，连姐姐也划了进来，美死你也！"

"偏不说！"华阳夫人做个鬼脸，"晚来有你消受也，晓得无？"

"瞒我没好。"嬴柱倏忽沉下脸色，"王书未下，大姐便知消息，你姐妹岂能没有预谋？实在说话，老父王法度森严，外戚私通宫廷是死罪，晓得无！我只叮嘱一句：立即收手，切断私连，否则弄巧成拙。"

"是也。"华阳夫人乖巧一笑，"夫君只说，王书可是下了？"

"知道了还问。"嬴柱板着脸从怀中皮袋掏出竹简啪地丢在案上，"你俩看，是封君立嫡，不是太子立嫡，小心为妙！"

秦昭王虽老，心里不糊涂。关于子楚被立为太子之事，《战国策》及《史记》皆认为华阳夫人起了关键作用。小说求故事圆满，安排秦昭王首肯的情节。

"哟！"华阳夫人笑了，"太子是你，安国君也是你，不一样么？"

"蠢！"嬴柱呵斥一声又呵呵一笑，"太子立嫡是国政大事，须书告朝野，是人皆可知，无涉机密。王族封君立嫡，却是王族事务，自定君定皆是机密，局外人预闻消息抑或私举干涉，便是触犯法度。明白么？"

"就事论事，原是没错。"华月夫人悠悠然一笑，"只这次安国君却是危言耸听。姐姐看来，老王以封君立嫡处置，原是权宜而已，却不在保密。权宜者，规避法度也。嬴异人未经王室法定考校，若公然立为太子嫡子，自是有违法度；老王既不想开乱法立嫡之先例，又想趁着清醒及早了结这桩大事，便谋出了这个权宜之策；这便叫弱其名而定其实，与机密何干？"

"妙！"华阳夫人拍掌笑道，"策士之风，阿姐也！"

"老姐姐能事明理，说得原也不差。"嬴柱亲昵地拍拍华月夫人，喟然一叹，"只是事关重大，国事又在非常之期，老夫尚须小心翼翼，何况你等也。"

"晓得晓得。"华阳夫人娇笑着一手搂住嬴柱一手端起一盅热酒，"这是阿姐请齐国方士制的乾坤酒，只此一盅也，来！"嬴柱把住一双柔嫩的玉臂呱地吞了热酒下去，拍打着两个女人的脸庞曼声吟诵："美人醉兮，朱颜酡些。湘女可人兮，独厚老夫。"华月夫人挣脱身子笑道："起晚风了，莫教他受凉，小妹背起了。"华阳夫人答应一声，笑吟吟偎住男人腋下一挺身，嬴柱肥大的身躯小山一般飘出了茅亭。

次日清晨，甘棠苑尚在胡天胡地之中，贴身侍女在榻帐外急促禀报，说驷车庶长府派主书来请太子商议大事。嬴柱一听，顾不得两女娇娇绕身，气喘吁吁爬起来匆匆整衣钻进辎车去了。

这一"飘"字，大概意指这肥人飘飘欲仙。

老嬴贲已经在专门处置王族事务的密室端坐等候，见嬴柱脚步虚浮精神恍惚浑身散发着莫名异味，大皱着眉头冷冰冰道："殷鉴不远，在夏后之世。安国君可知这句老话？"嬴柱肥白的大脸顿时涨红，尴尬入座，勉力笑道："侄儿一时有失检点，尚望王叔多多包涵。"老嬴贲竹杖一点长嘘一声："老夫尝闻：君子之泽，三世而斩。嬴氏自孝公奋起，至当今老王，恰恰三代矣！交替之时，安国君这第四代变故多出，先有太子嬴倬英年夭亡，再有蜀君嬴煇争嫡作乱而身首异处，王族强势日见凋零。当此之时，安国君以嬴弱之躯而承大命，年逾五十而尚未立嫡，邦国之难王族之危，已迫在眉睫矣！"老嬴贲痛心疾首，竹杖直指嬴柱鼻端，"君受公器，不思清心奋发，沉湎女色而自毁其身，何堪嬴氏之后！何堪大秦雄风也！"

怒其不争。

"王叔……"嬴柱扑拜在地大哭起来。

"起来起来，你受不得凉气也。"老嬴贲竹杖对着身后大屏敲打两下，一个少年内侍轻步走了出来。老嬴贲低声吩咐："扶安国君热水沐浴，务使其发汗才是。"少年内侍低头脆生生答应一声，过来扶起嬴柱，蹲身一挺背着嬴柱软绵绵的庞大身躯去了。

大约半个时辰，嬴柱冠带整齐红光满面地到了厅中。老嬴贲竹杖一指大案淡淡道："喝了那鼎药膳汤再说话。"嬴柱默然入座，见案上一鼎热气蒸腾，鼎下铜盘中木炭火烧得通红，钩开鼎盖用长柄木勺舀着啜了起来。未到半鼎，嬴柱额头细汗涔涔体内热乎乎一片通泰，眩晕虚浮之感顿时消散。

"谢过王叔。"嬴柱一拱手，"侄儿不肖，若不能洗心革面，愿受族法！"

悔得倒快，还要观其后效。

"功业在己不在天，好自为之也。"老嬴贲感喟一声，挂着竹杖艰难地站了起来走到嬴柱面前，丢下一支细长的铜钥匙,"右案这只铜匣,打开。"嬴柱移座右案,利落打开了铜匣,一只怪异的兵符赫然在目。

嬴柱心下猛然一跳:"黑鹰兵符!王叔何意?"

"你且听了。"老嬴贲点着竹杖,"王命:着安国君嬴柱凭黑鹰兵符领精锐铁骑三万,秘密开赴离石塞口。"

"我……领,领军打仗?"嬴柱大为惊讶,一时口吃起来。

"你能打仗?"老嬴贲冷冷一笑,"整日心思都在哪里,木桩一个!"

默然片刻,嬴柱恍然拍案:"王叔是说,要我接应异人返国?"

"要你出场,还能有甚?"

"可,邦交无门,异人能回来么?"

"异人回国,王命另有处置,你只管接应。"

"哪,何人领军?"

"蠢!"老嬴贲怒斥一声,"你持兵符,还要谁个领军?"

"我,我说的是领兵大将是谁?"

一蠢再蠢!

"天!嬴氏子孙竟有此等兵盲,气杀老夫也!"老嬴贲雪白的头颅乱颤,"持兵符者,有选将之权,不知道么?若在战场,老夫早一剑劈了你!"

胜在脾气好,对谁都没有威胁。

"王叔……"嬴柱哽咽一声,"我本羸弱,从来没想过做这个太子也。"

"你,你好出息也!"老嬴贲粗重地喘息一阵,黑着脸冷冷一句,"送你到家了。记住:前将军蒙武为将,他与异人同窗情深,只怕比你还上心;你只坐镇,一切行止悉听蒙武决断,保你无差。"

"谢过王叔指点!"

"且慢。"老嬴贲一点竹杖,"此次各方举动皆为秘密事宜,消息若是外泄赵国,异人有杀身之祸。知道么?"

"侄儿明白！"

回到府邸，嬴柱也不去甘棠苑，蒙头大睡到暮色降临方才起来，沐浴用膳后自觉精神尚佳，立即吩咐贴身护卫备车。正在此时，家老却匆匆来报，说纲成君蔡泽来访。嬴柱略一思忖，提着马鞭来到了正厅。不料蔡泽对着嬴柱一番打量，呵呵一笑又告辞去了。嬴柱心下疑惑，匆匆追上道："纲成君呵呵两声便走，岂有此理！"蔡泽依旧是呵呵一笑："见君知君，何须聒噪也。"转身摇着鸭步优哉游哉走了。嬴柱无可奈何地一笑，大步回到后园钻进四面密封的辎车，从后门出了府邸。

旬日之后，三万秦军铁骑经北地郡秘密抵达离石要塞。由于全部路径都在秦国境内，消息没有丝毫走漏。大军越过离石要塞，在河东一条大峡谷隐秘扎营，日不起炊，夜不挑灯，临近的赵国边军一无觉察。主将蒙武在血战长平时已经是前军先锋千夫长，稳健周密有乃父蒙骜之风，机警勇猛却是显然过之，担任全军尖刀从来没有出过差错，军中誉为"铁鹞鹰"。老嬴贲点蒙武为将，除蒙武与异人笃厚，最根本处是看中了蒙武单独出兵的可靠及嬴柱与蒙氏一族的通家交谊。

蒙武后与王翦一道大破楚军，杀项燕。蒙氏几代人皆名将，其父蒙骜，其子蒙恬、蒙毅，皆闻名于诸侯。

驻定当晚，蒙武对嬴柱一阵交代，传下将令：由自己亲自率领一万人马原地驻守，做各路总策应；其余两万人马分解成十路轻骑，每路专分五百人前出散开探察，千五百人则埋伏要道口专司接应；若遇赵军追杀公子，接战骑队当一面死力拼杀，一面以随带猛火油大纵明火为号，各路马队见火立即驰援。军令下达完毕，两万轻骑衔枚裹蹄趁着夜色弥漫向广袤的河东山塬。

如此月余已过，眼看寒风呼啸已是腊月隆冬天气，各路却依然毫无动静。这一日蒙武心下不安，到嬴柱帐中道：

"月余无消息,末将总觉有异。各路轻骑所带军食有限,我欲撤回散出兵马,专一只在河东峡谷守候,安国君以为如何?"嬴柱原本不谙军事,自是赞同蒙武主张。蒙武见嬴柱没有异议,当即下令撤军回谷。三日之间大军收拢,蒙武部署好各军扎营地点,又从河西要塞调来充裕军粮,便在河东峡谷中扎营守候,每日轮番派出斥候游骑在百里之内耐心巡查踪迹。匆匆又过一月,大年正月已经到了最后一日,条条路口依旧是毫无动静。蒙武觉得蹊跷,与嬴柱商议准备回兵。不想此时,驷车庶长嬴贲却派特使送来紧急王命:蒙武军立即分兵一半东出离石,赶赴上党西口同时接应。

"各将聚帐!"蒙武一声令下,二十位千夫长与两员副将片刻便到帐中。蒙武紧急下令最得力的千夫长王翦行副将职权,率领五千铁骑先行赶赴上党,后续五千人马由自己亲自率领随后跟来。军士拔营之时,蒙武匆匆来到安国君大帐,想请年长体弱的嬴柱留守离石要塞巡查策应。不想未进大帐便听帐内一片慌乱杂沓,蒙武即时一惊。

连日起早贪黑,嬴柱疲累已极,闻得军情有变,正在思忖是跟蒙武驰驱上党还是留守策应,却闻帐外马蹄如雨!嬴柱尚未起身,一个须发灰白满身脏污的老人踉踉跄跄扑了进来:"主东,出,出大事了……"

"家老!你如何来了?"嬴柱忽地站了起来。

"华阳华月两夫人,被,被廷尉府突然拘拿!"

"……"

"大道无消息。老朽私下打探,也是传闻纷纭……"

"!"嬴柱大急,闷哼一声轰然哗啦地倒在了案上。

于嬴柱而言,确实是大事。

这身子也未免太弱了。

三　佳人归来兮　春不可以残

嬴异人婚礼大成,邯郸士林一时传为佳话。

"传为佳话",有点牵强。

吕不韦百味俱生,勉力应酬完婚礼与宴席酬酢,匆匆回到了仓谷溪蒙头大睡。两个昼夜过去不吃不喝不出门不理事,竟是要永远地睡下去一般。西门老总事大是忧心,吩咐越剑无连夜请来了毛公商议。毛公听完老总事一番诉说也不去吕不韦寝室,径自点着竹杖摇到了跨院客寓。

初夏时节,小庭院卧在满山花草与莽莽胡杨林中,习习谷风阵阵鸟鸣,分外的幽静空旷。毛公推开虚掩的大门,院中毫无动静。毛公可着劲儿咳嗽一声,一个总角小女仆不知从哪个角落冒到了面前:"老伯何事? 忒大动静!"

"嘿嘿,动静不大你个小姐姐能出来? 找人。"

"赵姬公主成婚了,客寓没有人了。"

"蠢!"毛公板起黑脸,"老夫要见卓昭姑娘。"

"老伯早说也!"小女仆做个鬼脸,凑近毛公低声嚷嚷道,"姑娘一直卧榻不起,叮嘱我说来人说没人。我说若是主东来咋说,她说这里人早忘记了她,来人也是仆人杂事,只回没人。我说那你吃饭咋办,她骂我一句蠢,关上门再也没出来。"

"几日了?"

"今日整整六日六夜。"

"你能开得门么?"

"能。可姑娘没有吩咐,不敢开也。"

"蠢! 要饿死人么!"毛公竹杖重重顿在青砖地上,"老夫奉主东之命看望姑娘,开门!且慢,开门之后,快去厨下吩咐制一盅好汤备着,半个时辰后送来。"小女仆鬼个脸答应一声,从裙带上拿下一支扁扁长长的铜钥匙,带着毛公到了庭院最深处的一座青砖大屋前,咣当咣当拨开了门闩。大门推开,幽暗的厅中立即有一股异样的沉闷气息扑面而出。小女仆顿时慌乱,叫了两声姑娘便嘤嘤哭了起来。

"蠢!拉开帷帐,打开门窗。"毛公站在门口皱起了眉头。

明亮和煦的阳光伴着习习谷风洒过,屋中依然寂静无声。毛公笃笃点着竹杖绕过大屏进了隔间寝室,一双老眼顿时瞪直了。凉幽幽的寝室整肃洁净四面雪白,白榻白帐白案白墙,地上铺满了已经有些枯萎但依然洁白的山花,一个雪白丝衣的女子静静仰卧在白榻白帐之中,枕旁一束火红的山茶花将女子脸庞的微笑映得分外明艳。

倏忽之间,毛公眼眶溢满了泪水,白头瑟瑟颤抖着大盘腿匍然坐地,两掌对着白榻笔直推出又缓缓收回,口中悠长地呼唤吟诵:

> 天佑佳人　魂兮归来——
> 幼清以廉洁兮
> 逢离乱而未泯
> 入歧路守节义兮
> 长离殃而愁苦
> 魂兮归来——
> 南方炎炎不可以止也
> 西方流沙不可以驻也
> 北方冰雪不可以留也
> 东方流金不可以居也
> 上天雷渊者危矣

六日六夜房门未开,这束火红的山茶花从何而来?

土伯幽都者寒矣

魂兮归来——
天地四方　返故居也
共献岁以发春兮　时不可以淹

同饮尽欢兮　路不可以渐
佳人归来兮　春不可以残
魂兮归来——
天佑汝以白芷芳兰

嘶哑悠长的吟诵在空谷回荡,悠悠蒸腾的白气在厅中弥漫,在毛公大汗淋漓之时,白榻上一声细微的呻吟,游丝般的声音飘荡了过来:"上苍无处,我回来也。"

"公主金玉之身,何须如此也!"不知何时,吕不韦站在了寝室门口。

"嘿嘿,累煞老夫也。"毛公大袖拭着额头汗水站了起来,"你老兄弟终是来了,老夫去也。"转身对厅中捧着食盒的小女仆使个眼色,"小姐姐有功,扶老夫回去有赏。"小女仆顽皮地一笑,将食盒放到案中搀扶着毛公去了。

吕不韦捧着汤盅走到榻前道:"公主既已醒来,请饮了这盅灵芝麋鹿汤。毛公的方士之术只管得一时,固不得根本。"女子朦胧着双眼淡淡道:"往事不堪,我早已不是公主,先生叫我本名好了。"吕不韦尴尬笑道:"赵姬之名已经被替代了,不韦惭愧,尚请见谅。"女子依然淡淡漠漠:"赵姬原非我名,我本名叫陈渲。"吕不韦不禁一惊:"如此说来,姑娘是故陈国公主?"女子轻轻一声叹息,闭上了眼睛,一丝泪水渗出眼帘爬上了苍白的脸颊。吕不韦心中猛然一颤,上前扶起

这毛公竟然会叫魂之术?

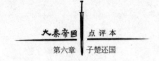

女子靠在大枕上,捧过汤盅一勺一勺地喂女子喝下。

"谢过先生。"女子睁开眼睛,脸上泛出了一片红晕。

"陈渲姑娘如此自残,不韦殊为痛心也。其中因由,能否明告?"

"先生无须自责。"陈渲淡淡一笑,"先生重金买我,其意本在那位公子。陈渲无才,不能取公子之心,反累先生失其所爱。于情于理,于长青楼规矩,陈渲皆负疚过甚。我若留世,各方多有不便,何如去也。陈渲一生至此,路虽崎岖而身心清纯如雪,自怜自痛,选了如此长眠之法,原本与先生无关。今两公救我,小女无以回报,只求先生送我回陈国故土,桑麻隐居了我一生。先生大恩大德,但求再生相报矣。"

默然良久,吕不韦突然开口:"不韦若有他想,又当如何?"

"长青女规矩:主人生我死我,无怨无悔。"

"陈国故土一无安宁处,姑娘莫做此想。"

"既然如此,陈渲唯有一死相报。"

"不!我要娶你为妻!"

突然之间,陈渲一阵咯咯长笑:"异想天开也。先生只不知长青女另一规矩:终身为奴,绝弃妻愿,若谋妻位,其身必灭。"

"与公子结缡,你何以没有此说?"

"委身公子,乃主人买我之初衷,敢不从命?"

"女不为人妻,岂有此理!"

"先生且听我说。"陈渲又是淡淡漠漠地一笑,"长青楼主图谋长远,方有这一规矩。先生但想,长青女若仗恃才艺美貌与主人妻室争位,搅得主家分崩离析,长青楼焉得在巨商富豪间有万无一失之口碑?先生若为一时躁动之心,惹来后患无穷,得不偿失矣。"

"我却不信!"吕不韦一声冷笑,大步跨前两手一抄抱起了女子。陈渲一声惊叫昏了过去。吕不韦不管不顾,一把扯掉陈渲裙带,又三两把脱去自己衣裳,上榻赤裸裸压在女子身上嘴对嘴地大呼大吸起来。未及片刻,陈渲嘤咛一声醒来,满面涨红地挣扎着软瘫的身子,不禁泪水泉涌。吕不韦却疯了一般揉搓着柔若无骨的嫩滑肉体,一句话不说只分开陈渲双腿奋力一挺。一声微弱的呻吟惊叫,陈渲顿时没了声息。

大约半个时辰，满面红潮汗水涔涔的陈渲睁开了眼睛，见吕不韦正盯着自己打量，不禁放声大哭。吕不韦依然是一句话不说，下榻穿好衣裳回身猛然抱起陈渲大步出了客寓。来到山腰庭院，毛公与小女仆正在厅前笑嘻嘻眺望，旁边的西门老总事却是一脸不安。吕不韦抱着一身白衣的女子趄趄大步走来，遥遥一声高喊："毛公、老总事，我要大婚！迎娶陈渲姑娘！"

心无滞碍之后，吕不韦再生。

"天意也！"毛公一阵哈哈大笑，"吕公业已心无藩篱，可喜可贺！"

三日之后，仓谷溪一片平静温馨的喜庆。没有管弦乐舞，没有高朋大宾，婚礼宴席只有四张座案——薛公毛公与吕不韦陈渲。开席未几，旁厅宴席的西门老总事与执事仆人们轮番进来敬酒完毕，毛公薛公正要与一对新人痛饮嬉闹，吕不韦已经是醺醺大醉了。一身红裙玉佩的陈渲默默用大枕将吕不韦靠在座案上，离座起身肃然两躬，亲自为毛公薛公各自斟满了三大爵百年赵酒，又在自己面前满当当斟满了六爵，方才粲然一笑："赵姬去矣，吕公再生。两公大德，陈渲当代夫君敬谢。"说罢连番举起沉甸甸铜爵一气饮干，胸前衣襟竟是滴酒不沾。毛公又惊又喜，拉起薛公忙不迭举爵急饮，酒液流淌顿时将胡须胸襟淹得湿漉漉一片，一时间酒香弥漫了大厅。毛公薛公正在哈哈大笑，不意竟匪夷所思地醉了过去，颓然软瘫在大案前。

西门老总事闻讯，带着越剑无与两名女仆匆匆赶来，要扶几人回房歇息。陈渲红着脸笑道："夫君有我，诸位但侍奉两公回房便了。"说罢一矮身将吕不韦双手托起，脚步轻盈滑出，舞步一般摇曳飘去。越剑无大是惊讶，一拉西门老总事便跟出了大厅。

仓谷溪庄园的正厅坐落在向阳避风的山坳，寝室却在

山坡庭院的书房之后。今夜月在中天又是处处红灯高挑,各条路径看得分外清楚。饶是如此,越剑无两人出厅之时,山腰石径已经没有了人影。越剑无心中一急,左臂一夹老总事飞身跃上了山坡庭院,进得大门掠过书房便看见了红烛高烧的洞房。西门老总事低声道:"莫急,先听听动静。"与越剑无悄无声息地贴近了一片红光的落地大窗。

房内一声粗重的喘息,吕不韦的声音:"姑娘,你恨我么?"

"不。"女子轻柔断续的声音,"你是主人。只是,委实意外。"

"假若吕不韦不是主人,你会有情于我么?"

"不知道。"

一阵长长的沉默,又是吕不韦声音:"陈渲姑娘,事已至此,无须隐瞒。不韦原非草率轻薄之人,强犯姑娘原是我有意为之。卓昭原是我所爱之人,却因夜半弹筝无端巧遇,而被异人公子引为天人知音。公子为此相思成疾,以至于癫狂失心。为解难题,不韦方才踏入长青楼选得姑娘,欲以佳丽才情化解公子情痴心病。不合波澜横生,公子竟因秦筝认定卓昭正是胡杨林梦境中的天人知音而坚执求婚。实在说,也是卓昭姑娘秉性奔放热辣,亦为公子炽热动心。当此之时,不韦若不成全两人婚配,非但嬴异人身心俱毁,吕不韦也是功败垂成矣!"屋中响起脚步声,吕不韦一声叹息,"此间诸般变化,姑娘皆在云雾之中,然却良善宽厚,非但不以遭受陡然冷落而滋生事端,反欲以白身辞世解脱不韦之难堪。此心此情,若非毛公点破,吕不韦依旧一派混沌也。唯感念姑娘情欲有节,无奈出此下策,以破佳人冰封之心,欲救回姑娘以为发妻,而绝非不韦以买主欺人,做禽兽之举。此番心事,天地可鉴。吕不韦若有一句欺心之言,后当天诛地灭!"

"做则做矣,要得如此板正么?"

"姑娘……"

"卓昭出嫁,何以冒我之名?"轻柔的声音突兀一问。

"秦赵死敌也。"吕不韦的身影在大窗上徘徊着,"赵国若知卓昭嫁于秦国公子,必得加害于卓氏一族。虽是天下巨商,卓氏也无力对抗此等叛国灭门之罪。卓昭隐名冒名,原是避祸之策,无得有他。"

"无墙不透风,此事瞒得多久?"

“五七年之间，异人公子可望大出，其时赵国纵然知情，卓氏亦可免祸。”

“大出？这位公子要做国王？”

“不错。公主后悔还来得及。三年后我保你进得秦王宫。”

“原来如此也！”妙曼的身影一声轻柔悠长的惊叹，突然又大笑起来。

“笑从何来？信不得吕不韦么？”

妙曼身影长躬扑拜在地：“先生救我于心死，实是再生大德！”

“公主……”吕不韦木桩一般矗着。

妙曼的身影膝行几步骤然抱住了吕不韦双腿，轻柔的声音颤抖着哽咽着：“我不是公主，不是奴隶，我是你妻！你也不是主人，你是我的夫君！”

“我，我……”吕不韦手足无措，木讷得语不成句。

“夫君！”妙曼身影倏然长起，火红的大袖包住了木桩般的吕不韦……

窗外的西门老总事轻轻一扯越剑无说，呆看个甚？走！越剑无鬼脸笑笑，在老总事臂膊一趁，两人悄无声息地飞身出了庭院。

次日清晨，幽静的仓谷溪庄园飘出了一朵婀娜多姿的红色的云，出入于重重庭院，摇曳在条条小径，分派着仆人们整治庭院，指点着厨师们备炊造饭，召唤着使女们洗衣浣纱，偌大庄园显出了一片井然有序的活泛气象。惯常日出而作忙碌得团团转的西门老总事第一次悠闲地抄着双手唤起了沉沉大睡的毛公薛公乐呵呵地上山看日出去了。几位吕氏商社的老执事也惊喜得满庄园张罗前后品评，直是不亦乐乎。越剑无看无须帮忙照应，一骑飞出了山谷。待到日上三竿吕不韦走出庭院，庄园已经是整齐洁净满眼生机。蓝天白云下

《史记·吕不韦列传》载，“吕不韦取邯郸诸姬绝好善舞者与居，知有身。子楚从不韦饮，见而说之，因起为寿，请之。吕不韦怒，念业已破家为子楚，欲以钓奇，乃遂献其姬。姬自匿有身，至大期时，生子政。子楚遂立姬为夫人”。后子楚逃回秦国，“赵欲杀子楚妻子，子楚夫人赵豪家女也，得匿，以故母子竟得活”。《史记》所载自相矛盾，既是“绝好善舞者”又是“赵豪家女也”，显然不合逻辑。小说借此漏洞，设计中计，这一招偷龙转凤，高妙。不过，将本来是权宜之策、偶然之事，写成可歌可泣的煽情爱情故事，只能说作者迁就了小说的趣味。趣味后面，是价值观。为天下、为百姓、为国这些被赋予高尚意义的虚妄之想，掩藏了为己之争心。《战国策·秦策五》所载吕不韦与父亲的对话，如立国家之主赢利无数，“今力田疾作，不得暖衣余食；今建国立君，泽可以遗世。愿往事之”，明显与为天下、为百姓、为国关系不大。吕不韦为子楚破家，邯郸献有身之赵姬，皆为己之争心。小不忍则乱大谋，吕不韦的富贵之想，是谋略之大谋，而非后人喜欢空谈的爱国主义。小说把吕不韦写成为天下可放弃一切小我的大义之士，其实是价值观层面的穿越，从人物塑造的角度来看，这种“善”是败笔。

吕不韦的“后宫”，事关秦王子嗣疑案。且看作者如何自圆其说。

炊烟袅袅笑语不绝，林木山溪中鸟语花香捣衣声声，昨日还透着几分苍凉酸楚的满院红灯，此时弥漫出一派热气腾腾的喜庆。

"噫！"吕不韦揉揉眼睛，惊讶得兀自一声喟叹。

"嘿嘿，偷着乐么？"

"毛公薛公，"吕不韦蓦然回身红着脸嘟哝，"一觉醒来，全不对劲也。"

"天地翻覆，只怕是言不由衷也。"薛公揶揄地笑了。

"嘿嘿，你那情欲有节之道，该当再添几句。"毛公对着吕不韦摇头晃脑地吟诵起来，"乾之为大，无坤者虚也。山之为雄，无水者枯也。情欲有节，无爱者冷也。人世之寒热，泰半在女子也！""添得好！"吕不韦一阵开怀大笑，从来没有过的精神抖擞，见西门老总事在山坳庭院遥遥招手，两边拉住毛公薛公道："走！今日痛饮，不醉不休！"

正厅中酒宴业已摆置整齐，依然是一身红裙却显然比昨夜之淡漠判若两人的陈渲正在笑吟吟给各案定爵布酒，见三人谈笑风生而来，虽意味不同但却都饶有兴致地打量着她，不禁满脸通红羞涩地一笑，说声两位先生请入席，风一般飘去了。三人不约而同地大笑一阵，个个就座举爵痛饮起来。酒过三巡，陈渲悠然进来照应布酒，又轮番与三人对饮，毛公薛公引着一对新人海阔天空地戏谑笑谈，一片融融之乐前所未有。不知不觉间已到午后，越剑无匆匆进来，说声西商义信，递给吕不韦一只裹扎严实的皮袋。吕不韦当下打开拿出一支泥封铜管启开，抖出一卷羊皮纸展开眼光一瞄，却是一行极为古奥的籀文，递给相邻的毛公薛公："我识得不全，两公且看。"

"好事！吕公大事成矣！"薛公惊喜拍案。

"嘿嘿，只怕未必也。"毛公哗啦一抖羊皮纸，"只这两句话：太子已立嫡，作速设法与公子回秦。消息人是谁？不知

吕不韦立国家之主一事，已渐明朗。

道！两句话也说得不明不白：嫡子立的是谁？如何立得？老秦王王命还是太子自作主张？全不清楚！嘿嘿，只怕不能凭这一纸之言轻举妄动。"

"老夫之见，你老兄弟这次却是妖狐多疑也。"薛公悠然笑道，"秦赵交恶，此等事本是极端机密。消息人准定是半公半私，公事私办。万一走漏消息，也是个扑朔迷离，使赵国难以判定真伪。能用已经消失的古籀文密写，足见消息人对吕公学问底细知之甚深，准定认为这两句话足以明事，无须蛇足之笔。吕公以为如何？"

"薛公所言不差。"吕不韦折叠起羊皮纸装入贴身皮袋，起身一拱，"两公且随我到书房计议。渲妹，你与西门老爹立即清理庄园，紧要物事悉数装车。越执事，立即赶到无名谷知会荆云义士。"说罢与毛公薛公匆匆出了大厅。

仓谷溪立即忙碌了起来。

四　峡谷丛林里的蒙面马队

暮色时分，一队车马辚辚出了庄园，到得仓谷溪口分作了三路：两辆垂帘辎车驶上了邯郸大道，两匹快马箭一般驰向了西北方向的山塬。大约半个时辰，两匹快马进入了一道险峻的峡谷，迎面一骑飞来禀报说荆云义士已经在河谷丛林聚集马队等候了。吕不韦说声走，一骑当先飞入了林木莽莽的大峡谷。三五里之后，峡谷渐渐开阔，淙淙水流旁高耸着大片青黄苍苍的胡杨林，进入林中一箭之地，朦胧月光下每株形如伞盖的胡杨树下都耸立着一尊黑黝黝的物事，马罩皮甲人戴面具，铁塔般岿然不动。待吕不韦走马入林，黑黝黝铁塔们突然刀光闪亮整齐一呼："参见吕公！"

"诸位义士，"吕不韦在马上一拱手，"中秋将至，不韦特来拜会，盘桓痛饮！"话方落点，林中又是一声谢过吕公的欢快呼声。喊声方息，右前一骑沓沓走马到中间高声道："壮士兄弟们！荆云告知诸位一个重大消息：吕公业已将我等一百零三人家室全数安置妥当，每家三百金加两百亩良田！我等既往罪责，一概从官府了结除名！自今而后，兄弟们不再是官府追拿的要犯，家小族人也不再为我等所累！此等大德大恩，我等何以为报？"

林中铁塔们一片沉寂，骤然一阵夹杂着唏嘘哽咽的雷鸣般吼声："追随吕公！忠于吕公！死不旋踵！"队前荆云却又高声道："吕公之意：我等护商使命业已告成，中秋之后可各归故里，重操桑麻耕耘。哪位弟兄若有未了之事，今晚可说明，吕公当在旬日之内理清事端，保我等安然离赵。兄弟们意下如何？"奇怪的是林中一片沉默，唯有粗重的喘息夹杂着偶然的战马喷鼻清晰可闻。吕不韦有些惊讶，看看荆云正要说话，却听林中一人高声问道："荆云大哥如何打算？回归故里么？"荆云一拱手道："兄弟既问，荆云明说不妨：当年吕公救我出黥刑苦役，此恩不报，我心不泯！目下吕公大事正在最后一步，荆云要送吕公安然出赵，再行离开，不能与诸位兄弟同走。"林中铁塔们顿时一片骚动，一个声音喊道："大哥说得好！我等谁个不是吕公涉险犯难救于牢狱刑场？大哥不走，我等如何走得！""对！大哥不走，我等如何走得！""我不走！""我也不走！""任侠之风，岂能不报而走！"一片嚷叫声终于汇成了一片吼叫的巨浪："吕公不离赵，我等不离赵！"

荆云走马过来低声道："吕公，诸位兄弟同心，我也无能为力。"

"也好，我来说透。"吕不韦走马上前几步，一拱手高声道，"诸位义士，吕不韦当年所为，皆是感念诸位侠义高风，憎恨官府苛政害民。倏忽十余年，诸位与吕氏商社甘苦共尝，栉风沐雨历经艰险，方保得吕氏商社庞大车队屡遭劫难而无一次倾没。若非如此，吕不韦岂能成事！十余年来，义士马队战死者十三人，负伤者九十六人。每念及此，不韦痛心负疚无以复加。此等流血拼杀之大功大德，报偿吕不韦昔年破财救难虽百次而有余！谈何不报而走？纵是专诸、聂政、豫让再生，谁个敢说诸位义士不报而走？"马队寂然林风习习，吕不韦不禁一声哽咽，稍稍平静心绪又道，"今日所以遣散义士马队，无得有他，皆因不韦行将弃商从政。政者，正也。战国变法百余年，各大国都是政肃法严，不韦将成官身，安能有私家马队追随？不瞒诸位义士，今秋之内吕不韦要离开赵国西入秦国。诸位都是山东义士，各人家族与秦国或多或少都有血战仇恨，若随不韦入秦，心下岂能坦然？不韦心中无他，唯念诸位任侠之士，回归故里便是各得其所，不韦也心无挂牵了。"吕不韦说罢翻身下马，对着林中铁塔般的马队深深一躬，"此心唯诚，诸位义士体谅。"

林中马队肃然无声。依着战国之风，这便是不赞同却又几句话说不清。荆云见状走过来低声道："吕公，我看先不说此事也罢，左右不在几日。回头我与兄弟们先私下说说再说不迟。""也好！"吕不韦慨然一笑向林中一招手，"兄弟们，今夜月明风清，各国老酒应有尽有！走与不走姑且不说，我等先来个一醉方休！"

"吕公万岁——！"林中一片欢快的呼喊。

一场豪侠夜饮直到东方发白。胡杨林中篝火熊熊酒香弥漫，一架架烤羊烤猪蔚为大观，红木酒桶咕咚咚抬来轰隆隆滚去骑士们卸甲摘面大陶碗酒花飞溅，丛林河谷一片呼喝笑语。吕不韦醉了，荆云醉了，所有一百零三名骑士都醉了。直到落日西沉又是暮色，吕不韦两骑才出了谷口，一路之上心绪说不出的百味杂陈。

这支马队与吕不韦实在是血肉相连。

二十年前，他初入商道与田单达成第一笔盐业买卖之时，深深体察到了行商长途运货的艰险。从即墨海滨的盐场到中原大市，迢迢千余里，一二百辆牛车，三五百号人马，当真是谈何容易。然则，行商最要害处尚不在这事务繁难，毕竟战国之世比起春秋时期的诸侯林立关卡重重路途要通畅许多，只要有几个精于运筹的执事与主东齐心协力，做到井然有序忙而不乱倒是不难。行商之要害，只在一个险字，险则在于盗。盗，是春秋战国之世对游离于官府法网之外的乱民的称谓，几类后世所说的匪。战国之世大战连绵天灾人祸此起彼伏，所滋生的"盗民"比春秋之世大大增多。盗民者，或是大战之后被丢弃的重伤兵无计还乡，或是各国逃出的苦役犯（刑徒）、复仇杀人犯不敢还乡，或是各种各色的逃逸奴隶无乡可还无家可归，或是大饥馑后残留的奄奄孤儿，或是逃离本国苛政远走他邦却依旧流离失所。凡此人等流窜啸聚会于各邦国交界处的险要山川，官府鞭长莫及，穷山恶水地薄无收，狩猎亦不足以存活，成就了以劫掠商旅富豪与小国辎重粮仓为生计的盗群。

初为盐商，吕不韦对要隘劫道者或送一笔金钱，或卸下半车一车盐袋，或丢下几口袋商旅路上必备的干饼酱肉加几桶好酒，总是求买得个路途通畅人马无伤。然时间一长，盗

有这支护商马队，可保子楚平安归秦。

们得寸进尺胃口膨胀,大盗群动辄便要五七车财货,吕不韦不堪重负了。恰在此时,田单在即墨抗燕,吕不韦受托做起了秘密供给齐军物资的总筹办,无论是分散采买或是集中运送,件件都是大宗生意十分火急绝不能中途出事。开初几次,都是鲁仲连亲自带领着临时招募的一支马队护送货车。半年之后,吕不韦深感诸多不便。一是牵累鲁仲连不能专一襄助田单;二是匆忙招募的骑士难免良莠不齐,几次被盗群首领收买,若非鲁仲连与几名骨干骑士奋力血战,车队便是全数被劫。

反复思虑,吕不韦请鲁仲连举荐一个义士,重新物色遴选可靠武士,组成一支可共患难甘苦的护商马队。鲁仲连也正在焦虑即墨战事危机而不能脱身,听罢连连点头,说齐国有一个义士堪称当世任侠,只怕你我目下财力起他不出也。吕不韦问此人何在?鲁仲连说,此人被齐南百姓呼为"鱼鹰游侠",现在莒城以东百余里的一座刑徒营服苦役;燕军破齐后,燕将秦开奉乐毅之命,立即占领了齐国南部这座关押三万余人的牢狱大营,要将这些刑徒押送回燕国填充劳役。为宣示燕军的王师仁义,乐毅通告齐人:旧齐国苛政,刑徒多有冤狱,齐人可以金钱财货赎救罪犯还乡,无人赎救之刑徒听凭燕军处置。

吕不韦笑道:"此公人望甚高,岂不早被人赎救了去?"鲁仲连愤愤苦笑:"你却懵懂! 齐人鸟兽四散,财货被燕军大掠十之八九,谁个有重金赎救刑徒? 空头仁义,乐毅骗得谁来!""原来如此也。"吕不韦恍然大悟,"此番你押送海船北上,我去莒城燕军大营。"

三日之后,两人水陆两路分头北上。吕不韦到得莒城,在城外难民聚居的山谷寻觅到了一个昔日富豪的田姓齐人出面,自己扮作家老跟随,找到了燕军大营求见主将秦开。秦开听罢诉说冷冷一笑:"此人顽劣入骨,在刑徒营鼓噪越狱,明日正要明正典刑,不在赎救之列。"吕不韦抢前一步拱手笑道:"我家主东原与此人无甚关涉,赎救与否皆无所谓。只是我家主东深受旧齐苛政之苦,要给齐人做个表率,以示燕军仁政无虚。此人在狱虽则刁顽不堪,昔年却做得许多好事颇有人望,若赎救得出,齐人对燕军自是刮目相看。将杀之际能许赎救,则更见燕军宽厚爱人,我齐国子民拥戴无疑。老朽此言,尚望将军三思。"秦开沉吟一阵笑道:"一个家老竟有如此说辞,难得也! 如此稍待,我须禀明上将军定夺。"

次日清晨,一队骑士护卫着一员大将飞到燕军大营,上将军乐毅亲自前来处置这件

事情了。乐毅说此人虽可赎救，然须多出一倍赎金，否则无以惩戒顽劣之民，纵有仁政依然落空。吕不韦连忙扯了扯"主东"衣襟，"主东"慨然应允了。

这个"鱼鹰游侠"被抬出脏污不堪的洞窟时，已经遍体鳞伤奄奄一息了。粗通医道的吕不韦立即清洗了鱼鹰游侠的伤口，清楚地记得大小伤口共是六十六处。然后用浸透药汁的大幅麻布将人包扎停当，抬上了铺有三层兽皮的密封辎车，亲自驾车昼夜兼程回到了陈城。商社的西门老总事已经接到消息，请来了隐居荆山的楚国万伤神医。大布打开，须发如雪的老神医看得一眼已皱起了眉头："此人内伤外伤新伤旧伤重重交叠，毒脓遍体，命在旦夕，老夫也是无能为力也。"吕不韦大急，一声闷哼栽倒过去。片刻醒来，老神医沉吟道："伤不难治，毒脓难消。若得钩吻草三枝、鸩羽一枝，或可有救。只是此物实在难觅也。"吕不韦霍然起身转身便走。也亏了是在这南北商旅交会的陈城，两日之内，吕不韦居然以三千金的骇人高价从一个岭南大药商手中买得了两种剧毒之物。老神医将鸩羽入酒，再用人们闻之变色的鸩酒清洗毒脓渗溢的伤口，割去腐肉，又用钩吻草熬成的药汁浸布包扎新肉伤口。如此这般一月有余，鱼鹰游侠竟神奇地起死回生了。

三月之中，游侠只整日在后园林中默默转悠，即或在吕不韦为他举行的庆贺小宴上也是沉着黑脸一言不发。吕不韦也从来不说事体，只隔三岔五地到林中茅屋谈天说地请教剑术。游侠似乎不耐聒噪，对吕不韦的谈笑风生始终只是默然相对。一次终是难忍，举着大陶碗咕咚饮尽大手一抹嘴角道："公既赎我，又救我命，有死事但说，何须整日絮叨！"吕不韦顿时闹了个大红脸，肃然一个长躬到底："君为任侠，不韦从鲁仲连处闻名，心怀景仰故而救君。不韦救君，无买命复仇之心，唯愿与君死生一体图事而已。君但斟酌，若以为不韦所事当得君为便为，不当为则不为。不韦若有图报之心，天地人神灭之！"说罢径自大步去了。

旬日之后，一个月明风清的夜晚，吕不韦接到西门老总事急报，说从岭南运回的皮甲在洞庭湖北岸被山盗劫走大半。吕不韦郁闷心头漫步后园，蓦然却见林下一人赤身跪伏路口背负带刺荆条背上鲜血淙淙，分明正是鱼鹰游侠。大惊之下，吕不韦抢步上前解开荆条扶他起身，自己却一时喘息着说不出话来。游侠深深一躬，低沉地迸出几句话来："公为大义商旅，我为风尘武士，与公生死一体共图大事，自今日始！"

没有说一句话，两人紧紧地抱在了一起，鲜红的血沾满了白麻布袍，滚烫的泪滴满

了赤裸的身子……那一夜，两人痛饮了三大桶烈性赵酒，快语如风连绵不断，直到红日高挂谁也没醉。

游侠说他的本名叫荆云，是当年秦国商鞅的卫士荆南的后裔。商君死难，荆南安置了商君的诸般后事逃离秦国，先入墨家，老墨子死后墨家分崩离析，荆南晚年隐名居在了齐国海滨。三世以来，荆氏一族已达到三百余口，武风不衰，代有侠士。荆云出生，三岁开始修习武术根基，十五岁已经是一流剑士，二十一岁加冠，荆云的剑术节操已经在齐东地带有口皆碑了。时逢齐湣王苛政害民赋税繁多，荆云不堪乡里百姓叫苦，带领四乡民众交农罢耕。谁知齐湣王闻报非但没有免赋（劳役）减税（实物），反倒派来军兵缉拿首犯剿灭乱民。愤怒之下，荆云带领荆氏一族与罢耕农人三千余人连夜入海逃上了一座无名孤岛，所有举事乡民无一伤亡。荆云因此得鱼鹰游侠之名。三年后，荆云登陆采买渔船渔具，不意在即墨被官府抓获，定为不赦终身苦役，当即黥刑刺面押到齐南刑徒营单窟关押，两年后便成了无数绵绵蠕动在原野上的苦役犯之一。

燕军大举破齐，守狱齐军惶惶大乱。荆云极为警觉，立即策动刑徒们在一个深夜大举暴动。杀散惶惶官兵，就要结队逃往就近莒城寻找貂勃做抗燕义军时，燕军秦开部十万轻骑风驰电掣般卷来，将万余刑徒封堵在山口之内。守狱燕将查出了荆云是起事首领，许他以燕国刑徒营总领之官并减所有刑徒罪名，条件是他说服刑徒们安心迁燕做官府终身劳役。荆云怒斥燕将，断然拒绝。燕将大怒，将荆云捆在木桩上用皮鞭抽得半死，又关进了冰冷脏污的石窟。燕将不信世间有如此硬骨头，每日十鞭，非要打服荆云不可。虽日每血流如注，荆云却是一声不出，回到石窟则极为机密地做着联络刑徒们暴动越狱的谋划。若非那个传送消息的齐人老狱吏因说梦话泄风,酷刑之下供出了荆云,刑徒营的风暴在吕不韦到来之前已经再次爆发了……

吕不韦百感交集唏嘘不已,慨然提出要与荆云拜"刎颈"之交①。荆云默然良久,却摇了摇头。吕不韦难堪不解。荆云却说:"大义不在俗交。公图大事,不当死便不能死,何须为全一人之义轻了性命?生若我等武士,便是个战阵生涯,头颅悬于腰间说丢便丢。与公刎颈,全小义而废大义,实则不义也!"吕不韦无话可说,请荆云出任商社总执事。荆云又摇了摇头说:"公所缺者非商道之才,实武士之才。譬若田单昔年经商,有两百敢死马队,非但保得商路无恙,且能撑持鲁仲连呼唤风雨纵横天下。荆云自认武才不差,定然为公谋得百人死士以济缓急。然却有四请,公须切实做到。"吕不韦肃然点头。荆云便说出了四个条件:一不参与商社任何事务,二不出席任何公开酬酢,三不对任何人泄露马队武士的姓名身世,四不接受除吕不韦之外的任何人差遣。

吕不韦记得,他郑重地接受了荆云的全部四请。

一个月后,荆云容貌大变,一个俊秀英挺的青年永远地消失了,站在吕不韦面前的是一个连鬓虬髯面若涂炭分不清年龄的精悍汉子。吕不韦热泪盈眶哽咽难言,虬髯汉子却一拱手去了。半年之后,吕不韦有了一支三十人的马队,两年之后,马队逐渐增加到一百一十六人,从此有减无增。荆云说,快速马队不若战阵大军,贵在精悍,百人足矣。所有这些骑士,都是荆云秘密物色的特殊死士,不是为民获罪而成刑徒,便是仇杀逃匿而成流民。荆云物色一个,吕不韦周旋解救一个,数年之间整整支出三万金之巨!

从此,吕氏商社的车队经最初两年的十多次实力闯盗关

荆云不以小义而废大义,非等闲人也。

---

① 战国习俗,一人死,另一人得自杀(刎颈)跟随,是谓同死。

之后，从来没有出过大事。荆云不是一个草莽侠士，而是一个机谋深沉果敢明断的首领，他不断通过各种途径与各色盗群结交，十多年下来，山东六国畅通无阻。吕不韦深为感慨，几次对荆云叹息："兄弟大将之才也！生逢战国之世正当其时，不若出世为将，不韦当全力襄助。"素来不苟言笑的荆云哈哈大笑："倘若吕公一日为相，荆云自当为将！"一句话说得吕不韦也是哈哈大笑。

三年前商事收手，吕不韦要安置武士遣散马队，荆云却总是摇头，这件事便搁了下来。直到吕不韦咸阳归来，才说动荆云，开始动手诸般安置。荆云不闻不问，依旧恪守约定信条，恒常如一地住在峡谷丛林，整日带着马队驰骋演练。今次前来，吕不韦似觉马队武士们有些变化，面具马甲整齐，直与秦国的铁甲锐士一般。本想问来，终因素来不干荆云马队铺排，也便没有说出，只是在心头压着一个心思：骑士们要走在我后，该如何疏通赵国关隘放行？

"先生，老总事！"越剑无扬着马鞭遥遥一指。

斜阳之下，一辆青铜轺车如飞而来，前厢驭手挽缰挺立雪白的须发散乱飘舞，一看便是西门老总事驾着吕不韦的高车来了。这辆轺车在吕不韦图谋入政长住邯郸后极少使用，一则是这辆车全部青铜打造华贵讲究三马系驾，行止太过惹眼；二则是轺车只有伞盖而无辎车垂帘，乘者或坐或站都被路人看得清楚，如此便多了许多路途应酬。今日西门老总事亲自驾着青铜轺车迎出仓谷溪，必有意外之事。

"西门老爹，何等事体？"勒马之间吕不韦高声一句。

"咸阳密使到了！"老总事也是刹车之间高声一句，又抖着马缰将车兜过喘息着笑道，"来人做派甚大，我驾出轺车迎你回去，免得他人笑我商社寒酸。"

"咸阳？密使？"吕不韦大是惊讶，"奉何人之命？有书信么？"

"大势派也！"西门老总事咋舌一笑，"甚都不说，只说要见吕公。"

吕不韦下马登车笑道："老爹也是，管他甚做派，我是我便了。走！"

五 一波三折 先机行险

夕阳时分，幽静的河谷山道罕见地热闹起来。

一队黑衣武士与一队红衣侍女清一色的黑马长剑，簇拥着一辆锃亮的青铜轺车辚辚隆隆地开进了仓谷溪庄园。远远看去，仿佛一团乌云托着雨后的太阳在山谷漫游。马队轺车之后，远远跟着一队嘎吱嘎吱大响的牛车，每车都苫盖着一张棕色的防雨牛皮，将高高隆起的车厢裹扎得极为严实，直是一座座小山在河谷蠕动。拐过一个弯道，河谷深处的山头上一座竹楼抖动着红色幌旗遥遥在望。青铜轺车中一声令下，前行骑士一马飞出摇着一面黑色小旗直奔庄园，报号之声回荡山谷："远方客来拜会吕公——！"

"敢问何方贵客？"正在忙碌的西门老总事闻报出来，实在有些不明就里。

"咸阳客到，作速禀报吕公。"骑士勒缰圈马丝毫没有下马的样子。

老总事呵呵笑道："大宾自远方来，也得有个名号，否则何以禀报？"

"多事！"骑士用马鞭一指，"你只说咸阳密使到，余事莫问！"

"贵客稍待。"老总事一拱手匆匆回了庄园，吩咐仆役停止善后忙碌立即收拾厅堂庭院，又到山腰书房对夫人陈渲禀明请她暗中指点诸般应酬，自己备好青铜轺车出了庄园。到得大门，见马队轺车已经到了庄园外车马场，后队牛车尚在络绎涌来，老西门连忙下车走过去对着青铜轺车一躬："老朽乃吕公家老。我家主东访客未归，请大宾进得庄园稍候，老朽去迎接主东。"

"不晓得吕不韦忙了。"轺车上一个楚音极重的黄衣中年人矜持地叩着伞盖铜柱四面打量，"以堪舆之学，此地有龙虎之象了！晓得无？"轺车左右两名颇显斯文的骑士连连点头呼应。中年人又转身盯住了西门老总事问："吕不韦通晓阴阳之学？"见西门老总事笑笑不置可否，又蓦然惊乍："咿呀！那辆轺车上等货色！家老用车了？"西门老总事谦恭拱手："禀报大人：此车为我家主东之高车，寻常不用。敢请大人随吴执事入庄歇息等候，老朽迎接主东片刻即回。""好说了！我等等吕不韦无妨。"黄衣中年人矜持地笑呵呵下车，在武士们簇拥下进庄去了。

一路听老总事说了诸般细节，吕不韦心中的疑云越来越重。咸阳与他有涉者，唯蔡泽与华月夫人。蔡泽已有极为隐秘的籀文密书，再派密使显然蛇足了。华月夫人精明能事操持秘事尤为练达，纵是不知吕不韦与蔡泽之间的秘密而要给吕不韦预闻消息，又岂能派如此一号神道兮兮的人物来做密使？果真如此，又有谁能直派密使招摇入赵？太子嬴柱么？事关重大又是利害贴身，似有可能。然则，太子嬴柱秉性粘连少断唯王命是从,似乎又不是独行其是的人物。如此能是何人?老秦王么?吕不韦心中猛然一动,连自己也吓了一跳。以密使之势派,似乎只能是王命。老秦王晚年多有出人意料的密行,似乎也不能排除其匪夷所思之举——派一个善于作伪示形的秘事能臣前来,再以商事遮掩,实则给吕不韦部署嬴异人回秦之法?果真如此,必有后手。然则,秦赵断绝邦交多年,能有何等后手?使节无用,大军施压也无用,甚至是令山东六国闻之变色的黑冰台都对睡觉也睁着眼睛的赵国无计可施,老秦王又能有甚个后手?若无后手,派如此一个密使前来岂非还是添足?直到辎车进了火焰般的胡杨林山道,吕不韦还是理不出个头绪来。

"山后进庄。"吕不韦轻轻吩咐一声,辎车远远绕过庄园车马场驶进了草木荒莽的山谷。这是一条完全没有路径痕迹的密道,看去一片齐腰深的荒草,草下却是平整的车道。绕过山头,辎车进入了一座草木遮掩的山洞,停好车马,三人从山洞密道直接到了山腰的起居庭院。吕不韦吩咐西门老总事先去正厅应酬,越剑无带领几个仆役上山头望楼,自己进了书房。

陈渲刚刚回来,说厅中尚算安然,进庄人马连同牛车伕总共三十二人已经酒足饭饱,密使与两男两女四名随从正在厅中饮茶。"你没闪面?"吕不韦问得一句。陈渲摇头一笑低声道:"这个密使是楚人,如何却是秦使?你须谨慎才是。"吕不韦心中猛然一亮,点点头出了书房,进得大厅一躬:"濮阳商吕不韦见过公子。"

"哎呀不敢了。"正中座案前的肥胖黄衣人呵呵笑着一拱手却没有起身,反倒是主人一般虚手一请,"吕公入座说话了。"吕不韦满面春风地坐到了下手,只笑吟吟看着黄衣人不说话。黄衣人悠然呷得一口热茶笑道:"初入邯郸,尚算可人。不想赵国经长平大战，竟没有被我大秦打得趴下，啊！"说罢见吕不韦依旧只笑不说话，径自一阵哈哈大笑，"吕公呵，我是华阳夫人与华月夫人的胞弟，芈亻戎，受命前来。"吕不韦这才笑道："敢问公子封爵？官居何职？"黄衣人矜持地笑了笑："吕公有士商之名，何以如此世俗？秦国那爵位官职，都是要血汗凭证方得做的，谁却歆羡了？芈亻戎只做个逍遥商，在秦楚间做珠玉皮革生意，强如封君封侯了。"吕不韦呵呵笑道："不想公子贵胄，却与吕不韦有同道之好。公子若欲在三晋开辟商路，不韦可效犬马之劳。"黄衣人大笑一阵连连点头叫好，末了骤然凑近吕不韦低声急促道："实不相瞒，两位老姐姐总想要我做做国事公差，鼓捣个封君爵位。我没那兴致，老姐姐就急。这次嘛，也是老姐姐逼我来也，说是要助她一臂之力，也给我挣得些许功劳。我要不来，还真不晓得邯郸有大生意，有吕公这等义士了。老兄弟跟我芈亻戎搭手，决然无差了。两三年谋个五大夫爵准定了！晓得无？"

"谢过公子。"吕不韦一拱手，"敢问两夫人托公子做何生意？"

"哎呀！夫人爵比王后只差着一等，用做生意？"芈亻戎的大笑中有着矜持有着鄙夷也有着恍然，信手从袖中抽出一个竹筒一晃，"看看，这般生意了。"身后一武士装束的少女立即双手接过捧给了吕不韦。吕不韦不理会芈亻戎神情，默默启开泥封掀开铜盖，抽出一卷羊皮纸展开，两行齐整的小字：

> 吕公如晤：王命秘颁，子楚立为太子嫡子。华阳夫人思子愁焦，派胞弟芈亻戎入赵援手，以保子楚早日归秦，吕公亦建不世大功。华月手字。

思忖片刻，吕不韦笑问一句："援手二字何指？"

阳泉君是也。小说中的阳泉君又肥又蠢。《战国策》里的阳泉君倒是个识时务者，吕不韦劝其居安思危，阳泉君于是促成华阳夫人立嗣之事。

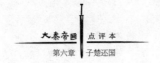

　　"哎呀！如此一件大功送到面前，你却没事人了！"芈亓又气又笑地站了起来指点着吕不韦，"援手便是援手！你吕不韦一个商人，能办得如此大事？"

　　"公子莫急，送来大功，自有重谢。"吕不韦恍然一笑，向身后西门老总事低声吩咐了两句。西门老总事快步出厅，片刻推来了一辆精致的两轮小铜车。吕不韦一拱手道："公子既是珠宝商路，不韦奉献一物，敢请笑纳。"老总事推过小车，"当"的一声掀开小车厢铜盖又揭去一层红锦——厅中光芒一闪，两厢灯烛顿时黯然。

　　"哎呀！"芈亓的眼睛立刻瞪直，"南海龙珠！晓得无？魏惠王才有了！"

　　"宝物藏于识家。自今便是公子之物。"

　　"哎呀吕公！"芈亓惊乍地笑着大步走过来伏身凑到吕不韦耳旁神秘地一阵咕哝，又回身对一个黑衣武士一招手，"你过来。吕公，有他万无一失了！"黑衣武士走过来神态稳健地一拱手："在下芈戬，见过吕公。"吕不韦心知此人便是华月夫人当初交代给他而他却从来没有联络过的那位"黑冰台"族侄，笑着一还礼道："不知两位如何谋划？公子如何行止？"黑衣武士道："公子住邯郸，与在下监视平原君府，掩护吕公与子楚公子相机离赵。赵国若察觉追赶，我等断后！"见吕不韦沉吟不语，黑衣武士有些不悦，"不当之处，尚请见教。"吕不韦思忖道："谋划并无不妥。只是敢请公子住在仓谷溪，不宜住邯郸。"

　　"哎呀！这却是何道理？邯郸大市，不玩玩行了！"芈亓大急。

　　"恕我直言。"吕不韦罕见地没有了笑容，"邯郸'黑衣'①极多。公子奢华好酒秉性外向，万一有差，我等多年绸缪毁于一旦。敢请公子包涵才是。"

　　"岂有此理！"芈亓面红耳赤地挥着大袖叫了起来，"本公子王公诸侯见得多了，车载斗量！你吕不韦见过甚了？无非害怕赵狗而已！涉世浅，好大口气了！本公子偏住邯郸，做一回大事你看了！"气咻咻喘息一阵大袖一甩，"两个老姐姐给你带来十车秦货，抵得你那没用的龙珠了！走！"

　　吕不韦没有丝毫气恼，只对黑衣武士连使眼色。黑衣武士皱着眉头低声道："我这族叔原本神道兮兮，痴騃！在下无法，吕公再劝只怕要出事，我上心防备便是了。"吕不韦无奈地叹息一声，良久愣怔着说不出话来，听得车马声隆隆远去方才蓦然醒悟，立即

---

　　①　黑衣，赵国王室武士，后来成为王室直接控制的探事秘密斥候。

唤来越剑无吩咐飞马邯郸去请毛薛两公。

天亮时分，毛公薛公匆匆赶到。听吕不韦一说事体，薛公大皱眉头，毛公勃然变色："甚个夫人？饭桶！蠢鸟！"薛公摇摇手制止了毛公吼骂，思量道："事已至此，最险者是这只蠢鸟再粘上异人公子，勾连出事端。老夫有上中下三策应对：上策，毛公设谋三五日内尽快将这只蠢鸟赶出邯郸；中策，公子与吕公立即物色隐秘新居，尽快搬入蛰伏不出，给他来个泥牛入海，待他无趣而归再相机而动；下策，异人公子搬迁新居，吕公原地不动应酬各方。两位以为如何？"

"嘿嘿，你老哥哥这上策只怕不中。"毛公将大案叩得梆梆响，"没听说那只蠢鸟是个痴騃，身边还有个黑冰台侄子？要赶走，无非是酒徒赌徒市井痞子诸般人等骚扰不休，可那蠢鸟仗着财大势大，必定是非但不走还要硬对着大闹，届时召来邯郸官府，岂非将暗事做成明事？不中不中！"

薛公红了脸道："不中便不中，你只谋划个中的来，急吼吼有用？"

"不韦之见，下策可行。"吕不韦一番思忖道，"中策似有不妥。若两方一齐遁去，反倒是着了形迹，只怕平原君府要先起疑心，缓急有变又不宜突兀出面，反多有不便。下策水到渠成。公子大婚时我等已经扬言公子要搬迁府邸。此正当其时也，禀报平原君也是顺理成章，只要那个黑冰台一两月查不出踪迹，便算过关。"

"吕公决断甚当！"薛公当先赞成。

"嘿嘿，也中。"毛公摇晃着白头，"要那黑冰台小子踏勘不出，老夫倒有一法，你等放心便是。只是嬴异人那小子要否事先叮嘱清楚，老夫倒是心中无底也。"

吕不韦默然点头，思忖片刻道："此事不是太难，只要相烦毛公。"

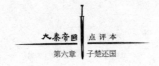

"嘿嘿,对老夫也客套了?你只说个法子,甚个烦不烦!"

"卓昭冰雪聪明,只找她说明利害。"

薛公连连摇头:"要是卓昭,该当吕公去说,毛公不管用也。"

"……"吕不韦尴尬地笑笑,一句话也说不出来。

"老哥哥懵懂!"毛公煞有介事地挖了薛公一眼,又得意地嘿嘿笑了,"如何忘了这小妮子也。中!此事老夫包揽,准定有用。"

又议得一阵将诸般细节靠实,匆匆用过中饭,三方立即分头行事:毛公去异人府邸稳住阵脚,并联结昔日酒徒赌友大行骚扰黑冰台的疑兵计;薛公陪赢异人去信陵君平原君府邸拜会,借机请准平原君许其迁宅;西门老总事立即进入邯郸物色新宅,越剑无则带着一名精明少仆便装飞马跟踪芈芊一行;吕不韦坐镇仓谷溪如常应酬部署善后。旬日之间,一切安置妥当,赢异人迁入一处出城极为便捷的隐秘宅第,最令人担心的芈芊一行,竟也安然无事。

吕不韦大大松了一口气,眼见秋风萧疏行将入冬,与毛公薛公细密商议,定下了一条不着痕迹的出逃之策:秋冬之内一面缓缓疏通平原君与沿途各方关隘,一面将需要离赵入秦的诸般人士以各色名目在开春之前离开邯郸入秦,只留下吕不韦毛公薛公赢异人夫妇与越剑无;来春启耕,六人六骑以踏青为名出邯郸悄然西行,一日之内进入离石要塞,使平原君无从觉察。三人反复计议揣摩了其中诸般细节,一致认定此策可行万无一失。吕不韦久经商旅秘事,立即做了周密部署:毛公薛公加赢异人夫妇,只管交结平原君信陵君府邸上下诸般人等,务必成就"秦子楚不思故国,醉心赵酒胡女"的口碑,而使信陵君蔑视平原君松弛。吕不韦特意叮嘱最放得开手脚的毛公:"邯郸之举,譬如当年勾践之示形于吴王夫差,成与不成,便看此处!半年之内,公若挥洒得万金之数,大事底定也!"薛公摇头道:"吕公只怕老夫小本生意做惯了不敢挥洒,错也!此事须得有度,豪阔过甚犹不及矣!"毛公嘿嘿一笑:"老哥哥差矣!不韦老兄弟岂不知过犹不及?无非要你我另辟蹊径,花钱而不显铜臭,岂有他哉!我看中!老哥哥只场面定舵,铺排大雅有我,只不韦老兄弟不要事后心疼!"三人一阵大笑。疏通西行关隘与他人分期入秦的两件大事,吕不韦交给了西门老总事。这位老爹撑持商社事务三十余年,处置此等买路上路事务之老辣精到连吕不韦也自叹弗如,交给老人完全放心。

留给吕不韦须得亲自处置的一件大事,只有荆云的丛林马队。若如骑士们坚执之

说，吕不韦与嬴异人等离赵后骑士们再散，便得先期筹得足够一年的粮肉及诸般用品，并得时时疏通赵国的邯郸将军，不使其以"剿盗"为名生出事端。这一切，若是吕不韦依然在赵，自然百事皆无。战国大商皆有护路马队是通行规矩，吕不韦又是长期供应赵国兵器材料的名商，任谁也不会为难。然若吕不韦带着秦国人质突然消失，赵国岂能放过这支马队？一番思忖，吕不韦决意再次与荆云会面，务在明春之前妥善安置了这支义士马队。

火焰般的胡杨林中，商讨计议持续了一个夜晚。荆云与十位什长终于赞同了吕不韦的新谋划：马队骑士全数进入齐国即墨做骑兵，挣得官身后各人自选前程。吕不韦立即派人与齐国安平君田单联络齐军接纳事宜；一俟音信有定，或冬或春，马队便以护商之名离赵入齐。议定之后吕不韦心中大石落地，与骑士们整整盘桓痛饮一日，逐个听了骑士们的新近家境状况，记下了几个人要在邯郸了结的难题，趁着月色回到了仓谷溪。当晚吕不韦修书一封，派越剑无兼程赶赴临淄。入冬之际越剑无风尘仆仆地赶回，带来了田单回书：已经飞书即墨将军接纳骑士，开春之际马队即可东来。吕不韦倍感轻松，破例与即将先期入秦的夫人陈渲痛饮了一番，醺醺大醉。

冬日一天天过去，眼看河冰消融杨柳发出新枝，独守仓谷溪的吕不韦前所未有地不能平静。正月十五，越剑无从邯郸报来消息：芈亓在邯郸已经住遍了所有的上等客寓，腊月住定胡寓云庐不再挪窝，整日与三名金发胡女胡天胡地；原本说正月一过要回秦，近日却说要买下三名金发胡女带走，正在与胡寓主东讨价还价，一俟买定便走；芈亓笃信阴阳之学，上路日子选在了"龙抬头"的二月初二。毛公薛公也是日有佳音：嬴异人新宅第宾客不断，与邯郸名士已经非常交好，也成为信陵君平原君两府的座上大宾；在薛公周旋下，信陵君已经答应举荐嬴异人给平原君，请平原君为嬴异人在赵国谋得一个大夫爵位；说定那日，信陵君哈哈大笑，说人质公子如嬴异人者，异数也！异人在平原君酒宴上兴致勃勃地说到春日踏青，平原君当即欣然拍案："二月踏青放歌，公子可与国人同游，品我雄强赵风也。倘有中意女子野合，可破例城外露营一宿！"此言一出，举座哄然大笑……

一切都是出乎意料地顺利，吕不韦心下反而不能平静了。

正月末这一夜，吕不韦几次从梦中惊醒，心头怦怦直跳，裹衣而起，在燎炉前盯着红幽幽的木炭转悠起来。是高兴得心潮难平么？不是！吕不韦清楚地记得，这种心悸生平只有一次,那便是田单火牛阵大破燕军的前夕,他乘大海船亲自押送猛火油与油脂松木的那一路。若说当年还掺着几分初经大事的紧张恐惧,目下这件大事却已经是绸缪已久处之泰然,还能是紧张恐惧么?不是!吕不韦从来不凭神秘兮兮的邪说断事,却也隐隐约约地相信魂灵深处的警示——心象异常,必有异事!如此说来,谋划中有漏洞?

怔怔凝视着发白的木炭火反反复复地斟酌分解着每一个细节,吕不韦依然莫衷一是。窗外霜雾弥漫,细微的唰唰声弥漫天地如同万千春蚕在吞桑吐丝。突然,眼前燎炉"啪!"地弹起一个爆花,一片带着火星的炭灰打上额头,烫得吕不韦一个激灵,心头猛然一道闪亮——芈芾!最可能出事的环节!如此一个不伦不类的人物在邯郸大张旗鼓地挥霍一秋一冬,以平原君信陵君之老谋深算竟不能觉察?再想回来,若你吕不韦是平原君,觉察了这天大秘密又当如何处置?

吕不韦心头猛然一颤。

正在此时,一阵急骤的马蹄声敲打着冻土在峡谷中如战鼓雷鸣。庭院战马尚在嘶鸣喷鼻,越剑无已经裹挟着一阵寒风冲了进来:"先生,出大事了!暮色时分,芈芾带着一个胡女,与几个士子模样的醉汉出了胡寓,至今未归!我等三人已经秘密打探了三个时辰,还是没有踪迹!"

一阵冰冷倏忽漫过身心,吕不韦骤然生出了一阵身临悬崖绝境的眩晕。他牙关狠狠一咬,挺直了摇晃的身躯,心头豁然明亮——平原君也一直在示形作伪以静制动,眼看芈芾要拔脚回秦,悄然收网了!"不用找了,人在平原君府。"吕不韦向越剑无摆手一句,随即低声吩咐几句,两人匆匆大步出了庭院。

大事不妙。平原君暮年虽名声日下,但还不至于老到懵懂。吕不韦所谋之事,恐怕已泄。

此时的平原君府邸，灯火通明弦歌声声。

依照久远的习俗，正月年节的最后一日是要聚酒大宴的。"年"是一个蕴涵深远的最大节候，过法也极是漫长讲究：腊月便开始敬天敬地向天地禀报年来祈祷，"年"初是举家欢乐享受天伦，随后几日渐渐延及族人亲戚，"年"中（后世称为元宵节）弥漫村社乡里一团红火，"年"末则是宾朋大聚。年末之重要在于窝冬之期真正结束，春日耕耘真正来临，最后聚得一日共勉痛饮就此开元，显得分外不同寻常。还在"年"初之时，平原君约定了与信陵君并一班名士在自家府邸年末聚饮。客居他乡的信陵君无心此等应酬，推辞笑道："你那府邸官事忙乱，要聚饮到我这破园来。"平原君却是神秘地一笑："还是我那里，聚饮事小，教你看一出滑稽戏。"信陵君淡淡一笑浑没在意。

年末这日雨雪纷纷，午后有高车驶到信陵君府邸门前，却是平原君门客总管毛遂亲自驾车来接。信陵君不好拂意，知会一班门客名士相跟了去。进得平原君府邸，最大的第二进庭院全部搭起了牛皮帐篷，三百多张大案密匝匝摆开，百余盏红丝风灯悬吊一圈，照得大帐院一片通红。身处帐中，天外雨丝雪花摇曳飞舞，帐内酒香弥漫冠带满座，别有一番况味。待信陵君与门客名士就座，平原君高声宣布开鼎。酒过三巡，天色黑了下来。正在司礼高声宣呼舞乐登场之际，平原君一扯邻座信陵君衣襟眼神示意，信陵君起身跟着出了庭院大帐。

绕过一片冰封雪雕的大池，是第三进书房。两人落座，侍女捧来滚烫飘香的煮茶。信陵君品茶间只不说话，分明是要看神秘兮兮的平原君如何抖开滑稽戏的秘密。平原君却是笃定，对信陵君狡黠一笑，啪啪两掌。

掌声方落，一股醺醺酒气裹着一个肥胖的皮裘黄巾人从大屏后摇了出来，摆得几摆，黄巾人终于飘手飘脚地坐到了旁边一张案前，一阵大喘气道："快！快送我回胡寓云庐了。云庐！晓得无？否则，有，有你两老匹夫好看了！"平原君突然拍案："芈亓！实在说话，你入邯郸意欲何为？借醉隐瞒无甚好处！"黄衣人猛然一个激灵："你，你等何人？这是甚个所在了？"平原君微微冷笑："老夫平原君赵胜。座上大宾，赫赫信陵君魏无忌。你还想如何？"

突然，芈亓肥厚的嘴巴张得酒爵一般："你？不怕秦国了！"

"长平大战都没怕，怕个老之将死的嬴稷么？"平原君哈哈大笑间突兀变脸，"若得不信，老夫立即将你这楚秦肥子塞进虎笼，扒出五脏六腑，看老秦王却能如何？"

芈亓骤然失色,忙不迭扑地拜倒不断叩头:"不能不能了! 两公子大名如雷贯耳,只是此事重大,委实不能泄露,晓得无? 唯求两君明鉴了!"

平原君学着芈亓的楚音揶揄笑道:"晓得了晓得了,只你对我说我不对别个说自不会泄漏了,晓得无?"

"晓得了晓得了。"芈亓呵呵笑着,"我对你说你不对别个说便不会泄漏了。真是! 我如何想勿到此番道理了?"

一语未了,信陵君忍俊不禁,噗的一声将一口茶喷得满案水珠。平原君却浑然无觉只淡淡一笑:"那便说了,说晚了我就对别个说了。"芈亓忙不迭摇手道:"不可不可万万不可,对别个一说岂不泄漏了?"平原君笑道:"你说我便不说,你不说我便说,晓得无了?""晓得晓得,我说我说了!"芈亓哭丧着脸喘息一声,"不! 先来一大桶凉茶再说,我心烤在燎炉上,冒火了!"平原君呵呵笑道:"心烧没事了,才说得利落。说完了再茶,凉茶还得热茶晾凉不是了?""也是了。"芈亓转着混沌的眼珠呵呵笑着,"说了无妨,实在也不是大事了。秦王立嬴异人为太子嫡子,秘不示外了。华阳夫人怕日久生变,急欲使异人早日回秦。华月夫人派我做密使,前来襄助吕不韦,要公子早日离赵回秦了。"

"吕不韦与此事何干?"一直沉默的信陵君突兀一问。

"不晓得了! 老姐姐只说找到吕不韦便是大功,其他也没说了。"

"你见了嬴异人几次? 他要如何离赵?"信陵君又追一句。

"谁见过嬴异人了!"芈亓嚷嚷着,"我是按图索骥,他却没踪迹了! 能找见公子,我赖在邯郸吃这西北风了! 你不说我还想不起了,你说了我要问了! 你,你,说! 赵国将公子藏在何处了? 你敢杀他了? 说,说了!"

"坐了坐了。"平原君轻轻一推踉跄打圈指点呼喝的芈亓,宽大的皮裘裹着黄巾醉汉颓然跌到案前。平原君跟着笑问:"既没找见嬴异人,你为何要走了?"

"你你你甚都要问了?"芈亓骤然红了脸吭哧起来,"我为特使,不得回国复命了? 再再再说,好了好了说也无妨了! 我得了两个女宝,要不走你抢了我找谁去了!"

"两夫人如何选得你做密使了?"

"不晓得么?"芈亓得意地笑了,"入秦芈氏中,我芈亓最周全干练了!"

见信陵君一副厌恶神情,平原君硬生生憋住了笑意一挥手,大屏后出来两个壮汉将醉醺醺的芈亓架了出去。芈亓却回头嘶哑着嗓子兀自嚷嚷着:"记住了不能对别个说了，说了便是泄漏了！凉茶凉茶，你不作数了！"

　　厅中一片寂然。平原君看看信陵君冷峻沉思的白发黑脸，想笑也笑不出来了，思忖片刻问："如何处置？君兄可有对策？"信陵君突然拍案，倏忽一脸杀气："扣下嬴异人！斩首吕不韦这个奸商！""好！"平原君一拍掌哈哈大笑，"英雄所见略同！六国命运又有转机也！"信陵君却又长嘘一声笑道："你是有备而出，好自为之也。只不要走了吕不韦。嬴异人只是个鞭下陀螺而已，对山东六国还有用。"平原君点头一笑，回身挥手召过站在书房入口的府邸总管吩咐道："家老亲驾我车去子楚府邸，代我邀他来府聚饮，说信陵君要与他切磋兵法。"家老匆匆出厅，平原君对着门厅一拍掌道："将军请进。"随着话音，厅外嗵嗵脚步，旋即砸进来一个须发雪白皮甲胡服的老将："末将赵狄，已等候将令多时！"平原君肃然拱手道："老将军，今日要务干系重大，许成不许败，方请准赵王调来将军。老将军乃赵国王族谋勇双全之骁将，定可当得大任！"赵狄赳赳挺身："平原君但下军令，末将万无一失！"平原君从袖中抽出一支灿然发光却比寻常令箭短得许多的金令箭举起道："老将军带精锐骑士三千，赶赴武安至滏口陉的各条要道，设置关卡严加盘查！若遇不持我令强行过关者，当即拘拿。拘拿不能，格杀勿论！老将军，放走一人一马，你我提头去见赵王！"赵狄慷慨拱手，"嗨！"的一声嗵嗵砸将出去。

　　"主书。"平原君轻轻一声，一名红衣文吏已经站在了面前。

　　"你持我丞相官文前往邯郸将军府传令：自明日卯时起，邯郸各门立即戒严盘查；将吕不韦图影张挂，遇得此人立即拘拿！"

　　"为何不从今夜开始？"见书吏出厅，信陵君问了一句。

如此蠢货，还说是来襄助吕不韦？

此时才下令，太迟。

"我反复思谋,心中有底也。"平原君悠然一笑,"一则,我数月未动,此时秘密拘拿芈芊,吕不韦毫无觉察,断不致今夜漏网;二则,今夜适逢年末,国人昼夜出入城门川流不息,毕竟不是起战,年末夜大军森煞多有不便。"

早有预谋。

"半年前吕不韦就住在城外了。"

"可嬴异人一直在邯郸城里啊,"平原君笑了,"没有嬴异人,吕不韦单独逃走值得几何?此中轻重,此等奸商自己有数。君兄倒是多虑也。"

"赵国如此笃定,无忌夫复何言?"信陵君淡淡一笑站了起来,"方才韶乐奏得极妙,一个女乐工竟能操得编钟,我要再领略一番。""哎呀,一个女乐工你倒是上心也!"平原君哈哈大笑一阵突然低声问,"嬴异人来了你不在好么?此人身价已涨,不能少了礼仪。"信陵君又是淡淡一笑:"年末之夜,小民也是围炉聚饮,况乎异人?先前未约,夜半请人,不会来也。""你我相请,庶子岂敢不来!"平原君觉得信陵君话味有异,红着脸嚷了一句。信陵君毫无争辩之意,还是淡淡笑道:"也是。来了派人知会一声,我奉陪。"说罢径自出门没入了纷飞雨雪。

此时不逃,更待何时。

吕不韦两骑飞驰邯郸,进得西门时丑时更鼓刚刚打响。

一进西门,吕不韦将马匹交给了越剑无,吩咐他在最靠近城门的一家相熟客栈喂马等候,自己徒步匆匆地冒着风雪到了嬴异人的新宅。西门素来是邯郸的城防要害,靠近西门的民宅商铺都是赵军战死官兵的遗属,叫作止戈坊。每遇战事紧急或大搜罪犯,这止戈坊都是赵军极少光顾的地带。吕不韦之所以赞同西门老总事的选择,将嬴异人的新宅安置在这片外表极为寻常的民宅区,除了出城西去便捷,是芈芊与黑冰台很难找到此处。对平原君的理由却是:"公子好

兵，止戈坊与信陵君府邸后园相邻，能多多拜会修习。"吕不韦记得，当初平原君连问也没问便大笑着答应了，如今想来，老谋深算的平原君分明是将计就计。所幸的是，经过西门老总事以种种义举名义的疏通，止戈坊的国人们对这位贵公子非但不再冷眼相对，反而是一片颂声处处给以方便。越剑无能在夜半之时进入客栈喂马刷马等候望风，自是这多日疏通的功效。

匆匆走进一条小巷，几个醉汉笑着叫着迎面摇摇晃晃撞来。吕不韦知道这是毛公示形于黑冰台的酒徒疑兵，说声我有急事找毛公，拨开几人挤了过去。几个酒徒倒是明白，一听是找毛公，立即笑闹着转悠到巷口去了。吕不韦匆匆走到小巷最深处一座不显眼的石门前，正要敲门，石门却轰隆拉开，毛公正一头出来与吕不韦撞个满怀。

"吕公？嘿嘿，巧！"

"毛公？是巧！薛公可在？"

"老夫觉得不对也！"毛公一把将吕不韦扯进门后喘息着，"方才，平原君突兀派人来邀公子聚酒谈兵。老夫汗毛一乍！你说怪也不怪？"

"公子去了么？"吕不韦声音很低，却是又急又快。

"嘿嘿，能去么？我与薛公挡了驾，说明日三人专程拜会。"

"天意也！"吕不韦长嘘一声，吩咐站在门后的自己的昔日执事目下的异人府总管，"立即关闭前门，打开两道偏门等候；知会仆役人等立即收拾好马匹，衔枚裹蹄，不要车辆，半个时辰内收手待命！快去！"总管嗨的一声关了石门，转身大步匆匆去了。吕不韦转身一拉毛公，边走边说，到得第三进庭院，说得毛公已经是额头冒汗连骂平原君阴鸷老鸟竟使得老夫吃跌。到得红灯高照的门厅已经是满脸涨红，一脚踹开大门冷着脸撞了进去。

"毛公！吃醉了？"正在与薛公及几位名士谈笑斗酒的嬴异人惊讶起身，"你不是有事走了么？"薛公极是机警，一看毛公从来没有过的肃杀黑红脸便知有异，掷开酒爵过来要扯毛公到僻静处说话。毛公不理会，竹杖当当敲打着门框一拱手喊道："老夫失礼！老夫被几个老赌徒纠缠上了，要借这公子府邸赌它一夜！诸位请作速离开，免得赌鬼酒徒脏污碍眼！"厅中一阵惊愕沉默，嬴异人正要发作，十多个名士却相互看看嘴角带着轻蔑的冷笑纷纷走了。

眼看一干人等出了庭院被总管领走，吕不韦从阴影处大步进厅，对沉着脸喘息的嬴异人与薛公低声一句："情势危急,我等须立即离开赵国,迟则生变! 立即收拾,半个时辰后出门!"

"甚甚甚甚也!"嬴异人惊讶莫名黑着脸霍地起身,急得分说不清,"甚是甚呀,出了甚事? 好端端逃命么! 吕公吕公,你甚时怕成如此模样? 当真咄咄怪事!"

"正是逃命!"吕不韦一声低喝,素来满面春风的脸膛一副肃杀,"陡变之时无暇多说,除非嬴异人要客死他邦! 这里不用你管,快去教夫人收拾。"

"哎呀吕公!"嬴异人大急,"她她她,她已有三月身孕,如此逃法不是要她命么? 我不走! 我陪她! 要死一起死!!"

"公子听我说。"吕不韦冷冰冰站在对面,"赵姬之事我有安置,自不能教公子未来长子连同亲娘毙命于不测路途。只是她须得与你先行分开,各自平安后自能聚合。"

"冰天雪地,你,你要她去何处?!"

"嬴异人!"薛公早已经理会得危机迫在眉睫,第一次厉声喝出嬴异人名讳,"吕公商旅沧桑数十年,重然诺明大义素不负人,你竟疑心! 赵姬是谁? 你不清楚么! 吕公能不妥善安置? 身为王孙公子未来国命所系,紧要处竟如此颠顶,我等有眼无珠也!"嬴异人顿时愣怔默然,脸色铁青喉头一哽,一口鲜血竟"哇"地喷了出来! 毛公抢步上前,一颗大如黑枣的物事利落塞进了嬴异人口中。倏忽之间,嬴异人睁开眼睛霍然起身大步匆匆地走了。薛公说声老夫去看,便跟了出去。

毛公一拉吕不韦低声道："我那是方士急救奇药,入口即化,大约管得两个时辰。这里还有两颗,你带了应急。不借外力,我看这小子撑持不住。"吕不韦想也没想道："你手法娴熟,何须我带着?""你也懵懂!"毛公点着竹杖,"老夫与

宛若疯妇,何来一国之主的仪态。

虽急火攻心,但这血喷得太过突兀。

又有神奇救命丹。

薛公不能走也！""岂能不走！"吕不韦大急，"我等一走，平原君要找替罪羊，老哥哥岂非坐以待毙！""嘿嘿，你老兄弟事中迷！"毛公当当点杖，口中炒豆般快捷，"一是我俩老迈不善骑乘太累赘！二是邯郸需要善后，省得你另派干员护送赵姬！三是老夫两人有信陵君交谊，死不了！还有个四日后告你！再说客套，拿着药！"陡然之间，吕不韦热泪盈眶，对着毛公深深一躬。

此时，厅外一片匆匆脚步，嬴异人拉着赵姬与薛公一道走了进来。异人已经是一身黑色劲装外罩翻毛皮袍手持短剑，显然准备上路。赵姬火红长裙雪白皮裘，面色通红腰身初现，灯光之下倍显丰腴明艳。自各个大婚，吕不韦始终没有再见见这位赵姬。此刻，心中那个奔放美丽的少女一夜之间陡然变成了一个风韵无限的少妇，心头不禁怦然大动，几乎脱口喊出卓昭小妹。突然一个激灵，吕不韦死死咬紧牙关，终是平息了心绪。然而，他却无论如何当面叫不出赵姬这个名字，稍一沉吟平静利落地吩咐道："夫人与老仆侍女留下，由毛公薛公安置。我带几名干员与公子离赵入秦，目下便走。"

"夫人……"嬴异人哽咽一声猛然抱住了赵姬，"你要受苦也！"

"丧气！"赵姬红着脸推开了一双臂膊，点着嬴异人额头，"大事听吕公，万无一失，记住了？"异人噙着泪水殷殷点头。赵姬又回过身来，对着吕不韦略显艰难地深深一躬，一句话不说走了。毛公点杖笑道："嘿嘿，生离死别一般。走！我老兄弟送你等出门。"

趁着纷纷雨雪茫茫夜色，吕不韦越剑无与两名在异人府做事的精干执事共嬴异人五骑，出了熙熙攘攘的邯郸西门，飞驰西北方向的武安①官道。这是吕不韦早早谋划好的一条万不得已时的密逃路线——出武安要塞，过滏口陉峡谷，穿越上党再东南直下安邑渡河入秦。这是一条经过反复踏勘揣摩的路线。其间要害有三：其一，邯郸经武安抵滏口陉只有二百余里。秦昭王两次攻赵大败后上党复归赵国，赵军在滏口陉至邯郸间已经不再严密设防盘查，吕不韦遴选的北胡骏马一个多时辰便可飞跃这段赵国本土。其二，上党虽名归赵国，然却只十万步军驻守，不可能做到所有要道隘口都有防守；吕不韦曾派出一个驮货马队探路，全部走无人防守的隘口要道，三日穿越上党没有遇见一个赵军。其三，秦军虽退出河东郡，但魏韩两国也无力无心派出大军驻守这随时有可能丢失的老本土，只在名义上设官理民，关防盘查几乎完全放弃；出得上党一进河东，渡河没

---

① 武安，古邑名。在今河北邯郸西北部，太行山东麓。

有障碍。吕不韦警觉即动，走得虽然仓促且又是雨雪交加，但也有一样优势：人少马快没有任何拖累，天色大亮霜雾消散前至少还有三个时辰，完全可悄然越过滏口陉进入上党。只要进入上党山地，平原君纵然派军追赶，在纵横交错的峡谷山道中也是无能为力。

五骑越过仓谷溪谷口，前行二十里便要进入武安防区。马队刚刚进入一片黑黝黝的胡杨林，斜刺里马蹄奔腾，遥遥传来一声长喝："前方虎口！勒马慢行——"

"勒马！"吕不韦低喝一声，五骑未及停稳，马队已经风驰电掣般隆隆卷到面前。微微雪光之下，但见人人黑铁面具坐下战马皮甲裹住头身，手中战刀一片青光，威猛森森一片杀气。吕不韦惊讶喘息着尚未开口，当先一骑已经铁塔般矗在了身前："吕公！情势有变，武安道已经重兵把守张网以待，快随我来！"吕不韦冷冷道："荆云，你我有约：你当率诸位义士东入齐国。""吕公，我等任侠操守无须多说！快走！"黑铁塔面具后的声音带着尖锐的嗡嗡振响。吕不韦却没有动："荆云，你如何知道我此番行踪？"铁塔面具嗡嗡又起，口气严厉果决："吕公！大义当前，琐事何论！除非吕公自毁大计，否则不要争执！"说罢不等吕不韦说话转身便是威严不容辩驳的军令，"吕公五骑居中，越剑无率十八骑护卫！主力马队各成锥形三骑阵，四周散开拱卫！哨三骑前行三里探路，吴钩九骑断后！沿途但以兽鸣为号，不得出声！起马！"

一阵隆隆如雷的马蹄翻滚，吕不韦五骑不由分说被卷进了马队，狂飙般卷出了密林山冈，没入了雨雪交加的沉沉夜幕。

《史记》所载是秦围邯郸，赵欲杀子楚，子楚与吕不韦逃出赵国。

六　长歌当哭兮　大义何殇

黎明时分宾客散去，平原君方才疲惫上榻，一觉醒来满室白亮，不禁一惊，连忙下榻来到廊下，却见北风呼啸大雪飞扬夜来雨雪交加的开春征候竟陡然转向。回来再看铜壶滴漏，那支竹针正正地指着午时。喊来侍女问可曾有过军报？侍女回说没有。平原君吩咐备汤沐浴。热水泡得一时，换上已经被丰腴的侍寝侍女在怀中焐得温热馨香的轻软细麻布短装，再披上一件绒毛足有三寸的白狐裘，平原君方才精神抖擞地坐在燎炉旁开始用餐。虽然已经年逾花甲，平原君赵胜却是老当益壮雄风不减当年，每饭必大吞一只肥羊腿六张厚胡饼三升老赵酒。今日静候佳音，平原君分外舒心，兴冲冲将专职侍饭的金发胡女拥入怀中折腾一番而后不亦乐乎开吃。

"主君，赵狄老将军急报！"主书急匆匆进了膳室。

"念。"平原君捧着肥大的羊腿头也没抬。

"我军如令张网，日夜无获。斥候探察：一马队于清晨雪雾中越过漳水，进入阏与谷口，快捷隐秘不似商旅，末将疑为吕不韦逃赵！请令定夺。"

当啷一声大响，肥羊腿砸在了铜鼎盖上。平原君一把推开偎在大腿上的金发胡女，霍然起身厉声连串喝令："传令赵狄：当即飞骑插往晋阳官道守住阏与谷出口！无论何人骑队不许越过晋阳！百骑立赴仓谷溪，庄中人等一体拘拿！胡马飞骑整装待命！"三道军令出口，主书"嗨！"的一声转身便走，却与大步进门的门客总管毛遂撞个满怀。毛遂前来禀报，仓谷溪庄园与嬴异人宅第都是空无一人，谷口猎户说昨夜多有马蹄声，吕不韦与嬴异人肯定已经逃走。

"岂有此理！"一声怒喝，平原君骤然变色。

动作太慢。

　　方才他还心怀侥幸，要等待仓谷溪有回音后再做决断，以免落得临事慌乱的笑柄。尤其是信陵君在邯郸，每出大事，士林国人总拿信陵君与平原君比对，进而滔滔不绝地议论战国四大公子的种种短长。自己若处处落得口碑下风，在山东六国会失了人望。四大公子以邦交合纵抗秦共保成名，若没了六国共同认可的声望，在赵国根基也会跟着松动，平原君如何能不上心？可巧信陵君昨日有言，问他何不今夜开始？他回答得那般笃定，其实是从心里一直蔑视着这个吕不韦。一个与他多年交接兵器买卖从来都是满面春风言不涉政只会算计钱财得失的商人，能有几多处置大事的军国才能？卷进邦交政事无非不自量力而已。唯其如此，平原君对吕不韦从来都是给足面子而不做实交。给足面子者，赵国需要此等兵器大商也；不做实交者，王族贵胄与俗流商贾不可同日而语也。虽说早早便盯上了芈亓疑上了嬴异人与吕不韦，可他偏偏就是不收网。他要尽情戏弄这一班不知天高地厚的谋政者，要教秦国将这对儿蠢公子蠢商人的身价抬得天一般高时，再亮出他平原君赵胜手中的囚笼钥匙，你纵天般价，也须得向我赵国来讨个活人回去。火候不到，嬴异人不是太子嫡子，囚禁他杀死他徒然种恶招来天下骂名，还给秦国留下了一个随时都可以起兵发难的借口。平原君非常清楚，嬴异人渐渐现出储君人选之势，赵国便不能肆无忌惮地杀剐了之。此中要害，在于借既定的囚居人质之便恰到好处地要挟秦国，不失时机地订立永久盟约，确保赵国不受威胁。可嬴稷这个老匹夫太过狡诈，硬生生将个王孙人质撂在赵国不理不睬，让赵国无处着力。要与此等老枭斗法，自要耐得性子。你不理我也不理，是只死老虎也要"质"在赵国，直到这死老虎变成有价值的"王"老虎。人质本意，原是以王子王孙为质押，保证出质之国不犯受质之国，若有进犯，受质国可名正言顺地处死人质。当年秦国为了麻痹赵国也为了破开山东合纵，派出嫡王孙身份的公子异人到赵国做人质。可不到几年，秦国便与赵国展开了一场旷古未有的长平大血战。照天下公理，赵国杀死嬴异人天经地义。可赵国没杀。因由是平原君力主不杀。后来的事实证实了平原君的洞察烛照——唯其不杀人质，秦国失义于天下而有所顾忌，列国合纵抗秦则成大义之举，如此可保奄奄一息的赵国喘息过来。

　　平原君的深谋远虑获得了山东六国有识之士的衷心拥戴，一时与信陵君成为抗秦中流砥柱。十多年之间，平原君最充分地利用了这只人质死虎——允准吕不韦之请，许嬴异人不出邯郸以自由身交游走动；赞同信陵君推波助澜，使嬴异人成为"名士"而不动声色；秘密探知了吕不韦居赵入秦之动机而浑然不觉。平原君等待的，正是嬴异人成为秦国关注的重要人物。终于等来了这个时日，秦赵邦交也出现了微妙的转化：秦赵两国的商旅之路开了，秦军不再咄咄逼人地袭击上党骚扰赵国了。恰在此时芈旂入赵，平原君本能地预感到与秦国邦交大战的时机到了。此时此刻，却突然消失了两个要命人物，匪夷所思也！

"胡马飞骑！老夫亲追！"瞬间愣怔后平原君铁青着脸一声大喝。

飞扬的大雪陡然收刹，半掩红日从厚厚的浓云缝隙向茫茫雪原洒出刺眼的光芒。红色胡服马队隆隆雷鸣般扑出邯郸西门，风驰电掣直向西北官道。这是平原君的护卫亲军，天下赫赫大名的胡马飞骑。骑士两百，人皆精壮猛士马皆雄骏无匹，人手一口赵武灵王创制的四尺长厚背战刀，一张王弓一壶二十支铁镞长箭一把精铁打造的近战短剑；每骑士配置两匹战马轮换骑乘，长途奔袭追击最是快捷迅猛无与伦比。平原君久事纵横，常在列国间奔走急务，行止第一要务便是一个快字。这支马队成军三十年，骑士战马已经更换了三代，人马尽皆年轻力壮，中原大地之内任你艰险崎岖从来都是电闪雷鸣朝发夕至。今日大举出动，声势自是惊人，引得邯郸国人争相追出城来引颈观望，眼见皑皑白雪中火焰般马队弥天烧去，处处一片惊叹。

一接赵狄军报，平原君料到吕不韦是要出阏与峡谷，经晋阳外山道进入秦国的河西军离石要塞。① 就实而论，在此之前平原君确实想不到吕不韦会走如此一条险狭路径。他

子楚对于赵国，同样是奇货可居。

---

① 晋阳，今太原，战国时秦赵拉锯交相占领，秦昭王缩势后赵国控制晋阳。离石要塞，战国秦军要塞，属秦国河西守军设防，故要塞设在黄河东岸，却称河西军离石要塞。

的预料是,即或吕不韦要逃,也会走武安滏口陉上党,从河东入秦一线。吕不韦是商人,这条路径虽然远了些,但却是商旅道所熟悉的路径,尤其是得到吕不韦曾经两次派马队走这条路运货入秦的密报后,平原君更加确信无疑。派赵狄率三千精锐骑兵守住武安之滏口陉的各处要隘,为的正是要在上党之前的赵国老本土布下罗网,以防吕不韦万一出逃。而今,吕不韦非但抢占得半夜先机逃走,而且走了这条只有大将之才方能想到的路径,委实是平原君所无法预料的。盖因此路阏与谷横亘当前,素来险狭车马难行,在马服君赵奢血战胜秦之后险名更是昭著于天下。商旅运货虽也图近便,但终是要车马牛易行货物安全,从来不走这条车不能方轨马不能并行人入其中如同洞穴的险道。只有将兵轻骑奔袭者,才以此路为上选。根本原因只有一个——阏与谷人马过多反而施展不开,但有一支精锐马队冲破阻拦,此路是入秦之最近便道。当年秦将胡伤从阏与谷攻赵,为的便是以迅雷不及掩耳之势逼近邯郸;马服君轻兵奔袭阏与谷死战截杀秦军,为的也是这咽喉地带最能出奇制胜。这个吕不韦竟能从此路出逃,足见其有兵家将才。毛遂急报之后平原君骤然清醒,目下已到最要紧关头,再蔑视这个吕不韦只怕多年绸缪的保赵大计要功亏一篑。亲自率领自己的胡马飞骑追击,是一定要在晋阳之前拦截住两个要犯。

要写吕不韦文武全才。

荆云马队出了仓谷溪一路西北飞驰,晨曦初露时到了阏与谷口。

秦赵为敌后,阏与谷成为与滏口陉及武安并列的三大要塞。之所以成为要塞,在于它是邯郸与晋阳之间的最便捷通道。秦国从河西的离石要塞出兵越过晋阳东来,若阏与失守,一日可抵达邯郸城下。唯其如此,阏与谷出口(北)城堡

始终驻扎着五千长于防守的重甲步兵；中段一道石砌长城飞架两山，有三千配备大型弩机的弓箭营驻防；入口（南）城堡则只有两千轻骑兵驻守，一千谷内，一千谷外。这是赵奢在阏与之战后提出的三段防守谋略，当年的赵惠文王欣然赞同，从此成为阏与要塞的防守传统。

吕不韦久闻阏与要塞壁垒森严，一路只疑惑这百人马队如何冲杀得过去。担心是担心，吕不韦始终没有问得一句。他熟知荆云的将才谋略，自己聒噪絮叨只能徒乱军心，当此最危急关头，放手随他调遣才是最明智的抉择。

大雪飞扬迷离，天地一片混沌。吕不韦突然听得马队中一声低喝，所有战马倏忽间变成了从容小跑。前队哨探同时飞出一骑冲向皑皑高山，举着一支粲然生光的金令箭遥遥高喊："平原君令箭！百骑队急赴晋阳要务——"喊声未落，人马踪影淹没在了茫茫雪雾之中。片刻之间，半山中一声响亮的铜锣接着一吼："马队过——"

飞越山口时，吕不韦才在蒙蒙晨曦中恍然注意到身边马队一色胡服皮甲，与赵军一般无二，心头不禁猛然一热。荆云既能将平原君的金令箭打出且经过了赵军辨认，必然是有备而来。如此一想，自己的行踪消息与诸般谋划荆云也是早早留心了。既然如此，荆云为何不说给自己？蠢也！心念一闪，吕不韦暗自骂了自己一句。荆云若是先说了，其时胸有成算且与马队有遣散之约的自己能接受么？

纷乱思绪之中，马队进了天下闻名的阏与"鼠穴"。马服君赵奢将阏与峡谷叫作鼠穴，实在是名副其实。两山绵延夹峙，谷底一线迂回曲折，时有突出岩石磕磕绊绊的羊肠小道，两边山坡陡峭林木苍莽怪石嶙峋洞窟散乱密布，任你车马入谷，只能一线独行。然则，这支马队却是奇特，不见任何命令也没有骑士下马，一进谷口马队便悄然成了单骑衔尾，蹄声沓沓从容走马，所有的路障都被极为灵巧地躲了过去。便是吕不韦嬴异人两骑，在马队越剑无用一支长杆恰到好处的指点下也走得十分顺畅。走到中段飞长城下已经是将近午时，飞扬的大雪将峡谷捂罩得温暖寂静，竟使吕不韦生出一种奇特的欣慰来。交验令箭之时马队停息了片刻，还是没有任何命令，所有的骑士都打开了挎在马颈下的草料布袋，在战马的呱呱咀嚼中，骑士们也解下马奶子皮囊与干牛肉，无声而快速地完成了中途战饭。吕不韦是后来才想起这次战饭情景的：骑士与战马都单列兀立不动，谁看谁都是背影，谁也看不见谁。多少年之后，每当想到峡谷大雪中的那一尊尊红色背影，他的心都是一次猛烈的颤抖。

越过中段飞长城，谷道稍见宽阔，马队立即变成了时而两骑并行时而单骑成列的小跑，前后游动交错如流云飞雪，哪怕是几步几丈的极短的宽路也被最充分地利用着。不消一个时辰，马队通过了最北的出口城堡又翻过了一座不很高的山头。前面是最后一座孤立原野的高山，翻过山头下到坡底便是宽阔的晋阳官道。以这支马队的雄健脚力放马飞驰，天黑时分抵达离石要塞该当是万无一失。

一声长嘘尚未吐尽，身后山谷隐隐一阵沉雷滚动，方才已经见亮的天色蓦然间彤云四合昏暗幽幽。春雷暴雪，异数也！在吕不韦一闪念之间，马队中陡然传出一声低喝："赵军飞骑队！越剑无三骑护人脱身！马队埋伏截杀！"吕不韦尚在愣怔之中，坐下骏马已经闪电般飞向最后山头。

一进阏与谷口，平原君便知道了前行金令箭赵军必定是吕不韦的马队乔装，一时不及申斥守将，只大喝一声追，飞骑队鱼贯进入了峡谷羊肠道。到得中段飞长城，入口守将带着一千骑士从后赶来，平原君恼怒呵斥："人多何用！要的是能追上！回去！"出谷之时，北口守将又要带重甲步军两千随同追击。平原君更是怒火中烧，喝骂一声蠢龟追兔，一鞭抽得守将一个趔趄飞马去了。追进谷外山头，盘旋山道的前行马队已经隐约可见，平原君一声长嘘心头顿时松泛，战刀一举传下军令："咬住敌骑，出山截杀！"

平原君虽非名将，然自少年时起驰骋沙场，对赵国诸要塞地形熟悉不说，对骑兵战法之精要也是深得要领。阏与谷外过得两山是平坦的丘陵山塬，他的胡马飞骑比吕不韦马队多得一倍，速度更是无与伦比，在如此最利于驰骋的地形中包抄对方活擒吕不韦嬴异人当是十拿九稳。若在最后一座山中包围截杀，对方逃跑无望而做困兽之斗，结局反倒难料。到得山塬地带，对方要竭力逃脱而不会死命拼杀，他的马队便会淋漓尽致地发挥优势捕获猎物。说到底，吕不韦马队纵然在商旅中出类拔萃，然与他的沙场铁骑相比实是不堪一击。目下吕不韦马队的身影已在眼前晃荡，还怕他逃脱么？

眼看进入了山谷深处，斥候飞骑一马来报：前行马队突然遁形不见了踪迹！平原君立马高坡瞭望，果然只见满山皑皑白雪，盘山道上没有了红色马队！眼见天色幽暗彤云四合暴雪将至，平原君断然下令："快马出山！咬住后随时截杀！他若隐藏山中，我只出山守住要道，凭暴雪困死冻死这班贼匹夫！"

不料在暴风雪到来之前，胡马飞骑在山腰半道遭遇了诡异的伏击。

　　这段山路奇特至极。一座突兀巨岩从山腰横空而出恍如鹰喙当头山龟腾飞，其势恰成一个切断两山的突出山嘴。一条不足一丈宽的石板道在凌空山崖下盘着巨石山嘴突然一个转折。山嘴遮绝了两边视线，双方共同可见者，只有那可容三五骑的一方凌空弯角。凌空山嘴下是深不见底的峡谷深渊。依着路面宽度，寻常车辆大可通过，便是战马骑士，三四骑并辔而过也是从容。胡马飞骑接了平原君将令要快速出山，骑尉高声号令："三骑并行，战马衔尾，尽速通过山嘴弯道！"前行斥候三骑闻令即出，在六马沓沓绕弯的刹那之间，一阵惨号一片嘶鸣震荡山谷，三名骑士六匹战马树叶般飘向了茫茫峡谷！

　　"敌手伏击！停——"骑尉一声大吼，马队齐刷刷止步。

　　平原君闻声来到前队，看得一眼山势冷笑下令："备用马匹退后，三骑接踵冲杀，其余骑士箭雨疾射山坡掩护！"骑尉跃上山坡一方大石喝令："马队退后百步！三骑连环冲杀！预备——杀——"当先三骑高举战刀飞马杀出，后队骑士弯弓齐射箭雨立即封住了山嘴高坡。喊杀之中平原君来到后队，低声下令五十名骑士下马徒步爬上山坡，绕过山嘴袭击对方背后。平原君也跳下战马带着两名护卫徒步上山，要在高处鸟瞰战况临机决断。两名护卫武士匆忙找到一处堪堪立足的山石，平原君上来两边一看却不禁大吃一惊——右手自己的马队不断冲杀，左手山坳却不见人马踪迹。饶是如此，胡马飞骑却是连连倒地已经有十余骑跌进了峡谷深渊。心头一闪，平原君大喝停止，立即下令已经上山的徒步骑士缒下山崖前后夹攻。

　　过得片时，山崖下一声震荡山谷的虎啸。一徒步骑士气喘吁吁上山禀报说，山嘴那边根本没有敌骑，只有七八架装好的弩机与一堆当道的乱石。平原君快步下山一看，只见乱石已经被搬开，弩机也正在拆卸。骑尉报说已经有四拨十二骑被弩机射中跌入深谷。平原君大皱眉头："既无人操持，这弩机如何发箭？"骑尉说弓弩是机发，敌骑在山嘴依次绷了四道白亮的牛筋绳，大雪白光下谁也没在意，马队冲到牛筋绳便带动机关连发三箭。平原君听得又气又笑，当即喝令："三骑前行清道，全数上马追击，务必在暴风雪前包抄截杀！"胡马飞骑已经被这种不齿于骑士的宵小手段激怒，闻得将令人人愤激，发一声喊呼啸着掠过了山嘴。

　　一过山嘴道路渐宽，马队奔驰也愈发加快。眼看前哨三骑已经飞过了山口，前队十骑飞驰进入了山口。恰在此时，半山腰隆隆沉雷大作。胡马飞骑们还没分清是否暴雪前的雷声,前队十骑已被凌空翻滚的滚木礌石砸得人仰马翻,收刹不住的后续十骑也被砸得四散闪避,隆隆涌来的主力顿时层层叠叠挤在了狭窄的山道。居中的平原君来不及叫声散开,山腰箭雨已经呼啸泼来。骑士们大怒,前队吼叫着挥舞战刀拨打飞矢,后队喝骂着一齐弯弓对射。片刻之间,又有十多骑轰然倒地。平原君大怒,正要喊出死战冲杀山口的命令,陡然却见山口山腰箭雨消失滚木礌石也没了动静,心下一亮举起战刀高喊:"缓兵之计!敌骑业已逃遁!冲出山口截杀!"

一声震荡山谷的怒吼,疯狂的胡马飞骑飑风般卷出了山口。此时,雷声大作彤云翻滚大风裹着大雪密匝匝压下,冬日暮色顿时变成了茫茫白夜。平原君嘶声大喊:"两翼展开!包抄追击!"话音落点,红色马队骤然分成两队展开,如两条火龙般搅进了风雪大作的无边雪原。赵国骑士最是善于在寻常人不辨南北的茫茫草原奔驰激战,目下这疾风暴雪的混沌天地对于这支胡马飞骑可谓正得其所,不失方向不减速度两马轮换,只向着晋阳方向全力追击。

大约半个时辰,胡马飞骑终于在一片丘陵谷地中渐渐咬住了又渐渐超出了同样顶风冒雪风驰电掣如同火焰般燃烧的逃遁马队。飞骑队中陡地一声虎啸,两条火龙隆隆聚合,搅着漫天风雪包住了一路戏弄他们的敌手。雪亮的战刀翻飞狂舞,一场惨烈的殊死拼杀就此展开。

平原君立马山坡看得片时,不禁大为惊讶。这支与赵军马队制式完全相同的马队,战法与赵军飞骑迥然相异,竟是秦军骑士的三骑锥。三骑锥战法乃白起独创,通行秦军骑兵以来大见成效,其要害是将战国骑兵通行的"十骑一战"[①]减

论荆云等死士出身,未必都懂得所谓秦之三骑锥。作者无非是要写秦赵对峙的特点,秦是三骑锥,赵是胡服骑射。

---

① 十骑一战,即十骑士为一个基本作战单元。

低到了"三骑一战"，骑兵作战的变化能力大为改观。盖骑兵冲杀之基本方式为散兵格斗，无论双方参战骑士规模多大，最终都是展开格杀，不可能像步军那样结阵而战。然这种格杀又不是完全孤立的武士决斗格杀，而是每骑之前后左右随时都可能出现敌骑突袭的战场格杀。唯其如此，骑士之间需要协同配合，既掩护同伴不遭突袭又可以放手搏杀，便成为战场骑兵的最佳作战方式。十骑虽然已经很精悍，然在烟尘弥漫杀声震天流矢飞舞刀剑交错的战场，还是难以做到精妙配合。减至三骑配合，是将骑士能够及时驰突关照的范围定在了恰如其分的程度，格杀之流动配合大见流畅。以三骑锥为格杀最小单元，白起又创建了一整套"三"字制骑兵战法：三个三骑锥加一个灵活策应的什长便是十骑，三锥相互协同格杀，十骑便能自成小战场；如此向上，三十一百，三百一千，三千一万，三万十万，广阔战场上的骑兵军团可成收发自如进退流畅格杀协力的铁流劲旅。若非如此，长平大战中秦军以等量兵力死死困住剽悍的赵军不能突围便成为匪夷所思的神话了。

三骑锥之奥妙，在于马队越小越见威力。荆云马队面对倍我之敌，非但丝毫不见左右支绌，风雪战场反倒是个难分难解之局。酣战之中，突闻谷地一声雕鸣，各"锥"为战的荆云马队一声大吼，人各亮出一口短柄铁斧，左斧迎面猛磕敌手战刀，右手战刀便猛力砍杀过去。片刻之间，赵军有多骑落马，形势陡然为之一变！

风雪山坡上的平原君倒是没有慌乱。以胡马飞骑的战力，纵突然吃得一亏也会迅速恢复过来，无论如何赵军马队还有一百余人，而对方只有六七十骑了，何怕死战？只是方才这一变，平原君心中突然闪过的一个疑惑——这支马队不借此良机突围竟还是原地死死拼杀，莫非吕不韦已经逃走？心念一闪，平原君借着雪光突然看见血红雪白的马队纠缠中总是闪烁跳动着两颗黑点。凝神观望，果见两骑士臂膊上各裹一幅黑布，人马腾挪也显然有些不大灵动。平原君心中陡然一亮，对身边两名护卫武士低吼一声："看准黑布人，射其下马，冲阵抢出！"两武士嗨的一声援弓搭箭，但闻隐约尖啸穿过风雪，两个黑点倏忽消失。与此同时，两武士飞骑直下冲入阵中要抢射翻之人。千钧一发之际，被赵军死死缠住的马队却突然从不同方向飞出几把铁斧，砍瓜切菜般将飞来两骑的人头马头连根切去，纵是战场亦煞是森然。

"死战冲阵！擒杀黑布人！赏万金——"平原君终于忍无可忍了。

赵军骑士精神大振，呐喊一声纷纷换马死命冲入战圈杀了上来。此时，被困马队又追兵与逃兵，别无选择，唯有死战。

是一变，分明已经被射翻落马的黑布人不见了踪迹，拼杀骑士中也再没有了那两个腾挪不便的笨拙者，剩余四五十骑围成一个相互呼应的大圈子又厮杀起来。

看得片刻，平原君又疑惑了。这支马队分明已经是人马力竭有几人已经在步战了，为何依然毫无突围之象？两黑布人若果然是吕不韦嬴异人，莫非他们还要与马队同死？可分明曾经有过突围的一线生机，为何还要同死？突然之间，平原君心中又是一亮，夹杂着被屡次捉弄的怒火一声大吼："脱身战场！追杀吕不韦——"一马冲下山坡率先顺着汾水河谷向东南飞驰而去。

如此一来形势陡变！竭力脱身的胡马飞骑变成了"逃亡"者，竭力死战的荆云马队变成了"追击"者，翻翻滚滚在风雪弥漫中纠缠着厮杀着奔驰着。荆云马队的战马纵然同样雄骏，也比不得胡马飞骑的两马轮换。一日一夜兼程奔驰又经过两个多时辰的生死血战，等闲战马骑士早已经是脱力而死了。饶是如此，荆云马队竟能神奇地死命尾追纠缠，偶有骑士杀得赵军立即飞上赵军马背向前追杀，全然没有了三骑锥的阵形呼应。也正是因了如此战法，平原君马队虽然不能全数全速向前追击，荆云马队的骑士也在一个个迅速减少。大约一个时辰，到得出汾水河谷距离石要塞只有百余里时，尾追赵军的荆云马队终于销声匿迹了。

平原君马队已经只有二十余骑，然脚力却是未减。出了汾水河谷风雪稍减，转折西来的赵军马队依稀看见了前方几骑影影绰绰的飞驰身影。平原君大吼一声飞马，马队骤然发力在雪原上包抄过来。正在此时，前行两骑突然回身兀立不动，只听低沉的噗噗之声连响，当先几骑赵军突然落马！平原君怒喝一声放箭，赵军马队引弓齐射，当道两骑立即被扎成了红刺猬轰然倒地。可是，在赵军旋风般卷上来的时刻,两具红剌猬却突然从雪地上凌空飞起,死死扑住了最前两骑! 突闻两声凄厉的号叫,两骑士竟被四只铁钳般的大手活活扼死。

损兵折将,得不偿失。

"骑尉——!"平原君嘶声一吼轰然倒撞下马。赵军骑士也骤然勒马,被这匪夷所思的恐怖袭击震慑得一片默然。这个亲军骑尉是老将军赵狄的幼子,也是平原君最为器重的族侄,其所以未入军为将而做了亲军骑尉,实是平原君为了历练这个王族英才。骑士们都知道,他们的骑尉来日必是赵军大将。如今突然遭此横祸,一时愣怔不知所措。正在此时,前方沉雷隐隐,风雪之中隐约可见黑色马队从离石要塞方向遍地压来,前行两骑也不见了踪迹。突然之间斥候哨骑一声惊呼:"蒙字大旗! 秦军铁骑到了!"

平原君已经醒转,一挥手惨然笑了:"回军。"

已成定局,再追无益。

秦军铁骑也不追赶,听任红色马队隆隆东去。马队到得晋阳郊野已经是次日清晨,正要进城歇息休整,平原君却突然下马指着几具尸体下令:"打开他等面具。"几名骑士下马将几具尸体的青铜面具撬开,连同平原君在内所有人都惊得轻轻"呵"了一声,情不自禁地倒退了一步——几具尸体的大脸自双眼以下全部挤成了一团,晨曦之下分外的狰狞可怖。

"自毁其容!"一个骑士惊叫了一声。

"所有尸体面具全都打开。"平原君冰冷漠然地伫立着。

散落雪原与赵军骑士尸体交错纠缠的尸体被一具具剥离拖来,又一具具打开了面具。晋阳城外河谷共三十三具尸体,当面具一张一张被打开,狰狞可怖而又无法辨认的肉团脸一张一张显露出来,骑士们不禁连连呕吐。

平原君冷峻苍老的脸上涌出了两行泪水,大袖一拭回身低声吩咐道:"晓谕晋阳令,全数收拾沿途尸体,两相剥离,面具尸体送离石秦军大营。"说罢踽踽独行，径自步履蹒跚地绕着尸体唏嘘感慨不能自已。人怀必死之心，此等侠士举世无匹矣！能使百余侠士舍生取义者，诚大英雄也！赵胜门客三千，然有几人当得烈士？吕不韦呵吕不韦，你一介商旅竟有如此结交死士之能，而老夫却懵懂不得知，呜呼！此情何伤矣人何以堪！

吕不韦蓦然睁开双眼，看见的是一副宽阔黝黑连鬓大胡须的脸膛。

"荆云？荆云何在！"一声惊呼吕不韦坐了起来却又软瘫在了军榻。

"吕公，我是前将军蒙武。"军榻边的大胡须俯身低声道，"公子已经醒来，正在用饭，吕公也当喝得一盆羊汤暖和振作些许，医士还要换药疗伤。你已经昏睡两天两夜了。"吕不韦又挣扎坐起："将军，我，我要见荆云……"蒙武默然片刻向左右一挥手："抬吕公出帐。"两边军士抬起军榻，蒙武护持着出了大帐。

暴风雪已经过去，暮色残阳照得一片银白世界。军榻周围的所有人都沉默着，脚下咯吱咯吱的踩雪声特别刺耳。行得半里许，来到军营内的一片避风洼地，蒙武俯身扶起吕不韦，手臂一指喉头咕的一声大响，背过了身去。吕不韦猛然跳下军榻，踉踉跄跄一阵扑跌，骤然无声地倒在厚厚的雪窝之中。老医士一阵忙乱，面色苍白如雪的吕不韦终于长长地吼出一声："荆云！吕不韦何忍独生也——"捶胸顿足放声痛哭，又跌跌撞撞地爬进了洼地……白雪皑皑的山坳里整齐摆放着十排麻布遮盖的尸体，一座丈余高的无字黑石巍然矗立，四周山坡密匝匝站满了黑松林一般的秦军骑士。没有蒙武军令，没有官佐相呼，自尸体运来，三千骑士已经自发地在这里守候了一天一夜。军旗猎猎，战马悲鸣，山谷中死一般的沉寂。

吕不韦颤抖着双手揭开了头前第一幅麻布，大号一声扑到了冷冰冰的尸体身上……良久醒来，吕不韦披散着长发挥舞着绵袍大袖一声震动山谷的呼啸——呜呼！烈士死难兮，我心沦丧。长歌当哭兮，大义何殇。荆云等我……一头撞上了那方黑色墓石。

三日之后，吕不韦再次醒来时，已经是身在离石要塞了。当嬴异人第一次小心翼翼地来探望他时，惊得大叫一声跌倒在地——斜倚军榻的吕不韦苍白瘦削形同骷髅，一头白发散乱在肩两眼只直勾勾盯着虚空一脸茫然。嬴异人费力爬出帐外又爬进蒙武大帐，只说得一句："快！邯郸毛公……"哽得昏了过去。

当夜，两骑斥候飞往邯郸，蒙武铁骑也秘密拔营兼程南下了。

悲情之笔，收控不住。

《史记·吕不韦列传》："秦昭王五十年，使王齮围邯郸，急，赵欲杀子楚。子楚与吕不韦谋，行金六百斤予守者吏，得脱，亡赴秦军，遂以得归。赵欲杀子楚妻子，子楚夫人赵豪家女也，得匿，以故母子竟得活。秦昭王五十六年，薨，太子安国君立为王，华阳夫人为王后，子楚为太子。赵亦奉子楚夫人及子政归秦。"商人自有商人的活命办法。六百斤金买通守者吏，"亡赴秦军"，这亡奔的过程一定非常狼狈。小说突出这亡奔的惊险，画面感强。《战国策·秦策五》的记载不一样，"赵未之遣，不韦说赵曰：'子异人，秦之宠子也，无母于中，王后欲取而子之。使秦而欲屠赵，不顾一子以留计，是抛空质也。若使子异人归而得立，赵厚送遣之，是不敢倍德畔施，是自为德讲。秦王老矣，一日晏驾，虽有子异人，不足以结秦。'赵乃遣之。"这里的吕不韦，以秦赵之好诱之，"赵乃遣之"。

第七章　流火迷离

一　太庙勒石　捶拊以鞭王族

安国君嬴柱星夜赶回咸阳,迎接他的却是一场极为尴尬的灾难。

家老紧急报信,说华阳华月两夫人被廷尉府拘拿,传闻罪名纷纭不清。嬴柱顿时急蒙了过去,及至蒙武匆匆赶来,他依然愣怔不知所措。蒙武吩咐乱作一团的家老卫士侍女一体退下,啜着滚烫的酽茶陪着这位王族父辈人物默默地坐着。嬴柱浑然无觉,间或一声长嘘始终没有一句话。良久,蒙武一拱手道:"小侄之见,君伯当回咸阳。"见安国君只是叹息不语,蒙武又道,"君伯虽奉王命,领小侄策应公子离赵。然据连番探报,公子不会在三月解冻之前贸然逃赵。君伯尽可南下,小侄留离石要塞策应足矣。"嬴柱却突然开口:"咄咄怪事!你说甚个因由?"蒙武思忖道:"常理揣测,内眷

小说设计华阳夫人与华阴夫人被拘拿的情节,是说女人不得干政。此情节与史籍所载有大的差异,以华阳夫人的智慧,不会犯这种低级错误。

获罪无非两途，不是受夫君株连，便是私干国事。如今君伯安然，夫人获罪可能与国事关涉。"嬴柱皱着眉头一副不愿意相信的神色："会否与楚国攻秦有关？"蒙武笑道："方才也是小侄冒昧揣测，实情却是难说。两夫人本是楚人，也难说没有此等可能。"蒙武谦和持重不做反驳，倒使嬴柱没有了罗列种种可能的兴致。"难矣哉！"默然片刻嬴柱长叹一声，"蒙武呵，我身负王命职司密行，何能擅离河西也！"蒙武一番沉吟，依旧是谦和地笑道："依小侄之见，陡发如此大事，很可能有王命随后召君伯还都。君伯还是准备启程为好。"嬴柱正在沮丧地摇手摇头，帐外马蹄声疾，随之太子卫士分外响亮的报号声："王命特使到——"

王命简单得只有一句话："太子着即还都，原事交前将军蒙武。"嬴柱来不及赞赏蒙武，坐着那辆因他病体不能长途驰马而特制的轻便辒凉车兼程南下了。三日驰驱，到得咸阳正是午后。按照受命被召的法度，嬴柱没有先回太子府歇息，而是先径直奔王宫觐见。意料不到的是，老父王并没有召见他，只有老长史桓砾出来传了一句口命：着嬴柱到廷尉府会事。传命之后教他回府歇息。

头绪不明又受冷遇，嬴柱更不敢大意，当即出宫转车赶到了廷尉府。廷尉府坐落在商君大道的中段，毗邻当年的商君府。府邸不算高大雄阔，门前更非车水马龙，却有着一种简朴静穆的威严。嬴柱吩咐辒凉车停在车马场，自己徒步进了府邸径直来到书房等候老廷尉。这老廷尉有个咸阳官吏人人皆知的口碑，"冷面唯一堂"。"冷面"是说他从来不苟言笑。"唯一堂"则说他整日只在厅堂处置公务，从来没有人在书房见过他。嬴柱觉得两夫人事实在难堪，不想在厅堂与老廷尉见面，选择了在书房等候，宁可老廷尉下堂后再会事。一个粗手大脚的女仆煮好了酽茶匆匆去了。嬴柱一盏

> 秦国并天下的大势基本已定，嬴柱孱弱，在秦昭王眼中，也算不上什么天大的事。

茶尚未啜毕,女仆又匆匆回来,说老廷尉请他到厅堂会事。嬴柱摇摇头一声叹息,站起来去了前院厅堂。

老廷尉正在与一班部属议事,见太子风尘仆仆入厅,礼见之后散了会议与太子单独会事。既入公堂,嬴柱只有依着法度办事,入座案前说得一句:"嬴柱奉命前来会事,只听老廷尉知会事宜。"便默然静待。老廷尉也没有任何寒暄,重重咳嗽一声道:"本廷尉奉命知会安国君:公子异人得密书立嫡,而密情无端泄露赵国,非但致公子于危境,且使秦国对赵邦交大陷不利;本廷尉奉命立案彻查,得人举发:华阳夫人华月夫人指使族弟芈戎,以私家密使入赵,擅自动用黑冰台并联络吕不韦,之后久居邯郸铺排淫靡,被赵国拘拿,供出国情隐秘;本廷尉依法拘拿两夫人下狱,目下正在讯问之中,供词恕不奉告。"老廷尉字正腔圆却平板得如同念诵判词一般,而后又是一声重重咳嗽,"今请与安国君会事,质询一则:安国君可曾对任一夫人提起过公子立嫡事宜? 若未提起,安国君以为两夫人如何得知密书立嫡事?"

默然片刻,嬴柱字斟句酌道:"廷尉依法查案,本君自当据实陈述。然嬴柱兼程归来,不胜车马颠簸,心下已是混沌不堪。请容一夜歇息,神志清明而后回复质询。"

"可也。"老廷尉站起身来,"以明日日落为期,本廷尉等候回复。"说罢一拱手将嬴柱送出了厅堂,始终没有一句私话。

回到府邸,已是掌灯时分。嬴柱顾不上饥肠辘辘,立即唤来主书、家老并几个掌事仆役询问消息。各方一番凑集,事情终于有了大略眉目:事发之前三日,华阳夫人的贴身侍女梅树出府未归;三日后两夫人被同时拘拿,华阳夫人未做任何申辩,跟着廷尉吏走了;当晚廷尉府知会太子府,侍女梅树做举发证人,被廷尉府转居监护,太子府不得私相过问。主书曾以公事名义寻找华月夫人家老,力图得知真相,家老却已经逃走不知踪迹。此后案情讯问之情形,府中上下无从知晓。

嬴柱听罢不得要领,只沉吟思谋着不说话。主书是个细致周密的中年人,见家老仆役们面面相觑莫衷一是,欲言又止。嬴柱心头一闪,吩咐几个掌事仆役各去应事,只留下家老主书两人说话。主书方才一拱手道:"在下冒昧一问,安国君是要救两夫人,还是听凭廷尉府依法论罪?"嬴柱皱起眉头道:"也要救得才是。"主书道:"在下以为此事有三处蹊跷不明:其一,华阳夫人素来不干政事,何以能背着安国君密谋如此重大之事? 其二,两夫人有何途径,能得密书消息?其三,梅树为夫人贴身侍女,素来忠心不二,何能突兀举发？此三事不明，施救无从着手。"所说三事，事事隐指华阳夫人可能受了华月夫人唆使。家老猛然醒悟，也立即接道："老朽之见，华阳夫人八九冤屈，主君当设法为之鸣冤才是。"嬴柱思忖良久终是一声叹息："难也！两人同罪，只救一人，如何着力？"主书道："此案要害，只在得知密书之途径。谁有密书途径，谁便是主谋主犯。以在下揣测，华阳夫人与王宫素无丝缕关联，断无先于安国君而得知密书之可能。"嬴柱不禁一惊："噫！你如何晓得我知密书在两夫人之后？""安国君明鉴，"主书一拱手，"在下主司公务，府中日每来往官身之人均有记载。日前，在下查阅了年来所有记载，以国事法度推之：半年前驷车庶长来府那日，华月夫人恰好先行入府；那日安国君于棠棣园先见华月夫人，后在书房密室会见驷车庶长；若驷车庶长是下达密书而来，华月夫人也必是先知密书而来；据此推断，不能排除华月夫人在饮酒叙谈之时，已经先行将密书告知了安国君。若此点属实，洗清华阳夫人不是难事。"

"依你之说，也可推断我得密书后回头告知了两夫人？"

"不能。"主书镇静如常地看着拉下脸的嬴柱，"若得如此，安国君必然要与两夫人共谋此事。一旦共谋，安国君至少绝不会赞同以芈宸为特使。更根本处，安国君在会见驷车庶长之后，与两夫人只有一夜之聚，天方黎明便被驷车庶长召去，此日暮色当即出咸阳北上河西。依照常理，如此重大谋划不能一夜急就。若安国君果真参与了谋划，在得领军接应公子的王命之后，也必会立即取消这一私行谋划。安国君北上而私行谋划照常进行，可知安国君对此事一无所知。一二三连环，无一便无二三，今无二三，也便无一。由此可知安国君并未将密书告知两夫人。"

"如此说来，我可摆脱廷尉府追究？"

一切尽在秦昭王的掌握之中。

"周旋得当,自可摆脱。"

"呜呼哀哉!"嬴柱拍案长嘘一声,"酒饭上来,咥饱再说!"

主仆三人的这顿酒饭吃了大约半个时辰。因忌酒而不善饮酒的嬴柱破例饮了两爵,红着脸边咥边说议定了大体路子。散席之后嬴柱浑身如同散架一般,被两名侍女扶进浴房泡进热腾腾的大盆推拿按捏了又大约半个时辰,方才被抬上卧榻,头一靠枕鼾声大作。谁料夜半之时却莫名其妙地醒了过来,再也不能入睡,幽幽暗夜中两个夫人的影子总是在左右诡秘地晃悠。嬴柱索性裹着大被坐起,也不点灯,只盯着红毡地上一片冰冷的月光发着愣怔,心头只突突跳动着一个个狂乱飞舞的大字——飞来劫难,你能躲过么?

据实而论,嬴柱实在难以预料这件突发罪案的牵连深浅。华月夫人事先知道了密书且先于驷车庶长透露给他是事实,他拿到密书后炫耀地摆在了两夫人面前也是事实。那个胡天胡地的秋夜里,两个狂放的女人将他侍奉得如醉如痴昂奋不能自己,除了忘情的大呼小叫与语无伦次的粗话脏话以及后来总在眼前晃动的两具雪白肉体,他已经完全记不清楚自己应过甚事说过甚话了。回想起来,那天夜里两姐妹高兴得忘乎所以,常常情不自禁地趴在他身上咯咯直笑,吞吐把玩着他总在说一件他自己也很乐意听的事情,他连连点头说好,两姐妹咯咯长笑争相向他献媚。目下想来,除了那件当日刚刚从不同途径得到消息且与每个人都息息相关的大事,还能有甚事喋喋不休?可是,自己连连点头的究竟是一件甚事?若果真两姐妹说要派私家特使入赵襄助异人回秦,如何自己连一丝一毫的记忆都没留下?若不是此事,还能有甚事要自己点头?他朦胧记得,两女人一个骑在他脸上一个趴在他身上一齐呻吟着娇笑着拍打着要他说话,他被丰滑肉体堵住的大嘴巴只能闷声嗷嗷呜呜,两个女人一时笑瘫在了他身上。那时候能是甚事?若果然此事,为何非得他点头答应?纵是儿子在他毫不知情时突兀归来,身为父亲他能不高兴?那么,便是……对了对了!嬴柱心头猛然一颤一闪——芈亓入赵,要凭太子府令牌才能在丞相府官市署取得通关书令!

如此说来,自己岂能逃脱罪责?

然则,晚来主书一席拆解也是振振有词。若自己以"当日发病昏迷不省人事"对应廷尉质询,留给廷尉的很可能便是如主书一般的推理,自己很可能逃过一劫。可是,若两夫人要减轻自己罪责,一口咬定此事得安国君首肯,自己却如何辩解?细想起来,这

两个女人他实在把不准,肉身亲昵放浪得刻骨铭心须臾不能离开,心头却总好像云雾遮掩不晓得深浅。她们时常背着他抱做一团神秘兮兮地叽咕,见他来了咯咯笑着分开缠上来侍奉得他没有一句发问的机会。依常人之心忖度,两夫人皆无儿子,靠的是他这个太子,无论如何不当有陷他于不利境地的密谋。然则,翻过去再想,关心则乱,两夫人眼看后继有望,难保不会做出事与愿违的蠢事;目下入狱,更难保不为了自保连带出他这个王储以图减轻罪责。

果然如此,他当如何?

最佳之策,当然是周旋得两夫人无罪,同时保住自己。若在山东六国,对于一个太子这实在是一件轻而易举的小事。可这是秦国,如此想法简直荒诞得异想天开!违法论罪,这在秦国是无可变更的国情,除非老父王力行特赦,如此泄密重罪想一体逃脱无异于痴人说梦。事已至此,必须有人为泄密事件及其带来的严重后果承担罪责。为今之计,能保住自己已经是万幸了,何能再希图救出两位夫人?华阳华月啊,非嬴柱不救,实不能救也……

清晨卯时,酣睡中的嬴柱被侍女唤醒,说家老令她进来禀报纲成君蔡泽在正厅等候。嬴柱猛然坐起穿好衣裳匆匆洗漱完毕大步赶到了正厅,迎面一长躬:"纲成君想杀我也。"

蔡泽大笑着连忙也是一躬:"三月未见,不想安国君成谦谦君子也。"

嬴柱顾不得寒暄应酬,一把拉住蔡泽便走,到了书房掩上门又是一个长躬:"纲成君救我!"

蔡泽扶住嬴柱惊讶道:"安国君何事惊慌?"

嬴柱连连顿足:"两夫人被拘拿,嬴柱岂能不受牵连?老父王火急召我却不见我,大势危矣!"

蔡泽恍然大悟,目光连闪间长长地"啊——"了一声,悠然一笑道:"安国君啊,有道是人到事中迷,果不其然也。"

"你说甚?"嬴柱一脸懵懂惊愕,"你你你说我迷?你说我迷!我如何迷果真迷么!"

蔡泽不禁笑得前仰后合:"也也也!安国君,老夫未及早膳赶来点卯,肚腹空空,不教人咥笑得饱么?"

"好说好说。"嬴柱拉开门一声大喊,"酒饭!快!"

片刻间酒饭上来,蔡泽入座埋头吃喝。嬴柱不吃不说话,一边看着蔡泽一边从自己座案不断往蔡泽身边一蹭一蹭凑来,迫切之相如同狗看着主人乞求骨头一般。蔡泽从容吃得一阵终是不忍,搁下象牙箸笑道:"安国君如此待客,老夫如何咥得?来!坐了说话。"嬴柱迷瞪着双眼浑然不觉:"不不不!纲成君只管咥我也咥,咥罢再说不迟。"蔡泽的公鸭嗓呱呱笑道:"罢了罢了,来,坐回去听老夫说!"见嬴柱只痴痴盯着自己,蔡泽蓦然大觉局促,霍地起身离座一躬:"君将为万乘之尊,安得如此惶惶乱象?请君入座,老夫自有话说。"嬴柱一个激灵方才恍然一笑,不及站起双手撑地猛然挪动大屁股退了回去:"你只说!"

样子猥琐,脸谱化。

蔡泽这才落座一笑:"安国君,此事看似危局,实则十之八九无事也。"

"如何如何?何能无事?甚个根由?"

"其一,吕不韦已知芈芉出事,做好了周密谋划。其二,公子之老内侍老侍女与吕不韦新妻并商社执事,已经在年前安然回到咸阳。其三,老夫得信,公子与吕不韦已经离开了邯郸,只要路途不遭意外,当可安然返国。"

"这?这与两夫人之事何干?"嬴柱依然一片混沌。

"君不闻釜底抽薪乎?"

"啊,啊,啊——"嬴柱终于明白了一些。

"另则,两夫人事安国君未尝预闻,本无危局,亦无须忧虑。"

"我未尝预闻么?"嬴柱不期然惊愕一句又连忙改口,"对对对,我未预闻。"

"是否预闻不凭君说,乃老夫推断之事实。"蔡泽梆梆叩着大案,"若你预闻,两夫人自会供出;两夫人未供,可证你未尝预闻。不是么?"

"你你你，你如何晓得两夫人未供？"

"两夫人若已供出，安国君去廷尉府只怕不是会事了。"

"是也！"嬴柱长嘘一声，自己如何连如此简单的道理也迷了心窍？以老父王执法如山的铁石心肠，但有两夫人供词，自己能不连带下狱？老廷尉会事问的正是自己是否预闻，若两夫人供了还会那般依法质询么？还不早将供词撂出教我招认了？对也对也！两夫人甚也没说！骤然之间，一丝愧疚漫上嬴柱心头，不禁恳切拱手，"纲成君，两夫人乃先祖宣太后族孙，孤身无后，唯靠嬴柱照应，敢请援手一救！"

"救？救哪个？"蔡泽白眉猛然一耸，"此案必得一人承担罪责，周旋得当，或可解脱一人。两人得救，只怕难于上天也。"

默然良久，嬴柱一声叹息："呜呼！但得一人，夫复何言？"

要成大事，必有人牺牲。

"安国君存得此心，老夫便有一策。"见嬴柱又急急凑到面前，蔡泽低声说了起来。嬴柱边听边点头，脸上荡开了一片近日难得的笑容。

蔡泽一走，嬴柱闭门大睡到午后方才起来，自觉神气清爽了许多，啜得几盏滚烫的酽茶驾着辒车去了廷尉府。公堂相对老廷尉素无闲话，径直请安国君如实回复昨日质询。嬴柱回得极是简洁：离开咸阳之前从没有对两夫人透露过密书，两夫人从何途径得密书消息，也无从得知，不敢冒昧揣测。老廷尉请他在书吏录写的竹简后手书了官爵名号，平板板一拱手道："会事完毕。安国君听候判词。"嬴柱一点头告辞出门，奔王城而来。

长史桓砾正在王书房外厅归置官员上书，按轻重缓急排出先后次序，选出最紧要者在老秦王午眠之后立即呈进。埋头之时却闻案前微风，一只黑色木匣已经摆在了案头。桓砾一抬头，见正殿老内侍已经踩着厚厚的红地毡悄无声息地站在了面前,淡淡笑道:"老寺公又要给人加塞?"老内侍红了脸,一边摇头一边低声道:"看好也,太子紧急上书,莫非你老哥哥敢不接么?"桓砾一怔,撂下手头书简打开了黑漆木匣,揭开了覆盖匣面的红绫,一个更小的古铜匣显了出来,匣面上赫然太子府的黑鹰徽。按照公文呈送法度:太子上书长史无权打开,必须立即呈送秦王。桓砾抬手啪地盖上木匣捧起:"老寺公知会太子,上书已经呈送,请候回音。"见老内侍无声地摇了出去,桓砾捧着木匣进了书房内厅。

春回之季,久卧病榻的秦昭王气色渐渐见好,听桓砾高声大气地禀报完毕,淡淡一笑:"老夫听得见,忒大声。开启太子书,你念。"

"老臣明白!"桓砾心下一热,不禁一声哽咽。

近年来老秦王风瘫在榻,非但耳背重听,连说话也是咕哝不清了。无奈之下,桓砾与给事中(内侍总管)物色了一个极为聪敏可靠的少年内侍进了内书房,职事只有一个:终日守候秦王卧榻做"传书侍者"。每有重臣对事,少年内侍跪伏榻侧头靠王枕听老秦王咕哝说话,而后转身复述给臣下。几次下来,王族元老与蔡泽等几位重臣大为不安,如此传音断事,但有差错后果不堪设想。桓砾更是紧张莫名,每次对事都汗流浃背如同噩梦——不管是老秦王果然晚年昏聩,还是少年内侍传音出错,只要一两件国事断得荒诞不经,自己这个长年居于宫闱中枢执掌机密的长史与老给事中必然会成为"狼狈为奸蒙蔽王听"的奸佞小人,而被朝野唾骂遗臭万年。反复思虑,桓砾与老给事中秘密计议筹谋,对少年内侍施行了"矐刑",以防这个渐渐长大的内侍生出非分野心。

那是一种秘密刑罚:将新鲜热马尿倾于密封木桶,将人头塞进锁定熏蒸,直到马尿没了气息;反复几次,人便睁眼失

国人在刑罚的设置上,真是"创意"无穷。

明——双目如常而不可见物。几十年后，名动天下的乐师高渐离因行刺秦始皇被判腰斩，秦始皇看重高渐离击筑才艺而特赦之，然又必须依法给予处罚，便对高渐离用了这种矐刑，从而使这种刑罚见诸史书。这是后话。

听着少年内侍沉闷的呜咽，桓砾在行刑密室里捶胸顿足地咒骂自己。老给事中看他几于癫狂，揶揄地嘲笑他"谋忠又谋正，卖矛又卖盾"，笑罢再也不请他监刑了。去年入冬之后，原本机敏聪慧清秀可人的少年内侍倏忽变得呆滞木讷，虽传言依然无差，然那对似乎依然明亮的双眸却终日无神地空望着前方，黯淡的两颊总是挂着一丝细亮的泪线，直看得桓砾心头发颤。虽然他已经请准秦王对少年家人族人做了赐爵厚赏，可每次看见这个默默跪伏在王榻一侧的少年，便生出一种难以名状的伤痛。年关之后春气大起，老秦王渐渐见好，今日竟能大体清晰地说话了，他如何不如释重负热泪纵横？

"好好念也……"秦昭王沙哑的声音慈和得像哄慰小儿。

"唉。"桓砾答应一声，拭去老泪启开铜匣展开竹简咳嗽一声诵读起来，"儿臣嬴柱顿首：得奉王命立异人为嫡，不胜感喟欣慰，恒念父王洞察深远。然，一事不敢妄断，请父王训示定夺：异人生母夏姬出身微贱，粗疏不足以为儿臣正妻；儿臣妻华阳夫人违法获罪，而今下狱，夫人爵被夺，依法已非儿臣之妻；如此儿臣无妻，诸子亦无正母，嫡子异人归来之日，若无正母在位示教似有不妥；此事该当如何处置，儿臣委实无策，恳请父王定夺示下。"收拢竹简，桓砾补了一句，"太子书完。"

一直靠着大枕闭目凝神的秦昭王良久默然，突兀道："长史以为此事如何？"

高渐离，燕人，善于击筑，听者常痛哭流涕。《史记·刺客列传》载，"荆轲既至燕，爱燕之狗屠及善击筑者高渐离。荆轲嗜酒，日与狗屠及高渐离饮于燕市，酒酣以往，高渐离击筑，荆轲和而歌于市中，相乐也，已而相泣，旁若无人者"，荆轲事败后，高渐离隐姓埋名，当酒家人（类似于酒家保），"匿作于宋子"，有一天听到堂上客击筑，闻之估计有痛不欲生之感，口出狂言，称"彼有善有不善"，主人闻之，"使击筑而歌，客无不流涕而去者。宋子传客之，闻于秦始皇。秦始皇召见，人有识者，乃曰：'高渐离也。'秦始皇惜其善击筑，重赦之，乃矐其目。使击筑，未尝不称善。稍益近之，高渐离乃以铅置筑中，复进得近，举筑朴秦皇帝，不中。于是遂诛高渐离，终身不复近诸侯之人"。所谓"矐其目"，司马贞《史记·刺客列传·索隐》称，"说者云以马屎熏令失明"。应为马屎，而非马尿。

失明必失神气。

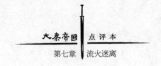

"老臣……"桓砾一阵沉吟正要说话,秦昭王却一拍榻栏:"宣嬴柱。"

正在候见偏殿呆看屋檐铁马的嬴柱,被老内侍带进深邃幽暗的王书房内厅,进门扑拜在地高声道:"春来阳生,儿臣祝父王康泰。"

秦昭王淡淡一笑:"礼数倒是学得周全。坐了。"

听得王榻苍老的说话声,嬴柱不禁大是惊愕,接连又是扑地一拜:"呜呼!天佑我秦,父王复聪,儿臣心感之至!"

秦昭王白如霜雪的长眉皱成了一团,沟壑纵横的老脸却是平静如水,轻轻一抬手道:"坐了回话。廷尉府会事如何?"

嬴柱膝行到榻侧案前肃然挺身跪坐,将会事经过简洁说了一遍,末了归总一句:"两夫人之谋,儿臣未尝与闻,唯听廷尉府依法处置。"

秦昭王道:"你若廷尉,此案如何裁决?"

嬴柱毫不犹豫接道:"坐实凭证,依律判之,首犯当腰斩。"

片刻默然,秦昭王道:"你若秦王,自觉能否特赦?"

"……"嬴柱顿时吭哧不敢接口。

"今日上书,要再次大婚?"秦昭王又淡淡地追了一句。

"……"嬴柱还是吭哧不敢接口。

"嬴柱啊,"秦昭王拍着榻栏粗重地叹息了一声,"既为国君,当有公心。无公心者,无以掌公器也。汝纵有所谋,亦当以法为本。秦之富强,根基在法。法固国固,法乱国溃。自古至今,君乱法而国能安者,未尝闻也!君非执法之臣,却是护法之本。自来乱法,自君伊始。君不乱法而世有良民,君若乱法则民溃千里。《书》云:王言如丝,其出如纶。诚所谓也!汝今储君,终为国君,何能以家室之心,图谋国法网开一面?汝纵无能,只守着秦法岿然不动,以待嬴氏后来之明君,尚不失守成之功矣!汝本平庸,却时生乱法之心,无异于自毁根基。果真如此,秦人嬴氏安能大出于天下?惜乎惜乎!秦人将亡于你我父子也!"一字一顿,铿锵沙哑的嗓音在大厅嗡嗡回响,沧海桑田在缓慢坚实地荡荡弥漫,骤然收刹之下,大厅中一片寂然。

"君上……太子……太医!"匆忙录写的桓砾蓦然抬头,才发现不知何时秦昭王已经坐了起来,脸泛红潮额头大汗淋漓雪白须发散乱张开,俨然一头行将猛扑的雄狮。一直低头受训的嬴柱，已涕泪纵横面色苍白地软瘫在了案前。

老太医一阵忙乱，绽开心劲的秦昭王已经疲惫地昏睡了过去，苏醒过来的嬴柱却只呆坐着发怔。良久，嬴柱扶案站起，对着王榻深深一躬踽踽去了。

蔡泽正在太子府书房等候，见嬴柱一副茫然的模样不禁便笑："安国君失魂也，要否寻个方士来？"嬴柱极是不耐地摇摇手："纲成君好聒噪，害我无地自容也！"蔡泽惊讶地瞪起了那一对鼓鼓的燕山环眼："如何如何？碰了钉子么？""钉子？是刀是剑！剜心剔骨！"嬴柱红着脸啪啪拍案，"面对父王那番训斥，我只恨不能钻到地缝去。纲成君啊，嬴柱完了，完了……"说着伏案大哭。蔡泽大是难堪，过来摇着嬴柱肩膀急促道："安国君说个明白！若果真累你吃罪，老夫立即进宫自承撺掇教唆之罪，与你无涉！"嬴柱止了哭声叹息几声，将父王的训示一句句背来，末了又是放声痛哭。

"安国君，蔡泽先贺你也。酒来！"蔡泽手舞足蹈公鸭嗓一阵嘎嘎大笑。

"你！失心疯？"嬴柱一惊，回身要喊太医。

"且慢且慢！"蔡泽嘎嘎笑着坐在了对面连连拍案，"老夫只候在这里，若今夜明朝没有佳音，蔡泽从此不再谋事！酒来也！"

嬴柱看蔡泽如此笃定全然不似笑闹，心下虽将信将疑，却也当真唤来侍女摆置小宴，心不在焉地应酬着蔡泽饮了起来。未得三巡天色已黑，嬴柱正在思谋如何找个理由送走蔡泽自己好思谋对策，庭院突兀一声高宣："王命特使到！安国君接书——"嬴柱陡然一个激灵，翻身爬起带倒酒案哗啦大响只不管不顾跌跌撞撞出了书房，在厅廊下却与悠悠老内侍撞个满怀两人一齐倒地。

"呜呼哀哉！安国君生龙活虎也。"老内侍勉力笑着捡

起了地上的木匣。

"老寺公,惭愧惭愧……"嬴柱脸色涨得红布一般。

"安国君自个看了。"老内侍双手捧过木匣殷殷低声笑道,"若非你紧急上书,此书今朝已发了。老夫告辞。"一拱手摇了出去。

"大灯!快!"嬴柱一边急促吩咐,一边已经打开了木匣将竹简展开,两盏明亮的风灯下两行清晰大字:

> 王命:夫人获罪,不及株连。安国君嬴柱可持此命前往廷尉府狱,探视
> 其妻华阳夫人,以安家政。

嬴柱大步回到书房,将竹简往蔡泽手中一塞,人只站在旁边呼呼直喘:"老寺公说,我若不上书,此书今朝便发了。"蔡泽打开竹简扫得一眼一声长嘘:"呜呼哀哉!老夫险些弄巧成拙也。"站起身一拱手告辞。"且慢且慢!"嬴柱连忙拉住了蔡泽衣襟,"纲成君莫如此说,只要得此王书,吃一顿训斥也是值当。你只说,我果然无事了?""安国君真是!"蔡泽有些哭笑不得,"倘若有事,老王能如此痛切一番?今日之训,大有深意也!"嬴柱大惑不解:"有何深意?我却只听得胆战心惊。"蔡泽正色道:"安国君胆战心惊者,老王辞色也。老夫揣度秦王本意,似在为王族立规,非但要见诸国史,且不日会昭著朝野。左右事完,老夫去也。"摇着鸭步忙不迭匆匆走了。

嬴柱放下心来,好容易安稳睡得一夜,次日清晨乘辎车到了廷尉府。老廷尉一见王书,唤来典狱丞带着嬴柱去了城西北的官狱。秦国法度:郡县皆有官狱,只关押那些未曾结案定罪的犯人与轻罪处罚劳役的刑徒;一经审理定罪,一律送往云阳国狱关押。依当世阴阳五行之说:法从水性阴平,从金性肃杀,北方属水西方属金。故官狱多建于城西北民居寥落处,咸阳亦不例外,只是比郡县官狱大出许多而已。在官狱的高大石墙外停了辎车,嬴柱跟着典狱丞徒步进了幽暗的石门,曲曲折折来到一座孤零零的石条大屋前。典狱丞唤来狱吏打开硕大的铜锁,虚手一请,守在了门口。嬴柱进屋,眼前突兀一黑,一股湿淋淋的霉味迎面扑来,不禁一阵响亮的咳嗽喷嚏。

"夫君……"角落木榻的一个身影扑过来抱住嬴柱放声大哭。

"夫人受苦了……"嬴柱手足无措地抚慰着华阳夫人,凑在女人已经变得黏糊糊的

耳根低声道，"莫哭莫哭，说话要紧。你如何招认？老姐姐
说甚了？"

"我甚也没说。阿姐一口揽了过去，说一切都是她的谋
划……"

"要犯分审，你如何晓得？"

"阿姐囚在隔室。前日她五更敲墙，从砖缝里塞过来一
方薄竹片。"华阳夫人伏在嬴柱怀中，悄悄从显然不再丰腴
的胸前摸出了一片指甲般薄厚巴掌般大小的竹片，哽咽着凑
近到嬴柱眼前。幽暗的微光下，一行针刺的血字红得嘣嘣跳
动——万事推我，万莫乱说！

嬴柱一声哽咽，大手一握从女人手心将竹片抹在了自己
掌中，猛然捶胸顿足大声哭了起来："呜呼夫人！家无主母，
嬴柱无妻，天磨我也！夫人清白，国法无私，但忍得几日，我
妻定能洗冤归家！嗷嚎嚎——痛杀人也！"

"嬴柱！"突然隔墙女声的狂乱吼叫，"你妻清白！我有
罪么！柱为姐妹骨肉，你夫妇好狠心也！老娘今日偏要翻
供，任事都是你妻所做！教你清白！教你清白！"

"芈氏大胆！"狱吏高声呵斥着走到门前，"不怕罪加一
等么！"

"法不阿贵，老娘怕你太子不成！"女人只是跳脚嘶吼，
浑不理睬狱吏呵斥。

"大胆芈氏！"嬴柱沉着脸大踏步出来，径直走到隔间囚
室门前怒声斥责，"国法当前，容得你胡扯乱攀！姑且念你
与夫人同族姐妹，今日不做计较。你只明说何事未了，嬴柱
以德报怨！"

女人一阵咯咯长笑："我只想你了，想你来这里陪我。"　　　真是失心疯了。

"痴疯子！"嬴柱怒喝一声，转身对典狱丞高声大气道，
"待她醒时说给她听：她的家人家事本君料理，教她安心伏

法。"说罢大踏步走了。

回到府邸，嬴柱浑身散架倒在卧榻再也没有力气爬起来了。

日暮时主书来报说，已经密查清楚：目下王宫谒者芈椋是华月夫人的族叔，当年跟随宣太后入秦，一直在魏冄属下做主书吏；魏冄被贬黜之时，此人得秦昭王信任，留宫补了谒者王稽的职爵；此次正是向驷车庶长传送密书的芈椋向华月夫人透露的消息。

嬴柱有气无力地问了一句："如此，又能如何？"

主书惊讶道："安国君自当会事廷尉府，指实华月夫人与芈椋勾连犯法，方能救得华阳夫人也。"

嬴柱喘息着坐了起来："王族以护法为天职。你知会家老并府中人等，从此任何人不得过问此事。芈椋之事万莫外泄，只听廷尉府查处裁决。"说罢对一脸茫然的主书疲惫地挥挥手闭上了眼睛。

莫名其妙地，嬴柱病了。半个月闭门不出茶饭不思，只有气无力地躺卧病榻，似乎连说话的力气也没有了。老太医几番望闻问切，除了嬴柱自己再熟悉不过的阴虚阳亢脾胃不和心悸虚汗等几样老病，无论如何也揣摩不出这种有（症）状无（病）因的"病"究为何物，只有先开了几剂养心安神温补药，而后立即报请太医令定夺。储君得无名怪疾，太医令何敢怠慢，当即上书老秦王，主张请齐东方士施治。谁料秦昭王却只冷冷一笑，咕哝了一句谁也不敢当作口书传给太子的话："人无生心，何如早死？秦岂无后乎！"撂过太医令上书不置可否。

转瞬河消冰开，启耕大典在即。

自秦昭王风瘫在榻，近年来的启耕大典都是太子嬴柱代王典礼，而今太子卧病，启耕大典却该何人主持？在国人纷纷揣测之时，王宫颁下了一则令朝野振奋而又忐忑不安的王书：秦王将亲自驾临启耕大典，大典之后举行新春朝会，再于太庙勒石！且不说启耕大典由高寿久病的老秦王亲自主持已经令朝野国人振奋不已，更有多年中断的新春朝会与闻所未闻而又无从揣测的太庙勒石两件大事，老秦人的激奋之心顿时提到了嗓子眼——秦国要出大事了！

消息传到太子府，嬴柱坐不住了。老父王以风瘫之躯勃勃大举三礼，他这个已过天命之年的老太子能安卧病榻？果真如此，不说老父王有无心劲再度罢黜太子，只那遍及朝野的侧目而视与非议唾沫也足以使人无疾而终，其时自己何颜面对国人面对天下。

素来遇事左顾右盼的嬴柱，这次不与任何人商议，夜半披衣
而起振笔上书，力请代父王主持三礼，否则自请废黜。书简
连夜呈送王宫，嬴柱守着燎炉拥着皮裘坐等回音。眼看春寒
料峭中天色大亮红日高挂，一辆轺车才嘎吱嘎吱到了府门。
老内侍带来的口书只有两句话："本王振事，与汝无涉。汝
病能否参礼，自己斟酌。"

第一次，一股冰冷的寒气弥漫了嬴柱全身。

那领无价貂裘滑落到燎炉燃起熊熊明火，他依然木呆呆
地站着。

秦昭王不服老。

二月初十，咸阳国人倾城出动。

拥过横跨滚滚清波的白石大桥，在渭水南岸的祭天台四
周，万千老秦人观看了盛大的启耕大典。嬴柱四更即起，沐
浴冠带，鸡鸣时分出了咸阳南门过了渭水白石桥，于朦胧河
雾中第一个守候在了进入大典祭台的道口。红日初升，当须
发霜雪的老父王被内侍们抬下青铜王车时，嬴柱无地自容
了，一声哽咽热泪纵横地扑拜在了车前。老父王拍了一下座
榻横栏，随行在侧的桓砾前出两步高声道："秦王口书：太子
代行大典，本王监礼可矣！"嬴柱陡然振作，对着老父王深深
一躬，驾轻就熟地开始了诸般礼仪。祭天地祈年、宣读祭文、
扶犁启耕、犒赏耕牛、巡视百户耕耘、授爵先年勤作善耕的有
功农户。马不停蹄地奔波到春日西斜夕阳晚照，才结束了这
最是劳人的大典。张着巨大青铜伞盖的王车辚辚归城，秦昭
王坐正身躯向道边国人肃然三拱，行拜托万民大礼时，欢腾
之声骤然弥漫四野。嬴柱禁不住又一次热泪盈眶了。

次日清晨，接着新春朝会。

朝会者，聚国中大臣共同议决国事也。依着传统，这种
朝会一年多则两三次，至少一次。这一次是启耕大典之后的

新春朝会。自秦昭王风瘫以来,秦国已经多年没有朝会了。这次远召郡县大员近聚咸阳百官而行新春朝会,实在是振奋朝野的非常之举。清晨卯时之前,所有有资格参加朝会的官员都冠带整齐地候在了正殿外的两座偏殿大厅。相熟交好者低声询问议论几句,问得最多的话是:"足下以为今日朝会当首决何事?"答得最多也最明确的话是:"伐交逼赵,迎还公子。"嗡嗡低语中卯时三声钟鸣,正殿大门隆隆打开。官员们依着爵次络绎出厅,踩着厚厚的红地毡踏上了三十六级蓝田玉砌成的宽大台阶,鱼贯进入了久违的大殿。

谁也没有料到的是,被抬上大殿的秦昭王一句话不说,进入王座只一摆手。长史桓砾开始宣读近日尚未发出的几卷王书,唯一稍能引起朝臣关注者,是前将军蒙武被升爵一级,调任离石要塞做守关副将。宣读王书是将已决之事通告朝臣,而并非征询商讨,朝臣们听了便是听了,谁也无须说话,只一心等待那个真正要"会议"的轴心话题。谁知接着又是纲成君蔡泽向朝臣知会李冰平息蜀地水患的功绩,桓砾再度宣读了一卷王书:蜀郡守李冰爵封右庶长,兼领巴郡,授"五千"兵符,得调驻蜀秦军随时讨伐苗蛮之乱。此事原是朝臣皆知,自然也不会有任何异议,人们依然在等待那个"会议"话题。

谁知等来的却是老秦王淡淡的四个字:"移朝太庙。"

太庙勒石虽是已经预先通告的大礼之一,然则谁也没有真正将这件事放在新春朝会之上。盖勒石者,无一不是念功念德以传久远。而太庙勒石,自然是念兹念祖追昔抚今。老秦王高寿久病,忆旧念祖也是老人常情,太庙勒石也是垂暮之年的题中应有之意,作为开春大礼也不会有谁非议铺排过甚。然则,朝会无"会",便行此等"虚举",眼看是将太庙勒石看作了最重大的国事,朝臣们心下便有些不以为然。战国之风奔放少迂腐,臣下耿耿言事蔚然成习,当下一班资深老臣先行站起诘难:"秦王多年未曾朝会,念王老病之身,臣等无意责之。今日既有朝会,便当会议迫在眉睫之国事,何能因勒石太庙而疏于国家大朝?"领头说话者便是那个"冷面唯一堂"老廷尉。

秦昭王却只有一句话:"今日朝会在太庙。勒石之后,卿等再行会议。"

如此一说,只是个先后次序之事,朝臣们再无人异议,鱼贯出宫各登轺车浩浩荡荡地到了太庙。太庙在王城之内王城北面的一座小山之下,松柏苍郁殿阁层叠恍如一座城堡。第三进的中央大殿供奉着秦人嬴氏王族的历代国君的木像，香烟缭绕肃穆静谧。秦昭王车驾当先而行，到得巍巍石坊前停了车马，被六名内侍用一张形同王座的特制坐榻抬着进了太庙。随后官员们得到的命令是："本王已代群臣祭拜，彼等无得停留，直入大殿庭院。"朝臣们不禁一阵惊愕。

太庙者，邦国社稷也。如此重地任是国君亲临，也须前殿祭拜方能进入中央正殿庭院，等闲臣子不奉王书则根本不得进入太庙。如今既来，如何能"无得停留直入大殿庭院"？虽是惊愕疑惑，然终究只是一件关乎礼仪的事。在"礼崩乐坏"的战国之世，在蔑视王道礼治的秦国朝臣心目中，如秦昭王这般越老越见强悍的国君能下如此书令，必然有着比礼仪更重要的因由，走便是了，说甚！

一条石板道将大殿庭院分作了东西两片柏林。朝臣们从石板道络绎进入庭院，见东首柏林空地中一柱红绫覆盖的两丈大石巍然耸立，碑前三牲列案香烟缭绕，秦昭王的坐榻已经落定在大殿与柏林之间。兼职司礼大臣的老太庙令将朝臣们分派成两方站立：王族臣子一方，非王族臣子一方。历来按文武成方按爵次列队的传统规矩今日竟被破了，臣子们又是一阵惊讶迷惑。

"太庙勒石大礼！乐起——"

老太庙令一声号令，大殿高台下的两方乐队骤然轰鸣，宏大昂扬的乐声顿时弥漫了柏林弥漫了太庙。蔡泽听得明白，这乐声不是各国王室在大典通行的《韶乐》，而是秦风中的《黄鸟》，心中不禁一动，左右一瞅朝臣们也是眉头大皱，便知今日勒石必非寻常。《黄鸟》是春秋时期风靡秦国朝野的一首歌谣，是老秦人追思为秦穆公殉葬的子车氏三良臣而传唱的挽歌。至于战国，《黄鸟》依然是秦国朝野最熟悉的悼亡歌。然终因此歌隐隐包含了对秦穆公杀贤而导致衰败的谴责，从来不会在礼仪场合被当作开礼之乐。更有甚者，今日勒石在太庙，太庙大殿的正中位置供奉着赫赫穆公，开乐《黄鸟》，老秦王要做甚？

"老臣有话！"乐声未到一半，王族队首的老驷车庶长嬴贲大踏步到了秦昭王坐榻前，"今日太庙大礼，如此乐声暗含讥讽伤及先祖，是为司礼失察。臣请重奏大乐开礼，后治太庙令之罪！"话方落点，王族大臣们一声呼应："臣等赞同老驷车之见！"蔡泽注意到，只有默然肃立的太子嬴柱没有开口。

"我王有书。"未等迷惑观望的非王族臣子们出声，秦昭王身边的长史桓砾哗啦展开

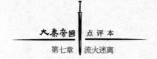
了一卷竹简，一字一顿地高声念诵，"王道礼乐之论，多文过饰非之颂。不开责己求实之风，何能固我根基？昔年孝公之《求贤令》，历数先祖失政之过，方能脱秦人之愚昧，开千古大变之先河。祖先之过不能及，今人之失不能议，君何以正？国何以强？卿等毋做迂腐之论，当襄助本王立万世规矩也！"

"我王明察，臣等赞同！"蔡泽目光一扫，非王族大臣们异口同声地一片呼喝。王族大臣们一阵寂然，终是默默认了。

"大乐重行——"太庙令悠然一喝，忧伤悲怆的《黄鸟》重新荡开。大臣们已经从显然是事先准备好的王书中嗅到了一种异乎寻常的气息——老秦王精心谋划有备而来，责穆公而扬孝公，这太庙勒石必然大有文章，一切都只能等到勒石揭开之后再说了。人同此心心同此理，太庙柏林中一片前所未有的肃穆。

"太子代王揭碑——"

冠带整齐的嬴柱肃然上前，双手搭住红绫两角轻轻一抖，那幅殷红的丝绫滑落到了石座的大石基上——凛凛青石历历白字赫然眼前。随着太庙令一声"太子诵读碑文"的司礼令，嬴柱对着大碑肃然一躬，高声诵读起来。朝臣们的目光随着嬴柱的诵读声盯着碑文移动，那一个个深嵌大石的白色大字似一颗颗铁钉砸得人心头噗噗作响！

秦王嬴稷	勒石昭著	法为国本	君为国首	本首之道	变异相存
国之富强	根基唯法	法固国固	法乱国溃	自来乱法	自君伊始
君乱法度	国必亡焉	法乱国安	未尝闻也	诚为此故	告我子孙
嬴氏王族	唯大护法	法度肖然	万世可期	坏我秦法	非我族类
乱法之君	非我子孙	凡我王族	恒念此石	一年一诵	惕厉自省
乱法之君	人人得诛	生不赦罪	死不入庙	安亡必戒	毋行可悔
戒之戒之	言不可追	立此铁则	世代不移		

嬴柱高声诵读着，满面通红，汗水涔涔。

苍苍柏林一片肃然，朝臣们粗重的喘息声清晰可闻。无论是因何而发，无论是因谁而起，痛切深彻的石文都像长鞭抽打着每个人的魂灵。直到嬴柱念罢最后一个字，朝臣们还是肃然默然地伫立着,连大典礼仪惯常呼喊的"秦王万岁"也忘记了。

大典仪式庄重,有利于定国安邦。

二　塞上春寒　心变情异

三月初,渭水草滩搭起了一个巨大的刑场,咸阳国人大为惊奇。

秦法虽严,然真正的大刑杀只有商鞅变法之初与秦惠王即位初期根除世族复辟势力的有数几次。从秦惠王中期到秦昭王晚期,秦之刑杀形式逐渐回复到了古老的传统——每年一次,秋季决刑。百年下来,渭水草滩的大刑场已经变成了国人记忆中的一片落叶,除了春日踏青时凭吊讲古,很少有人提及祖上所经历过的肃杀岁月了。如今正在热气腾腾的春耕踏青之时,渭水草滩陡起刑场,国人不禁一个激灵!人们几乎不约而同地想起了当年大刑杀的两个征候:渭水草滩与开春时节。可是,也没听说有甚株连大罪案生出,杀何等罪犯用得着如此铺排?口舌流淌的议论最后沉淀为一个传闻:老秦王行将就木之前要清算旧账,大杀有可能危及王室的不轨人犯,为身后太子清道!在传闻由咸阳的巷闾市井弥漫村社山野时,两丈见方的内史书令①张挂到了咸阳四门城墙,赫然告知国人:春刑将决王族高爵人犯,许国人观之,以彰法度。此令一出,国中哗然。人们自觉官府书令验证了口舌传闻,果真如此,秦国还能安宁么?

施刑那日,农夫歇耕作坊停工商市关闭,整个咸阳倾城

虽为显示秦律严明,但仍嫌多此一举。据《史记》所载,可知华阳夫人聪明,吕不韦计高。小说改编之后,此事暗淡无光。

① 内史,秦国官职,掌京师军政;书令,官府公文通称,可张挂者即后来的告示。

而出拥向了刑场。加上闻讯赶来的邻近各县庶民，几里宽的渭水草滩人山人海。然而结果却大大出乎人们所料，斩决的只有一个王族公子遗孀——华月夫人。尽管这个女人也算王族也算高爵，但在老秦人心目中，她却只是个仅仅进入宫廷的楚国女闲人，纵然犯罪，杀了也便杀了，如此大铺排实在是白耽搁一天好日头也。但是，当老廷尉在行刑之后奉命诵读了老秦王的太庙勒石文后，万千人众渐渐地鸦雀无声了，只有掠过原野的河风抖得大旗小旗啪啪作响。陡然之间，幽谷般的沉默被漫山遍野的声浪淹没："秦王万岁！""秦法万岁！""护我秦法！万世不移！"种种呼声春雷一般轰鸣起来。

暮色时分，当漫无边际的人海在夕阳之下流向咸阳四门时，一首古老的歌谣在人海中轰轰嗡嗡地弥漫开来："南山汉桑，北山胡杨。我有君子，邦国之光。愿此君子，万寿无疆。"绵长的歌声浪涛般此起彼伏，老秦人如饮醇酒手之舞之足之蹈之。这一日的踏青观刑，酿成了日后永远不能磨灭的美好记忆。

春刑次日，华阳夫人被无罪开释了。

嬴柱本当驾车接人，想想还是派家老去了。

晚来小宴为夫人压惊，嬴柱蓦然觉得再熟悉不过的妻子变得陌生了。华阳夫人谈笑风生目光流盼，频频与夫君把爵对饮，说了许多闻所未闻的趣事乐事，与素来娇痴羞怯只蜗居在甘棠园小心侍奉的那个可人女子判若两人。嬴柱说，没有亲接夫人心下过意不去。华阳夫人咯咯笑着，连说没事没事何足挂齿。嬴柱说阿姐就刑深为惋惜。华月夫人笑说生死在天，阿姐将世事看得明白，死得不懵懂便值了。嬴柱说太庙勒石震动朝野，日后我等得谨慎小心才是。华阳夫人点头笑应，只要不犯法小心个甚来，该当如何还是如何，放不开手脚，没事反倒被人看作有事一般，晓得无？见夫人不像疯癫之态，嬴柱心下稍安，却总是觉得没了那种熟悉的诱人风韵，打不起精神抚慰夫人。华阳夫人浑然无事，将笑吟吟红扑扑的脸膛埋进了嬴柱胸前，一展细柔的腰肢将他背进了寝室。

甘棠香弥漫的春夜里，嬴柱又一次感到了这个熟悉女人的陌生新鲜。她火辣辣地侍奉他折腾他，精力用之不竭，花式层出不穷，全然不是那个软绵绵娇生生静待他用罢方士药酒之后扑在她身上大逞雄风的细腰楚女子了。酒意朦胧的嬴柱蓦地一个闪念——女人在一身两用，奋力重演着夫君最为痴心的三人嬉戏！陡然之间嬴柱热泪盈眶，紧紧抱住了热汗淋淋的赤裸身子，一口咬住了面前雪白的胸脯。女人浑身颤抖一阵咯咯长笑一阵咝咝哽咽，猛然喊出一声阿姐，一时放声大哭……

　　春寒料峭的鸡鸣时分，嬴柱没有呼唤侍女，自己下榻悄悄地给沉睡的妻子仔细裹好了丝绵大被，轻轻掩上了寝室房门，草草梳洗到了中院正厅。太庙勒石对他的震撼太大了。第一次直面因自己不肖而引起的前所未有的重大国事勒石，嬴柱实在是寝食难安。一柱将永世流传的太庙刻石，非但是王族子孙的耻辱，更是自己这个储君的耻辱。除非自己奋发惕厉登上君位后以皇皇政绩证实自己并非不肖，这种刻于青史立于朝野万众的口碑耻辱永远无法洗刷。而要洗刷耻辱，第一步便是不能在太子位随波逐流再生事端。面对老而弥辣的铁面父王，再也不能让"庸常无断"这四个字钉在自己身上了。自太庙勒石回来，嬴柱开始了闻鸡即起三更入睡的勤奋生涯，一个月下来虽说清瘦了许多，却也自觉精神矍铄，另有一种未曾经受过的新鲜。首先看在嬴柱眼中者，是府中风气为之大变。素来慵懒松懈卯时还不开中门的太子府，忽然变成了天色蒙蒙的寅时三刻便灯火大亮，中门隆隆大开，仆役侍女洒扫庭除一片忙碌，连大门前归属官府净街人洒扫的长街与车马场也打扫收拾得整齐利落一派光鲜精神。每日清晨必得巡街的咸阳内史大是赞赏，立即书令知会城内所有官署大加褒扬。各官署立即闻风向善，争相振作门庭，一时传为佳话。

　　"禀报安国君，一应公文齐备。"

　　看着主书备妥的卷宗笔墨，煮茶侍女捧来的滚热酽茶，嬴柱也不说话，坐进案前开始了忙碌。太子府公文不多，除了王宫长史发来的必须办理的王书，多是些太子傅太史令太庙令驷车庶长府等一班相关官署的知会书简。多少年来，除了老父王王书，嬴柱历来不看那些仅仅是教他知道一番的知会公文。太庙勒石之后，嬴柱非但是每有书简必看，且每看必有批书。不管送来的书简是否需要他的批书，也不管这种批书是否有用，嬴柱都一丝不苟地认真批书，心下只将这批书公文当作他未来为君的磨炼。不想一段时日之后，每日清晨坐在书案前便油然生出一种肃穆，心下大为感慨，愈发地认真起来。

　　"禀报安国君，纲成君请见。"

　　"快请。"嬴柱抬头搁笔起身，利落地迎到了门厅廊下。

　　"君别三日，刮目相看矣！"摇到庭院的蔡泽老远拱着手嘎嘎笑了。

　　"朽木不堪雕，纲成君何须谬奖也。"

　　"老夫没那般乐趣。"蔡泽摇头感慨，"人有生心，夫复何言？老秦王神明也！"

　　"纲成君，父王又批说我么？"嬴柱心头猛然一紧。

"多疑成癖安国君也!"蔡泽嘎嘎一笑,"有大事,进去说。"

入厅坐定,不待嬴柱发问蔡泽念诵了一句:"奉秦王密书,安国君纲成君当即赶赴离石,礼迎吕不韦还都。"惊愕之下嬴柱不禁冒出一句:"没有异人么?"蔡泽故作神秘地摇摇头:"但奉王命,只此一句。"嬴柱不禁又是一问:"吕不韦能驻离石,为何回不得咸阳? 你我亲迎,礼数何其大也!"蔡泽肃然道:"老秦王口书:吕不韦生死之功,两君代本王相机礼迎,不得怠慢。"末了一笑,"你我礼数还大么?"嬴柱略一思忖道:"你只说何时北上!"蔡泽笑道:"安国君若无不便,今日正午如何?"嬴柱啪地一拍案:"国事当先,有何不便? 一个时辰后走!""好!"蔡泽嘎嘎大笑,"老夫车马北阪等候。"起身一拱去了。

三月十五,正是离石要塞开营的日子。

开营者,大军解除冬日坚壁而恢复防区巡查之谓也。这是秦国西北四郡(陇西、北地、上郡、九原)驻军的统一法度,其军中意义如同京师民治开春之时的启耕大典。每年从第一场大雪开始,冰天雪地的西北四郡驻军便进入了冬营之期。城堡要塞深沟高垒,村社庶民坚壁清野,除非紧急军情与密令军务,大军不会开出营垒。来春三月,陇西山地与河西高原虽然依旧是极目无边的黄色天地,但昼夜鼓荡的浩浩春风已经使残雪消融河冰初解,漫山遍野的胡杨林脱尽了枯黄的叶子从树干渗透出晶亮朦胧的绿来。再有半月一月,阴山草原与大漠深处的匈奴胡骑便可以展蹄南下劫掠中原了。正是这种天候之差,使毗邻北疆的秦赵燕三国有了一个共同的军制:三月中开营,厉兵秣马以备胡骑南下。

战国之世,秦国关隘要塞有四处最为要害,老秦人称为

秦昭王老谋深算。安国君虽有二十余子,但无一人为上知,安国君朽木难雕,下一任继承人需要上知调教。礼迎吕不韦,有隔代托付之意。

"驻军四塞"。其一函谷关，其二武关，其三离石，其四九原。而四塞之中真正驻扎精锐主力者，唯有函谷关与离石要塞。所谓精锐主力，一是兵种齐全骑步俱有，二是大型兵器配备整齐，三是久战沙场之师。此中根本因由，在于防守之敌不同与地形不同。函谷关面对中原魏韩两大战国以及随时可能结成合纵的六国盟军，自然是重中之重。武关主要防楚且地处山隘，只驻扎两万步卒。九原防守匈奴，只驻扎三万轻装骑兵与五千弓弩兵。离石要塞正当河西高原中段，隔着峡谷大河与东北的晋阳遥遥相望，面对战国后期最强大的赵国，驻军便与函谷关等同：最精锐的三万铁骑、两万重甲步兵、五千军营工匠（工兵），各种大型兵器一应俱全。就实而论，函谷关是秦国东大门，离石要塞便是秦国事实上的北大门。两处主将也历来都是秦军名将。目下的函谷关守将是老将桓龁，离石守将是老将王陵。蒙武以前军主将之职被调任离石要塞副将，爵位相同却被看作升迁，原因便在于大军战将悉听统帅调遣，而重兵要塞之主将则要独当一面，是显然的方面统帅。

蒙武马队重新赶回离石要塞之日，正逢开营大操演，军营中杀声震天战马嘶鸣一片热气腾腾。蒙武立即进入中军幕府参见主将王陵，交接罢诸般军务，又低声对王陵说得一阵。左臂还挎着夹板的老将军只一挥手："该去！东南步军营，不用我说你也认得出来。"

蒙武一拱手出了幕府，匆匆来寻吕不韦大帐。

离开咸阳时，年轻的蒙武被破例宣召入宫。坐榻拥枕的秦昭王听他仔细讲述了接应公子异人的经过与百人马队一路死战的惨烈情形，不禁悚然动容。蒙武清楚地看到，老秦王雪白的头颅微微颤抖，喘息声粗重得如同风啸，一双白眉耸动的老眼晶亮地闪烁着泪光。良久默然，老秦王枯瘦如柴的大手拍着榻栏一字一顿道："其一，异人暂居吕庄，不许回太子府归宗；其二，蒙武随带太医北上救治，一俟吕不韦伤愈，立即护送还都；其三，诸般事体皆以你名，不言王命。余事本王另做处置。"蒙武一时多有不明，却终是鼓着勇气只说了自己最上心的一件事："公子与末将同年，南归后暂住末将处心神颇安。吕公未归，居于吕庄多有不便。末将之见，公子当回太子府先举认祖归宗之礼，侍奉父母膝下，以慰其颠沛之心。我王明察。""蒙武差矣！"老秦王冷冷一笑，"情法同理，王子士子岂有二致？吕不韦破家舍生，老秦人岂能薄情？臣不负国，王不负臣，此大道也！今吕氏伤病未愈，异人先行归宗，宁伤天下烈士之心乎！"

不能令破家之人寒心，秦昭王也不能薄情。嬴异人之闻于世闻于史，最主要原因还是因为其"子"嬴政，论胸襟论才略，他远不如秦昭王。

蒙武大汗淋漓地走了，直到宫外心头还怦怦直跳。

虽然没有直然责难，老秦王的告诫却显然暗含着对自己处置方式的不满。不管有多少理由，弃重伤重病的吕不韦于苦寒之地而将嬴异人先行护送回来，实在是有些草率了。若非老秦王处置老到，再依着自己的想法教嬴异人先行回归太子府认祖归宗，当真是陷秦国王室于不义了。蒙武清楚地知道，自秦孝公开创了向东方各国求贤变法的先例，秦国在王室垂范之下生成了一种弥漫朝野的尊奉山东名士的习俗规矩。久而久之，天下有了秦国敬士的口碑。纵是那些最蔑视秦国的儒家人物，也不得不说一句："秦虽蛮夷，敬贤尚可也！"吕不韦乃天下大商名士，在山东六国广有结交，若仅仅是为了弃商谋官，只怕在齐赵楚魏几个大国都可轻而易举地做个上大夫之类的显荣高爵。然则，吕不韦终是为了一个秦国公子破家舍财结交死士。这次又几乎身首异处，说到底，还不是看重秦国的清明强盛？对于秦国，还有何等物事比士子舍命亲秦更为宝贵？秦国要的正是天下归心，尤其是士子归心，你蒙武为何就没有想到这一层！将嬴异人秘密护送回咸阳，又秘密安置在自家府邸，不使异人与先期离赵归秦的吕氏商社人等通联消息，目下看来更是伤及吕氏家人的不妥之举。蒙武啊蒙武，你是上将军蒙骜之子，自己也凭着战功做了前军主将，目下被委以离石副将之职，实际上是要你接替老将王陵的。老秦王将独当一面的抗赵大任交付于你，你却在大事上如此懵懂，身为大将只知就事论事，何其惭愧也！

回到府邸，蒙武对正在摆弄秦筝哼唱秦风的嬴异人三言两语说了进宫经过，也不管这位昔日同窗如何嘟哝，亲自驾车连夜将异人送到了渭水南岸的吕庄。先行离赵归来的一班执事、仆役及异人在赵国的老内侍老侍女，回到咸阳对吕不韦消息一无所知，终日惶惶不安，乍见异人，凄惶得放声哭成了一片。西门老总事更是捶胸顿足，坚执要随蒙武北上照拂主东。嬴异人颇是不耐地呵斥道："哭甚吵甚！谁个不烦？吕公又没死，聒噪！"皱着眉头不再说话。

这次蒙武却是大有耐心，见劝阻不住，欣然答应带西门老总事北上。老总事顿时破涕为笑，带着蒙武去见夫人。令蒙武惊讶的是，这位天人般的新夫人听说吕不韦伤病留在河西，只闪动着明亮的眸子紧咬着红润的嘴唇盯住他甚话不说，良久默然，终是低声一句："多谢将军消息。"径直出厅去了。在那瞬息之间，机警的蒙武从那对闪亮的眸子中看到了警觉看到了疑惑，心头不禁猛然一颤。

蒙武给吕庄执事们留下了一千金，不管西门老总事如何推托，都没能拒绝真诚和善而又执拗得寸步不让的年轻将军。回府途中，蒙武又顺道拜访了内史官署，请这位执掌咸阳军政的王族大臣向吕庄派出百人轻骑队昼夜巡视。蒙武一出示老秦王的特使密书，老内史甚也没说派马队出城了。

蒙武马队兼程北上，堪堪将近高奴①，却见马队之前有一辆黑篷辎车辚辚疾驶。在马队越过辎车的刹那之间，西门老总事惊讶地噫了一声。并骑飞驰的蒙武心中突然一亮，立即低声吩咐一名军吏带三骑士换上便装跟随辎车。马队抵达阳周要塞时，一便装骑士飞马赶来禀报：黑篷辎车在高奴遭遇守军盘查，得知车中女子自称赵女，无秦人照身帖，经军吏担保已经过关；辎车昼夜驰驱不吃不喝，军吏担心车中女子出事，派特急快马请令定夺。西门老总事恍然大悟："夫人也！定然无差！"蒙武立即下令马队扎营等候，与老总事亲带十骑返程接应。次日清晨，终于在洛水东岸的土长城下看到了烟尘鼓荡的辎车与远远尾随的骑士。蒙武飞马迎上凌空跃起，硬生生在黄尘飞扬的原野勒住了没有驭手任性狂奔的两匹烈马。当老总事颤巍巍拉开车窗帘布时，一声嘶哑的哽咽滑倒在了车旁。情急之下，蒙武一把撕开车帘，惊讶得不知所措——车中一片血红，飞溅车厢的鲜血与散乱纠缠的红裙裹着一张苍白如雪的面孔，分明死人一般。

"谁懂医道？快！"

---

① 高奴，战国时秦国河西要塞，今陕西延安。

此事还有下文。

便装军吏飞步赶来，猛然一声惊呼："身孕血崩！快请太医！"

蒙武大惊，回头一声断喝："人安军榻！原地守候！我接太医！"翻身跃上那匹雄骏的战马风驰电掣而去……

蒙武至今还在后怕的是，假若没有那名随行太医，这位颠簸驰驱三昼夜而流身血崩的新夫人当真是死活难料。假若这位夫人死了，他有何颜面再见这位有功于秦的商旅义士？如今果然要见吕不韦了，蒙武心头难以自抑地翻翻滚滚。

吕不韦的大帐在小城堡的东南角。

走过连绵成片的军帐区，第一眼看见的是一杆随风鼓荡的与主将旗帜同样高低大小但却没有姓字的黑底白边大纛旗，旗下一圈高大厚实的马粪墙，墙外一圈人各三兵（长矛、长剑、弓弩）的重甲武士。踏着残雪走进马粪墙，一座浑圆大帐孤独矗立，一层显然是连缀起来的巨大丝绵被披挂在牛皮帐篷外，帐口钉着一张厚实得连盘旋呼啸的寒风也奈何不得的翻毛皮包木门，看去活似一座鼓鼓囊囊的灰土堆。直到帐口，蒙武也听不见帐中任何动静。若不是帐顶那口冒着袅袅轻烟的竹管烟囱，谁也不会相信这毫无声息的"土堆"中会有人。蒙武看得出，在冰天雪地的高原军营之中，这座大帐的保暖之工是绝无仅有的。主将王陵的幕府虽则宽敞，但那冷硬粗糙的青砖地，厚实却又漏风的石条墙，以及铁甲锵锵的进出将士，无论如何也无法做到如此的严丝合缝，也无论如何使人想不到"温适舒坦"四个字。

"王陵，终是父辈老将也！"蒙武不禁大为感慨。

那天日暮，匆忙将吕不韦用军榻抬进了离石城堡，只简略地对王陵留下了急赴邯郸请毛公的叮嘱，蒙武便率部护送嬴异人星夜南下了。在蒙武心中，自己奉命北来的使命只有一个，那便是接应护送公子回秦，公子但有意外，自己便是死罪！在吕不韦突然失心变颜而嬴异人又惊得六神无主时，蒙武全然没有想到如何周全处置。说到底，根由在于缺少历练没有洞察之能。王陵对此事原本一无所知，却偏偏能在他离开之后克尽全力，非但派出精干斥候兼程入赵请来了毛公，且亲自率领三千步卒刨雪搜山寻觅千年灵芝，以致滚沟跌成了骨折。若非老将军极尽所能地满足毛公之请，岂能挽回吕不韦垂危的性命？若是奉命之下，蒙武自认也能做得周全利落。然则，王陵恰恰是在既未奉命又不知情之时，以无可挑剔的诸般作为顾全了秦国敬士的大规矩，此中隐含的仅仅是精明干练么？非也非也。在秦国的年轻将军中，蒙武以"承乃父缜密沉稳，而精明干练过之"著称，若非如此，老太子嬴柱岂能选他来做这件扑朔迷离无定数的大事？然则两厢比较，你不得不服膺王陵老将军的过人之处。细想起来，在昔日武安君白起的秦军老将中，堪与王陵者相比者不乏其人，父亲蒙骜不消说，王龁、桓龁、胡伤、嬴豹等都是。他们的战场之才虽各有千秋，然却都有一个共同处：身为大将而顾及国体，每结贤士必彬彬敬之，与山东六国士子们咕哝不休的"虎狼秦风"大异其趣。后来，六国士子们每每私相揶揄，西也东也，虎狼之风究竟何在？对秦国的攻讦之辞也越来越没有了颜色。何以如此？也许是这些老将军比蒙武一代更深地咀嚼了山东六国鄙视秦国的创痛，也更直接地经历了敬士带来的益处，人人衷心认同先祖孝公开创的求贤之风。蒙武一代，则淡漠了这种"天下"之心，以致见士而不知重，见重而不明其道……

"啪！"沉闷清晰的敲棋声打断了蒙武的思绪。

吕不韦与毛公正在对弈。

案前一座硕大的木炭火燎炉，大帐被烘得分外暖和。茶女静静地侍奉着拙朴的陶炉陶壶，俄而起身在厚厚的地毡上飘忽来去，全然没有声息。缭绕大帐的酽茶香气中，只有淡漠的敲棋声散漫无序地起落着。两颗白头隔案相对，恍若深山林泉间的世外高人。一颗白头边打下棋子边摇晃着散乱虬结的雪白头颅高声吟诵："且夫水之积也不厚，则其负大舟也无力。覆杯水于坳堂之上，则芥为之舟；置杯焉则胶，水浅而舟大也。风之积也不厚，则其负大翼也无力。故九万里，则风斯在下矣！而后乃今培风；背负青

天而莫之夭阏者，而后乃今将图南也……"①

"风也飞也，你是鲲鹏么？"对面白头不耐地嘟哝。

蒙武一片懵懂，老人如此认真地念诵这不着边际的宏文究有何用？对面白头人为何又如此沮丧不耐？听得片刻，两位白头人依旧散漫敲棋时而念诵，蒙武终于走上前去深深一躬："末将蒙武，见过吕公。"

背对帐口的白头蓦然转过来打量一眼，又转过身去："吕公，将军见礼。"

"啊啊—— 将军？"盯着棋盘的白头抬了起来，望着一身泥土的铁甲大汉，一脸茫然地笑了，"好，王陵将军来也，请入座。"

"嘿嘿，输得糊涂了！"白发散乱的老人竹杖啪啪敲着大案，"蒙武将军！老小都分不出来，罚饮三爵！"

"嚷嚷甚？输了棋撒气，出息也。"

"哎哎哎！究竟谁个输了？老夫能输混沌人！"

"啊—— 想起来也，我输我输。"白头吕不韦伸着懒腰长长打了个哈欠一阵大笑，"输了好，输了好，输了好呵！"眼泪鼻涕一涌而出，只是不管不顾地兀自长笑。毛公霍然站起，竹杖啪啪打着棋盘："吕不韦！你枉称棋冠，败在老夫之手，不想赢回去么！"大笑声戛然而止，吕不韦扶案站了起来，茫然盯着烘烘燎炉嘟哝着："输了输了，还能赢回来？"毛公红着脸陡然一声大喝："吕不韦！想不想再来！不想再来永世狗熊！"吕不韦回身点头茫然笑着："好好好，再来再来，输光光怕甚？"毛公却又突然嘿嘿一笑，过来扶住吕不韦坐到案前："老兄弟，礼客为先，会完将军，再来不迟。"说罢回身对蒙武一瞥，笑吟吟坐在了吕不韦身旁。

经此一变，吕不韦心灰意冷。

---

① 见《庄子·逍遥游》。

"王陵将军见我何事？"吕不韦淡漠地笑着。

"末将蒙武，受命任离石副将，临行受异人公子之托，特来拜会。"

"啊啊啊，蒙武。"吕不韦茫然地应着。

"嬴异人小子何在？"毛公突然拍案，"不会走路么！"

"禀报吕公，"蒙武肃然躬身，"异人公子与公同逃同战，负伤六处，回咸阳后先在末将府下卧榻疗伤，稍见好转坚执住到了城南吕庄；得知末将北上赴任，公子请得秦中名医扁鹊弟子与末将一同前来为公医治；另则，公子专门致书吕公。"蒙武从皮袋中取出铜管捧上，却被黑着脸的毛公截了过去。

吕不韦目光蓦然一闪："将军是说，公子没有回太子府？"

"吕公明察。"蒙武又是肃然躬身，"末将护送公子回秦，本当立即禀报太子，然公子却坚执要末将说他留在了离石疗伤，不教父母知晓他回到了咸阳。末将问其故，公子答说：吕公性命之忧，异人安可独享富贵哉！念及同年同窗情谊，末将成全了公子心意，只对秦王与太子复命说，吕公与公子已经接应回秦，皆在离石疗伤。是故公子一直未曾拜会父母。"

以公子名义，慰吕不韦。

吕不韦默默点头，淡漠木然的脸膛第一次漾出了一片舒展的笑容。毛公恰恰抬头将一方羊皮纸啪地拍到案上："好！小子尚算有心也！"吕不韦瞥得一眼羊皮纸喟然一叹，一句话不说又是默默点头。

蒙武去了，大帐中一片沉寂。吕不韦轻轻一声叹息又是悠然一笑："毛公啊，异人能有此番心意，不韦虽死足矣！"正在飞快眨眼的毛公突然拍案一阵大笑："呜呼哀哉！你老兄弟没看出此中蹊跷么？"吕不韦堪堪舒展的脸膛倏忽一片阴沉："老哥哥是说，异人有假？"毛公神秘兮兮地一笑："嘿嘿，假中有真，真中有假，小假大真，真假交混，妙哉妙哉！"吕不韦心绪陡然低落，又是一副茫然神色："输了，赔了，而已，何须惊怪？""错也错也！"毛公连连拍案，"谁输了赔了？ 大赢也！ 你混沌还有个底么？""好好好你说，我好了好了！"吕不韦突然焦躁起来，直瞪瞪看着毛公。

"嘿嘿，嚷不嚷都没跑，终归大好事也！"毛公也直瞪瞪盯住吕不韦双眼，"你可听好，其一，那位秦国的扁鹊弟子早做了太医令，嬴异人小子刚回咸阳，请得来么？ 其二，这封皮书之笔法近乎嬴异人，却决然不是嬴异人。莫忘了，老夫可是那小子老师也！ 其三，异人果真深明大义，如何能弃公先去？ 既弃公先去，如何能突兀回到吕庄？ 其四，这个蒙武可是秦军有为大将，纵是敬公而拘谨，也不当满面忧思欲言又止……呜呼哀哉！ 你老兄弟究竟进耳朵没有也！"

吕不韦两眼发直默然不语，良久突然拍案："说！ 四假可证何事？"

"天也！ 老兄弟终是醒了，醒了！"毛公挥着竹杖手舞足蹈地在帐中胡乱蹦了两圈，呼呼喘息着大盘腿坐下压低了声音，"老夫不会看错：假后有真！"见吕不韦只目光烁烁不说话，毛公掰着指头连珠开说，"不奉王命太医令不能北来，此其一。无得授意，不会有人为那小子代笔，纵然有人代笔，以蒙武将军之持重也不会自承信使，此其二。小子原本未回吕庄，便是不想回吕庄，不想回而能居住蒙氏府邸，必是蒙武赞同。两人一致而能突兀搬回吕庄，绝非那小子与蒙武忽然转向，必是上意所迫，此其三。蒙武对吕公敬重有加却又心事重重欲言又止，除却歉疚之心，背后必有隐情，此其四。凡此等等，可见背后总有上手操持。上手者何人？ 不是太子便是秦王！ 老夫看秦国老太子平庸，隐身而操此事者，必是老秦王嬴稷！ 你老兄弟说，是也不是？"

高人皆在世外，此话不假。毛公犀利，一眼便知真相。无论是子楚之意还是秦昭王之意，其实区别不大。

良久默然，吕不韦淡淡漠漠地笑了："秦有今日，天意也？人事也？"

"没劲道！不与老夫大饮两爵？"毛公黑着脸嘟哝一句。

"我，我只酸困，想睡，睡……"喃喃未了，吕不韦软软倒卧在了地毡上。

"小女子出来！"毛公嘿嘿笑着用竹杖敲了一下棋盘，对刚刚掀开后帐帘布的侍女板着脸低声吩咐，"扶吕公进帐，扒去衣物使之安卧。记住守在帐口，不许任何人任何动静叫醒惊醒吕公！"健壮的侍女答应一声抱起吕不韦进了后帐，毛公对悄无声息的煮茶女一挥竹杖做个鬼脸匆匆出帐去了。

"抱起"，侍女都天生神力？

帐中鼾声大起……吕不韦忽然化作北溟之鱼，鲲鹏漂游茫茫苍穹，翼若垂天之云，扶摇直上九万里，俄而又化鸿毛一羽，背负青天随风遨游苍苍尘寰便在眼底，蓬间雀叽叽喳喳议论着溪边蜩鸠嘟嘟嚷嚷嘲笑着，忽见日月大出而爝火不熄，大光小光洒遍天地尘寰，鸿毛一羽飘飘忽不知所终，俄而出得云翳，天边山岳突兀化为云端大字——无己无功无名，鲲鹏鸿毛蓬间雀溪边蜩鸠山岳白云沧海大地忽然交融成一片漫无边际的混沌世界……

三月前的风雪血战之后，吕不韦的铁石心志突然崩溃了。

当毛公冒着漫天大雪赶到离石要塞时，吕不韦正躺在冰冷空旷的中军幕府奄奄待毙。毛公对王陵大发脾气。王陵赔着笑脸解说历来军营规矩：冻伤者需以寒凉缓解，不能骤然暖帐，何敢慢待功臣义士？毛公连连呵斥行伍粗疏不解心医。王陵始终不回一句。毛公没了脾气，立即转请设置暖帐救人。王陵一声令下，军士在顿饭辰光筑起了一座马粪墙包双层牛皮再加连缀丝绵被的密闭暖帐。毛公是有备而来，立即将重金聘请的齐国方士邀入暖帐施法，一番运功运气再加神秘丹丸救心,面色铁青白发散乱形同骷髅的吕不韦神奇地醒了过来。

次日,毛公打发了方士,开始了自己的培本固元疗法。听说要千年灵芝安神救心,王陵二话不说亲率三千步卒入山,一连十日,终于在大雪覆盖的深山密林刨到了一株极为罕见的古灵芝。毛公高兴得嘿嘿直笑,对着王陵一个大拜叩头,惊得白发老将军顾不得臂膊骨折连连对拜。为滚沟负伤的王陵正骨之后,毛公终日守着吕不韦形影不离了。一月之后吕不韦渐渐清醒,虽然茫然的眼神空洞无处着落,总算是能够听话说话了。

一番揣摩,毛公开始了他的攻心救心法。

王陵依着吩咐,抬来了血战仅存的马队剑士越剑无。

身负十三处刀箭重伤的越剑无,被王陵安置在另帐独居。然越剑无不吃不喝更坚执拒绝治伤,见医者入帐便要咬舌自尽。直至毛公到来,越剑无才冷冷说了四个字:"我等吕公。"不再开口。毛公也只一句话:"吕公死活,尽在越义士也!君自思量。"腾腾去了。从那一日开始,越剑无才开始了疗伤进食,虽经一月依然不能下榻。被抬进来的越剑无一见枯树白发的吕不韦,一声吕公便放声痛哭。原本茫然枯坐的吕不韦噫的一声惊叫踉跄扑来,抱住越剑无哭作了一团。毛公冷眼旁观,吕不韦捶胸顿足地哭喊着:"剑无剑无,不该瞒我当初!早知你等义士备死,吕不韦何能有此蠢举也!任侠烈士去矣,吕不韦虽九死不能赎罪啊!"

越剑无却蓦然打住,拭去泪水一拱手道:"吕公之言差矣!剑无所哭者,公之失魂失形也,非我等剑士也。任侠剑士生于天地,不求碌碌苟活,唯求死得其所!吕公谋事存志节,待士有大义,我等人怀必死之心,非仅图报吕公,更求名扬天下!若吕公耿耿不能释怀,视我等之死为一己罪责,岂非玷污我等任侠求死之风?此番心境,原非剑无私撰。吕公请看,剑无可曾背错一字?"话方慷慨,越剑无已经唰地撕开胸前,扯下一方血迹斑斑的羊皮递过。吕不韦颤抖着双手接过,不忍卒睹。毛公接过一看,薄韧的白羊皮上血字历历,分明与越剑无所念一字不差,下方赫然一片已经变黑的斑斑印记,无疑是百名剑士的手印指印!

"吕公,确是荆云义士手笔。"

吕不韦双手接过抚在胸前,对着越剑无深深一躬。

"今日事毕,剑无去也。"在这刹那之间,挺身跪坐军榻的越剑无将一口短剑猛然插入了肚腹，一股鲜血喷溅大帐与吕不韦白衣之上，越剑无平和地笑着，"吕公，你非侠者，不能轻生求死，珍重……"

那一夜，吕不韦抱着越剑无冰冷的尸体坐到天亮，虽然一句话没说，旁边的毛公却看到了吕不韦苍白的脸膛有了一丝红晕。直到三日后将越剑无安葬到了马队剑士的谷地，吕不韦才扶着毛公的肩膀长叹了一声："学无止境，吕不韦自认知人，不想竟如此无知也！"

自刎、刎颈的方式似乎更合中国传统。

自那日起，毛公开始了与吕不韦的对弈。在淡漠茫然的棋盘敲打中，毛公向吕不韦点点滴滴地叙说了各方事变：薛公没能赶来，老哥哥护送赵姬到天卓庄去了；虽说平原君并未大张旗鼓地拘拿"事秦党"，但却在暗地里搜寻嬴异人留下的妻子；薛公以为，只有将赵姬送回卓氏故里并恢复"卓昭"本名，在民多胡风嫁娶寻常的赵国，平原君才无法追究这笔秦妻账；目下料想已经安置妥当，邯郸该当无事了。嬴异人小子伤得不能动弹，又发热，他请蒙武将这小子送回了咸阳，想必开春之后这小子便要来接你回秦了。西门老总事也捎来了消息，吕庄上下人等都好，陈渲日夜祈盼只等着你吕公归来入政。总之统之，只要你吕不韦平安无事，结结实实的一件大事便做成了。

但是，无论毛公如何喋喋不休地絮叨，吕不韦都茫茫然心不在焉。毛公清楚吕不韦心结，每日敲着棋子曼声吟诵庄子的《逍遥游》，每念到"若夫乘天地之正，御六气之辨，以游无穷者，彼且恶乎待哉！故曰：至人无己，神人无功，圣人无名。"抑扬顿挫反复吟诵，常常引得吕不韦木然盯着他也不由自主地跟着念诵起来。

念归念，说归说，吕不韦终是没有真正地清醒振作过来。毛公颓丧了。也许，他只能将吕不韦送到这一步，吕不韦能否恢复雄风，只有天意了。那晚，毛公将一卷密封的羊皮纸

若富贵之路铺满了兄弟的尸体，这富贵之路还有没有意义？小说中的吕不韦经受沉重打击，难以振作。

书简交给了那位终日默默却诚实可信的茶女,叮嘱待吕不韦真正清醒时交给他。便在他陪着吕不韦下最后一局棋的时候,蒙武来了。

毛公看到了一线显然的光亮!果然,吕不韦松心了。

像一只苍老狡黠的土拨鼠,毛公连日出没在冰雪军营之间,旬日之后才回到了吕不韦的保暖大帐。吕不韦已经清醒过来,面色红润了,脸膛也荡出了久违的微笑,见毛公风尘仆仆满面脏污却又神秘兮兮地溜进帐来,不禁一阵哈哈大笑:"老哥哥也!通了通了!原是不韦求人太切,凡事以义责人。人皆义士,何有世事矣!"

毛公惊讶地瞪着一双老眼,提着竹杖绕着吕不韦直转圈子,突然站定嚷了起来:"羊肉酒饭!咥饱肚子再说!前心后心没得分,饿死老夫也!"吕不韦看得乐不可支,转身连呼酒肉饭上齐,坐在对案饶有兴味地看着毛公大举饕餮。

"当真?"毛公撂下割肉刀突兀抬头。

"当真。"吕不韦坦然点头。

"其理何在?"毛公第一次没了嘿嘿笑声。

"权力公器之道,自有法度准则。"吕不韦平和的面容又弥漫出往昔的一团春风,"以义行之,则公器化为私道。不韦执拗于'义本',原是以风尘商旅之道求权力公器之道。不容些许负义之行,于公器之道实为偏执。以此心入仕途,终将大毁也。异人离我回秦,于义于情有差,而于法度无碍。不韦耿耿不能释怀,犹鲲鹏未得大风,不能高天远观也!"

吕不韦破家扶立异人,异人夺其爱姬,又弃他而去,难怪吕不韦寒心。

"嘿嘿,有进境,好!"毛公啪地摔下擦拭油嘴的帛巾,"老兄弟,若是猝然丧子,你会如何?能如这般撑持过去么?"

"老哥哥此说,不知所云也。"吕不韦自嘲地笑了,"生平无女运,先妻十载尚无一子一女。邯郸欲妻,又被人夺。只

怕是应得一句老话,财旺人亏,子女还在糊涂国也!"

"嘿嘿,只怕未必。你目下没有娶妻么?"

"你说陈渲?"吕不韦目光骤然一亮又释然摇头,"原是不得已,笑谈耳耳。"

"是也是也,笑谈罢了。"毛公嘿嘿一阵站起身摇到帐外,拖进一只口袋用竹杖指点着,"明日开始一月之内,老夫要你这白头变黑! 看好这药! 否则啊,嘿嘿,你我老兄弟便负了人心也。"

吕不韦大笑:"老哥哥自己须发如雪,倒是来医我这白头?"

"嘿嘿,懵懂!"毛公悠然甩着白头,"老夫年逾花甲,你几多大? 白当其年为老,白不当年为病。老不可医,病可医。晓得无?"

"好好好,晓得晓得。无非吃药,随你也。"吕不韦一阵笑声未了,软倒在榻大放鼾声。毛公唤来侍女一阵叮嘱,又点着竹杖摇出了暖帐。

倏忽之间河冻消开春风变暖,新叶勃发的胡杨林绿蓬蓬覆盖了沟壑纵横的莽莽高原。四月中开始,吕不韦的一头白发眼看着日复一日地变黑,到了五月来临,形同白发骷髅的吕不韦又变成了一团和煦春风的洒脱士子。从来没见过昔日吕不韦风采的王陵蒙武应毛公之邀踏进久违的马粪墙圈时,远远看见帐外迎候的丰神士子,恍若隔世,惊讶得连连感叹! 庆贺小宴上,得意的毛公矜持地点着竹杖宣布了对吕不韦的解禁令,来者不拒地与每个颂扬者劝饮者接踵痛饮,宴席未散已酩酊大醉了。

安置好毛公,王陵恭敬地邀吕不韦到幕府商议南下回秦事宜,将吕不韦请上了一辆军营罕见的青铜辂车。蒙武亲自驾车,驶向了小城堡外的河谷军营。夕阳晚照之下,冬日血战逃亡的冰雪天地已经是万绿覆盖辽阔山塬,吕不韦极目四望,不禁万千感慨。入得军营深处,但见营帐连绵旗幡猎猎炊烟袅袅战马萧萧,勃勃生机令人怦然心动。蓦然之间,辂车驶过营区进入了一片幽静的谷地,吕不韦心头顿时迷惑——主将幕府如何能在这里?

"东公——"一声苍老的哭喊,一个白发老人踉踉跄跄地扑了过来。

"西门老爹!"吕不韦飞身下车,跪地抱住了跌倒的老人。

"东公……"老人哭声摇着吕不韦臂膊,"夫人等你,她苦也!"

"夫人?"惊愕的吕不韦恍然醒悟,"你说是她,她也来了?"

"老朽粗疏,害东公大事也!"老人捶胸顿足断断续续叙说了经过,只抹着眼泪反复絮叨,"我只说夫人在庄,谁想她能自家北上? 老朽何其蠢也!"

"西门老爹莫得自责。这是上天罚我,不韦认了。"吕不韦扶起老人,目光痴痴盯着前方洼地的马粪高墙与黑色帐篷,突然拔脚飞步大跑了过去。

一模一样的马粪墙,一模一样的丝绵被帐,这里却清幽孤寂得令人心颤。吕不韦突然止步,心跳得怦怦大响,眼前一黑扒着马粪墙软了下去……倏忽醒来,眼前一片红光!吕不韦屏住气息睁开眼睛,一个红裙女子拥在身旁,裙裾正搭在自己脸上,一双温热细腻的手灵巧地婆娑在胸膛,雪白的胸脯与脖颈在蒙蒙红光之中分外润泽丰腴。

"陈渲!"吕不韦霍然坐起将女子揽在了怀中。

"夫君……"陈渲滚烫的泪水洒满了吕不韦的胸膛。

这一夜,两人都没有睡意,裹着大被拥着燎炉挑着铜灯直坐到东方发白,娓娓侃侃缠缠绵绵,一番磨难使两人都生出一种咀嚼不尽言说不清的再生心境。陈渲说,若非蒙武随带太医,她便暴亡中途了;若非西门老总事着意寻来毛公对她施行固本培元疗法,她也恢复不了元气;她没能侍奉夫君倒添了诸多累赘,实在是心有愧疚。吕不韦抚慰说,你怀了一次身孕,是吕门最大功臣,我还没有想过自己会有儿子,值乎值乎愧疚甚来! 陈渲抚着吕不韦蓄起的胡须说,夫君变了,柔和的圆脸变成了棱角分明的方砖,不怒自威我却不怕。吕不韦拍打着陈渲丰腴的身段说,我妻也变了,一个原本身轻如燕纤细窈窕做掌上舞的少女,倏忽变作了一个珠圆玉润的可人少妇,真是我妻了。陈渲红着脸笑说,她原本以为自己不会生子,少女时的舞技磨炼太严苛了,直到仓谷溪吕不韦强使她初经人事,她才第一次来了女红;此次历经大变,知道了自己能够身孕,她高兴得浑身发抖,日后要给吕不韦多多生一群儿子女儿,哪怕变成一只丑陋的老母鸡。吕不韦哈哈大笑说教你生,猛然将陈渲压在了大被中,两人滚作一团笑作一团尽皆大汗淋漓气喘吁吁。吕不韦说,天道有常人事不测,欲求不成,不求反就,他无论如何没想到已有婚约的卓昭嫁给了异人,而买来应对异人的陈渲却成了他妻,目下想来竟是颠倒得有趣。陈渲说,其实她第一眼就看出了其中奥妙:那位公子以死心求卓昭,卓昭则是犹可犹不可并不执一,主人属意卓昭却也并非不可变更;她则第一次便不喜欢那位公子,而喜欢买她的主人。吕不韦大奇,舞女耶巫女耶? 你个小女子有先知之能? 陈渲说,公子痴情却没有义根,卓昭美艳却无志节,主人秉性坚实情心渊深,非等闲心志所能体察激荡,她只喜欢主人这等深情之士。吕不韦摇头说,既然喜欢主人,为何要闭门辞世?陈渲说,嫁出卓昭后主人不能自拔，我怕主人送我重回绿楼，宁在主人身边死去。吕不韦紧紧抱住了陈渲低声耳语，我要你你也没想拒绝，可是？陈渲大红着脸说，若非主人强为，便是等闲武士也近不得我身。吕不韦促狭笑道，可你已经奄奄一息了，拒绝得何人？陈渲娇嗔说，我若病体不能护身，绿楼生涯岂有处子清白？甚法偏不说！吕不韦又是哈哈大笑，命数命数，你个小女子天生是我妻奴也，纵藏身绿楼，也被主人挖了来！陈渲娇笑着叫了一声好主人，猛然将吕不韦扑倒，贪婪地喘息起来……

　　次日过午，洼地一片车马辚辚之声。毛公与西门老总事陪着蒙武亲带三车百骑来迎接护送吕不韦夫妇回归离石城。吕不韦与陈渲携手迎出马粪墙，对着三人逐一躬身大拜，蒙武与老总事手足无措，逗得毛公手舞足蹈不亦乐乎。陈渲执意敬了每人一大碗自酿的马奶酒，才许蒙武下令拆帐装车。夕阳暮色时分，车马辚辚出了洼地，出了军营。到得离石城下，却见两人立马以待遥遥拱手："吕公别来无恙乎！"

　　"纲成君？安国君？"吕不韦惊讶得几乎不相信自己的眼睛。

　　"正是老夫不差！我等恭候大驾月余矣！"蔡泽尚在嘎嘎大笑，嬴柱已经当先下马，远远迎着吕不韦轺车深深一躬。吕不韦连忙整衣下车肃然一拜："不韦尺寸辛劳，何敢当安国君如此大礼也。"嬴柱抢步过来扶住吕不韦道："公存我子，功在社稷，安得不拜？公但上车。"说罢顺势将吕不韦扶上轺车，回身牵住马缰一招手，"吕公稳坐。"一圈马缰徒步牵马进城。离开洼地帐篷时，吕不韦已经坚执谢绝了蒙武驾车，如今自己夫妇双双坐于伞盖之下，却教太子牵马前行，不禁大为不安，本当跃身下车，却见旁行蔡泽连连摇手，只好叹息一声了事。

三　别辞难矣　聚散何堪

南风吹拂田野泛黄的五月，蒙武要亲自护送吕不韦南下了。

安国君嬴柱与纲成君蔡泽已经先行回秦。因由是吕不韦的一句话："如此声势朝野侧目，不韦何以面对秦国父老？两君不先，我无颜归秦也！"蔡泽嬴柱此时才掂出老秦王口书中"相机"二字的意味，商议一番，不胜感慨地先行回秦了。两人离去之后，吕不韦每日五更即起拉着陈渲跑马练剑，旬日之后自觉精力体力大见好转，方才赞同了王陵蒙武的月末南下以避路途酷暑的主张。

行程一定，吕不韦立即派出快马信使去请薛公。三日之后，薛公安然抵达离石要塞。当晚，王陵蒙武在中军幕府摆开了盛大的饯行军宴。粗豪奔放的秦军将领们举着大碗川流不息地与吕不韦五人痛饮，到得三更，虽然马奶酒温热劲爽如邯郸甘醪一般，五位大宾依然是醺醺大醉地被军士们抬回了帐篷。

直到次日午后，吕不韦帐篷方才有了动静。陈渲直为自己的醉酒酣睡过意不去，吕不韦却笑道："睡得好也！你不是饮得多，七八碗而已，是你尚未完全复原。若不大睡一番，如何熬得路途颠簸？"两人正在说话，却见毛公点着竹杖摇了进来当头一拱手道："夫人呵，老夫要借吕公一晚，特请恩准也。"陈渲红了脸连忙一礼："恩公笑谈，原是我北来多有搅扰，何敢当恩公一请？你等议事，我到旁帐去。"说罢便走。"错也错也。"毛公竹杖一伸拦住陈渲，"老夫邀吕公山河口品茶，不在大帐，你自方便。"吕不韦原本想明日将要上

入秦之前，务必与毛公、薛公畅谈一番。既问计，也道别。以毛公、薛公之性格，决不会入秦。

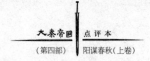

路,毛公薛公年事已高,今晚不再搅扰。目下见毛公郑重其事,霍然起身笑道:"正当月中,山河口明月定是看得。夫人,随后送三桶酒来。"毛公又是一伸竹杖:"吕公且慢。老夫倒是好酒,只薛公已经说定今日只品茶,酒免了也罢。""也好!"吕不韦回身对陈渲一笑,"教茶女到山口去。"毛公嘿嘿笑了:"何时忒般多事?薛公已经先到山口了,用你铺排?人去便了。"拉着吕不韦出了大帐。

出得离石城堡东门,是赫赫大名的山河口。

离石城两山夹峙,城东山口正对大河。山口东侧高冈上立着一座粗朴的石亭,石亭下一座大石刻着斗大的三个字——秦河塞,大石背面则是十六个大字:收我河西,雪我国耻,变法功业,斯世永存!老人们说,这是当年商君收复河西之后的勒石铭文,"秦河塞"是商君亲书,背面颂辞是秦孝公的褒奖令。因了常有国人游客来石前凭吊,上郡郡守请准秦王,将大石亭内外修葺一番,大石亭外另建两座茅亭供凭吊游客打尖歇息。时下五月大忙,往来游客绝迹,山河口分外的空旷辽阔。吕不韦与毛公赶到时正是初夜,一轮明月挂上蓝汪汪的山口,深邃的峡谷中河涛隐隐如雷,一道铁索大板吊桥飞过幽幽太虚般的大峡谷挽住了河东群山融进了茫茫河汉,两岸军灯如繁星在天遥遥相望,谷风习习万木森森刁斗声声马鸣萧萧,塞上月夜如梦如幻。

"吕公,对岸百里之外便是赵国了。"薛公遥遥指着河东苍茫难辨的沉沉高原,"长平大战之前,对岸军营可是赵军红旗也。"

"嘿嘿,东南是魏国。"毛公狠狠点着竹杖,"只可惜魏国王族无能!丢了河西竟连安邑也不要了。若是……嗨!不说也罢!"

"不韦小邦之民,却是无可忧心了。"吕不韦淡淡一笑。

"嘿嘿,将入大邦而生天下之心,老兄弟鱼龙之化也!"毛公显然不高兴了。

"山河变色,君子伤怀。"吕不韦喟然一叹,"然则,春秋之世诸侯千余,战国之世邦国三十余,归并统合之势,何曾以君子情怀而变易也!不韦不如两位老哥哥学问渊深,久为商旅奔走列国,对天下苦难稍多体察。以不韦观之,华夏激荡五百年,终将一统山河。天下不一,战国不休。两公皆洞察幽微之士,尚对邦国疆土之消长耿耿不能释怀,入秦新政难矣哉!"

"错错错也!"毛公连点竹杖,"入秦归入秦,老夫终是魏人!不许想之念之么?"

"但说故国,此公便硬。"薛公无奈地笑了,"匹夫遭罪而爱国,毛公一奇也。不用睬

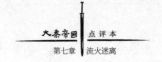

他,来,这是老夫自家炒得春茶,尝尝如何?"说着拉起吕不韦进了茅亭,从茶炉上提起陶壶注茶,娴熟利落不输茶女。随着热气蒸腾扑开,茶香顿时弥漫了山口茅亭。

"好茶也!"吕不韦大耸着鼻头,"莫急,逢泽芒砀茶!可是?"

"评鉴品物,无出吕公之右,佩服。"

"嘿嘿,不就是一鼻子看中了你的甘醪么?老夫不信邪!"毛公摇进茅亭端起茶盅咕的大吸一口,烫得丢下陶盅哈气连连,见薛公吕不韦哈哈大笑,点着竹杖嚷道,"老夫偏认是巨野山泽茶!你能品出泥土腥浓淡来么?"

"毛公考校,何敢逃遁?"吕不韦悠然一笑,"所谓评鉴品尝,无非经多见广善加揣摩而已,岂有他哉!孔子若不周游列国遍考各国典籍,如何能辨认出上古防风氏尸骨?逢泽巨野两大泽,一西一东相隔五百余里,虽同为上古大河改道遗留之积水,然历经数千年沉积,自成不同水土。巨野山泽汪洋,多有山溪活水注入,苇草茫茫山水激荡多雾少阳,水气清甜山土红粘,茶树肥硕而茶叶有幽幽清香。逢泽虽与芒砀山相连,却无活水注入,历经沉淀而水质黏厚,四野之土多有咸湿卤碱之气,是故茶树瘦高而茶叶劲韧,茶木之香中有隐隐厚苦,且最是经煮,与巨野茶之清香甘甜大异其趣也。老哥哥果真品尝不出?"

"嘿嘿,老夫饮来,天下茶叶一个味,只河水最好!"

"呜呼哀哉!"薛公连连拍案,"老夫亲采亲炒容易么?暴殄天物也!大煞风景也!"

吕不韦不亦乐乎:"毛公倒是不差也,煮茶以河水最佳!九原河水为上河,离石河水为中河,大梁河水为下河,也是各有千秋!"

"着啊着啊!还是老夫高明!没有河水,何来茶香?"毛公红着脸嚷嚷起来。

薛公吕不韦同声大笑,毛公也嘿嘿笑了起来,抓过案上一块酱牛肉就着滚烫的酽茶大嚼起来。薛公看得眉头直是一耸一耸,苦笑着摇摇头与吕不韦品啜起来。饮得几盅,薛公轻轻叹息一声:"遥想当年,吕公不期走进甘醪薛,恍如梦中矣!"吕不韦慨然笑道:"三五年沧海桑田,使我二十年商旅黯然失色,政道之难可见一斑也!若非两公襄助,吕不韦岂有今日?入得秦国,我等富贵荣辱一体,定然做他几件大事。"薛公思忖道:"公之入秦,任重道远。自老秦王到异人公子,吕公要周旋三代,可谓难矣!目下情势,异人虽为公之根基,然有老太子嬴柱与老秦王在前,公便须得有勾践十年生聚之韧力耐力,且戒躁动之心。"吕不韦悚然警悟:"薛公金石之言。不韦轻言躁动,惭愧也!"薛公摇摇手

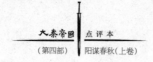

笑道："今日邀公到此，原是要说几件想到之事，却与吕公方才之言无涉，公但听下去便了。"吕不韦笑道："来日方长，随时可说，今夜不妨赏月品茶，塞上月夜难得也。"薛公摇头一叹："垂垂老矣！不说过后便忘了，还是想起便说的好。"吕不韦依稀看见薛公眼中泪光闪烁，不禁慨然拍案："薛公但说！不韦洗耳恭听。"

薛公品啜着醇酽的逢泽茶，对吕不韦侃侃说开。薛公以为，目下秦国以老秦王为第一枢要。据各方征候，老秦王大约还有三五年寿期。历来古训是暮政多变，唯有把准老秦王的一贯政风，方能从容应对。几年来，薛公多方搜求典籍传闻，对这位老秦王做了一番仔细揣摩，断言秦王嬴稷的为政秉性是："唯法无情，杀伐决断之锋锐，为历代秦王之最。"薛公意味深长地说了两个故事：

秦昭王三十八年，秦军在阏与首次败于赵军。宣太后一身承决断失误之罪自裁谢国，实际决断国事的丞相魏冄却沉默避罪。正在盛年的嬴稷郁闷无以排解，病了。秦中百姓闻之，许多农户买来黄牛杀了祭天，祈祷秦王早日康复。秦王病愈，百姓又买牛宰杀以塞祷①。王宫护军将（郎中）阎遏、公孙述到函谷关军务途中多次看到，回到咸阳晋见时当头兴冲冲一句："我王德过尧舜！旷古明君！"秦昭王陡闻如此颂词惊讶莫名，顿时沉下脸问："两位所言何谓也？"两人绘声绘色地将百姓为秦王买牛祈祷塞祷的见闻说了一遍，末了又是一番赞颂："尧舜为君，未闻百姓为之祈祷也。今我王卧病百姓祈祷，病愈百姓塞祷，王得民之爱心过于尧舜！"秦昭王阴沉着脸默然沉思，良久突然拍案："下书各郡县彻查里②社，核实祈祷者并里正、邻长姓名报来。"王书下，郡县邻里莫不以为将获厚赏，当即逐一登录星夜上报。三日后，一道王书飞赴郡县：凡买牛祈祷塞祷之民户，各罚铜甲两副！所在邻里之里正邻长各罚上好铁甲两副！后有非法祈祷者罪加三等！此令一出，举国皆惊，报信的两位郎中更是羞愧难言。后来，秦昭王章台避暑时心绪颇好，随行护卫的阎遏便问秦王："百姓为我王祈祷塞祷，王不奖掖反予惩罚，末将委实不明。"秦昭王顿时敛去了笑容："身为郎中，如此懵懂乎！百姓祈祷塞祷，固爱我也！然秦法无此律条，若本王以仁爱心许之，相沿成习，人人以法外之行邀功，法度何在？国法不立，乱亡之道也。何如去仁爱罚祈祷，而归于大治！"

---

① 塞祷，古礼之一，就是实现当初祈祷时对上天许诺的报酬，后世谓之"还愿"。
② 里，秦国村制单位，五家为邻，五邻为里，一"里"二十五家。后世所谓邻里，即缩语也。

长平大战次年，秦中三县大旱而生饥荒。丞相范雎上书：请开王室五处山泽园林，准许饥荒者进入王室五苑，采集山果野菜以活民。秦昭王断然拒绝，一席话说得范雎哑口无言："我秦法铁则，有功而赏，有罪而诛。若开五苑，百姓有功无功者俱各得之，有功者何荣？无功者何羞？与其发五苑而乱，不如弃五苑而治！应侯莫做此想也。"后来，秦昭王开官仓"赏救"有功之民，硬是不发无功庶民一分一毫，秦人莫不为之悚然动容。

这便是秦昭王，铁心行法敢与天地民心一争，宁落无情之名，不做乱法之君。

秦昭王一生，多遇不世雄才。宣太后芈氏、穰侯魏冄、武安君白起、应侯范雎，哪一个不是亘古罕见的强势人物？君强臣强，政见多有摩擦而秦国却始终没有内乱。薛公以为此中根本因由，在秦昭王对权、法、术三者炉火纯青的融合。尤其是罢黜魏冄、赐死白起、软解范雎三件事，件件在他国都可能酿成巨大灾祸，尤其是白起之死几乎是一场惊涛骇浪，偏偏在秦国却安然无事，不亦怪哉！此中根基，在秦昭王总是依法行权，步步有法度为据，敢于扫灭任何违法强势。白起三违王命，大敌当前，却因秦昭王一次错断而执拗到底，拒不率军应敌，若是寻常君王，可能是无所措手足了。秦昭王却断然下书，处死了秦国长城一般的天下战神，又许厚葬广祭以安民心。此中胆识何其了得！及至晚年，秦国国势大跌，强臣大才凋零，秦昭王当真成了孤家寡人。当此之时，这位老王潜心蛰伏以静制动，但求政事依法度运转，而不求重振雄风，竟能在十多年间使秦国风波不生，何尝不是天下奇闻？开春以来，诛杀华月夫人，太庙勒石护法，凡此等等，一则老秦王政风秉性使然，一则也是后继平庸的无奈之举也。

"明此老王，刻刻在心，秦国事可为也。"薛公归总一句。

"薛公拆解，明心醒志，永生不忘也！"吕不韦大是惊叹，一躬之下见毛公眯缝着老眼一脸神秘，转身一拱手，"敢问毛公，入秦何以应对？"

"嘿嘿，老夫没那番细发絮叨。"毛公霍然站起点着竹杖，"你只记得十二字，'秦法在前，只宜事功，不宜事学。'保你无事！"

"事学？"吕不韦始而迷惑既而释然一笑，"若做官不成，事学也是一途。"

"错也！罢官事学，要老夫饶舌？"

"毛公以为不韦非事学之才？"

"嘿嘿，日后自家揣摩去了。"毛公摇晃着硕大的白头，显然不愿多说。

"好！我记得便是。"吕不韦回头笑道，"薛公方才说老秦王只有三五年光景，据何论断？占星术么？"

"人过七十，老病不久。"薛公只淡淡一笑。

"天机不可泄露。老哥哥能说给你么？"毛公神秘兮兮地套用一句占星家的成语，吕不韦与薛公大笑起来。看看月到中天，吕不韦慨然道："我车带来三桶老酒，不若搬来饮了，醉别河西！"毛公当即喊一声好跳了起来："半日饮茶，鸟淡鸟淡！我来搬酒！""老兄弟少安毋躁。"薛公沉沉一句，见毛公沮丧地站住，起身点着竹杖笑了，"吕公莫非要改明日行期？"吕不韦道："三桶老酒而已，何能误了行期？"薛公摇头道："好酒老夫也带了，只一坛。要得痛饮，我等回仓谷溪。"吕不韦未及答话毛公嚷嚷起来："好啊好啊只我蠢，竟听话没带酒来！一桶便一桶强如鸟淡茶！我去拿也！"连跑带颠打开薛公车厢又是一阵嚷嚷，"分明一坛如何说一桶，糊涂糊涂！"抱起一只陶坛颠了回来。

薛公已经摆开了三只大碗，毛公撕开坛口罩布拔开坛口泥封咕咚咚倒酒，堪堪三碗滴酒皆无，不禁哭笑不得："哟哟哟！我说你甘醪薛如何这般促狭，只会做小碗买卖么？活活馋杀人也！"薛公哈哈大笑："买卖不赔便好，大小碗何干？来！一人一碗！"

"真想与两位老哥哥重回仓谷溪也。"吕不韦笑了。

薛公举起了酒碗："今日一饮，醉别河西！"

毛公举起了酒碗："此酒金贵，老兄弟称心称意！"

吕不韦举起了酒碗："好！醉别河西！咸阳再饮！"

叮当一声三碗相碰，三人咕咚咚一气饮干。毛公嘿嘿一笑点着竹杖摇出了茅亭，仰天对月长叹："醉别河西矣！东望仓谷！他年他乡兮，魂兮归来——！"薛公笑道："一碗便醉,三桶还有行期么?"吕不韦释然点头:"薛公说得是。走,回去睡他两个时辰。"

明月西沉,车声辚辚,三人谁也不再说话。回到离石城堡,薛公毛公下车对着吕不韦深深一躬,径自回自己帐篷去了。吕不韦一路思忖今日夜谈,一拱手也回了帐篷。

次日寅末,一轮红日初上山巅,茫茫山塬在遥相呼应的牛角号中苏醒了。吕不韦帐前早已经车马齐备,想到两公年长昨夜晚歇,直到卯时三刻蒙武前来会马,吕不韦才吩咐西门老总事去请薛公毛公。片刻之间,西门老总事匆匆赶回,绕过蒙武走到吕不韦身边低声道:"禀报东公:事有蹊跷,两公不在帐中,案上有一书简。"说着从大袖中拿出了一只铜管。吕不韦心头猛然一跳,连忙启开铜管抽出羊皮纸,不禁愣怔了——

> 吕公台鉴:老朽两人不能随公南去,至为憾事。遇公至今,感公大义高才,快慰平生也! 老朽魏人,不当入秦,非为卑秦,实为念魏矣! 故国羸弱,士民凋零,我等逃赵之士欲谋重振魏风,成败在天,但尽人事耳。酒后不忍辞,未与公酣畅痛饮,唯留他年之念也。薛毛顿首。

不"世外",何来高人!

啪的一鞭,吕不韦快马飞出了营区。

山河口的清晨一片空寂,金色阳光鼓荡着幽幽峡谷巍巍吊桥,辽阔无垠的河东苍茫茫与天相接。是伞盖轺车还是胡杨白云悠悠飘进了深邃的碧蓝,恍然化作两张扑朔迷离的笑脸,又骤然消失在明净澄澈的黄色山塬……

吕不韦痴痴伫立着,一任河风拍面热泪纵横。

四　执一不二　正心踔步

蔡泽很是郁闷，入伏深居简出，终日在燕园轻衣散发卧石独饮。

入秦十年一事无成，身居高位无处着力，蔡泽不明白如何一步步滑落到了如此境地。

当年初入秦国，一席说辞逼范雎去国，就任秦相天下瞩目，却是何等风采。然蔡泽终究是计然派名士，做大官是为了做大事，绝不会空落落吊只金印晃荡作罢。可在老秦王暮政之期为相，蔡泽却总是在云雾里飘荡，身不着地心不探底。老秦王巡视关中，自己提出了"明法、整田、重河渠"的富秦策，老秦王是欣然允准了的，可在清查府库赋税稍增之后，最大的关中河渠工程却被搁置了。老秦王只有淡淡一句话："李冰入蜀治水须举国支撑，秦中稍缓可也。"然李冰治蜀大见功效之后，老秦王却将蔡泽相职交安国君嬴柱代署，封给蔡泽一个纲成君高爵专一处置太子立嫡事，关中河渠又石沉大海了。蔡泽虽则大惑不解，却也无可奈何。立嫡完了又是北上河西，吕不韦没接得成功，回到咸阳又成了待事散官。虽说还是可以过问相府政事，终是自觉无聊不愿介入。

蔡泽百思不得其解，以老秦王之明锐，如何连丞相府事权都弄得如此模糊不清？如何将自己这样的相才重臣变成了一事一办的特使有一搭没一搭地用着？屡次想向秦王上书请事，好教老秦王清醒，可仔细一想，十几年来秦国还确实没有什么越过他的军国大事，主动请事岂非自讨无趣？也屡次想辞秦而去到他国施展，可一想到山东六国更是死气沉沉，连信陵君那般大才都被逼得久居他国而不能任事，何况他这等无根士子？如此下去，不说与商鞅相比，便是与张仪魏冉范雎相比也是不能了，只怕最终只能与甘茂这般无功弱相比肩了。仔细一想，连甘茂也比不得。甘茂无大才却有大运，一身兼将相大权位极人臣，风云战场纵横宫闱何事没有经过？自己这般不死不活平庸无奇的闲人生涯能比得甘茂了？

《诗经·王风·黍离》：
"知我者，谓我心忧；不知我者，谓我何求。悠悠苍天，此何人哉？"蔡泽郁郁不得志，唱《诗》自叹。

"知我者谓我心忧，不知我者谓我何求！"①蔡泽不禁一声长叹。

"驾言出游，以写我忧。"林中传来谐谑的吟诵。

"唐举么？出来！"蔡泽摇摇晃晃站起一阵大笑，"你再相我，是否闲死命也！"

林木大石后转出一人，怀抱一个小圆木桶悠然笑了："尝闻劳死，今却有人闲死，命数之奇，唐举焉能尽知也。"

"吕不韦？呜呼哀哉！想死老夫也！"

"何如醉死好？"吕不韦拍打着红木桶，"纲成君好口福，百年兰陵！"

蔡泽煞有介事地接过木桶拍拍嗅嗅："啧啧啧！楚人有百年佳酿？"

"计然名家不知楚地物产，纲成君也算一奇。"吕不韦坐到树下光可鉴人的大青石板上，悠然一笑，"楚人立国八百余年，生计风华向来自成一体而与中原争高下，只怕楚熊部族以山果酿酒时，殷商西周还只有粟米酒也。谚云：楚人好饮，宁为酒战。楚宣王为天下盟主，号令列国以美酒为贡，赵国主酒吏以次充好，楚国大举起兵讨伐赵国，明说只要五百桶赵国老酒。你说，天下为酒大战者，舍楚其谁？楚人能没有好酒？"

"说得好没用，老夫先尝了再说。"蔡泽半醉半醒地嘟哝着扒拉酒桶铜箍，却是无处下手，更是一连串嘟哝，"甚鸟桶？没有泥封没有木盖，混沌物事如何装得进酒了？没准是个岭南光葫芦老椰子！"

"老椰子光葫芦一个样么？"吕不韦笑着接过精致的红木桶，一边开启一边指点，"中原酒坛用泥封，楚人酒桶用木

① 见《诗经·王风·黍离》。

封。纲成君且看：最外面一层木盖，旋转即开；封闭桶口者是软木塞，头小尾大，长途运送颠簸激荡则更见密实；用这把铜旋锥旋转嵌入软木，趁力拔起，开，开，开！"一语落点，只听"嘭嗡！"一声大软木塞离桶，一阵酒香顿时弥漫林下。

"噫——好香也！"蔡泽耸着鼻头大是惊叹连忙捧过一只大碗，"快来快来！"

吕不韦屏住气息悬空高斟，但见殷红一线黏滑似油，入得白陶碗一汪澄澈嫣红清亮无比。"琥珀珠玉，何忍饮也！"蔡泽惊叹端详如鉴赏珍宝，不期舌尖小啜，猛然一个激灵咕咚咕咚两大口饮干，咂摸回味良久蓦然长嘘一声，"有得此物，天下焉得一个酒字！"

"人各所好，此酒合纲成君脾胃也。"吕不韦笑道，"就实说，各擅胜场而已。赵酒雄强，秦酒清冽，燕酒厚热，齐酒醇爽，魏酒甘美，一方水土一方口味罢了。"

"呜呼哀哉！先生倒是海纳百川也。"蔡泽的公鸭嗓嘎嘎大笑。

"酒之于我，商旅辨物而已，原不如好饮者痴情执一。"吕不韦谦和地微笑着，"纲成君但喜此酒，不韦可每月供得一桶，多则无可搜寻了。"

"你说甚？每月一桶？"蔡泽朦胧的老眼骤然睁开啪啪连拍石板，"好好好！老夫此生足矣！但有此酒，鸟事束之高阁！"

"万物之道，皆有波峰浪谷。"吕不韦应得一句适可而止，微笑地看着面红耳赤酒意醺醺的蔡泽。

"啊！对也对也！你几时回来？路途顺当么？"蔡泽恍然大悟。

吕不韦哈哈大笑："呀！你接我回得咸阳，忘记了？"

"老夫没醉！"

"只不烂醉便好。"吕不韦见蔡泽神态确实有五七分清醒，侃侃说了一遍回来的情形。一个月前，蒙武带两百马队护送吕不韦一行安然回到咸阳。抵达北阪松林塬时，驷车庶长府一位郎官专车传令：吕不韦身涉王族事务，可按郡守县令入京礼遇住进驿馆，以便官事。吕不韦笑问若有宅邸可否自决？属官答曰可。吕不韦告辞蒙武绕城而过，回到了渭水之南的新庄园。无所事事的嬴异人高兴得无以言说，当晚与吕不韦饮酒叙谈直到四更。依着嬴异人主张，吕不韦当在次日立即拜会太子府，商定他认祖归宗日期。吕不韦却劝异人莫得心躁，只管养息复原便是。次日，吕不韦摆布庄中事务：属于家计的事务一律交夫人陈渲掌管，西门老总事只管外事；吕氏商社的一班老执事也同样分成两班，善处内者归陈渲，善处外者归西门老总事，其余仆役侍女人等则由陈渲与老入秦为相,《商君书》乃必读书目。

总事商议分配。不消三五日,庄园内外整肃洁净秩序井然,庄园上下对夫人心悦诚服。吕不韦第一次有了家的感觉,心下舒坦,埋头书房读起了《商君书》。嬴异人心下惴惴却又无所事事,整日徜徉在园林中痴痴弹弄秦筝,谁也不去理睬。

旬日头上,安国君府派家老送来一札,请吕不韦过府叙旧。吕不韦如约前往,安国君没有着太子冠带,也没有在国事厅接待,而是夫妇设家宴待客。席间安国君嬴柱除了再三表示谢意与劝饮,很少说话,倒是华阳夫人关切地将子楚情形问了个备细。暮色时分吕不韦告辞,嬴柱执意送到府门看着吕不韦登车远去方才回身。此后两旬,没了动静。

"你也急了?"蔡泽嘎嘎一笑,似乎有些幸灾乐祸。

吕不韦淡淡一笑:"我来找你对弈,不高兴么?"

"啊哈!当真不要老夫指点?"

"成事在天。不韦只将人交给太子便是,他不急我急甚来?"

"蠢也!那是太子的事么?太子做得主,能等得一月?"

"便是老秦王也一般,听其自然。"

"嘿!你吕不韦沉得住气也!"蔡泽颇是神秘地压低了声音,"想在秦国立足,老夫给你支个法子。你要走了,老夫好酒不就没了?"吕不韦大笑道:"四海之内,不韦只要活着,少不得你纲成君好酒,有没有你那法子一个样。""错!老夫偏说!"蔡泽忽地从大石板上滑到了吕不韦身边,喷着浓郁的酒气,"我等都是山东士子,不相互援手成何体统?老夫明说,借着老秦王尚能决事,立即上书请见,请老秦王直接下书,使异人公子认祖归宗,大行加冠正名礼,明其嫡王孙身份!"

一入秦国,吕不韦就凡事都没了定见,似和之前的大才吕不韦之间有断裂。

"迟早之事,如此急吼吼好么?"吕不韦淡淡一笑。

"蠢也!"蔡泽拍着石板,"迟早之事那是嬴异人!你却如何？不想自家全身之策？公子可拖，你不可拖！如今公子心急，你正好推出他前头出面，老秦王岂能不准？可你吕不韦却反而劝公子莫急，当真怪矣哉！"

"顺其自然，不能全身了？"

"不能！"蔡泽呼呼大喘，"老秦王高年风瘫，命悬游丝，纵能保得几年性命，可谁能保得他始终清醒？你不在老秦王生前立定根基，若其一朝归去，安国君那肥软肩头撑得秦国强臣猛士？其时……咳！口滑口滑，不说也罢！"

"我没听见，纲成君再说一遍。"

"好啊！没听见好，没听见好！"蔡泽嘎嘎笑了起来。

"来，摆棋如何？"

"好！摆棋！"

浓荫之下微风轻拂，悠长的蝉鸣中棋子打得啪啪脆响。一局未了，蔡泽横卧石板大放鼾声。吕不韦笑了笑起身，唤来远处大树下的童仆照料蔡泽，悠然去了。

嬴异人散漫地抚弄着秦筝，心下却是烦躁沮丧极了。

"我生多难矣！我欲何求？"轰然秦筝伴着一声吟唱，嬴异人不禁热泪纵横。生身于卑贱侍女，孩童时他便觉到了一种异样的冰冷。府中师吏对他的严厉似乎总是夹杂着轻蔑，侍女内侍们对他的粗疏中也似乎总是流露着轻慢。少年之期好容易遇到了志趣相投的蒙武，却被突然派去赵国做人质。十多年苦难屈辱的人质生涯，几乎彻底泯灭了他对生的乐趣，那时候，他最为憎恨的是这王子之身，无数次地对天发誓，来生再也不做王族子孙！偏在此时，吕不韦撞了出来，他懵懵懂懂成了王孙名士，锦衣玉食地过上了在秦国也没有享受过的风光岁月。正在他亢奋地品咂这梦幻般的荣耀，全副身心要与吕不韦建不世功业之时，胡杨林的那个夜晚，上天

异人久旷，忽遇甘露，如获重生，后忽失甘露，又如丧考妣。用情过深，恐怕难寿。

又突如其来地将一个神秘知音砸到了他的心弦。眼看神女无望身心即将崩溃，赵姬却又神奇地成了他的新婚妻子。与赵姬成婚，嬴异人第一次真正尝到了人的生趣，第一次知道了女人美妙，前所未有地沉浸在一种极为新鲜的激情与享受之中。赵姬是个拿得起放得下如火焰般热烈奔放的女子，非但没有因为与吕不韦的"兄妹情谊"而对他有稍微的淡漠，反而对他"宁失王孙，不失佳人"的心志如醉如痴。在两人忘情地燃烧之时，吕不韦却突然将他们生生分开。那一刻，嬴异人又一次对自己的王孙之身生出莫名憎恨。离赵回秦，身中三剑四箭而大难不死，上天总该折磨我尽也。谁料回到咸阳，又被冷冰冰撂在这郊野孤庄无人理睬，连蒙武这个少年至交都不敢留他。匆匆搬到吕不韦新庄，还是没有理睬他。太子是他父亲，老秦王是他大父，他们都不知道自己回到了咸阳？断无可能！如此说来，他们是有意遗忘自己了。王族无情，宫廷无义，自古皆然，夫复何言？上天啊上天，你将嬴异人倏忽寒冰倏忽烈火地反复煎熬，却终归如此抛开，无聊之至，不觉可笑么？

在轰轰然散漫无序的秦筝声中，嬴异人的心彻底冰冷了。渐渐地，一切物事都从心田消失，唯有美艳的赵姬鲜活地向他娇笑着。嬴异人清楚地记得，他与赵姬在邯郸度过了短短四十三个昼夜零一日再零三个时辰，只吃了三十八顿饭，其余时光都挥洒在了那座庭院的每个角落，铭心刻骨至此尽矣！每每心念及此，嬴异人都是无可名状地怦然心动。纵是在开肉剥出箭头的疗伤之时，只要赵姬面影在眼前一闪，心中便会漫过一层强烈的暖流，一切伤痛都消失得无影无踪……

夕阳西下，嬴异人抱起秦筝，木然走出了池边柳林，走进了自己的小庭院，片刻之后，提着马鞭背着长剑一身便装一

左右不得志。

此人若无吕不韦辅助，同废物无多大区别。只能说一句，命好。

头散发，大步出了幽静的院门。

"敢问公子要去何处？"迎面而来的西门老总事大是惊愕。

"西门老爹，我被拘禁了么？"

"公子哪里话来？老朽前来知会，吕公要与公子议事。岂有他哉！"

"事已至此，议得何来？"嬴异人冷冰冰一句便走。

"老朽得罪，公子却是不能。"素来平和安详的西门老人一步跨前，当头一躬，"公子身为嫡王孙，蒙武将军以官身交公子于吕庄，若不辞而去，吕公何以向秦国说话？"

"老西门岂有此理！"

"公子有失唐突，老朽却不能失职。"

"你！你有何职？一个老奴罢了！让道！"

"公子纵然杀了老朽，也不能不辞而去。"老人不温不火却也寸步不让。

嬴异人面色铁青突然一声怒喝："吕不韦！你藏到哪里去了——！"

"谁在说吕不韦藏了？"林外一声熟悉的笑语，本色麻布长衣的吕不韦已经到了面前，打量着嬴异人装束不禁又气又笑，"公子成何体统，要做侠士游么？"

"我不要体统！我要去赵国！找赵姬！"嬴异人颓然坐倒在地哽咽起来。

默然良久，吕不韦走过去低声道："公子进去说话，林下蚊虫多也。"

嬴异人抹着眼泪默默进了庭院，坐在厅中木呆呆不说话。那个跟随嬴异人二十多年的老侍女闻声赶来却不知所措。吕不韦摆手示意，老侍女轻步出厅守在了廊下。吕不韦回身一拱手道："公子已经生死劫难，但请明告，为何大功告成之时突生此等鲁莽举动？"嬴异人冷冷道："自欺可也，何须欺人？这也叫大功告成？回秦无人理睬，父母如弃敝屣！"吕不韦恍然，长嘘一声肃然一躬："公子如是想，不韦之过也。原以为经此生死大劫，公子已是心志深沉见识大增，必能明察目下情势，洗练浮躁心绪，是以未能与公子多做盘桓彻谈，尚请公子见谅。"嬴异人面红过耳，搓着大手嘟哝道："何敢怪公？我是耐不得这般清冷，更怕没人理睬，活似当年做人质一般……"

"公子居吕庄而感孤寂，不韦之过也。今日你我煮茶消夜。"吕不韦心头已然雪亮，连日沉心书房思虑长远，却忽视了嬴异人耐不得清冷孤寂的恒久心病，日后永远不能忘记这个关节！思忖间对廊下老侍女一招手，"老阿姐，拿上好茶叶来煮！看你茶工如何？"

老侍女对吕不韦最是景仰,闻言忙不迭作礼,笑应一句"不消说得",轻快利落地进了正厅。片刻茶香弥漫,吕不韦一耸鼻头惊讶道:"噫!香得炒面糊一般,甚茶?"老侍女殷勤笑答:"蒙武将军送公子的,说是胡茶。"吕不韦叹羡笑道:"呀!茶饮南北,还当真没品过胡茶也,回头我向蒙武将军讨个路数,买它一车回来。"心不在焉的嬴异人陡地振作,恍然大悟般连连挥手:"快拿胡茶!全送吕公!我喝甚茶都一个样,暴殄天物!"神情异乎寻常地兴奋。吕不韦笑道:"一桶便了,全数岂不掠人之美?"嬴异人慨然拍案:"吕公何解我心矣!异人只恨这胡茶不是河山社稷!"吕不韦肃然拱手道:"此乃咸阳,不是邯郸,公子慎言。"嬴异人眼中泪光闪烁,喟然一叹:"异人一生多受嗟来之食,几曾有物送人也!吕公能将未婚之妻忍痛割爱,成我痴心,此等大德,何物堪报?"

异人虽无用,却也不蠢。

"公子差矣!"吕不韦倏忽变色,"赵姬乃我义妹,岂有他哉!"

"情事之间,公却迂腐也!"嬴异人罕见地抹着泪水大笑起来,"秦人赵人皆出戎狄胡风习,男女之情愫无羁绊,唯爱而已。婚约之言,只中原士人看得忒重罢了。当日异人已经看出,赵姬与吕公并不相宜。赵姬多情不羁,吕公业心持重,纵是婚配亦两厢心苦。否则,异人纵是痴心钟情于知音,也不会与公争爱!窈窕淑女,君子好逑。异人当日舍生求婚于吕公,非不知公与赵姬婚约也,而在看准吕公赵姬不相宜也。然天下多有此等人物,明知不相宜亦死不松手,生生酿得万千悲情。公之明锐在于知心见性,不为浅情所迷,亦未为婚约诸言所牵绊。痛则痛矣,却是两全!唯公有此等大明,异人方心悦诚服,决意追随也!时至今日,异人不敢相瞒:此前吕公之于我心,政商合谋之一宗买卖耳,成则成矣,于后却是

最爱的,通常无法相伴到老。造化异人。

难料也；自与赵姬婚配，异人不止一次对天发誓：此生若得负公，生生天诛地灭！"

嘭噗一声闷响，茶盅跌碎草席，滚烫的茶汁将吕不韦的白衣溅得血红。

"先生烫伤！"抱来茶桶的老侍女惊叫一声，连忙伏身擦拭。

吕不韦浑然不知所在，听任老侍女摆弄着。嬴异人的率性剖白像一阵突如其来的风暴深深震撼了他。应当说，这位王孙公子对男女情事的眼光与见识，是吕不韦远远没有预料到的，今日骤然喷涌，当真令他惊愕不已。在吕不韦看来，嬴异人不惜丢弃大业而痴情求婚，除了因胡杨林梦幻对歌而生出的知音倾慕之情，便是不知道他与卓昭的婚约实情，而相信卓昭只是他的义妹。如今看来，嬴异人非但知道实情而且见微知著，连他自己好容易才理得清楚的与卓昭之间的心隔也是洞若观火，实在令他有些难以言说的滋味儿。倘若当初果真回应了火热的卓昭而与她未婚先同居，此事将何以了之？依嬴异人说法，若不是"夺情"成功而对他心悦诚服，两人之间便只是一宗于后难料的买卖而已。果真如此，卓昭反倒成了吕不韦与嬴异人真正结为一体的热胶？自己的深远谋划倒是凭着一个女子才变得真正坚实起来？上天晦暝，如此令人啼笑皆非也！一时之间百味俱在，吕不韦回不过神来。然值得庆幸的是，嬴异人信誓旦旦，终生不会负他，长远谋划总是不会无端岔道了。说到底，目下还是大事当紧。

旁观者清。

心念及此，吕不韦回过神来笑了笑："此事已过，公子日后莫再提说。我只是不明：公子既信得不韦，如何却这般没有耐心？"

"没有赵姬，回到秦国我也只是个弃儿……"

"非也。"吕不韦长嘘一声摇摇头，"公子念情，表象也。

吕不韦看走了眼。这番话让异人的悟性大放异彩。

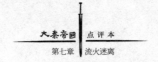

根基所在,却是对回秦大局失了信心。大事绝望者,唯情而生死也。若是公子已经认祖归宗冠带加身,纵然念妻,亦非此等凄绝之象。公子参详,可是此理?"见嬴异人长叹一声默默点头,吕不韦笑了,"恕我直言,公子虽秦国王孙,对乃祖乃父以至秦国政风,却不甚了了。长此以往,即或身居秦宫,公子之心依然还是赵国人质,与秦国秦政,与父母之邦,依然陌生如同路人,何以担得大任执得公器?"

"说甚? 我对秦国陌生?"嬴异人的笑有着分明的揶揄。

"我且问你,毛公薛公何以没有入秦?"

"你回咸阳时说,我师随后入秦。"

"不。他们永生不会来秦了。"

"甚甚甚? 永生不会来秦? 我却不信!"

吕不韦也不分辩,只从邀薛公来河西说起,备细叙说了山河口话别之夜薛公毛公的说法,尤其是两人对老秦王为政禀性的剖析更说得点滴不漏,直说到纲成君蔡泽的郁闷与目下秦国秦政的种种"乱象"。嬴异人听得惊愕愣怔,良久默然。

"两公不入秦,公子以为根由何在?"吕不韦终于入了正题。

"谋划故国大事,也是名士常心。"

"纲成君身居高位而无所适从,根由何在?"

"名士谋功业。无事徒居高位,任谁都会彷徨郁闷。"

"国中种种乱象,公子如何说法?"

"雄主暮政,鲜有不乱。大父风瘫,岂能整肃?"

"公子差矣!"吕不韦意味深长地摇头一笑,"三答皆人云亦云,远未深思也。"

"三答皆错? 我却不服!"嬴异人论战之心陡起,"先说两公,除非留书所说不是实情,断无另外根由!"

"两公留书非关虚实,只是宜与不宜也。"吕不韦轻轻叹息一声,"毛薛之心,其实便是山东士子之心:对秦法心怀顾忌,深恐丧失自由之身。自来山东名士少入秦,商鞅变法前如此,是因了秦国贫穷羸弱野蛮少文,或情有可原。商鞅变法后,秦国风华富庶不让山东,强盛清明则远过之,然却依然如此,根由何在? 便在'惮法'二字! 秦法严明,重耕战,赏事功,举国唯法是从;然拘禁言论,士流难得汪洋恣肆,除非大功居国而能言事,在野则言权尽灭。如此情势,一班士人但无绝世大才必能建功,辄怀忌惮,不敢入秦。

薛公毛公者，坎坷之士不拘形迹，放言成性，不通军旅，入秦纵做你我之谋士门客，亦不得尽情施展其奇谋之能矣！盖秦国法网恢恢，凡事皆有法式，他国能出奇制胜之谋，在秦国则大半无用。士无用则无聊，何堪居之？譬如公子，短暂寂寥尚且不能忍耐，况乎年年岁岁也！"

"也是。"嬴异人恍然点头，"吕公一说，我明白了过来，邯郸遇公之后实在舒畅，士林汪洋，交游论战，比在咸阳舒畅多矣！"

吕不韦道："然秦国终是秦国，执一者整肃，自有另外一番气象。"

"好！此事我服。再说纲成君，能有甚根由？"

"纲成君之事，来日再说不迟。"吕不韦笑了，"目下我只问公子：听得毛公薛公故事，你我回秦后谋略该当如何？"

"愿公教我。"嬴异人恭恭敬敬地一拜。

"公子请起。"吕不韦大袖一扶，"公子少学，以何开篇？"

"自荀子出，秦国蒙学以《劝学》开篇。"

"积土成山，风雨兴焉。"吕不韦点头吟诵一句。

嬴异人一字一顿地念了起来："积水成渊，蛟龙生焉。积善成德，而神明自得，圣心备焉。故不积跬步，无以至千里；不积小流，无以成江海。骐骥一跃，不能十步；驽马十驾，功在不舍。锲而舍之，朽木不折；锲而不舍，金石可镂。蚓无爪牙之利，筋骨之强，上食埃土，下饮黄泉，用心一也。蟹六跪而二螯，非蛇鳝之穴无可寄托者，用心躁也。是故无冥冥之志者，无昭昭之名；无惛惛之事者，无赫赫之功。故君子结于一也……"

"好！"吕不韦拍案，"这节，公子可悟得其中精义？"

"执一不二，沉心去躁。"

"在秦国，这个'一'字却是何指？"

"……"

"在你我，这个'心'字又是何意？"

"……"

嬴异人木然良久，不禁又是一躬："愿公教我。"

吕不韦郑重道："荀子《劝学》，大谋略也！自与毛公薛公河西话别，不韦反复思忖，你我回秦谋略只是八个字：执一不二，正心跬步。这个'一'，是秦国法度。凡你我看事做事,只刻刻以法度衡量,断不至错也。这个'心',是步步为营不图侥幸。连同公子,目下秦国是一王两储三代国君,及公子执掌公器,十年二十年未可料也。如此漫漫长途,心浮气躁,可能随时铸成大错,非步步踏实不能走到最后。虽则如此,秦国后继大势已明,只要公子沉住心气,事无不成!"

嬴异人紧紧咬着嘴唇,双眼直愣愣盯着窗外黑沉沉的夜空,心头却在轰轰作响,赵姬啊赵姬,你等着我,嬴异人一定用隆重的王后礼仪接你回来。

> 不学不以成器。因而不学,救无可救。

五　沣京废墟的远古洞窟

嬴柱正捧着一卷竹简发愣,鼻端飘来一阵撩人心神的异香。

"整日窝书房,晓得多辛苦了。"一双玉臂柔柔地抱了过来。嬴柱拍拍胸前那双细巧的手一声叹息:"老之将至,其言昏矣!你说父王这王书我如何揣摩不透?"身后女子哧哧笑道:"不晓得夫人可以看么?"嬴柱不禁一笑,伸手将女子揽了过来用竹简轻轻拍着她脸庞:"牢狱一回规矩了?考校考校你,看了。"顺手将竹简插进了女子雪白鼓胀的胸脯。女子一阵咯咯娇笑:"亵渎王命也,晓得无?"嬴柱两手伸进女子胸衣揉弄笑道:"食色性也,与王道何干?快看!看不出名堂受罚!"

华阳夫人咯咯笑着从胸前抽出竹简展开,眼光一扫跳了起来拍手笑叫:"如此好事为何不说?该受罚!"嬴柱沮丧地一笑:"立嫡事早明,有甚说头?""早明早明,好你个蠢也!"华阳夫人将竹简连连点着嬴柱玉冠,"那是密书,这是明书!那是驷车庶长行事,这是父母行事!那是遥遥无期,这是秋分便行！你当真掂量不得轻重了？"嬴柱不耐地撸过啪啪敲在头上的竹简哗啦展开："有甚不同？一个样！你只说，这句'该当处置者早日绸缪，当密则密'所指何来？"

"晓得了？听我说。"华阳夫人偎到嬴柱身边笑了，"夫君明察：秋分给子楚行加冠大礼，距今尚有两月，老父王定然是提前知会夫君了。知会之意，自然是要你我先做预备了。而当密则密，一则是莫得大肆铺排声张，二则么，对了，定然是不要先行知会子楚与吕不韦。"

"笑谈！"嬴柱连连摇头，"父王很是看重吕不韦，晓得了？"

"老父王暮政，本来就不依常规行事，晓得了？"

"好好好，那你再说'该当处置者早日绸缪'何意？"

"这我却明白，早想对你提说又怕你说我找事，晓得了？"华阳夫人破例地没有了经常挂在脸上的娇憨笑容，"敢问夫君，原本立嫡何子？"

"公子傒呵。"

"傒儿目下何在？"

"问得多余。不在府中修习么？"

"子楚立嫡加冠，必得回府居住。以傒儿之浮躁乖戾，年又居长……"

"夫人是说，父王所指处置绸缪者便是此事？"

"我想得多日，府中唯此事须得预为绸缪，除此无他了。"

默然一阵，嬴柱长嘘一声颓然靠在长案扯起了长长的鼾声。华阳夫人悄悄起身从书房大屏后拿来一领布袍给嬴柱轻轻盖好，无声地飘了出去。日色西斜，嬴柱醒了过来抹抹嘴角湿漉漉的口涎，饮了一大盅凉茶，出了书房径自向后园的双林苑去了，直到三更时分方才回到了书房。

五更鸡鸣，一车一马出了咸阳东门辚辚直向函谷关。

上将军蒙骜对嬴柱父子的突然到来很是惊诧。秦国法

嬴傒往哪里放，要考虑。

度：太子不奉王命不得入军。嬴柱是老太子了，又与蒙骜有通家之好，突兀入军不怕涉嫌违法么？虽则如是想，蒙骜毕竟久经沧海，当即在狭窄简朴的中军幕府摆下了洗尘军宴，四面帐门大开，虽说山谷凉风习习穿堂，伏暑燠热之气一扫而去，可甲士军吏身影历历可见，宴席情形也尽人皆知。

"安国君如何知道老夫在函谷关？"一爵洗尘酒后蒙骜高声大气地笑了。

"不在蓝田大营，上将军能去何处？"嬴柱也是高声大气地笑着。

"安国君若去崤山狩猎，老夫许你三百弓马。"

"既非狩猎，亦非出使。嬴柱此来，本是王命也。"

"早说也！"蒙骜哈哈大笑着回身一挥手，"军吏甲士退帐，敛上幕府！"

"不须不须，我受不得燠热闷气，如此正好。"

"也好！若不关涉机密，安国君尽说无妨。"

"这是六子傒，老将军可还记得？"

"自然记得也。只是多年不见，公子更显凛凛之气了。"

"此子好武，我欲送他军旅历练，老将军以为如何？"

"入军何消说得！"蒙骜慨然一句却又目光一闪，"记得公子傒曾因功得簪袅①爵，依照法度，可直做千夫将，或移做军吏，不知安国君与公子何意？"

未等嬴柱开口，嬴傒霍然起身一躬："禀报上将军：嬴傒爵位并非战功得来，今入军旅，愿效当年白起先例，直入行伍军卒，凭斩首之功晋升！"

"好志气！"蒙骜拍案赞叹，立即高声唤来中军司马吩咐，"依法登录嬴傒军籍，隐去王族名分，分发函谷关将军麾

再磨炼一番。

---

① 簪袅，别称"谋人"，秦国第三级军功爵。秦爵第二十级最高。

下,即刻办理!"

"嗨!"中军司马挺身一应回头赳赳高声道,"公子军中姓名,秦偊! 若无他事,即刻随我去函谷关将军幕府。"

"嗨!"嬴偊赳赳应得一声回身大步出帐。

"且慢!"嬴柱一招手站了起来走到帐口,解下黑色绣金斗篷默默地给儿子披在了肩头,又解下腰中一口短剑塞在了儿子手中。嬴偊觉察到了父亲的双手微微颤抖,斑白的两鬓顷刻间苍老了许多,心头不禁猛烈地一跳。瞬间犹豫,嬴偊咬着牙关回过神来笑道:"父亲,这般物事军卒不宜。"又给父亲系上了斗篷挎好了短剑,深深一躬,"君父老矣,善自珍重!"猛然回头大步赳赳地去了。

"……"嬴柱一个趔趄,却被身后的蒙骜恰到好处地扶住了。

"说起王族送子,还得算先祖惠文王硬气也。"蒙骜只慨然一句打住了。

嬴柱长嘘一声:"骜兄,我心苦矣! 无由得说……"

这一夜,蒙骜与嬴柱在山风习习的石亭下说到了天亮。两人虽交谊日久,促膝晤谈的机会却是极少。此次机会名正言顺,两人皆无顾忌,说起来滔滔不绝。嬴柱从来相信这位缜密沉稳的老将军,当年将嬴异人交给蒙府与蒙武同窗共读,而今又将嬴偊交到蒙骜军中历练,咀嚼个中滋味,一时不胜唏嘘。蒙骜遇战阵军事缜密多思,遇人交却是豪爽坦诚,听嬴柱唏嘘诉说大笑连连,说嬴柱这太子做得最轻松也最辛苦,轻松者强君在前,辛苦者不得心法也。嬴柱第一次听蒙骜感言国事,便问何谓不得心法? 蒙骜说,远观者清,不得心法便是卖矛卖盾犹豫彷徨自家煎熬;要得心法只十二个字,自顾做事,子孙名位顺其自然。嬴柱听过许多人谋划开导,但要他对子孙顺其自然者,还只有蒙骜,一时不禁大是感慨,送嬴偊入军的伤怀之情减轻了许多,兴致勃勃地问起了蒙骜的军争谋划,是否要重新与六国开打了? 蒙骜一阵沉吟而后反问,安国君若是秉政,军争大略将如何摆布? 嬴柱顿时吭哧嗫嚅,父王如日中天,秉政之事从来没想过。蒙骜叹息一声,终究还是忍不住直言责难,既为邦国储君,当光明正大地思谋国事,老王纵是万岁亦终有谢世之日,若嬴氏子孙尽如安国君之心,秦国岂非下坡路也! 嬴柱自感惭愧,坦诚地向蒙骜请教。蒙骜说得老实,目下蜀巴两郡已成富庶之地,秦国已经缓过劲来,他谋划在三年之内新成军二十万,五年内再成军二十万,使秦国总兵力恢复到长平大战前的六十万。

蒙骜啪啪拍着粗大的军案:"老王歇兵,一则是等待邦国恢复元气,一则是等待盛年

新君。若非如此,大军成势如何按兵不动?不争而预争,风瘫而绸缪身后,老王圣明也!"嬴柱大是惊讶:"老将军是奉命扩军?"蒙骜神秘兮兮地摇头一笑:"老夫何曾奉命扩军?说的是谋划,谋划!"

"啊——"嬴柱恍然大笑,"明白明白,只是谋划,只是谋划也!"

笑声中曙光初现,辽阔的桃林高地已经是淡淡霞红。趁着清晨凉爽,嬴柱与白发苍苍的蒙骜告别了。素来乘车上路呼呼大睡的嬴柱这次却无论如何也没了睡意,一路看着绿沉沉的原野车马行人川流不息的官道,嬴柱扎扎实实地嗅到了秦国土地上蒸腾而起的勃勃生机,多日郁闷的心绪第一次舒畅了明亮了。

天中明月,池中碧水,石板上一张草席,砖灶中一笼驱蚊青烟。吕不韦正在后园消夜,突然听见一阵急促的脚步声,刚刚从草席坐起,西门老总事已经到了身边。

"东公,莫胡有音信了!"老西门微微颤抖着来了。

"莫胡!甚音信?"吕不韦倏地站了起来。

西门老总事急促道:"暮时一黑犬入庄,嗖嗖四处搜嗅。仆役四围驱赶,黑犬却如灵猿一般躲闪逃开。老朽得报前去,黑犬不知从何处蹿出围着老朽四下直嗅,嗅得片刻便蹲伏老朽面前呜呜低吼,前爪直打脖子。老朽一端详,黑犬颈毛中隐隐一道细绳,大胆伸手触摸,黑犬一动不动。老朽在黑犬颈下长毛中一阵摸索,摸得一根皮绳绑着一支寸许长小指般粗细的竹管,解下打开一看,只有一行小字:初更随墨獒沣京谷口。我叫一声墨獒,黑犬倏地立了起来,便知是送信人派这只灵獒前来带路。老朽猜测不出何事,决意先行试探再报东公。天黑之后,老朽带了一个武仆撑了一只小舟,去了沣京口,谁知却是小莫胡……"

"先说人在何处?"吕不韦拍着大芭蕉扇有些不耐。

"老朽未敢贸然教她回来,人还在沣京口。"

"走!接她回来。"

"东公,华月夫人被刑杀,秦法连坐,这这这好么?"

"当初送莫胡给华月夫人便是错,不接回来更错!莫胡又不是芈氏老族人,秦法连坐,还能坐了仆役?吕不韦若连归来义仆也不敢收留,担待何在!"吕不韦边说边走,几句话说罢已经到了后园门边。

"东公莫走了，轻舟在园池码头。"

"倒是蒙了。"吕不韦兀自嘟哝一句，跟着西门老总事便走。

这座新庄建在渭水南岸的山塬之下，外边看去平淡无奇，实则却是大有奥妙。最特异处便是出行通道隐秘便捷，人车马舟皆可从任何角落直出庄园。后园水池虽只有二十多亩水面，却是水深三丈，经过一条极是隐秘的山洞暗渠直通渭水。吕不韦的轻舟有四名强壮水手，园池山洞不张帆也是轻快如陆车。从一片林木苇草中进得渭水，轻舟鼓起了一面白帆，借着风力向上游破浪而来。大约半个时辰进得沣京谷水口，明月之下山林幢幢峡谷幽幽，往昔三面山头专门给夜舟指航的风灯全然没有了。

站在船头的西门老总事啪啪啪连拍三掌，叫了声墨獒。片刻沉寂，山坡林木中一阵轻微唰啦声，一双绿幽幽的眼睛骤然闪烁在岸边黝黑的山岩。西门老总事吩咐一声靠岸，小船轻盈地荡了过去。西门老总事吩咐水手原地等候，头前带着吕不韦上了岸边山道。硕大威猛的墨獒正昂头蹲伏道中，见两人上岸扭头飞蹿出去。西门老总事低声道："墨獒去报信了，只怕走不到'王道'门便有人来了。"

"沣京谷还有人？"吕不韦不禁有些惊讶。

"几个伤残老仆与当初买来的胡女无处可去，莫胡领着他等狩猎采集度日。"

"莫胡原本胡女，倒是有担待也。"

正在说话间，王道废墟城门在朦胧月色下巍然矗立眼前。吕不韦油然想起第一次在这里与风姿绰约的华月夫人相见，不禁一声叹息。正在此时，一条黑影从废墟城门中倏地扑出，两人一惊之间，黑影已经蹲伏在吕不韦脚下，绿幽幽的光芒夹着哈哈喘息，石雕般一动不动。两人未及开口，废墟城门中又倏地飘出一团红影扑在了吕不韦身上！

凡女子，大多有"扑"的动作。

"先生……"

"莫胡,苦了你也!"吕不韦轻轻拍着怀中簌簌颤抖的肩头。

"莫胡误事,当受惩罚!"红影猛然扑拜在地。

"哪里话来?"吕不韦扶起莫胡笑了,"华月夫人自触秦法,谁却管得了她?"

"不。"莫胡连连摇头,"若是我在,定然有信给先生,如何能使那颠顸使者入邯郸而先生还不明就里?荆云大哥与马队义士如何能去?先生何能九死一生……"

"岂有此理!"吕不韦一声呵斥,"颠顸者坏事,我纵事先知晓便能免祸么!从今日始不许如此想头!要说有罪,吕不韦第一个。我不谋事,荆云马队义士何能惨死?"

"先生莫伤心,我错了……"莫胡泣不成声。

"莫胡呵,你是荆云大哥的义妹,从今后是我吕不韦的亲妹。走,跟我回家。"

莫胡没有动。吕不韦恍然笑道:"你个小头领莫担心,沣京口的胡女仆役全回去,伤残者养其终生,健旺者做事,西门老爹正愁新庄没有人手也。"

"先生……"莫胡哽咽了。

"还有事么?"吕不韦亲昵地抚摩着莫胡的散乱长发。

"先生容留那些兄弟姐妹,莫胡深感大恩。只是,莫胡不能回去……"

"莫胡!这是为何?"吕不韦大是惊讶。

"先生!"莫胡一声哭喊,猛然转身风也似的去了。

西门老总事大皱眉头:"莫胡忒煞怪!与老朽也是在这里会面片刻便去。噫!墨獒没走?"蹲伏的黑犬胸腔中发出一阵低沉的呜呜,站起来摇着沉重粗大的尾巴,又低头舔着吕不韦的脚面。吕不韦不禁悚然动容,轻轻一拍黑犬硕大的头:"墨獒,你领路,我等去找莫胡姑娘。"话方落点,眼前一道黑影噌地蹿出,边走边回头,曲曲折折地将吕不韦两人领到一座黑黝黝的山洞前。"汪汪汪!"三声大叫,墨獒箭一般蹿了进去。

片刻之间,一盏风灯挂在了洞口,四名女子抬着两口大棕箱走了出来,为首者对吕不韦深深一躬:"莫胡姐姐说,这两口大棕箱交给先生,请先生恕她不归之罪。"

"敢问小姐姐,莫胡姑娘可是叮嘱你等随我而去?"

"是。可我等不能随先生留秦。"

"却是为何?"

"莫胡姐姐要回阴山草原,我等决意护送莫胡姐姐。"

"且慢且慢。"西门老总事摇摇手，"莫胡剑术骑术俱佳，要得护送么？"

女子顿时默然，相互看看却没了话说。吕不韦大是起疑，挥手断然道："老夫要见莫胡姑娘！"说罢大步便走。几个女子满脸通红，连忙抢在洞口前拦住扑地拜倒："先生不能！莫胡姐姐有苦难言，乞先生体察！"吕不韦生气道："莫胡是我送出，有苦也是因我而起，我岂能不管？姑娘让开！"正在此时，一道黑影从洞中忽地蹿出，墨獒对着女子汪汪两声，回头一口咬住了吕不韦衣襟便扯。吕不韦说声走，墨獒回身进洞撒腿去了。四女无奈，举着风灯跟了进来。

这座山洞宽阔深邃而又曲折无规则，两壁时有各式小洞嵌入山体，显然是天然洞窟又做了人工修葺。洞中脚地角落随处可见各色腐朽的木桶，隐隐弥漫出一种似酒非酒的香气。吕不韦猜测，此洞很可能是当年西周王室的酒窖。如此一座大洞小洞反复交错的洞窟，若非灵异的墨獒搜嗅领道，吕不韦纵是进来也无所适从。走得片刻，墨獒回头一望，嗖地钻进了左手一座小洞。吕不韦疾步跟进，幽幽烛光下朦胧可见洞角草席上一片红影，走近端详，吕不韦不禁大为震惊！一个红裙女子缩做一团瑟瑟颤抖，脸上一副淡黄色的竹皮面具，散乱长发中显出的耳鬓之际白得毫无血色……

"莫胡！"吕不韦惊叫一声，伏身抱起女子回头便走，嗡嗡话音不断在山洞回响，"西门老爹留下善后，立即将沣京口遗留人等送回新庄，若有未了之事，当即妥善处置。我先轻舟回庄医治莫胡！"

蒙蒙曙色之中，轻舟飞进了新庄后园的大池。吕不韦将莫胡抱进自己的庭院，吩咐仆役人等不许对任何人提及今夜之事，而后立即唤来正在洒扫庭除的陈渲匆匆说了经过。陈渲端详片刻道："此女……久伤未治又多居阴湿之地，气血两亏神志昏迷。我先给她灌下一碗灵芝汤再沐浴更衣，夫君只管请来名医便了。"

吕不韦指指莫胡头上的面具道："夫人若是有底，最好不请太医。"

"我修过女医，已经瞧出了几分奥秘，该当无差。"陈渲红着脸一笑，"那你去忙了，只派个懂药的执事听我吩咐便可，若无异常，晚来当有起色。"

吕不韦忐忑不安地去了，坐在书房神不守舍。素来沉稳谦逊的陈渲说得三分便有十分，用不着担心。吕不韦心下激荡难平者，是对莫胡的境遇及其可能牵涉的种种未知人事的秘密。莫胡是荆云举荐到身边的，莫胡既然已经知道了荆云一班义士的惨烈，她的面具与荆云烈士们的面具是否关联？蓦然想到原本可以不死但却义无反顾剖腹自裁的越剑无,吕不韦心头一阵剧烈震颤。西门老爹当初说,莫胡是荆云的义妹,便难保不是爱着荆云的情人,也难保不是荆云马队某个义士的胞妹,她若也要随荆云而去,吕不韦何以面对隐身毁容全部惨死的任侠烈士? 不! 莫胡绝不能死!

午后时分,西门老总事满头大汗来报:沣京谷统共十六名遗留仆役,全数乘船回到新庄;只有那只墨獒守着华月夫人的墓园不走,谁也劝说不动;一个胡女说,若是莫胡在,也许能将它领走,华月夫人死后,墨獒只听莫胡一个人号令。

"西门老爹,沣京谷之事莫对任何人提起。"

"老朽明白。"

"荆云可曾说起过莫胡与他?"

老西门摇摇头:"荆云义士只有一句话:先生得此女,堪托生死。"

"老爹想想,莫胡可与哪位义士长相相似?"

老西门思忖一阵又摇摇头:"马队义士无人有真面目,委实看不出也。"

"华月夫人机谋颇多,老爹还是带几个人将沣京谷仔细踏勘一遍。"

"好! 老朽今夜便去。"

倏忽暮色降临晚霞照窗,一使女来报说夫人有请。吕不韦起身便走,匆匆来到起居庭院,等候在廊下的陈渲将他领进了一间四面帷帐的小房。卧榻悬着白色纱帐,隐隐可见帐中安卧的纤细身影。陈渲低声道:"人已然无事,只怕要昏睡一两日了。"吕不韦道:"如此帷帐四布,不怕热出新病么?"陈渲红着脸一笑:"你知道甚来? 回房说。"拉着吕不韦到了自家寝室。

陈渲说,这个莫胡姑娘有半年前的旧伤,然目下之险是分娩血溃,若非及时带回,只怕此刻已没命了。那副竹面具已经摘去,脸上并无破损之象,只发现鬓角发际处有一片秦半两大的烙印,大腿根刺有两个似字非字似图非图的青色印记,教人触目惊心。陈渲幽幽唏嘘,说她记得陈楚两国多有大商贵胄给自己的女奴烙印刺记,可这莫胡姑娘是阴山胡女,何以竟有此等烙身印记?

"夫人能记得印记图形么?"吕不韦脸色铁青。

"发际处分辨不清,腿根处记得。"陈渲蘸着茶水在案上画了起来。

"猗氏! 古籀文!"

"猗氏? 是楚国巨商猗顿氏么?"

"对！"吕不韦咬牙切齿，"这个部族素有恶癖，决然无差！"

"那分明是说，莫胡曾经是猗顿族的女奴。"

吕不韦一阵思忖："荆云义士曾经在齐国刑徒营做苦役，会否在那里结识了吴越囚犯，逃出后受托救走了莫胡？说不清，还是等她醒来慢慢再问。"

"我看，当紧是寻找那个孩童，她分娩刚刚两日……"

"呀！糊涂！"吕不韦一跺脚拔腿便走，来到大池边却见轻舟已去，吩咐另来一只平日进咸阳运货的小船，跳上去说声沣京谷便下令开船。货船笨重，逆流上溯一个时辰方到沣京谷口。正要弃舟登岸，却闻山道脚步匆匆，西门老总事抱着一个包袱正迎面而来。

"老爹所抱何物？"

"一个弃婴！还活着，火炭一般滚烫！我正要轻舟先送回庄。"

"好极好极！我便抱回，你踏勘完后回来再说。"说罢接过包袱跳上轻舟，四名水手八桨荡起，小船箭一般顺流直下。

回到新庄，吕不韦立即将婴儿抱给了正在守候的陈渲。陈渲又惊又喜，忙不迭给嘴唇已经青紫的婴儿针灸灌药，片刻间婴儿哇的一声哭叫，两人才高兴得笑了起来。陈渲又是一番清理呵护，忙碌得不亦乐乎。看着妻子手忙脚乱却又兴奋得咯咯直笑，吕不韦眼前油然浮现出卓昭身影，她若是她，会如此么？

夜半时分，西门老总事归来说，查遍了沣京谷人能进去走动的所有废墟洞窟与华月夫人的庭院，没有发现可疑物事，只是这沣京谷太大，最好是莫胡伤病痊愈后再带人仔细搜寻，盲目寻去只怕是一月两月也没有眉目。吕不韦笑着摆手连呼天意，说找回了这个婴儿，其余物事与我何干，不用劳神费力，只催西门老总事说如何找到这个婴儿的。

西门老总事说，这个婴儿发现得颇是稀奇。他带着两个胡女正要去华月夫人常去消暑的一个山洞查找，却见一道黑影闪电般掠进那座酒窖洞窟。有个胡女叫得一声墨獒，另个胡女说她看见墨獒好似叼着一只活物。老西门心下一动，带着两个胡女提着风灯进了大洞。两个胡女边走边喊，墨獒墨獒，你在哪里？快出来呵。洞中却是毫无动静。老西门猛然想起这只神异墨獒送信时对他的气味似乎很熟悉也很信任，站在洞中高声道，墨獒出来，老夫是莫胡派来的，你看护的物事我等不会动的。如此说得三遍，一道黑影倏地从一个小洞钻了出来，蹲伏在老西门脚下低沉地呜呜着。老西门从皮袋中拿出吕不韦从洞中抱走莫胡时丢在草席上的一方汗巾，墨獒黑黝黝的大鼻子一耸，站起来摇了摇尾巴向大洞深处走去。老西门跟进一座小洞，不禁大是惊奇！小洞脚地铺着一层厚厚的茅草，一个全身红紫斑斑的婴儿赤身裸体躺在一方脏污的小棉被上，旁边卧着一只奶头胀鼓鼓的野羊。墙角处有一辆已经变作朽木形状却依稀可见的接轴古车，黑乎乎的车身还有溅上去的点点血迹。一时间，三个人都愣怔了。

"墨獒，弃婴还活着！你义犬也！"老西门大是赞叹。

墨獒粗大的尾巴动也不动，只淡漠地瞅了瞅老总事。

一个细心的胡女叫了起来："野羊两奶鼓胀，婴儿没吃奶！"

"墨獒，野羊奶终究难养活人，老夫抱走他如何？"

墨獒猛然一扯老西门手中的汗巾，汪汪两声大叫。老西门心头一亮，摇摇汗巾指指婴儿："墨獒，他是她的婴儿么？"墨獒又是汪汪两声。刹那之间老西门不禁老泪纵横，紧紧抱住了硕大的狗头："墨獒啊墨獒，老夫定然将他抱回去交给她，养活他！你，也跟老夫去了。"墨獒的大头蹭了蹭老西门胸膛，绿幽幽的大眼中湿漉漉一片，摇摇尾巴再也不作声了。

老西门说，墨獒直跟着他走到谷口，听见吕不韦说话才回身跑了。临走时他们不见墨獒，找到了华月夫人墓园。墨獒果然孤零零地蜷在墓碑前，绿幽幽的大眼一片汪汪，任谁劝说也不起身。吕不韦听得万般感慨，良久默然无语。

三日后，莫胡终于完全清醒了过来，脸膛也重新泛出了红晕。

这日午后，吕不韦吩咐西门老总事守在内庄门口，任何人来访只说自己进咸阳城去了，安顿妥当与陈渲一起到了后园僻静的病室。靠在卧榻大枕的莫胡一见吕不韦泪水盈眶，挣扎着要起来行礼。吕不韦连忙上前摁住笑道："今日只说说闲话，姑娘要多礼，我只有走了。"陈渲也过来笑道："姑娘只管靠着说话，一切有我。"说着话拉开帷帐打开窗户煮好酽茶，又捧来一盅汤药教莫胡喝下，方才笑道："你等说话，我唤小茵子来照料，我还有事忙了。"说罢唤进一个伶俐女童匆匆去了。见莫胡只噙着眼泪哽咽，吕不韦笑道："莫胡呵，莫歉疚。我说过，你是我胞妹。做嫂者，照拂小姑病榻有何不可了？"莫胡哽咽道："先生高义大德，莫胡不配。"吕不韦幽幽叹息一声："难矣哉！若是姑娘别有隐情，不韦自不勉强。若说配与不配，姑娘却是言重了。上天生人，原本一等，若非世道不平，何有个高低贵贱？荆云大哥与马队义士哪个没有非人经历，可他们都是吕不韦的生死至交，情同骨肉，何论配与不配？"莫胡一阵默然，蓦然抬头，说起了她被先生送人后的经历。

　　莫胡说，自她到了沣京谷，便做了了华月夫人的内事家老。华月夫人有个族人在王室书房做书史，职司王书缮刻。华月夫人因而预先得知嬴异人立嫡密书。这是莫胡后来才知道的。华月夫人与华阳夫人密商谋划，是华月夫人有意告知莫胡，并教莫胡设法告知吕不韦预先绸缪。可派自己族弟为"特使"赶赴邯郸，华月夫人却瞒过了莫胡。当莫胡正要发出信鸽时，却偶然从一个贴身侍女的口中知道了"特使"一事，顿时心生疑惑，对华月夫人的虚虚实实难判真假，深恐错报消息坏了大事，决意亲自北上说个备细。

　　正在此时，华月夫人却派莫胡带着六名精干仆役冬日南下，来春办理三件大事：一是在吴越采炒震泽春茶；二是去荆山置办楚国式样的玉具珠宝，并用荆山玉为子楚打磨三套铭文玉佩；最要紧的一件事，是按照华阳夫人的图样，采买正宗楚丝，在郢都给子楚缝制地道的四季袍服冠带各六套。华月夫人反复叮嘱，这是她与华阳夫人给子楚归秦预备的赏赐大礼，于吕公也是光彩之事，非莫胡不能办好。莫胡不好推托，在腊月末启程了。轻舟一发，莫胡与仆役们约好二月十五在震泽最大茶场会面，而后立即单骑飞驰兼程赶赴邯郸。其时吕不韦与西门老总事恰好不在仓谷溪，行程紧迫的莫胡赶到了马队营地找到了荆云。住得三日，仓谷溪仍是空空荡荡，莫胡只好将诸事说给荆云匆匆南下了。二月与仆役们会齐，三月底春茶装舟北运，莫胡去了荆山，玉具珠宝定好又去郢都。一等事体往返办完，已经到了六月酷暑天，回到咸阳已经是七月底了。沣京谷的凄凉使莫胡大为震惊，本欲立即寻觅吕不韦，但遗留姐妹们的惨状却使她不忍猝然离去。

　　"此等大变，莫胡实在没有想到……"

　　"莫胡呵，往事过矣！不说也罢。"吕不韦长叹一声，"我只想问得一事，你可说便说，不可说便不说，切莫为难。你是

铺排了这么多，原来是为了日后的荆轲。

分娩之身,那个婴儿,可是荆云大哥之后?"

蓦然之间莫胡如被电击,喉头咕噜一响颓然倒在了榻上。陈渲恰好赶到,轻柔娴熟地一阵施救,莫胡哇的一声哭喊出来:"先生!我儿还在么?"吕不韦一个眼色,陈渲轻步飘出,片刻抱来了一个火红的褓褓笑吟吟递到榻前。莫胡瑟瑟颤抖着抱过婴儿,看着褓褓中红润酣睡的小脸,疯痴般颠弄着褓褓又哭又笑。陈渲一边温婉劝慰,一边接过褓褓给婴儿把尿喂药,莫胡这才渐渐平静下来。

莫胡说,她一家都是楚国巨商猗顿氏买来的奴隶。父母是猗顿商社的海船苦役,在她八岁那年双双殁于海风沉船。小小的她被猗顿氏的一位公子看中,要收她做烙印的侍榻女奴。她说,只要公子带船出海捞回她父母的遗骸安葬,她便烙印入室,否则宁死不做烙印女奴。两年过去,那位公子并未出海,却见她长成了亭亭玉立的少女,便在一个漆黑的夜晚给她灌了迷药,给她烙了女奴印记。便在她痛不欲生不吃不喝只要饿死自己的时日,也是一个漆黑的夜晚,一个功夫神奇的黑衣蒙面人破门而入,连杀三名看守剑士斩断铁链将她救了出去。这个蒙面人将她带到了陈城郊野的一片密林营地,给她看了父母出海前给一个义商留下的刻画竹简。那片竹简上画着一个除她绝不会是别人的小女孩,旁边画着一片草地一匹奔驰的黑马;又带她到隐秘的山坳看了一座奇形怪状的黄土堆,说这便是她父母的安葬地,只因没有救她出来,所以简陋葬埋,只等救出她后辨认而后重新安葬。清明时节打开了坟墓,启开了薄片棺木,父母尸身非但没有腐烂,反倒是大睁着两眼如活人一般。莫胡哭得死去活来,生生要跳进墓坑与父母同去,若非那个蒙面人死死抱住又多方救治,她即或当时不死回来也哭死了。

一个月后,她被那位大哥专程送到了阴山草原,托付给一个林胡族头领,要头领请一个中原士子教她认字读书,说好她长大了来接她。那个头领叫来了他的一群女儿,板着脸对女儿们说,他又有了一个新女儿,谁敢欺侮她就杀了谁!从此,她在草原开始了骑马读书看牛羊的生活,快乐逍遥中却总觉得空落落的。五年后,那个蒙面人果然来了,问她愿不愿意跟他到中原去。她没说一句话扑到蒙面人怀里哭了。后来,她知道了这个蒙面人叫荆云,密林马队的骑士们都叫他大哥。她心甘情愿地为他们洗衣做饭,又跟着轮流进炊房当值的骑士修习剑术。荆云也是每月一次一日进炊房造饭,与她渐渐相熟了起来。荆云说她有灵气,埋汰在炊房忒可惜,坚执教她单帐居住,只教骑士们认字读书。很快,莫胡明白了这是一支护商马队,最多的事是四出探听道路消息,最大的事是护送商队不被抢劫。莫胡不甘整日坐帐读书教书，寻找种种借口到荆云帐篷帮他料理杂事，实在没事便跟着斥候骑士们出去探路。她灵慧聪颖，各国各地的文字话语一学便会，竟成了马队骑士们人人钟爱的小"通人"。

后来，她随着马队到了邯郸郊野的密林营地。有一次，荆云问她愿不愿意给他景仰的一个高士做贴身女仆？莫胡只说了一句话："大哥教我做事，不要问我愿不愿意。"半月后，她跟着一个白发苍苍的老人到了邯郸胡寓……离开荆云，莫胡蓦然觉得自己深深爱慕着那个始终蒙面的荆云大哥。从沣京谷南下的时日，她心神不宁，总有一种不祥的预感，觉得自己再也见不到荆云大哥了。北上临别之日，心潮实在不能自已，她终于从空荡荡的仓谷溪飞马冲进了密林营地。那一夜，她缠着荆云终夜饮酒，两人说了许许多多的话，边饮边说，荆云终于醉了。她几乎没有丝毫犹豫羞怯，从容脱去了自己与荆云的全身衣物，紧紧抱着荆云钻进了大被之中……

报救命之恩，以身相许。

"天意也！荆云义士有后了！"吕不韦喜极而泣跳了起来。

"莫胡呵，你儿子该有个好名字也！"陈渲咯咯笑了起来。

"请先生赐个名了。"莫胡红着脸低了头。

"不不不！莫胡自己起！父母命名，善莫大焉！"

莫胡思忖一阵低声道："我生他时，那个洞中有辆接轴古车，就叫荆轲如何？"

"荆轲！好！荆轲！"吕不韦拍案大叫。

襁褓中的婴儿哇的一声大哭，响亮得屋中嗡嗡震响不绝。陈渲惊讶笑道："哟！这小子哭声尖厉得紧！晓得无，准是个硬种儿了！"三人一齐大笑起来。

六 冠礼之夜的两代储君

仲秋时节,一道王书突然降临新庄,合府上下立即忙碌起来。

王书说的是:秋分之日,公子异人于太庙行加冠大礼,一应先礼着吕府操持。王书是老长史桓砾亲自前来颁读的。接书人指定的是公子嬴异人与义商吕不韦。王书宣读完毕,老长史寒暄几句,留下了太庙一班礼仪属官去了。当晚,吕不韦与西门老总事并陈渲莫胡一道,商议庄园人手房屋的摆布。四人都是理事能者,说得一阵铺排妥当:吕不韦只管照料公子的三日沐浴斋戒大礼,太庙礼仪官员的饮食起居由老西门带原商社的几名执事处置,一干本庄仆役与事务尽交陈渲莫胡。

议罢正要散去,莫胡老大不高兴地嘟哝道:"今日这王书将先生指称为'义商',忒煞怪也。人说君心难测,老秦王当真连那墨葵也不如了。"吕不韦不禁笑道:"莫胡能听王书了,好!西门老爹,你以为今日事如何?"老西门思忖道:"老朽以为,今日事名实不符有些蹊跷,然从实在处揣摩,还是情势大好。""情势大好?说说了。"吕不韦饶有兴致。老西门笑道:"依着寻常法度,我庄尚是民居,便是咸阳内史府派一名书吏前来传令,也算得国人望族的礼遇了。即或涉及王族公子而须得秦王下书,派一名内侍前来颁书也都是破例了。今日颁书之人,却是极少出面的老长史,听说此人是老秦王暮年最信任的实权大臣。最要紧处,公子加冠大礼前不回太子府,留在我庄由东公主持前礼,太庙官员只是操持事务。此中用意老朽也看得不透,只从实处说,老秦王对东公是王族大臣之礼遇。义商两字,若照法度说也是实情,东公毕竟还,还没做大臣。老朽冒昧,东公明察了。"素来寡言的老西门说完这前所未有的长篇大论,额头涔涔汗水。

"说得好!老爹大有见识也!"

吕不韦拍案赞叹转而笑了,"莫胡这一抱怨,倒是要叮嘱几句:要告诫庄中上下人等,日后莫得私下议论国政,更不得抱怨国君,有话只对我说可也。记住,这是秦国,不是山东六国。"莫胡红着脸肃然一躬道:"先生叮嘱,铭刻在心!"西门老总事也连连点头:"该当该当,明日老朽便给执事仆役们立下这条规矩。"

次日，吕不韦新庄开始了加冠礼的礼前忙碌。

远古之时，华夏各部族有各种形式的"成丁礼"。就实说，便是在男子女子长到一定年龄且身体发育成熟、学会了基本生存技能时，氏族以特定的礼仪承认这个男子或女子成为氏族正式成员，是谓"成人"。进入礼制发达的西周，成丁礼化为天下第一大礼——士冠礼。其时所谓"士"，是指享有国人资格的所有男女。士冠礼，是给长大成人的男女加冠，从而认定其成人身份的礼仪。因其涉及天下每一生灵，故被视为天下第一礼。春秋以至战国，礼仪大大简化，各国亦多有不同，然士冠礼却大体沿袭了古老的传统，只是因被加冠人身份不同而繁简程度有差异罢了。嬴异人是王族子孙，更是已经确定的太子嫡子，虽已年过三十，然因少年为质曾提前大礼（秦人二十一岁加冠），这再次补办的士冠礼便成了秦国王室正式承认其身份的第一道礼仪，自然是分外郑重。

实质而言，士冠礼不是家礼，而是公礼。公者，乡社亭里也，氏族邦国也。也就是说，士冠礼是群体承认个体的礼仪，而不是家长承认子女的礼仪。唯其如此，士冠礼不由家长动议，也不由家长主持，家长与加冠者一样都是士冠礼中的当事人；以加冠者身份不同，士冠礼分别由有德行的乡老、族长以至国君或特定大臣动议主持。

士冠礼是庄重的成人礼仪，其操持过程也是分外讲究的。士冠礼分为两大礼程，第一程是预礼，第二程是正礼。

预礼即正式加冠前以礼仪规定的程式做好各项准备，大要环节为：

筮日：以占卜确定冠礼日期。

筮宾：在参礼宾客中占卜确定一人为正宾。

约期：商定冠礼开始的具体时辰。

戒宾：邀请正宾与所有赞冠宾客。

设洗：加冠者礼前沐浴与当日特定梳洗。

第二程是正礼，即加冠之日的礼仪程式，完整的次序是十项：

陈服器：清晨开始陈设礼器、祭物与相应服饰。

迎赞者入庙：加冠者家长迎宾客进入家庙。

三加冠：始加布冠，意为冠者具备衣食之能；二加皮冠，皮冠亦称武冠，意为冠者具备基本武技；三加爵冠，爵冠亦称文冠，意为冠者基本具备知书达理之能；三冠连加的礼意在于激励冠者由卑而尊不断进取，是谓"三加弥尊，谕其志也"！

宾醴冠者:正宾为加冠者赐酒祝贺。

冠者见母:加冠者正式拜见礼仪确定的母亲,未必是生母。

宾赐表字:正宾为加冠者赐以本名之外供寻常称呼的称谓,这个称谓叫作"表字",以与父母所取名区别。加冠之后"表字"代"名",只有父母国君可呼其本名,礼意在于崇敬父母为冠者所取之名。是谓"冠而字之,敬其名也"。这一程式到春秋时已经少见,战国以至秦、西汉,世事风雷激荡,这种一人两称的烦琐程式已经大体消失,或以变通形式取代,人多以本名现世。诸如苏秦因是洛阳人而承袭周礼,加冠时取表字"季子"者,已经很是罕见。东汉伊始,士绅贵胄的尊儒礼之风渐盛,本名外取字的古礼重新恢复,一时蔚为风习。这是后话。

见家人:加冠者以成人身份正式礼见所有长幼家人①。

见尊长:加冠者以成人身份正式拜见乡老族长大夫或国君。

醴宾:主家宴请参礼宾客。

送宾归俎:送走宾客后,从陈设祭物的礼器(俎)中取出三牲干肉,按宾客人数分割成若干份,这便是"俎肉",而后派家人将俎肉送到所有宾客家中,其礼意在于使所有的宾客都与加冠者同享上天赐予的恩德。至此,士冠礼完成。

两大礼程之外,尚有一个极为重要的部分要在预礼阶段熟悉,那便是各个环节的法定礼辞与动作程式。所有参与冠礼者,都必须事先熟悉这些礼辞,熟悉所有与己相关的动作程式,以在轮到自己参礼时言行准确如仪。譬如最要紧的"三加"之礼:第一次加缁布冠,授冠者须得右手持冠后,左手执冠前,双手捧冠高诵:"令月吉日,始加元服②!弃尔幼志,顺尔成德!寿考唯祺,介尔景福!"第二次加皮冠,要等受冠者卸去缁布冠并重新梳发后,授冠者以同前动作执冠高诵:"吉月令辰,乃申尔服!敬尔威仪,淑慎尔德!眉寿万年,永受胡福!"第三次加象征文事的爵冠,授冠者须得高诵:"以岁之正,以月之令,咸加尔服!兄弟俱在,以成厥德!黄耇无疆,受天之庆!"正宾向受冠者赐酒祝贺时须得高诵:"甘醴唯厚,嘉荐令芳!拜受祭之,以定尔祥!承天之休,寿考不忘!"德行主持者为受冠者赐表字时须得高诵:"礼仪既备,令月吉日,昭告尔字!爰字孔嘉,髦士攸

---

① 家人,指整个家族的成员。

② 元服,元,头也首也;元服,头首之服,即冠。

宜！宜之于嘏，永受保之，曰伯某甫！①"如此等等，烦琐细致，一有差池非但越矩违礼，且累及加冠者终生受人讥讽，是以司礼者都须得是精熟礼仪的德行之士。春秋时期的孔子声名大作，很大程度得益于他对各种烦琐古礼的精通。战国之世尽管礼仪大大简化，然特殊人物的特殊礼仪也是不能草率的。

嬴异人的士冠礼正是如此。

秦昭王的加冠王书吕不韦事前并不知晓，旬日之间要预备好诸般礼前事务，即便熟悉古礼的太庙令也非易事，何况吕不韦一个商人。但是，吕不韦却没有丝毫难色而坦然奉书。照实说，吕不韦原本是处置繁难事务的罕见大才，二十余年大商生涯从来没有出过调度铺排之失。以西门老总事为首的几个商社老执事个个更是理事能手，陈渲莫胡也都是多经沧桑的女中奇能之士，士冠礼尽管繁杂细致且为商旅之士所陌生，却也难不住这班能事之才。一经商定大略，各方揣摩规矩之后井井有条地铺排开来，旬日之内竟是诸般妥当毫无差错，连专门前来襄助的太庙令一班属员也大为惊叹。

秋分这日，清晨分外晴朗，深邃碧蓝的天空挂着一轮嫣红和煦的太阳，可谓是秋高气爽。卯时首刻，一队骑士吏员护卫着一辆青铜轺车辚辚出了新吕庄北门，整肃地上了横跨渭水的白石长桥，不疾不徐地进了咸阳南门，从中央王街北上，最后进了王城最深处的太庙。

王城在整个大咸阳的中央正北。王城北城墙的背后是一片数百亩的王室园林，园林北面才是真正的咸阳北城墙。出得北门三里之遥，突兀拔起一道林木苍茫的高地，这就是

> 士冠礼非常繁复，相应的规矩可参读《仪礼·士冠礼》及《礼记·冠义》。《仪礼》为经，《礼记》为释经之记。冠礼非常重要，所以异人之加冠仪式很隆重。《礼记·冠义》："凡人之所以为人者，礼义也。礼义之始，在于正容体，齐颜色，顺辞令。容体正，颜色齐，辞令顺，而后礼义备，以正君臣、亲父子、和长幼。君臣正，父子亲，长幼和，而后礼义立。故冠而后服备，服备而后容体正、颜色齐、辞令顺。故曰：'冠者礼之始也。是故古者圣王重冠。'"

---

① 伯某甫，此处为礼仪规定的代用语。古人排行，长子为伯，依次为仲、叔、季。伯某甫是一个不确定的表字，伯为排行，某为某个具体字，甫为对男子的尊称；第一字可以加冠者排行取代。

闻名天下的咸阳北阪。太庙坐落在王城北端园林的最高处,四面松柏森森终年常青,秦式宫殿的短飞檐从茫茫绿色中大斜伸出,远处看去直是靠着北阪高地巍巍矗立的天上城阙。这太庙虽只有一座主殿,不似王宫那般层层叠叠,然整体布局却是宏大简约深邃肃穆,任谁到此也会油然生出敬畏之心。

一过王城宫殿区进入苍苍园林百步,迎面是两柱黑色巨石立成的禁门。门内是太庙禁苑,任何人不奉王书不得入内。进得禁门百步,苍苍松柏与高达三丈的龟龙麟凤四灵石刻夹峙着一条十丈宽的黄土大道,尽头一座六丈高的蓝田玉石坊,正中镶嵌着"太庙"两个斗大的铜字。进了石坊,经过梯次三进庭院,便是巍巍然高踞于三十六级阶梯之上的太庙正殿。

当车马进入已经洒水净尘的黄土大道,遥遥一片冠带伫立在石坊之下。青铜轺车上的嬴异人低声问:"前方一片何人? 一个不识得。"车旁走马的吕不韦低声道:"最前是公子父亲安国君,身后四人自东至西,分别是纲成君、驷车庶长、太庙令、太史令,其余人等皆太子府属员。你只记住父亲便是。"嬴异人目力颇好,远远看见为首冠带者胖大臃肿须发花白,与他少时离秦时的父亲判若两人,心头不期然一阵酸楚。

正午时分,"三加"礼成。待主持冠礼的驷车庶长赐嬴异人表字为"子楚",太庙中一阵欢呼。吕不韦心下明白,这个表字只是变通之法而已。依照礼仪,表字是本名字意的彰显,不能与本名毫无关联。而"子楚"与"异人"恰恰风马牛不相及。这是他经过安国君嬴柱与老驷车庶长事先商议好的,为的是使异人在邯郸改的这个名字有名正言顺的依据,以使华阳夫人不至于说嬴异人在搪塞她。

表字确定,嬴异人饮了作为正宾的太庙令的贺酒,又郑重祭拜了祖先神位,冠礼车马辚辚出了太庙向太子府而来行见母礼仪。"见母"于平民冠礼原是简单,因其礼仪场所在家庙,受冠者只需将祭品中的干肉装入笾豆(形如豆状的竹器),提着下堂出东墙进入母亲的房屋拜见,献上干肉,母亲拜祭品而受之;冠者拜送母亲回房,母亲以成人礼回拜儿子,至此见母礼成。然对于嬴异人这般王子,冠礼在太庙进行而女子不入太庙,自然变通为回府见母。

车马驶入府前广场停稳,预先已经肃立等候在门厅外的太庙司仪一声高诵:"冠者子楚回府见母——!"青铜轺车中的嬴异人被一名太庙令属员以赞冠者身份扶下车来,在赞冠者导引下肃然进府。太子嬴柱以主人身份礼请驷车庶长、太庙令与吕不韦等进入正厅饮茶歇息等候。

华阳夫人早已经做了精心准备,事先从甘棠园搬到了方便礼仪的第三进东厢大屋。听得府门外车马喧呼之声,华阳夫人早早站在了东屋大窗下。片刻之间,一人挽着笾豆进了庭院,一身土黄色楚服,头上一顶四寸黑玉冠,身材适中面色黧黑步履沉稳端正,除了秦人特有的细长眼睛与略显瘦削,堪称得英挺厚重。"此子强于乃父,天意也!"华阳夫人一声长嘘,软倒在了厚厚的地毡上。

"冠者子楚,拜谒母亲——!"太庙赞冠吏一声高诵。

华阳夫人端正了一番自己的头饰玉佩,在侍女挽扶下款款跨过门槛到了廊下,对着阶下庭院中跪地低头双手捧举笾豆俎肉的嬴异人,极是优雅地躬身一拜,口中柔和念诵道:"咸加尔服,我子成人。子今敬母,母以子福。"念罢,双手从嬴异人头顶拿过笾豆,轻轻一拍嬴异人肩头,楚语柔声笑道,"子楚,苦了你也。晚间娘与你说话,兄弟姊妹也晚来见礼,晓得无?"嬴异人叩头一拜肃然起身诵道:"承天之庆,子楚加冠。自今以降,孝悌立身。恭送母亲!"接着低头低声一句,"子楚晓得了,谢过母亲。"华阳夫人微微一笑,端正矜持地躬身回拜了两拜,亲切低语一句:"当心风寒,秋风凉了。"被侍女挽扶着转身进厅中去了。

"夫人侠拜,见母礼成——!"

侠拜者,夫妻间女子两拜之谓也。周礼:凡女子于丈夫行礼,女子拜两次,丈夫回拜一次,此谓侠拜。士冠礼中母亲以侠拜礼对加冠儿子,礼意表示母亲对加冠成人的儿子如对夫君一般礼仪。见母之后,冠礼车马辚辚进入王城,进行这次士冠礼的最要紧一项——见尊长。

远观王城,今日如常。然车马鱼贯进入巍峨的宫城石门,立即发现了车马广场与正殿区域的异常:两队斧钺仪仗整肃排列,一副六丈宽六寸厚的红地毡使通往正殿的三十六级蓝田玉台阶在秋日的夕阳下一片灿烂。更令人惊诧的是,殿口平台上的两只大鼎燃起了粗大的烟柱,在车马场遥遥看去,竟似紫烟袅袅如天上宫阙。一时间,非但嬴异人惊愕,连经常出入王宫的太子嬴柱与驷车庶长也大感意外。依着法度礼仪,非朝会与大典,正殿前大鼎不能举香。今日除了太子嫡子嬴异人加冠,国中并无礼仪大典,这大鼎举香仪仗红毡便分外有了一种庄重肃穆。

"冠者嬴异人觐见! 赞冠大宾随同上殿——"

正在众人惊愕之际，三声长呼鼓荡回响，迭次从殿中传到高阶平台再传到殿阶，整个车马广场都被内侍们这种久经训练的尖亮声浪覆盖了。随着声浪，一名年轻内侍将嬴异人等领上了红地毡，及至高阶尽头，白发苍苍的内侍大老恰恰摇到了平台口，将参礼者们默默领进了大殿。这时，吕不韦才蓦然一阵猛然心跳。老秦王有可能在加冠之日召见异人，这是吕不韦能够预料到的。然则，老秦王会在正殿以坐殿大礼召见，却是大大出乎吕不韦意料之外的。老秦王以耄耋之年风瘫之身，已经多年不在大殿举行任何礼仪，今日竟能在王孙加冠之日亲自坐殿，其间意蕴实在大有揣摩处。更令吕不韦百味俱生处在于，他设想过种种晋见老秦王的情景，甚至想到过老秦王死前不会召见他，他将终生与这位使山东六国蒙受摧毁性劫难的雷电之君不能相见，唯独没有设想过会在咸阳正殿以大宾之身晋见老秦王……

"异人么？近前来，大父看看！"方入大殿，各人尚未以在冠礼中的各自身份行礼参见，殿中响起了苍老沙哑的笑声，一切礼仪都被这突如其来的随意湮没了。太庙令与驷车庶长眼神一交，分别向嬴柱吕不韦示意就座等待。

"大父！"嬴异人一声哽咽，大步上了王台。

"尚可尚可。"秦昭王眯缝起白眉下的一双老眼打量着肃然挺立的王孙，不禁一声叹息，"磨难成人也。子为人质二十余年，难矣哉！"

"大父当年质燕，于战乱中九死一生！异人小苦，不敢当磨难二字！"

"未逢战乱，未必小苦也！"秦昭王慨然一叹，"大父当年为质，尚有娘亲照拂。孙儿少年孤身，于强敌异邦居如囚犯，国无音书，家无亲情，衣食无着，逃生无门，便是庶民，亦为磨难，况乎王孙公子矣！"

秦昭王与异人有同感。但秦昭王有其母（即后来的宣太后，芈八子）随时调教，异人孤身在外，际遇大不一样。

"大父……"嬴异人扑地拜倒,不禁放声痛哭。

大殿中一片默然一片哽咽,眼见秦昭王两道雪白的长眉耸起,吕不韦心下不禁一跳。只怕嬴异人这临机动情要坏大事。正在忐忑之间,却见秦昭王长嘘一声亲切慈和地笑了:"异人呵,抬起头来,这厢入座,拭去眼泪,听大父几句老话。"嬴异人哭声立止肃然跪坐进王座右下长案,秦昭王苍老平和的声音在大殿回荡起来,"磨难成人,磨难毁人,成于强毅心志,毁于乖戾猥琐。子今脱难归宗,当以儒家孟子大师之言铭刻在心,将昔日磨难做天磨斯人待之。莫得将所受折磨刻刻咀嚼,不期然生出愤世之心。果真如此,嬴氏不幸也,家国不幸也!"

"大父教诲,孙儿永生不忘!"

"好!回头将你的质赵札记静心整理一番,大父可是要教人念来听也。"

"孙儿谨记在心。边读书边整理,刻写成卷上呈大父批点。"

秦昭王点了点头,目光瞄向殿中:"不韦先生来了么?"

吕不韦从最后排的大案站起肃然一躬:"濮阳商贾吕不韦参见秦王!"

"先生大宾,恕老夫身残不能还礼,敢请近前就座说话。"

立即有一名内侍将吕不韦导引到王台左下的长案前,恰在秦昭王左下六尺处与嬴异人遥遥相对。吕不韦就座抬头拱手行礼,恰与老秦王凝视的目光相对,顿时感觉到一股平和而又肃杀的深邃目光笼罩住了心神,素来沉稳的他心头竟是一震。

"先生于嬴氏有大功,老夫不敢言谢。"

"不韦不期而遇公子,稍有襄助亦是图谋与秦通商之私心,不敢居功。"

"先生坦诚不伪,君子之风也!"秦昭王拍案喟然一叹,"然先生因异人之故,于商旅业已耽延多年,索性在秦国做官如何?"

"不韦愧不敢当。"

"先生过谦了。从小官做起如何?"

"但能做事,我心足矣。"

"宣书。"秦昭王淡淡一笑,目光一闪瞌睡般眯缝了过去。

坐在王案左后侧的老长史桓砾站了起来,打开一卷念道:"秦王书命:义商吕不韦有大功于秦国王室,今任吕不韦上卿之职,襄助丞相总领国政,爵位待定。"

"异人谢过大父!"嬴异人兴奋难抑,作礼拜谢之后却见大殿中一片默然,对面吕不韦也是安坐不动,不禁愣怔了。正在此时,秦昭王睁开老眼笑了:"先生不接王书,可是有说?""秦王明鉴。"吕不韦离案站起肃然一个拱手礼,"在下一介布衣商旅,图谋入秦经商,原本是看重秦国法度严明,商事诚信过于山东。唯其如此,商事耽延之后在下亦愿在秦国效力。然则,秦为法治大国,以事功为官爵依据。依秦国法度:不韦襄助公子,只对安国君府有些许功劳,而非对邦国有功,不当以高官显爵赐封。在下不畏高位,然却不想位非其功,是以不敢奉书,秦王明察。"秦昭王枯瘦的手指叩着书案悠然一笑:"先生之说也是一理也。然先生亦自认对太子府有功,做右太子傅如何?"吕不韦还是肃然一拱:"太子傅为国家大臣,并非太子府属官,在下不敢奉书。"

"先生何其狂狷也!"嬴异人心头大跳,额头渗出了涔涔细汗。他虽久离秦国,却也知道大父老王的冷峻肃杀,吕不韦两次辞官且振振有词地驳回大父,非但自毁,且必然累及父亲与自己,当真是疯了! 不行,我要说话! 要以"期盼先生教诲"为名,替他接下太子傅。

"坦荡率直,先生有秦人之风也!"正在此时,秦昭王罕见地哈哈大笑起来,"先生便说,老夫该如何封赏于你?"

"在下愿从做事开始,修习秦法,以图日后事功而居高位。"

"好! 先生可人也!"秦昭王慨然拍案,"本王书令:吕不韦为太子府丞,俸禄由王室府库支付。散……"一语未罢颓然卧案,一双长长的白眉顿时拉成了细长的缝隙,粗重的鼾声跟着在大殿荡开。

一班人出得王宫,天色已经全黑。依着士冠礼程式,接下来是最后一项,醴宾。但当太子嬴柱以礼相邀时,纲成君蔡泽却亮着公鸭嗓嘎嘎笑了:"安国君,老夫肚肠早瘪了也!

冠礼可变通，还是各人自家回去咥饭实在。醴宾免了，俎肉回头送来便是！"几位大臣异口同声相和，嬴柱父子为难起来。吕不韦见状过来拱手笑道："不韦方才已经受命做了太子府丞，此事听我如何？"嬴柱如释重负恍然点头："对呀！我竟糊涂了，听先生处置便是！"吕不韦回身笑道："诸位大人劳碌一日，冠礼醴宾只有干肉，还要如礼如仪地诸般讲究，如何咥得实在？大人们回府歇息用饭，俎肉由不韦亲自恭送上门。"蔡泽揶揄笑道："好好好，吕不韦这太子府丞倒是做得像模像样也。告辞！"回身登车去了。老驷车庶长却沉着脸瞪了蔡泽一眼，回头一拱手道："今日大殿拜官之事，实出老夫意料。望先生实言相告，何以不做上卿太子傅？"

"老庶长以为吕不韦大殿之言是虚？"

"虚不虚先生自知。老夫只是觉得委屈了先生。"

"老庶长恕我直言。"吕不韦肃然拱手，"在下决意入秦，是要在秦国站稳根基。不韦愿效白起事功得爵之风范，而不想以人得官。除此无他意。"

"好！当得秦人！老夫心安矣！"老驷车庶长高声赞叹一句，回身一拍嬴异人肩头，"子楚啊，小子有命，好自为之！"回身去了。

吕不韦正要拱手告辞，嬴柱却搂住吕不韦双手笑了："先生已是自家人，忍心弃我父子独去么？"吕不韦笑道："在下无他意，只是想依法度从三日后开始理事。""不！"嬴柱压着吕不韦双手不容辩驳，"法不禁善。先生当自即刻掌事！走，你我同车回府！"不由分说拉起吕不韦上了青铜轺车。

太子府灯火通明中门大开，见嬴异人车马归来，门厅内外一声整齐地高诵："恭贺公子冠礼大成！"吕不韦被嬴柱父子前后夹着进了正厅。灯烛之下宴席齐备，华阳夫人冠带玉佩礼服锦绣正在厅中肃然等候，见吕不韦入厅，过来行了两拜之礼："先生功德，善莫大焉，嬴芈氏没齿不忘。"吕不韦连忙躬身一拜："在下些许寸功，何敢当夫人拜谢？不韦已经是太子府丞，日后听候夫人差遣。""如何如何？太子府丞？晓得勿搞错了！"华阳夫人一连声嚷嚷，见夫君嬴柱连连眼神示意，回头高声大气一挥手，"府中上下人等都给我听好了：勿管先生何职何官，日后只许称先生做先生，不许叫府丞！谁但越矩，重重责罚！晓得无！"内外仆役侍女"嗨"的一声应命，华阳夫人这才回身恭敬笑道，"先生请！今日庆贺我子加冠，先生便是大宾，当为首座了。"吕不韦正要辞谢，见嬴柱连连摇手，无可奈何地笑笑，被华阳夫人亲自领到了东首与今日冠者嬴异人并排正座，嬴柱与华阳夫人却在西面两座主位陪了。

饮得三爵，嬴异人肃然起身正式拜见了父母。华阳夫人拭着泪水吩咐侍女捧来了一只铜匣，亲自打开取出一方晶莹的黑玉笑道："子楚啊，这是奉书之日你父与母亲刻就的立嫡信符。左半归你，右半明日交王宫长史典藏了。"

"母亲！"嬴异人跪地再拜，双手颤巍巍接过玉符，端详着这只鹰形玉符上自己的生辰刻字、父母名讳与太子府徽记，不禁热泪盈眶。但为王子王孙，每人都有一方如此这般的身份玉符。所不同者，所有庶子玉符的右符都由家族做档保存，只向掌管王族事务的驷车庶长府报知登记即可；各家族嫡子的右符则须交驷车庶长府专档典藏；唯独太子嫡子的右符必须交由王室典籍密存，任何人不奉王书不得查看。这嫡子信符是他永远的血统身份，是将他与生母的血肉关联割开的法刀，如同烙在奴隶脸庞的火印一般永远不能磨灭。

"子楚啊，莫愣怔了。这厢才是母亲为你备下的冠日大礼，快来看了！"

嬴异人恍然抬头，这才看见华阳夫人正站在案后两口大棕箱旁向他招手，连忙起身走过去又是一躬："子楚谢过母亲。"华阳夫人笑道："忒多礼毋晓得累了？过来，打开，拿开苫布！"灯光之下锦缎灿烂珠玉夺目，嬴异人顿时手足无措。华阳夫人指点道："这是四季楚服八套，连带八副荆山玉佩，都是正宗楚锦楚工了。来，穿上秋服，教你父亲与先生品评一番了！"说话间一个眼神，两名侍女从箱中捧出了秋服。华阳夫人同时利落地为嬴异人除去了上下通黑的冠日礼服，两侍女立即过来给嬴异人换上了一件土黄色的楚袍，挂上了一套晶莹温润的玉佩，大厅中顿时鲜亮起来。

"好！"吕不韦拊掌赞叹，"楚服楚玉，公子神气大增也！"

异人与华阳夫人往日无任何芥蒂，是立嗣的最佳人选。华阳夫人保住了长久尊荣，异人获得了最重要的身份，大家坐在同一条船上，彼此堪称对方的恩人，共同进退，不生异心。

"果然鲜亮精神！不枉……"嬴柱却突然打住了。

华阳夫人骤然红了眼眶道："阿姐在天有灵，今日当安息也！"回头一抹泪水又笑了，"子楚晓得无？我拎得清，楚服虽好，却做不得常服，咸阳终归是秦国，我儿终究是秦人了。只要子楚心里当真有我这个母亲，我也便知足了。"一番话说得珠圆玉润，眼中泪水却断线似的扑簌簌掉了出来。嬴异人看得心酸，躬身一拜慨然道："子楚认祖归宗，自当尊天地礼法而克尽人道。若对母亲稍有不敬，天诛地灭！"华阳夫人带着泪水咯咯笑道："好了好了，有心便好，何须当真一般了。来，我儿敬先生一爵！"拉住嬴异人到了吕不韦面前。

这场家宴直到三更方散。嬴柱要请吕不韦到书房夜谈，吕不韦却坚执告辞，说三日后再来当值。嬴柱笑道："理个甚事？先生莫将府丞当真，有事便来，没事多多歇息，日后有得大事做！"吕不韦笑笑也不回说，辞别登车去了。嬴柱送出大门回来，全然没有睡意，对华阳夫人叮嘱几句，将嬴异人唤进了书房。

"异人呵，今日大礼你做何想？为父很想知道。"

嬴柱靠着坐榻大枕，啜着滚烫的酽茶，打量着熟悉而又陌生的儿子，开始了二十余年来父子之间的第一次对话。嬴异人显然有些拘谨，思忖斟酌道："冠礼之隆，异人实在没有想到。父亲苦心，儿没齿不忘。"嬴柱摇头笑道："冠礼事是你大父亲定，并非为父安排。你质赵之时已经提前加冠，原本无须后补加冠大礼。你大父这般铺排，实在是用心良苦，你可揣摩出一二？"嬴异人一阵思忖终是摇头。"秦国之难，此其时也！"嬴柱长叹一声坐了起来，"大父之心，在于借你再次加冠大礼向天下、向朝野昭示：秦国社稷后继有人也！依着寻常法度，太子尚未即位，嫡王孙无须早早确定，更无须大肆铺排其冠礼。你大父所以如此，全在为父这个太子……"嬴柱哽咽一声，见儿子不知所措的模样，摇摇手示意他无须紧张，喘息一阵又平静开口，"为父身患先天暗疾，难说哪一日会撒手归去。你，才是秦国真正的储君。明白么？"

"父亲！"嬴异人难耐酸楚，不禁扑地拜倒哭出声来。

"起来起来。"嬴柱淡淡一笑，"秦自孝公以降，历经惠王、武王、大父四任三代雄强君主，方得大出天下。你大父之后，王子虽多却不见雄才。你伯父与为父先后两任太子，都是嬴弱多病之身，以致你伯父病死于出使途中。为父虽挺到了今日，心下却是清楚，我时日无多矣！死生有命，寿数在天，为父不恨己身短寿，生平唯有一憾。"

"父亲何憾？儿一力当之！"

"为父终生之憾：身后诸子无雄强之才也。"

"父亲明察，"嬴异人顿时羞愧低头，"儿确是中才，有愧立嫡承统。"

"你中才倒是事实。然你秉性尚算平和，亦无乖戾之气，守成可也。"嬴柱又是一阵喘息，"为父要叮嘱你者，自今而后要预谋两事：一是寻觅强臣辅佐；二是务须留下一个出类拔萃的儿子！否则，弱过三代，秦国要衰微了。"

"强臣之选，父亲以为吕不韦如何？"嬴异人精神陡然一振。

"试玉之期，尚待后察。"嬴柱啜着酽茶恢复了平静，"你大父曾密书黑冰台，备细查勘了吕不韦，以为此人弃商助你，显然是要图谋入政。秦国渴求大才，然大才须是正才，如商君如张仪如范雎，益多益善也！若是只求高官而不务实干，抑或虽有小才而无正性，譬如甘茂身兼将相权极一时，却促成武王轻躁灭周而横死洛阳，此等人为害也烈。吕不韦究竟何等人才，你大父显然并未吃准。今日大殿三封两改，你不觉其中奥妙么？"

嬴柱突然变得明睿，全因成了国事的旁观者。

"父亲是说，大父在试探先生？"

委以重任，当反复考验，不是封个官就了事。

"为君难矣！"嬴柱喟然一叹，"求才须防伪劣，庙堂须防奸邪，雷电杀伐，春雨秋风，法度权断，机谋节操，缺一破国丧庙也。难乎难乎，不亦难哉！"

"父亲明彻如此，如何要灭自家……"

"明彻？你说为父明彻么？"嬴柱一阵大笑，"异人啊，记住了，当国莫怀旁观之心。为父时而能说得几句明彻之言，根由便是没有当事之志，而宁怀旁观之心也。隔岸观火，纵然说得几句中的之言，又有何用？"

嬴异人低头思忖。嬴柱喘息不语。良久默然中，父子两

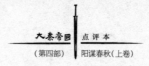
人谁也没有看谁,眼眶却都是湿漉漉的。绵绵秋雨已经在黎明最黑暗的时刻唰唰落下,城头刁斗和着雄鸡长鸣回旋在茫茫雨雾之中。嬴异人终于站了起来,将父亲背回了甘棠苑,对着始终在灯下等候父亲的母亲深深一躬,转身大踏步去了。